Humphry Clinker

ハンフリー・クリンカー

トバイアス・スモレット 著

根岸彰 訳

鳥影社

ハンフリー・クリンカー　　目次

【登場人物関係図】

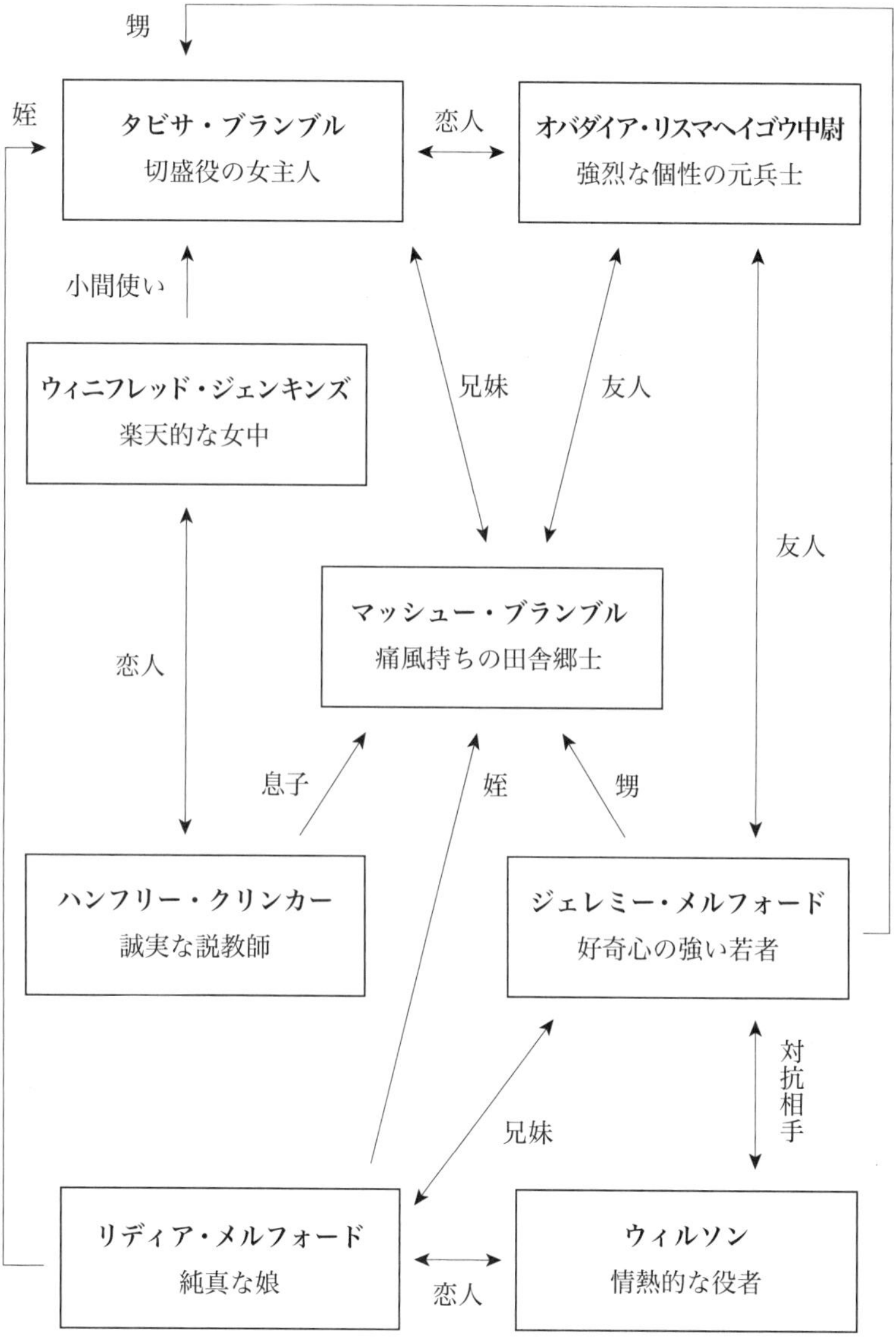

参考：*The Expedition of Humphry Clinker- Character Map*, Course Hero.
https://www.coursehero.com/lit/The-Expedition-of-Humphry-Clinker/character-map/

【旅程図】

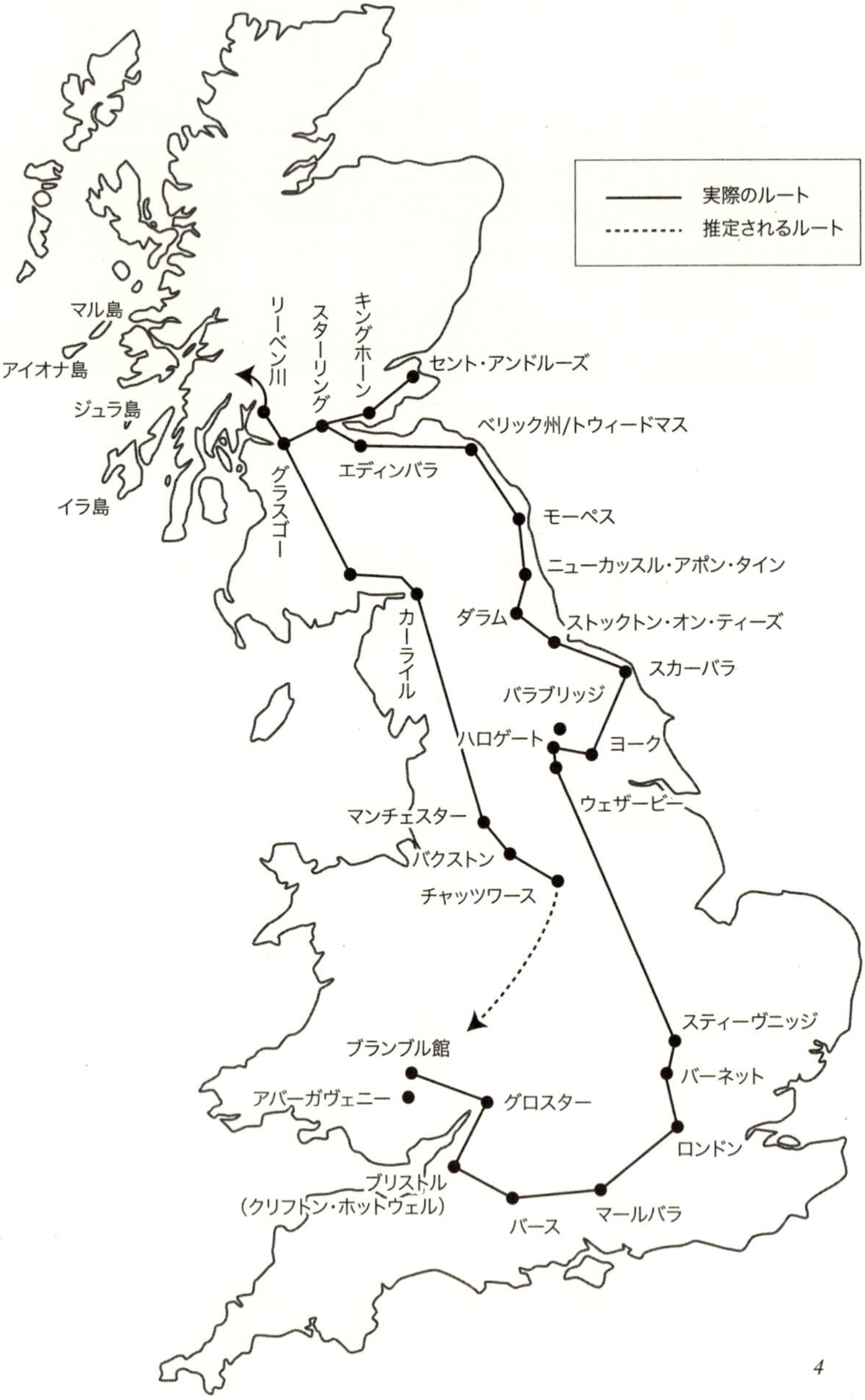
実際のルート
推定されるルート
マル島
アイオナ島
ジュラ島
イラ島
リーベン川
スターリング
キングホーン
セント・アンドルーズ
ベリック州/トウィードマス
エディンバラ
グラスゴー
モーペス
ニューカッスル・アポン・タイン
ダラム
ストックトン・オン・ティーズ
カーライル
スカーバラ
バラブリッジ
ハロゲート
ヨーク
ウェザービー
マンチェスター
バクストン
チャッツワース
スティーヴニッジ
ブランブル館
バーネット
アバーガヴェニー
グロスター
ロンドン
ブリストル
(クリフトン・ホットウェル)
マールバラ
バース

序文
トバイアス・スモレットと『ハンフリー・クリンカー』
短めのオマージュ

フランク・フェルゼンシュタイン　Frank Felsenstein
（ボール州立大学名誉教授）

　トバイアス・スモレットの最後の小説『ハンフリー・クリンカーの長い旅路』（*The Expedition of Humphry Clinker 1771*）は毀《き》誉《よ》褒《ほう》貶《へん》が激しい作品であった。イギリスのエッセイスト、ウィリアム・ハズリットはこの小説を「これまでに書かれたものでは最も楽しい雑談風の小説」（*English Comic Writers*）と呼んだ。しかしホレイス・ウォルポールは「スコットランド人を擁護するためにあの向こう見ずで欲得ずくのスモレットが書いたにぎやかな小説」だとしてこれを非難した。フランスの批評家イポリット・テーヌによると「フィールディングの芳醇なワイン」はスモレットの手によって「ありふれたブランデー」になってしまった。しかしウィリアム・サッカレーにとって『ハンフリー・クリンカー』は「小説の十分な技法が始まって以来の最も笑える作品」なのだ（*English*

Humorists)。これらのコメントは日本の読者層のこの新訳の小説への反応が、当然多様なものになることを示唆している。本作品の翻訳者は一七七六年に刊行された作品『フランス・イタリア紀行』で最初の経験を積んだ。『ハンフリー・クリンカー』の新訳に着手すれば、それはウェールズ、イングランド、スコットランドなどを見聞させてくれるので、スモレットのこの最後の小説の叙述も紀行作品（小説風になっているが）と見なしていいことがわかるだろう。

『フランス・イタリア紀行』と同様に『ハンフリー・クリンカー』も書簡体の作品と考えられることは重要である。しかし『フランス・イタリア紀行』ではスモレット自身の一つの声しか聞こえないのに対して、彼の最後の小説は五人のさまざまな書き手たちの私的なやりとりから成る。彼らは同じ旅路の経験をする。その主な目的は虚弱な病人、マッシュー・ブランブルがその身体の不調を治すことである。この意味でこれが『フランス・イタリア紀行』と同類であることは、スモレット自身が身体の苦しみを癒すための快適な気候を求めてフランス、イタリアを旅したことからも明らかである。数年後に彼が『ハンフリー・クリンカー』を書いた時にも同じ療養の目的のためにイタリアに戻っていたが、この絶筆となった傑作を完成してから間もなく亡くなったので、その目的も悲しいことに果たせなかった。

レッグホーン（現在のリヴォルノ）に落ち着き、この小説を仕上げて間もなく一七七一年にここで彼は亡くなった。『ハンフリー・クリンカー』は一七六五年に彼自身がグレートブリテンに戻る旅をたどるスモレット自身の回想記ともみなせよう。彼はバースからイングランドを横切り、スコットランドまで同じような旅をしたが、それを作家はブランブルと彼の一行という小説に仕上げている。作品中の旅仲間のさまざまな思いを通してスモレットは自身の旅の経験をフィクションに仕立て上げる明らかな喜びを表している。ごく大まかに言うと、『ハンフリー・クリンカー』は小説でもあるし、凝った旅行記とも言えよう。この翻訳書の現代の読者は一八世紀の日本人があちこちと旅をして経験したものと似たものを必ず見出すだろう。『ハンフリー・クリンカー』では小説と旅行記（一八世紀イギリスの著作ではまあ同じようなものだ）のジャンルが混然一体となっている。これは英文学としてはおそらく他の時代には見られないことだった。

『ハンフリー・クリンカー』の構成を見れば、最初これはでたらめなやっつけ仕事の作品だと思うかもしれない。この小説は虚構の下請けの編集者、ジョナサン・ダストウィッチ師の声で始まる。最初に彼はこれらをいかに手に入れたかを語らずに、それを保管していた人たちを十分に満足させたと主張する。スモレットの天才は一連の手紙はほとんど偶然に寄せ集められたものだと錯覚させるところにある。いわくありげなダストウィッチ師の声がこの後で聞こえないのはおそらく意味深いことなのだろう。

五人のさまざまな手紙の書き手たちの通信から成るものだから、ある出来事が旅行団の一人以外によって述べられることもよくあることだ。訪問地の描写は手紙によってさまざまな視点から繰り返される。例えばスコットランドの首都エディンバラはマッシュー・ブランブルの二通の手紙では詳細に記述される。さらに彼の甥のジェリー・メルフォードとか、気のないほめ方でかえってけなそうとする「エディンバラの連中とかスコットランド人はお金をもらう時はとても丁寧なの。でもあいつらの言葉は話せないの」などという美人女中のウィン・ジェンキンズの手紙などである。〔訳注　彼女の手紙はマラプロピズム（言葉のこっけいな誤用）である。Sheridan の喜劇 *Rivals*（一七七五）の Mrs.Malaprop が使ったものである〕多くの声があるので、この小説はくどくどとした脱線話が多いが、これは主なプロットとはあまり関係がない。人気の温泉地バースを描く手紙でもいくつかある――面白いが――引退した俳優のジェームズ・クインのおどけた仕草や冗談を描くエピソード、またロンドンのスモレットの家への突然の訪問など。これなどは著者の魅力的な伝記になるものだが脱線話にしかすぎない。これらはそのような多くの中の二つの例にしかすぎない。

旅をしている時にはその道筋で誰に会うかわからないし、その連中とどうやっていくのかもわからない。こんな出会い劇はスモレットの読者には面白いかもしれないが、旅行者としてはいらいらするものだ。『フランス・イタリア紀行』では著者はモンペリエの守銭奴のフィゼス医師（料金を取るために階段を二段ずつかけ昇るほどだ）との話し合いを長々と書いている。ランチのために立ち寄った南フランスのブリニョールでは、肉など全くくれずに「マトンの一足とか立派なつがいのヤマウズラなどのために自分の食糧庫をあされ」と脅す宿の女主人と喧嘩している。『フランス・イタリア紀行』はこんなエピソードに彩られている。同じように『ハンフリー・クリンカー』も変人たちとのちょっと予想できない出会いに満ちている。

旅行者たちが出会う人間は忘れられない変人だらけだが、とりわけスコットランドの士官、オバダイア・リスマヘイゴウ中尉は印象的である。彼はアメリカの植民戦争で「祖国に仕えている時にこうむった名誉の傷」を大切にしている。その彼がマット・ブランブルの変人の妹、タビサに言い寄って、彼女の愛を得る。もう一人のそのような変人はスコットランド人の弁護士、ミックルフウィンメンである。彼は尻込みするマッシュー・ブランブルを説得してヨークシアの有名な温泉町の滞在中に悪臭のするハロゲートの鉱泉での入浴をすすめる。古典神話の地獄の川の一つ〝奈落のアケロン川みたいに〟湯気の立つ湯船に連れていかれるスモレットのブランブルの筆致にはひょうきんな味わいがある。同じように紹介されるのはこの小説の題名の主人公、ハンフリー・クリンカーである。彼はたまたま拾われて、一介の従僕として旅人たちの一行に加わる。注目すべきことだが彼は五人の手紙の書き手ではないことで、その特異な身の上話を、書き手たちの手紙やコメントの中で聞くことができるにすぎない。

とりわけクリンカーとともにスモレットは人間の運命の「劇的な展開」を小説のテーマにしている。これはまたバースでのポンスフォードとサールについてのエピソード、また追いはぎのマーチンなどの記述でも見られる。かなり多くの人物や場所が描かれるので、この小説はプロットが無いように見えるかもしれない。でもこんな見方は当を得ていないだろう。

『ハンフリー・クリンカー』のプロットに眼を向けると五つのサブプロットを取り出せる。それぞれ五人の書き手一人一人に関係する。一番目はマッシュー・ブランブルが旅行しながら体の苦しみを癒そうとする話だ。二番目はハンフリー・クリンカー自身の話だが、出生の秘密があばかれ、ついにはウィン・ジェンキンズとの結婚というクライマックスを迎える。スモレットはクリンカーへのウィンの感情の高まりを一歩一歩追っていく。「上等の小麦粉と脂でつくったイングランドのプディング」にたとえられるハンフリーと、フランス仕込みの伊達者ぶりと口もうまくて「味はいいが食べがいのないシラバス（アイスを入れたミルク酒）」にたとえられるメルフォードの従僕、ダットンとの恋争いも強調する。ウィンはメソジストとして彼をどう扱うべきかは自信がなかったが、彼が一行の前で御者として馬に乗っている時にズボンに穴があいていて、その膚が〝雪花石膏みたいに白い〟と気がついた時に、クリンカーへのウィンの思いは高められた。これは彼が〝聖餐式でパンを裂くことができるくらい善良〟であると彼女に思わせた多くの美点の一つにしかすぎない。

この作品を貫く第三のサブプロットはリディアと俳優のウィルソン（後にジョージ・デニソンだと判明する）とのおとぎ話めいた恋愛関係だが、結婚という形で終わる。第四のサブプロットはジェリー・メルフォードの思慮分別がこの作品の中で深まっていき、ウィルソンの人柄をはっきり見極めもしないで彼をののしってしまったことに気がつくという話に関連する。最後のものだが、タビサのあせった伴侶捜しの話である——タビーは〝結婚というくびきをかけるまでは〟彼女が出会う男の形をしたものにはことごとくねらいをつけようと決心しているのだ――ついにあの不運なリスマヘイゴウをわなにかける。われわれが彼女に最初出会う時には、タビーは彼女の愛情をいやらしい飼い犬のチャウダーにことごとく注ぐ。だからチャウダーを失うことは他の何物にも代えられないくらい深刻なのだ。（これは決してタビーが責められることではない）――そしてついにリスマヘイゴウが登場する。

〝他人のあら捜しばかりやっている四十五歳の処女〟のタビーがリスマヘイゴウのインディアンによる責め苦の話を夢中で聞いているのはいわく意味ありげである。そして彼がこうむったさまざまな拷問でも〝彼は男を失わなかった〟と聞いた時に彼女の心は魅惑されたのだ。グレートブリテンを彼女は旅仲間が絶賛する風景美を求めて駆けめぐるのではなく、ぎりぎりのところまで夢中で――うまくはいったが――夫をものにしようとする。マッシューの〝突飛な生き物〟の妹、タビサ・ブランブルの書いた手紙の風変わりななまり言葉、またその女中ウィン・ジェンキンズが書いた思い付きの語呂合わせに満ちたあっと驚くような口語体の手紙は尽きぬコメディーとなるものである。スモレットのユーモアは全編にあふれている。

いくら人間がどうしてもやりたいことがあっても、それは他人の思惑とは違うものだという限界がわかったので、スモレットの奇怪なるものへの鋭い感覚は『ハンフリー・クリンカー』では常におだやかなものになっている。こうして書簡体による作品が形式的なものにならないようにしている。この小説が成功しているのはひとえに、その何人かの手紙の書き手の互いに異なる視点とそれらへの読者の反応との相互交流にあるのだ。『ハンフリー・クリンカー』がまとまりのないように見えるのは別の種類の煩雑さを避けるための巧妙なトリックなのだ。五人の手紙の書き手たちの対照的な視点は、スモレットが社会批判をするために作品の中でよく使う対照的な事象をさらに際立たせている。彼は風物の大小さまざまな変化を強調する――例えばロンドンだがブランブルの若い時の姿と現在のそれとの対比などだ。そのような数多い例として、もう一つのものは今バースに居る昔の友人たちの運命についてのブランブルの描写があげられよう。彼らはずっとブランブルが思い込んでいた若い時の姿の遺物なのだ。

同じことはスモレット自身についても言うことができる。プルーストの顰《ひそみ》に倣えば『ハンフリー・クリンカー』は〝失われた時を求めて〟の想いあふれる作品なのだ。長く祖国を離れていたスコットランド人として、スモレットは祖国を描写する時には望郷の念にかられて、心から誇りに思うのだ。よく引用される有名なものだが、彼はエディンバラを〝天才たちの温床〟と描写して〝第一級の多くの著作家たち〟を絶賛する。今日われわれが正当にもスコットランド啓蒙運動と呼ぶものを彼らがつくりあげているのだ。例えば哲学者であり歴史家でもあるデーヴィッド・ヒューム、『富国論』の著者のアダム・スミス、そして影響力のある修辞学者のヒュー・ブレアなどはブランブルがスコットランドから書いたとする手紙の中で言及されている――「彼らの著作は意義深くてしかも面白い。話をしても皆感じがいいのがわかった」。異郷のレッグホーンの病床で、彼は過去の生活の多くを回想する。『ハンフリー・クリンカー』のプロットは、出会った人々、訪ねた場所などの記憶を明滅させながら、最後の数通の手紙の中でついにまとめられる。ここでスモレットは五つのサブプロットを組み合わせるのだ。これは見事な仕上げである。新しく翻訳された本作品は日本の読者に大いにアピールすることだろう。

あらすじ

この小説は風刺的な作品で、一七〇〇年代のイギリス社会の欠陥を指摘するものである。マッシュー・ブランブルと彼の家族が旅行中に出会う人物たちの多くは、イギリス社会で見られたタイプの人々のカリカチャーまたは誇張された描写である。その芸術的な手法と動機は正常な範囲を超えて大げさなもので、一八世紀に見られた個人的な偏見、矛盾した信念、差別的な価値観などをことさらに際立たせている。

冒頭の争い

ブランブル館のマッシュー・ブランブルは痛風に悩んでいる。これは炎症性の疾患なので、体は痛くて硬直してしまう。彼はブリストルへ家族旅行をしようとする。ここは効き目のあるミネラル・ウォーターで有名なのだ。彼の家族は妹のタビサ・ブランブル、甥のジェレミー・メルフォード、姪のリディア・メルフォードである。タビサ付きの女中、ウィニフレッド・ジェンキンズとマッシューの従僕、ジョン・トマスも彼らの旅についていく。ブランブルの痛風は、彼の家族たちが友人、親友などに書いたさまざまな手紙の中で述べられる。マッシュー・ブランブルは友人の医者のルイス博士に、タビサ・ブランブルは家政婦のミセス・グウィリムに、リディアはかつての学友のレティシア・ウィリスにそれぞれ手紙を書く。ジェレミー・メルフォードは友人のサー・ワトキン・フィリップスあての手紙で旅の様子を述べる。そしてウィニフレッド・ジェンキンズは友人でブランブル館の召し使いのメアリー・ジョーンズあてに手紙を書く。

家族が計画した出発の二日前に、ジェレミー・メルフォードはリディアの恋人のウィルソンにばったり出会う。それ以前から二人は密かに文通していたことをジェレミーは知っていた。ウィルソンはリディアとの関係を説明しようとはしなかったので、ジェレミーは決闘を申し込む。マッシュー・ブランブルは二人の争いが起こりそうなので、ぎょっとして弾が飛ばないうちに、二人に割って入る。ジェレミーとウィルソンは逮捕される。しかしジェレミーがウィルソンとはもう喧嘩はしないと誓ったので二人は釈放される。マッシューとタビサはリディアにウィルソンとの文通をきっぱりとやめるように命じる。リディアとウィルソンは身分が違いすぎるので、ウィルソンは求婚者としてふさわしくないと二人は考えているのだ。ウィルソンは役者でとりたてて言うほどの財産もないし、ちゃんとした家族もないのだ。リディアはかつての住み込みの女性家庭教師に手紙を書いて、自分とウィルソンの間には何ら不都合なことなど起こらなかったと誓う。

ブリストルとバース

ブランブル一家とその召し使いたちはブリストルへと旅をする。ウィルソンがブリストルにいる時に行商人に変装してリディアを訪ねる。彼はそれまではずっと身を隠してきたのだと説明しようとするが、あまり突然に現れたので、リディアは気絶してしまう。ウィニフレッド・ジェンキンズは隠れてウィルソンに会うが、彼の本当の名前を忘れてしまう。他の家族もウィルソンがリディアとよりを戻そうとしていたことには気がつかない。

クリフトンでの療養も効果がなく、マッシューは体調がすぐれない。それで次に大温泉郷バースに行く。しかしここで住んだ家でもダンス教師のレッスンとか黒人のフレンチホルンの練習などさまざまな騒ぎに困惑したので、その翌日に別の家に引っ越す。バースはスモレットがかつて長期滞在したところなので実体験に基づくこの地の精細な描写は本作品の中でも忘れがたいものである。この町の温泉は古い墓地を通っていることや、宿などで使う水も浴室からの湯で汚染されていることもわかる。

一家が滞在している時に一つだけとても良かったことは数人の昔なじみと再会できたことだ。俳優のジェームズ・クイン（一六九三―一七六六）を含めてだが。ジェレミーとマッシューはクインと一緒に居られてとても楽しかった。ジェレミーはこんな魅力的な話し相手を置き去りにしてしまうのがつらい。バースに滞在しても痛風が治らないことが明らかになったので一家はロンドンに向かう。

ハンフリー・クリンカー

ブランブル一家がマールバラに近づくと彼らの馬車がひっくり返る。タビサはこの事故に腹を立てて、ただちに御者をお払い箱にすることを申し出る。従僕のジョン・トマスはタビサの飼い犬のチャウダーにかみつかれたので、マッシューのもとを去る。マッシューはハンフリー・クリンカーという田舎の農民を雇い、マールバラへ残りの旅の馬車の手綱を取らせる。家族の女たちはハンフリーのひどい身なりにショックを受ける。というのも彼は一本のズボンもないのだ。マールバラではハンフリーは私生児で今は極貧に甘んじていることもわかる。マッシューはハンフリーに新しい衣服を買ってあげた。タビサの反対にもかかわらず、ハンフリーは最後にはマッシューの新しい従僕として一行についていくことになる。

ロンドン

マッシューはブリストルやバース同様にロンドンにも全然満足できない。彼の甥と姪はこのにぎやかな街が大いに気に入る。ジェレミーの友人のバートン氏は彼らの遠足に何回かついていく。そしてバートンはリディアではなく自分にプロポーズしようと決心する。バートンはリディアにプロポーズするとタビサは確信していた。バートンがこの誤解に気がつくと、タビサ・ブランブルの遠縁のグリスキン婦人の助けで誤解を解こうとする。リディアがバートンのプロポーズを断ったのでマッシューはほっとする。タビサのプライドがあんな誤解で傷つけられたのでブランブル家の生活も困難になるだろうと彼は思っていたのだ。

グリスキン婦人がチャウダーをもらってくれたので、マッシューの生活のいらいらの原因が一つなくなる。家族のロンドンでの生活はハンフリー・クリンカーの逮捕でただならぬものになった。ハンフリーとマッシューとの関係はハンフリーがマッシューに仕えてから、いくつか問題をかかえることになる。ハンフリーは正式な教育は受けていないが、メソジストの教会で説教をするので、マッシューはひどく驚く。メソジスト教会はキリスト教の一宗派だが、イギリス社会とその政治に対するイギリス国教会の広範な影響に異議を唱える。マッシューはイギリス国教会の一員なので、ハンフリーがメソジストの牧師になろうと決心したことが面白くないのだ。ハンフリーは追いはぎをした疑いでまもなく捕まる。

第三者が彼を強盗だと名指したが、この事件を担当した警官はハンフリーは無罪だと確信する。告訴人は容疑者を特定できたので、懸賞金がもらえるだろうと思った。真犯人はエドワード・マーチンという地方名士にほぼ間違いなさそうだと警官はジェレミーに伝える。この男はすでにその他様々な強盗罪の容疑者になっている。今のところ彼を逮捕する十分な証拠はない。ハンフリーが逮捕された時に、エドワード・マーチンはハンフリーの無罪を主張する。ハンフリーは自分の裁判を待ちながら、刑務所で丸一日を過ごす。そしてこの間に囚人仲間に自分は無罪だと断言する。ジェレミーとマッシューは追いはぎされた人が、法廷でハンフリーは自分を襲った男ではないと宣誓していることがわかる。ハンフリーは釈放される。

ハリゲートとヨーク

ロンドン近辺の道路では強盗が日常茶飯事なのがわかったので、マッシューはハンフリーをボディ・ガードに格上げする。ブランブル一家はロンドンを出発してハリゲートに向かう。この道沿いで一行は強盗に脅されるが、ハンフリーはエドワード・マーチンに助けてもらって馬車を守る。マーチンはたまたま同じ方向に行こうとしていたのだ。マッシューとジェレミーは後でマーチンと話してみると、マーチンは心底は善良な人間だとわかった。マーチンはマッシューに何か真面目な仕事を見つけてくれと頼むと、マッシューはそうしてあげると言う。ブランブル一家がハリゲートに滞在している時に、彼らはもう一人の遠縁にあたるバードック氏を訪ねる。彼らはバードック家の客のメルヴィル伯がその友人のグリーヴ（薬剤師になるために貴族の称号を放棄した人だ）と一緒に居るところを目撃する。二人の間に起きた心打たれる思いがけない情話もはさまれる。ブランブル一家はこれも親戚のピンパネル氏の家に立ち寄る。彼はきわめて不愉快な主人なので、マッシューはできるだけ早くこの訪問を切りあげる。ハリゲートでのブランブルの入浴の話や火事騒ぎも挿入される。

家族はヨークに短期間滞在する。しかしマッシューはスカーバラに行こうとする。海水浴で体力が回復するのを望んでいるのだ。

スカーバラ

マッシューはスカーバラに失望するが、他の家族は海辺の保養地で楽しい時を過ごす。あるやっかいな事件が起きてブランブル一家は思っていたより早くスカーバラを立ち去ることになる。マッシューは健康を取り戻すために海で泳ごうとするが、ハンフリー・クリンカーはマッシューが冷たい水の中でじたばたしているのを見て、彼が溺れているのではないかと思った。マッシューは海が冷たいので、驚いただけなのだ。ハンフリーはマッシューの耳をつかんで彼を海岸に引っ張っていく。海に入る前にマッシューは着替え用の個室で服を脱いでいたので、多くの野次馬たちの面前であられもない姿をさらしものにしていることに気がつく。こうして困惑したのでマッシューはできるだけ早くスカーバラを離れることにする。

ストックトン

ブランブル一家はストックトンでエドワード・マーチンに再会する。マッシューは彼に東インドで仕事を見つけるように説得する。それから一家はオバダイヤ・リスマヘイゴウ中尉に出会う。彼はスコットランド出身の元兵士だ。アメリカで任務している時に、そこの土着民につかまって拷問されたのだとブランブル一家に語る。それから彼はその一族の一員となり、妻のスクウィンキナクースタが死ぬまで、彼らと暮らした。タビサはその話に夢中になった。リスマヘイゴウはブランブル一家と短い旅をするが、その時に、この中尉はなかなかの論争魔なので、相手がどんなに説得しても、意見を曲げないこともわかる。ブランブル一家はリスマヘイゴウともう一人、ジェレミー・メルフォードがストックトンで雇い入れた新しい従僕ダットンを伴い、ノーサンバーランドを旅していく。ハンフリーとダットンはウィニフレッド・ジェンキンズをめぐる恋争いをする。結局ダットンはある男のフィアンセと駆け落ちしたので、ウィニフレッドはハンフリーにしかとねらいを定める。

スコットランド

ジェレミー・メルフォードとマッシュー・ブランブルはエディンバラに大感激する。マッシューは痛風が治まったのがわかり、こんなに良くなったのは運動を大いにやったためだと思う。ブランブル一家がエディンバラに滞在している時に、リディアとジェレミーは舞踏会でウィルソンと行き会う。ウィルソンは変装し偽名で舞踏会に参加したのだ。リディアは彼を見て気絶する。リディアを手玉に取ったウィルソンをとがめようと、ジェレミーはこれまでよりも固い決心をする。

マッシューはリディアがますます元気がなくなっていくのが心配なので旅行の計画を変える。一家はエディンバラのグレゴリー博士の助言で北に向かってハイランドを旅する。彼らはローモンド湖近くの家に滞在する。リディアは回復し始めるので、マッシューはスコットランド人にあらためて感謝する。数週間後にブランブル一家はブランブル館にゆっくりと戻る旅を始める。

クライズデールとカーライル

クライズデールでブランブル一家はウィリアムという名前の大尉と彼の家族との再会を目撃する。ウィリアムは運試しに家を出て、今や裕福な身になって帰宅した。彼は両親の借金を返済し、弟を債務者監獄から救い出す。マッシューはこんな家族愛を見せつけられて、大感激する。すべての人間が野心と強欲で駄目になるわけではないという証人としてウィリアム・ブラウンを見るのだ。

一家はカーライルまでずっと旅を続けて、ここで彼らはオバダイヤ・リスマヘイゴウ中尉に出会う。町への道すがら、彼らは中尉の溺れた馬を見かけた。彼らは中尉もまた死んでしまったと思った。それで一行がカーライルに着き、彼がピンピンしているのを見て全員がほっとした。スコットランドで昔の生活をまた始めようというリスマヘイゴウの計画はつぶれた。それで彼はまたアメリカに戻ろうと思う。マッシューは彼にそうはせずに、家に戻る自分たちの旅についてくるように説得しようとする。タビサは夫探しの他の試みがことごとくうまくいかなかったので、リスマヘイゴウと結婚しようとする。マッシューもこの考えに反対しない。というのもブランブル館の経済についてのいつもの繰り言を聞かなくてすむようになるからだ。

帰郷

マッシューと彼の家族は旧友のベイナードの家に立ち寄る。その領地は妻のハリエット・ベイナードのしつこい要求のためにとんでもないものになってしまっていた。夫の収入はイングランドの最も富裕な郷士階級のそれに比べてもはるかに少なかったが、彼女は彼らと家名争いをしたいと思っている。彼女は周辺の土地をきれいな庭園にしようとしたけれども、泥沼みたいになっただけで、何か見栄えするものなどはできなかった。ベイナード氏は妻が自滅することがわかっていたが、彼女を溺愛していたので、その要求には逆らえなかった。マッシューはどうにか友人を破産状態から救えると思ったので、ベイナードの財務を引き受けると約束する。ブルフォード家の火事でリスマヘイゴウがみっともない姿をさらした事件も起きた。

ジェレミーは赤の他人をウィルソンと勘違いして決闘を申し込む。この男の名前はジャック・ウィルソンだとわかったが、彼は俳優のウィルソンとは全くの別人だった。マッシュー・ブランブル一行の馬車が川でひっくり返った時にあやうく溺れかけた。ハンフリーが彼を救う。マッシューは近くの家で元気になったが、この家は旧友のチャールズ・デニソンのものだということがわかる。マッシューとデニソンとの会話から、ハンフリーはマッシューのもとの名前はマッシュー・ロイドだったことがわかる。結局マッシューはハンフリーの父で、ハンフリーの本当の名前はマッシュー・

ロイド・ジュニアだということが判明する。いろいろなことがわかるとブランブル一家はデニソンの息子のジョージ・デニソンに紹介される。彼はウィルソンその人であることもわかる。彼は自分の正体を隠して役者を装っていたのだ。というのは両親の決めた結婚を無理強いされていたのだ。その婚約者が今は他の人と結婚したので、彼は自由の身になって家に戻れたのだ。リディアとウィルソンは再び結ばれる。ウィルソンはリディアの遺産を盗むような不良ではないことがわかったので、マッシューはただちにこの結婚を認める。ついに三組の結婚がとり行われる。リスマヘイゴウはタビサと、ウィルソンはリディアと、ハンフリーはウィニフレッドと結婚する。リディアの友人のレティシア・ウィリスは侍女として式に出る。この後、ブランブル一家はグロスターまでレティシアをエスコートする。この一行に妻を突然亡くしたベイナードも加わる。マッシューは彼の最悪の悲しみが治まるまでその面倒をみたいと思う。今やハンフリーも自分の家族づくりをしなければならない紳士になったので、マッシューはルイス医師と共同して彼にふさわしい仕事を見つけてやる。リディアとウィルソンがバースでハネムーンを過ごす間に残りの家族はブランブル館に戻る。

ハンフリー・クリンカー

第一巻

ロンドンの書籍商、ヘンリー・デイヴィス氏へ

アバーガヴェニーにて
〔ここはウェールズの実在の町でブランブル館の所在地とされている〕
八月四日

拝啓
先月十三日付のお手紙ありがたく拝受しました。それによりますと、あなた様は私の友人、ヒューゴー・ベーン師からそちらに届けられた手紙を通読したようですから、それをかなり期待して印刷に取りかかれると、お考えになっていることを知って、うれしいです。あなたが挙げている幾つかの異論については、それを完全に取り去ることができないにしても、論破できると、私は存じます――まず第一に、現存する人々の私信を印刷してしまうと何らかの形で告発がなされるかもしれないと、あなたは心配していますが、問題の手紙は親展という封印された形で書かれ発送したものではなく、かついかなる人物の不評や偏見を招く趣旨からでもなく、むしろ人類の知識と啓発を助長

することを意図しているので、これらの手紙を公用のために発表することは、一種の義務であると言わせていただきたいのです。また、当地の高名な弁護士、デイヴィ・ヒギンズ氏の意見をうかがったところ、氏は十分な調査と考慮をしてから、上述の手紙に法律上、訴訟の対象になるようないかなる内容も含んでいるとは考えられないとはっきり述べているのです。結局、あなたと私が正しく理解しあえば、「聖なることば」で言明しますが——万一そんな訴訟がなされれば、すべてをわが双肩に引き受けます。罰金とか禁固刑までです。むち打ち刑だけはご免だとはっきり言います——罪の深さに応じて恥辱を加えることを目指した罪を——第二にリスマヘイゴウ判事の個人的憤慨など〈余はいささかも気にかけず〉と言うでしょう——いかなるクリスチャンでも、もしたまたま彼がその名称に値するなら、進んでこれを見くびるものではありません。とはいえ、わが教会と国家のよき掟《おきて》に対しての敵意を疑われてもしかたのない、かかる流浪の外国人どもを治安判事の職から追放することに、もっと多くの配慮がなされていないことに、私はとても驚いているのです——上述のリスマヘイゴウが偽装したイエズス会士にすぎないと積極的に認めるほど私は無慈悲ではありません。しかし判事の職を得てから、彼が教区の教会の中に入るのを見たことがないということを、私は全力を尽くして断言し、主張するつもりです。

第三にこのリスマヘイゴウ氏が口をきわめてののしったあのケンドール氏の食卓で起きた事件についてですが——あの時私が退席せねばならなかったのは、上述のように、たいしたこともない彼の脅しのような非難のためではなく、正餐にコイの腹子を食べたからだということをお知らせしなければなりません。コイの腹子はガレノス〔二世紀のギリシャの医者、作家。その著作は今も研究されている」がその「魚について」の章で述べているように、ある季節では、激しい下剤となることを知らなかったのです。第四に、そして最後に、これらの手紙をどのように入手したかについてですが、これは、私の良心にのみかかわる事情であり、それぞれの手紙の保管者である当事者を十分に満足させているとだけ申せば十分でしょう。こうまで申しあげれば、あなた様も満足され、われわれの取り決めに最後の筆をおろされ、従って、仕事も早急に進むでしょう。こう望んで筆をおきます。

敬具

ジョナサン・ダストウィッチ

追申

私は、神がお許しくだされば、諸聖人の祝日の頃、かの大都市で、あなた様にお目にかかりたいと望んでおります。その時、故人となったある牧師の説教集の原稿についてご相談できればうれしいです。これは現在の読者の嗜好《しこう》に合う、よい酵母を入れた小さなパンとでもいうべきものです。

賢者は一語にて足る

——市　ジョナサン・ダストウィッチ師へ

拝啓

お手紙を飛脚便で受け取りました。原稿はあなた様のお友達のベーン様にお渡ししましたが、それにつきましては、喜んであなた様との相談に応じます。しかしお申し込みの条件にはとても応じられません。この種のものはまったく不確かなものでございます——著作というものはまったく富くじのようなものです——私は当代の大家たちの作品を扱って失敗ばかりしました——その詳細を記すことも、名前を出すこともできますが、そんなことはしません——都会の嗜好は移ろいやすいものです。また最近、書簡体の旅行記が多く出版されています——スモレット、シャープ、デリック、シックネス、ボルチモア、またバレッティ、さらにシャンディの感傷旅行記など〔Smollett's *Travels through France and Italy*（一七六六）、Samuel Sharp's *Letters from Italy*（一七六六）、Samuel Derrick's *A collection of Travels through various parts of the world*（一七六二）、Lawrence Sterne's *A Sentimental Journey through France and Italy*（一七六八）etc.〕で、大衆はこの種の楽しみには飽き飽きしているようです——それでもあなた様が望まれるなら、あえて印刷、出版の冒険を引き受けましょう。そして刊行によって生まれる利益の半分をあなたに差し上げます——あなた様のおっしゃる説教集は、わざわざ私のために持ち込まれる必要はありません——メソジスト派信者と非国教徒以外に説教集を読む者はいませんので——また私自身のことを申しますと、その種の読み物にはずぶの門外漢です。またそういったことがらについて判断を仰いでいた二人の人物がいなくなったのです。一人は軍艦付きの営繕係として外国に行ってしまったし、もう一人は瀆神《とくしん》のことばを口にしたかどで起訴されるのを免れるため、おろかにも失踪《しっそう》したのです――私は彼の失踪で大損しました――彼は信仰の手引書を半分、私に印刷させたままにしています。彼は金だけは全巻分、私から受け取っているのです――彼はごくまっとうな牧師であり、かつ私が手がける方々のなかでももっともまともな書き手でもあります。ですから、彼が判断を誤り、こんなことで自らの生計の道から逃れ去るとはまったく思いがけないことでした。

あなた様はリスマヘイゴウによって肉体的な恐怖にさらされたのではないと告白して、よい申し開きができる利益を自ら手放していますが、さらにまた、彼を法廷に出頭させる機会をも自ら失うことになります。先の戦争の時、私の夕刊紙に、ある連隊の戦場の行動を非難する飛脚便の記事を載せました。その連隊の将校が私の店にやってきて、妻と職人のいる前で、私の両耳を切り取るぞと脅しました――傍観者の確信を得られるように、ぶるぶる震えたと私が証言したので、彼を法廷に突き出すことができました。私の訴えは成立し、みごと勝訴しました。

敬具

むち打ちについては恐れることも待ち望むことも何ら必要ございません――この三十年間に荷車の後部にくくられてむち打たれたのは、たった一人の印刷業者だけでございます。それはチャールズ・ワトソンですが、あれはノミに食われたくらいだと私にはっきり言ったのです。C・Sは何度か、上院に脅されましたが、たいしたことにはなりませんでした。万一あなた様への告発状が提出され、それが法廷で受理されたら、どうかあなた様はかの手紙の編者として法廷に立ち、正直かつ賢明に裁判を受けることを私は望みます――万一あなた様が曝《さら》し台の刑の宣告を受けるようなことがあれば、あなたには一財産できることになります――時がたつにつれて、この受刑は名誉と昇進への確実な一歩となるものですから。私はあなた様の出世にお力添えできればさいわいです。

敬具

八月十日　ロンドン　　ヘンリー・デイヴィス

どうぞあなたの隣人である私の従弟マドックによろしくお伝えください――私は彼あてに、グロスターのサットン書店あて年鑑と宮廷暦を送料込みで送りました。彼は私のささやかな好意のしるしとして喜んで受け取ってくれると思います。妻は去年のクリスマスに、彼が親切にも私どもに送ってくれた焼きチーズをとても好んでいますが、このたびも彼によろしくと申しております。しかもあのようなチーズがロンドンでも買えるかどうか知りたいと言っています。

H・D

ルイス医師へ

先生

あの錠剤は効き目がないのです――腎臓を冷やすためには雪の球を飲むほうがましです――体を動かすのがいかに大変か何度もお伝えしました。それにこの年頃になると、自分の体調というものがまあまあわかるものです。なぜそんなに自信があるのですか。どうか別の薬を送ってください――私はまるで車輪に押しつぶされたように手足がきかないし、痛いのです。身も心もどちらも苦しいのです――あたかも自分の病気だけでは十分ではないとでもいうように、私の妹の子どもたちが絶えざる悩みの種になっているのです――どういうつもりで子どもたちに親類を困らせるようなことをさせるのでしょうか。昨日、姪のリディアの身にふりかかった馬鹿げた事件のために、体調がおかしくなって、いつまた痛風の発作がぶり返すかもしれないのです――おそらく次の手紙で打ち明けることになるでしょう。明日の朝ブリストルの温泉に出かけます。そこに思いがけず、長く滞在するかもしれません。この手紙をご覧になったら、ウィリアムズをそこに遣《や》って、私の乗り馬と前橋《ぜんきょう》の低い鞍を届けさせてください。バーンズに命じて古い麦の二つの積山を脱穀させ、麦を市

場に持っていかせ、貧しい者たちに、一ブッシェルにつき相場より、一シリング安く売ってくださ
い——私はグリフィンから泣きごとをならべた手紙を受け取りましたが、彼は仲裁裁判に付託して
訴訟費用を支払うと言ってきました。私は彼の仲裁付託など望みませんし、その金を手にしようと
も思いません。あの男はひどい隣人なのでかかわりたくないのです。しかしあいつは金だけが自慢
なので、そんな横柄さをこらしめましょう。あいつが教区の貧しい人たちに五ポンドあげれば、訴
訟は取り下げます。そうすればプリッグに訴訟手続きを止めるように命じてください——モーガン
の寡婦にオールダニー種の牛を一頭あげてください。そして彼女の子どもたちの衣服のための四十
シリングも。しかしこれについては誰にも言わないでください——彼女が返せる時がきたら、支払
わせます。私の引き出しにすべて鍵をかけて、また会う時まで、鍵を保管してください。そして私
の書類の入っている鉄の箱をしっかり保管してください。ご面倒をおかけします。

敬具

親友のM・ブランブル

四月二日　グロスター

ミセス・グヴィリムへ（ブランブル館の家政婦）

グヴィリムさん
この手紙がお手元に届いたら、私の小部屋にある旅行用のトランクに次の品物を入れて、すぐに、ブリストル便の荷馬車で、必ず送ってください——バラ色のネグリジェと緑のガウン、黄色のダマスクの織物、黒いビロードのスーツと短い張り骨。青色のキルトのスカート、緑の外套《がいとう》、レース付きのエプロン、フランス仕上げのかぶり物〔時代遅れの凝った帽子〕、メクリンレース〔メクリンは上質なレースで有名なベルギーのアントワープ地方の自治体〕の垂れ飾りの付いた帽子、それに宝石入れの小箱です。ウィリアムズに胃薬（ラム酒が原料のもの）、ヒル博士が処方した薬草のエキス一瓶、チャウダーの通じ薬を持たせてください。この哀れな動物は、私たちが家を出て以来、ひどい思いをしているのです。どうか家族が留守の時は、とくに家のことに気をつけてください。兄の部屋と私の部屋には火の気を絶やさないでください。女中たちはとくに用事もありませんから、糸つむぎの仕事をさせてください。酒蔵に南京錠をかけて、男たちにうまいビールに近づかせないでください——暗くならないうちに、毎晩門を閉めるのを忘れないように——庭師と作男は階下の洗濯部屋に寝させ、らっぱ銃とあの大きな犬と一緒に家を守らせてください。それにあなたが女中たちを注意深く監督するようにお願いします。あのおてんば娘のメアリー・ジョーンズは男たちといちゃつくのが好きですから。オールダニーの子牛がもう売れたかどうか、そして売られる時のあばれた様子をお知らせください——そしてあの親ガチョウが卵を抱いているかどうか、またあの靴直しが雄ロバを去勢したかどうか、そしてその時、哀れな動物が手術に耐えた様子も。今日はここまでです。休みます。

敬具

グロスター　四月二日

タビサ・ブランブル

ミセス・メアリー・ジョーンズへ（ブランブル館）

親愛なるモリー

ちょうどいい機会なので、あなたとソールに友情をおくります。私は元気です。あなたもそうだろうと思います。この寒空ですから、あなたとソールが私の哀れな子猫をあなたがたと一緒にベッドに寝かせてくださっていると思います。私たちは皆、ここグロスターでひどい目にあいました——リディアお嬢さまが旅役者と駆け落ちしてしまうところでした。しかも若だんな様とその役者がお互いに傷つけあおうとしたのです。しかしだんな様が市長さんにお願いしたので、二人とも法廷に呼び出されました――奥様はこれは誰にも告げ口してはいけないと私におっしゃいました――もうこれ以上は申しません。だって私たち召し使いは、なんでも目にするのですが、それを誰にも口外できないのですから――でもこんなことよりもっと悪いことに、チャウダーが不運にも肉屋の犬にいじめられて、みじめな姿で家に帰ってきました――奥様はヒステリーの発作を起こしましたが、すぐにそれもおさまりました。チャウダーのために医者に来てもらったら、睡眠薬を出してくれました。それがすぐに効いたのです――おかげで今はずっとよくなりました――どうか私の子箱と枕カバーに注意してください。それをあなたのベッドの下にしまっておいてください。私がいなくなると、グウィリムさんが私の秘密をほじくり出しそうな気がするのです。ジョン・トマスは元気ですがふくれています。だんな様が古い上着を貧しい男にあげてしまったのです。するとジョンは、そうすることは、自分から役得を奪うことになるのだと言うのです――私は彼に雇用条件のため心付けはもらえなくなっているのだと言ってやったのです。でも彼は心付けと役得は違うと言うのです。確かに違いますね。私たちは全員で温泉に行こうとしています。そこではあなたの健康を祈って、一杯の温泉水を乾杯します。

敬具

グロスター　四月二日　親愛なるモリー　ウィン・ジェンキンズ

准男爵サー・ワトキン・フィリップスへ（オックスフォード大学ジーザス・カレッジ）

親愛なるフィリップス

ぼくはカレッジではぐくんだ友情を忘れたり、無視することがどうしてもできないということを君に確信させたいばかりに、別れに際して二人で深めようと約束した手紙のやりとりをこれから始めます。最初考えていたより早く手紙を始めるのは、当地の寄宿学校にいた妹のために、巻き込まれた馬鹿馬鹿しいいざこざのために、オックスフォードで広まるかもしれない、ぼくの不利になるような、そらぞらしい噂を君の力で論破してもらいたいからです。ぼくが伯父と叔母（ぼくの保護者たち）とともに、妹を連れ出すためにここにやって来た時、ぼくの見た彼女は、容姿のいい十七歳の美人で背が高い少女でしたが、とても単純でまるで世間知らずでした。このような気立てと経験不足で彼女は、ある人物がいい寄るままにしてしまったのです——ぼくはこの男を何と呼んだらいいかわからないが、彼は芝居で彼女を見かけたのです。そして持ち前の押しの強さと機敏さで、何とか手段を見つけて、彼女と知りあったのです。ぼくが彼女の手紙の一通を押さえたのはまったくの偶然でした。二人のやりとりを芽のうちにつぶしてしまうのは自分の役目だと思って、彼を見つけ出して、これについて思ったことを言ってやった。この飛び上がり者はぼくのやり方が気にくわないので、大騒ぎした。彼の世間的な身分（ところがそれを口にするのも恥ずかしいが）はそれほど尊敬すべきものではないが、その振る舞いは威勢がいいので、彼に紳士の特権を認めてもいいと思うくらいだった。もし予防していなかったら、何か起こるところだった——つまりどういうわけか、これが筒抜けになってしまい、大ごとになったのです――司直が介入したのです――ぼくは誓約させられた。だから明日の朝、ぼくたちはブリストルウェルズに出発します。そこで君の復信をもらえると思います――ぼくは変わり者ぞろいの一家にはいり込んだが、そのうちくわしく書けば、ちょっと面白いでしょう。叔母のタビサ・ブランブルは四十五歳の生娘で、きわめてかたくるしく、見栄っ張り、しかも馬鹿げているのです――伯父は偏屈な気分屋でいつもいらいらしているので、物腰が不愉快で、彼と一緒にいなくてはならないくらいなら、彼の土地を相続する権利などすべて放棄したいくらいなのです――確かに彼は痛風がつらいので、気難しいのかもしれない。おそらくもっとつきあえば、好きになるかもしれない。たしかに、田舎にいる彼の使用人や隣人たちは、みんな彼が好きだし、しかも熱狂的なのです。その理由はまだわかりません。グリフィ・プライス、グウィン、マンセル、バセット、その他ぼくのなじみのウェールズ人の仲間たちによろしく――寝室係の者にもよろしく伝えてくれ――料理人によろしく。それにどうか、かわいそうなポントーを前の飼い主に代わって世話してください。

敬具

親愛なるフィリップス

四月二日　グロスター　親友のジェリー・メルフォード

ミセス・ジャーミンへ（グロスターのお屋敷）

私には母親がいませんので、お世話していただいてから、いつも優しい親であられたあなた様に、私のみじめな心の重荷を持っていただくことをお許しください。ほんとうに間違いないのですが、尊敬すべき先生には道徳的な思い以外は抱いたことはないということをわかっていただき、私を信じてくださいますように。そしてもし神のお恵みがあれば、あなた様が私の教育のためにしてくださったご配慮にいささかも影がさすような振る舞いなどいたしません。思慮も経験もないので、ただご迷惑をおかけしたことを認めます。私はあの若者のことばを聞き入れてはいけなかったのです。起こったことすべてを告白すべきでした。でも恥ずかしくて言えませんでした。でも彼はとても控えめで丁寧に振る舞いました。またたいそうふさぎ込み、おどおどしていたので、彼をみじめで自暴自棄にさせるようなことはとてもする気になれなかったのです。二人の親しさということについて、はっきりと申しますが、彼には挨拶のキスさえ一回も許したことはありません。また私たちがやりとりしたごくわずかな手紙についても、それらはすべて伯父の手元にありますし、純潔と名誉にもとるようなことは何も書かれていないと思っています——彼は裏表のある人物かもしれませんが、これは時が明らかにしてくれるでしょう。それまではわが家をこんなに不愉快にさせるこの交際を忘れるようにします。あなた様から急ぎお別れしてから、泣いてばかりいました。そしてお茶以外は何も口にしていません。また三晩続けてまんじりともしていません。叔母は私と二人きりになると、きびしく叱るのです。でもそのうちに謙虚さと従順さで彼女の心を和ませたいと思っています――伯父は最初ものすごく興奮しましたが、私の涙と悲しみに心を動かされて、今はすっかり優しくなって同情してくれています。私はあの不運な若者との文通をすっかりやめると約束しましたので、敬愛する立派な先生が、哀れで孤独でわびしくても終生愛情深く卑しい僕《しもべ》を許していただくまでは、心が休まりません。

クリフトン　四月六日　　　　　　　　リディア・メルフォード

ミス・レティシア・ウィリスへ（グロスター市）

最愛なるレティ

私はこの手紙が郵便配達員のジャーヴィスが運んで無事にお手元に届くかどうかとても心配ですから、この手紙をお受け取りになったら、名義はミセス・ウィニフレッド・ジェンキンズあてにして、私に手紙をくださるようにお願いします。この人は叔母のお手伝いで、気立てがよく、困った時に、とても親身にしてくれたので、何でも打ち明けています。ジャーヴィスといえば、その妹のサリーが私のために仕事を失うかもしれないというので、私の手紙と小包を受け取るのをとても嫌がりました。確かに彼の心配を責めることはできません。しかし彼には適当にお礼をしておきました。わが親しき同室の友よ。他にも耐えがたいことがあるのですが、気立てがよく分別もあるあなたと一緒にいられることが何より望ましい時に、あなたとともに、楽しくお話しできないのがとてもつらいのです。でも私たちが寄宿学校ではぐくんだ友情は一生ものだと思います——私にとってこの友情は私がいろいろ経験し、真の友人というものがわかるにつれて、日ましに強固なものになっていくのは疑いありません——ああ親愛なるレティ、かわいそうなウィルソンさんのことはどう言えばいいのでしょう。彼とのどんなやりとりも断ち、そしてもしできたら、彼を忘れるということを約束したのです。でもどうでしょう、そんなこと私にはできそうもないということがわかってきたのです。あの肖像画が私の手元にあると、さらに事態を悪化させかねないので、どうしても不都合ですから、この機会にあなたに送ります。どうか事態が好転するまで、お手元にしっかりとしまっておくか、ウィルソンさん自身にお返しするかしてください。あの人はきっといつもの場所で、すぐにあなたに会ってくれるでしょう。もし私の肖像画を返してもらいたくないとしても、お姿が私の胸に刻まれているかぎり、肖像画は必要ないと伝えて——いえいえ、それも言ってほしくありません。というのは私たちのやりとりは打ち切らなくてはならないからです——あの人の心が乱されずに私を忘れてくれたらと望んでいます。でも本当に忘れるようなら、あの人はむごいに違いないわ——でもありえない——あの哀れなウィルソンが不実とか移り気のはずがありません。しばらく私に手紙を書いたり、会おうとしないように、あの人に強くお願いするわ。だって兄のジェリーの腹立ちや激しやすい性格を思うと、そんなやり方だと、私たちすべてが一生情けない思いをするようになるでしょうから——時間と事のなりゆきにまかせましょう——いやそれより名誉と貞潔の道を歩む者にはいつか必ず報いてくれるあの神意にまかせましょう——若い女性に私の愛を捧げます。でもあなたがこの手紙を受け取ったことを誰かに知られてしまうのは困ります。もし私たちがバースに行ったら、かの有名な優雅な娯楽場やその他、私たちの訪れそうなすべての場所について、簡単な報告をします。そして私の親愛なるミス・ウィリスが親友の手紙にきちんと返事してくれると思うのは虫がよすぎるでしょうか。

リディア・メルフォード

クリフトン　四月六日

ルイス医師へ

親愛なるルイス

ご指示どおりやったので、少し良くなりました。もし晴れていて乗り馬が使えれば、今頃は歩けるようになっていたでしょう。この前の火曜日の午前中に丘陵地に馬で遠乗りしました。この時の空は目路の限り、地平線まで一片の雲もなかったのです。しかしまるまる一マイルも行かないうちに、たちまち豪雨におそわれ三分ほどでずぶぬれになったのです——この雨がどこからやって来たのか皆目わかりません。しかしこのためと思われますが、二週間も寝たきりになったのです。クリフトン高原のさわやかな空気のことが話題にされているのを聞くと、むかむかするのです。いまいましい瘴気《しょうき》がたえず霧雨のように降ってくるのに、どうして大気が心地いいとか健康にいいとか言えるのでしょうか。家庭内がざわついているので、引きこもっているのがますますつらいのです――姪は前の手紙で述べたグロスターでのあのいまいましい出来事が原因の危険な病気の発作を起こしています。あの子はバターのようにやわらかくて溶けやすく、哀れで気立てのいいおろか者です――馬鹿者というのではありませんが――この子の資質はまんざらでなく、教育も受けたのです。それというのもフランス語を読み書き、話せるのです。またハープシコードを弾けるのです。ダンスはうまいし、容姿端麗で気立てもいいのです。しかし覇気がなく、きわめて多感――まったく優しいのです――じっさいもの悲しげな眼つきでロマンスを読むのです――そしてその兄、郷士ジェリーですが、学生の高ぶりとうぬぼれが混じった生意気盛りなのです。ドイツの伯爵のように誇り高く、ウェールズ人の登山家のように気性が激しく性急なのです。わが妹タビーはあんなに気まぐれな生き物ですが、その資質についてあなたはご存じです――誓って申しますが、彼女はあまりに耐えがたいので、わが罪を罰するためにやってきた悪魔の化身かと思いかねないくらいです。でも私はそんな家族のいざこざをこうむらなければならない罪を犯したことはありません――いったいなぜ私がかかる苦しみを直ちに払いのけてはいけない理由があるのでしょうか――私がタビーと結婚していないことはじつにありがたいことです。他の二人も私がもうけた子どもではありません。彼らは別の保護者を選べばいいのです。わが身については自分でやっていけそうもないのです。浮ついた少年少女どものふるまいを監督することなど、とんでもないことです。グロスターでのわれわれの冒険のいきさつをあなたはとても知りたがっていますが、それは簡単にいうと、こういうことです。これ以上の深みにはまらないように思います――リディアはひどく長い間、寄宿学校に閉じ込められていたので――これはかつて若い女性のために考案された学院としては女子修道院に次ぐ最悪のもので、彼女は火口《ほくち》のように燃えやすくなっていました――いやはや口にするのも恥ずかしい――役者の一人と恋に落ちたのです――ウィルソンという名で通っている容姿のいい若者です。あの悪者は自分が彼女にいかなる印象をあたえたかを知り、彼女がその女教師とともにお茶を飲みに行く店で、彼女に会えるように手はずを整えました。彼らはこの交際を寄宿舎学校の女生徒の帽子を仕立てている、あばずれ女の手引きで続けていたのです。われわれがグロスターに着いた時、彼女は叔母の宿に来て泊まりました。するとウィルソンは女中を買収して、彼女の手に手紙を渡してくれるように頼んだのです。しかしジェリーはすでに女中をうまくまるめ込んでいたので（ありとあらゆる手段を使えたのです）、女中はその手紙を彼に渡したのです。そのため事がすっかり露見したのです。この短気な若者は、これを私に全然言わないで、ただちにウィルソンを探しに出かけたのです。そしてどうも彼をさんざんなぶりものにしたようです。この舞台の主役はこんな扱いに耐えるには、空想の世界にあまりに足を入れすぎていました。彼は無韻詩のせりふで答え、その後、正式な挑戦がなされました。次の日の早朝に二人は出会い、ピストルと刀で喧嘩《けんか》を収めようとしたのです。私はこの事件について何も聞いていなかったのですが、翌朝モーリー氏〔宿の主人〕がベッドの傍らに来て、私の甥が決闘しようとしているのではないかと思うと言ったのです。そのわけは、昨晩、甥がウィルソンと宿で激しく言い争っているのが聞こえ、その後、甥は近所の店に火薬と弾丸を買いに出かけたと言うのです。すぐに起き出して調べると、彼が出かけたばかりだとわかりました。私はモーリーに市長をたたき起こしてくれと頼みました。市長に治安判事として介入してもらうためです。そうする一方、はるか前方を、市の門に向かって急ぎ足で歩いていく郷士を、足を引きずりながら追いかけました。できるだけのことはやったのですが、私が追いついた時、二人の決闘者はすでに足場を固め、ピストルに火薬を詰めていました。さいわい一軒の古い家屋の物陰に居たので、二人に気づかれることなく、いきなり彼らの眼の前に出たのです。二人ともあわてふためき、別々の方向に逃げようとしました。しかしまさにこの時、モーリーが保安官たちと駆けつけて、ウィルソンを拘束したのです。そしてジェリーは彼らにおとなしくついていき市長の家に行ったのです。この時まで、私はその前日の事件のことはまったく知らず、しかもどちらの当事者もそれについては全く明らかにしようとしませんでした。市長はウィルソンが旅役者の分際で、裕福な名門の紳士に対してかかる過激な行動を取るとは失礼千万であると申し、浮浪者取締法で罰すると言いました——その若造はひどく興奮していきり立ち、自分は紳士なので、それ相応に扱ってもらいたいとはっきり言ったのです。しかしそれ以上の素性を明かそうとはしなかったのです。芝居の一座の座長が呼び出され尋問されました。くだんのウィルソンについて、この若者はおよそ半年前にバーミンガムで一座に雇われたこと、しかし決して給料を受け取ろうとしないこと、私生活では素行が非常にいいので、知人の誰からも尊敬され好意を持たれていること、および俳優としての資質がなみなみならぬものであることを、皆認めていることを彼は述べたのです——結局のところロンドンから逃亡した俳優見習いなのです――支配人はもし彼が騒ぎを起こさないと誓約すれば、保釈金はいくらでも積むと申しました。しかしこの若い紳士は尊大に構え、どんな束縛もされようとはしなかったのです。他方、「前途有望な男」もかたくなでした。それでついに市長は、どちらも誓約をこばめば、ただちにウィルソンを浮浪者として重労働に処するつもりだと言ったのです。この時のジェリーの振る舞いにはとても感心したということを申し上げます。彼はウィルソン氏がかかる屈辱的な扱いを受けるなら、二人がグロスター滞在中は、これ以上、事をあらだてないことを誓約すると言ったのです――ウィルソンはその寛大な処置に感謝しました。そして釈放されたのです。宿に帰る時、甥は裏事情をすっかり打ち明けました。それで私がひどく憤慨したことは申すまでもありません――リディアは、あの短気女、わが妹タビーにこれについて問いただされ、しかもきびしく責められたので、まず気を失い、ついでさめざめと泣きくずれ、交際の一部始終を告白しました。それとともに彼女の崇拝者から受け取った三通の手紙すべてを差し出したのです。最後のものはジェリーが差し押さえたものですが、同封してあります。人間というものがまったくわかっていない無邪気な少女の心に、これを書いた男がまんまと取り入ったのももっともだと思うことでしょう。こんな危うい関係から彼女を遠ざける潮時だと思い、その翌日に彼女をブリストルに連れていったのです。しかしこの哀れな少女は、われわれに脅され説教されて、すっかりおびえて、クリフトンにわれわれが着いた四日後に、病の床につき、まるまる一週間ひどく具合が悪かったので、命さえ案じられるほどでした。危ない状態ではなくなったとリッジ医師が昨日やっと言ってくれました。この哀れな子の無分別とか、彼女のすべてを失うのでないかという恐怖から私がどんなに苦しんだかご想像できないでしょう。ここは大気も耐えがたいほど寒くて、土地柄もきわめて荒涼としています。鉱泉のあるところまで出かけると、必ず気分が落ち込んで帰って来るのです。というのはそこでは、肺結核の末期で幽霊のような顔つきのやつれた人びとに出会うのです――温室でしおれていくあんなに多くの外来種の植物のように、どうにか冬を生きながらえたが、どう見ても、太陽が今年の厳しい春の寒気をやわらげてくれないうちに、墓場に没してしまいそうに思うのです――もしバースの鉱泉が私に少しでも効き目があると先生がお考えなら、姪が馬車の横揺れに耐えられるようになったら、そこに行くつもりです――バーンズの助言に感謝していると伝えてください。でもそれを受け入れるつもりはありません。もしデーヴィス自ら、農場を放棄すると申し出るならバーンズにやらせましょう。しかし私はこの期に及んで、小作人たちの差し押さえを始めようとは思いません。というのも彼らはみじめなので、きちんと納付できないのです。いったいバーンズは私がかかる迫害をなしうると思っているのでしょうか――ヒギンズについては、なるほどあの男は名うての密猟者です。しかも私の牧場の囲い地にわなをしかけたとは恥知らずの悪党です。しかしどうも彼は、自然が共同の使用に供してくれていると思われているものの分け前にあずかる（とりわけ私の不在中は）若干の権利があると思っているようですね――私の代わりに気のすむまで叱ってください。でももし、彼が悪行をくり返すようでしたら、法に訴える前に私にお知らせください――あなたは狩りがうまいので、多くの友人にその獲物を分けて喜ばせておられることを承知しています。わが猟場をご自由にお使いいただくことは申すまでもないことです。しかし私は獲物より猟銃を心配していることを申し添えなくてはならないでしょう。もし鷓鴣《しゃこ》を二、三つがい分けていただけますなら、駅馬車で送ってください。グウィリムには、彼女がこの前のトランク便にシャツ類と屋内用の靴を入れ忘れたことを伝えてくださいーーいつも面倒をおかけしますので、私との手紙のやりとりがわずらわしくなるのではないかと案じています。

盟友のM・ブランブル

クリフトン　四月十七日

ミス・リディア・メルフォードへ

ウィリス嬢が私の運命を宣告しましたーーあなたは遠くに行かれますね、親愛なるメルフォードお嬢様ーーあなたは私の知らないところに追い払われるのです。どうすればいいのでしょう。夜もすがら、私は疑いと恐れ、不安と乱心の大海にもてあそばれ、考えをまとめることも、いわんや筋道立った行動計画を立てることもできませんでしたーーあなたにお会いしなければよかった、あるいは哀れなウィルソンにあんなに優しくせず、あれほどお情け深くなければよかったのに、とさえ思いたくなりました。あなたの善良で包容力のある寛《ひろ》い心がもたらした汲《く》めぬ喜びに、いかに私が救われているかと思うと、そんな考えを抱くなんてまことに軽蔑すべき恩知らずでしょうーーああ、お名前をおっしゃられると心が高鳴るのです。おつきあいが許されるかもしれないという一縷《いちる》の望みがあれば、全霊はうれしくて驚愕《きょうがく》するのです。その時がせまってくるにつれて、胸はいつもより二倍高鳴り、全神経が恍惚《こうこつ》として震えたのです。しかし現実にお目にかかれた時——お話を耳にし、笑い顔を目にし、好意あふれる魅力的な目に見つめられると、胸が歓喜の激情に満たされるあまり——口もきけなくなり、天にも昇る心地でした——あなたの優しい性格と愛想のよさに励まされたので、思い切って心情を吐露することができたのです——その時でさえあなたは私のでしゃばりを押しとどめようとはなさらなかったのです——あなたは私の苦難を哀れんで、希望を持つことをお許しくださいました——おそらく私の有様もあまりに寛大な心で見ていただきました——確かに私は恋のかけひきなどできないのです——私は心からあふれることばを口にしています——自然にそうなるのです——でもこの心の中にはまだ打ち明けていないものがあります——ひそかに自負しているものです——でも言いません。言ってはいけないのです。親愛なるリディアお嬢様、お願いですから、グロスターを去る前に、何とかして、私とお話しできる手はずをお考えください——そうしないと、どうなるものかわかりません——しかしまたしてもたわごとを言い始めたようです——私はこの試練を毅然《きぜん》として耐えるべく努めます——あなたの優しさと誠実さを思い出しさえすれば、私には何も絶望する理由などないのですから——それでも私は気分が落ち着かないのです。太陽は私に光を拒んでいるようです——一片の雲が頭上にかかり、気分にもひどく重いものがのしかかっています。あなたがこの地にご滞在中は、私はずっとお宿のあたりをさまようことでしょう。あたかも故人の魂が、その肉体が休息する墓場のあたりを徘徊すると言われているように——もしあなたにそれができれば、哀れみを（愛情も加えましょうか）かけてくださることは私にはわかっております――悩める者の胸をさいなむ耐えがたい不安をやわらげるために。

ウィルソン

グロスター　三月三十一日

サー・ワトキン・フィリップスへ（オックスフォード大学ジーザス・カレッジ）

ホットウェル　四月十八日

ぼくがグロスターでテキ屋と喧嘩したうわさを広めるなんて、マンセルの創作力は認めるよ。しかしぼくはウィットというものをとても尊重しているから、最低の道化とさえ、喧嘩などしないよ。だからマンセルとぼくはずっと仲良くしていけると思う。しかしぼくは彼がオウィディウスの冗語句を語呂合わせで墓碑銘にするために、ぼくの哀れな愛犬、ポントーを溺死させたことは容認できないんだ――deerant quoque Littora Ponto〔すべては海、されど岸辺なき海なり　海 pontus の語形変化と犬の名 Ponto の語呂合わせ〕。というのは彼がポントーを水かさが増した激流のアイシス川に投げ込んだのは、ただノミを殺してやるためで他意はなかったなどというのは、つじつまが合う言い訳にはならないからさ——しかしぼくは哀れなポントーをその運命にまかせる。そしてマンセルには神が溺死以外の、もっと乾いた死をあてがってくださるように望むよ。

ウェルには親友と言えるような人はいないので、ぼくはここでは完全な停学状態です。しかしこのために、君の好奇心もそそられたらしい伯父の特異な性格を観察する余裕ができます。じつをいうと、酢と油のように互いに反発していた彼の気質とぼくの気質がよく混ぜ合わされて、今や溶け始めている。かつてぼくは彼を完全なすね者だと信じる時もあった。そしてやむを得ない時以外は、彼を社交界に引っ張り出すことは絶対にできないと思っていたのだ——今や考えが変わったのです。彼が不機嫌なのは、一つは肉体の痛みから、また一つは生来の過敏さに由来すると思うのです。というのは精神は肉体同様に、病的に過敏なことがよくあるものですから。

先日、大社交広間〔ローマンバスの鉱泉水を飲むための華やかな大広間〕で伯父と、患者のためにウェルで診療している有名なL博士との間でかわされた会話がとても面白いと思いました。伯父は臭い臭いとこぼしていた。これは引き潮の時、社交広間の窓の下の川底に大量にたまるねばねばした泥から立ち上るものだ。彼はこう言ったのです——こんなやっかいなものから蒸発するものは、鉱泉を飲むためにここを訪れる、多くの結核の患者の弱った肺に有毒にならないはずがない。博士はこのことばを聞きつけ、彼のところまで歩いていき、お前の言うことは間違いだとはっきり言ったのです。こうも言いました——大衆というものは低俗な偏見にとらわれているので、たとえ哲学でも彼らの目を覚ますことはできないだろう。それから三回ふむふむと繰り返してから、まったく滑稽な威厳をとりつくろい、臭気の性質について、博学な研究をとうとうと述べたのです。彼が言うには、stink, stench（悪臭）は嗅覚神経が強く圧迫されることにほかならず、全く正反対の性質を持つ物質にもあてはまるものだ。オランダ語の stinken は最も不快な臭気と最も心地いい芳香を意味します。たとえば、ファン・フルーデルがホラチウスの美しいオード、Quis multa gracilis（汝にいま接吻するは誰ぞ）を翻訳する時に見られるように——liquidis perfusus odoribus（芳香をふりかけられ）を彼は van civet & moschata getinken stinken と翻訳している。臭いについての個人の意見に雲泥の差があることは、美についての意見がさまざまであることと同じである。フランス人は動物性食物の腐敗臭を好むが、それはアフリカのホッテントットやグリーンランドの未開人も同様である。またセネガル海岸の黒人は魚が腐敗するまでそれに触れようとはしない。これらの民族は贅沢《ぜいたく》に溺れることなく、気まぐれや酔狂によっても堕落していない。自然のままの状態にあることを思えば、この事実こそ普通、臭気と呼ばれるものが好まれていることをよく表している。偏見により悪臭と非難されているあの糞便《ふんべん》の香りは、実は嗅覚器官にとってはきわめて快いものであると信じる理由がある。というのは誰でも他人の排泄物の臭いには吐き気をもよおすくせに、自身のものの臭いには、とくに満足して嗅いでいるではないか。これが真実であることを、彼は列席している紳士淑女全員に訴えた。さらに彼はマドリードやエディンバラの住民が、糞便の臭気で飽和しているおのれ自身のガスを呼吸することに特別に満足していること、また学識あるB博士〔Dr. Edward Barry, Bart.（一六九六—一七七六）のことだろう〕が四つの消化作用についての彼の論文の中で、消化管から発する揮発性の臭気がどんなふうに動物の体の働きを刺激し促進するかを説明している。また彼の主張するところによると、メディチ家出身のトスカナ州の最後の大公は、哲学的な精神で洗練した感性を身につけたが、その種の臭いを好むあまり糞便のエッセンスを抽出させ、それを最高の芳香として使用したし、また彼自身、たまたま落ち込んだり、仕事で疲れた時など、屋内便器の古い内容物の上にかがみ込み、召し使いに自分の鼻の下でそれをかき混ぜさせると、すぐに休息感と異常な満足を覚えた。そしてこのような効果も――この物質が化学者により抽出され昇華される際には、もっとも虚弱な病人がむさぼりかぐものと全く同じ揮発性の塩類に富んでいることを思えば――怪しむにたりない。この頃までには全員鼻をつまみ始めた。しかし博士はそんな様子などちっとも気にしないで、多くの臭気の強い物質はかいで心地いいだけでなく、体にも優しいことを説明し続けた――例えばアサフェティダ〈悪臭のする薬用の樹脂の化合物〉とか、その他の薬用樹液、樹脂、根っこ、野菜、さらに焼いた羽毛、獣皮のなめし桶、ろうそくの燃えかすなど。要するに彼は多くの学識深い論拠を使って聴衆の頭がおかしくなるまで説明を続けた。そして話は悪臭ということから不潔ということになったが、彼は不潔という概念もやはり誤った認識であり、およそ不潔とされる物質は何であれ神が創造したすべてのエッセンスの中に含まれるのと同じ素因をつくる物質を、ある形に変えたものにすぎないと断言した。さらに哲学者の考察によれば、自然の産物の中で最も不潔なものの中にさえ、土と水と塩と空気以外の成分は何もなく、彼自身についていうなら、もっとも不潔などぶの水でも、もしそれに毒が含まれていないことが確信できれば、ホットウェルの鉱泉を飲むのと同様に、飲用することに何ら反対しないと言い切った。それから彼はぼくの伯父に話しかけ、「あなた様は水腫性の体質のようですね。もうじき慢性の水腫病になるでしょう。もしあなたの体液を採取されるところに立ち会えば、腹部から出てくる水を、ちゅうちょなく飲んでみせます。それは私が主張していることが正しいと信じてもらえる証拠になるでしょう」――婦人たちはこの宣言に顔をしかめ、伯父は顔色を変えて、博士の哲学のそんな証明などまったく望んでいないと述べたのです。「しかし（と彼は言った）私が水腫の体質であるとお考えになったわけをうかがわせていただければ、うれしいのですが」「いや失礼ですが（と博士は答えた）、あなたのくるぶしが腫れているのに気がついたのです。それに水腫性の体質のようです。おそらく、きっとあなたの病気は浮腫性か痛風性のものです。または性病かもしれません。もしあなたが病気はこの最後のものだと思い込まれる理由がおありでしたら――たとえそれが宿痾《しゅくあ》性のものでも――私は三錠の小さな丸薬で治療を開始します。だんな様、これは私が発見しさんざん苦労して調合した秘薬なのです――だんな様、私は最近ブリストルである女を治療してやりました――ありふれた娼婦であらゆる最悪の病状を呈していました――いぼ、痛風結節、ゴム腫、こぶ、鶏のトサカの形の赤いこぶ、また全身の皮膚病――ところがどうでしょう。二錠目を服用した時、この女は私の手のように滑らかになり、三錠目でまるで新生児のように健全で生き生きしたのです」「先生（と伯父は不機嫌に叫んだ）。私の病気があなたのにせ薬の効能で治ると思わせる証拠はない。しかもこの病人はあなたがお考えになるほど真に健康になったわけでもないでしょう」「私が間違えるわけなどありませんよ（と哲学者は言い返した）というのは私は三回彼女とやりとりしたのです――いつもこんなふうにして治癒していくのを確かめるのです」このことばでご婦人がたは皆広間の別の隅に下がった。中にはつばを吐くのもいた。伯父はどうしたかというと、最初は博士に水腫病と言われてむくれたが、この滑稽な告白を聞くにおよんで、吹き出さずにいられなかった。しかもどうやら、この変わり者をこらしめようと考えたらしく「あなたの鼻にはいぼがあるがそれはちょっと、うさんくさいのではないか」と博士に言った。「私はこんな問題を判定するつもりはないが（と彼は言った）いぼはしばしば心身の不調で生じると理解しています。そしてあなたの鼻のいぼは鼻梁のまさに肝心要《かんじんかなめ》の場所を占めているように見受けられます。でもそれが落ちる心配はさらさらないでしょうが」。Lはこの言葉にちょっとろうばいした様子だったが、そのいぼは角皮のありふれた突出物にすぎず、中の骨はまったく異状がないと述べ、その主張が正しいことを確かめるための触診を主張し、その部分にさわってほしいと言った。伯父は紳士の鼻にいたずらすることは、ひどく不しつけだと言って、そうはしなかった――それで博士はぼくの方を向いて、ぼくにそれをしてくれと懇願しました。ぼくはその求めに応じ、乱暴にそれをねじると、彼はくしゃみをし、ほほにぽろぽろと涙をこぼした。これを見て、一座の人々はとても楽しんだ。とりわけ伯父はぼくとの同行以来初めて見るほど爆笑したのです。ぼくは博士の鼻をねじった結果、とても柔らかいようだと指摘した。「あなた（とL博士は叫んだ）、そこはもともと柔らかいのです。しかしありうるすべての疑念を晴らすため、今夜という今夜、このいぼを取ってしまいます」。こう言いながら、まじめくさってぐるりと会釈し、自分の宿に退却した。そこでいぼに腐食薬を塗った。ところがこの薬がとんでもなく広がり、ひどい炎症を起こし、腫れもとてもひどくなったのです。それで彼がまた姿を見せると、その顔はそっくり巨大な鼻の影になっていたのです。そして彼がこの不運な出来事を、ひどく哀れにも熱心に説明する様子は筆舌に尽くしがたいほど滑稽だった。ぼくはこんな変人との出会いがうれしかった——君とぼくとはそんな性格を種にして、よく大笑いしたね。ぼくがとても驚いたことに、彼のためにこれまで描かれた肖像画の容貌は、誇張されているというより、地味なものになっていることだ。まだ他にも書きたいことはあるが、この手紙がひどくだらだらしたものになったので、ここいらで、君に少し休息してもらおう。しかもまさに次の便でまた迷惑をかけるつもりです。この二重の打撃にしっぺ返しをすることをお考えになられたらいかがでしょう。

忠勤の友　　J・メルフォード

サー・ワトキン・フィリップスへ（オックスフォード大学ジーザス・カレッジ）

ホットウェル　四月二十日

親愛なるナイト爵様

ぼくは今、机に向かい、先便の末尾にある脅しを実行しようとしています。じつを言うと、ぼくはある秘密で胸いっぱいなので、それから解放されたいのです。その秘密はぼくの保護者に関することです——彼は現在われわれの話題の中心人物です。

先日ぼくは、彼がその年齢と性格にはそぐわない弱みがあるのをのぞいたような気がしました。一人の容姿も悪くない、品のいい女が、結核が進行してやせ衰えてしまった一児を連れて、ウェルに来ていました。ぼくは伯父の目がひどく心配げに、何回もこの人に向けられていることに気づきました。そして彼は、見つめられていることがわかるたびに、あわてふためき、急いで視線をそらしたのです――ぼくは彼をもっとよく見つめようと決心しました。そして彼が遊歩道の角で内輪の話をしているのを見かけた。とうとうある日、ぼくがウェルに降りていく時、クリフトンへの登りの中ほどまで、彼女がやってくるのに出会ったのです。そして彼女は約束があるので、ぼくらの宿に行くところに違いないと思わざるをえなかったのです。それはおよそ一時頃で、妹とぼくがたいてい大社交広間にいる時刻なのです――疑念と好奇心からぼくは裏道を通って引き返し、伯父の隣の自分の部屋に入り込んだのです。誰にも気づかれなかった。確かに女は中に入れてもらえたが、彼の寝室ではなかった。伯父は居間で聴取したのだ。それでぼくは別の部屋に移らなくてはならなかった。でもそこには仕切りのところに小さなすき間があったので、そこからぼくは中の出来事を観察できた――伯父はちょっと足が悪いが、彼女が入ってくると、立ち上がり、椅子を用意してあげ、座るようにすすめた。それから彼女にチョコレートを一杯どうかと尋ねたが、彼女はたいそう感謝しながらも、いらないと言った。ちょっとしてから彼の声はだみ声になったので、ぼくは少しとまどった。「奥さん、わしはあんたの不幸をとても気づかっておるのじゃ。それでつまらぬものでも、もしこれが少しでもお役に立つなら、遠慮なく受け取ってくだされ」こう言いながら、彼は一枚の紙を彼女に手渡した。それを開けると、女は仰天して叫んだ。「二十ポンド、まあだんな様」そして長椅子にくずおれて気を失った。この発作に伯父はあわてふためいた。この状況が都合の悪い憶測を生むことを恐れて、伯父は助けを呼ぶのをためらったと思う。彼は顔を恐ろしくしかめて、夢中で部屋を駆け回った。そしてはっと気がつくと、彼女の顔に水をかけた。この手当てで彼女はわれに返った。しかし次に彼女の気持ちは変わった――彼女は大泣きして叫んだ――「どなた様かは存じませんが――尊いお方、心寛きお方――私と私の哀れな死にそうな子どもの難儀を――ああ、もし、やもめの祈りが――もし孤児の感謝の涙が功を奏するものなら――慈悲深き神様――祝福を。永遠の祝福を注ぎたまえ」

ここで彼女は伯父の声にさえぎられた。彼のつぶやくような声はますます聞きづらくなった。「後生だから、静かになさい、奥さん――よく考えて――家の者が――いやはやだめだな」。この間ずっと彼女は身を投げて、ひざまずこうとした。一方伯父は「何とぞどうか静かにしてください」と言いながら、座らせようとした。この時、どんなオールドミスより極悪で気まぐれ女、わが叔母タビーは、いつも他人の身の上を詮索《せんさく》しているのだが、女が家に入るのを見て、ドアのところまで後をつけた。ドアの外に立って中の様子に耳を傾けていたが、おそらく、はっきりとは何も聞き取ることはできず、伯父が最後に叫んだことばだけがわかったのだろう。その言葉を聞いて、彼女は激しい怒りにかられて客間に飛び込んだ。鼻先は紫色になっていた。「まあみっともない、マット(と彼女は叫んだ)これはどうしたことですか――あなた自身の人格に泥を塗り、家族の名誉を傷つけるなんて」――それから彼女は見知らぬ者の手から紙幣をひったくり、こう言いつづけた――「どうしてなの、まあ二十ポンドですって――これは誘惑の証拠ね――ご立派なことね――兄さん、兄さん、あなたの欲望か、放縦ね」

「おやまあ（と哀れな女は叫んだ）。ご立派な紳士の人柄が、それが人間性の名誉になるようなことをやっても、貶《おとし》められるのですか」。この時までに、伯父の憤《いきどお》りは十分にかき立てられていた。顔色は青ざめ、歯はがちがちと音を立て、目はらんらんと輝いた――「妹よ（と雷声で叫んだ）、誓って言うがお前のでしゃばりで堪忍袋の緒が切れそうだ」。こんな言葉を叫びながら、彼は彼女の手をつかみ、通路のドアをあけて、ぼくのいる部屋に彼女を押し込んだ。ぼくはこの出来事に気が動転して、涙がほほを流れ落ちた。気持ちの高ぶりのこんなしるしを見て、「近親の堕落ぶりにあなたが心配するのは当然ね（と彼女は言った）。あんなに耄碌《もうろく》している。これはほんとに立派な行いね――保護者が被保護者のために示す見事な行いね――すごいわ、場違いだわ。なぞめいているわ」――ぼくは彼女の間違いを正してやることこそ正義の行為に他ならないと考えた。そこでこのなぞを説明してやった――しかし彼女はどうしても迷いから目覚めようとはしなかった。「何のつもりで（と彼女は言った）私に難くせつけるの。頭がおかしくなりそうだわ。彼が彼女に黙ってとささやくのを私が聞こえなかったとでも言うの。彼女が涙にくれているのを私が見なかったとでも言うの。彼が彼女を長椅子にほうり投げようとしているのを私が見なかったとでも言うの。まあ不潔だわ、醜悪だわ、けがらわしいわ。坊や、坊や、私に慈善なんて言わないで。慈善の気持ちから誰が二十ポンドも出すのよ――でもお前はまだ青二才ね――世間のことはわかっちゃいないのよ――おまけに慈善というものは家庭から始まるべきものよ。二十ポンドもあれば、花模様やひだ飾り、その他もろもろが付いた絹の服一そろいが買えるわ」。早い話がぼくはその部屋から逃げ出したのだ。

叔母への軽蔑の気持ちと、彼女の兄への尊敬の気持ちが同じくらい深くなったのだ。後でわかったことだが、伯父があんなに情けをかけて救ってあげた婦人は歩兵少尉の寡婦で、年額十五ポンドの年金しか頼るものがないのだ。ウェルの鉱泉地の人びとは彼女の人柄をとてもほめている。彼女は屋根裏に住み、結核の末期の娘を助けるために懸命に針仕事をしているのだ。ぼくは口にするのも恥ずかしいが、この哀れな寡婦を救うために、伯父のようにやってあげたいという気にどうしてもなるのです。しかし友人だけの打ち明け話だが、ぼくは弱いところを探られて、結局、みんなの笑いものにされやしないかと心配なのです。

恒心のJ・メルフォード

親愛なるフィリップス

ぼくあての君からの次の便りはバースに送ってくれ。それからカレッジ生にもよろしく

ルイス医師へ

ホットウェル　四月二十日

ご助言はよくわかります。宗教と同じで医学にはもろもろの神秘的なものがあります。それについてわれわれ凡俗には探求する権利などありません。人はもろもろの範疇《はんちゅう》を研究して、様式と格で、形式論理を扱えるようにならなければ、おのれの推論を用いることはできません――友人としての話ですが、健康体であれば、どんな人でも、私くらいの年ごろになれば、医者と法律家を兼ねるべきです――体質と財産に関してはね。私自身について言うと、この十四年間、体内に病院があって、自身の病状をよく注意して診てきました。その結果、私が生理学、――学、――学、等の正規の課程を修めなかったとはいえ、この件については、ある程度の知識があると推察されてもさしつかえありません。つまりこういうことです――（先生怒らないでね）あなたの医学の発見はすべて、それを研究すればするほど、よくわからなくなっているのではないか、としばらく思っていました――ホットウェルズについて書かれたものは皆読みましたが、その全体から推察できることは、この鉱泉にはほんのわずかな塩分と白亜質の土壌しか含まれていないということです――それは動物組織に（もし影響するにしても）ほとんど影響しないのです。こういうことなので、この鉱泉がもたらすわずかな利益のために、貴重な時間（それはもっと効果的な療法にあてるべきです）を犠牲にし、悪臭、寒風、降り続く雨（このため私もこの地が耐えがたいのです）などに身をさらすのにふさわしいのは、鈴の付いた帽子をかぶった道化くらいでしょう。もし当地の収斂《しゅうれん》性のある鉱泉が分泌物が増えすぎて起こる糖尿病や下痢、寝汗に何らかの効果があるとしたら、ぜん息や壊血病、痛風、水症などのように分泌物不足の場合には、その反対に有害になるのではないでしょうか。ところで水症といえば、当地にはあなたのお仲間の変人、変わり者そのものの人物がいるのですが、大社交広間で毎日熱弁をふるっています。まるでありとあらゆる問題について、講義をするために雇われているみたいです――あれは何なのでしょう――鋭いことを言う時もあるし、別の時には、自然界の一番のおろか者のようにしゃべるのです――彼は大の読書家ですが、それも手当たりしだいだし、判断力もないのです。だから何も消化できないのです。読むものはすべて信じてしまうのです。とりわけそこに何か非凡なものがあると、特にそうなのです。そして彼の会話は学識と誇張のとんでもないごたまぜです――彼は先日、たいそう自信ありげに、「あなたの病気は水症だよ」とか「体がむくんで皮膚が白っぽく腫れる病気」でしょうと言ったのです。そのずうずうしさは経験不足そのものだという確実な証拠です。というのはおわかりのように、私の病気には水症をしのばせるものは何もないのです。こんなまともな頭もない、ぶしつけ野郎の助言なんか、それが欲しい者にだけ与えるべきです――いやはや水症とは。なるほどまだ私は五十五歳にもなっていませんが、わが身の病気についてはかくも豊富な経験があるし、あなたや他の名医たちに何回もしかも長期間診てもらっているので、こんなやつにはまどわされないぞ――いや、疑いなく、この男は狂っているのです。だから彼の言うことは無意味なのです。きのうヒギンズが訪ねてきました。彼はあなたに脅されて怖いので、ここに来て、私に一つがいの野ウサギを持ってきました。これはわが猟場で捕ったものだと白状しました。お前は密猟したぞとかそれを裁判沙汰にするぞと脅しても聞く耳を持ちませんでした——この悪党の所業を大目に見られることを望まずにはいられません。さもなければ彼の贈り物で私は悩むことになるでしょう——というのはそれは実際の価値以上に私の負担になりますから——フィツオーエンが何をやっても驚きですが——次回の州議会の選挙で、私が彼に投票するようにあなたにせがんだあの鉄面皮にはついていけません——選挙の時に、一番下劣なやり方で私に反対したあいつのためにですよ——申しわけないができないと失礼のないようにお伝えください。私あての次の手紙はバースに送付してください。明日、そこに移るつもりです。これは私自身のためばかりでなく、病気がぶり返しそうな姪のリディアのためでもあるのです。この哀れな小娘は、きのう私がユダヤ人の行商人と眼鏡を値切っている時に発作を起こしたので——あの子の小さな胸にはまだ何か潜んでいると思いますが、これも転地でなくなると思います。この頭足らずの医師の、お門違いで滑稽でいんちきな見立てをどう思われるかお知らせください。水症どころか、わがはいはグレーハウンドのようにスリムな腹をしています。しかも荷造り用のひもで足首を計ると、腫れが日ごとに引いていくのがわかるのです——あんな医者どもから、主よ、われらを救いたまえ——私はまだバースの宿は決めていません。というのはそこでは、すぐに宿が見つかるからです——鉱泉の飲用と入浴のご指示が、私に好ましいものであるのは言うまでもありません。

恒心の友　マット・ブランブル

親愛なるルイス

追申
言い忘れましたが右の足首がむくんでいます。それは「体がむくんで皮膚が白っぽく腫れる病気」ではなく「水症」なのです。

ミス・レティ・ウィリスへ（グロスター市）

ホットウェル　四月二十一日

親愛なるレティ
バースに落ち着くまで、またまたあなたに迷惑をかけたくなかったの。でもジャーヴィスのことがあるのでそうしないわけにはいかないわ、とりわけ、お知らせしたい特別なことがあるものですから――ああ、親しい友よ、何を話したらいいのでしょう。この数日間、ユダヤ人らしき男が眼鏡の箱を持ってウェルズにせっせと通ってくるの。しかもいつも私をじっと見つめるので、とても不安になったの。とうとう彼はクリフトンの私たちの宿までやって来て、話し相手が欲しそうに、ドアのあたりをふらふらしていたの――私、何となく胸さわぎがしたのでウィンに彼のじゃまをしてちょうだいと頼んだの。でもこの気が弱い女は、その男のひげをこわがっていたのよ。伯父は新しい眼鏡が欲しかったので、上がってこいと声をかけ、眼鏡を試着していたの。その時、男が私に近づいて来て小声で言ったのです――まあ何と言ったと思う――「ぼくはウィルソンです」。その瞬間彼の顔立ちがはっきりわかったの――それはウィルソンだったの、ほんとうなの。でも変装がとてもうまかったので、恋心がそれを見抜けなかったら、彼とはわからなかったわ。びっくり仰天して気を失ったの。でもすぐに回復したの。そして気がつくと彼に支えられ、椅子に乗せられていたの。その間、伯父は鼻眼鏡の格好で部屋を駆け回り、助けてと叫んでいたの。彼と話す機会はなかったわ。でも「目は口ほどにものを言う」という状況だったわ。眼鏡代を払ってもらって彼は立ち去ったの。それからウィンに彼が誰であるか教え、大社交広間まで後をつけさせたの。そこでウィンは彼に話しかけ、もし彼が私を心配と悩みで死なせたくないなら、伯父と兄の疑念を招かないようにここから立ち去ってほしいと、私に代わって頼んでくれたのよ。するとそのかわいそうな若者は涙を流しながら、自分にはお伝えしたいある特別な事情があると打ち明け、私あての手紙を届けてくれないかとウィンに頼んだの。しかしウィンは私の命令があるものだから断固として断ったの――彼女がどうしても断るのを見てとると、自分はもはや一介の役者ではなく、紳士であり、その身分で私への愛情を近々のうちに打ち明けるつもりだと、私に伝えてくれと彼女に頼んだのです。これは非難、叱責されるべきことではないですね。それどころか彼は名前と家系さえ明かしたのです。でもとても残念なことに、この頭の弱い小娘は彼と話しているところを兄に見られてしまったので、あわてふためいて、それを忘れたのよ。兄は路上で彼女を呼び止め、あの悪党のユダヤ人に何の用があるんだと問いつめたの――彼女は鼻眼鏡を値切っていたと言い抜けしようとしても、頭が混乱して、聞いた話の肝心なところを忘れたのです。そして家に戻った時、発作的に吹き出したの。

あの事件は三日前のことだったけど、その後は見かけないからもう立ち去ったのでしょう。ねえレティ、運命がいかにあなたの哀れな友人をひどい目にあわせて楽しんでいるかわかるでしょう。もしあなたがグロスターで彼に会えるなら――それとも、もし会ったなら――そして彼の本当の名前と家系を知っているなら――どうかこれ以上、いらいらさせないでちょうだい――それに彼がもはやその身分を隠している必要がなくなり、私を本当に好きなら、彼がもうすぐ、私の親戚に身分を明かしてくれることを望むわ。本当にこの縁組に不都合がなければ、家の人たちだって私の気持ちを冷酷に傷つけたりしないでしょう――ああ、もしそうなれば私の運命はどんなに幸福でしょう。どうしてもそう思ってしまうの。そしてそんな楽しい思いで胸いっぱいになるの――でもおそらく結局は実現しないわね――でも絶望しないわ。誰にも未来はわからないから。明日バースに出発するけれど、それには後ろ髪を引かれる思いだわ。一人住まいが楽しくなっているし、ここは魅力的でロマンチックな場所ですもの。空気はにごりがなく、草原は心地よく、ハリエニシダは満開です。大地はヒナギクやサクラソウ、キバナノクリンザクラで釉《うわぐすり》をかけられたようです。木々はすべて若葉を吹き出し、生け垣はすでに春の装いをしています。山々は羊の群れがいっぱい。それにかわいらしくメーメーと鳴く気ままな子羊が遊び、跳ね回って、あちこちうろうろしています。森はクロウタドリ、ツグミ、ベニヒワのさえずりでこだまし、一晩中、長く甘美な声のナイチンゲールがそのうっとりさせる心地いい歌を歌うのです。それから気分転換に「ブリストルの泉の精」のところまで下りましょう。そこにディナーの前に皆集まるのです。とてもやさしく、自由で気ままです。そしてここでとてもきれいで、にごりがなくて柔らかくて雑味のない、すばらしい水を飲むの。ここは太陽がとても明るくて生き生きするわ。おだやかな気候なので散歩が気分いいの。楽しい景色で大社交広間の窓の下の川には大小の舟が行き交っているの。だから動く絵のようなうっとりさせるさまざまな景色を描くためには私よりはるかに達者な作家の腕が必要ね。この場所を私に完全な楽園とするためにどうしても欠かせないのは気の合う仲間になってくれる誠実な友人なの。いままでもそうだったし、これからもそうだと思いますが、私の誠実な友であるミス・ウィリスのような友人が。

恒心の友　リディア・メルフォード

私あての手紙はやはりウィンあての封筒に入れてください。無事に届くようにジャーヴィスが気を配ってくれますから。さようなら

サー・ワトキン・フィリップスへ（オックスフォード大学ジーザス・カレッジ）

バース　四月二十四日

ぼくがミス・ブラッカビーとの交際を君に秘密にしていたので、驚かれるのも当然です。ぼくは

この種の他の交際はすべて君に打ち明けてきたのだから。こんな交際が、もはや隠しきれなくなっている事件を引き起こすとは夢にも思わなかったのです。しかしながら幸運な成り行きですが、事情が明らかになっても、彼女の評判は少しも落ちることもなくむしろ高められたのです。だから少なくとも多くの人たちが思ったほどひどいものではなかったということを、それは証明してくれます——ぼく自身については誠実な友情のすべてをかけてはっきり言いますが、問題の人と愛の交渉をするどころか、彼女その人にまったく近づくことがなかった。しかしもし彼女が本当に君が説明するような状況にあるなら、この伏線を敷いたのはマンセルだと思う。彼があの教会堂に通っていたことは周知のことだ。そして君も知っての通り、ぼくが母校を去って以来、彼がぼくにしてくれた良き行い〔愛犬ポントーの溺死のこと〕にかてて加えて、今度のおまけだ。彼がこのスキャンダルの原因をぼくに押しつけたと信じる理由があるのだ。そうだとしても、もしぼくの名前が彼の役に立つなら、それを利用されてもかまわないさ。そしてもし、その女が捨てられて、父無子《てなしご》をぼくの子だと言い張るなら、教区と話し合ってくれるようにお願いするよ。〔教区に私生児の養育のために金を払うこと〕ぼくは文句なんか言わないで罰金を払うよ。それでお願いだから要求額をすぐにぼくの預金から出してくれ——今度のことでは、ぼくは伯父の忠告に従って行動している。ぼくがこの類の示談金を将来支払わずにすめば、幸運だと伯父は言うのです。この老紳士は昨夜とても上機嫌で、二十歳から四十歳まで六人の私生児（見たこともない女たちの主張だが）たちに養育費を払わねばならなかったと、ぼくに述べたのです——ブランブル氏の性格には君もかなり興味あるようだが、日ごとにぼくにもよくわかってくるし、啓発されることもあるのです——彼の特異さは面白いのです、その理解力もぼくの判断では教養あるものです——彼の人生観はどれもまっとうで、要領を得たものだし非凡です。彼は人間嫌いの顔をしていますが、感じやすい心を隠すためです。それはとても優しいので弱点となるくらいです。この感じやすくて傷つきやすい心は、彼を臆病でおびえがちにさせるのです。しかしそれでも、不名誉ほど恐れているものはないのです。そして人に不快な思いをさせることにはかなり気を配るが、横柄とか無作法な態度には烈火のごとく怒るのです。全体として伯父は尊敬すべき人物ですが、彼のつまらない悩みの種にはどうしても苦笑してしまうのです。悩み抜いて伯父は皮肉なことばを言うのだが、それはテウクロス〔トロイ戦争の有名な弓の射手〕の矢のように、鋭く突き刺さるものだ。叔母のタビサは彼に対し、いつも砥石《といし》となります——彼女はあらゆる点でその兄とは正反対です——また別の機会に彼女のことは述べましょう。

三日前にぼくらはホットウェルからここへやってきました。そしてサウスパレード〔バースの通り〕の宿の二階に陣取りました——ここを伯父が選んだのはバースの温泉場に近く、うるさい馬車からは遠いからです。彼は宿に落ち着くとすぐにナイトキャップと室内靴とフラノの肌着を出すように命じました。そしてこれは右足の痛風のためだと言うのです。けれどこれは彼の思い込みにすぎないものだったようだ。まもなく彼の頭は正常になって、命令するのは早すぎたと後悔した。というのも叔母のタビサは、フラノの肌着をどうにかトランクから引っ張り出すまで大騒ぎしていたのです——まるで家が火事になったと思うくらいでした。この間伯父はずっといらいらしながら座っていて、指をかんだり、眼をむいたり、ぶつぶつ言ったりしていた。ついに彼は突然笑い始めた。その後で歌を口ずさんだ。そして台風一過、「やれやれありがたや」と叫んだ。しかしながらこれは彼の困惑の序の口だった。叔母のタビサの愛犬チャウダーが、同種類の雌のターンスピット犬〔焼き串を回すしかけに使われる小型犬〕に色目を使ったので、五匹ものライバル犬との争いに巻き込まれたのだ。そいつらはすぐに彼に襲いかかり、ものすごいうなり声をあげながら、彼を階上の食堂の入り口まで追いつめた。叔母と女中が彼を守るため、とっちめるための道具を手にして、うなり声の合唱に加わったので、あたりは修羅場になってしまった。この大騒ぎもわが家の下男と宿の女料理人が間に入ってどうにか収まったので、郷士がタビーをたしなめようと口を開いたとたん、町のコーラス・グループ〔バースの来訪者にチップを求めて歌うなかば公的なグループ〕が下の通りで音楽を始めた（それが音楽と呼ぶことができればだが）。これは突然の大声だったので、彼はぎょっとして憤慨と不安の色を見せながら、じっと見つめた。平静になると、彼は召し使いに金を持たせて外に出し、うるさい侵入者どもを黙らせようとした。それで彼らはすぐに退散した。でもタビサが反対しなかったわけではない――彼が金をあげたのだからもっと音楽をやらせるべきだと彼女は思った。彼がこの難題をかたづけるやいなや、頭上の三階でどんどんばたばたという変な物音が聞こえた。とても騒々しいので家全体が揺れるくらいだった。白状するが、ぼくはこの新しい警報に鳥肌が立ち、伯父がこれに、文句をつけようとした時、ぼくは上に駆け上がって、どうなっているのか見ようとした。部屋のドアが開いているのが見え、挨拶もしないで室内に入った。そしてあるものが目に入ったが、それを思い出すと大笑いしてしまう。それはダンスの教師で生徒に教えている最中だった。彼は片目で足が不自由だったが、生徒を部屋中ひっぱり回していた。年の頃六十歳、体つきはひどい前かがみだが、背が高く骨ばっており、顔はいかつく、頭に毛織のナイトキャップをかぶっていた。そして身軽に動けるように上着を脱いでいた。彼は見知らぬ人物に入り込まれてしまったことがわかると、長い鉄の刀で身構え、断固とした態度を取り、アイルランドなまりそのものが口から出た――「お名前は存じません。魂と良心にかけて誓うが、貴殿が友好の気持ちでおいででしたら、わしは貴殿にお会いしたことをうれしく思いますぞ。まことまっこと、いま、わしは貴殿が確かにわが友人であることを信じますぞ。もっともわしはこれまで貴殿に拝顔の栄には浴していないが。貴殿はまったく、何の挨拶もなしに、友人みたいに来られたから」――ぼくの訪問はその本来の趣旨からして、挨拶はいらないし、もっと静かにしてほしいと頼む（それは階下に病気の紳士がいるためで、その人にこんな非常識なことをして困らせる権利などないはずだ）ために来たのです、と彼に言った。「おお、ところで若き紳士よ（とこの変わり者は応じた）たぶん、わしは別の機会にかの〝非常識な〟という厳しいことばの意義について失礼がないように説明してくれるように頼むこともあるかもしれないが、しかしものには潮時というものがあるのじゃ、友よ」――こう言いながら彼はあっというまに、ぼくの脇をすり抜け、階下に駆け下り、食堂のドアのところでわが家の従僕を見つけ、彼に未知の人に挨拶するために入室したいと言った。従僕はこんな恐るべき人物の要求をはねつけるのはまずいと思ったので、彼はすぐに中に入れてもらった。そしてこんな言葉で伯父と話した――「うやうやしく申しあげます。拙者はご子息が呼ぶような《非常識》にはあらず、礼儀作法は心得ております――わがはいはアイルランドの一介の哀れな騎士、名はサー・ユリック・マッキリガットでゴールウェイ出身でございます。あなた様と同じ宿にいますので、ここに来て敬意を表し、サウスパレードに歓迎し、あなた様と奥様、うるわしきご令嬢、それにご令息の若い紳士（拙者を非常識なやつとお思いですが）にできるだけのことをするつもりです。おわかりいただきたいのは、名誉なことですが、拙者は明日、隣の部屋でマクナマス夫人と舞踏会を開くのです。でもダンスがおぼつかないので、少し練習して、勘を取り戻していたのです。けれども病人が階下にいるのがわかっていたら、きっとあなた方の頭上では最も静かなメヌエット踊りをするより、ホーンパイプ踊りを逆立ちしてやっていたでしょう」――伯父は彼が最初に姿を見せた時はひどく驚いたが、彼の挨拶をとても満足して聞いた。そして腰かけるように言って、よくいらっしゃいましたと感謝し、こんなに身分があり、人格者でいらっしゃる紳士に失礼をしたことでぼくを叱ったのです。このようにたしなめられたのでぼくは紳士に許してくれと言ったのです。彼はすぐに立ち上がり、ぼくが息もできないくらい強く抱きしめ、ぼくを自分の魂と同じくらい愛していると言い張ったのです。そのうちに彼はやっとナイトキャップ〔当時、紳士はたいていかつらをかぶった。このために頭をつるつるに剃った。かつらがない時は布のナイトキャップをかぶった〕を着けたままでいることに気づき、ちょっとあわてながら、それを取った。そして禿げ頭をさらしながら、ご婦人方に百万遍もあやまりながら退室した。ちょうどこの時に大教会堂の鐘が鳴り響いたので、ぼくたちはお互いの声も聞き取れないほどだった。そしてこの鐘の響きは、後でわかったことだが、ちょうどその時バースに到着したブロック氏の歓迎のためのものだった。〔バースの大教会堂の鐘はそこへやってきた者たちの歓迎のために鳴らされた。トテナムはロンドン近郊の小さな町〕彼はトテナムの著名な牧牛業者で、消化不良の治療に鉱泉を飲むためにちょうどやって来たところだった。ブランブル氏がこの鐘の奏でる小夜曲の心地いい調べについて何か言おうとすると、今度は彼の耳にもっと近くでさらに興味深い別の合奏が入ったのです。クレオールの紳士が主人になっている二人の黒人が同じ宿にいたが、ぼくらの食堂のドアから十フィートくらいのところの階段の窓際でフレンチホルンの練習を始めたのだ。でもずぶの初心者なので、ロバさえ嫌がるほどの調子はずれなのだ。これが伯父の神経にどんなふうに響いたのかわかるでしょう。彼はきわめて不機嫌な驚きを顔に浮かべると、この恐るべき音を止めるために下男をやり、そんなところで宿の客全員に迷惑をかける権利はないのだから他のところで練習して欲しい、と言わせたのです。黒っぽい演奏家たちはこの申し入れを受け入れて退却するどころか、この使者を無礼者扱いし、この挨拶は自分らの主人、リグワーム大佐のところに持っていってくれ。そうすれば大佐に適当にあしらわれるし、おまけにお前たちはたっぷり殴られるよ、と言った。そう言いながらも、うるさい音を出し続け、いっそう耐えがたいものにしようとさえしたのです。しかも時折うす笑いさえ浮かべたのです。誰にとがめられることもなくお偉方に嫌がらせできると思ったのだ。わが郷士はたび重なる侮辱でかっとなって、すぐ下男をリグワーム大佐のもとにやって、挨拶させた。そして貴下の黒んぼがなり立てる騒音はとても我慢できないから、彼らに静かにするように命じて欲しいとお願いしたのです。この伝言のクレオール人の大佐の答えは、ホルン吹きたちは公共の階段で吹き鳴らす権利があり、それは自分の気晴らしのための演奏でもあって、そんな音が嫌いな人は他の宿を探すほうがいい、というものだった。ブランブル氏がこの答えを受け取ると、その眼は異様に輝き、顔は青ざめ、歯はがちがちと鳴ったのです。すぐに彼は靴をつっかけ、一言も発せず、足指の痛風の痛みもまったく気にかけないようだった。それから杖を手につかみ、ドアを開けて、黒人の演奏者たちの居場所に進み出たのです。そこでもはやためらうことなく、二人をこらしめにかかった。しかも（電光石火の早業だったので）、二人の頭もホルンもあっというまにぼこぼこになってしまった。それで二人はわめきながら階段をかけ下り、主人の部屋にたどりついたのです。郷士は二人を途中まで追いかけ、大佐に聞こえるように大声を出した。「消えうせろ、ならず者、おれがやったことを主人に伝えろ。もしそいつが侮辱されたと思えば、恨みを晴らすべきところはどこかわかるはずだ。お前らにとって今の仕置きは、おれがこの宿にいてまたホルンを耳にする時にお前らがこうむる痛い目のほんの序の口なんだよ」。こう言いながら彼は部屋の中に引っ込んだが、無論西インド人からの申し入れを覚悟していたのだ。しかし賢くも大佐は喧嘩をこれ以上続けようとはしなかった。妹のリディアはおびえて失神したが、気がつくとすぐにタビサ叔母が忍耐ということについて講義を始めた。するとその兄がひどく意味深長に、にやにやしながら口をはさんだ――「なあお前、神様がわしの忍耐とお前の思慮分別を強めてくださいますように」。いったい（と彼は続けた）。こんな序曲（恐ろしい音の元凶ともいうべき悪魔がわれわれに与えたとんでもない不協の変奏曲）からどんなソナタを期待しろというのだろう――ポーターたちの足音、トランクのギシギシ、ドスーンという音、野良犬のうなり声、女どもの口論、調子はずれのヴァイオリンとオーボエのキーキーと悲鳴、頭の上のアイルランド人准男爵殿が跳ね回る。さらに通路でのフレンチホルンのピーピー、ガーガー、ブーブー（教会堂の尖塔からいまなお鳴り響く心地いい鐘の響きは別だ）。これらがコンサートのさまざまなパートみたいにたえまなく次々とかなでられると、哀れな病人が静寂と休養にささげられたこの聖地に期待すべきものが何であるのか、わしにはよくわかってきた。だからわしは明日、必ず居場所を移すつもりだ。そしてサー・ユリックがマクナマス夫人と舞踏会を開催する前に退散することにしよう。この場面はわしにはどうもいい予感がしないのだ。この発言は兄のように敏感な耳を持たないタビサ叔母には決して愉快なものではなかった――せっかく彼らが具合よく落ち着いた途端にこんな気分のいい宿を出るなんて馬鹿馬鹿しいと言うのだった。彼女は彼が音楽や浮かれ騒ぎをこうも憎む気持ちがわからない。彼女に聞こえるものは彼自身が騒ぎ立てる音だけなのだ。一家中を無言劇にすることはできない。彼は彼女にいくらでも小言を言う。しかし彼女は彼のためになる時以外は口やかましくしたことはない。それでも彼はたとえ、彼女が彼のために血の汗を流そうとも満足しないと言った。どうもぼくには、独身生活というひどくやるせない身に現在陥っている叔母は、ユリック・マッキリガットの心をねらったと思われてならない。だからぼくらがこの宿から突然出てしまうと、そのたくらみも無に帰してしまうのではないかと心配したのだろう。その兄は横目で彼女を見ながら、「許してくれお前（と彼は言った）。こんなに優しくて親切、善意にあふれしかも思慮深い相棒にして家庭を切り盛りしてくれる人間を手にしている幸運がわからないとしたら、おれはまったく野蛮人そのものだ。わしの頭は弱くても、聴覚は羊毛と木綿の耳栓をしなければ、苦痛を覚えるくらい敏感なのだ。わしはもっと静かで音楽もこんなに騒々しくない別の宿が見つけられないかどうか、ひとつ探ってみたいのだ」。彼はその言葉通り下男を遣《つか》わし、そうしてもらった。それでその翌日、彼はミルシャム街〔現在のミルソム街のこと〕に小さな家を見つけ、それを週払いで借りた。ここなら少なくともぼくらは、タビーの気分が許すかぎり便利で静かに暮らせる。しかし郷士はあいかわらず時におそわれる胃と頭の痛みをこぼして、その治療のため鉱泉を飲用している。といっても自分で大社交広間や談話室、コーヒーハウスに行けないほど具合が悪いわけではない。そこで彼はいつも嘲笑と皮肉のネタを拾い上げてくる。彼またはぼくの何らかのことばで君を笑わせることがあれば、どうかそれを楽しんでくれ。でもこんなに退屈で面白くない手紙を読むというわずらわしさのささやかな埋め合わせにはなるかもしれない。

親愛なるフィリップスへ　　恒心の友　J・メルフォード

ルイス医師へ

バース　四月二十三日

親愛なる先生

もし先生の職業柄ゆえ患者の訴えに慣れていると思わなければ、私の手紙でご迷惑をおかけすることはないでしょう。それは「マッシュー・ブランブルのもろもろの嘆き」と呼んでもいいでしょう。さりながらわがあふれ出る憂鬱な思いを先生に注ぎかける権利が多少はあると思わざるえません。というのも先生の仕事といったら、原因となる不調を取り除くことですから。それで申し上げたいことは、わが怒りっぽい気性をわかってくれるものわかりのいい友人というものは、悲しみを大いにやわらげてくれるということです。これを放置しておくとひどく苦しいものになるのです。バースでは失望以外の何物も見出しえないことはご承知ください。この地はひどく様変わりしたので、三十年くらい前によく通ったところとは信じられません。先生ならこう言いますね――「変わったことには変わったよ。でもいい方に変わったんだよ。もし君自身が悪い方へ変わったのでなければ、君はおそらく躊躇《ちゅうちょ》することなく認めるだろうがね」。この言葉はまずまず正しいものでしょう。健康そのものの時に見過ごしていたもろもろの不調が時ならぬ老化におそわれ、長わずらいで苦しむ病人のいらつく神経に過度に働きかけるのは当然のことでしょう。しかしながら〝自然〟と〝天の摂理〟が病気と不安からのがれるよすがとするべく人間のためにつくってくれたかに思われるこの地が、道楽と喧騒《けんそう》の中心そのものと化していることは先生も否定できないと信じます。その代りに不健康、神経衰弱、不安感などに悩む人たちにぜひとも必要なのは、平和と静寂そして安心感です。当地では騒音と狂躁《きょうそう》しかなく、しかもドイツの選帝侯のしきたりよりさらに形式的でかた苦しい儀式を維持することにかかりきりになっていてとても疲れるのです。当地は国立病院のようなものかもしれませんが、心神喪失者だけが入院できると思われているのです。それで私がバースにもっと居ようとすれば、私をそう呼んでもかまいません――でもそれについては別の機会にじゅうぶん私の気持ちをお話しします――私は誇らしいほどの改善点を見せた建築物（街の山の手がとても有名です）を見たくてたまりませんでしたので、先日新しい建物を一巡してきました。クイーンズスクエア（といってもゆがんでいる）は全体としてはかなりうまく設計され、広々として開放的で風通しがいい。ですから私見ですがバースではいちばん健全で気分のいい用地なのです。とりわけその上の方は。けれどもそこに通じる大通りはみすぼらしくて汚くて危険でしかも曲がっているのです。ここから温泉場に行く道は一軒の宿屋の庭を通っています。そこには、馬番と御者に馬櫛《ぐし》をかけられている両側にずらりと並んだ馬たちの後足で蹴られるのではないかと、心配しながら哀れにもぶるぶる震える病人が椅子で運ばれていくのです。彼らはまた、たえず出入りする乗り物に思いがけなく邪魔されたりひっくり返されてしまうのではないかと思うのです。サーカス〔ジョン・ウッドがつくったジョージアン建築の円形の優雅な集合住宅〕は見かけだけを凝らしたきれいな安ピカもので、ウェスパシアヌス帝の円形競技場の内側と外側を入れ替えたように見えるのです。雄大さという観点からこれを考察すると、一軒ごとの多くの小さなドア、様式の異なる意匠のあるあまり高くない柱、アーキトレーブ〔柱の上部の装飾された帯状の部分〕の子どもっぽくて場違いでもあるわざとらしい装飾、しかも街路にまで突き出た鉄柵で囲まれた地下出入り口などが、その視覚効果をひどく損なっているのです。またおそらく利便性という点から見ると、さらに欠陥が多いことがわかります。個々の住居の形は扇形なので、どうしても部屋の形が変形するのです。窓側のスペースが広いので、奥行きがありすぎてしまうのです。ほとんど役にたたないような地下出入り口や鉄柵などをつくるかわりに、コヴェント・ガーデンのように周囲にアーケード付きの回廊をめぐらしてあれば、全体の景観は、もっと壮大で力強いものになったでしょう。そんなアーケードがあれば、歩道も快適な屋根のあるものになったことでしょう。そしてこの地ではほとんど絶えまなく降る雨から、哀れな駕籠《かご》かきと彼らの駕籠を守ったことでしょう。現在のところ、駕籠は朝から晩まで野天の街路に雨ざらしになっていて、それに乗ってあちらこちらに運ばれる痛風やリューマチの患者のための、さながら数多くのぬれた革の箱という有様です。確かにこれは街全体に広がっている驚くべき不都合事であり、このために虚弱者、病人にはかぎりなく悪影響をおよぼすと信じられてなりません。病人のために考案された屋根付きの駕籠さえ戸外に放置されるので、そのフリーズ〔片面を毛羽立たせた外套用の厚手の毛織物〕の内張はまるで海綿みたいに大気中の水分を吸収してふくらみ、冷たい蒸気で満たされたこの箱は、毛穴を開けて温泉の熱気でゆでだこになっている患者の発汗を気持ちよく抑えてくれるのに違いありません。しかし話をサーカスに戻しましょう。ここは市場、浴場、公衆娯楽場もろもろからとても遠いので不便なのです。ここへの唯一の入り口はゲイ通りからですが、非常な難路でけわしくすべりやすいので、雨模様の時は乗り物に乗る人にも歩いていく人にも、とても危険になるに違いありません。通りがまさに今年の冬のように、十五日間毎日雪が積もる時など、いつ骨折するかもしれない危険なしに坂を上り下りする者がいるとは思えないのです。風模様の時、この丘のたいていの家は、背後の丘から吹きおろす強風で煙突を逆流する煙でもうもうとしてしまうそうです。このため〔心配ですが〕ここの空気は下のクイーンズスクエアより湿気が多く、不健康になっているはずです。というのも低地にある川や源泉からたえまなく蒸気が上がるので雲ができるのです。それはこちらの方に昇る時はサーカスのすぐ後ろにそびえる丘に引き寄せられ、とどめられ、そのあげくに、大気はたえまなく蒸気で満たされるのです。しかしこのことは湿度計または炭酸カリウムを塗った試験紙を大気の動きにさらすことで容易に確かめられるでしょう。サーカスの設計者はまたクレセント〔ロイヤル・クレセントのこと。古代ローマ様式の美しい半円形の集合住宅〉も設計しました。これが完成すれば、次にはおそらく、バースの建築家たちは、スター〈星型の住宅〉ができるでしょう。そしてこれから三十年後に生きる人たちはおそらく、バースの建築に天の十二宮すべてが並ぶのを目にするでしょう。これらはいかに幻想的であっても、それでも建築家の巧みさと経験を表しているデザインです。しかし建築熱があまり数多くの冒険家をとらえたので、バースのありとあらゆる出口、街角に新しい家々が建ち始めているのが見られます。それらは無計画に設計されて施工もしっかりしていないのです。しかも見取り図とか細部へのこだわりもほとんどなく、継ぎ合わされているだけです。だから新しい家並みや建築物のさまざまなアウトラインが互いに干渉し合い、さまざまな角度で交差し合っているのです。それらはまるで地震で破壊された通りや広場の残骸のようで、そのために、地面はさまざまな形の穴とか小山になってしまうのです。あるいは、ある中世の悪魔がそういった建物を一つの袋に一切合切《がっさい》詰め込んだのを、もののはずみでごった返しにぶちまけてしまったというあんばいです。そんな増え続ける突出物があるので、バースが数年後にどんな怪物になるのかは容易に察せられます。しかも美とか調和がないということが、これら新しい家々の最悪の欠点ではないのです。それらはこの近郊で見つかるぼろぼろのもろい石を使い、しかも安普請なので、帽子ひとつ分の風〈水夫ことば、弱い風〉が吹いても、こんな家の中では決して落ち着いて眠れないでしょう。ですから作男のロジャー・ウィリアムズかそれと同じくらい力がある男なら誰でも、筋肉にあまり力をこめなくても、そんな壁のいちばんしっかりしたところを足蹴《あしげ》にして突き破ることができると信じています。こんなもろもろの馬鹿げたことは贅沢《ぜいたく》が世間に蔓延《まんえん》しているからです。そしてこれは国中に広がり、すべての人、国民のくずさえも圧倒しているのです。最新流行で身を飾った成りあがり者全員が、まるで注目の的になっているみたいに、バースに出現するのです。収奪したもろもろの州からの戦利品を手にした東インド諸島の事務員や代理人、手段を問わず金を手にしたわがアメリカ植民地の入植者、黒人監督、行商人。二度の相次ぐ戦争で国民の流血を元手に懐を肥やした代理人、周旋人、請負人、高利貸し、ブローカー、ありとあらゆる請負人、素性の卑しい者や育ちの悪い者ども。そいつらがかつて縁が遠かった富裕という身分になったのです。ですから彼らの類いがうぬぼれ、見栄、おごりなどでくらくらするのも無理はないのです。富を見せびらかすこと以外には偉大さの価値基準を知らないので、愚《おろ》かきわまりない消費のあらゆる手段を使い、品格、趣味とも悪く、彼らの富を放出しているのです。それで彼らは皆バースに急ぐのです。というのもここでは富以外の資格は何ら必要とせずに貴族と交遊できるのです。広く平たい鼻のサメみたいに富というぶざまなクジラの脂肪を食いものにする低級な商人どもの妻や娘でさえ、おのれの身分を誇示したがる同様な渇望に感染しているのです。ほんのささいな身体の不調でもバースへの転地を主張するための口実になり、この地では彼女たちは貴族や郷士、弁護士、牧師に交じって、郷士舞踏やコティヨン〔三、四人または八人が一組になって踊るフランス舞踊〕をよちよち踊ることができるのです。ベッドフォードベリー、ブッチャー街、クラッチトフライアーズ、ボルトフレイン〔いずれもロンドンのストランド街近くの貧民街〕からのこれらの病弱な者たちは当地の下町の汚れた空気は呼吸できないし、普通の下宿屋のくだらない規則を守ることはできません。それで夫は一軒まるごと、あるいは新しい建物の上品な部屋を借りなくてはならないのです。こんなものがいわゆるバースの社交界をつくりあげているのです。ここでは理解力も判断力もないし、礼儀作法と上品さなんてちっともわからず、目上の人を侮辱する機会ばかりねらっている厚かましい雑多な民衆の中で、ほんのわずかな割合を占める優雅な人々が埋没してしまっています。このようにして人と家の数は増え続けます。しかもこれはずっとそうなのでしょう。予見すべからざる出来事によってこの奔流のような愚行と放縦が尽き果てるか、別の流れになるまでは。これはたまらない気持ちで書いていることを白状します。下層民衆というのはその頭にも胴体にも手足にも我慢できない怪物なのです。無知と厚顔と獣性のかたまりとしてその全体を嫌悪します。しかもこの非難の言葉に、群衆の有様を真似《まね》たりそれに近づこうとする男女すべてを含めます——身分、地位、職業などにかかわらず。

しかし書きすぎて指がけいれんしています。しかも吐き気もするのです。先生の忠告に従い、数日前ロンドンに薬用ニンジンを半ポンド注文しました。でもアメリカ産と東インド産のものが同じ薬効があるのか大いに疑わしいのです。数年前に友人がその品の二オンスに十六ギニー支払いました。でも半年後には一ポンド五シリングの安値で売られていたのです。要するにわれわれは詐欺とごまかしの邪悪な世界に住んでいるのです。それゆえ私は分別のある人間との本物の友情に値する何物も知らないのです。それは類い稀《まれ》なる宝石です。でも私自身はこの宝石を所有していると思わざるをえません。おなじみの宣言です。

親友のM・ブランブル

親愛なるルイスへ

最初到着した時、ちょっとした激情にかられたことがありましたが、その後私はミルシャム街に一軒の小さな家を手に入れ、まずまず気分よく落ち着いています。家賃は週払いで五ギニーです。昨日は大社交広間に行き、一パイントくらい飲みましたが、胃の具合はいいようです。明日の朝初めて入浴するつもりです。ですからこれから二、三通の手紙でもっと迷惑をかけるかもしれません。それはともかく種痘が哀れなジョイスにたいそうよく効き、彼女の顔にはほとんど跡が残らないと知って喜んでおります。もしわが友人のサー・トマスが独身者なら、あんなかわいらしい娘を彼の家族にまかせはしないところですが。しかし私は彼女を特別扱いにして、世にもすぐれた女性であるG夫人の保護にゆだねましたから。彼女が全快して働けるようになったら、ちゅうちょなく彼の家に行かせてください――彼女に必要なものを用意してやれるように彼女の母にお金を与えてください。また彼女とお兄さんをバックス〔馬の名前〕に相乗りさせてください。しかしジャックにはあの信用に値する古参兵のバックスを念入りに世話するようにお命じください――これまでの奉公で誠実に現在の安楽な生活をかち得たのですから。

ミス・ウィリスへ（グロスター市）

バース　四月二十六日

最愛の友へ

昨日手にしたあなたのお手紙から得られた喜びはことばではいいつくせません。恋と友情は疑いなく人を夢中にさせる情熱です。相離れているとそれが高まるばかりです。あなたからのザクロ石の腕輪のプレゼントは自分の命と同じくらい大切にしまっておきます。そしてそのお返しに、裁縫道具入れと鼈甲《べっこう》のメモ帳を私の変わらざる友情のささやかなしるしとしてお受け取りください。

バースは私にとっては新世界です。すべてが陽気で楽しく気の晴れることばかりです。眼はいつもきらびやかな衣裳と調度品の数々、耳は大型四輪馬車、軽装二輪馬車、一輪馬車、その他の乗り物などを愛でています。朝から晩まで〝楽しき鈴〟〔ミルトンの『アレグロ』からの引用〕が鳴り響くのです。それから私たちの宿では市の音楽隊に歓迎されました。毎朝、大社交広間では音楽があり、毎日午前中に部屋でコティヨンを踊り、週に二回舞踏会が、また一晩おきに音楽会が開かれます。その他私的な集まりやパーティが数知れずあります――私たちが宿に落ち着くとすぐに、当地の儀典長〔マスター・オブ・ザ・セレモニーズ、儀典や接待をつかさどった。当時のバースの儀典長は劇作家サミュエル・デリック（一七二四―六九）〕の訪問を受けました。彼は顔立ちのいい小柄な紳士でとても感じがよく、やさしくて礼儀正しく、しかも上品なので、私たちの田舎ならウェールズ公としても通用するでしょう。また韻のあるなしにかかわらず、感じのいい話し方をするので、彼の話を聞けば気分よくなれるでしょう。それもそのはず、この人は偉大な作家で舞台にかける五編の悲劇を書き上げたのです。その人は伯父の招待で私たちと食事をともにしてくれました。そしてその翌日叔母と私をバースの隅々まで案内してくれました。当地はまったく地上の楽園です。スクエア、サーカス、パレードガーデンなどは版画や絵画に描かれた壮麗な宮殿を思わせます。そして新しい建物群――プリンス・ロウ、ハーレクイン・ロウ、ブラダッド・ロウ――と他の二十ものロウがオーバーハングした高台に建てられ、同数の魔法の城みたいに見えるのです。朝八時に私たちは普段着で大社交広間に行きます。そこはウェールズの市場みたいに混雑しており、きわめて身分の高い人々と最下層の商人たちが儀式張らず、ややあと互いにうちとけあっているのです。回廊でかなでられるよく響く音楽、上述した群衆の熱気と臭い、彼らの会話のざわめきは初日に私に頭痛とめまいを覚えさせました。でも後には、このようなことすべてに慣れて心地いいものにさえなったのです。大社交広間の窓のすぐ下にキングズ・バス〔当時バースで最大の公衆浴場〕があります。これは広々とした浴槽で、熱い湯につかった療養者たちが見えます。女性は褐色の亜麻布の上着とペチコートを着て木の繊維を編んだ帽子をかぶり、この中にハンカチを入れて顔の汗をぬぐうのです。しかし実際は彼女たちのまわりに立ち昇る湯気のせいか、湯の熱さのせいか、衣服の素材のためか、またはこうしたもろもろの原因のためか、彼女たちの顔は高潮して形相が見苦しくなるので、私はいつも目をそらしてしまうのです。叔母は上流の者なら誰でも教会の礼拝に行くだけでなく浴室にも行くべきだと言っているのですが、彼女の顔色に似合うさくらんぼ色のリボンを付けた縁なしの帽子をつくって、昨日の朝、ウィンを付き添いにして温泉に入りました。でも実際には、叔母の目がとても赤くなったので、大社交広間から見ていた私の目にも涙があふれたのです。そしてかわいそうなウィンは青く縁取りした帽子をかぶっていましたが、顔は青ざめ、恐怖心にかられ、あたかも恋のために溺死した青白い乙女の幽霊のようでした。彼女は浴室から出ると、アサフェティダの丸薬を服用し終日わなわなと震えていました。それで私たちは彼女に発作を起こさせないようにするのがやっとでした。しかし彼女の女主人はそれがウィンには効き目があるのだと言うのです。それでウィンは目に涙を浮かべてうなずいていました。私ですが毎朝半パイントくらい鉱泉を飲むと気分がよくなります。社交広間係がその妻と召し使いと共に鉱泉飲み場で待機しています。そして大小のグラスが彼らの前に整然と並べてあるので、客は選びたいものを指さすだけでいいのです。そしてポンプから汲んだ熱くて発泡する湯でそれが満たされます。これは私がそれまでに気分悪くならずに飲めた唯一の熱いお湯です。気分悪くなるどころか、舌にはおいしく、胃には快く、壮快になります。それがどんなに素晴らしい効き目があるのかはかりしれません。伯父は先日これを飲み始めましたが、飲む時に顔をしかめました。だから飲まないのではないかと心配です。私たちがバースに来た最初の日、彼は激しい怒りにかられました。二人の黒人を打擲《ちょうちゃく》したので、彼らの主人と決闘するのではないかと、心配しました。しかしその人はおとなしい人でした。たしかに叔母のことばの通り、伯父の痛風が頭にまで昇っていたのでしょう。しかし彼の激怒がそれを追い払ったのです。彼はその後、体調がとても良くなりましたから、伯父があのたちの悪い病気で苦しむのはほんとうに気の毒です。だって伯父は痛みがない時は、この世で一番気立てのいい人ですから。とても優しく、心寛く慈愛深いので誰からも愛されます。とくに私にはそうしてくれるので、その優しさと好意について、私の抱く深い思いはとても表すことができません。

社交広間の近くに女性専用のコーヒーハウスがあります。しかしそこでの話題は政治、スキャンダル、哲学、その他など、私たちが理解できないことがらなので若い女性は入ってはいけないというのです。しかし私たちは彼女たちと一緒に本屋に行くことは許されています。そこは魅力あふれるたまり場で、小説や戯曲、小冊子や新聞を四半期、一クラウンというわずかな予約金で読むことができます。しかもこういった〝情報局〟（兄がこう呼びます）にはその日のすべての報道、バースのあらゆる私的な消息がまず届いて、議論されるのです。私たちは本屋から婦人帽子店、玩具店などをまわり、たいてい練り粉菓子屋のギルさんの店で休み、ゼリーやタルト、パーミセリ〔細いスパゲティ〕の小皿を食べます。他にも川の対岸に、グローブ通りと向き合う別の娯楽センターがあります。そこへは皆船で渡ります。ここはスプリング・ガーデンと呼ばれています。気分のいい休息所で散歩道と池とパルテール〔いろいろな形、大きさの花壇のある庭〕があります。また朝食やダンスのための細長い部屋もあります。場所が低地で湿っぽく、今季はとても雨が多いものですから、私がかぜをひくといけないからと伯父は私がそこに行くのを許そうとしません。でも叔母はそれはよくある偏見だと言うのです。そして確かにとても沢山のアイルランドの紳士淑女がそこに出入りしますが、そのために不都合なことはないようです。空気がうるおっている時のスプリング・ガーデンでのダンスは、リューマチの卓効ある治療法として推奨されているのだと彼らは言うのです。私は芝居に二回行きました。そこでの優秀な演技者、一座の活気、素敵な劇場の装飾などにもかかわらず、グロスターでの私たちの貧しくて素朴な芝居をため息とともに回想せざるをえなかったのです――しかしこれは親しいウィリスにだけ打ち明けることなの――あなたは私の心がわかっているから、その弱さを許してくださると思います。バースの楽しみの大きな舞台は二つの公設のホール〔シンプソン氏所有のものとウィルトシャー氏所有のもの。どちらも当時は高台通りと呼ばれた通りにあった〕です。一日ごとに場所を換えて、参加者がそこに毎晩集まります。そこは広々として天井が高く、灯りが入ると、きらびやかなのです。ここは上品な身なりの人びとでいつもいっぱいです。彼らはパーティごとに分かれて気の向くままにお茶を飲み、トランプをしたり、歩いたり、座って雑談するのです。週二回舞踏会があります。その費用は紳士たちからの自発的な寄付金でまかなわれます。寄付をした人は切符が三枚もらえます。私はこのあいだの金曜日に、寄付金を出した兄の監督のもとで、叔母とともにそこに行きました。サー・ユリック・マッキリガットがその甥のオドナガン大尉をパートナーとしてすすめました。しかしジェリーは私が頭痛がするという言い訳をしました。どうして兄がそれを知ったのかわからないのですが、事実そうだったのです。そこはとても暑く、臭いも私たちが慣れている田舎のものとは全然違うので、立ち去る時はひどく熱っぽくなっていました。叔母の言葉によるとこれは森と山の中ではぐくまれた低級な体質のせいだ、でも上流社会に慣れるとそんなものはなくなると言うのです。サー・ユリックはとても愛想がよくて叔母には大げさなお世辞たらたらでした。しかも私たちが辞去する時はとても丁寧に叔母の手を取って椅子駕籠に連れていったのです。大尉も同じことをしてくれたと思いますが、兄は彼がやって来るのを見ると、私を腕にかかえて彼に別れを告げました。大尉は確かにハンサムです。背がすらりと高くてがっしりしています。明るい灰色の眼で、ローマ鼻なのです。でもその顔つきや素振りには人を当惑させるある厚かましさがあるのです——でも私、長々と脈絡もなく書き散らしたのであなたは我慢しきれなくなっていると思います。ですからバースもロンドンも人生のあらゆる楽しみごとも、親愛なるレティのおもかげを消し去ることなどできないと、あなたに請け合いながら書き終えます。

リディア・メルフォード

ミセス・メアリー・ジョーンズへ（ブランブル館）

親愛なるモリー・ジョーンズ

無料郵送の署名をもらったので、ホットウェルのヒギンズさんから——その奥さんが私のためにつくってくれた靴下と一緒に——受け取ったあなたのお手紙にご返事します。でも今はあの靴下は役に立っていません。ここでは誰もあんなものは、はかないのです。ねーモリー、田舎に住んでいるあなたは、私たちがバースでやっていることなど思いもつかないでしょうね。ここにはドレスアップやヴァイオリン、ダンスやぶらぶら歩き、口説き、たくらみ——おやおや、もし神様が私に分別というものを十分にあたえなかったら、奥様やお嬢様についてとてもひどい悪口を言ったかもしれません。あごひげのユダヤ人はほんとうはユダヤ人ではなかったのよ。あごに一本のひげもない立派なキリスト教徒で、リディアお嬢様と話をするために眼鏡を持ってうろついていたのよ。でもお嬢様はおなかの中の子どものように無邪気でかわいい人です。私にすっかり心の中の思いを告げ、ウィルソンさんへの恋心を打ち明けてくれたのです。その名前も偽名らしいのです。でもその名前で役者たちの間で演劇していますが、名人といってもいいほどだそうです。またお嬢様は私に黄色いガウンをくれました。婦人服仕立て屋のドラップさんは、これを洗って銀の糸をあしらうと、とても見栄えがよくなるだろうと言ってます――あなたはわかっているけれど、黄色が私の顔立ちにとても似合うの。私がこの派手な色の服を、この前の金曜日フランス人の婦人帽子屋のフリポノーさんから買った新品同様の薄織のフォーマルなスーツと一緒に着た姿を初めて見せたら、男性たちの間にどんな大騒ぎを起こすか誰もわからないわ。ねえ、私バースの見ものはみんな見てしまったわ。プレーズ（パレーズ）、サークリス（サーカス）、クラシット（クレセント）、ホットゴン（オクタゴン）、またブラッディ・ビルディング（ブラダッド・ビルディング）、ハリー・キング・ロウ（ハーレクィン・ロウ）などよ。それから大浴場には奥様と二度行ったわ。そこでは下着はつけないのよ。初めての時、とてもこわくなり、一日中興奮していたの。そして後で頭が痛いふりをしたの。でも奥様はおっしゃるのよ、もし私が行かないなら〝バンタフィ〟〔当時使われた下剤〕を服用しなくちゃいけないって。でもその薬がグウィリムさんにちょっとしか効かなかったのを思い出したので奥様とまた大浴場に行くことにしたの。するとその時思いがけないことが起きたの。ペチコートを落として浴槽の底から拾い上げることができなかったの――でも大したことじゃなかったの。みんな笑ったかもしれないけれど、何も見えなかったわ。私、あごまで湯につかっていたから。確かにこの出来事で私は大混乱して、何を言ったか、何をしたか、どうやって運び出されたのか、毛布につつまれたのか、さっぱりわからないのだけれど――家に帰ってからタビサ奥様に少し叱られましたが。奥様は私と同じようにものわかりのいい方ですから――おやおや――キャロウェィ州（ゴールウェイ州）のバルナクリンチ出身でサー・ユリ・ミックリガット（ユリック・マッキリガット）という方がいるの――この名前はその方の従僕のオフリッズルさんから聞いたの。一年に千五百ポンドの実入りのある地所を持っているのですって。確かにお金持ちで気前もいい方だわ。でもモリー、あなたも知っているでしょうが、私は口が堅いことで有名なのよ。だからその人が奥様に抱いている恋心を私が口外しないことを信じてもらっていいの。その恋心は確かにやましくないものだわ。だってオフリッズルさんが私にはっきり言ってくれたのだけれど、その人は奥様の持参金なんか何とも思っていないのですから――実際わずか一万ポンドなどあの人みたいな財産家のバロンナイト〔ナイト爵位の男爵〕にとってはどうってことないでしょう。本当は私、オフリッズルさんに奥様の持ち分はそれだけだと言ったの――ジョン・トマスのことを言えばあれはむっつり男です――ほんとにまあ、オフリッズルさんがスプリング・ガーデンで私と一緒に踊ってくれと頼んだので、彼はオフリッズルさんと決闘しそうになったの。でもどちらにもそんな気がないのは神様がご存じです。一家の出来事で一番の心配はチャウダーの食欲がとても落ちていることです。乳製品しか食べないし、しかも少量です。ぜいぜいと息切れし、かなり腫れてしまったようです。医者は水腫にかかっていると思っています――牧師のマロファットさんは同じ病気ですが鉱泉を飲んでとても良くなったそうです。でもチャウダーは郷士さま同様、鉱泉は好まないようです。それで奥様は、もしチャウダーの病状が好転しなければ、ヤギの乳清(ホエー)を飲ませるため、きっとアバーガヴェニーに連れていくと言ってます――確かにこの哀れでかわいい動物は運動不足で参っているのです。こういうわけですから、奥様は一日に一回は馬車で草原に行き、運動させようと思っているのです。私はこの土地ではとても頼りがいのある交際を始めました。確かにここでは社交の醍醐味《だいごみ》が味わえるのです――キルマカロック夫人の侍女のパッチャーさんと私は義姉妹になりました。彼女は自分の秘密を私に教えてくれました。薄織物の洗い方とか、色あせた絹や綾織り絹を酢とか尿、気の抜けたビールで煮沸して再生するやり方を教えてくれました。私の短いゆったりとした上着とエプロンはカメの洗剤液のおかげでまるで店で買いたてのように新品になったし、ポンパドール〔腕を出すスリットの入った長めの外套〕はバラみたいに鮮やかになったわ――でもこんなことはあなたにはまったくわからないでしょうね。もし私たちアバーガヴェニーまで行っても、あなたのところからは馬車で一日くらいで来られるわ。そうしたら私たち、お会いしましょうね。どうかそれができますように――もしできなければ、お祈りして私を思い出してね。私が祈ってあなたを思い出すようにとね。また子猫をよく見てください。またソールによろしく伝えてください。今日はここまで。

〔この女中は無学なので誤りのつづりが多い〕

バース　四月二十六日

あなたの愛する友であり召し使いのウィニフレッド・ジェンキンズ

ミセス・グウィリムへ　（ブランブル館の家政婦）

私が了承して賛成もしないのに、ルイス先生がオールダニー牛を手放そうとしたのにはとても驚きました。私の兄の命令はどういうことでしょうか。兄は認知症といってもいいくらいです。シャツを脱いで捨てかねないし、歯だって口から抜いて捨てかねないのです。それどころか今度のことについては私の季ごとの年金がなかったら、彼のおろかな慈善行為で一家を破滅させるところでした。あのわがままと浪費、気むずかしさ、かんしゃくのために、私は契約書付きの奴隷みたいな生活をしています。あのオールダニー牛は子牛が市場に連れていかれても、毎日四ガロンも牛乳を出していたのですよ。私の酪農場から大量の牛乳がなくなってプレス機を止めなくてはならないけれど、チーズは一かけらも失いたくないの。もし召し使いたちがバターなしでやっていけるなら、牛乳で間にあうでしょう。もし連中がどうしてもバターを欲しがるなら、羊の乳でつくらせてください。でもそうなったら私のところの羊毛はその美しさがなくなるでしょうね。だからどっちにころんでも負け犬になるわ――でもまあ忍耐は丈夫なウェールズの子馬のようなものよ。沢山運んでくれるし速足で長く歩けるのよ。でも長距離だと疲れるわね。そのうちに私は死ぬまで家事の奴隷に生まれついているのではないことをマットにわからせることができるでしょう。グウィンがクリックホーウェルから、フラノの値段が一エルにつき三ファージング下がったと書いてきました。これも私のポケットから出ていくお金なんだわ――私が市場に売りに行くと、品物が良く言われないの。でも私がごくありふれたものを買いたい時は、その持ち主は私の鼻先で値段をつり上げるのよ。だからどんなことをしたって買えなくなってしまうの——ブランブル館では万事うまくいかないのよ——あなたの手紙では雄ガチョウが卵を割ったということね。でもこの事件は理解できないの。だって去年キツネが母ガチョウをさらっていった時、あの雄ガチョウがその後を引き受けて卵をかえし、やさしい親のように雛《ひな》を守っていたわ——それから雷が地下室の二樽のビールを酸っぱくしたということね。でも地下室に二重の鍵がかけられているのに、雷がどうやってそこまでたどりついたのか私にはわからないのです。ともあれ私がこの目で確認するまで、ビールは捨てないでください。たぶんもとの味に戻るでしょう——少なくとも召し使い用の酢としては間に合うでしょう。兄の部屋と私の部屋の火は消しておいてください。私たちはいつ帰るかはっきりしませんから——グウィリムさん、無駄づかいのないように気を付けてくださいね。女中たちを見張って糸紡ぎに精を出させてください。暑い時季でもビールを飲まなければ、あの人たち体調をくずさないで、やっていけると思います——ビールは血を燃え立たせてあの連中を男狂いにするだけです。水なら彼女たちをしゃんとさせ、平静で節度を守らせるでしょう。ウィリアムズが持ってくる旅行かばんに乗馬服と一緒に帽子、羽飾り、食前酒、それに胃の水薬を入れるのを忘れないでください。私お腹が張ってとても困っているものだから。

今日はこれだけで

タビサ・ブランブル

バース　四月二十六日

ルイス医師へ

親愛なるディック

鉱泉の飲用はやめました。ですからご忠告は一日だけ遅すぎました――医術は先生がでっちあげた秘術ではないことは認めます。それは本質的に神秘的なものであり、他の神秘同様に、それを飲み下すには、強い信仰の一飲みが必要です。二日前に発汗しやすくするため膚の毛穴を開けるために友人のCh――〔Rice Charleton〕の勧めでキングズ・バスに行きました。そしてわが目に映じた最初のものは、湯治客のまさに鼻先に付添人の一人の腕に抱かれている全身瘰癧《るいれき》の潰瘍《かいよう》だらけの子どもでした。これを見てひどくショックを受けたので、憤慨し、げんなりして、すぐに出てしまいました――考えてみてもください。こんなフケのようになっている潰瘍の細片が湯に浮かんで、毛穴が全開している私の皮膚に付くのをご想像ください。その結果はどうなると思われますか――いやはや思うだに血が凍ります――入浴中の湯にどんなただれの細片が浮かび、どんなものを吸収することになるのか、わかったものではありません――瘰癧、壊血病、がん、腺病、しかも温泉の熱は毒素をより揮発しやすく、より浸透しやすくするのでしょう。こんな感染源を身体から取り除くためにキングストン公の私設浴場〔一七六四年に完成した小さな浴場〕に行きました。でもここでは換気が悪いため窒息しそうになりました。そこは場所が狭いので蒸気は息をつまらせるばかりでした。

結局膚を洗うだけなら、単純な水のほうが、塩分や鉄分を含んだどんな鉱泉水よりも効果があると信じています。というのは鉱泉は収斂《しゅうれん》性があるので、毛穴を収縮させ、身体の表面にどうしても垢のようなものが残ってしまうのです。しかし今は入浴と同様に飲用も恐れているのです。というのはポンプと水槽の構造について、かの医師と長い会話をした結果、広間の病人たちが入浴者の垢を飲みこんでいないとは必ずしも言えないのです。浴場から大広間の水槽にはいくらか逆流している、または逆流しているかもしれない、と疑わざるをえないのです。この場合、汗と垢とフケとさらには下の釜で湯がいた二十人ものいろいろな病気の体から出るさまざまないやらしいものを添加したきわどい飲み物が毎日、飲用者によってがぶ飲みされているのでしょう。この汚らしい混合物を避けるためにアビーグリーン〔もとは中世修道院の庭〕のいくつかの私設温泉に湯を供給している源泉をあてにしました。でもすぐに味と臭いに何か異常なものを感じました。調べてみると、この地区のローマ風呂は、修道院所有地である古い埋葬地の中にあることが判明しました。どう見てもこの埋葬地を通って湯が流れているのです。ですから大社交広間では生体を振り出した液体を飲み、私設温泉では腐敗した骨と死体からしみ出る液体をがぶ飲みしているのです――誓って言いますが、そう思うだけで胃がよじれそうです――バースの湯を実際にこれ以上は使うまいと決心したのですが、もしわが渇きをいやしてくれるもっと純粋でより無害なものを発見できたら、それを思い切って飲みます。われわれを囲んでいる山々のどこからも素晴らしい水が自然と湧き出ているのが見られるのですが、住民はたいてい、硝石や明礬《みょうばん》、その他のろくでもない鉱物を沢山含み味もよくない、身体にも有害な井戸水を利用しているのです。ここミルシャム街では少量でしかも頼りないものですが、丘から湧き出す水の供給を受けていることは認めなくてはなりません。これはサーカスの広いため池に集められますが、犬や猫、ねずみ、その他さまざまな種類の死骸で汚染されるのです。やくざな連中がほんの気まぐれとか動物を虐待しようとして投げ入れたのです。

さてイングランド人ほど意地汚く飲む国民はありません。われわれの間でワインとして通用しているものはブドウの汁ではないのです。それは毒物製造をする時、失敗ばかりしている馬鹿者によって、吐き気をもよおす原料から醸造された極悪の混合物です。そしてわれわれも、またその祖先も味も香りもない、このいまいましい水薬で毒されていますし、またそうされてきたのです——イングランドにおける唯一の純正かつ健全な飲み物はロンドン黒ビールとドーチェスター・テーブルビールだけです。しかしかのエールやジン、リンゴ酒、梨酒、その他のろくでもないいんちきワインといったものは、人類絶滅のために考案された地獄の合成物として嫌悪するのです——さりながら私は人類と何の関係があるのでしょうか。ごく少数の友人を除いて、たとえ人類全体が……しようと関係ありません。

聞いてくれ、ルイス。わが人間嫌いは日ごとにひどくなっているのです。長生きすればするほど、人間のおろかさといんちきがますます耐えがたくなっているのです。ブランブル館から出かけてこなければよかったと思うのです。あんなに長く一人暮らしをしたので、大衆の性急さと非礼に我慢できないのです。こんなに混雑しているところではすべての現象が不純です。飲食物には命をねらうわながことごとくしかけてあり、われわれの呼吸する空気そのものが汚染しきっているのです。われわれは感染の危険なしに眠ることさえできないのです——いいですか、感染ですよ。当地は病人のたまり場です――多数の病気は感染性のものだというのは先生も否定しませんね。結核それ自体もきわめてうつりやすいのです。イタリアでは人が結核で亡くなると寝具類は処分されます。誰か他の人が住むまでにその他の家具は天日干しにされ、部屋は石灰水で洗浄されます。毛布や羽毛布団のベッド、マットレスなどが他の何物にもまして早く感染してしまうし、しかもなかなか除染できないのは先生も否定されないですね――いやはや。今横たわっているベッドに、どんな不幸な者らが寝返りを打っていたのか、いかにして知りえましょう――ディック、私がマットレスを取り寄せることを思いつかせてくださらなかったのですね。もっとも私が馬鹿でなかったら忠告者を必要としなかったでしょうが――いつでも自分の思いとは正反対のいまいましい妄想がわいて、たまらない思いがします――ですから話題を変えましょう――

バースの滞在を短縮する他の理由もあるのです――妹のタビサの気質はご存じの通りです――もしタビサ・ブランブルが他の家系出であったら、彼女を一番……と見なしたことは確実です――しかしじつをいうとどうしても彼女のことが気になるのです。というのは彼女は胸騒ぎのようなものにとらわれているからです。さてこのかわいい未婚婦人は実際に、六十五歳のアイルランドの准男爵となれなれしくなったのです。名前はサー・ユリック・マッキリガット。彼はとても窮乏しているとのことです。しかも彼女の資産について間違った情報を入れたようです。そうではありますがこの関係はじつに笑止千万で、すでにうわさ話が広がりつつあるのです。ぼくとしては彼女の自由なふるまいに異をとなえるつもりはありません。それでも彼女の恋人がとくにねらっている点については、その誤解を解く何らかの手段を取るつもりです。しかし彼女の行動がリディアのお手本になるとは思っていません。リディアもまた広間の気取り屋たちの注目を集めたのですから。そしてジェリーの話によると騎士の甥にあたる大柄な男がこの娘の気を引こうとしているのではないかというのです。ですから私は彼女とその叔母を厳しく監督します。それでも事態がもっと深刻になれば、場所を移すことになるでしょう――こんな人間どもの治療を引き受けることが、私のような気質の者にとっていかに楽しい仕事であるかおわかりですね――さりながらもう繰り言はお聞かせしませんよ。(次の機会まではね)

敬具

四月二十八日　バース　マット・ブランブル

サー・ワトキン・フィリップスへ(オックスフォード大学ジーザス・カレッジ)

ナイト爵様

バースは同じような退屈な場面が変わることなく、たえずくり返されている狭い土地だとこぼす人たちは、的を射ていないと思う――ぼくはこれと反対に、こんな小さな場所が楽しみごとや変化に満ちているのを知って、びっくりしているところだ。バースにはロンドンにある楽しみはほぼあると思う。バースにないからといってロンドンが誇れるものはないのです。たとえば当地では社会のもっとも著名な人物に会えるチャンスが毎日のようにあります。そんな人物を本来の個性と振る舞いで見られます。すなわち台座から降り、フォーマルな衣裳を脱ぎ、作為と虚飾という仮面をはぎ取って――ここには大臣も裁判官も将軍も主教も設計者も哲学者も知者も詩人も役者も化学者もヴァイオリン弾きも道化もいます。もし当地にある程度滞在すれば、会うことを予期しえなかった特別な友人にめぐり会うことも確かです。それでぼくにとってはこんな偶然の再会ほど愉快なものはないのです。バース独特のもう一つの楽しみごとは、当地の集会所に身分や資産に関係なく集まるあらゆる階層の人びととの気楽な交流から生まれるものです。これは伯父が、異質の原理の醜悪なる混合、つまり品位と従順さを欠いて騒々しく、さしでがましい下劣なる衆愚であると非難しているものです。でもこの混沌《こんとん》はぼくには無限の楽しみを提供してくれるのです。この前の舞踏会で儀典長が、女主人のお下がりを着た一人の年増の女中をバースに着いたばかりの伯爵夫人か何かと勘違いして（とぼくは思うのですが）部屋の最上席へ、うやうやしく案内しているのを見ておかしくてたまらなかった。この舞踏会はスコットランドの貴族によって催されたのです。彼はセントクリストファー島出身のムラートの女子相続人を同伴していた。また陽気な金ぴか大佐がサザーク自治区出身の有名なスズ製品業者の娘と一晩中踊っていた――昨日の朝は大社交広間でウォッピング地区の女主人が息を切らせて貴族たちの群れをかき分けて進み、松葉杖をついて窓際に立っているなじみのブランデー商人に挨拶しているのを見たし、またシューレーン〔ロンドンの通り〕の中風の弁護士がバーまで足をひきずって歩いたが、短髪のかつらをかぶった英国大法官がポンプのところで鉱泉を飲んでいたところ、そのすねを蹴とばしてしまった。ぼくはこうした出来事にすっかりうれしくなってしまったが、その理由はこれらの事件が笑止千万なものであり、かつぼくができるだけ長く楽しもうと思っている人生の茶番劇のユーモアを増してくれるからだ——これら以外に説明のしようがありません。

こんな馬鹿馬鹿しいことがらは伯父の不機嫌をかき立てるが、ぼくは吹き出しそうになる。彼はまるで皮膚がない人間みたいにひ弱い。ちょっと手を触れられるだけでしり込みしてしまう。他人を愉快にさせることが彼には苦痛になってしまうのです。それでも彼にも平静期というものがあり、その時はとてもひょうきんです。じっさいぼくはこんなに上機嫌というものに感染されやすい心気症の患者は知りません。彼はぼくがこれまで出くわしたなかでも、もっともよく笑う人間嫌いだ。うまい冗談とか滑稽な出来事があれば、どんなに憂鬱にふさぎ込んでいても、大笑いしてしまう。そして笑い終わると自身の馬鹿さ加減をのろうのです。見知らぬ人たちと話す時でも全然動揺するようには思えない——親しい人たちだけだと不機嫌になるのだ。でも彼らが彼の関心を引いているうちはそうはならない。しかし彼の気持ちが外部に向けられていない時、それはわだかまって身体を痛めるようだ——彼はのろいの言葉で鉱泉を非難した。しかし社交という楽しみに、より効果的でしかもより心地いい療法を見出し始めた。彼はバースに来ている病人の中に幾人かの旧友を見つけ出した。そしてかの有名なジェームズ・クイン〔当時の名優だが一五七一年にバースに引退した(一六九三—一七六六)〕との旧交を温めている。しかしこの俳優が鉱泉を飲むためにここにやって来たのではないのは確かだ。当然ぼくはこのあくの強い男にとても興味が引かれた。そしてブランブル氏が彼を二度もわが家の正餐に招いたので好奇心は満たされたものです。

ぼくが判断しうる限り、クインの性格は一般に言われているより、もっと高尚なものです。彼の「名言」をどんな気取り屋も口にしている。しかしその多くは下品な味わいがあるので、彼生来の下品な想念由来のものだと思われがちだ。しかしぼくはクインの名言の蒐集者たちはその作者に正当な扱いをしていないのではないかと思っている。彼らは名言のうち最上のものを指からこぼしてしまい、大衆の趣味と感覚に合うものだけを保持しているのだ。彼は上機嫌な時でさえ、どれだけくつろいだ気分でいるのか、ぼくには何ともいえない。しかし彼の普段の会話は常識的なものばかりだ。しかもジェームズ・クイン氏は確かにこの王国で最高の生まれの人びとの一人なのだ。彼はとても気持ちのいい交際相手となるばかりか（信頼できる筋合いからの情報によると）非常に誠実な人だ。きわめて友情に厚く、温かく、堅実で寛大な情愛を示す。巧言をしりぞけ、下劣なことや偽りはできない人だ。しかしながらぼくがクインの眼の表情だけで判断すれば、彼は高慢で無礼で冷酷な人物と思われかねない。その容貌にはきわめて厳しくて近づきがたいものがある。また彼はいつも目下の者や部下の者を見下すような気持ちでいるという噂《うわさ》だった——おそらくそんな噂が彼の外見についてのぼくの見方に影響したのでしょう——ご存じの通りわれわれは偏見にとらわれているのです。たとえそうであっても、ぼくはこれまで彼のいい面しか見ていないのです。そして伯父はよく片隅で彼と話をしているが、彼のことを、これまでに会ったうちでは最も聡明な人物の一人だと断言している——彼の方でもこの頑固者に対して劣らぬ尊敬の念を抱いているようで、マッシューと親しみを込めて呼んでいる。また古い居酒屋での彼らの冒険を思い出させている。一方でクインが姿を見せると、いつもマッシューの眼はらんらんと輝くのだ。伯父がひどく調子はずれできしまないように、クインはなだめてくれる。そして一つの合奏での高音と低音みたいに二人合わせて最上の音楽をかなでるのだ――先日会話がシェイクスピアにふれた時、ぼくは感激して、クインさんがフォールスタッフの役を演じるのを見るためなら、百ギニーを投じてもいいよと言わずにいられなかった。すると笑いながらぼくの方を振り向いて、「若き紳士よ（と彼は言った）。私なら君の願いをかなえてあげるために千ギニーあげるよ」。伯父と彼は人生観が完全に一致している。クインはクラレット〔ボルドー産の赤ワイン〕にそれを漬けておかないと鼻もちならないというのだ。ぼくはこの現象を彼のコップで見たいと思うのだ。そして大熊亭〔ここは当時のバースの一流の居酒屋〕でカメ料理をご馳走するよう伯父をほぼ説き伏せたところだ。それはともかく、この二人の犬儒学派の哲学者たちの判断を確かめることができると思われる、ある出来事で君たちを楽しませたい。ブランブル氏が次のような意見を述べた時、あえて彼に反対した。彼の言によれば、当地の享楽にどっと人びとが押し寄せて、あらゆる秩序と優雅を台無しにしてしまっている。これが庶民を耐えがたいほど尊大かつ厄介なものとし、または上流層の生活に押し入る者たちの振る舞いや心情を野卑なものにしている、というものでした。彼はまたこのような途方もない群衆はわれわれをどの隣人からも軽蔑させ、実際は国の金貨の価値を落とすことよりも悪いと言った。ぼくはこれに反論して、上流の衣装や調度を模倣しようと非常な熱意を見せるこれら庶民の連中でも、同じようにそのうち、上流の処世術や作法も身に付け、その会話でみがかれ、それを模範とすることで洗練されるだろうと論じた。ぼくがクイン氏に訴えて、こんな無節操な混合体が大衆全体を良くするなんて思えないだろうと尋ねると――「そのとおり（と彼は言った）。一皿のマーマレードが鍋一杯の排泄物の味を良くするようにはね」

ぼくは上流生活にはあまり縁がないけれども、ロンドンやその他で整然とした集会と称するものを見てきたし、バースの集会も他と変わらず上品で、全体としてそれを構成する個人は、よき作法や礼儀に欠けるとは思えないと告白した。「しかしある経験を思い出します（とぼくは言った）――ジャック・ホルダーという男は牧師になるつもりだったが、兄が亡くなったので一年に二千ポンドの実入りのある土地を相続した。彼は今、バースにいますが、フレンチホルン奏者を引き連れ、四頭立ての四輪馬車を乗り回しています。またバースやブリストルの沢山の居酒屋では客が腹いっぱいになるまでカメ料理とクラレットをおごりました。また儀典長に弟子入りし、そのすすめで一ダースもの立派な服を買ったのです。彼はビリヤードでいかさま師に数百ポンドも負け、またエーヴォン街の女を一人囲いました。しかしこんなもろもろの水路も彼の現金を流出させるには不十分なのを知って、彼の助言者は彼に明日ウィルトシャーの集会室で大茶会を開かせることにしたのです。この茶会にさらに光彩を添えるためにどのテーブルも砂糖菓子と花束で飾られることになっています。しかしベルが鳴るまではそれに手をふれてはいけないのです。合図があると女たちは何でも食べることができます。これは集まりの人びとのしつけを試すには悪くない方法だろうと思います――」

「わしはその実験に大賛成だ（と伯父は叫んだ）、きっと騒動が起こるにちがいないが、その渦の外でじっと立っていられる場所があれば、わしはきっとそこへ行ってその情景を楽しむことができるんだが」。クインはわれわれが音楽演奏用の通路に行くことを提案し、ぼくらはその勧めに従った。ホルン奏者たちと彼らの楽器と一緒だと気づかれないようにしながら、ホルダーはぼくらより先にそこに着いていたが、ぼくらも入れてもらえた。お茶の会はいつものように進行した。そして参加者はテーブルから立ち上がり、攻撃の合図を待ちながらグループでぶらぶら歩き始めた。その時ベルが鳴り始め、人びとは夢中でデザートに飛びついた。そして会場全体が大騒ぎになった。押し合い、奪い合い、引っ張り合い、ひったくり合い、取っ組み合い、怒声と悲鳴の他には何もなかった。花束はお互いの手や胸から引きちぎられた。グラスや陶磁器は粉々になった。テーブルと床には砂糖菓子がまき散らされた。叫ぶ者あり、ののしる者あり、ビリングズゲート〔ロンドンの魚市場。ここはひどい言葉遣いで有名〕の地ことばや隠語が本物の味と香りそのままに無遠慮に使われた。意味ありげな身振りを伴うあの華やかな修辞の数々。指を鳴らす者あり、広げる者あり、手をたたく者あり、お尻をたたく者あり、ついには実際に帽子の引っ張り合いにまでなり、万事が大喧嘩のさきがけとなるように思えた。この時ホルダーがホルン奏者たちに進撃ラッパを吹くように命じた。それは戦い合う者たちを元気づけて闘争を燃え上がらすためであった。しかしこの戦略は彼が予期したのとは正反対の結果を招いた。それは自分たちの恥ずべき状況を彼らに悟らせる非難の曲になったのだ。彼らはみずからの愚かなるふるまいを恥じて、突然の騒ぎをやめた。彼らは帽子やひだ飾りやハンカチを拾い集めた。大方の者は屈辱感を抱いて黙々と退去した。

クインはこの冒険をあざ笑った。しかし伯父の細かい神経は傷つけられた。彼は悔しさをありありと見せて頭をたれた。そして自分の勝ちだという判断を嘆いているように見えた――まったく彼の勝利は予想もしなかったほど完璧なものだった。というのは後でわかったことだが、さっきの戦闘で一番光彩を放った二人の女丈夫は、パドルドック〔ブラックフライアーズ・ブリッジ近くのテムズ川沿いの地域〕の場末からの者ではなく、セント・ジェームズ宮近くの上品な地区の人だったからである。一人は男爵夫人でもう一人は富めるナイト爵の寡婦だった——伯父はわれわれが退出してコーヒーハウスにたどり着くまで一言も発しなかった。その店で彼は帽子を取り、額をぬぐいながら「やれやれ助かった（と彼は言った）、タビサ・ブランブルが今日は出陣しなくて」「ぼくは大枚百ポンドをかけても（クインが叫んだ）彼女をあの試合での最強の闘鶏と戦わせたかった」

実をいえば彼女がこの宴会がどんなものか知る前に下剤を服用していたという偶然がなかったら、何ものも彼女を家にとめ置くことはできなかったろう。次の舞踏会に彼女はサー・ユリックのパートナーとして登場するために、古い黒のベルベットの服を数日かけてきれいにしていたのだ。ぼくはこの愛すべき親族の女についてはは言うべきことが多い。でも彼女をちゃんと紹介していなかった。彼女はクイン氏に対してじつに丁寧に接している。彼の皮肉な気分を恐れているように思われるのだ。しかしそんな彼女の慎重さもその厚かましさにはものの数ではない。

「クインさん（と先日彼女は言った）私はいつぞやドルーリー・レーン〔ロンドンの町名。劇場がある〕であなたがハムレットの亡霊をおやりになった時、たいそう面白く見せていただいたわ。あのあなたは蒼白な顔で目をまっ赤にして舞台に立ちづめで、『たけり狂ったヤマアラシのウズラ』〔ハムレット一幕五場　実際はヤマアラシの針毛だが間違えてウズラとした〕のせりふをおっしゃいました——どうぞ、ちょっとジムレットの亡霊をお聞かせください」「奥さん（クインはいいようもない軽蔑の眼差しで言った）ジムレットの亡霊は寝かされてしまって二度と立ち上がることはないのです」――この妨害に気づかず彼女は続けた「ええほんとうにあなたはほんものの幽霊みたいに見えて語りました。それに雄鶏がそれらしく鳴きましたね。その鶏にどんなふうに、まさに肝心な時に鳴くように教えたのでしょう、あれは勇敢ですね、クインさん」「臆病です、奥様」「まあ臆病でも臆病でなくても、あれはよく通るカウンターテナーなので、朝にメイドを起こすためにブランブル館でもあんなものが欲しいと思いました。どこであの種類が見つけられるかご存じですか」「たぶんセントジャイルズ教区の救貧院でね、奥さん。しかし申し上げますがあの鶏の特別な鳴き声なんて知りませんよ」。伯父はいらいらして、かっかしながら叫んだ。「これこれ妹よ、そんな話し方ってないじゃないか。わしが二十回も言ったじゃないか、この紳士のお名前はグウィンさんじゃないって」――「いやはや兄さん（と彼女は答えた）腹を立てないでくださいね――グウィンというのは高貴な名前で正真正銘の古いイギリスの家柄なのです――私はこの紳士は同じ仕事をしているミセス・ヘレン・グウィン〔チャールズ二世の愛妃〕のご一族だと思っていたのですよ。もしその通りなら、この方はチャールズ王の血統で、王侯の血が流れているかもしれませんわ」――「いいえ奥さん（とクインは毅然《きぜん》として答えた）。母はそんな身分ある淫売ではありません――確かに自分が王室の出だと信じたくなる時もあります。それは私がやりたいままにやってしまうことがよくあるからです。まさに今私が専制君主なら、あなたの料理人の首を大皿に載せて持ってくるように注文すると思います――彼女は大型ヒラメを殺すという大罪を犯したのですから。これは残酷に切り刻まれ、ソースなしで出されました――ああ何という時代だ、何というやり方だ」〔キケロの名言〕

この陽気なしゃれが会話を少しは愉快な方に振り向けた――でもぼくの駄文をタビーのおしゃべ

りと同じく、退屈に思うといけないから、ぼくが君の変わらぬ友であるということ以外は何も言いません。

四月三十日　バース　　　　J・メルフォード

ルイス医師へ

親愛なるルイス

ウィルトシャー種の羊の為替手形を受け取りました。これはちゃんと支払ってもらいましたが通常の宿でそんな大金を手元には置きたくないので、バースの銀行に二百五十ポンドを入金しました。これは避暑の季節が過ぎて当地を離れロンドンで引き出すことになるでしょう。その準備をしているところですがお知らせしなければならないのは、リディアにロンドンを見学させたいと決心したことです。彼女は今までに出会ったもっとも心がけのいい女の一人で日ごとに可愛らしくなっていくのです。タビーについては、アイルランドの准男爵に彼女の一財産について、彼の求愛の熱意をきっと冷ますようなことをそれとなく伝えました。これで誇り高い彼女も警戒するでしょう。また色あせた処女の恨みがかき立てられ、サー・ユリック・マッキリガットの悪口と中傷のみを聞かされることになるのでしょう。この地でタビーは現在、とても満足して楽しくやっているようです。私自身はここが大嫌いなので、数人の昔馴染みが（その会話で不愉快な気分も抑えられます）いなかったら、こんなに長く居着くことはなかったでしょう。ある日の午前中にコーヒーハウスに行ったのですが、驚きの念と同情の念半々で、同席の連中を熟視せざるをえませんでした——われわれは全部で十三人いましたが、痛風、リューマチまたは中風で足が不自由なのが七人、事故で不具になったのが三人、残りは目か耳が不自由でした。一人目はよたよた歩き、二人目はぴょんぴょん飛び、三人目は傷ついた蛇のように足を引きずり、四人目はくさりにつるされた重罪人のミイラみたいに、二本の長い松葉杖の間に両足を広げていました。五人目は台に据え付けた望遠鏡みたいに身体が水平に曲がっていて、二人の駕籠かきによって店の中に押し込まれました。そして六人目は胸像よろしく車椅子にまっすぐに据えられ、ウェイターが車をあちこち動かしていました。

彼らのうちの幾人かの顔に驚いて、頭の中の友人名簿をたぐってみました。そして数人の旧友の名前に気づいたので、もっと注意深くこのグループを研究しはじめました。ついに若き日の友人ボールドリック海軍少将を見つけました。彼がセヴァーン号の副官に任命されてから会っていなかったのです。片足が木製の義足で日焼けした顔の老人に変身していました。じつに威厳のある白髪まじりの巻き毛のためにますます年老いて見えました——彼が新聞を読んでいるテーブルに座り、数分間というもの、喜びと後悔のまじった気持ちで彼をじっと見つめました。そうしたら胸が切なさであふれました。それから彼の手を取って、「あーサムよ（と私は言ったのです）四十年前にぼくはまさか……」。感動しすぎて続けられなかったのです。「確かに懐かしい友だ（と彼は叫び、ぼくの手を握って眼鏡越しに熱心に私を見つめました）船がぼんやり現れてきたのがわかる――別れて以来この船もひどい波風をしのいできたのだが。でもその名前をたぐり上げることができぬ――」

名前を言うと、彼は叫びました。「あーマット、わがなつかしき僚艦よ。まだ浮いていたか」と立ち上がり、両腕で私を抱擁しました。しかしながら彼の有頂天はよき前兆ではなかったのです。というのは私に挨拶する時、彼はかけている眼鏡のばねを私の眼に突き刺し、それと同時に義足で私の痛風のつま先を踏んだのです。この攻撃で悲しくも熱い涙が流れました。あわただしくお互いの確認が済むと、部屋の中のわれわれの共通の友人ふたつを指差しました。その胸像はコックリル大佐が原形でした。彼はアメリカ戦線で四肢の自由を失ったのです。また望遠鏡はわが学友、サー・レジナルド・ベントリーだとわかりました。彼は新しい肩書と予期しない遺産を手にしたので、キツネ狩りを、その秘訣《ひけつ》を見習うことなく始めてしまったのです。そして猟犬のあとについて川を渡った結果、腸の炎症に襲われたので、現在の小さな体格になってしまったのです。われわれの旧交はすぐにお互いの善意という、もっとも心のこもったもので更新されました。そしてわれわれの再会はまったく思いがけないことだったので、即日、宿屋で食事をともにすることにしました。わが友クインは幸い他の約束もなかったので、われわれと一緒になりました。そして実際、この日は私が過去二十年間で経験したもっとも幸福な日でした。ルイスよ、君と私はずっと一緒だったし、長い間の音信不通から生じたこんな雅味のある友情を味わったことはありません。こんなに長く離れ離れになり、人生という嵐にひどくもまれた三名か四名の旧友がこのように偶然に出会えて、感じたことの半分も表現できません。これは青春の更新なのです。それは死者の蘇生《そせい》のたぐいで、われわれがしばしば旧友を墓から呼び戻すあの興味深い夢を実現したものでした。私の喜びは現実には「死」の手によって解消してしまった親密な関係を呼び覚ます過去の情景の記憶から生まれる一脈の憂愁と入り交じっていたのですが、それでもその喜びはいささかも減じるようには思えなかった。彼らは自らの災難にも冗談を飛ばすほどの哲学さえ有していたのです。かかるものこそ友情の力であり、人生の最高の強壮剤なのです――しかしながら後になって、彼らには不安の瞬間、というよりむしろ不安の時間がないわけではないことを知りました。続く語らいで、それぞれの特別な悩みをくわしく語ったのです。彼らは皆、心底では不平たらたらでした――個人的な災厄は別にして彼らは自らが人生という富くじについていないと感じているのです。ボールドリックはその長期の激務に対して受け取る報酬は海軍少尉の退職給ほどだとこぼしていました。大佐は、中にはかつて自らが任命した者がいる成り上がりの将軍連中に追い越された自分をくやしがりました。加えて彼は気前のいい性格だったので、将軍の地位を売って得たささやかな年金ではどうにもならなかったのです。准男爵についていえば、選挙戦で相当な借金をしたので、議会の議席ばかりでなく、同時に田舎の別荘も放棄せざるをえず、地所も管財人の手にゆだねたのです。しかし彼の無念さは自らの不行跡の結果なので、他の二人の半分も心に訴えてきません。二人は大きな舞台で名誉あるきわだった役割を果たしたのに、現在はこの怠惰で無意味なシチュー鍋の中で退屈な生活を送らなくてはならないのです。彼らは鉱泉には効き目がないことを経験したので、長い間それを用いていません。この地の楽しみごとについても、彼らはそれを楽しむことはできません。それではどうやって時間を過ごしているのでしょうか。午前中に彼らは娯楽室やコーヒーハウスに入りびたり、ホイストに手を出したり、ジェネラル・アドバタイザー新聞について論評するのです。そして晩にはまた、気むずかしい病人やしょぼくれた老婦人たちの私的な会合で時間をつぶすのです。これが自然がもっといい目的に振り向けようとしたと思われる多数の人物の実際の姿です。

およそ十二年前には健康のために当地にやって来る者ばかりでなく、財産こそあまりないが多くの上流家庭の人びとがバースに住み着こうとしたのです。彼らはここでわずかな費用で快適に暮らせ、上品な体面さえ保つことができたのです。しかし時代の狂気がこの地を彼らにとってあまりにも刺激が強いものにしたので、彼らは今や他の移住先を考えなければならなくなりました――すでにウェールズの山地に逃げ出した者もあり、エクセターに引っ込んだ者もいます。疑いなくそこにも、洪水のようなぜいたくと浪費が流れていき、そのためあちこちと追われてついにはまさにランズ・エンド〔イングランドの南西端の岬〕まで追いやられるのです。しかもそこでも船で他国に向かわなくてはならないのです。バースはただの浪費と強奪の下水貯めになってしまったのです。あらゆる家事用品が途方もない値段になってしまったのですが、もはや驚いてなんかいられないのです。というのはささやかな財産の持ち主でも上品な食事をすることを誇りにし、市場商人たちと結託している召し使いたちのごまかしを見のがすことをおのれの声価を高めるのだと思っているのです。そして結局言われるままに支払ってしまうのです。現在当地には一日一回しか食事をつくらない料理人に週七十ギニーも支払う成金がいます。こんな信じられない狂気はきわめてうつりやすいので、まさに下層民や屑のような連中まで感染しているのです。私の知るところによると、ジャマイカから来たある黒人の親方は、娯楽室でお茶の会を開き、茶とコーヒーの代金六十五ギニーを、夜のうちに室の主人に支払い、翌朝、彼の客が誰一人この男の素性を知らず、かつその名前すら問いただささなかったほどひっそりとバースを立ち去ったということです。このたぐいの出来事はしばしばです。しかも毎日新しい馬鹿げたことが起こるので、思慮深い人はひどすぎて楽しめないのです。しかし例の不機嫌が足早にしのびよってくるのが感じられます。ですからこの辺でやめて、あなたが文通を嫌がる余計な原因とならないようにします。

五月五日　バース　親愛なるディック

マット・ブランブル

ミス・レティシア・ウィリスへ（グロスター市）

親愛なるレティ

先月二十六日、あなたに長々と書いた手紙を飛脚便で発送しましたが、バースでの私たちの暮らしについての説明はその手紙を見ていただきたいと思います。そしてご返事を待ちこがれています。でもこの良いついでがあるので、あなたに二ダースのバース指輪〔この地の名物の石造りのもの〕を贈ります。そのうちでいいのを六つ、あなたがご自分でお取りください。そして残りはあなたの考えで適当に私たちの共通の友人の若い淑女たちに分けてください――この指輪の銘があなたの気に入るかどうかわかりません。中にはあまり私の好みに合わないものもあります。でも私としては見つけることができた既製品を買うしかなかったのです。あなたも私もある人のその後の消息について何も聞いていないことが悩みの種です——まさか故意に無視されているのではないでしょう——ああ、いとしいウィリスよ。私は妙な空想にとらわれて、もの悲しい疑念がわくのです。しかしながらもっとくわしく調べることなしにそんな疑問を抱くのは寛大とはいえないでしょう——伯父は私にとても素敵なザクロ石をプレゼントしてくれましたが、ロンドンへの小旅行をおごってくれるともいうのです。これはご想像の通り、とても楽しいものになるでしょう。でも私はバースが大好きなので、シーズンが完全に終わるまでは、伯父がここを離れるなんて考えないでくれればいいのにと思うのです。それに内緒の話ですが叔母に何か起こったのです。そのためにおそらく当地での私たちの滞在は短くなるでしょう。きのうの午前中に叔母は一人で娯楽室に朝食を食べに行きました。そして半時間後に、とても興奮したので、椅子駕籠でチャウダーと一緒に帰ってきました。この不運な動物に何か事故が起きたにちがいないと思います。この犬は叔母のあらゆる難儀の大きな源泉なのですから。ねえレティ、叔母のような年配の分別のある女性が、誰にでも吠えついたりかみついたりするこんな恐ろしくてたちの悪い駄犬に愛情を注ぐなんて何と気の毒なことでしょう。彼女のお供をした従僕のジョン・トマスに、どうしたのと聞きました。でも彼はただニヤリと笑うだけでした。そして有名な犬の医者に来てもらいました。獣医はこの犬を自分の家に連れて行っていいなら、その治療を引き受けようと言ったのです。しかしその女主人はそれを自分の眼が届かないところに手放そうとはしなかったのです——彼女は料理人に布地を温めるように命じて、それを手ずから犬の腹にあてがったのです。彼女はその晩に舞踏会に行くことはすっかり断念しました。またサー・ユリックがお茶を飲みに来た時も面会を断りました。それで彼は他のパートナーを探すために立ち去りました。兄のジェリーは口笛を吹いたりダンスをしています。伯父は時には眉をすくめ、時には爆笑します。叔母は涙にくれたり、ののしったりしています。その侍女のウィン・ジェンキンズは好奇心の塊のようなおろかな顔付きでじっと見つめたり、驚異の眼を見張ったりしています。私はどうかといえば、この女と同じくらい好奇心があるのですが、詮索するのが恥ずかしいのです。おそらく時とともに秘めごとが明らかになるでしょう。だって娯楽室の出来事は何でも長く隠しておくことはできないものですから――私の知る限りのことを言いますと、昨夜夕食の時、ミス・ブランブルはサー・ユリック・マッキリガットのことをとても軽蔑した言い方をし、伯父さんに私たちを夏じゅうずっとバースで暑さにうだらせておくのですかと尋ねました。「いや、妹ビサよ（と伯父はいたずらっぽく笑って言った）土用になる前にここを引き払うよ。ちょっと節制してうまくやれば、われわれの体質でも、たとえバースにいるにしても、年中けっこう涼しくやっていけると思うが」。このあてこすりの意味がわからないので今のところは、これについて何も言おうとは思いません。おそらく後でもっとご満足のいくように説明できるでしょう――それはともかくどうか時折は、お手紙ください。そしてあなたの恒心の友をずっと愛してください。

リディア・メルフォード

五月六日　バース

サー・ワトキン・フィリップスへ（オックスフォード大学ジーザス・カレッジ）

それではブラッカビーさんの件は虚構の警告だとわかって、ぼくは出費しなくてすんだわけだね。しかしぼくは彼女の真実の打ち明けが、そんなに早すぎなければよかったのにと思うよ。というのはぼくが彼女を母親にする能力があると思われることは、ぼくにいくらかの面目を施しもするが、こんなひびの入った水差しと密通したという評判はちっとも名誉にならないのに――この前の手紙で、歓楽と親交の殿堂である居酒屋でクインと彼の機嫌がいい時に会いたいと思っていたことを君に知らせたね。居酒屋の中でこそ、彼はコーマス〔宴楽の神〕の使徒として、機知とユーモアのインスピレーションを発揮するのだ――ぼくはその望みを満たしたんだよ。ぼくはスリー・タンズ〔三樽亭、バースの有名な駅馬車亭〕で彼の仲間とともに正餐をとり、ずっと彼と席をともにする栄に浴したのです。晩の八時半にはクラレット〔ボルドーの赤ワイン〕六本をたっぷり腹におさめて、彼は家に連れ戻された。それでこの日は金曜日だったので、日曜日の昼までは起こしちゃならないと彼は命じたのです――これだけ飲んだからといって彼の会話が乱れたとは思えず、飲むほどに彼の会話は楽しくなるばかりだった。なるほどぼくらが別れる数時間前までに彼は手足の自由を失っていたが、他のすべての機能は完璧に保ち続けていた。そして彼が思いつくままに気まぐれな考えを口にするにつれ、ぼくはまったく彼の思想の輝かしさと表現の魔力に驚嘆したのです。クインは飲み食いにかけては正真正銘の道楽者だ。文字通り徹底した美食家だから並の料理では我慢できないのだ。これは彼には死活問題なのでその調達の役目は自ら引き受ける。だから彼の食卓に招かれる客は、いつでもおいしい料理が食べられ、とびきりのワインを飲めるのだ——彼は自ら口腹の喜びに耽溺《たんでき》していることを認め、しばしば自らの官能を笑い話の種にする。しかしこの食欲には利己的なところはない——おいしいごちそうがよき友情をつくり、気持ちを高め、胸襟を開かせ、会話からあらゆる遠慮をなくし、社交生活の最も楽しい様々な目的を達成させるということを彼は知っているのだ——しかしジェームズ・クイン氏は一通の手紙の枠内で論じきれるような対象ではない。だからぼくは今のところは彼に休んでもらって全く表情の違う人物を登場させよう。君はわが叔母の人物についてもっと知りたいと思い、彼女とサー・ユリック・マッキリガットとの交渉を大いに楽しめると期待しているようだね。でもこの望みはもうないよ。この交渉は解消したのだ。アイルランドのこの准男爵は老練な猟犬とでも呼ぶべきか、彼女が腐肉なのがわかったので臭いをたどるのをやめてしまった——すでに君に教えたようにミセス・タビサ・ブランブルは四十五歳の処女なのです。その体つきといえば、背が高く、骨張っていて、不格好で、胸はぺしゃんこで猫背なのだ。血色が悪い顔でそばかすもある。目は灰色でなく緑がかっていて猫みたいで、だいたい充血している。髪の毛は砂色かむしろ灰色がかっている。額は狭く鼻は長くとがっていて、寒い時鼻先あたりはいつも赤くなっている。薄い唇で大口、しかも隙間のある乱杭歯《らんぐいば》でその色も形もまちまちなのだ。長い首にも無数のしわがきざまれている。気質についていえば、高慢、頑固、見栄っ張り、横柄、詮索好き、意地悪、貪欲、無慈悲といったところ。どの点から見ても彼女の生来の苦い気質が失恋でさらにひねくれたものらしい。というのは彼女の長い独身生活は決して結婚嫌いによるものではなく、反対にオールドミスという非難めいた悪口を避けるために打たない手はないという有様なのだ。ぼくが生まれる前に、彼女は徴兵士官と深い恋仲になったことがあった。そのため彼女の評判は少し落ちた。その後彼女が言い寄ったのは教区の副牧師だったが、この男は彼女の兄が職権を握っている次の聖職禄へ推挙してもらいたいと謎をかけたが、それがすでに他の者に約束されているのを知るやいなや、突然逃げ出してしまった。そこでミセス・タビサは、仕返しに、彼から司牧職を剥奪《はくだつ》する手段を講じた。彼女の次の恋人は身内の、ある軍艦の副官だったが、この男は恋のおもむきなどいっこうにわからないので、結婚という形で従妹のタビサをしっかりつかむことに何ら難色を見せなかった。しかし諸準備がちゃんと済まないうちに、彼は航海に出かけ、フランスの快速帆船との海戦で戦死してしまった。わが叔母はこんなに何度も挫折しても絶望しなかった——彼女はぼくの伯父の忠義の友であるルイス医師にあらゆる手管を尽くした。その時彼女は病気になったほどだ。そしてマットを説得して彼女と彼の友人との仲をとりもってもらおうとした。しかしこの医師は内気な青年だったのでからかいに乗ろうとせず、きっぱりと申し込みを断ってしまった。それでミセス・タビサは友人の仲をどうにか裂こうとしたが失敗したので、またまた忍耐を重ねることに甘んじなくてはならなかった。でも今では彼女はルイスに丁重に接しなければならないと思っている。というのは彼はその職業柄、彼女にはなくてはならのものになってしまったから。しかしながらこうしたことだけが彼女が男性と近づくために払った努力ではない。彼女の財産は最初は千ポンドにすぎなかった。しかし彼女は姉の死によって五百ポンドを手にし、軍艦の副官は遺産で彼女に三百ポンド残した。これらの額を彼女は兄の家でまったく費用のかからない生活をすることで、また兄の牧羊と酪農からとれるチーズとウェールズのフランネルをあきなうことで、倍以上に増やした。現在では彼女の資産はおよそ四千ポンドに増えても、さらにその貪欲さは日ごとにひどくなっているようだ。しかしこれさえも、家中に不安と騒動をもたらす彼女の執念深さにくらべたら、まだ我慢できるくらいなのだ。彼女は同胞に恐れられ、憎まれることに悪魔的な快楽を見いだす、かの天才たちの一人なのだ。ぼくは伯父に、彼のような気質の人がその気になれば簡単に排除できるのに、こんな家庭内の病源を我慢しているのは驚くほかないと一度言ってやった――これは彼の心を痛めた――それは彼に決断力のなさを責めているように思えたから。彼は鼻にしわを寄せ、眉をしかめながら「若い者は（と彼は言った）初めて世間に鼻づらを突っ込むと、多くのことに驚くものだ――経験ある者なら、普通で避けがたいことだとわかっていることでも――君の大切な叔母さんは、知らぬ間に我輩《わがはい》の骨肉の一部となってしまった。いまいましい。あれはわしの肉体で触れてはいけないものになっているので、それに触れられることも干渉されることも耐えがたいのだ」

ぼくは返事をしないで話題を変えた。彼は実際この奇人に愛情を抱いている。この愛着は常識への挑戦ということから生まれているのだ。そして彼女の性格と知力に対して感じているに違いない軽蔑の念にもかかわらず彼が抱いているものだ。いやぼくの確信するところでは叔母のほうでも伯父の人柄にはきわめて悪意のある愛着を感じているのだ。もっとも彼女の愛情は不満という形でしか現れず、やさしい気持ちそのものから彼をいじめ通しているのだ――家の中で彼女が普通の形で何らかの愛情のしるしを与える唯一の対象は愛犬のチャウダーだ。スウォンジー〔ウェールズの海港〕のある船長の奥さんから贈られたニューファンドランド種の汚いぼろ犬なのだ――叔母がこの獣をとくに可愛がっているのは、そのみにくさと根性の悪さのためか、そうでなければ犬の気質と彼女自身の気質との間の本能的な共感によるものに違いないと思うかもしれない。まったくのところ彼女は彼をひっきりなしに抱くのだ。そしてこのいまいましい動物の世話のことで家族を手こずらせる。じっさいこの動物が彼女とサー・ユリック・マッキリガットとの不和の近因となったのだ。

こんなことがあったのだが、叔母はきのう哀れなリディアを出し抜こうとして、犬だけ連れて、准男爵と会うことを期待して、娯楽室に朝食を食べに出かけた。彼と晩に踊る約束もしていた――チャウダーが部屋に現れるやいなや、儀典長がその出しゃばりに腹を立て追っ払おうと駆け寄り、足で脅した。ところが儀典長の権威をあなどるように白くて鋭い歯並びをむき出しにして、か弱い王者を追いつめた――彼が身震いしながら相手にいどみ、給仕にわめいている最中にサー・ユリック・マッキリガットが彼を救いにやって来た。そしてこの侵入者とその女主人との関係などまるで知らないふりをして、そいつのあごにすごい一蹴りをくれたので、そいつは泣きながら戸口まで吹っ飛んでしまった。ミセス・タビサはこの暴行に腹を立てて犬みたいな不快な悲鳴をあげながら、犬を追いかけた。一方准男爵は彼女を追っていき横手から失策を詫《わ》び、デリック〔儀典長〕は反対側の横手からこの場所の規則、規制について抗議した。彼女は騎士の詫びに満足するどころか、彼は紳士でないと確信すると言った。そして儀典長が彼女に手を貸して椅子に座らせようとすると、彼女は扇で彼の手の甲をピシャリとたたいた。伯父の従僕は戸口にじっとしていたが、叔母とチャウダーは同じ乗り物に乗って、駕籠かきやその他の人びとに笑われながら運ばれていった。ぼくは馬でクラーケンダウン〔草原地〕に出かけていたが、たまたま部屋に入った時に騒ぎが終わったところだった——准男爵は残念でたまらないという様子でぼくのところに来て、さきほどの冒険をくわしく話してくれた。ぼくが大笑いしたので彼の表情も明るくなった。「ねえ、あんた（と彼は言った）私は野獣のようなやつが、親指トムを食おうとする赤牛のように大きな口を開けて儀典長に吠《ほ》えかかっているのを見た時、あの小柄な人を救いに行かざるをえなかったのです。でもあの獣がミセス・ブランブルのお供だとは夢にも思わなかったのです——ああ、もしそうだとわかっていたらあいつがデリックを朝飯として食べたとしてもどうということもありません——しかし、ねえ友よ、私どもアイルランド人というものは失策をやらかしお門違いをすることが生来の気質なのです——しかし私は裁きを受けますし、彼女の慈悲を懇願するつもりです。そして願わくは悔い改めたる罪人の許されんことを」。攻撃は彼の側から進んでやったものではないから彼女と和解できないことはないでしょうとぼくは彼に言った。しかしじつは、この事件はすべて偽りのものだった。彼がミセス・タビサに言い寄った時、彼女の六千ポンドの財産の見込み違いをしていたのだ。そしてこの件についてちょうど真実を知らされたばかりだったのだ。それで彼は二人の交渉を確実に断ち切るために、うまく彼女に嫌われる最初の機会をつかんだ。それで彼女の犬を打ちのめすやり方ほど効果的なものはなかっただろう。彼は腹を立てたこの美女に敬意を示すためにぼくらの家の玄関に現れたが、入室を拒まれ、今後彼女を訪ねてはいけないと言われた。デリックが、自身の縄張りで彼女から加えられた侮辱について納得のいく説明を求めてやってきた時には、彼女はそれほどすげなくはなかった。彼女は娯楽室に出入りしている間は儀典長とうまくやっていくほうが、何かと都合がいいことがわかっていた。また彼が詩人だと聞いて、バラッドとか風刺詩の中に登場させられることを恐ろしく思うようにもなっていた――それで彼女は自分がやったことの言いわけをして、あれは心が動揺していたからだと言った。そして彼の詩集をかなり予約した。それで彼はすっかり気持ちがやわらぎ、彼女にお世辞をこれほどかというくらい浴びせた。彼はチャウダーとの和解も強く望んだが、これは犬の方で拒絶した。そして彼はバースの年代記をそのために念入りに調べるが、もし先例が見つかれば、彼女の愛犬を次の公開の朝食には入場させると断言した――しかしぼくは彼女自身またはチャウダーを再び恥辱の危険にさらすことはないだろうと信じている――マッキリガットの代わりに誰が彼女の愛情を占めることになるのかぼくには予想できない。しかし男の形をしたものなら何が来ても場違いにはならないだろう。彼女はひどい偏屈者の狂信的な女性信者だが、いまのところ再洗礼派だろうとクウェーカーだろうとユダヤ人だろうと結婚のための交渉には異存はないし、彼女自身の改宗という身代金を払っても結婚という条約を批准するとぼくは信じる。しかしおそらくぼくはこの女の親類にあまりに厳しすぎるのかもしれない。ぼくはどうしても彼女に好意を持つことができないことを白状しなければならない。

五月六日　バース

J・メルフォード

ルイス医師へ

あなたはこの晴れ間になぜ私が乗馬で外出しないのかとお尋ねになります——この楽園のどの街路で私にその運動をさせたいのですか。ロンドンやブリストルの本街道に出て行って、ほこりで窒息したり、駅伝馬車や急行馬車、四輪大型荷馬車や石炭運びの馬たちの中で押し殺されたりするほうがいいのでしょうか。街道にはその他、馬術を見せるために乗り出す立派な紳士たちの群れや供まわりを見せるためにここにやって来る上品な淑女たちの馬車も見えるのです。それとも草原に出かけ、どこまでも続く登り道を、頂上に着くあてもなしに登り続け、疲れ切って死んでしまうべきでしょうか。じつはあの丘のあたりで何度かめちゃくちゃに駆けたことがあるのですが、いつも無駄な努力で疲れ切り、意気消沈するので、この蒸気穴に逆戻りしたのです。そしてここでわれわれ、哀れな病身者はさながらパンチボウルの底であえぐ中国産のタイリクスナモグリのようにあえぎ、もがいているのです。まさに魔法にかけられているようなものです。もし急いでこの呪縛を破って逃げないと、この嘔吐《おうと》をもよおす腐敗のシチューの中で息を引き取ることになりかねません——たった二晩前のことですが、私はすんでのことでこの世におさらばするところでした。私の最大の弱点の一つはその判断が私が軽蔑している一般大衆の意見に流されてしまうことです——恥をしのび、困惑の表情で白状しますが、いかなる形のしつこさにも私は抵抗できないのです。こんな勇気と意思の固さがないことが私の性格の生来の欠点なのですが、それを先生はしばしば哀れみの情をもって（軽蔑とは言いません）しばしば観察されたに違いありません。われわれの誇る美徳の幾つかはこの欠点までたどることができると思います——前口上はこのくらいにしますが、私は舞踏会に行くことを勧められました。リディアが若い生意気な悪たれとメヌエットを踊るのです。ロンドン出身で仲介業をいとなんでいる裕福な男の一人息子で、その母はわれわれの宿の近所に泊まっていてタビーと知りあったのです。私はたっぷり二時間も不快な群衆の中でなかば窒息しながら座っていました。そして理性的な生き物とされる大勢の人間が、仕立屋の作業台とあまり変わらない大きさの場所で、つまらない動物どもが一晩中つぎつぎと代わり映えのしない姿態をさらしているのを見ることに楽しみを見出すとは、どういうことかと思わざるを得なかったのです。もしそこに何らかの美だとか優雅さ、活気とか、目もあやなる衣装とか、あるいはたとえいかに途方もないものでも、人の注意を引き、想像力を楽しませる何か変わったものがあるなら、私も驚きはしなかったでしょう。しかしそんなものはなかったのです。それは同じようなだらけたつまらない場面の繰り返しでした。動いている間もずっと眠りこけていたと思える役者が演じていました。私の眼前をこれらの幻影がたえず泳いでいくので、頭も泳いでいるような感じでした。これはまたかくも多くの人間の腐った肺を通して循環する汚れた空気によっても毒されました——だから私は出口の方に退き、次の間に通じる通路に立って、わが友クインと話をしていました。その時メヌエットが終わったのです。カントリーダンスのための場所をつくるためにベンチが持ち去られました。群衆が一斉に立ち上がって室内の空気も揺らぎました。そして突然、一陣の突風が私を襲いましたが、これには病毒性の蒸気が充満していたので神経は過度に刺激され、私は気絶して床に倒れたのです。この出来事があんな集まりの中でどんな騒ぎと混乱を招いてしまったのか容易に推察してくださると思います——しかしながら私はすぐに回復し安楽椅子に座りました。身内の者が助けてくれたのです。かつて私をひどい目にあわせた妹のタビーがとてもやさしくしてくれて、頭を彼女の腕に抱え、鼻に鹿角精《ろくかくせい》〔気つけ薬〕を詰めてくれたので鼻腔全体がひりひりするほどでした。家に帰るとすぐにCh—医師に来てもらいましたが、私が気絶したのは過敏な神経に悪臭ぷんぷんの微粒子が働きかけただけなので、驚くほどではないと確信させてくれました。他の人の神経構造がどうなっているのかわかりませんが、あんなひどい襲撃のショックに耐えるとは極めて粗雑な材料から成るものと想像してもいいのでしょう。それはまさしく「有害臭気の合成物」でもっとも激しい悪臭ともっとも強力な芳香とがいずれ劣らじと覇を競うのです。自分で想像してみて——腐った歯茎、肺の膿瘍《のうよう》、げっぷ、腋臭《わきが》、汗かきの足、生傷と膿《うみ》、膏薬《こうやく》、軟膏、塗り薬、ハンガリー王妃の水、ラベンダーオイル、アサフェティダの丸薬、麝香《じゃこう》、雄鹿の角、炭酸アンモニウム、その他分析できないが無数の嫌な臭いの蒸気——これらから立ち昇るものが混じった臭いの凝集したエッセンスを。おおディックよ、こんなものがバースの上品な集会でわれわれが呼吸する香ばしい霊気なのです——こんなものがウェールズの山々の純粋でのびやかな生気を与えてくれる空気と取り替えた大気なのです。O Rus, quando te aspiciam!（おおわが田園よ。いつまたなんじを見ん。）〔ホラティウス『風刺詩』から〕——いかなる悪魔にとりつかれたのだろう。しかしことばは少ないことが最善です。私は決心したのです——私がまた見世物になって連中を楽しませるつもりがないと思われるのも当然です——私は運悪くロンドンに出かける約束をしてしまいました。だからその約束は守られます。もっとも首都での滞在は短期間です。私は健康のために北部への旅行を計画していますが、これはいいレクリエーションになります。そちらはこれまでスカーバラより北には行ったことがありません。それにイギリスのフリーホールダー〔自由土地所有者〕として、この歳になるまでトウィード川〔スコットランド南境の川〕を越えたことがないというのは恥ずべきことだと思うのです。のみならずヨークシャーには私の親戚が何人か定住しているので、彼らにわが甥とその妹を紹介することも当然のことでしょう――今のところタビーがめでたくアイルランド人から解き放たれていること、そしてまたときどき、われらの冒険のいきさつを先生に必ずお知らせするつもりであること以外は書き加えることはありません。旅の便りは敬意のしるしですが、おそらく先生はそんなものはいらないでしょう。

敬具

マット・ブランブル

五月八日　バース

サー・ワトキン・フィリップスへ〔オックスフォード大学ジーザス・カレッジ〕

親愛なるフィリップス

数日前に舞踏会で伯父が気絶したのでぼくたちはとても不安になりました。その時から、でしゃばり女の頼みでそんなところに行ってしまった自身の愚かさを彼はずっとのろっています。あの事件は群衆の悪臭で起きたのだから、これからはあんな嘔吐をもよおす病院に身をゆだねるより、ペストに感染した家に行くほうがましだと断言し、また彼をあんな嫌な目にあわせた迷惑事《めいわくごと》にぼくらが耐えられたということほど、ぼくらの身体がきわめて粗雑なものから出来ていることを示す歴然とした証拠はないとも言い張るのです。ぼく自身としては、自分の鼻の精妙さの犠牲になる危険などまったくないということからしても、ぼくの臓器の粗雑さにはとても感謝しています。ブランブル氏は身も心もそのすべての感性がきわめて敏感なのです。ルイス先生から聞いたところでは、彼はかつて一人の貴婦人を庇護してセント・ジェームズ・パークを通行中、近衛騎兵の一士官があるやむをえない理由でそっと壁に向かっていたという理由〔小用のため〕でその士官と決闘したことがあるそうだ。彼の血は自分に全く関係がなくても、無礼さと非情さの事例に遭遇するといつでも沸き立つのだ。また忘恩は彼を歯ぎしりさせる。これに反し寛大で人道的で感謝の念にあふれた話はきっと彼から共感の涙をしぼり出す。彼はしばしばそれを隠すのに窮している。

昨日、ポンスフォード〔続くポンスフォードの事件は、スモレットが助けてあげたAlexander Campbellの恩人裏切りの件がもとになっている。恩人のサールへのポンスフォードの裏切りという話に仕立てている〕という人が特別招待の茶会を開いた――この人は長く逆境にあえいだ後で海外に行った。ところが運命の女神が以前のつれなさのつぐないをしようと決心して彼を突然富裕な生活にどっぷりと漬からせた。彼は今や日陰の身から輝き出して時代のあらゆる虚飾の中にいるのです。ぼくは別に彼が違法行為をあえてやっているとか、その富が彼を尊大かつ近づきがたくしているとか思っているのではない。逆に彼は愛想がよく親切に見えるように必死に頑張っている。しかし世間話では、彼は現在のきらびやかな交際に登場するにはあまりに素朴で平凡な昔の友情をひどく避けているようだ。信義を重んじる人なら喜んで感謝するような昔の恩人たちに対しても、その姿を見かけるだけで不安になるようだ――たとえそうであってもバースの人たちの関心をかなり引いた。夕方伯父と一緒にコーヒーハウスに行ったらかなり年配らしい男しかいなかったのです。彼は炉端に座って新聞を読んでいました。ブランブル氏はその傍らに陣取り、「シンプソン集会所に通じる道路は群衆と行きかう駕籠でいっぱいで（と彼は言った）われわれはなかなか通れないくらいだった――あんな運命の寵児たちがもっと健全な金の使い方をすればいいと思いますが――ねえあなたも私同様、この種の楽しみは好きでないようですね」「私はこんな楽しみはあまり好きではないのです」。相手は新聞から目も離さずに答えた――「サールさん」（と伯父は続けた）お邪魔してすまない。でもあなたがあの会の招待状をお受け取りになったかどうか知りたいという好奇心には勝てないのです」

その男はこの言葉に驚いた様子だった。そして何と答えるべきかと考えているかのようにちょっと黙っていた。「私の好奇心が強すぎるのはわかっています」（と伯父は続けた）しかしとくに理由があってお尋ねしているのです」「そういうことなら（とサール氏は答えた）その招待状はもらっていないとはっきり言えば満足なさいますね。しかし茶会を開く紳士からそんな招待状を私が期待すべきだとお考えですかと、私のほうから質問します」「私なりの理由があるのです（とブランブル氏は感情的に叫んだ）このポンスフォードというやつは軽蔑すべき男だとますます確信するようになりました」「あなた（と相手は新聞を置いて言った）私はあなたを存じあげません。しかしあなたのお話はわからないので、何らかの説明が必要でしょう。あなたが詰《なじ》ろうとしている人物は社会の名士なのです。それであなたはわからないでしょうが、彼の人物を弁護する特別な理由が私にもあるかもしれません」「もし私がその逆だと思ったら（と話し相手が言った）ここまでは言わなかったのですが」「ねえ私も言いますが（と見知らぬ男は声を強めて）そんなご意見を思い切って吐くなんて確かに言い過ぎですよ」
　すると彼は伯父にさえぎられた。伯父はいらいらしながらその人に、生涯のこの時にあんなに恩知らずに無視された男に対してドン・キホーテのように戦士として手袋を投げるつもりはないのかと尋ねた。「私としては（と伯父は付け加えた）このことでもうあなたとは言い争いはしない。いまの私のことばは、私の彼に対する軽蔑の念と、私のあなたに対する尊敬の念とがあいまって口から出たのです」。するとサール氏は眼鏡をはずし、伯父をしげしげと見ながら調子をやわらげて言った。「いやかたじけない――おーブランブルさん、やっとあなたのお顔を思い出しました。長い間お会いしませんでした」「お互いにもっと早くわかっていれば（と郷士が答えた）もしわれわれの文通がまさにこの……が引き起こした誤解のために中断しなかったら――でもかまいません――サールさん、あなたの人格を尊重します。私の友情はこんなものだが、どうとでもしてください」「お申し出はまことにありがたいのでお断りできません（と彼は言った）お申し出を喜んでお受けします。そしてその最初の成果としてお願いするのは、この話題を変えることです。それは私には特別に微妙なことですから」。伯父は彼のことばがもっともだと認め、会話はもっとありふれたものになった。サール氏はその晩をわれわれの宿で過ごした。彼は聡明で愛想もよかった。しかしその気質にはどこかメランコリックなところもあった。伯父の話では彼は非凡な才能があり、誠実さも疑問の余地はないとのことだった。もともと少なかった財産は彼が分別を失い無価値な者を救うために使われた。つまり寛容というロマンチックな精神によってずいぶん目減りした。彼はポンスフォードが資産も信用も破産してしまった時に彼を救ってあげた――彼はたいそう熱心にポンスフォードに尽くして、そのため数人の友人と仲違いした。このポンスフォードの道徳的人格を特別の理由があって疑っているぼくの伯父に向かって剣を抜くことさえした。サールの支持と援助なしに、この男は自分を富の絶頂にまで持ち上げてくれたチャンスなど決してつかむことはできないところだった。ポンスフォードは最初の成功の喜びを味わった時海外からさまざまな通信先へ、最大級の謝辞でサール氏への感謝を告白した手紙を書いた。そして彼はこの最良の友人が必要な時は使い走りとして、それをささぐるのみと言明した。疑いなく彼は命の恩人その人に対しても同じことを明言していたに違いない。といっても当の恩人のほうではそれについては何も言わずに控えめにしていたのだが。しかし数年間はそのような修辞のあやとか誇張は使われなかった。彼はイングランドに帰った時、サール氏を何度も抱擁し彼を自宅に招待してその家をあげると言って困らせた。どうでもいいお世辞で彼を閉口させ、彼らの共通の知人たちの前で彼に最高の心づかいをするふりをした。それで誰もこの男の感謝の念はその財産におとらず確かなものと信じ、サール氏に対して二人を祝福することまでやったのだ。この間ずっとポンスフォードは彼の昔の保護者と詳細な議論をすることを注意深くしかも巧みに避けていた。サール氏は見あげた精神の持ち主だから貸し借りの清算などおくびにも出さなかったが、それでも感情の豊かな人なので、自分のしてあげた親切のすべてに対するこんな恩知らずには憤られずにいられなかった。それで彼はこれについて誰にも一言の説明とか弁明をすることもなく、彼との交際から身を引いた。だから現在、彼らの交際は二人が公共の場でたまたま出会った時帽子を取り軽く会釈するだけになってしまった。そのたまさかの出会いも彼らの歩く道が別々なので、めったにないというわけだ。ポンスフォード氏は豪華な邸宅に住み、美味をむさぼり、贅を尽くした服に身を包み、お供のついた盛装した馬車に乗り、地元の貴族たちに立ち混じる日々を送っている。サールはストール街〔バースの中心街の通り〕で三階の裏部屋を間借りしバース織りを着て徒歩で出かけ、一週間十二シリングの食事代で済ませ、痛風と砂尿の予防に鉱泉を飲むという生活をしている。この盛衰に注目して欲しい。ポンスフォードはかつて屋根裏に住んでいた。そこで彼は羊の足や牛のかかとを食べて〔粗食のこと〕いたが、そんな食生活の中で、いつも上等のご馳走がいっぱいのサールの食卓に招かれていたのだ。とうとうサールは節約や窮乏に我慢ができないので、年を取るにつれて頼みはかぼそい年金だけになりそれも生活ぎりぎりくらいしかまかなえないものになったのだ——ポンスフォードはしかしながら依然として彼をとても尊敬しているなどと言い、どんな形でも彼の役に立つことをするのは絶大な喜びだと断言するだけだ。「しかしご承知のように（彼は必ずこう付け加える）彼は遠慮深い男なので——しかも本物の哲人なので不必要なものはすべて心底軽蔑しているんだ」。郷士ポンスフォードについてこれだけ描いたのでその性格についてはもう何も言うことはないだろう。君自身の考えにまかせよう。もっともそれにも私と同じように寛容の念は入っていないだろうが。

五月十日　バース

恒心の友　J・メルフォード

ミセス・メアリー・ジョーンズへ（ブランブル館）

親愛なるモリー

私たち全員旅に出るところよ――もちろんロンドンよ。ほんとうにまあ。私たちもうこの土地はたくさん。だって何もかもめちゃくちゃになったから。奥様はサー・ユリックがチャウダーを蹴ったので仲たがいするし、私はさんざん嫌味を言ってオフリッズルさんを追っ払たの――私、彼に安物の飾りとか長いお下げのヘアスタイルなんかちっとも好きでないと教えてやったの――私の鼻先で汚いあばずれのところに行ってご機嫌を取り、うまい汁を吸おうと思っている野郎なんか――私、その男が屋根裏の女中部屋から出てくる現場をつかまえてやったの。でもその汚いあばずれをきつく叱っておいたわ。おーモリー、バースの奉公人なんて屋根裏の悪魔みたいなものよ――あいつらはろうそくの両端に火をつけるの――ここにはご馳走を食べ、無駄遣いし、盗み、ごまかし、おめかしすることとしかないのよ。それでも誰も満足しないの――連中は郷士様や奥様がこれ以上滞在できないようにするでしょう。その理由はもうこの家に三週間以上泊まっているからよ。そして私たちが出る時には誰も二ギニーあてにしているの。これはシーズン中彼らが毎月あてにしているチップなの。同じ宿に同じ家族が四週間以上泊まる権利はないからなの。だから料理人は奥様の編んだ髪に皿洗い布を結んでやるって言うし、女中は旦那様がこれ以上騒ぎ立てずに出ていかないなら、旦那様のベッドにトゲのある豆のさやを入れるって言い張るの——私は連中が祝儀やチップで大もうけしようっていうのをとがめないわ。それに私が陰口屋とか哀れな奉公人を困らせたなんて悪魔にだって言わせないわ——でもあの人たちと同じような他の奉公人にまでよくないことをしたので彼らは良心の痛みを感じるべきだわ——というのはあんたに言うけど、モリー、私、絹レース四分の三ヤール、モスリンの端切れ、それに銀の指ぬきを失くしたの。これは心のこもった贈り物で全部仕事箱に入れておいたのだけれど、奥様のお呼びのベルが鳴った時、使用人部屋のテーブルに置きっぱなしにしておいたの。でもちゃんと錠をかけておいても同じことなんでしょう。だってバースの錠にはすべて合鍵があるのですから。それにもし口を開けて眠ると顔にある歯だって安全ではないと言われているの——それで私考えたの「かの品々は人手がなければ動くあたわず、故にその水跡を見つけるべし」って。〔出典不明。ウィンがうろおぼえの言葉を格言めかしたものであろう〕そのとおりやったら証拠がつかめたの。だってその時ベットがオフリッズルとつるんでいるのがわかったの。チャウダーがターンスピット〔昔、踏む車で焼き串を回すのに使った胴長短脚の小型犬〕と喧嘩した時、私がチャウダーの味方をしたものだからこの料理女は脂肪のかすを私に投げつけたの。それで私台所をきれいにしようとしてその油を少し火に投げ込んでやったわ。この家政婦が朝、私がまだ起きていないと思って荷物を持って出ていくところをつかまえたのよ。そして彼女の荷物すべてを持って奥様のところに連れていったの――まあ彼女いったい何を持っていたと思う。バケツ一杯のうちの極上のビールが泡立っていたし、服の前かけには冷たい舌肉一枚、牛の尻肉少し、七面鳥半分、つり下げたバターの固まり、それにほとんど使ってないロウソク十本も詰め込んでいたわ。料理女は図々しく居直って、食料部屋をかき回すのは自分の特権だと言うの。そして市長さんの前に出てもいいって言うの。市長さんは長い間診てくれた薬屋だから、哀れな奉公女が台所のくずを捨てたからっていじめるようなことはしないだろうって――でしゃばりなベティが図々しく私の悪口を言って、オフリッズルさんが私に我慢できなかったとか、その他二十ものとんでもない嘘をついたので、別のやり方でやっつけることにしたの。市長さんから令状をもらったの。それでその女の箱をおまわりさんに調べてもらったら私の品物が確かに出てきたわ。またたっぷり一ポンド分のロウソクと私が神かけて間違いないと誓える奥様のナイトキャップもあったの――まあこの時、モプスティックのおかみがこの浮かれ者のところに来たの。しかもうちの郷士様は処罰することが嫌いなので、この女は叱責をまぬがれたの。でも生きている最後の日まで私を忘れないでしょう。

敬具

ウィニフレッド・ジェンキンズ

五月十五日　バース

もし私が出発する前に作男がまたこちらに来るようでしたら、下着とエプロン、それに白いキャリマンコ〔光沢のある毛織物〕の靴を送ってください。私のピローケースに入っています――ソールによろしく。

サー・ワトキン・フィリップス准男爵へ（オックスフォード大学ジーザス・カレッジ）

きみの考えが正しいんだ、敬愛するフィリップス。どの手紙にもそのきちんとした返事を期待しているわけではありません。大学生活というものは狭い範囲なのでこんなに早く返事がもらえるほどの出来事など起こらないことはわかっています。ぼくについていえば、ぼくは絶えず場面を変えていて新しいものに囲まれています。そのいくつかはとてもびっくりするようなものもあります。だからぼくはきみを楽しませるために日記をまとめようと思っている。それでどう見ても、それはとても重要なことや面白いことは述べられそうもないが、おそらくまったく有益でもなく面白くもないというわけでもないだろう。

バースの今シーズンの音楽と娯楽は終わった。そして陽気なすべてはブリストルウェルやタンブリッジ、ブライトヘルムストン〔ブライトンの古い名前〕、スカーバラやハロゲートなどに飛び立った。ノースパレードをまるでカラスみたいによちよちと歩いている息切れした数人の牧師たち以外は当地には誰もいない。バースではいつでも聖職者がのさばっている。君たちのような『学者病』

にかかって、節制と猛勉強で消耗してやせて弱々しく黄ばんだ顔色のやたらに忙しい姿ではなく、赤鼻、痛風のくるぶしあるいは、はれぼったい大きな顔、無精と不消化のしるしの太鼓腹をかかえた太りすぎの高僧や教区牧師たちだ――

話題が牧師のことになったから、君もクイーンズ・カレッジ創立記念日のことで覚えているはずのあのトム・イーストゲートがこの前やってのけた滑稽な冒険のことをお知らせしよう。彼はクライストチャーチ・カレッジの特別自費生のジョージ・プランクリーにしつこくつきまとっていた。このプランクリーが相当な地所の跡継ぎであること、また高齢で病弱な牧師が所有している多額の聖職禄の授与権を受け継ぐことも知ってのうえでのことだ。彼はプランクリーの好みを調べ、それにうまく取り入って彼の友人かつ相談相手になった。そしてついに聖職禄がおりたら、それにトムを推挙するという約束を彼から得たのだ。プランクリーは叔父が亡くなって、オックスフォードを去り、まずロンドンの社交界に登場した。ここから最近バースにやって来て、この地のしゃれ者やばくち打ちの間で幅をきかせていた。イーストゲートは彼を追いかけてここに来た。しかし彼はプランクリーが最初に世に出た時から片時も彼から離れてはいけなかったのだ。彼はプランクリーが気まぐれで愚かで移り気で、学生時代の取り巻きなどが好みに合わなくなると、さっさと忘れてしまうような男であることを承知していなければいけなかったのだ。トムは旧友から冷たいあしらいを受けた。さらにプランクリーから、彼が次の総選挙に立候補を予定している州で選挙権を持っている別の男に聖職禄の授与を約束したことを告げられた。プランクリーは今では、イーストゲートのことは何も覚えていなかった。ただトムが聖職禄をねらって、彼のあざけりをじっと耐えている間、彼をわがまま勝手にあしらっていたことは忘れていなかった。そしてそのわがままをまた出してコーヒーハウスで一座の座興のために、彼の体つきや衣服についてつまらぬあてこすりを言い始めた。しかし彼はもっぱら慎重な思慮からのイーストゲートの従順さをおのれの才覚のゆえだとうぬぼれる、ひどい間違いをしていたのだ。いまやそのような思慮が取り除かれると、トムは絶妙な応答をおまけに付けて返し、やすやすと攻撃者を笑い者にしてしまった。こっちはかっとなって彼の悪口を言い、いったいお前は誰に向かって話しているのかわかっているのかと詰問した。さんざん口論したあげくプランクリーは杖を振りあげ相手に、黙らなければその法衣の塵をたたき出してやるぞと言った。「ぼくは自分が従者だなどとは自負していないよ。（とトムは言った）しかし君がぼくのためにその役目を引き受け、かつ熱心に願うなら、ここにある手ごろな棍棒《こんぼう》を君のために役立ててもいいんだよ」

プランクリーはこの返事にかんかんになると同時に狼狽《ろうばい》した。しばしの沈黙の後、彼は相手をわきの窓の方に引っぱっていった。そしてクラーケンダウンの杉の木を指差して小声で彼に、明朝六時にピストルを持ってあそこで会う勇気があるかどうかと尋ねた。イーストゲートは承知したと答えた。そして毅然たる面持ちで必ず指定の時間に彼と会うと保証した。そう言って彼は退出したが、挑戦者の方は興奮してしばらく部屋にとどまっていた。翌朝相手のことをよく知っており、決心を固めていたイーストゲートはプランクリーの宿に行き五時に彼を起こした。

郷士はきっと内心では相手の几帳面さをのろったはずだが、見かけだけは大きな口をたたいた。前夜のうちに彼の銃の用意もできていたので彼らはサウスパレードのはずれの川を渡った。丘を登る途中でプランクリーは牧師の顔付きに何か迷いが見られないか何度も彼をうかがった。でもそんな兆候がまったくないので、彼は相手を言葉で脅そうとした。「もしこの引き金がその役目を果たすなら（と彼は言った）ぼくは君を数分でかたづけられるよ」「君がベストを尽くすことを望むよ（と相手が応じた）ぼくの方ではここに無駄に来たわけではないんだ。ぼくらの命は神の御手にあるのさ。ぼくらのうち一人はすでに永遠のふちをよろめいているわけだ」――この言葉は郷士にある印象を与えたとみえて、彼は顔色を変え、口ごもって言った。「喧嘩や流血沙汰に聖職者がかかわるのは場違いだとは思わないか」――「君のぼくに対する無礼も（とイーストゲートは言った）ぼくは我慢しただろう。もし君が最も恥ずべき非難をぼくの聖職について浴びせなかったらね。しかし聖職という名誉はぼくの胸の血を犠牲にしても守らなければならないんだ。それに節操や道徳や宗教の観念もない放蕩者《ほうとう》をこの世から追い出すのは何ら罪ではないからね――」「あんたはぼくの生命を奪うことはできるかもしれない（とプランクリーはひどく狼狽して叫んだ）しかしぼくの名折れになるようなことはしないでくれ――どうなんだい。あんたには良心がないのか」「ぼくの良心は完全に平静だよ（と相手は答えた）さあ郷士どの、場所に着いたよ――足場を好きなだけ近くに取りたまえ。ピストルに装塡《そうてん》してくれ。主が限りなき慈悲もて君の哀れな魂を憐れみたまわんことを」

この叫びを彼は帽子を取り眼を上げて、厳粛な調子で高らかに発した。それから大きな乗馬用のピストルを抜き出し、これを支え持ち、構えの姿勢を取った。プランクリーは距離を取って火薬を詰めようとしたが手がひどく震えてどうしてもうまくいかなかった――彼の敵はその様子を見て手伝おうと言い、そのために彼の方に歩み寄った。哀れな郷士はこの時相手の言葉と動作にすっかり驚いて、やり残した仕事があるから、この件は明日まで延ばしてもらえないかと願った。「ぼくは遺言をつくってないんだ（と彼は言った）妹たちに財産を分けてないんだ。それに今、古い約束を思い出したが、これは良心にかけてやらなければならないことなんだ――まず信じてもらいたいが、ぼくは節操のない卑劣な男ではない。その後ならあんたがそんなに欲しがっているらしいぼくの命を奪う機会をつくるよ――」

イーストゲートはこの言葉の意味を了解した。そして彼に一日のことならさしつかえないと言った。そしてこう付け加えた。「神は君が正直な人間として、また義務に忠実な兄としての役目を果たすのをぼくが邪魔することなんかありえないさ」――この休戦のおかげで彼らは無事に帰った。プランクリーは直ちに聖職禄の贈与の書類をつくってそれをイーストゲートに渡し、同時に彼に、もう仕事は片付いたので、あの杉林に彼とともに行く用意ができていると告げた。しかしトムはかくも偉大な恩人の命に手をかけることなどできないと言明した――いやそれ以上のことをした。次に彼らがコーヒーハウスで会った時、彼は激情のあまり何かひどいことを言いはしなかったかとプランクリーの許しを求めた。すると郷士はねんごろな握手で彼を許し、かつての学友と不和のままでいるのは好まないと言明した――しかし翌日には彼は突然バースを去った。その後イーストゲートはぼくに事件の詳細を語ったのだが、それによって年額百六十ポンドの聖職禄を確保した己の賢明さの成果に少なからず満足していた。

伯父については今のところ書くこともないが、明日ぼくらは一家あげてロンドンに向かって出発する。彼と婦人たちは女中とチャウダーを伴って一台の馬車で、ぼくと下男は乗馬で行く。ぼくらの旅の詳細はもしそれを妨げる事件が起こらなければ、次の便でお知らせしよう。

五月十七日

恒心の友　J・メルフォード

ルイス医師へ

親愛なるディック

私は明日ロンドンに出発します。そこではゴールデン・スクエア〔ピカデリーサーカスの北にあるここで、スモレットは医家のノートン家に住み込んでいた〕のノートン夫人のもとに宿を予約してあります。私はバースに心酔しているわけではありませんがここを離れるのは心残りです。というのはもう二度と会えそうもない数人の旧友たちと別れなければならないからです。コーヒーハウスでの会話の時私は、ここに住んで気晴らしに風景画を描いているT氏という紳士の作品が絶賛されるのをよく耳にしました。私としてはコーヒーハウスに集まる目利きたちの素養や判断力はあまり信用できず、かつ芸術のこの部門からこれまでたいした喜びを感じたこともないので、それらの平凡なほめ言葉は私の好奇心にはまったく響きませんでした。ところがある友人のすすめで昨日その作品を何枚か見に行ったのです。なにしろ彼があまりに熱心にほめるものですから――私は絵が好きですが、絵画の鑑賞眼はないことを白状しなければなりません。私は自分の感性が本当にひどいものをほめちぎるほど鈍いものだとは思いません。しかし私がしばしば非凡な価値の作品に第一級の美を見のがしていたことも事実です――しかしながら、私に少しでも審美眼があれば、このバースの若き紳士は現存する最高の風景画家です。絵画でこれまで感じたことのない強い感動を彼の作品から受けました。彼の描く樹木は人の目を楽しませる豊かな葉の茂りや暖かい色彩があるばかりでなく、うまく言えませんが、構図にもある種の壮大さがあり、表現にも精神がこもっているのです。彼のキアロスクーロ（光と影）、とくに日光の輝きの描き方はその趣向も描写力もまったく素晴らしく、遠近法もきわめて巧みで、海上の距離感を、長く連なる小舟や大船や数々の岬で表しているので、私は絵の背景が三十リーグもあるように思ってしまいました。もし急速に野蛮になりつつあるこの堕落せる時代に、至芸というものへの審美眼が私に少しでもあれば、この画家は、その作品が世に知られさえすれば一躍花形になるものと予想するのです。

二日前にフィッツオーエン氏が来訪しました。彼はとても言いにくそうに、総選挙で私の票と関心を懇願しました。この男の自信たるや、先の選挙で彼と私の間で起こった事情を考えるとまことに厚かましいものがあるのですが、私としてはそれに驚いてはいけないのでしょう――こうした訪問は候補者がどの選挙人にも行う単なる形式なのですから。候補者が謙虚に見えることが期待される時に、高慢だという悪評の心配なしに、候補者は競争相手のために運動しているとわかっている人たちにさえ訪問という形式を取るのです。まったく議席のために選挙運動をする者の行動ほど卑しいものは知りえません――この卑しい平身低頭（とくに選挙区の選挙人に対して）は庶民どものあの尊大さを大いに助長したのです。この大衆は悪魔のようで打倒することが困難になるでしょう。それはともかくフィッツオーエンのこの鉄面皮には少々困惑しました。しかしすぐにはっとして、まだ誰に投票するか、それに投票するかどうかも決めてないのだと私は言いました――実のところ私は二人の候補者は同じ程度だと見なしています。もしいずれかに投票すればわが国の憲法への反逆者となるのではと思うのです。もしあらゆる選挙人が自己の良心に同じような考慮を払えば、われわれは議会の金銭万能主義を糾弾する必要もなくなるでしょう。しかしわれわれはすべて金銭に弱い腐敗せる悪漢どもです。正直さや繊細さがすっかりなくなっているので、いつかは道徳心と公共精神だけが恥ずべきものとされてしまうようになるだろうとかたく信じています。

G・H氏〔ロンドン選出の下院議員〕は真に熱心な愛国者で数期連続して議会に首都から選ばれている人ですが先日、目に涙を浮かべながら、彼はロンドン市に三十年以上も住んでいて商売でそれぞれに名を知られた多くの市民たちとやりとりしたが、神かけて誓うが、その全生涯において、心底正直だといえるのはせいぜい三、四人だったと断言しました。これは私には驚きというよりむしろ残念なものでした。何かといえば私の知人でも価値ある人はあまりにも少なく、それらの人は文法学者の用語でいえば、〝一般的基準を確認し証明するために〟例外として役立つだけだからです――先生がG・H氏は偏見の霧を通してものを不完全に見ているとか、私は不機嫌に毒されているのだとか言われることは承知しています――おそらくそう思われる先生は半分は正しいのでしょう。というのも私も自分の人類に関する意見が寒暖計の水銀みたいに天候の変化に応じて上下することを自覚しているからです。

どうかバーンズとの勘定を片付けてください。あいつの手中にある私の取り分をすっかり受け取り、領収書をやってください。もしデーヴィスが農場に正当な支払いができるだけの貯えや信用があると先生が思うなら、正当な地代を彼に支払わせてください。このやり方で彼は勤勉に働くようになるでしょう。というのは地主に借金しているという思いほど農夫を気落ちさせるものはないからです。こんな時には彼は意気消沈して仕事を顧みなくなって農場は荒廃するのです。タビーはこの数日間、作男のウィリアムズがこの前バースに来た時に私から無理してもらえた子羊の毛皮のことで騒ぎ立てています。どうかあの品を奴に十分なお金を払って取り戻してください。家の中の平和を保ちたいのです。そしてあの男には、もし今の仕事を続けたいなら、そのことを他言するなと言ってください――いや、私はかかあ天下で苦しんでいる哀れな男を軽蔑したり非難するつもりはありません。私自身もこんなに家庭の悪魔に屈従しなければならないことがわかっていますので。もっとも（幸いなるかな）彼女は結婚という馬車で一生私と結びついているわけではありませんが――彼女は宿の召し使いたちと心付けのことで争いました。その後で双方からとても耐えられないののしり合いが起こりましたのでやむを得ず、料理女と部屋付きの女中をこっそりとなだめているしだいです。先生はこの貴重な売り物を私の手から連れ去ってくれる誰か気の毒なウェールズの紳士を見つけていただけないでしょうか。

五月十九日　バース　　　　　　　　　　M・ブランブル

ルイス医師へ

ルイス先生

失礼な言い方ですが、先生は召し使いたちが主人を強奪することを奨励されるより、もっとましなことに先生の才能をお使いになるほうがよろしかろうと存じます——グウィリムによると、ウィリアムズが私の子羊の毛皮を手に入れたとのことですが、あの男はそんなものをもらえる資格のない悪党です。彼は私の毛皮をもらっただけでなく自分の豚を太らせるために、私のバターミルクをもらったそうですね。私は思うのですが、次にあの男がもらうのは、その娘を教会と市に連れて行くのに使うための私のおとなしい乗用馬ではないかと。ロジャー〔ウィリアムズのファーストネーム〕があれも取り、これも取る。でも先生にわかっていただきたいのですが、私は国中のどんなおせっかいにも、こんなふうにされたくはありません——それにルイス先生、あなたが私のさまざまな仕事を世間のくずとか浮きかすと一緒になさろうとしているのには驚きました。私はこれまでマット家のために、私のスカートの下ばき一着分の羊毛でも節約しようとこつこつと、もっといい目的のために骨折ってきました。バターミルクについては教区内の豚には一頭といえども、その鼻づらを突っ込ませるようなことはさせません。ホットウェルに有名な医者がいますが、その人は患者が結核にかかっている時はバターミルクを処方します。それでスコットランド人やアイルランド人などがもうそれを飲み始めていて、ブリストル近郊ではどこにも豚にやる分など一滴も残っていません。私はうちのバターミルクを樽詰めにし、週二回、アバーガヴェニーに送らせたいと思っています。あそこでは一クォートが半ペニーで売れるでしょう。ですからロジャーは自分の豚を他の市場に連れていけばいいのです――私ね先生、先生が私の財布に迷惑をかけるような気まぐれをこれ以上兄の頭に吹き込まないようにお願いします。それより（先生がこれまでにくださらない）私の手紙へのご返事をたまにはください。

敬具

五月十九日　バース

タブ・ブランブル

サー・ワトキン・フィリップスへ（オックスフォード大学ジーザス・カレッジ）

親愛なるフィリップス

ぼくのこの前の手紙への君の返事を待たず、まったく冒険がなかったわけではないわが家のロンドンの旅行についてちょっと説明しよう。この前の火曜日、郷士はロンドンに旅立つためにその妹とミセス・タビーの女中のウィニフレッド・ジェンキンズを連れて、四頭立ての貸し切りの馬車に乗り込んだ。女中の仕事はチャウダーを膝の間の座布団に乗せて抱えていることだった。ぼくが馬車の中をのぞき込むとその動物がまるで一人前の乗客みたいに伯父と向き合って座っているのが見えたので、思わず笑ってしまうところだった。郷士はおのれの立場を恥じて目まで赤くなった。そして騎手たちに馬車を進めるように命じ、ぼくらの眼の前で窓ガラスを引き上げた。ぼくと伯父の召し使いのジョン・トマスは馬に乗って彼らに同行した。

われわれがマールバラ草原の斜面に着くまでは特に言うべきことは起こらなかった。しかしそこから威勢よくトロット〔速足〕で坂を下る最中に前方の馬の一頭が倒れた。そこで後馬の騎手が馬車を止めようと頑張っているうちに車体は一方に傾いて深いわだちにはまって完全に転覆してしまった。ぼくは二百ヤードくらい前方を進んでいたが、声高な悲鳴を聞いてギャロップ〔全速力〕で戻り、できるだけ手助けしようとして馬から降りた。ぼくが馬車の中をのぞき込んだら、かかとで宙を蹴り大声でわめいているジェンキンズの下半身以外は何もはっきりとは見えなかった。突然伯父が禿げ頭を突き出し、バッタのように素早く窓から抜け出してきた。哀れなウィンのお尻を踏み台にして上がったのだ——例の騎手（この時にはやはり馬からおりていた）がこのみじめな乙女を同じ出口から引っ張り上げてやったが、彼女は死んだようになっていた。それからブランブル氏はドアをぐいと引いて蝶番《ちょうつがい》からはずし、リディアの腕をつかんで明るいところに引っ張り出した。リディアはとてもおびえていたが、けがはほとんどしていなかった。わがタビサ叔母を救うのがぼくの仕事になった。彼女はもがいているうちに帽子をなくして、怒りと恐怖で半狂乱さながらになって、地獄の門を守るフューリーズ〔ギリシャ神話の復讐の女神エリーニュエス、三人姉妹〕の一人という有様だった――彼女は、兄が馬を馬車から解き放つのに手を貸して、かつら無しで寒気の中を走り回り驚くように素早く働いているというのに、兄にはまるで関心を払わなかった。その代わり彼女は乱心したかのように叫んだ。「チャウダー、チャウダー、私のかわいいチャウダー、かわいそうにきっとチャウダーは死んだんだわ」

そうではなかった――チャウダーは馬車の転倒の混乱で伯父の脚をかみくだいて座席の下に退却していたのだ。従僕がそこからその首をつかんで引っ張り出した。この恩義に対し、彼は従僕の指を骨に達するまでかんだ。もともとむっつりしたこの男はこの攻撃にすっかり腹を立てて力まかせの一蹴りを犬の肋骨にお見舞いして叫んだ。「こん畜生も、こいつの飼い主たちもくたばってしまえ」。この祝福は執念深い女傑である彼の女主人にまったく効果がないわけではなかった――しかし彼女の兄は彼女を説得して、現場近くの農家で休息させた。その家で彼の頭にも彼女の頭にも帽子がかぶせられたが、かわいそうなジェンキンズは発作を起こした――われわれの次の関心はチャウダーの歯の跡も生々しい伯父の傷に絆創膏《ばんそうこう》を貼ることだった。でも彼は犯人の悪口は決して言わなかった――ミセス・タビーはこの光景にびっくりして「マット、あなた何も言わないのね（と彼女は叫んだ）でも兄さんの気持ちはわかるわ。あなたがあの可哀そうな運の悪い動物に抱いている恨みはわかるわ。きっとあれの命を奪おうと思っているのね」「お前は間違っているよ、わしの名誉にかけて言うが（郷士は皮肉な笑いを浮かべて答えた）わしはあんなかわいい悪気のないやつに、そんな残酷なたくらみなどできないさ。たとえあいつがお前のお気に入りだという幸運がなくてもね」。ジョン・トマスにはそんな気遣いなどなかった。この男は本当に身の危険を感じたのか、それとも復讐したかったのか、部屋に入ってきて、犬は殺さなければなりませんよと、ぶっきらぼうに要求した。今後あの犬が狂犬になるようなことがあれば、犬にかまれた彼にもそれが伝染するだろうと推測しているのだ——伯父はおだやかに彼の考えはおかしいと反論して、伯父自身も同じ事情だから、万一伝染の危険なしと確信できなければ、彼自身、予防措置を言い出してその手段を講じるだろうと言った。それでもトマスは頑固さをゆずらず、とうとうもし犬がすぐに射殺されないなら、自ら執行人になると言明した——この言明がビリングズゲートの第一級の雄弁女顔負けのタビーのはけ口を開けた。従僕も負けず劣らず言い返した。郷士はぼくが彼の無礼をとがめて、したたかむち打ちをくれようとするのを押しとどめて、彼を解雇してしまった。

馬車は整備されたが別の問題が生じた——ミセス・タビサがこれまでの騎手に代わる別の馭者が見つからなければ、またその馬車に乗るのは絶対にいやだと言うのだ。彼女は騎手がわざと馬車をひっくり返したのだと言い張った——さんざん口論した後でその男は自分の地位をみすぼらしい一人の田舎者にゆずった。その田舎者がマールバラまで行くのを引き受けた。そこまで行けばもっといい騎手が見つかるだろうというわけだ。われわれはそれ以上の面倒もなく一時頃、マールバラに到着した。しかしながらミセス・ブランブルは新たな攻撃材料を見つけた。まったく彼女ときたら人生のほとんどの事件から、思うままに攻撃材料を引き出す天才があるのだ。ぼくらが食事をするのにマールバラの休憩所に入るか入らないうちに、彼女は騎手と交代した哀れな男に堅苦しい不満をぶつけた。彼女はこの男は背中にシャツも着ていない乞食のようならず者で無礼にも丸出しのお尻を彼女の目にさらしてショックをあたえた。このような恥知らずなことをしたので、彼はさらし台にさらすのが当然だと言った。ミセス・ウィニフレッド・ジェンキンズは彼の裸についてはその主張を確認したが、同時に彼は雪花石膏〔細かい結晶の半透明の石膏で彫刻材〕のように白い膚をしているとも言った。

「それはけしからん侮辱だ、まったく（と伯父は叫んだ）。あの男がどうやって自己弁護をするのか聞いてみよう」。そこで彼が呼ばれて部屋に現れたが、その有様は奇妙でもあり哀れでもあった。彼は二十歳くらいに見え、中肉中背、がにまた、大きい額で薄茶色の巻き毛、目は小さく、鼻ぺちゃ、しゃくれたあご、――しかし顔色は病的に黄色みがかっていた。がつがつした顔付き、まとったぼろは礼儀上必要最小限のものだけだった――伯父は注意深く彼を調べてから顔に皮肉な表情を浮かべて言った。「お前、馬車の中の女性たちの目から背中を隠すシャツも着ないで馬に乗っていて恥ずかしいとは思わないか」「はい、恥ずかしいです。身分高い旦那様（と男は答えた）。でもことわざにも、必要にせまられると法律もないと申します――またそればかりか思いがけぬことが起こったのでございます――半ズボンの後ろが破れたのです。馬に乗ったら――」「お前は無礼な下僕だよ（とミセス・タビーが叫んだ）。上流の人びとの前でシャツなしで乗馬しようとするなんて――」

「その通りです、身分高い奥様（と彼は言った）。しかし私は貧しいウィルトシャーの若者でございます――私には自分のものといえる一枚のシャツもなく、今ごらんになっているもの以外のぼろ服もありません、奥様――私を助け出してくれる友人も親類もこの世にいません――私はこの半年間、熱病とおこりを病んでいました。そして体と魂が分離しないように手持ちのすべてを医者に使ったのです。奥様の前ではなはだ失礼ですが、私はこの二十四時間食事をしていません――」

ミセス・ブランブルは彼から目をそらしてこんな汚いぼろ服を着た人間など見たことがないと言い、彼に立ち去るように命じた。そしてこの男は部屋をのみやしらみでいっぱいにするかもしれないと言った――その兄は彼女がリディアと一緒に別の部屋に去る時、意味ありげな一瞥《いちべつ》を彼女に投げた。それから男にマールバラでお前を知っている者はいないかと尋ねた――男が宿屋の主人が子どものころの私を知っておりますと答えたので、すぐさま主人が呼ばれてそれについて尋ねられた。主人は若者の名前はハンフリー・クリンカーだということ、私生児であること、貧民院で育ったこと、教区の世話で田舎の鍛冶屋に徒弟に出されたがその鍛冶屋は少年の年季明け前に亡くなったこと、しばらく宿屋で馬丁の助手として働いていたが、おこりにかかってパンを得ることができなくなったこと、持っているものすべてを治療と生計のために売り払うか質入れして、かくもみじめで見すぼらしくなって馬屋の恥となったので解雇されたこと、しかしながら宿屋の主人はその他については彼の人柄の傷になるようなことは何も聞いたことがないと断言した。「あの男が病気で窮乏したために（と伯父は言った）お前はあいつを路頭で死なせようと追い出したのだな」「私はあの男の賃金を支払いました（と相手は答えた）それに病気でも健康でも、のらくら者の浮浪者を養う理由は私にはありません。またこんなみじめなやつは家の不名誉ですから――」

「君には（郷士はぼくに言った）この亭主が情をわきまえていることはわかるね――宿の主人でさえ、かかる人情の模範を示す時に、誰が時代の道義をあえて非難できるだろうか――聞けクリンカー、お前は名うての犯罪者だぞ――お前は病気と飢えとみすぼらしさと窮乏の罪があるのだ――でも罪人を罰するのはわしの仕事ではない、わしはお前に勧告の言葉をあたえる仕事を引き受けるだけだ——どんなことをしてもシャツを一枚手に入れよ、そしてお前の裸体が今後は旅する女性たち、特に年配の乙女たちを不快にさせないようにするのだ」

そう言って彼はその哀れな男の手に一ギニーを握らせた。そいつは口をぽかんと開けたまま、一言も言わずに彼を見つめて立っていたが、とうとう宿の主人が彼を屋外に押し出した。

その午後に叔母が馬車に乗り込んだ時、やや満足げに、彼女のそばで馬を御している騎手は、一行をマールバラまで乗せてきた浮浪者みたいなみすぼらしい男とは違うと言った。実際その差は歴然たるものがあった。こちらは金のひも飾りが付いたつばが狭い帽子をかぶり、断髪で品がいい青い上着に、革の半ズボン、それに腰バンドの上には清潔な亜麻布のシャツがふくらんでいるという恰幅のいい男だった。ぼくらがその日に泊まるスピーン・ヒル〔バースからロンドンの中程にあった駅馬車の中継所〕の宿に着いた時、この新しい騎手はじつにかいがいしく身の回りの品々を運び入れてくれた。そしてついにブランブル氏からもらった金で自分の衣服の一部を質から受け出してかくも変身したまぎれもないハンフリー・クリンカーの素顔を現したのだ。

この哀れな男の外観のこんな好ましい変化にぼくらの一行の他の者もとても満足したが、まだ彼の裸体の侮辱を消化しきれていないミセス・タビーの胃には不快感をあたえたのだ——彼女は軽蔑しきった様子で鼻をぐっと上に向け、この男がみっともなく私を侮辱したから、兄さんはこの男をひいきにしたのでしょうと言った。そしてどうせ愚か者にはお金なんか身に付かない、マットがこの男をロンドンに連れて行きたいと思っても、私は一歩だってその方向には行きませんよと言った——伯父は口では何も言わなかったが、顔つきはしっかりと内心を表していた。その翌朝にクリンカーは現れなかった。それでぼくらはそれ以上言い争いすることなくソールト・ヒル〔スピーン・ヒルとロンドンの中程にある〕まで進み、そこで食事をすることになった――こうしているうちに馬車の傍らにやってきて、足板の具合を直し始めたのは他ならぬハンフリー・クリンカーだった――ぼくがミセス・ブランブルに手を貸して馬車から降ろすと、彼女は恐ろしい顔で彼をにらんで家の中に入ってしまった――伯父は困惑して、なんでここにやって来たのだと不機嫌に尋ねた。男は旦那様が親切にしてくださったので、旦那様とは別れられません。世界の果てまでついていき、賃金も礼金も受けずに一生お仕えしたいのですと言った――

ブランブル氏はこの言明を聞いて叱っていいのか笑っていいのかわからなかった――彼はタビーの側からの強い反対を予想した。でも一方ではクリンカーの感謝の念とその素朴な性格のどちらにも喜ばずにはいられなかった――「じゃあわしがお前を雇う気になったら（と伯父は言った）お前の特技は何だね。お前いったい何がやれるんだ」「旦那様（とこの人並外れた人間は答えた）私は読み書きができます。それに厩《うまや》の仕事を普通にはやれます――馬の毛をすくことも、蹄鉄《くぎ》を打つことも、放血や膿出しもできます。それに雌豚の去勢にかけてはウィルトシャー州内の誰にもひけを取りません――それから豚の腸詰めも靴の鋲釘《びょうくぎ》もつくれますし、湯沸かしとかシチュー鍋の修理もできます――」ここで伯父は吹き出した。そして他にどんな芸を身につけているのかと聞いた――「剣術を多少知っていますし聖歌も知っています（とクリンカーは続けた）。ジューズ・ハープ〔歯にはさみ指で弦をはじく原始的な弦楽器〕も演奏できます。黒い目のスーザン、アーサー・オブラッドリーやその他さまざまな歌も歌えます。ウェールズのジグやナンシー・ドーソン〔ともに流行のダンス」が踊れます。元気な時なら相撲で私と同じくらいの体格の相手ならやっつけてしまいます。それに確かとは言えませんが旦那様がお望みの時にはウサギを見つけることもできます」「おやおや、お前は完璧な人間だな（伯父はまだ笑いながら叫んだ）わしはお前を家族に加えてもいいと思うが――どうかわしの妹と和解するために行ってやってみてくれ――お前はあの人に丸出しのお尻を見せてすっかり怒らせてしまったのだから」

クリンカーはそこで帽子を手にしてぼくらについてきて部屋に入り、ミセス・タビサに挨拶して「やんごとなき奥様（と彼は叫んだ）どうか私の失礼をひらにお許しください。私は神のお助けで、二度と不覚にもお尻を丸出しして奥様のお怒りをかうことがないように気をつけます――どうかご親切なやさしい美しい奥様、哀れな罪人に哀れみをおかけください――奥様の高貴なお顔に神様のお恵みがあらんことを。奥様は悪意を抱かれるにはあまりに美しく寛大であることをかたく信じます――私はひざまずいて奥様に夜も昼も、陸路でも海路でも奉仕します。それもすべてこんなすばらしい貴婦人に心底喜んでお仕えできるからです」

こんな腰の低い挨拶はタビーにある程度は効果があった。でも彼女は応じなかった。それでクリンカーは沈黙を承諾のしるしと思って正餐には給仕役をした。この男の生来のぎごちなさと心の動揺のために、給仕をしている間に大失敗をくり返した――とうとう彼はカスタードクリームを少し彼女の右肩にこぼしてしまった。それで後ろに飛び退いたらチャウダーを踏んづけてしまった。こいつはすごく吠え出した――みじめなハンフリーはこんなに何度も失敗して、あわてて陶器の皿を落としたので、それはこなごなに割れてしまった。それで彼はひざまずき、世にも滑稽な意気消沈のていたらくで、そのままの姿勢でしばらく口をぽかんと開けていた――ミセス・ブランブルは犬のところに飛んでいき、それを両腕に抱え上げ兄の方に差し出しながら言った。「これはみんなでこの不運な動物をいじめる示し合わせた計画なのね。この動物のただ一つの罪は私になついていることだけだというのに――さあこれをすぐに殺しなさい。そうすればあなたは満足なさいますね」

クリンカーはこの言葉を聞いて文字通り解釈してあわてて立ち上がると、食器棚からナイフを取り出して叫んだ。「ここではだめです、奥様――部屋を汚します――そいつを私にください。そうすれば道端の溝に持っていきます――」。この申し出に対して彼の受けた答えは部屋の向こう側までよろめくほどの耳への力一杯の一撃に他ならなかった。「何ですか（と彼女は兄に言った）私はあなたがこのならず者をすぐに追い払うことを主張しますよ――」「妹よ、どうか落ち着いてくれ（と伯父が言った）そしてこの哀れな男がお前を怒らせるつもりなど全くないということを考えてほしい――」「腹の中の赤子のように無実でございます」――（とハンフリーが叫んだ）。「はっきりわかったわ（この執念深い処女は絶叫した）この男はあなたの指図で動いているのね。そしてあなたはこの男の図々しさを助長しようと決心しているのね――これが私があなたにしてあげたあらゆる仕事へのひどいお返しなのね。あなたの病気を看病し、あなたの家族の切り盛りをし、あなたが無分別から身を破滅させようとするのを防いだことに対するお返しなのね――でも今度はここで今、あのならず者を手放すか私と別れるか決めてもらいますよ。そしてあなた自身の生身か、掃きだめから拾った乞食のような捨て子のどちらを余計重く見ているかを世間に知ってもらいましょう――」

ブランブル氏の双の目が光り、歯もガチガチと鳴り始めた。「公正な言い方をするなら（と彼は声を荒らげて言った)問題はわしが一大決心をして耐えがたいくびきを払いのける勇気があるのか、それとも卑屈にも気まぐれ女の遺恨を満足させるために残酷で非道なる行為をなすかだ——さあ聞け、ミセス・タビサ・ブランブル、今度はわしの方から二者択一を持ち出すぞ、お前の四つ足のお気に入りを捨てるか、それともわしがお前に永久の別れを告げるかだ——もうあいつとわしが同じ屋根の下では暮らさないぞと決心したのだ。わしのこの言葉を聞いてお前がまだ食欲があるなら食事をするがいい〔『ヘンリー八世』からの語句のもじり〕——」この宣告で雷に打たれたように彼女は部屋の隅に座り込んでしまった。そしてちょっと沈黙してから「本当に私あなたの言うことがわからないわ、マット」(と彼女は言った)「しかしわしは平易な英語でしゃべったのだ」と郷士は厳然たる面持ちで答えた。「あなた(この女傑はすっかり恐れいって続けた)命令するのはあなたの特権だし、服従するのは私の義務です。私は犬をここでは処分できません。でもあれを馬車に乗せてロンドンまで行くのをお許しくだされば約束しますわ、二度とあなたをわずらわすことなどさせないことを——」

彼女の兄はこのおだやかな返答にすっかりわだかまりを解き、理にかなった願いならわしは何も拒絶することはないと明言し、さらに「妹よ、わしが兄妹愛《きょうだい》に欠けているとは思わないだろうね」と言い添えた。ミセス・タビサはすぐさま立ちあがって彼の頬にキスした。彼も感動して彼女の抱擁に応えた。リディアはむせび泣き、ジェンキンズは喜びの声をあげ、チャウダーは飛び回り、またクリンカーもこの和解を喜んで両手を擦り合わせて跳ね回った。

かくして和解が回復したのでぼくらはほっとして食事を済ませた。そしてその他の冒険に出くわすこともなく夕刻にはロンドンに着いた。叔母は兄から受けた言葉で大いに改悛《かいしゅん》したようだった。彼女はあっさりとクリンカーに抱いていた不快な気持ちを捨てたので、彼はいまや従僕として雇われたのだ。一両日中に新しいお仕着せを身に付けるはずだ。しかし彼はロンドンは不案内なので、ぼくらは他の臨時の従者を雇った。ぼくはこの男を今後私用の下僕として使おうと思っている。ぼくらはゴールデン・スクエアのノートン夫人という人の家に住み込んでいる。この人は上品な婦人でぼくらをゆっくりさせようととても気を使ってくれている。伯父はお供たちを楽しませるために、この大都会の名所を一巡りしようと言っている。しかし君もぼくもすでに、彼が訪れようとしている所はほとんど、他にも彼が思いもつかない幾つかの場所を熟知しているからぼくは何らかの意味で君の所見にとって目新しいことだけ便りに書こう。ジーザス・カレッジの友人たちによろしく。

敬具

五月二十四日　ロンドン

親愛なるナイトへ　J・メルフォード

ルイス医師へ

親愛なる先生
ロンドンは文字通り私には新しいものになりました。街路も家も、さらにはその地形すらも新しいのです。かのアイルランド人が「ロンドンはもう町から消え失せた」〔ジェイムズ・ブラムストン（一六九四？―一七四四）の『政治学』より〕と言っている通りです。かつて私が離れる時に、牧草や穀物が生えていた広々とした畑は、今や数々の街路と広場と宮殿と教会で占められています。信頼筋から聞いたところによるとウェストミンスター地区だけで七年間で一万一千軒もの新しい家屋が建てられたとのことです。ピムリコとナイツブリッジは現在はほとんどチェルシーとケンジントンと一緒になっています。もしこの狂騒状態が半世紀も続けば、ミドルセックス州全体が煉瓦でおおわれることとでしょう。
なるほどロンドンとウェストミンスターは昔より舗装も照明もずっと改善されていることは現代の名誉のために認められなければならないでしょう。新しい街路は広くて整然としていて風通しもいいし、家々はだいたい住みやすいのです。ブラックフライアーズ・ブリッジ〔スコットランドの建築家、ロバート・ミルンが設計したもの〕は趣味の良さと公共精神の高貴な記念碑です――人々がいかにして、かかる壮大かつ実用的な作品に行きついたのだろうかと思わざるを得ないのです。でもこれらの改善点にもかかわらず、首都は肥大した怪物となり果てました。それはむくんだ頭みたいに、そのうちに胴体と手足を栄養と支柱がないものにしてしまうでしょう。この広い王国全体の住民の六分の一がロンドンの街中に雑踏していることを思えば、愚劣さは最もはっきりした形で現れるでしょう。村の人口が減り、農場で日雇い労働者が不足しているのは当然です。小さな農場の廃棄も人口減少の一因に違いないのです。まったく贅沢な目的に応ずるために馬と肉牛が信じられないくらい増えて、まぐさや牧草がいくらあっても足りませんが、これらはたいした労力なしに栽培されて管理されます。しかし農場の大小にかかわらず農業の各種の分野には多くの人手が常に必要です。とうとうたる贅沢の潮流はすべての住民を広々とした田舎から一掃しました——一番貧しい郷士も一番裕福な貴族も都会に自宅を持っていて、多すぎるほどの召し使いを抱えることで頭角を現さなくてはならないのです。鋤を引く若者たち、牛飼いたち、下層の作男たちなどは、夏に遠出をして来る着飾ったしゃれ者たちの風采や弁舌によって堕落させられ誘惑されてしまうのです。彼らは土と骨折り仕事を捨てて、働かないで贅沢ができて立派な服が着られるような仕事にありつけると思ってロンドンに集まって来るのです。というのも怠惰は人間の本性ですから——しかしそのうちの多くが期待を裏切られて盗人や詐欺師になります。それにロンドンは役立つ警備や保護もないし秩序や治安もないだだっ広い荒野ですから、彼らに餌食も隠れ家も提供するのです。

この巨大な集団が日毎に増大するのは多くの原因があります。しかしそれらはすべて贅沢と腐敗という一大源泉に溶解されうるものです——二十五年前にはロンドンの最も裕福な市民の中でも美装大型馬車はおろか、お仕着せの召し使いさえ雇っているのは極めて少数でした。彼らの食卓は質素な、ゆでるか焼いた肉と一本のワインと一杯のビールを添えただけのものでした。現在では大小のあらゆる商人、あらゆる周旋人や弁護士が従僕を二人、馭者を一人、それに騎手を一人抱えています。町のお屋敷、カントリーハウス、四輪大型馬車と駅伝馬車を持っています。その妻と娘はダイヤをちりばめた豪華な衣裳で現れます。彼らは宮殿やオペラや劇場や仮装舞踏会に出入りします。自宅でも集会を開いて派手な宴会でボルドー、ブルゴーニュ、シャンパーニュなどの最も芳醇なワインでもてなします。裕福な商人でもかつてはパブで四ペンス半で夜を過ごすのを常としていたのが、今では居酒屋で三シリングを費やし、一方その妻は家でトランプ用のテーブルを設けるのです。彼女も同じように着飾り、私用の軽馬車や鞍敷き、それに田舎にも屋敷を持ち週に三回は娯楽場に遊びに行かなければ気が済まないのです。どんな事務員も徒弟《とてい》も、居酒屋やコーヒーハウスのウェイターでさえ、自分一人、または仲間と共同して去勢馬を飼い、伊達男きどりをしているのです――大衆娯楽のひどくにぎやかな場所は当世風の姿で満ちあふれていますが、これも調べてみれば、仕立て職人か下男か侍女などが背伸びした格好をしているのです。

一言でいえば、身分の区別とか従属関係などはもう残っていないのです――人生の様々な階層がごたまぜになっているのです――煉瓦屋の下働き、職工、バーテン、パブの主人、商店主、いんちき弁護士、商人、宮廷の役人などの誰もが「互いのかかとのひび割れに触れるのです」(『ハムレット』五幕からの引用、他人の痛いところに触れるということ)。放蕩と不身持の悪魔に誘われて彼らはいたる所でうろつき、馬に乗り、馬車を走らせ、突進し、突き当たり、交じり合い、跳ね上がり、音を立てて割れ、そして愚劣と腐敗の一大騒動のうちに砕けてしまう――すべてが喧騒とあわただしさであります。人はこれらを見て彼らは、休息を許そうとしない脳の何らかの病気によって駆り立てられているのだと思うでしょう。歩行者はまるで執達吏《しったつり》に追いかけられているみたいに走ります。荷物運搬人と駕籠かきは重荷を持って走ります。自家用の美装馬車を持っている人々は街路を全速力で駆け抜けます。商人や医師や薬剤師などでさえ四輪軽馬車に乗って稲妻のように宙を飛んで行きます。貸馬車の馭者はその馬をほこりを立てて走らせ、舗道はその下で振動します。私はこの目で四輪の大型荷馬車がピカデリー通りをゆるやかなギャロップで通過するのを見ました。一言でいえば国全体が正気を逸脱しているように思うのです。

この時代のいろいろな娯楽が〝大衆〟と呼ばれるこの途方もない怪物みたいなものに迎合してしまったのでしょう。大衆には騒音と混乱とけばけばキラキラしたものを与えればいいのです。連中は優雅さとか中庸という概念がないのです――ラネラ・ガーデンズ〔一八世紀のロンドンのチェルシーにあった有名な公共の遊園地（一七四二～一八〇三）〕の様々な楽しみはいったい何ということでしょう。入園者の半分は人の尻についてぐるぐるといつまでも回っていますが、その有様はさながらオリーブの搾油工場の目隠しされたロバのようで、彼らは人と話すことも、人を見分けることも、人に見分けられることもないのです。一方で他の半分は夜の九時から十時ごろまで、お茶という名の熱い湯を飲み一晩中眠ることもしないのです。オーケストラ、とりわけ声楽についていえば、演奏者にとって都合がいいことに、聞き分けてもらえないのです。ヴォクソール・ガーデンズ〔ヴォクソール・ブリッジ近くにあった遊園地、正式名はスプリング・ガーデンズ（一六六一～一八五九）〕など安ピカ物の組み合わせにしかすぎず、無価値な装飾がごてごてと、発想も場違いで施工もまずく、統一された設計もなく、でたらめにつくったものにしかすぎません。それはごちゃまぜにして異様な照明を当てられたさまざまな物体の不自然な集合体なのです。見るからに大衆の目をくらまし、彼らの創造力にこびるように考案されているのです――ここに木彫りのライオンがあるかと思えばかしこには石の彫像があります。ある場所には屋根付きのコーヒーハウスの仕切り席みたいなものの列、次の場所にはパブのベンチの列、三番目の場所には人形芝居じみたブリキの滝のまねごと、四番目には薄明りの中の墓穴のような円形の陰気な洞窟、五番目には一頭のロバの子に十分なだけの牧草をも供給しそうにもない貧弱な草地の一画、というふうです。せっかく自然が孤独、緑陰、静寂のためにつくってくれたかに思われる遊歩道も、おこりをもよおす夜の妖気を吸い込んでいる騒々しい人の群れであふれかえっています。そしてこれらのにぎやかな情景の中を数本のランプが安物のロウソクさながら明滅しているのです。〔マットの不満は遊興者が吸い込む夜気が不健康のもととなっていることなのだが、例のあくの強いことばで語られている〕

美服の多数の男女が屋根付きのベンチに腰かけて群衆の目にさらされ、いやそれより悪い冷たくて身に染みる夜気にさらされて薄切りの牛肉を貪り食い、ポートワインやパンチやりんご酒をあおっているのを見る時、彼らの趣味と作法の欠如を軽蔑する一方、彼らの無鉄砲さを憐れまざるをえません。しかし彼らが天空以外に何のおおいもなしに、湿った暗い遊歩道をたどるかまたは濡れた砂利の上に群がって、彼らの半分にはおそらく聞こえもしない歌に耳を傾けている時にどうして、彼らがベドラム〔当時の悪名高いベツレヘム精神病院を転訛したもの〕の精神病院の構内のどんなものよりも馬鹿馬鹿しい有害な妖精たちに実際とりつかれているのだと私は思わずにいられるでしょうか。どう見てもここや首都周辺の他のより小規模な公設の遊園地の所有者たちは、何らかの形で大学の医学部および葬儀屋の仲間と結託しているのでしょう。というのも今や生活のすべての階層と範疇を支配している快楽と称するものの追及に見られる熱意を思うと、労苦と困難の生活がさらされている危険と事故のすべてよりも、人びとが野天でこれらの夜の娯楽が病因の痛風とかリューマチ、カタル、結核のほうがはるかに数が多いと私は確信するからです。

この旅行で得たこれらの所見その他は私のロンドン滞在期間を短縮させ、かつ孤独と山々に対する二重の愛着の念を抱かせて私は故郷に帰ることになるのでしょう。しかし帰路は都会に導いた道とは違う道をたどります。私はこの品行方正な大都会に定住している幾人かの旧友に会いました。しかし彼らは生活方法も気質もすっかり昔から変わってしまったので、われわれは互いにほとんど理解しえないし関心を持つこともありません――バースからの旅でわが妹タビーは私をいらいらさせてかっとさせましたが、その時、私は酒で勢いづいた男のように、頭ごなしに断固として彼女に言い聞かせましたら、効果てきめんでした。彼女とその愛犬はこの説教以来とてもおとなしく素直になりました。この快適な静穏がどれだけ続くかは神のみぞ知るです――私はひそかにこの旅行をしたことが健康に役立ったとうぬぼれています。この事情のためにかねて計画していた北部への旅行を決行しようと思います。でもここしばらくは私と一緒に行く者たちの利益と慰安のためにこの深い混沌を徹底的に探らなければなりません。頭も尾も手足も胴体もないこの災い多い化物《ばけもの》のような首都を。

トマスはチッペナムとマールバラとの中間あたりで、われわれの馬車が転覆したさい、妹にあまりに無礼な振る舞いをしたので、仕方なくその場で解雇しました。あの男はいつも不機嫌でわがままでした。でももし彼が田舎に帰るようなことがあれば彼にその正直さと真面目さを保証する人物証明書を書いてあげてください。なお彼がわが一家にふさわしくやってくれれば、私の名前で彼に二ギニーあげてください。

五月二十九日　ロンドン

恒心の友　マット・ブランブル

ミス・レティシア・ウィリスへ

親愛なるレティ

あなたの二十五日付のお手紙を受け取ったうれしさは言葉では尽せません。グロスターから来た婦人帽子屋さん、ミセス・ブレントウッドから昨夜届けられたのです――私の尊敬する寮母先生がお元気でいられ、かつ哀れなリディアに、もはや不快の念を抱いておられないと聞いてうれしく思います。あなたがあの人柄のいいミス・ボーンとの交際を絶ったのは残念ですが、あなたが学校仲間が去っていくのを嘆くのも、もうそんなに長いことではないでしょう。間違いなくあなたのご両親がもうじきあなたを社交界に送り出して、あなたはそこで抜群の存在となる十分な資格があるのですから。そうなった時にはあなたと私はまた会えて、喜び会えるだろうと虫のいいことを考えています。そして私たちの少女時代にはぐくんだ友情をさらに深めることさえできるでしょう――少なくともこう約束できます――万一私たちの友情が生涯続かなくても、それは私なりの尽くし方が足りないせいだというようなことにはさせません。

私たちはバースからの楽な旅行をして五日ほど前にロンドンに着きました。しかしその旅行中に馬車がひっくり返り、その他いくつかの小さな事件に遭遇しました。それらの事件は伯父と叔母の間に誤解を生じさせたようですが、今では幸いにも二人は気持ちよく和解しました。私たちはみんな仲良くやっています。そして毎日一緒に、この巨大都市の不思議なものを見物しに出かけていますが、それらについては書く気になれません。それはこの都の珍しい物の百分の一も見ていませんし、全く驚嘆の迷宮にいるような有様ですから。

ロンドンとウェストミンスターという都市は大きすぎます。街路、広場、家並み、小路、および横丁が無数にあります。宮殿、公共の建物、それに教会などがどの地区にもそびえ立っています。そして教会としてはセントポール大聖堂の景観が抜群に優れています。噂によるとそれはローマのサンピエトロ大聖堂ほどの大きさはないそうですが、私にしてみれば、これ以上壮大で堂々とした地上の寺院は思いつきません。

しかしこれらの壮麗なものも、街頭に群がる群衆ほどは人を驚かせないのです。私は最初は何かの大集会が解散したところだと思い、大群衆が通りすぎるまで、道端によけようと思いました。しかしこの人波は朝から晩まで、途切れることも減ることもなく流れ続けていくのです。それにまた派手な美装馬車、大型四輪馬車、四輪軽装馬車、二輪軽装馬車、その他の馬車が延々と眼の前に次々と現れては消え、それを見ているとめまいがして、想像力も華麗さと多彩さで混乱するほどです。また水上の景観も陸上のそれに負けずに壮大で驚異的なのです。川幅が広くて深くて急流の河川の両岸にかかる三つの大きな橋〔ロンドン・ブリッジ、ウェストミンスター・ブリッジ、ブラックフライアーズ・ブリッジのこと〕があります。とても大きく堂々としていてかつ優美なので、まるで巨人が架けたとも思えるのです。これらの間の水面にはテムズ川のどこも、行きかう小船、平底船、ボートや渡し船などがあふれています。三つの橋の下流には船のマストが何マイルにも大きな森みたいに林立して、人はここに世界中の船が集まったのかと思うくらいです。『アラビアンナイト』や『ペルシャ物語』で読んだバグダッド、ディヤルバクル、ダマスカス、イスパハン〔イスファハーン〕、サマルカンドなどの富や壮麗さがここには実際にあるのです。

ラネラ・ガーデンズは魔神の魔法の宮殿のようです。この城は絵画や彫刻、金メッキ細工などの絶妙な作品で装飾されて真昼の太陽をもあざむく無数の黄金色のランプで照明され、金糸銀糸の布とかレース、刺繍《ししゅう》、宝石でまばゆい高貴な人、富裕な人、浮かれた人、幸せ者、美しい人たちで混雑しています。これら喜びに酔った至福の息子たち娘たちが、この愉悦の順路を巡り歩いたり、あるいはそれぞれの群れに分かれて別々のあずまやで最上級のお茶とかその他の美味な飲食物を楽しんでいる間に、彼らの耳は器楽や声楽の魅力的な音楽を楽しむのです。ここで私はイタリア生まれの有名なカストラート、テンドゥッチ〔G.F.Tenducci（一七三六?―一八〇〇）有名なイタリア人の歌手だが長くイギリスで暮らした〕を聞きました——この人は私にはどうしても男性のように思えるのです。人々はそうではないと言いますが、その声は確かに男の声でも女の声でもないのです。しかもどちらよりもずっと美声なのです。神々しいまでに声を震わせて歌うので、聞いている間は実際に天国にいる思いでした。

魅惑の月の宵の九時頃、私たちはラネラからヴォクソールに向けて船出しました。そのはしけはとても軽くてきゃしゃなので、私たちはクルミの殻に乗って航海する妖精みたいに見えたことでしょう。伯父は水上で風邪をひくのを心配して馬車で回り道してきました。叔母も一緒に行くところでしたが、伯父がもし叔母が陸路で行くなら、私を水路では行かせないと言うのです。それで叔母は私がこの愉快な船旅をしたいという好奇心があるのを知っていたので、私たちと水路を同行してくれたのです――結局船は満席になりました。というのは船頭の他に、兄のジェリーと、私たちの家で食事をした兄の友人のバートンさんという裕福な地方の名士がいたからです――このささやかな遠出の楽しみも、しかしながら、上陸する時に私がひどく怖がったので水をさされてしまいました。上陸する時に沢山のはしけがひどく入り乱れていたうえ、人びとも群がってわめき、ののしり、口論していました。それどころか一群の人相の良くない男たちが水中に走り入って、私たちの船をひどく乱暴につかんで岸の方に引っ張るのです。そして兄がステッキで彼らの一人の頭をなぐろうとするまで手を放そうとはしなかったのです。でもこんな怖い思いもヴォクソールのあまりの楽しさで完全に償われたのです。私はここに入るとすぐに、視界にどっと飛び込んできたさまざまな美しいもので目がくらみ呆然としました。想像してみて、レティ、広々とした庭園の眺めを。その一画は高い生け垣と立木で区切られ、砂利を敷いた心地いい遊歩道も通っています。また他の一画には絵のような人目を引くさまざまなものが集まっています。それは娯楽施設やあずまや、木立や岩屋、芝生、聖堂、滝など、それに柱や彫像、絵画で装飾されたポルチコ、コロネード、ロトンダ〔丸屋根のある円形大広間〕などがあってそれらすべてが太陽や星や星座のさまざまな形に配置された無数のランプで照明されているのです。ここに群がる浮かれた人たちは楽しい暗がりをそぞろ歩いたり、あちこちのあずまやで冷たい軽食を食べたり、歓楽と自由と上機嫌で生き生きとして、とてもうまい音楽隊に元気づけられるのです。多くの歌手のうち私は幸いにも有名な――夫人〔Kitty Clive（一七一一―八五）のことか〕を聞くことができました。その声はよく響く高い声で、喜びのあまり頭が痛くなるほどでした。

私たちが着いた後、半時間ほどしてから伯父がやって来ましたが、この場所を楽しんでいるようには見えませんでした。経験豊かでしかも病身の人びとは、レティ、あなたとか私とは全く違う目でものを見るものです――この夜の私たちの楽しみは不運な事件で中断しました。一番遠い遊歩道で私たちはにわか雨に驚きました。この雨で聴衆全員が逃げ出し、私たちは押し合いへし合いしながらロトンダに逃げました。その場所で伯父はずぶぬれになったので、とても不機嫌になって帰りを急いだのです。兄が馬車を探しに行って、ひどく苦労して見つけてきました。でも全員乗ることはできないのでバートンさんが残りました。馬車は混乱のさなか、新しい従僕、ハンフリー・クリンカーが乱闘して半かつらがはずれ、頭に怪我をするというたいへんな奮闘にもかかわらず、出口まで持ってくるのにちょっと時間がかかりました。私たちが着席するとすぐに叔母は伯父の靴を脱がせて、念入りに自分の外套で伯父の痛む足を包みました。それからいつもポケットに入れている強心剤を一口含ませました。そして伯父の服は宿に着くとすぐに着替えさせられたのです。それでありがたいことに彼はとても心配していた悪い風邪をまぬがれたのです。

バートンさんについては、打ち明け話ですが、この人はちょっと特別な人です。でもおそらく私が彼の人のよさを誤解しているのでしょう。そしてこの人のためにはその方がいいと思うのです――あなたは私のみじめな心境をご存じですね。この心はとても疲れています――それでも不満は言ってはいけないわ。いいえ言いません、もっと事情がよくわかるまでは。

ラネラとヴォクソール以外に、私はミセス・コーネリスの集会〔一七六〇年代にソーホーのカーライルハウスで行われた予約制の集会、舞踏会〕に行きました。ここは部屋といい、一座の人びとといい、衣装といい、装飾品といい、言葉では言いあらわせないくらいです。でも私はトランプの遊びがあまりうまくないので、その場の雰囲気になじめないのです。まったく私ときたらまだまだ田舎のおてんば娘なので、社交界に出るような恰好をさせられることにはほとんど我慢できないくらいなの。それでも美容師さんの手にかかったのは六時間足らずでした。美容師さんは頭にキルトのスカート一着分になるくらいの黒い羊毛を詰め込んだのです。〔当時、髪を増毛してかつらを大きく見せることが流行した。リディアはこれを好まなかった〕でも結局、会合では叔母の頭を除くと、一番小さな頭でした――実際に叔母はバッスル〔腰の後部をふくらませたもの〕付きのガウンとスカート、巻き毛少々、頭の垂れ飾り、深い三重のひだべり、それに高いステーというひどく奇妙な姿でしたので、皆驚いていました。私たちの紹介役のグリスキン夫人は率直に叔母にあなたはじつに二十年も流行遅れだと言ったのです。

グリスキン夫人は名誉なことですが、私たちの親戚で上流の人です。彼女が自分の家で開くささやかな夜会ではトランプ用のテーブルが十台、十二台以上はありませんが、町の名士が出入りします――彼女はとても親切で、叔母と私をより抜きの特別な友人に紹介してくれると、彼らはとても優しく私たちと接してくれます。一度彼女のところで食事をしましたが、彼女はわざわざ立ち居振る舞いのすべてを教えてくれました。彼女が手ずから帽子を時々直してくれるくらい親切だったのでとてもうれしかったのです。それに彼女は親切にも冬の間は自分の家に滞在するようにと誘ってくれました。でもこの誘いはこんな親切な夫人に(どうしてかわからないのですが)反感を持っているらしい伯父によってすげなく拒絶されました。というのも叔母が彼女をほめる時はいつでも、伯父は何も言いませんが、顔をしかめるのを知っているのです――まあしかし、おそらくこのしかめっ面は伯父がひどく苦しんでいる痛風とリューマチから起こる痛みのせいでしょう――でも私に対して彼はいつも、私が望んでいる以上に親切で寛大なのです。私たちがここに来てから彼はひだ飾りとレース付きの服を一着プレゼントしてくれました。お知らせできないほど高価なものです。またジェリーが自分から望んで母のダイヤモンド数個を組み直して私にくれました。ですからもし私が四等星か五等星の星々の中で輝かないにしても、彼のせいではありません。私のにぶい頭がこうした派手な装いと散財の真っただ中で、めまいをしないようにと願っています。そうはいうもの、これまでのところ、こんな騒々しい楽しみなど捨てて、田舎の静けさや愛する人たちのところに戻るうれしさを選んだほうがいいとはっきりと言うことができます。もちろん愛する人びとの中でも、親愛なるウィリスが胸の中でいつも第一位を占めているのは言うまでもありません。

五月三十一日　ロンドン

変わらざる愛情をもって　リディア・メルフォード

サー・ワトキン・フィリップスへ（オックスフォード大学ジーザス・カレッジ）

親愛なるフィリップス

ぼくはこの手紙を、われわれの旧友バートンの無料配達の署名を得て、君に送ります。彼はあんな気質の男としては、変われるだけ変わってしまった――ぼくらがオックスフォードで知っていた不注意でのらくらでだらしがない者ではなく、多忙で雄弁な政治家になっているのだ。服装はダンディ、立ち居振る舞いは儀式ばった廷臣というところだ。彼は党派の憎しみで激怒するほどには体内に十分な胆汁がないので、悪ずれした毒舌を吐くには至っていないが、地位を得て以来、内閣の熱心な一員となり、幸いにも党派に属していないぼくなどには全く理解できない大げさな尺度ですべてを見るようになっている――これは明らかなことだが、党派という煙霧は理性の働きだけでなく感性をも妨害するものだ。ぼくは百ギニー対十ギニーで賭けてもいいが、もし、バートンと野党の最も良心的な愛国者双方に、名誉をかけて国王なり政府閣僚なりの肖像を描かせれば、未だ党派に毒されず片寄った見方をしない君とかぼくの眼はどちらの画家の作品も、同じように真実からはほど遠いということを発見するだろう。しかしバートンの名誉のために認めなくてはならないことの一つは、彼は決して下品なのののしりなど言わず、ましてや恥ずべき中傷により相手の道徳的人格を傷つけるようなことはしないということだ。

ぼくらがここへ来てから、彼はぼくたち一家にとりわけかいがいしく配慮してくれている。この配慮は、彼みたいな不精で移り気な男にしては、もしぼくが妹のリディアが彼の心に何かショックを与えたことに気づかなかったら、まったく奇妙で不自然だと怪しむほどなのだ。彼がこの恋でその運命を試そうとしていることに反対しているのではない。もし豊かな財産と善良な性質とが、生涯続く結婚生活を幸福にする夫としての十分な資格だとしたら、妹はバートンと結ばれるなら幸福になれるだろう。でもぼくは思うのだが分別と優雅さを兼ね備えた女性の愛情をひきつけ確保するためには、何か他のものが必要ではないだろうか、天がぼくらの友人に与えていない何かが――リディアもどうやら同じ意見のようだ。彼が妹に話しかけると、妹は仕方なしに聞いているみたいで、何とかして特別な交際を避けようとしているようだ。しかし妹のはにかみを償《つぐな》うように叔母が出てくる。ミセス・タビサは彼に少し迎合しすぎている。彼女は彼の慇懃無礼《いんぎんぶれい》の意味を誤解しているかまたは誤解したふりをしているのだ。彼のお世辞にはひどく興味ありげに対応し、食卓では親切攻めにし、たえず話しかけ、ため息をついたり、ふざけたり、色目を使ったりする。しかも鼻持ちならない見せかけと出しゃばりとで、リディアの哀れな求愛者を愛想笑いという窮地に追い込む。簡単に言えばバートンを虜《とりこ》にするようなことをやったのだ。それで必死になって攻撃を続けるので、彼が降伏せざるを得なくなるのではないかと思っている。一方ではこの色女に対する彼の嫌悪感が、彼のとってつけたような愛想の良さと相反する。しかも彼は他人の気持ちを損ずることを恐れるので、とても滑稽な苦悩に陥ってしまっている。

二日前彼は伯父とぼくを説得してセント・ジェームズ宮殿に連れていった。そこで彼はわれわれに王国のあらゆる偉人たちと親しく知り合うようにしてくれたのだ。なるほど宮廷の大切な祝日でもあったので、そこには著名人たちの大きな集まりがあった。ぼくらの案内者は約束をきちんと果たした。彼はほぼあらゆる男女を指差して、美辞麗句をたらたらと、それらの人びとをすべてわれわれに注意させた――国王〔ジョージ三世〕が近づくのを見ると「あそこにおいでになるのが（と彼は言った）英国で王笏《おうしゃく》を振った方々のなかでも最も気立ての優しい君主です。保護者魂あふれるアウグストゥス帝、雅量あふれるティトゥス・ウェスパシアヌス帝、慈悲深いトラヤヌス帝、哲学者のマルクス・アウレリウス帝などに並ぶ方です」「非常に誠実で心温かい紳士です（と伯父が付け加えた）この時代には善良すぎるのです。英国の国王たるお方はその性質にどこか悪魔めいたところがあるべきです」。バートンは次にカンバーランド公の方に向いて言葉を続けた――「この公爵をご存じでしょう。反乱を平定し、われわれがイングランド人として、またキリスト教徒として、大切にすべきあらゆるものを、われわれのために確保してくれた輝かしい英雄です。ごらんなさいその眼を、視線鋭くて、しかも穏やかです。なんと威厳ある振る舞いでしょう。何と慈愛あふれたお顔でしょう――悪意のある者でも彼はキリスト教の世界で最も偉大な公人の一人だと認めざるを得ないでしょう」「そうですな（とブランブル氏は言った）でも彼のそばに立っているあの若い紳士たちは何者です」「あの方たちですか（とわれわれの友人は叫んだ）あれらは王の血筋の甥たちです。生まれながらの王子なのです。立派な若い王子様たち、新教の家系の聖なる子どもたち。とてもお元気で賢く堂々としています」――「そうとても賢くて元気だ（と伯父は彼をさえぎって言った）。しかし王妃をごらんなさい、そらそこにおいでになった――王妃がいらっしゃる。わしに見せて――見せて――眼鏡はどこだ、ほう、あの目つきは意味深長だ――感情がある――表情がある――さあバートン君、次は誰なの」。彼が次に指を向けた人物は窓のそばに一人で立っている人気者の貴族〔ビュート伯、ジョン・スチュアート〕だった――「〝おのが光を奪われたる〟〔ミルトン『失楽園』からの引用〕かの北極星を（と彼は言った）見よ」――「何と、最近西半球に輝いたスコットランドの太陽がいまは霧を通してかすかに光っているように思える。輪のない土星のようにわびしくて暗くて遠くに――おや別の偉大な奇才がいる。莫大な年金の受領者〔ウィリアム・ピット　三千ポンドの年金〕政治の羅針盤上のあらゆる方角に向きを変え、いまなお尻尾《しっぽ》に世間の人気の風を感じる愛国の風見鶏、彼も不吉な彗星《すいせい》のように宮廷の水平線上にまた昇ってきた。しかしそのたいした変人ぶりを思うとどれだけ上昇するかよくわからないのだ――彼の動きに伴うあの二つの衛星は誰ですか」。バートンがその名前を言うと、「彼らの人物については（とブランブル氏は言った）知らないわけではない。その一人は血管に一滴の赤い血すらなく、頭には冷たくて人を酔わせる蒸気もあります。しかも心には国中に植え付けて感染させるほどの悪意もあります。もう一人は（わしの聞くところでは）政府内の地位をもくろんでいて、先ほどの年金受領者がその資格を請け合うのです――わしが聞き知っている彼の賢明さのたった一つの例は、昔のパトロンが勢力を失って世間から顧みられなくなると、その人を捨ててしまったことです。信念も才能も知性もなくて豚のように卑しく、ハゲタカのように貪欲でコクマルガラスのようにずるい。でも偽善者でないことは認めねばならない。徳のあるふりもしないし仮面もかぶらない。彼の内閣には一つだけ利点があることになります、というのは彼の言葉は信じてもらえないので、彼が公約を破っても誰も失望しないのです。わしは――卿がどういうふうに最初にこの幸福な天才を発見したのか、またいかなる目的で――卿が現在彼を任用したのかよくわからないのです。でも琥珀《こはく》がほこりや藁やもみがらを吸いつけるように〔琥珀は静電気を帯電させる〕、大臣というものは〝邪魔者ならどんな悪漢や馬鹿者でもすっかりなめつくしてしまう〟〔アレグザンダー・ポープの詩の誤った引用〕同じような能力があると人は思うでしょう――」。彼のほめ言葉はN〔ニューカッスル〕老公爵の到着で中断した。老公は要人らしいせわしげな顔付きで群衆に入り、何か重大なことを伝えたい人を探し求めているように、みんなの顔をのぞき込んだ――伯父はかつて彼と親しかったので、彼が通りすぎる時にお辞儀した。身なりのいい人に丁寧に挨拶されたので公爵もすぐに答礼した――それどころかやって来て伯父の手を親しげに取って「わが親しきAさん（と彼は言った）――お会いできてうれしい――外国からお帰りになってどのくらいになるのですか――われわれの味方のオランダ人とはどんなふうに別れてきたの。プロイセン王はまた別の戦争を考えてはいないかな、え――彼は偉大な王なのだ。真に偉大な征服者なのだ。かのアレキサンダーやハンニバルも彼にくらべれば何ということはない――下士官に過ぎない、浮きかすだ。単なるくずだ――つまらぬくずだな――」

ここまで言うと閣下は息切れしたので、伯父はこの機をとらえて、自分は英国から国外には出ていなかったこと、名前はブランブルであること、そして物故した王の治世の最後の二番目の議会にディムキムレイグ選出の議員として列席する名誉があったと言った。「おや（と公爵は叫んだ）わしはよく覚えているよ、ブランブル君——あんたはいつも良き忠実な臣民だった——政府にとって信頼できる友だった——わしはあんたの弟をアイルランドの主教にしたよ——」「失礼ですが閣下（と郷士は言った）私にはかつて弟がいて陸軍の大尉でした——」「あっ（と閣下は言った）そうだった——そうだ、本当に、でもそうすると主教は誰だったかな。ブラックベリー主教——確かにブラックベリー主教だった——おそらくあんたの親戚だ——」

「ありそうなことです、閣下（と伯父は答えた）ブラックベリーはブランブル〔キイチゴ〕の実ですから——しかし私は信じていますが、その主教はわが家の茂みの果実ではありません——」「そうだ、そうだ、ハハハ（と公爵は叫んだ）一本取られたな、ブランブル君、ハハハ——ともかくわしはあんたにリンカーンズ・イン・フィールズで会えたらうれしいのだが——行く道はわかっているな——時代は変わったよ。わしは体力は衰えたが好きなものは昔のままだ——じゃあブラックベリー君、失礼するよ——」そう言いながら彼は部屋の向こうの片隅へと人をかき分けて行った。「何と驚くべき老紳士だろう（とバートン氏が叫んだ）何という元気さ、何という記憶力だろうか——あの人は決して旧友を忘れません」「わしを与党の数に入れてくれるとは（とわが郷士は言った）かいかぶっていますよ——わしが議席を持っていた時、政府に票を入れたのはたった三回しかありません。それは良心がその時は政府が正しいとわしに告げたからです。でももし彼がいまだに接見式をやっているなら、わしは甥をそこへ連れて行き、その場面を見せて、そんなものは避けること を学ばせようと思います。というのも英国紳士たるもの、大臣の接見に出ている姿ほどみっともないものはないのですから——閣下については、彼が三十年間いつも大衆の嘲笑と嫌悪の的であったということ以外今は何も言いません。彼は一般からは政界の猿として嘲笑され、その地位と影響力はただ彼の愚かさをより際立たせるのに役立つだけだったのです。そして野党は彼をある発議者の我慢強い実行者だとののしりましたが、その彼が野党から腐敗の父と呼ばれその烙印《らくいん》を押されたのも無理はなかったのです。しかしこの滑稽な猿、こんな金銭ずくの下働き男が、もともと占める資格のない幾つかの地位を失って党派を結成すると、たちまちにして彼は公的な美徳の典型に変身したのです。以前に彼をののしっていた人々が今度は彼を、賢明で経験ある政治家、かつプロテスタント系統の主要な柱であり英国の自由の礎石であると口をきわめてほめちぎったのです。わしはバートン君が常識という特典を使わずに、これらの矛盾をどうやって解いていくのか知りたいものです」。

「旦那様（とバートンは答えた）私は大衆の節操の無さを正当化するのではないのですが、大衆というものは過去の非難において激しかったように、現在の賞賛においても熱心なのだと思うのです。しかし私は次の木曜日に、あの閣下の接見式に喜んであなたにお供します。もっともその時はそれほど多数が出席することはないでしょう。というのもご存じのように、現在のあの方の枢密院議長という地位と以前の大蔵大臣という職との間には大きな違いがありますから」。

この雄弁な友人が宮廷に現れたすべての著名な男女を教えてくれた後で、われわれは別れることにして外に出た。出口の階段の下には多数の下男や駕籠かきがいて、そのまん中でハンフリー・クリンカーが片手には帽子を、片手には紙片を握りながら腰かけに立ち、意気揚々と人々に熱弁をふるっていた――われわれはこの光景が何を意味するかわからなかったが、彼は主人に気づいて紙片をポケットに突っ込み、高い所から降りて人ごみをかきわけて馬車を門まで持って来た。

伯父はわれわれが馬車の座席に座るまで何も言わなかったが、座ると、ぼくをじっと見つめて笑い出し、ぼくにクリンカーはいったい何について野次馬たちに熱弁をふるっているのか知っているかと聞いた――「もし（と彼は言った）あの男がペテン師になったならくびにしなくちゃならない。さもないとあいつはわれわれ全員をペテン師の手下にしてしまうぞ――」。ぼくはおそらく彼は獣医の主人から医学を学んだのだろうと言った。

正餐を取る時に、郷士は彼に医者をやったことがあるのかと尋ねた。「はい旦那様（と彼は言った）動物ではやったことがあります。でも決して人間様にはそんなおせっかいなどいたしません」「わしはお前がセント・ジェームズの宮廷で熱弁を聞かせたあの聴衆と同じ階級かどうかは知らないが、お前がどんな種類の粉をくばっていたのか、そしてそれがうまく売れたかどうか知りたいもんだな――」「売るですって（とクリンカーは叫んだ）私は神の恵みによって、ただで手に入れたものを金や銀にかえるほど卑しくはありません。私は苦役と罪の中に没している同胞に忠告しただけで、何もくばったりはしません、旦那様」「忠告だって、何についてだ」「神を冒瀆《ぼうとく》するののしりのことばについてです、旦那様。そののののしりはこの頭髪を逆立てるほど恐ろしくてぞっとするものです」「ほう、もしお前が彼らのそんな病気を治せるなら、わしはお前を真の名医だと思うだろうな――」「治せないことはありません、旦那様。あの哀れなる者どもの心は旦那様が思うほど頑迷ではございません――まず彼らに演説者は彼らの幸福だけを考えているということをわからせるのです。すると彼らは我慢してその言葉を聞き、利益も快楽も生み出さないやり方の罪深さと愚劣さがすぐにわかるのです――」この言葉に伯父は顔色を変えた。そして〝彼自身の背中も痛みを覚えなかったわけではない〟〔『ハムレット』からの引用　ジェリーはマットのうしろめたさがわかっている〕のを意識して一座を見回した。「しかしな、クリンカー(と彼は言った)もしお前が大変な雄弁をふるって庶民どもにあんなでたらめで大げさなものをやめさせられれば、彼らと上流人の会話が、ほとんど同じものになってしまうのではないか」「しかしそうなれば旦那様、ご承知のように彼らの会話の不快さはなくなるでしょう。そして最後の審判の日に人間の間の区別もなくなるでしょう」。

ハンフリーが階下にワインの瓶を取りに行った時、伯父は妹に、このような改革者を家族に迎えたことはうれしいと言った。するとミセス・タビサは、彼は真面目で教養のある人物でとても礼儀正しくたいそう勤勉で、かつ良きキリスト教徒であると信じると断言した。彼に対して偏見と怒りでしっかり身構えていた彼女のような女傑からこのような好意を寄せられるなんて、何か特別な才能がクリンカーには実際にあるに違いないと、人は思うかもしれない。でも実のところ、ソルトの丘の冒険以来、ミセス・タビーは全く人が変わったようなのだ。彼女は癖となっていたし、また健康のためには必要とさえ思えた召し使いを叱りとばす習慣をやめた。またチャウダーにもすっかり無関心になり、この種の犬を流行させせようと言い出したグリスキン夫人に、チャウダーをプレゼントとして贈った。この婦人はサー・ティモシー・グリスキンの寡婦でわが家の遠縁にあたる。彼女は年に五百ポンドの寡婦給与を受けているが、どうにかやりくりしてその三倍額を使っている。結婚前のその評判はちょっといかがわしいものだった。しかし現在では優雅に暮らしていてトランプ用のテーブルもあり、より抜きの友人を招いて私的な夕食会を開いたり、一流の人びとの訪問を受けている——彼女はわれわれ全員にとても親切だし伯父にはきわめて特別な好意で交際を深めようとしている。しかし彼女が彼を優しくなでればなでるほど彼の剛毛はますます逆立つようだ——彼女のおあいそに彼はそっけない返事をする——先日彼女はわれわれに立派なイチゴを一籠送ってくれた。彼はそれを受け取りはしたが不快な様子は隠さず、『アエネイス』〔ウェルギリウスの叙事詩〕を引用して〝ギリシャ人は贈り物をしてくれても怖い〟とつぶやいたものだ。彼女はある日、午前中に二度、馬車で外出しようとしてリディアを誘ったことがあった。しかしミセス・タビーはいつも、かなり用心深く（きっと伯父の指図なのだ）叔母の同伴なしでは姪を出さなかった——ぼくはこれについてこの旧式な人物を打診しようとした。しかし彼は注意深くいかなる説明もしようとしない。

親愛なるフィリップスよ。ぼくは手紙の便箋一枚をすっかり埋めてしまった。もし最後まで読んでくれたら、ぼくとおなじようにきっとうんざりしたことでしょう。

敬具

六月二日　ロンドン

J・メルフォード

ルイス医師へ

先生、私は大英博物館を見学しました。見事なコレクションですが、それと同時に自分の財産もつくらねばならなかった医師である一個人〔サー・ハンス・スローン（一六六〇―一七五三）彼が収集した品物と書物が大英博物館の基盤になった〕によってそれがなされたものであることを考えると、まことに驚嘆すべきものですらあります。しかしそのコレクションは膨大なものではありますが、それがもし幾つもの部屋に無駄なスペースをつくって分けて保管されるより、大きな一つの広間に陳列されるなら、さらに驚くべきものになったことでしょう――公費によって足りないものをそれぞれに加えて、メダルなどが組み分けされ、また動物、植物、鉱物のすべてが完備されることを切望しています。図書館については、そのコレクションにまだ入っていない定評ある書物をすべて購入して不足しているものを補えば、これまた大きな改善となるでしょう――それらの書物を出版の日付で世紀ごとに分類したり、書籍や原稿のカタログをつくって印刷すれば、これらの原典を参考にしたり、またはそれから資料をまとめて編集したいと思う人たちの手引きとして役立つでしょう。国家の名誉のために数学や機械学や実験哲学などの課程のための完全な設備が備えられ、さらにこれらの学科について正規の講義をしてくれる有能な教授に十分な給料が取り決められたらと望んでいます。

でもこれは決して実行される見込みがない空論です――時流を考慮すると大衆のために何らかの施設が設けられることは奇跡的なことです。派閥争いは高揚して未曽有の狂熱状態にまで達しています。むしろ堕落して誠実さと率直さの消滅にまで達したと言った方がいいでしょう――ご承知のように私は、かなり前からたいていの新聞は最も冷酷で不実な中傷の恥ずべき道具になってしまったと申してきました。恨みを持つならず者は誰でも――絶望的な扇動者は誰でも、半クラウンまたは三シリングを出資さえできれば、おしゃべり屋たちの背後でそそのかして、まったく詮索されることなく、また処罰を受けるおそれなしに、王国第一等の人物を中傷できるのです。

私は、ジェリーのオックスフォードでの知人のバートン君という人と知り合いました。人物はまあまあですが、その抱く政治の見方はまともなものではありません。その偏見はしかし、下品ではないし口汚くののしったりしないので、それだけ人を不快にさせません。下院議員だし宮廷に仕える廷臣でもあります。そして彼の会話はすべて、自らの保護者でもある閣僚たちの美徳や長所についてです。先日彼がその高官の一人をとても良く言っていた時に、彼にその貴族について日刊新聞の全然違うように書かれている記事を読んだと言いました。とてもひどく指弾され、もし彼について言われていることの半分でも真実だとすると、彼は上に立って統治するに値しないばかりか生きる値打ちもないこと、それらの非難は新しい素材を加えて何度もくり返されていること、しかも彼は全く自己弁護しないので、彼への攻撃は何か根拠があるのだろうと思い始めたことなどを述べたのです。「じゃあ、うかがいますが（とバートン君は言った）、あなたは彼にどんな手段を取らせたいのですか――もし彼が匿名の非難者を隠している新聞社主を告発して中傷文作成のかどでさらし台に送るとしましょうか。これは見せしめの処罰と見なされるどころか、おそらくその発行者に一もうけさせるでしょう。大衆はただちに彼を、彼らが常に信奉する名誉毀損という大義への殉教者としてその庇護のもとに置くことでしょう——彼らは彼の罰金を支払い、その資金の増加をさせ、そのために彼の店は顧客で賑わい、新聞の売れ行きはそれが掲載するスキャンダルに比例して増加することでしょう。この間、告発者は、一般に苦情の種と見なされている告発という手段を選んだということで、専制者かつ圧制者としてののしられるのです。それにもし、彼がこうむった損害に対する訴訟を起こすなら、彼は損害を証明しなければなりません。この場合、紳士の名誉が侮辱されずにすむかどうか、また彼がどんなことを述べても、自らこうむった損害の詳細を明らかにすることができず、中傷によって吹き飛んでしまわないかどうか、あなたのご判断におまかせします」

「名誉毀損の精神は迫害の下ではびこる異端の精神のたぐいです。〝言論の自由〟とは強い言葉です。そしてプロテスタント教徒という語と同様にしばしば暴動を扇動するさまざまな目的に役立ってきました——ですから大臣は忍耐で自己防衛してかかる攻撃を不平を言わずに耐えねばならないのです——そんな攻撃は他の点でいかなる損害をあたえようと、ある点では確かに政府の利益になります。というのはそれらの名誉毀損の記事は新聞の部数を伸ばして売れ行きがとてもよくなるので、印紙税や広告税は国の歳入への相当な追加分になるのです」。確かに紳士の名誉という問題は、その意見や公正さがどちらもさほど優れているとは思われない人びとから構成される陪審員によって処理されるには極めて微妙な問題です——実際にこのような場合には、被告はその仲間からばかりでなくその派閥からも裁かれるのです。ほんとうにすべての愛国者のなかでも自らをかかる悪口にさらす者こそ、自らの国を愛するもっとも確固たる愛国者だと思うのです——もしも陪審員の無知と不公正のために紳士たる者が、小冊子とか新聞で名誉を傷つけられたことについて何ら法的な救済をしてもらえないとすれば、発行者に対して取るべき方法としては私の知る限り他に一つしかありません。このやり方は少し危険ですが、記憶によれば、少なくとも一回は成功しています――ある騎兵連隊が、新聞によってデッティンゲンで誤った行動を取ったと報じられました。その連隊のある大尉はこの新聞の発行者の骨をたたき折り、しかも、もし彼が法に訴えるなら、軍団のすべての将校からも必ず同様の挨拶を受けるだろうと彼に言ったのです――知事は定期刊行物で名指しして彼を中傷した執筆者の肋骨に同様な報復を加えました――私はそれらと同じ程度のある低劣な男を知っていますが、そいつは鉄面皮だし下品な手段を取ったので、ヴェニスから追放されてグリゾン（おそらく自由の民の意味）郡の町のルガノに引っ込みましたが〔ルガノはグリゾン郡ではないので地理的なミスをしている〕そこで印刷機を見つけ、その地から共和国内の尊敬すべき人物たちに、汚い言葉を吹っかけたのです。しかし彼はそれをどうしてもやめなければならなくなったのです。というのもこれらの人物たちのある人びとは、彼が法律罰の範囲外にあることを知ると、彼に棍棒たたきの刑を加えるために、どんな国でも見かけるある便利な道具を使いました。このやり方は一度ならずくり返されて、彼のとうとうとしたののしりをやめさせることができました。

言論の自由といっても、他のあらゆる特権と同様にある範囲内に限定されねばなりません。もしそれが法律や宗教や慈善などの侵害に使われると、社会に迷惑を及ぼす最大の害悪の一つとなるからです。イングランドでは極悪人が人の名誉を損なっても無罪放免なのに、イタリアでは殺人が日常茶飯事などと言うのはちょっとおかしいのではないでしょうか。こんな風潮のままだと、何の目的で財産が保全されねばならないのでしょうか。人びとはこれに流されると自暴自棄になります。

そして人は、このような弊害に悩まされることなくおのれの名声を保つことができないと絶望すると、世間の評判は完全に無視するようになります。こうして公序良俗の心が失われていくのです。

印紙税に関するバートン君の最後の所見は、わが国の財務官によって昔から採用されてきた別の金科玉条、つまり泥酔や放蕩や散財などを、消費税収入を増やすとの理由で黙認することと並んで、賢明でもあり賞賛すべきことでもありましょう。ただし財務官たちはそれらが一時の便宜を供与することで、国民の道徳や健康や勤勉さを奪いつつあることを全然考えないのですが――私は大臣におもねる連中を軽蔑しますが、衆愚におもねることはそれ以上に軽蔑すべきものと考えます。生まれがよく、教育があり、資産もある人が自らをくずのような奴らと同列して卑しい職人たちと交わり、同じテーブルで食事をし、同じコップで飲酒し、彼らのひがみにへつらい、彼らの美徳を長々とたたえ、彼らのビールのげっぷや、彼らのたばこの煙や、そのひどいなれなれしさや、彼らの生意気な会話に身をさらすのを見ると、そんな連中を、利己的で下卑た目的を達成するためにもっとも下劣な身売りの罪を犯した者として軽蔑してしまうのです。

もし他の話題がより控えめにかつ率直に討議されれば、私は政治など喜んで放棄します。しかし党派という悪魔が人生のすべての側面を強奪してしまったようです。文芸とか趣味の世界ですら、お互いの作品をそしり、非難し、中傷しあうという最も恨みのこもった派閥に分裂しているのです。昨日の午後私は知り合いの紳士を、さきに受けた訪問のお返しに訪ねました。その家で一人の現代の作家に会いました。彼の作品はまあまあ成功しています――彼の二、三の作品を楽しく読めたので、彼と知り合いになるこの機会が楽しみでした。でも彼のことばと態度は作品のすべての好印象を台無しにしたのです。彼はすべての主題を勝手に解釈し、まるでこの新しきピタゴラスの〝独断〟に黙従するのがわれわれの義務であるかのごとく振る舞い、彼の意見が人類一般の意見と違っている理由などは全然示そうとはしないのです。彼はここ一世紀以内に物故した主要な作家たちの持ち味を吟味しました。そしてこの見直しではそれらの作家たちがかち得てきた名声など一顧だにしないのです――ミルトンは粗雑で散文的、ドライデンは退屈で冗長、バトラーとスウィフトにはユーモアがない。コングリーブには機智がない、またポープにはいかなる種類の詩的な価値がない――同時代の作家に至っては、その一人ですらちょっとでも賞賛されるのを見聞するのは我慢できない――彼らはすべて劣等生で学者ぶっていて盗作者でいかさま師で詐欺師なのだ。平板で愚かで気の抜けた作品以外は何一つとして挙げられないと言うのです。この作家は良心にそむいて甘言を弄するようなことはまったくないことは認めねばなりません。というのも了解するかぎり、彼は親しくしている仲間の書いたものすら一行もほめたことはないのですから。つきあってみたいと思う著名な作家たちをけなすこの尊大さとずうずうしさは、知性に対する大きな侮辱なので、私は辟易《へきえき》せざるをえませんでした。

私になみなみならぬ喜びを与えた幾つかの作品を彼がけなす理由を知りたいと思いました。でもその論証は彼の得意ではないように見えたので、私は全く自由に彼とは違う意見を述べました。彼は聴衆にうやうやしく尊敬されてすっかり増長していたので、反論など冷静に耐えられなかったのです。それで論争が白熱しそうになった時、彼の競争相手の詩人が入って来たのでそれは中断されました。この人が現れると彼はいつもその場を離れるのです――彼らは別々のグループに入っていて、ここ二十年間公然と争ってきたのです――一方を独断的とすれば、こちらの天才は雄弁家でした。彼は談話をするのではなくて長話をしました。しかもその雄弁は退屈だし大げさでもあったのです。彼は〝高飛車に〟時代の人物を挙げるのです。そして自分に秘かに取り入るか、または礼賛者として演壇に上がるグラブ街〔ロンドンの三文文士街〕の最下級のつまらぬ人間にさえ気前よく賛辞を施すのをためらわないくせに、当代の他のあらゆる作家をひどい傲慢さと悪意でののしるのです――ある者はアイルランド生まれのとんま野郎だし、次の者はトウィード河岸からやって来た〔スコットランド出身の〕飢えかけた文学の寄生虫であり、第三の者は政府から年金をもらっているからロバだし、第四の者は、自分のようなアリスタルコス〔ギリシャの批評家、ここでは厳しい批評家ということ〕が失敗したある種の作品に成功したので、まさに愚鈍の天使だし、第五の者は彼のある作品をあえて酷評したので、彼の針よりもっとひどく臭う、批評界のナンキンムシだと断じるのです――要するに彼自身とその手下以外は、三つの王国に一人の天才も学者もいないというわけです。こんなグループの縄張り外で作品を書いている人びとの成功については、彼はそれをすべて大衆の鑑賞力の欠如に帰するのです。しかも彼自身の有する名声のすべては、その鑑賞力なき大衆に負っていることは考慮していないのです。

こんな変わり者たちとは会話などできません。もし彼らがその著作活動によって手にした利点を維持したいなら、彼らは紙面以外には姿を見せるべきではないのです――私については一人の人間が頭の中には崇高な観念を持ちながら、心の中には下劣な感情しか抱いていないことにとてもショックを受けています――人間の心は一般に、率直さというものがもっとも欠けているものです

――いかなる精神もねたましさという気持ちをどうしても持ってしまうのだと思うようになりました。ねたましさはおそらく、われわれの性質に必須の本能として植え付けられているのでありましょう。われわれはしばしば競争というもっともらしい名のもとに、この悪徳の言い訳をしているのではないかと思うのです。私はきわめて寛大で、人情深くておだやかで、しかも外見上は自制心のある人物を知っていますが、この人でさえも、その友人が賞賛されるのを聞くと必ず不安の表情を表さずにはいられないのです。あたかもその賞賛が彼の不利になる不快な比較を意味してでもいるかのように。これは悪しきたぐいの嫉妬なのですが、私は自分の良心にかけてかかる嫉妬感情から免れているのです。これが悪徳であるのかそれとも病的なものかはそちらの判断に任せます。

しかしながらこんどははっきり決めてみたい別のこともあります。それはこの世界が現在は私にはそう思われるように、常に軽蔑すべきものであったかどうかということです――人の道徳観がこの三十年間に異常なほどの堕落を防ぐことができなかったとすれば、私は〝気むずかしくて愚痴っぽい過去を賛美する人〟〔ホラティウスの引用〕という老人の泣き所にとりつかれているに違いないのです。それともこの方がもっとありそうですが、今やわが目にきわめて不快にうつる人間の性質の腐敗したところが、昔は青春時代の向こう見ずな追求と逸楽のためにわが目からさえぎられていたのかもしれません。

われわれは王立取引所〔株式取引所でショッピングセンター〕やその他のさまざまな所に行きました。そして至る所で、不機嫌のもとになるもの、嘲笑の的になるものを見出すのです――新しい従僕のハンフリー・クリンカーはとんでもない変人であることがわかりました。またタビーはすっかり人が変わりました――彼女はチャウダーを手放し、芝居のマルヴォリオ〔『十二夜』から〕のようにいつも微笑を絶やしません――彼女がその気質に合わない役を演じているのは首をかけてもいいくらい確かですが、それが何のためであるかはまだわかりません。

人類のいろいろな気質について、私の好奇心は十分に満たされました。人間についての学問はもうたくさんなので、次は珍しい物事を楽しまなくてはなりません。私は現在、精神の猛烈な努力で生来の気質を脱しました。しかしこの力が働かなくなれば、私は倍の速度で本来の孤独に立ち戻ることでしょう。この愚かさとごまかしと悪ずれの大きな貯水池で見聞し感じるすべては、私の情緒の中で田園生活の価値を高めるのに役立つのです。

六月二日　ロンドン

恒心の友　マット・ブランブル

ミセス・メアリー・ジョーンズへ（ブランブル館）

親愛なるメアリー・ジョーンズ

グリスキン奥様の執事のクラムさんがバートン様にお願いして私の手紙の無料配達の署名をしていただいたので、私や他の方々の様子をお知らせします。

私はジョン・トマスのことで書くことができません。それは彼がいきなり怒って行ってしまったからです。彼とチャウダーは仲良くやっていけなかったのです。だから旅行中に喧嘩して、チャウダーが彼の親指にかみつき、彼はひどい目にあわせるぞとののしりました。それで旦那様は怒って彼を解雇したのです。しかし私たちは神の摂理で、アンフリー・クリンカー〔ジェンキンズは無学なので言い間違いが多い。ハンフリー・クリンカーのこと〕という名の別の従僕を雇いました。この世でパンを食べている人の中でもこの上なくいい人です。この人はお尻に何も着けていなかったのですが、叱られた猫がうまいネズミ捕りになり、猟犬が忠犬になるように、立派な人間に変わりました。だってどんなに威張っている人でも、病気や不運にあってはあくせくと働かなければならないのです。

おおモリー、ロンドンのことをどう言えばいいのでしょう。私が生まれて以来見てきたあらゆる町は、この驚異の都会に比べたらウェールズの埋葬塚かストーン・サークルみたいなものです。バースでさえも村にすぎません。まったく——人はここの街路はきりがなくて地の果てまで続いていると思うことでしょう。大変な数の人がせかせかと動いています。何というやかましい馬車、何という騒音、何という叫び声、珍しい見どころの多いこと、まあどうしましょう。私の哀れなウェールズ人の頭はここに着いてから独楽《こま》のように回り続けています。それにセント・ジェームズ公園もセント・ジェームズ宮殿も王様と王妃様の威厳のある行列も、かわいらしい王子様たち、象もシマウマもその他の王室の方々も見ました。

先週私は奥様と一緒に王冠や動物を見るためにロンドン塔に行きました。四分の一ヤードの半分ものとんでもなく口が大きい恐ろしいライオンがいました。ある紳士が、もし私が生娘でないならライオンに近づいてはいけないと言ったのです。吠えたり、引き裂いたり、どんなひどいことをするのかわからないと言うのです――こんな危険な動物にはとても我慢ができないので、近づくつもりはちっともありませんでした。私が生娘でないというのではないのよ――でも奥様は近づこうとしました。するとその動物はひどく吠えたりあばれたりしたので、それが檻《おり》を破って私たちすべてを食べてしまうのではないかと思ったのです。すると紳士は失礼にもくすくすと笑いました。でも私は固く信じていますが奥様は胎内の赤ん坊みたいに正真正銘の処女です。だから紳士が他愛ない嘘をついたか、そうでなければライオンは隣人に不利な偽りの証言をしたかどで、さらし台でさらしものにすべきです。だって十戒にもありますね〝汝隣人に不利なる嘘の証言をするなかれ〟って。

私はその後でサドラーズ・ウェルズ〔ロンドン北部イズリントンの保養地、娯楽地〕の劇場に行き、ロープやワイヤーロープに乗ってやる軽業とか踊りを見てびっくりして気を失いかけました。これはまったく魔法だと思いました。そして私自身も魔法にかけられていると信じて泣きだしました――ウェールズの魔女がほうきの柄にまたがって飛ぶのはあなたも知っているとおりよ。でもここではほうきの柄にもその他まったく乗らないで飛ぶのです。そして空中にピストルを発射したり、ラッパを吹いたり、ブランコに乗ったり、(びっくりしたことには)縫い糸と同じくらい細いワイヤーロープの上で手押し車を転がしたりするのです。あの人たちきっと悪魔と関係があるのに違いありません――髪をお下げにして、金色の剣を腰にした立派な紳士が私を慰めにやってきて、ワインを一杯おごると言ったのです。でも私はそこにいたくなかったので、暗い通路を抜けていく途中、彼は割れたひづめを見せて〔悪魔の正体を現して〕乱暴にふるまおうとしました。仲間のアンフリー・クリンカーがおとなしくするように彼に命じました。すると彼はその若者のあごに一撃を加えました。でも実のところクリンカーさんは借りを返すのに手間取りませんでした――その男の金色のチーズの棒〔剣のこと〕などものともせずに、丈夫な樫《かし》の若枝でその男のダブレット〔男性のぴったりした上衣〕の塵を払い、私を腕にかかえて家に連れていってくれました。私はすっかりあわてていたので、どんなふうに連れ帰られたのかわかりません――でもありがたいことに今、私はあんな虚栄からすっかり離れることができました。だってあんな珍奇なものや酔狂ごとなど、これから先に啓示される栄光に比べたら何の価値があるのでしょう。おおモリー、あなたの哀れな胸を虚栄で満たさないでください。

あなたに知らせるのをあやうく忘れるところでした、私はフランス人の美容師さんに、流行に合わせて、髪の毛を切り、髪粉を振りかけ、こてをあて、ふくらまし、縮らせてもらいました――〝フランス語を話せますか〟――〝はいお嬢様〟――今私はどんなウェールズの貴婦人よりも髪を高くしています。昨夜集まりから帰る途中、ランプの灯りで、有名な鳥屋さんのとても美人のお嬢さんと間違われました――でも前にも言ったようにこんなことはすべて虚栄で心の病です――ロンドンの快楽は新しいエルサレムの喜びに比べたら、酸っぱいホエーか気の抜けたりんご酒にしかすぎません。

親愛なるメアリー・ジョーンズ、できれば私は帰る時に、あなたに新しい帽子と鼈甲の櫛と、教会堂で話されたありがたいお説教とを持って行ってあげます。でもどうかあなたの書き方とスペルに気をつけてくださいね。だって、ごめんなさいモリー、作男がバースに持ってきたこの前のあなたの走り書きは判読するのに汗をかいたの――ねえあなた、あなた、もしあなたが私たちの読めない手書きの本を判読できたり、手引書など見なくても外来語をつづれたりすれば、私たち学のある者がどんなにうれしいものか、少しでもわかってくれればねえ。クリンカーさんのことといえば、あの人は教区の牧師にもなれる力もあります――でもここではこれ以上は書きません――ソールによろしく――かわいそうな人。あの人がまだ自分の名前の字を知らないのには胸が痛みます――でもすべて神さまのご都合です――むずかしいことですね。でも私はショウガ入りのクッキーでできたABCをあの人に持っていきます。これならあの人の好みの勉強になるでしょう。

奥様は私たちが北国に長旅に出るのだと言っています。でもどこに行こうと、私は親愛なるメアリー・ジョーンズ、あなたの愛情あふれる友です。

ウィン・ジェンキンズ

六月三日　ロンドン

サー・ワトキン・フィリップスへ（オックスフォード大学ジーザス・カレッジ）

親愛なるワット

この前の手紙で、伯父が公爵の接見に参列するつもりでいることをお知らせしたのですが、この計画はしかるべく果たされました。公爵様はこの種の臣従礼にかなり長い間慣れているのですが、彼が今持っている権力は、彼が以前の地位で行使できた十分の一しかないので、彼の友人たちに彼の勢力（現実にはもはやない）のなごりをせいぜい保つくらいしかできないと説き聞かせている。それでも彼は今なお公の日取りを設け、この日に友人たちは接見に出席するのだ。

伯父とぼくはバートン氏を連れて公爵邸に行った。バートン氏は公爵の側近の一人なので、ぼくらを紹介してくれた――部屋は様々な服装の人びとでほぼ埋まっていた。閣下は大臣在職中に、現在上院で主教の椅子を占めている人びとの多くを推薦したと聞いていたが、この日に参列した聖職者はたった一人だった。まあしかし、きっと聖職者の感謝の念というものは、彼らの慈善行為と同様にあまりおおっぴらにされたくないのだろう――バートン氏はすぐに一人の人物に声をかけられたが、その人はかなり年配で、背が高くて骨張っていて、鉤鼻で、どう見ても明敏だがずるくて意地悪そうな横目が眼についた。われわれの案内人は彼をC大尉と呼んで挨拶をした。後で彼は、この男は鋭い才知があり、政府が時々諜報活動のために雇ったことがあると教えてくれた――しかしぼくは別の筋からこの男の経歴をもっと詳しく聞いていたのだ――彼はかなり前にフランスで商人として詐欺まがいなことをやっていた。そしてその詐欺の幾つかが有罪とされてガレー船送りになったが、故オーモンド公爵の力で救われた。これは公爵に手紙を出して公と同名の親戚として自己推薦をしたからだ――結局彼はわが政府によってスパイとして雇われた。一七四〇年の戦争〔オーストリア継承戦争のこと〕の時、フランスとスペインの全土を、カプチン会士に変装して命がけで横断した。それより先にマドリードの裁判所が実際に彼に気付き、サンセバスティアン〔北スペインの港でフランスとの国境に近い〕で彼を逮捕するように命令を出したが、彼は運良くその命令が到達する数時間前に逃げていた。それやこれやの間一髪の逃亡を、彼はイギリス政府に功績としてうまく売り込んだので、政府は彼に相当額の年金を支給することになった。彼は老境に至った今、そのありがたみを感じている――彼はいまだにすべての大臣に接触し、非凡な知恵と大きな経験を有する人物として、多くのことで彼らから相談されていると言われている――彼は実際、相当な才知のある男で無類の自信家でもある。しかもその議論において彼は現在政府の重要ポストで働いている浅薄な政治家たちを説得できるというかなりの自信家でもある。しかしもしその本性を探ると、これは彼がやっている唯一の詐欺まがいなことではない――人の噂では彼はその心底ではローマ・カトリック教徒であるばかりか、実際には司祭なのだ。そして彼はヴェルサイユの内閣を動かしているすべての機構をわが国の政治指導者につつ抜けにしているように見せかけている一方で、実際にはフランス公使のために情報を収集しているとのことだ――それはともかくC大尉はぼくらとの会話に親しげに加わり、公爵の人柄を何の遠慮もなく批判した――「この賢者ぶった先生は（と彼は言った）まだベッドに休んでいる。わしは思うんだが、彼がなしうる一番いいことはクリスマスまで眠ることとさ。というのは彼が起きたら、その愚かさをさらけだすだけなのだから――グランヴィルが辞任してからこの国にはそのかつらを髪粉で白くまぶして似合う大臣はいないね――連中ときたら無知で野生のリンゴとカリフラワーの区別さえできない。しかも大馬鹿者で一番易しい命題でも理解できないんだ――戦争の初期にこの哀れなうすのろ先生はわしに、おっかなびっくり、三万人のフランス人がアカディアからブレトン岬〔ともにカナダにある〕に進撃したと言ったものだ――『彼らはどこで輸送船を見つけたのでしょうか（とわしは言った）』『輸送船だって（と彼は叫んだ）やつらは陸地を進んだのだよ――』『陸地を進んでブレトン岬という島にですか』『何、ブレトン岬は島か』『そうですとも』『ほお、それは確かか』わしが地図で指し示すと彼は眼鏡をかけて熱心に調べた。そしてわしを両腕に抱いて『やあC君（と彼は叫んだ）君はいつでもわしらに良い知らせを持って来てくれるね、これはこれは。わしはすぐに行って国王にブレトン岬が島であることを申しあげよう――』」

彼は閣下をダシにして、もっとこんな類の脱線話でぼくらをもてなすつもりだったが、この時彼はアルジェリアの大使の到着でやめなければならなかった。これは長いあごひげのある堂々としたトルコ人で、つきそいの通訳と、素足の一人の家令を従えていた――C大尉は直ちに威厳のある態度で給仕の召し使いに、公爵のところに行って、客が大勢来ており、わけてもアルジェリアの大使がいるから起きるように言うように命じた――それからぼくに向かって「このかわいそうなトルコ人は（と彼は言った）ひげが白くなっているが新米でな――ロンドンには数年間住んでいてもまだわが国に政変があったことを知らないんだ。この訪問はイギリスの総理大臣を訪ねて来ているつもりなんだよ。しかし賢明な公爵はこの訪問を彼個人への敬慕と考えていることがそのうちにわかるさ――」。なるほど公爵は訪問の儀礼をまじめに受けているように見えた――扉が開いて突然彼が飛び出してきた。あごの下には顔そり用の布を垂らして顔は目元まで石鹸の泡だらけだった――彼は大使に駆け寄ってそんなおかしな顔でにっこりと笑った――「これはこれはマホメットさん（と彼は言った）その長いあごひげを神様がご覧になられることを。次のご昇進の際にはアルジェリアの太守がそのひげで軍旗をつくってくださるでしょう〔トルコでは実際に馬のしっぽを軍旗に使った〕ハハハ――ちょっとお待ちください、じきにお迎えにいかせます――」そう言いながら彼は自分の私室に引っ込んだのでそのトルコ人をちょっとあわてさせた。しかししばらくしてからトルコ人は通訳に何か話しかけた。彼はしゃべりながら目を丸くして心底驚いた様子だったので、ぼくは彼の言葉の意味をぜひ知りたいと思った――おしゃべりなC大尉のおかげでその好奇心を満足させることができた。イブラーヒーム大使は閣下をお供の道化と間違えたのだが、通訳によって真相がわかると、こんな意味のことを叫んだそうだ――「驚いたなあ、この国が繁栄するのも無理はないな、イスラム教徒が皆直接的な霊感があるとして尊敬している間抜けどもの寄り集まりの相談で統治されているのがわかればね」。イブラーヒームは短時間の特別な接見を許され、それが終わると公爵は彼を出口まで連れていった。やがて彼は戻ってきて機嫌のいい表情を崇拝者たちに振り向けた。

バートン氏はぼくを公爵閣下にひきあわせるべく進んだ時、ぼくの名前が告げられないうちに、ぼくは幸運にも閣下の眼にとまった――公爵はすぐにこちらまで歩み出てぼくを出迎え、手を取り「やあサー・フランシス（と彼は叫んだ）これはよく来てくれたね――とてもうれしいよ――しがない大臣によくもわざわざ――うん――閣下はいつ船出なさるの――どうか体に気をつけて、旅行中はすもも煮を召し上がって――どうか閣下、あなたの大切な健康の次には『五つの民族』に注意してください――わが良き友『五つの民族』にな〔アメリカインディアンの五部族のこと〕――それはトリロリ、マッコルマック、奥地民族、クリケット、それにキックショーじゃ〔実際はセネカ、モホーク、カユーガ、オネイダ、オノンダガだがここではN公が間違えて言ったことになっている〕――連中にたっぷり毛布や悪酒や貝殻玉〔北米インディアンが貨幣に使ったもの〕をやるんですな。そうすれば閣下はやかんを磨いたり、鎖を煮たり、木を埋めたり、手斧を立てることができます――ハハハ」彼がいつもの性急さででたらめを言ったので、バートン氏は彼に、ぼくはサー・フランシスでもセント・フランシスでもなく、ただブランブル氏の甥に過ぎないと説明した。ブランブル氏はこの説明に応じて前に出ておじぎをした。「おお、サー・フランシスじゃなかった――（とこの賢明な政治家は言った）メルフォード君、お会いできてうれしい――わしは君のドックを改修するために技師を送りました――ブランブルさん――こんにちはブランブルさん――ご機嫌いかが、ブランブルさん。甥ごさんは立派な青年ですな――まことにもって実際に立派な人物じゃ――彼の父はわしの旧友でしてな――彼はどうしておいでかな。まだあの厄介な病気で困っておいでかな、ええ」「いいえ閣下（と伯父は答えた）、彼の難儀はすべて終わりました――亡くなって十五年になります」「亡くなった、どうして――ほんとうだ、思い出したよ。確かに亡くなったね――うん、で、どうして――このお若い紳士はハヴァフォード・ウェスト区から立たれるのかな。それとも――えー――あなたはどう――親愛なるミルフォード・ヘイヴン君、わしの力でできることなら何でもやるよ――いくらかはお力になれるかも――」伯父はここで、ぼくは未成年だし、ぼくらは今のところは、彼のいかなる配慮もわずらわすつもりのないことを説明した――「私が甥とともに参りましたのは（と彼は付け加えた）閣下に私どもの敬意を表するためでございます。そしてあえて言いますと甥も私も、この席のどの方とも同じく何ら私心を抱くものではありません」「親愛なるブランブルベリーさん、あなたはわしをこの上なく重んじてくださる――わしはいつでもあなたとあなたの有望な甥御さんのミルフォード・ヘイヴン君に喜んでお会いしましょう――わしの声価を、といってもこんなものだが、どうかご利用ください――あなたのようなお気持ちの友人をもっと持ちたいと思いますよ――」

それからC大尉に向かって「おやC君（と彼は言った）どんな知らせがあるのかね、C君、世界はどう動いているのかい、ええ」「世界はこれまでと同じようにに動いております閣下（と大尉は答えた）、ロンドンとウェストミンスターの政治家どもはまたもや閣下の悪口をたたいています。閣下の長続きしなかった人気は羽毛のように揺れていますが、反政府中傷の次の一吹きがそれも吹き飛ばしてしまうでしょう――」「くだらぬ奴らめ（と公爵は叫んだ）――トーリー党、ジェームズ二世派、反乱者、やつらの半数は当然の報いとしてタイバーン〔ロンドンの死刑場〕送りになるのだろうて」――こう言いながら彼はぐるりと見回した。そして接見室を歩き回って誰かれなしにきわめて礼儀正しく親しげに話しかけた。しかし口を開けば必ずといっていいほど、話し相手やその仕事に関して何らかの間違いをした。だから彼は本当に、大臣の役柄を茶化すために雇われた喜劇役者のように見えた――ついに非常に立派な風采の一人の人物がやって来ると、閣下は走り寄って彼を両腕に抱きしめ「わしの親しいCh―S〔チャールズ〕」と彼の名を叫びすぐに奥の間に連れ去った。奥の間はつまり、この政治の殿堂なのだ。「あれは（とC大尉は言った）ぼくの友達のC―T―〔チャールズ・タウンゼント　ピント内閣の蔵相〕なんだ。現内閣とかかわりのあるただ一人の有能な男なんだ――実際に内閣がある特別な理由で、彼の才能を利用することが絶対に必要だと思わなかったなら、彼は内閣とは全然何のかかわりも持たなかっただろうに――国家の通常の仕事についていうなら、それはさまざまな官庁の職員によって慣例に従って遂行されているさ。さもなければ行政の車輪は、大臣たちが突然次々に更迭させられて、しかもその誰もが前任者より無知なので、完全に止まってしまうだろう――もし大蔵省の職員や陸軍省とか海軍省の書記たちが、多額の恩給取り〔ウィリアム・ピットのこと〕を模倣してその地位をほうりだそうとしたら、われわれはさぞ立派なあばらやに住むことになるだろう、とぼくは思っているのさ――しかし話をC―T―に戻そう。彼は確かに、すべての閣僚や反対党の連中が束になってもかなわない多くのことを知っている。しかもさまざまな問題について天使のように話せるのだ――彼にして性格にねばりと安定感がありさえすれば、実際偉大な人物なのだが――それに勇気がないことも認めなくてはならない。そうでなければ決してあの政治ごろ〔ウィリアム・ピットのことか〕に脅されて甘んじてはいないだろう。だって彼はそいつの知恵なんか当然のことながら軽蔑しきっているんだから。ぼくは彼がまるで学校の生徒が先生を恐れるように、あの横暴で尊大なやつを恐れるのを見てきた。しかもこの尊大なやつはぼくの抜け目のない推測によれば、心底は臆病なんだ――この欠点に加えてCはもう一つの欠点があり、それを彼は隠そうともしない――彼の主張には信用がおけないし、彼の約束は信頼できないというわけだ――しかしながら彼にも取り柄はあり、それは彼がとても親切なことだ。また強くせがまれると味方にもなってくれる——信念など問題外なのだ——一言で言えば彼は才人であり、雄弁家でもあり、きわめて愉快な人物で、しばしば彼の仕えている大臣たちにさえ迷惑をかけるようなやり方で自分を目立たせる——これはひどい厚顔のしるしで、そのために大臣たちをすべて敵にしてしまった。みんなうわべはいい顔を見せてはいるがね。そして遅かれ早かれ彼は自分の意見を他人に話さなければよかったと思うようになるのだ——ぼくは何度もこのことで彼の注意をうながした。しかしまったく砂漠に説教するようなものだった——彼は空威張りのあまり分別を失っているんだ」。ぼくは大尉自身がいっそう同じような傾向があると思わざるをえなかった——彼の賞賛の演説は原則とか真実味は別として、ぼくにかつてスプリング・ガーデン〔この名前の庭園が数多くあった。そのどこでも果物売りが見られた〕で耳にした二人のリンゴ売りの女たちの口論を思い出させた——二人のがみがみ女のうちの一人が何か相手の人格を傷つけるようなことを口にすると、相手は腰に手を当ててこう答えた——「大きな声を張りあげるがいいや、このあばずれめ——あたしゃね、お前の悪口なぞ、へとも思わないのさ——あたしゃ淫売で泥棒女なんだよ、まだお前は言うことがあるのかい——ちくしょう、何をまだ言うのさ。世間様がご存じのことは別にして、あたしの白目を黒だと言ってみたらどうだい——」。われわれはT氏が出てくるのを待っていなかった。そしてC大尉が順番を待っている変わり者たちみんなの特徴を説明するのを聞いた後で、散会してコーヒーハウスに行き、バター付きのマフィンとお茶を朝食に食べたが、この大尉はずっとぼくたちにつきあっていた——いやそれどころか伯父は彼が紹介する脱線話をすっかり面白がって、彼を正餐に招き見事なカレイをごちそうし、彼はまたそれをたらふく平らげたものだ——その晩ぼくは居酒屋で友人たちと過ごしたが、ある友人がぼくにCの性格を教えてくれた。ブランブル氏はそれを理解するとすぐに、彼がCとできた友情についてある心配があったと発言して、見かけなどかまわずにそのつきあいをやめようと決心した。

ぼくらは芸術、技術、商業などの奨励会のメンバーで熱心さと賢明さで運営されている会の審議にこれまでは少し参加してきた——伯父はこの組織が、民主的な形態を失って陰謀とか腐敗に陥るようなことがなければ、きっと民衆への大きな利益を生み出すことができると思ってとても気に入っているのだ——君はすでに彼が大衆の影響力なるものを嫌悪していることがわかっているが、彼の主張によると、大衆とは優れたものとは相容れず、秩序を破壊しようとしているものなのだ——まったく彼の衆愚への憎悪はバースの娯楽室で失神して以来、ますます恐怖によってひどくなっている。そしてその心配のあまり彼はヘイマーケットの小劇場とかその他の娯楽場には行こうとしないのだ。しかしぼくはそれらの場所にご婦人たちに付き添って行ってきた。

首都の一番優雅な娯楽さえ、低俗な連中と一緒でなければ楽しむこともできないということは、それを思うだけでも古い保守的な人々の気持ちを損なうことだ。というのも連中は現在ではセント・ジェームズ宮殿の舞踏音楽会からロザハイズの舞踏会〔おもに船員たちが行く〕に至るまで出しゃばるのだから。

ぼくは最近、ちびちびと飲んでいた酒のために死んだと思われていたぼくらの旧知のディック・アイヴィに会った。死ぬどころか、政府攻撃のパンフレットを出版してかなり好評だったので、最近フリート街の監獄から出てきた。〔本が売れ借金を払えて釈放されたのである〕この作品の売れ行きがいいので、彼は小ぎれいなリンネルの服などを着込んで、今度は自分の詩集の予約を勧誘して回っている。もっともその半ズボンはまだとても最上等のものとはいえないがね。

ディックは確かに勇敢さと忍耐心では少しは賞賛に値するといっていいだろう――いかなる失望もいかなる悪評も彼を絶望に追い込むことはできない――詩の方面でいくらかやってみたがうまくいかなかったので、ブランデー商人になったのだが、ぼくは思うに、手持ちの酒はそっくり彼の腹におさまったようだ。それからペティフランス街で地下食堂をやっているミルク売りの女とつるんでしまった。それでも彼は落ち着きどころを確保することができなかった。というのも近衛兵第二連隊の伍長によって、地下の部屋から追い出されて溝に放り込まれてしまったからだ――彼はこの後でブラックフライアーズ地区の桂冠詩人になったが、そこからフリート街の監獄に移るのは当然の成り行きだった。〔ブラックフライアーズ地区とフリート街の監獄が近接しているのと、ディッキーが投獄されたことをかけている〕――かつて彼は賞賛で失敗したので今度は風刺にくらがえし、実際、毒舌にかけてはいくらか才能があるようだ。もし彼が議会の会期まで持ちこたえ、また政府攻撃の準備をするならば、ディックはどう見てもさらし台に登るか、さもなければ功績で年金を与えられるし、そのどちらでも彼の財産が増えることになるだろう――さて彼は現代の立派な作家たちの間で相当評価されている。ぼくが彼の作品を予約したものだから、先日の夜に彼はぼくをかの天才たちの仲間に紹介してくれた。でもその時に彼らはひどく堅苦しくて打ち解けなかった――彼らはお互いに恐れて嫉妬しあい、まるで蒸気の微粒子のように、それぞれが電気を帯びた空気に包まれて反発しあっていた。ディックは慎重というより陽気な性格なので何度もみんなの会話を盛り上げようとした。機知を弄したりしゃれを飛ばしたりとんち問答をかけてみたり、ついには無韻詩と押韻詩とのつまらない比較で議論を始めたものだ。すると教授連は大騒ぎになった。しかしその問題を放り出して彼らは古代詩についての退屈な大論文をぶち始めた。そして元学校教師の一人はデスパウテリウスとルディマンから拾い集めた詩形論の全知識を披露した。とうとうぼくは今問題になっている主題が古代詩人の慣例で説明できるとは思えない。なぜなら古代詩人は無韻とか韻律などをその作品に使っていない。また現代の詩が音節で数えられるのに対して古代の詩は詩脚で数えられるからであると言ってやった――この発言が学者先生を不快にしたようで、彼はすぐに自分の主張に雲のごとき大量のギリシャ語、ラテン語を引用した。そして誰もその雲を晴らそうとはしなかった――気の抜けた意見とか論評がぶつぶつと続くだけだった。そして全体としてぼくは、これまでにあんなにつまらない晩を過ごしたことはなかったというわけだ――それでも彼らの中には学識と知力と独創性がある人がいるのは疑いようもなかった。彼らは互いに胸襟を開くことを恐れているので、めいめい台尻や砥石を持参して一座に興を添えなくてはならないのだろう――伯父は一度に一人以上の賢者には決して会わないと言っている――つまり賢者は一人ならばスープに入れるハムの切れ端みたいに料理に風味と香りを添えるが、二人以上だとポタージュをまずくするだけだ――さてぼくは君に全然風味がない、途方もないごたまぜの食物を与えてしまったかもしれません。どうかお許しください。

敬具

六月五日　ロンドン

あなたの友にして下僕のJ・メルフォード

第一巻の終わり

第二巻

ルイス医師へ

親愛なるルイス

先生の書いてこられた猿と豚の寓話は、イタリア人の言葉を借りると、私の状況について〝うまく言い当てている〟というべきでありましょう。しかしその寓話を私はかかりつけの薬剤師にそのまま伝えることはしないつもりです。この男は誇り高いスコットランド人で、とても感じやすくて、はっきりとはしませんが、ひそかに学位を有しているかもしれません――本物のスコットランド人というのはいつもその弓に二本の弦を張っています。そして「どちらの場合にも備えて」いるのです――なるほど私の下痢はまだ収まっていません。しかしその下痢でそれよりも悪いもの、おそらくは痛風やリューマチなどのしつこい発作を免れたと信じています。というのも食欲はなくなり腸は何だかぐうぐうと鳴ってどうも不吉な知らせのような気がしていたのです――いやまだこうした症状が少しは残っているので、この伝染病の中心地から離れるように警告しているのです。

私のような体質や気質の人間が、憎しみと嫌悪の新たな対象がすみずみにまで充満しているような場所に住みつきたいという誘惑をはたして感じるものでしょうか。田園の隠棲より都会の猥雑《わいざつ》な享楽を好む連中は、いったいどんな趣味や感覚を持っているのでしょうか。私が知るところでは、たいていの人はもともと虚栄心とか野心または子どもじみた好奇心などに支配されやすいのですが、そんなものは〝人びとの群がる盛り場〟〔『ロメオとジュリエット』からの引用〕の中でしか満たされることはありません。しかしこうして満足すると人間の感覚器官そのものがゆがめられて、彼らは本来純正かつ優れたものへの愛着をまったく感じなくなってしまうのです。

この胸の中にある都会の憂愁と田園のなぐさめとの違いについて述べてみましょう。ブランブル館ではその屋内に自由に肘を動かせる余地があり、清らかでのびやかで体にいい空気を呼吸します――決して不快な騒音に妨げられず、朝に窓辺で美しくさえずるイワツバメ以外にはこれを目覚めさせない、心地いい睡眠を楽しみます――岩間からほとばしり出る純粋、透明で無垢な清水や、手作りのモルトから自家醸造した泡立つ飲み物を飲みます。さらにわが果樹園から作られるリンゴ酒や、自家用として誠実で信頼できる取引先から直輸入した最上のクラレットをたしなみます。パンはわが農園の小麦から作られ、わが粉ひき所でひかれ、わが家のかまどで焼かれる美味で滋養豊富なものです。食卓の料理の大部分はわが所有地からのものです。香りのいい山の牧草で育つので、その香りと肉汁は鹿肉にも劣らない五歳の羊、母牛の乳のみで肥え皿を肉汁で満たす美味な狩猟の獲物、川から身をおどらせるサケとマス、原産地から送られてくるカキ、さらに捕った後四時間で食べられるニシン、その他の海の魚――わが農園が大量に完全な形で供給するサラダ菜、根菜類およびび煮込み用の野菜。適度に耕作してつくられる自然土壌の産物。同じ土壌がイングランド特産とでもいうべきさまざまな果物を供給してくれ、そのためわがデザートは毎日木からもぎたてのものが付きます。搾乳場は甘美なミルクとクリームの流れがあふれ、それらから上等のバター、カード、チーズが豊富に得られるのです。そのかすはハムとベーコンとになる豚を肥らせます――私は遅くならないうちに就寝し、太陽とともに起床します――私は退屈も後悔もすることなく、時間をうまく過ごし、天候が戸外に出るのを許さない時は屋内の楽しみにもこと欠きません――読書をしたりビリヤードやバックギャモンをやります――屋外では農場を監督し、改良案を実行しその成果に言うに言われない喜びを味わいます――また小作人が私の保護のもとで成功し、貧しい者が私のあたえる仕事で快適に生活するのを見るのもそれに劣らない喜びです。ご承知のように私には胸襟を開ける賢明な友人が何人かいます。これは込み合った都会の生活では求めても得られなかった至福であります。また資質は劣ってもその誠実さゆえに私が重んじている友人も他に数人います。この連中との会話はそれほど面白いものではありませんが不輸快ではありません。最後に私に頼っている正直で信頼できる人びとの中で私は生きています。この人たちは私という人間に私心のない愛着を抱いているものと秘かに信じています――親愛なるルイス先生、あなた自身でこれらの主張の真実さを保証してくださるでしょう。

さてロンドンとの相違点を取り上げてみます――私は猫を振り回すこともできないむさくるしい貸間に閉じ込められて、しかも果てることなき腐敗の発散物を呼吸しています。そしてもしこれを濃い石炭酸で中和しないと疫病が必ず発生します。もっともこの石炭酸そのものが繊細な組織の肺には有害で厄介なものですが、しかしこの自慢の消毒液すら、ロンドンの住民を田園の血色のいい若者からはっきりと区別するあの生気のない青白い顔色を救うことはできないのです——私は一日の遊興に疲れ切って深夜過ぎに就寝します——時を告げるためにすべての街路を通ってどの家にもどなりかける夜警のひどい騒音で、私は一時間ごとに睡眠を妨害されます。これはまったく無用のやからで、住民の安眠を妨げる以外何の役にもたっていません。また私は田舎から出てくる荷車のもっとひどい目覚ましの音や、窓の下でエンドウ豆を呼び売りするうるさい百姓のために五時まではベッドから起き出してしまうのです。もし水を飲もうとすれば、ひどく汚染されているおおいのない水道管の臭い中身を飲み込むか、ロンドンとウェストミンスターのあらゆる汚物だらけのテムズ川の水を飲まなければなりません——人糞などは内容物の中でも一番程度がいいものです。その中には何しろ機械や工業品に使われるありとあらゆる薬品、鉱物、また毒物も混じっていて、それが獣とか人間の腐敗する死体で濃厚になりさらにロンドン中の洗濯桶、下水溝、公共の下水の汚水も混じっているありさまですから。

これがロンドンの人びとによって天下一の良水と賞賛されている上等な飲料なのです——ワインとして売られる酒類についてはリンゴ酒、穀物酒、それにリンボクの樹液を混ぜた粗悪でまずい、かつ有毒な不純物です。ある荷車引きがワインの樽をこわしたかどで訴訟を起こされましたが、その時、樽つくりの証言から百ガロン以上ある大樽一つで、本物のワインは五ガロンもないこと、しかもその本物さえオポルト〔ポルトガルの港でポートワイン産業が盛ん〕の商人によって醸造された混ぜ物であることが判明したのです。私がロンドンで食べるパンは白亜やミョウバンや骨灰などを混ぜ合わせた有害な練り物であり、まずくて体にはとても有害です。善良な人びとはこんな不純物の混入を知らないわけではありません。しかし彼らはそれが粗びきの小麦よりも白いので本物のパンよりも好むのです。こうして彼らはその味覚と健康、さらにいたいけな自分の子どもたちの命を、馬鹿馬鹿しいことに、ひどい判断力と自己満足の犠牲にしているのです。しかも粉屋やパン焼きはその職業で生活するためにやむをえず、人びととその家族に毒物を食べさせることになるのです。同じ醜悪な堕落は子牛の肉の場合にも見られます。これは繰り返し行う放血とかその他の邪悪な手段によって漂泊されてついにはその体に一滴の体液もなくなってしまい、哀れな動物は死ぬ前に麻痺してしまっているのです。味も栄養も風味もすっかり落ちて、これを食べることはキッドスキンの手袋かリヴォルノ産の経木でつくった帽子を刻んで煮込んだ白いフリカッセを食べるのと同じです。

　人々はパンや獣肉や鶏肉やカツレツやラグー〔シチューの一種〕やフリカッセ、各種のソースから自然な色合いをなくしたばかりでなく、彼らは煮込み用の野菜の色つやを改良したと主張しますが、これは生命を危険にさらすものです。またおろかにも、色付けのために半ペンスの銅貨を入れて野菜を煮ているといってもまさかと思われるかもしれませんが、これはまったくの事実です——実際にこうして色を良くしないとその野菜は独特の価値がないのです。人工の土壌で栽培されるので味はそれが生え育つ肥しの山の味にしかすぎません。田舎のわが農園で取れるキャベツやカリフラワー、アスパラガスなどは、コヴェント・ガーデンで売られている同じものよりはるかに風味がいいし、同様に放牧されたわが羊の肉も、セント・ジェームズ市場のものよりはるかに上等です。この市場の羊の肉などラムでもなくマトンでもなくて、両方の合いの子みたいなもの、リンカーンやエセックスの雑草のはびこった沼地で草をむさぼったやつで、色も良くないし大味で嫌な臭いがするのです――豚については馬肉や蒸留所の麦芽のかすで育ったひどい食肉用の獣です。それに家禽類は残酷にも鳥かごに監禁したあげく、早く太らせるためにその腸を縫ってしまうという人間のあの恥ずべきやり方で熱病にかかり、すっかり腐っています。

魚については、この暑い季節に陸路で七十、八十、百マイルと運ばれてくるということだけを申せばいいでしょう。こんな事情なので、もしオランダ人〔魚を好む〕であっても、その魚を食べれば胃が必ずよじれることは注釈を要しません。たとえ彼の鼻が小路で売られている〝新鮮な〟サバの高い香りを直接にかがないにしてもです――今はカキの季節ではありません。それなのに真正のコルチェスター産ものも、時たま海水に洗われるだけの瀝青《れきせい》坑の中で養殖されていることを述べるのは妥当なことでしょう。それにこの巨大都市の放蕩者が珍重しているカキの緑色は、その場所のよどんだ臭い水の表面に湧く鼻をつく浮き泡によって着色されるものであることも――当地ではウサギは鳥屋の地下室で繁殖され育てられますが、そこでは換気が悪くまた身動きできないので、さぞやその肉は固くしまり味もいいでしょう。狩猟の獲物などは義理ずくでも金ずくでも手に入りません。

コヴェント・ガーデンではなるほどおいしい果物が売られていますが、しかしそれは常に財産家の少数の人びとに途方もない値段で買い占められます。だから市場のゴミのようなものが庶民の分け前になるだけです。しかもそれも嫌悪の念なしには見ることもできない汚れた手で扱われているのです。ほんの昨日のことですが私は、汚れた果物をその唾液でぬぐっているむさくるしい手押し車の行商女を町で見かけました。またセント・ジェームズ教区に住む美人が、セント・ジャイルズ街の汚くてまたおそらく潰瘍のある口の中でころがされ濡らされたサクランボを、彼女のかわいらしい口に入れるかもしれないなどと誰が考えつくでしょうか。人がイチゴと呼ぶあの色つやのない不潔なつぶれた果物のことをくどくど語る必要もないでしょうが、これは脂ぎった手でゴミのこびりついた籠から籠へ二十回も入れ替えられ汚されたあげく、粗悪な小麦粉をまぶされ増量されたあげく質の良くないクリームみたいになった粗悪な牛乳とともに食卓に供されます。しかし牛乳そのものも、よく調べると、しなびたキャベツの葉っぱと酸っぱいモルトのかすの産物だし、しかも熱湯をかけられて質も落ち、つぶれたカタツムリで泡立ち、街路をふたもない手桶で運ばれ、ドアや窓からまかれる不潔なゆすぎ水や、歩行者のつばや鼻汁や嚙みたばこや、泥運びの車のこぼれ土や、馬車の車輪の泥はねとか、あくたれ小僧がいたずらで投げ込む泥とかゴミ屑が、いつ飛び込むか知れたものでなく、牛乳を計るブリキ缶には幼児のよだれがこぼれ、その缶がそのまま牛乳にまた投げ入れられ、次の客のためにまた使われるのです。そして最後はミルク・メイドという結構な名で呼ばれる、この貴重な混合液を売るあばずれ女のぼろ着からノミ・シラミがその液体にこぼれ落ちるという趣向です。

ロンドンの珍味を並べたこのカタログを終わるにあたって、かのホップもモルトも含まない気の抜けたしかも胸を悪くさせる食卓用のビールについて述べます。これは渇きをいやし消化を助けるというより、嘔吐させるのに役立つものです。またロウソク用の油脂と台所の屑とでつくられたバターと称する獣脂の鼻につく塊。またフランスとスコットランドから輸入された生卵――さてこれらすべての無法行為などは、警察または市民条例の条文にほんのわずかな注意を払うだけで除去しうるものでありましょう。しかるにロンドンの賢明なる愛国者たちは、あらゆる条例は自由と矛盾するものであり、すべての人は何らの束縛なく自分の欲するままに生きるべきであるという考えに囚われているのです――否、彼らには上述の不愉快な事情で心を乱されるほどの理性が残っていないので、私にはどうでもいいことですが、彼らは己の不潔の泥沼でのたうつことも意に介さないのです。

つきあいのいい人間は疑いもなく、愉快な交際を楽しむために多くの不便を忍ぶものです。私のひょうきんなある友人は、一座が愉快なら酒はまずいわけはないのだといつも言っていました。まあこの格言は〝割り引きして〟〔スウィフトの『桶物語』からの引用〕受け取るべきでしょう。しかし私がそのために感覚を抑制しなければならず、また心の底から嫌悪する不潔なやり方とも妥協しなければならないロンドンの社交界とは一体何なのでしょうか。出会うすべての人びとは、あまりに利益とか野心的な計画に没頭しているので、感情とか友情などには頭が回りません――何人かの旧友もそのような計画や利益の追求をして、われわれの古い絆の名残《なごり》を根絶やしにしました――会話は内輪もめとか低級な口論に堕してしまっています――社交的な交際は形式的な訪問とトランプ遊びになってしまいました――もし先生が偶然に面白い変人を拾い上げても、その人物の独特な持ち味を楽しむのは危険です。彼はたいてい心底では手ごわい厄介者、つまり詐欺師かスパイか狂人です。先生が取引をする相手はことごとく商売については先生を出し抜こうとする輩《やから》です。借用という言い訳で物乞いし、見ず知らずの人から強奪した物で生活している怠惰な乞食どもの食い物にされるのです――商人には良心がなく、友人にも愛がなく、従者にも忠誠心がないのです。

もしも私が、当市および他のあらゆる雑踏する都市にたいする嫌悪の思いをおもいきり晴らすために、すべての不快の原因をあげれば、この手紙は一大論文にふくれあがるでしょう――でもありがたいことに私はそれほど深く渦に吸い込まれることもなく、さほど哲学的な思考を極めなくても自己を解き放つことができます――このごまかしと愚劣と無礼の荒々しい喧騒から、惜しみなき友情との親しき触れ合いや田園の神々の手厚い庇護という二重の楽しみを期待して、おだやかな隠棲に戻るのです。一言でいえば、ホラティウス自身さえ十分には享受できなかった〝人生のわずらしさからの甘美なる忘却〟〔ホラティウス『風刺詩』からの引用〕の境地に。

私は上等な四頭立ての旅行用の馬車を一日一ギニーで、まる三か月の契約で雇いました。来週は北部への旅を始めようと思いますが、それでも十月末には先生のところに戻れると思います――途中で滞在する宿から少しでも先生が興味を引かれそうなことがあったら、これまでと同様に便りを差し上げます。一方で干し草と小麦の収穫についてはバーンズのやる仕事を監督してください。私の土地から取れるものは何でも先生のものとしてご自由に扱ってかまいません。そうでないと私があなたの恒心の友であるなどとは言えませんから。

恒心の友　マット・ブランブル

ロンドン　六月八日

准男爵　サー・ワトキン・フィリップスへ（オックスフォード大学ジーザス・カレッジ）

親愛なるフィリップス

この前の手紙でぼくは、お互いに嫉妬したり恐れているらしい作家たちの集まりで夕べを過ごしたことをお知らせしました。ぼくは彼らの会話に失望したことを伯父に話したのですが、全く驚かなかった。「書きものではとても面白くて啓発的なことを言っている人でも（と彼は言った）日常の談話ではこの上なく愚かしいことがあるものだよ。また私的な会合では素晴らしく輝く連中も、天才の星団では衛星にしかすぎないのをわしは見てきた――何らかの構想をちょっと持っている人は沢山持っている人よりずっと簡単にあやつられてしまうし、またすぐに手のうちを見せてしまうのだ。すぐれた作家の外観や口ぶりには変わったところなどはほとんどないものだが、つまらない作家はたいてい何か奇抜なところや極端なところを見せて目立たせようとするものだ。だからわしはグラブ街の下積み文士連の集まりはなかなか面白いと思うね」

この言葉に好奇心がそそられたので、ぼくの友人のディック・アイヴィに相談したら、彼はその翌日、つまりこの前の日曜日にこの好奇心を満足させてくれた――彼はS氏の正餐にぼくを連れていってくれた。君もぼくもずっと前から、その作品によって知っているあのS氏さ〔スモレット自身のこと〕――彼はこの都市の郊外に住んでおり、日曜日にはその家を恵まれない文士仲間に開放して、牛肉、プディング、じゃがいも、ポートワイン、パンチやカルヴァアートの黒ビールをごちそうするのだ――彼は週の初日をそのもてなしをする日と決めている。客の中には、ぼくが説明するまでもない理由のために、他の日にその歓待を受けることができない者がいるからだ。ぼくは質素だが上品な住まいに丁寧に迎えられた。その家の裏の方はとても手入れの行き届いた気持ちのいい庭に面していた。しかも実のところ、この家のたたずまいにも、主人の様子にも著述家のようなところはまったくなかった。この主人はパトロンもなく、誰に従属することもなく、自分の足でしっかりと立っている当代稀な作家の一人なのだ。もてなす方に何か特別なものがなくても、集まった連中が十分にその平凡さを埋め合わせていた。

午後二時にぼくは十人の食事仲間の一人として食卓に着いていた。そしてわが王国全体でもこんな変人ばかりの集まりを他に生み出せるだろうかと疑った。彼らの偏屈ぶりだが、衣服については、ほんの付けたしなので何も言うまい。一番驚いたのは、最初は見せかけのためだろうが、後で身に付いてしまった習慣ともいえる彼らの偏屈ぶりだった。その一人は食事をするのに眼鏡をかけていて、次の一人は帽子を目深にかぶっていた。しかるに実のところは（アイヴィの話によると）前者は行政官が風上にいる時には水夫のように眼が利くことで知られており、後者はおよそ五年前に飲んでいて俳優と喧嘩し、目の周りに黒あざを二つできた時以外は、視力が弱いとか足りないとかこぼしたことなど決してないのだそうだ。三番目の男は片足にひも飾りのある長い靴下をはき、松葉杖をついていた。それはかつて一方の足の骨を折って引きこもっていたからだが、それでも誰よりも器用に障害物を跳び越すことができそうだ。四番目の男は田園というものにひどく反感を持っていて、庭園に面した窓にさえ背を向けて座るんだといい張った。そしてカリフラワーの料理が卓上に出されると気を失わないようにアンモニア水を嗅いだ。しかもこのきゃしゃな男は生け垣の下で生まれた小百姓の息子で、何年も公有地でロバと走り回って育ったのだ。五番目の男は乱心しているように見せかけていた——話しかけられると、いつもわざとらしい返事をした——時には突然立ち上がってひどいののしりの言葉をどなった——時には大笑いした——それから腕組みしてため息をついた——今度は五十四のヘビが発するようなしゅーという声をあげた。

最初彼は本当に狂気なのだと思い、しかもぼくの傍に座っていたので、身の安全を気づかい始めた。すると主人がぼくの心配を見て取って、大声で何もこわがることはないよと保証してくれた。「この紳士は（と彼は言った）まったく柄でもない役割を演じようとしているんだよ——たとえ彼がどんな好みでも狂気になるには力不足さ。その気質は燃えて熱狂するには平板すぎるんだよ」「だけど、ま、まずくない売り込みだな（と色あせたレース付きの上着の男が言った）い、いつわりのき、狂気というものは二十のうち十、十九までは機智としてつ、通用するんだ」——「するといつわりのどもりはユーモアとして通用するわけかね（と主人が応じた）。そりゃあ両者の間に親近性があることは神のみぞ知る、だがね」。どうやらこのおどけ者はすらすらとしゃべって何度もヘマをしたあげく、どもりの言葉に頼ってみたが、何らの才気を要せずに一座をしばしば笑わせることができたらしい。で最初は偽造したどもりが、今ではやめることができない癖になったのだ。

食事時に黄色い手袋をしていたある盲目の作家がいたが、この人は最初にS氏に紹介された時に、S氏の風采も口ぶりも食べ方も飲み方もまったく普通の人と同じなのでひどく立腹し、それ以後はS氏の知性を悪しざまに言うようになり、S氏が次に記すような酔狂ぶりを見せるまでは二度と訪問をくり返そうとしなかった。詩人のワット・ワイヴィルはS氏と親しくなろうと近づく手段をいろいろやったが失敗したあげく、第三者を通じて、彼がS氏をたたえる詩を一編とS氏の人身を攻撃する風刺詩を一編書いたことをS氏に知らせた。そしてもしS氏が彼を自宅に招いてくれるなら前者をすぐに印刷に回すが、もし依然としてS氏が彼との交際を拒むなら、彼はすぐさま後者を発表すると言った。S氏はワイヴィルが賛辞を発表すれば、それを事実上一種の侮辱だと見なしそれ相応に棍棒で報いる、しかしもし彼が風刺詩を発表すれば、彼は自分の共感を呼び起こすので、復讐を恐れるにはおよばないと返答した。ワイヴィルは二つのどちらを取るべきかよく考えて、結局、賛辞の方を印刷することによってS氏を口惜しがらせようと決心した。そしてその結果彼はしたたか棒打ちをくらった。それで彼は襲撃者を告訴したが、相手は裁判沙汰を避けるために彼に交際を許した。この事件のS氏の突飛な行動を見て、かの黄色い手袋の哲学者はS氏と和解したい気になった。彼はS氏に何か天才があることを認め、その時から知己になったのだ。

ぼくは同席の客たちの才能がどんな仕事に使われているのか知りたくて、おしゃべりのわが友ディック・アイヴィに尋ねたら、彼は彼らの大部分はもっと名の知れた作家たちの下回りとか下職人をしているか、していた者たちで、その作家たちが著作を出す時に、彼らのために翻訳したり照合したり編集したりしたこと、そしてこの人たちは今でこそ文学のいろいろなジャンルで独り立ちしているが、皆時期こそ違え、この家の主人に仕えて働いていたことを教えてくれた。彼らの才能ばかりでなく、その出身国も方言もまちまちなので、ぼくらの会話はバベルの都の言語の混乱そっくりだった。アイルランドなまりもありスコットランドのなまりもあり、外国語の慣用句もあってそれらがひどく騒々しい怒号でわめきちらされた。というのも彼らが一斉にしゃべるので、他の連中よりも声高くわめかなければ、誰も自分の言葉をわからせることはできないからだ。しかし彼らの談論にペダンチックなところがまったくないことは認めねばならない。彼らはアカデミックな論考はすべて意識的に避け、飄逸《ひょういつ》に表現しようとした。そしてそんな彼らの努力が常にうまくいかなかったわけではない――何かおどけた当意則妙な問答がなされると哄笑《こうしょう》がわいた。もし誰かがかっとなって節度を超すと、その人はこの宴の主人にきっぱりと制止された。彼はこの興奮しやすい一族に父長としての権威を行使していた。

一座の中で最も学識ある哲学者は無神論を説いたかどで大学から追放された人物だが、ボリングブルック卿の独創的で正統なものとされている形而上学の著作を論破したことで広く名声を得ていた。しかし他方、彼は日曜日に居酒屋で神を冒瀆するようなことを言ったので、社会の厄介者として大陪審にかけられている。このスコットランド人はぼくたちに英語の発音について講義したが、彼はその発音の本を、今や予約募集で出版しようとしているのだ。

一座の中のアイルランド人は政治評論家でジャガイモ卿という名前で通っている。彼はある大臣を擁護したパンフレットを書いた。そしてそんな熱意が何らかの地位か年金で報われることを望んだ。しかし彼はこのことで無視されたことがわかると、あのパンフレットはじつは大臣自身が書いたとふれまわり、彼自身の作品への回答を出版した。そこで彼は作者にじつに厳粛に〝閣下〟という称号で呼びかけたので、一般の人はまんまとだまされてこの版はすっかり売り切れた。首都の賢明な政治家はその著作は二つともすごい傑作だと断言し、無知な貧乏作家の薄っぺらな妄想を内閣のあらゆる秘密に通じた老練な政治家の深遠な思索だとして面白く読んだものだ。つまりはペテンが露見し、このアイルランド人のパンフレット作家は、夢に見た要人の地位を何ら獲得することなく、単なる〝閣下〟という称号とシューレーン街〔ロンドンのフリート街近くのジャーナリスト街〕のジャガイモア食堂の食卓で上席をあたえられる結果とはなった。

ぼくの向かい側にはイタリアのピエモンテ出身の男が座っていたが、彼は〝イギリスの詩人の明細目録〟というユーモラスな風刺詩を発表している。この作品は著者の申し分のない品と趣味の良さ、また英語の優雅さへの精通ぶりをよく表している。この賢者は〝緑野への恐怖〟にとらわれていて、農業実験についての論文を書き終えたところだが、実のところ、生まれてから一度も小麦が育つ様子を見たことがなく穀類についても無知なので、宴の主人が満座の中で、彼が最上の米のプディングだと思って食べたのは、実はひき割りトウモロコシの粥にすぎなかったということを告白させたものだ。

前述のどもりの男はヨーロッパと一部のアジア地域の旅行記をほぼ書き終えたところだが、この旅は王座裁判所の開期以外の時期に限られ、しかも廷士も付くので〔スモレットも王座裁判所の刑務所に監禁されたことがある〕、イギリスの司法権を超えるところは許されなかった。また一座で一番おどけ者で小柄なティム・クロップデールは丁度一編の乙女の悲劇を幸福な大団円で締めくくったばかりで、これの公刊で大きな利益と名声を得られると期待していた。ティムは長い間一作につき五ポンドの割合で小説を書き、どうにかやってきたが、今では著作のこの分野は女流作家たちに独占されていた。彼女たちはいとも楽々と生き生きと優美に、人間の感情もわきまえ、それも静かで平穏な上流社会のもろもろの出来事をもっぱら道徳の普及のために書くものだから、読者はその天才に魅了されるばかりかその道徳性で改心するのだ。

正餐の後で散会して庭園に出た。そこではS氏が遠くのハシバミが植えられた細い歩道で、どの客にも短い言葉をかけているのが見えた。たいていの客はそこから次々に、それ以上の儀礼はしないで立ち去った。しかし彼らの代わりに同じ仲間の新顔が午後の訪問にやって来た。その中にバーキンというめかしこんだ書籍商がいた。彼は去勢馬にまたがり、大きな銀の拍車の付いた新しい乗馬用の長靴をはいて現れた。このミューズの神々の産婆が馬で運動するのは理由がないわけではなかった。彼は太りすぎていて歩けなかったのである。ティム・クロップデールがそれを見て、バーキンの動きにくい体格と鈍い運動神経をからかった。バーキンは自分よりずっと裕福な相手をあえてからかおうとするこの貧しい作家の非礼さに腹を立て、わしはそれほど鈍くないから、もしあんたが最近作のプロイセン王へのオードの出版の費用について、さっさとわしと話をまとめないなら、債務者裁判所に令状を申請してあんたを差し押さえることだってできるんだ。あの本ときたら三冊しか売れず、しかもその一冊はメソジスト派の説教者ホイットフィールドが買ったのだ、と言った。ティムはこの通告を上機嫌で受け流すふりをして、ポツダムからの次の郵便かその次の便でプロイセン王から感謝の詩が届くはずで、国王ともなれば詩人にどのくらい払うべきかは十分にわかっているのだと言った。しかしそれはともかくバーキンと彼が今晩アシュリーの店で飲むパンチ一杯をかけて、この庭を三周する競争をしようと提案した。そして彼は相手は靴下で駆けるのに対し、自分は長靴で走ろうと言った。書籍商は気力を誇る男なのでこの挑戦にまんまと乗せられて、すぐに長靴を脱いでクロップデールに渡した。こちらはそれをはいたが、その様子は芝居のピストル船長さながらであった。

すっかり用意が整って彼らはともに猛烈な勢いでスタートした。二週目でバーキンはすっかり相手に差をつけ〝走った後はやせた土地が脂汗で肥える〟というぐあいだった。〔『ヘンリー四世』からの引用〕クロップデールはもうそれ以上は勝ちを争うつもりはなく、またたくまに庭園の裏門から姿を消した。この裏門は私道に通じ、その私道は公道に通じていた――見物人たちはすぐに叫びだした「そら逃げたぞ」。するとバーキンは懸命に彼を追いかけた。でも私道を二十ヤードも行かないうちにとげが足に刺さり痛くてうめき声をあげ、いらいらして悪態をつきぴょんぴょんと片足飛びで帰ってきた。外科の心得のあるかのスコットランド人によってこの苦痛から救われると、彼はあたりを荒々しく見回して叫んだ「あいつめ、まさかわしの長靴をはいて逃げるようなごろつきではないだろうな」。この家の主人は彼が置き去りにした靴を調べたが、それはまったく靴という名にはほとんど値しないしろものだった。「まあまあ（と彼は言った）バーキンさん、あんたの長靴は子牛革ではなかったのかな」「子牛革だろうと牛革だろうと（と相手は応じた）あいつの役に立つ羊革〔法律文書のこと〕を探してやるぞ――わしはあんたが買えとすすめたあいつの茶番劇のおかげで二十ポンドも失った――やつのいまいましいオードで五ポンド損をしたんだが、今度はまるまる新品のあの長靴だ、あれは三十シリングの正札で買ったんだ――しかしこの長靴泥棒は重罪だ――流刑だ――わしはあの犬をオールドベイリー刑事裁判所に告発する――やりますとも、Sさん、わしは復讐します。やつの有罪の結果わしが貸した金を失うことになっても」

S氏はこの時何も言わないで彼に靴を用立てた。しかも召し使いに命じて彼の体をもませ、ラム・パンチを一杯ごちそうした。これで彼の腹の虫も治まったようだ。「つまりは（と主人は言った）これは機知という点ではペテンにすぎんな。創意ある努力として見ればもっといい呼び名をやってもいいがね。ティムは（思うに）靴屋から信用買いができなくなって靴の不足を補うためにこんなうまい手を始めたのだろう。ユーモア好きのバーキンさんだから少し考えてこの冗談を楽しむだろうと思ってやったことなんだ。クロップデールは文字通り機知で生きている男だが、この機知をすべての友人たちに次々と試しているんだ。彼は一度わしのポニーを五、六日借りてソールズベリーに行ったが、その帰りがけにスミスフィールドで売ってしまった。こいつは冗談にしては念が入りすぎていたので、わしは始めかっとして馬泥棒の罪で彼を告訴しようと思った。それでやつがわしを夢中で避けているので、ある程度は怒りが収まったがそれでも見つけ次第、肋骨を一撃して仕返ししてやろうと決心した。ある日通りで彼がちょっと離れたところからわしの方にやって来るのが見えたので、わしは手にしていた杖を握りしめ、彼がわしに素早く気づいて逃げることがないように荷物の運搬人に隠れて歩いていった。ところがわしがこらしめの杖を振り上げたとたんに、ティム・クロップデールが哀れな盲人に変身し、長い杖で柱から柱へと道を探りながら、黒目ではなくどんよりした白目をぎょろつかせているのを発見したんだ。わしはすんでのことで復讐相手を間違え、いらざる心労と不面目という憂き目にあうところだったのがわかって、まったくぎょっとしたものだった。しかしその翌日ティムはわしの友人をわしの所によこして許しを懇願し、子馬の代金として六週間の期限の手形を差し出してきた——使いのその紳士がわしに説明したところでは、あの時の盲人はクロップデール本人で、やつはわしがやって来るのを見てその意図を察し、すぐあんな格好に変身したのだそうだ――わしは彼がうまく逃げたのが面白かったのでその罪を許してやることにした。しかし彼の将来の善行の保障としてその頭上に重罪の告発権を留保しておくために手形は受け取らなかった――しかしティモシー〔ティムは愛称でティモシーが正式名〕のやつは手形が受領されるまでは決してわしの前には出てこないといい張った――やがて彼はわしの家の戸口に盲目の姿で現れたが、彼と幼なじみで飲み友達のわしの下男はまんまと騙されて、彼の目の前でドアをばたんと閉め、それでも帰らぬと見たのでムチで打つぞと脅したものだ。わしは玄関でその騒ぎを聞きつけてそこへ出ていった。そしてすぐさま街路で見かけたあの姿を思い出したのでその本当の名前で呼びかけた。その時の下男の驚きといったらなかったな」

バーキンは誰にも負けず冗談好きだと言明した。しかし一座で誰かクロップデールの宿を知っている者はいないかと聞いた。あの長靴が処分されないうちにその返却を彼に申し入れたいのだ。「ぼくにぴったりのあの長靴を返してくれるなら（と彼は言った）彼に新品の靴を一足と半ギニーを進呈するよ。乗馬の好季節が終わる前にあんな長靴みたいなやつを手に入れることはできそうにもないからね」。するとどもりの賢者がクロップデールは宿だけは誰にも言わないが、その信じるところによれば、夏の暑い間はたいていどこかの店の屋台で寝ているかあるいはセント・マーティン教会のポルチコの床の涼しいところで街の女とよろしくやっているはずだと言った。「畜生（と書籍商は叫んだ）やつはぼくのムチと拍車も持っていけばよかったのに――そうしたら馬をもう一頭盗みたくなっていたかもしれない。そうしたらてっきり悪魔のところに行っただろうに」

　コーヒーの後でぼくはS氏の親切にお礼してから彼のもとを辞した。その日のもてなしはとてもうれしかったが、それでもまだ文壇で名声ある人物と、どこから見てもとてもその作品で評判を得ることもできそうにない一群のへぼ文士たちとの間のこのような接点の詳細については十分には理解できなかった。この点についてぼくが案内役のディック・アイヴィに尋ねたらこんな意味のことを答えてくれた――「世間ではSが、へぼ作家であるばかりか悪漢だとわかっているあんな連中に肩入れしたり援助したりするのは、何か自分の利益にするためのもくろみがあるからだと思うかもしれない。しかし彼がそんなもくろみを持てば、彼自身失望するだろうね。というのももし彼が愚かにも連中を自分の利益や野心のたくらみに使おうとすれば、連中はそのうちに抜け目なく彼を思いのままにしてしまうからさ。今日君が会った連中の誰一人として（ぼくを除いて）彼の特別の恩恵を受けていない者はいないのだ――あのうちの一人は彼が債務者監禁所から出してやって、後でその債務を払ってやったのだ――次の一人は返済不能債務者救済法によって監獄から裸同然で出されたんだが、彼はこの男を家庭に迎え入れ衣服も与えた――三番目の男は尾羽打ち枯らしてブッチャー街の四階の裏部屋で羊の足を食べて露命をつないだが、彼はすぐにその男に仕事とただの住まいをあてがってやり、執達吏にびくびくせずにすむように紳士としての身だしなみを整えさせた。窮乏している連中には、彼は金がある時には与え、現金が手元にない時にはその信用を使わせた。彼らが仕事を欲しがる時には、自分の仕事に雇ってやるか、または彼らの生活のために彼が考えた計画をやらせるように本屋に推薦してやった。彼らはいつでも彼の食卓に歓迎され（その料理は質素だが豊富だ）周到な彼の配慮を受けている。それなのに彼らは必要とあれば、彼の名前をきわめて図々しくかつ馴《な》れ馴《な》れしく利用する。それどころか連中は彼のすぐれた幾つかの作品を自分のものだとすることもためらわない。しかも自らの作品を彼の頭脳の所産だとして売ったことも知られているのだ。君が食事時に会ったスコットランド人は、ある時にウェスト・スミスフィールド〔シティの北側にあった悪名高い家畜市場〕の飲み屋でSの名を語り、Sだと思われ、牛飼いに頭を殴られてけがをさせられた。キリスト教をけなしたという理由でだ。しかし彼はその牛飼いを告訴する時は自分の名前でやった。加害者は告訴を取り下げさせるために仕方なく彼に十ポンド払ったものだ」

S氏の側のこうした寛大な態度は、取り巻き連が内々に彼に取り入り、公の場所では彼の敵を攻撃しているのだと想定すれば容易に説明できるが、それにしても、この作家がしばしば新聞とか詩、小冊子などで口汚い非難をひどくあびせられ、しかも他方彼を弁護する文が全く見当たらないということには驚くばかりだ、とぼくは言った——「しかしぼくが、今日君が食卓で会ったお客たちこそ（と彼は言った）その非難の大部分を書いた人物であること、かつ連中は皆熱心に互いに探りあったり裏切りあったりしているものだから、彼自身が連中の誰が何を書いたのかよくわかっているということを保証すれば、君はもっと驚くだろうね」——「でもそれは何の役にもたたない悪魔の仕業じゃないか（とぼくは叫んだ）。いったい挑発されないのに連中は何だって恩人を悪しざまに言うのだろう」「ねたみの思いが（とディックが答えた）一般的な動機さ。しかし彼らはそれとは別の挑発というムチでいらついているのだ。Sは文芸雑誌〔クリティカル・レビュー誌〕を主宰しているので連中の作品は必ずその雑誌で審判されるのだ。それらの作品の多くは、それに殆《ほとん》ど値しないほどの寛大さと好意で扱われている。それでもおそらく率直にしかも公正に扱えば、どうしても避けられないきわめて些細な非難が作者たちの心に大きな恨みをかき立てたので、彼らはすぐに匿名の中傷文や投書やあてこすりなどでその批評者に復讐した。まったくのところ彼がこの仕事を引き受けたとたん、当代の作家たちは優れたのもまずいのも平凡なのもすべて、公然とまたはひそかに彼の敵になってしまった。彼の批評など恐れるにおよばぬと心得ている彼の親友以外はね。こんなハチの巣のような騒ぎを耳元に起こして、彼がどんな利益や満足を得ているのかわかる人はよほどの賢人に違いない」

ぼくはその点は考慮に値することだと認めた。それでもなおかつ、恩知らずで取るに足らない群れあった悪漢どもとうまくやっていく彼の真意を知りたいものだとはっきり言ってやった——すると彼は、あえてもっともらしい動機をこじつけるわけではないとしながらも次のようなことを言った。本当のことを言えというなら、S氏は世渡りについてはとても救いがたい馬鹿者であること。彼は人材を発掘するコツを心得ていると言っているが、恩恵を施すことになると、その援助を当てにする者の中でももっともそれに値しない者に与えてしまうという奇妙な失敗をすること。実際彼は一番つまらぬやつのねばりさえ拒絶することもできないので、判断力不足というより決断力不足でこんなえこひいきをして、かつ金の価値を知らないので、いともたやすく何の役にも立たないことに金を手放してしまうこと。そのうぬぼれは自分がこんなに多くの文学くずれから機嫌を取られて十分に満たされていること。おそらく彼は彼らがお互いにさらし首にし、そしり合うのを聞いて満足し、彼らのもたらす情報から、かねてから読者の興味のために編集したいと思っていたグラブ街のあらゆる駆け引きについて精通するようになったこと。

作家たちのことを詳しく述べすぎたので、ぼくがその仲間入りをしたがっているのではないかと君は疑うかもしれない。しかしたとえぼくが文筆業につく能力があっても、この仕事は老齢とか病気などの何らかの保険になるわけでもないから、たかだか飢えをしのぐぎりぎりの頼みになるにすぎない。サーモン〔Thomas Salmon（一六七九―一七六七）歴史家、紀行作家〕は八十歳という高齢で屋根裏部屋に住み、自分の孫くらいの年齢のある現代歴史家の資料を一枚一ギニーで編集しているし、サルマナザール〔George Psalmanazar（一六七九?―一七六三）フランスのいかさま作家、『フォルモサ』の著者〕はアジア人のような簡素さと慎みで半世紀も文学の仕事場であくせくと働いたあげく、やっと教区の世話にならないですむだけの額を二、三の書籍商からのお情けでもらって暮らしている――自身も書籍商のガイ〔Thomas Guy（一六四五?―一七二四）書籍商、慈善家、ガイ病院を創設した〕はその病院の一翼か一病棟を落ちぶれた作家たちが使用できるようにすべきだったとぼくは思う。とはいえまったくのところロンドンには、あらゆる職業の屑どもとでもいうべき社会の貧者たちを収容できる大きさの病院も救護院も貧民院もありはしない。

君が、奇妙な人種についての以上の説明に何らかの興味を見出すかどうかはわからないが、白状するとぼくはこの連中の体質にはとても興味があるのだ。

敬具

六月十日　ロンドン

J・メルフォード

ミス・レティシア・ウィルスへ（グロスター市）

親愛なるレティ

郵便などではお知らせできないある悩みが心にこびりついています。でも都合よくミセス・ブレントウッドがそちらに帰るものですから、この機会を逃さず、怖れと悩みでつぶされそうな私の哀れな心から重荷を下ろすことにします――おおレティ、苦しい時に相談と慰めを求められる友人がその場にいないなんてなんと悲しいことでしょう。私は前の手紙で、バートンさんという方がとても親切にしてくれたということをそれとなく述べました。もはやその意向を誤解することはありません――あの方は私を崇拝するとはっきりおっしゃいました。でもあの人はいろいろ考えて、あの方が言い寄っても私がつれない素振りしかしないのを見てとって、グリスキン夫人に仲介を頼んだのです。それで夫人があの方の熱心な代理人になっているというわけです――でもね親愛なるウィリス、夫人はやりすぎるのです――夫人はバートンさんの裕福な資産や立派な親戚、非の打ちどころのない性格について長々と説教するばかりか、私にしつこく問いただすのです。それで二日前に厳しい態度で、私のような年頃の娘はもし心が他に傾いているのでなければ、こんなに沢山の特典に逆らうことはできないはずだと言ったのです。

このあてこすりにすっかりどぎまぎしました。夫人は私の動揺を見破りそれが動かぬ証拠だとして、恋を告白するように強く言ったのです。でも私は心を隠せるほど強くはないのですが、心の秘密を、私の迷惑を無視して利用するに違いない人に漏らしてしまうほどの子どもではありません。夫人に言いました。私のような年齢も経験も足りない者には全くわからない話題を持ち出したので私が途方にくれたのは当然でございます。でも恋心というものは自然と芽生えるものだし、私としてもこれまであの方に心が動いたことはございません。すると夫人は私をぞっとさせるような不信の面持ちで首を横に振りました。夫人はもし私の恋心が邪魔されるべきものではないにしても、それはよく考えて決めるべきであり、ことにその決定が私の振る舞いを監督する権利がある人たちによってなされる場合はそうなのだと言ったのです。この言葉は私の伯父、叔母おそらく兄をもバートン氏になびかせるように夫人が工作しているということです。叔母はもう夫人の味方になっているのではないかと心配です。昨日の午後にバートンさんは私たちとセント・ジェームズ公園を歩きました。そして帰路に小間物店に立ち寄って、彼は叔母にはとても立派な嗅ぎタバコ入れ、私には黄金の手箱〔針とか化粧品などを入れるきれいな小箱〕の贈り物をしてくれました。私ははっきり断りましたが、叔母がそれでは困るからお受けするようにと私に強く言ったのです。それでもこの品をいただいていいものかわからなかったので兄に打ち明けたら、このことは伯父に相談してみようと言いました。でもそんなプレゼントをするのはバートンさんとしては早すぎると思っているようでした。

相談の結果がどうなるかわかりません。でもバートンさんと話すことになると、あの方はきっと想いを誓い、私が全く望んでいない縁組に同意してくれるように伯父と兄に頼みこむようになるのではないかと心配です。それというのも親愛なるレティ、たとえ私が他に想う人がいなくても、バートンさんを愛することなどとてもできないのです。あの方の人柄に不愉快なものがあるわけではないのですが、魂を魅了して夢中にさせるあの名状しがたい魅力というものが全くないのです――少なくともあの方にはこのような欠点があるように思えるのです。でももしあの方が男の人が持つことができる人を魅了する力を全部備えていても、私の自慢の貞操に対しては何の効き目もないでしょう。いいえウィリス、私はこの紳士の執拗さと親類の押しつけがましさから生じる新しい面倒に巻き込まれるかもしれません。ええきっとそうなります。でも私の心は変わりません。

あなたもご存じのように私は夢などというものは信じていません。それなのに昨夜の夢にはひどく心乱れました――私はある教会にいたような気がします。そこであなたも知っているあの人が、まさに私の叔母と結婚しようとしていたのです。牧師はバートンさんで、みじめに捨てられた私が靴も靴下もない裸同然の姿で泣きながら片隅に立っていました――いえ私はそんな夢想に動揺するなんてまったく子どもじみているのはわかっております。でも頭ではそうわかっていてもこの夢は心に強く響いたので、心は重くなったのです。じつをいうと私は別のもっとひどい悩みの種をかかえています――ねえあなた、私は良心に重くのしかかる宗教上の疑念があるのです――私は礼拝堂に行くように説得され、そこでの説教に感激したのです――私は教え導かれるようにと熱心に祈りました。でもこれまでのところ魂の更生のしるしの内心の動きとか恩寵が働きかけてこないのです。そのために私はこの哀れな魂のことがとても心配なの。家族の中には常識とは思えない形で神に近づいた人もいます。とりわけ叔母とミセス・ジェンキンズがそうなのですが、彼らは時々まるで本当に霊感を受けたように話すのです。それで私のさまざまな思いから不純なものを取り除き、この世の虚飾から目をさますための訓戒とかお手本を欠くことはなさそうです。もっともこの世からは、できるものなら進んでお別れしたいのですが。でもこんなことの犠牲になるには、いまだに与えられていない天上からの助けが必要です。

六月十日

あなたの不運な友
リディア・メルフォード

サー・ワトキン・フィリップスへ（オックスフォード大学ジーザス・カレッジ）

親愛なるフィリップス
君の手紙を受け取るとすぐに君の頼みごとに取りかかった——ブル・アンド・ゲイト亭〔ロンドンのホルボーンにある有名な居酒屋〕に助けてもらって、君の逃げた召し使いの隠れ家を探してその悪行を非難したのだ——こいつはぼくを見て、明らかに混乱していたが、自信たっぷりと追及をかわした。とうとうぼくは彼に、家伝の宝の時計を出せば金と衣服はやってもいいし、お前の都合でどこへ行ってもいい、しかしこの申し出を断れば、お前を、このことで特に頼んだ警官にすぐに引き渡す、警官はすぐにお前を法廷に連れていくのだと言ってやった。ちょっとちゅうちょしてから彼は隣の部屋でぼくと話をしたいと望み、そこで時計とその付属品を差し出した。ぼくは亭の主人にそれを渡した。確実に送れるチャンスがあればすぐに君の所に送り返すはずだ——要件はこれだけです。

君がぼくの手紙は面白いなんていうものだから鼻が高くなってしまう。ぼくの手紙には確かに重要な事件などないのに、興味を持ってくれたのは、きっと君の興味が出来事なんかではなく、ご承知のぼくの変わった生活態度にあるのだろう——だからぼくは良き趣味や完璧な判断については、もはや疑念のないある人物のすすめに励まされて、わが家の記録をあけすけに続けていくつもりだ——ぼくらは来週ヨークシャー州に出発することが決まったので、ぼくは今日の午前中に伯父と一緒に近くの馬車作りの店に馬車を見に出かけた——ロングエーカー通りの裏の狭い路地に入ると、一軒の家の戸口に人が群がっているのが見えた。どうやらこれはメソジスト教徒の集会の入り口らしく、この時、家の中で一人の従僕が会衆に向かって大いに弁じたてているところだと教えられた。その跳ね上がり者を見たいので、ぼくらは苦労して人をかき分けて中に入った。するとどうだ、この説教者は他ならぬハンフリー・クリンカーだったのさ。あいつは説教を済ませて讃美歌《さんびか》名を指定したところだった。この歌の第一節を彼は独特の震えるような声で歌った——ぼくらはクリンカーが説教壇に居るのにも驚いたが、それにもましてあきれたのはわが家族の女たち全員が聴衆となっていたことだ——グリスキン夫人、ミセス・タビサ・ブランブル、ミセス・ウィニフレッド・ジェンキンズ、妹のリディア、それにバートンさんも居て、彼らは皆夢中になって讃美歌の合唱に加わっていた。

　こんな馬鹿らしい場面にぼくは失笑するところだった。しかしわが石部金吉は違うふうに感じたようだ――最初に驚いたのは彼の従僕の跳ね上がりぶりだった。彼は無視できない威厳のある態度でこの男に降壇するように命じた。男はすぐに降壇し会衆はみんなざわついた。バートン氏はひどくおどおどし、グリスキン夫人は扇をパタパタと振り、ミセス・タビーは落胆し、リディアは顔色を変え、ミセス・ジェンキンズは胸が張りさけるようにすすり泣いた――伯父はちょっと軽蔑したように、彼女らが我を忘れているところを邪魔したとわび、自分はこの説教者に特別な用事があるのだと言った。そして男に貸馬車を呼ぶように命じた。馬車はすぐに路地の片隅まで来たので、彼はリディアの手を取って乗せてやり、叔母とぼくは彼の後に続いた。ぼくたちはあっけにとられて物も言えないでいる残りの連中を振り向きもしないで家路についた。

　ブランブル氏はリディアがぶるぶると震えているのを見てそれまでより優しくなって、心配はいらないよ、お前がやったことで怒っているわけでは全くないのだからと言った――「お前が宗教を信じる気持ちになっていることに（と彼は言った）反対しているわけではない。しかしわしはあの召し使いが、お前のような気質の女の敬虔《けいけん》な信者にふさわしい宗教的な指導者だとは思えないよ――そりゃなるほど、お前の叔母さんだけが（そう信じたいが）今われわれが乗っているこの馬車のただ一人の指導者というわけではないにせよ」。ミセス・タビサは返事をしないで、まるで絶叫するようにぎょろりと白目をむいた――かわいそうにリディアは、自分が信心深いといえなくても、たとえ従僕の口から伝えられるものにせよ深い信仰の話を聞くのは、とりわけ叔母も一緒だし、悪いことではないと思ったこと、しかし自分の無知から誤りを犯していたなら、どうか伯父に許してもらいたい、自分としては伯父の機嫌を損ねたまま生きていくことなどとても考えられないからだ、と申し立てた。老紳士は優しい微笑を浮かべて彼女の手を握り、リディアがいい子であり、彼としては彼女が少しでも怒りや不快を招くようなことをするとは思えない、と言った。

われわれが宿に着いたとき、伯父はクリンカー氏に自分の後について上に来るように命じた。そして彼にこう話しかけた――「お前は説教をしたり道を教えるように霊によって命じられているから、もうこの世のお前の主人のお仕着せを脱ぐがよい。わしの側からすればわしは使徒に奉公してもらうことなどできない――」「私は（とハンフリーは言った）旦那様にお仕えする仕事をおろそかにしていないと信じております――旦那様の慈悲と哀れみの心であのみじめさから救われたことを思うと、もし私がすべきことをやらないとしたら、私は極悪人でございます――しかし霊からの深い命令がありましたので――」「それは悪魔の命令なのだ――（郷士は激怒して叫んだ）どんな命令なのだ、この愚か者め――どんな権利でお前みたいなやつを改革者として立たせたんだ」「恐れいりますが（とクリンカーは答えた）神の恩寵の新しい光明というものは、富める者や人間についての学識を誇る哲学者だけではなく、身分低き貧しい者や無知なる者をも照らすことができるのではないでしょうか」「お前が恩寵の新しい光明と思っているものは（彼の主人は言った）言わせてもらえばお前の頭の割れ目から明滅するまやかしの妄想にすぎないのだ――つまりはクリンカー殿よ、わしはあの課税品（一六九五年に制定され一八五一年に廃止された窓にかけられた税金のこと。ここでは窓のこと）以外には家族に光明など射し込ませない。もっとも理性の光は別だが（お前はそれを探し求めてなぞいない）」

「おお旦那様（とハンフリーは叫んだ）理性の光は私の申します光明とは比べものにはなりません、小さなロウソクが真昼の太陽とは比べられないのと同じように――」「その通りなのだ（と伯父は言った）前者はお前の道を照らすのに役立つが、後者はお前の弱い頭をくらませて混乱させるだけだ――よく聞け、クリンカー、お前は偽善者の悪者か、さもなければ気が狂った熱中者だ。どちらにせよ、わしに仕えるにはふさわしくない――もしお前が神聖さと献身を売りものにするいかさま師なら、おろかな女どもや思慮が足りない者どもにつけ入るのはたやすいことだ。その連中はお前の支援のために惜しげもなく喜捨するだろうから――それとももしお前が気ままな想像力という幻に心から魅了されているなら、お前は正気をそっくり失うのが早ければ早いほど、自分のためにも社会のためにもなるというものだ。その場合には慈善心のある人物が、ロンドンのベドラム精神病院の暗い部屋と清潔なわら布団をお前にあてがってくれるだろう。ただしそこでは他人をお前の狂った信念で惑わすのは不可能だろう。しかるにもしお前が信者の集まりで、選ばれた者としての資質を失わないだけの理性があっても、お前と聴衆は鬼火によって、次々と過ちを重ね、ついにお前は宗教的な狂気に陥り、おそらくは絶望して自分の首をくくることになるだろう――」「そのようなことは限りなき慈愛に満ちた主の禁じたまわらんことを（とおびえたクリンカーは叫んだ）。思いあがっている私を岩にたたきつけて破滅させようとしている悪魔に、私が誘惑されているのは確かでございます――旦那様は私を悪者か狂人かのどちらかだとおっしゃいました。確信して申しますが私は悪者ではありません。すると狂人になってしまいます。ですから手前の事情をお汲みいただいて、病気回復にお力添えをしていただくことをひざまずいて旦那様にお願い申し上げます」

郷士はこの哀れな男の単純さを笑わずにはいられなかった。そしてもし彼がメソジスト派の新しい光明を追うことなく、おのれの職分を尽くすことに心がけるなら、面倒を見てやろうと約束した。でもタビサ叔母はハンフリーが屈服したので腹を立てていた。彼女はそれを勇気の欠如と世渡りの知恵のせいだと解したのだ——彼女は彼に、良心のために苦しむ勇気がないのだと責めた——彼女は、もし彼が真実への証言をしたためにその職を失うのなら、神は彼のために必ずおそらくもっと有利な他の職を見つけてくれるに違いないと言ったり、さらに異端審問所が設立されている家庭にいるのは決して愉快なことではないとも言明して大いに興奮して別室に引きあげた。

伯父は彼女の立ち去る姿を意味深長な目つきで追っていたが、今度は説教師の方を向いて言った。「わしの妹の言葉を聞いたろう——もしお前が、今出した条件でわしの所で暮らすことができないなら、メソジスト派のブドウ畑〔宗教の仕事をする場所〕がお前の目の前に広がっているのだ。彼女はお前の仕事に十分な報酬をあげる気になっている——」「私はこの世の誰も不愉快にさせたくないのです（ハンフリーは答えた）、奥様には私どもがロンドンに着きましてからずっと親切にしていただきました。おそらくお心を礼拝にささげておられます。奥様とグリスキンの奥様は二人の天使のように聖歌や讃美歌をお歌いになります——しかしながらそれと同時に私は旦那様を愛してその仰せに従う義務もあります——私ごとき貧しく無知なる者が、身分も高く学問ある紳士がたと議論するなどというのは身分違いのことです——知識という点では旦那様と比べると私は獣にしかすぎません。ですから仰せのままにいたします。そしてもし旦那様が、もはや監禁しなくてはならないほど私が狂っているとお考えにならなければ、神の恵みにすがって、世界の果てまでも私は旦那様につき従うつもりです――」

彼の主人はもうしばらく試しに彼を傍に置いてやろうと約束した。それからなぜグリスキン夫人とバートン氏が彼らの宗教の集会に参加することになったのか尋ねた。それに対してクリンカーは、夫人こそ最初にぼくの叔母と妹を礼拝堂に連れていった人物で、彼はその供をして行き、宗教心をW氏〔ジョージ・ホワイトフィールド（一七一四―七〇）〕の説教によって火をつけられたこと、彼はその牧師の説教集を買い求め熟読して新しい信仰に目覚め、彼の説教と祈りがミセス・ジェンキンズと宿の女中を同様な思いに改宗させたこと、しかしながらバートン氏について彼はこの日、氏がグリスキン夫人と一緒にやってくるまでは集会に出ているのを見たことはないことを述べた――さらにハンフリーは、影響力のある牧師として多くの信者を得るに至ったある職工の成功例を見て演壇に立つ勇気を持つようになったこと、初めてそれを試みた時、己こそ確かに霊感で行動しているのだと信じてしまうほど感動したこと、またグリスキン夫人の邸宅および二、三の個人宅で礼拝の集会の助手をやったことを告白した。

グリスキン夫人がこの共同謀議の原動力だとわかってブランブル氏が直ちに下した結論は、クリンカーはその実体がわからないある陰謀を実行するために夫人のお先棒をかつがされただけだということだった――彼は、夫人の頭脳はさまざまな陰謀を生み出す完璧な工場であり、彼女とタビーはきっと彼にはその実体がわからないある秘密協定を結んでいるのだろうと言った。ぼくは伯父に、タビサ叔母がバートン氏の心をねらっているのは察するに難くないことで、グリスキン夫人が叔母とつるんでいるのも全くありそうなことだ、そう仮定すれば彼女らがバートン氏をメソジスト派に改宗させようと骨折ったわけも説明がつく、つまりその結果魂の交際を結婚という結びつきにまで進めることも容易にできることになるわけだ、と述べた。

伯父はこのたくらみの成功した場合を考えてとても上機嫌だった。しかしぼくはこう説明した。バートンは叔母とは違う婦人《ひと》を想っていること。彼が前日にリディアに手箱の贈り物をし、それを叔母は明らかにその際に、自分が嗅ぎタバコ入れを受け取るのに都合がいいように、リディアに受け取らせたこと。リディアがこの出来事をぼくに教えたので、バートン氏に説明を求めたら、彼は自分の心は公明正大であると言明し、この縁組にぼくが反対しないようにして欲しいと言った。ぼくは、彼がわが家を尊敬してくれたことを感謝している、だが彼女の保護者である伯父と叔母に相談することが必要であり、もし彼らが承認すれば、ぼくとしては彼の求婚には異存がない、さりながら、ぼくとしては妹の将来の生活にかくも密接にかかわることについて、思う通りにさせてやりたいと言ってやった。これにたいして彼は、自分の求婚を令嬢本人に快く受け入れてもらえるのでなければ、彼女の保護者を後ろ盾にするようなことは決してないと保証した。さらに彼はリディアを自分の信義と財産の受け手とするために、すぐにブランブル氏とミセス・ブランブルの許可を求めるつもりだと言った。

郷士はこのような申し分のない縁組がもたらす都合の良さがわからないことはなかった。そしてその威厳をフルに使ってこの話を進めると言明した。しかしぼくがリディアの方が嫌っているらしいと伝えると、彼はそれについて彼女に打診してみようと言った。それでもし彼女が全く気が向かないなら、彼はバートン氏の求婚を丁重に断ることにする、というのは彼は、若い女は夫の選択についてはこの世で何があってもその気持ちを第一にすべきだと考えているからだと言った——「リディアはそんな犠牲を払っても（と彼は言った）財産を崇拝するほど追いつめられているわけではない」ぼくはもちろん、この件は煙のように消えてしまうと思っている。もっともタビー叔母の風向きはなんだか、嵐含みのようだ。彼女は正餐の時に見るからに重々しく無言で不満げに座っていた。彼女は確かにバートンを餌食にしようと狙っていたから、彼のリディアへの求愛を快く思うはずなどないのだ。だからぼくは彼自身がぼくの妹を愛慕していると言明すると、何かとんでもないことが起こりそうだと思う。この言明はきっと、この恋する男がミセス・タビーの失望の矛先に耐えるだけの決心がついたら正式に行われるだろう。なぜなら彼は、自分をねらっている彼女のたくらみには気がついているからだ——この結末の詳細は適当な折にお知らせしよう。

恒心のＪ・メルフォード

六月十日　ロンドン

ルイス医師へ

親愛なるルイス
　偽りの平穏は短期間でした。私はまたじりじりしたので、胃腸がおかしくなったのです。それで計画していた小旅行もできなくなると思います――いやはや女を三人もかかえて病気だらけとは、何と愚かなことをしたものでしょう。昨日は大事な妹（ついでながらしばらく前から公然たるメソジスト教徒になっています）がバートン氏と一緒に私の部屋に来て、ひどくしかつめらしく、お目にかかりたいと言ったのです――「お兄様（と彼女は言いました）ここにおられる紳士が何かお申し入れしたいそうです。それであなたはわずらわしい連れがいなくなるので、それだけなお受け入れやすいと思って、うれしいのです」。続いてバートン氏が次のようなことを言いました――「私は心からあなたのご家族に加えていただきたいと望んでおります、ブランブルさん。あなたの権威を持ち出して異議をとなえる理由がないことを信じています」――「権威という点では（タビーが熱っぽく彼の言葉をさえぎりました）この場で兄が行使できる権威なんてございません――兄に敬意を払って私がやろうとしている方法をわからせたら、それですべて丸くおさまるの。私のしようとしていることは、もし兄が生活上の立場を変えたいなら、私にもさせたいと思っていることと同じに違いありません――簡単に言うと、ねえ兄さん、私はバートンさんの抜群の美点をつくづく感じて、独身を通そうという思いを変え、あるがままの私のこの身と私財についての法律上の権利をこの方に差し上げて、私の幸福をこの方の手にゆだねる気になったの。さしあたってやることは書類を整えることです。そのためにあなたが弁護士を推薦してくだされればうれしいのです――」
先生はかかる申し入れが私にいかなる作用を及ぼしたかおわかりになると思います。なにしろ私は甥からの情報で、バートンはリディアへの情熱を公にすると期待していたのですから。私は口もきけず驚いて、タビーと彼女が思い入れている恋人をこもごも見つめるばかりでした。男の方は数分間みっともなく混乱して、うなだれていたのですが、にわかにめまいに襲われたと言い訳して立ち去りました――ミセス・タビサはひどく心配したので当家のベッドで彼を休ませようとしましたが、彼はこんな非常時用の点滴薬を飲みたいから家に帰るといい張ったので、恋人もしぶしぶ同意しました――一方で私はこの椿事《ちんじ》にひどく当惑して（疑わしいと思ったのです）タビサをどうしたらいいかわからなかったのです。するとジェリーが入ってきて、たった今グリスキン夫人の家の入口でバートン氏が軽装馬車から降りるのを見たと言ったのです――こんな事があったので夫人が来るのではないかと思っていたら、半時間もしないうちに、光栄にも彼女が訪問してくれたのです――「あなた方の間でとんだ人違いがございましたね。それを直すために参りました――」そう言いながら彼女は以下の短い手紙を差し出したのです。

拝啓
私は、あなたの妹さんの不幸な誤解で私が陥ったあのひどい混乱から我に返るや否や、私がミセス・ブランブルに払った敬意は決して正常の礼儀の範囲を越えるものではないこと、かつ変心することなく想いはミス・メルフォードにしかと定められていることは、令嬢のお兄様がこの件につき私に確認された時に、光栄にもお兄様にはっきりと申し上げた通りであることを、あなたに保証することが義務だと思いました——グリスキン夫人はご親切にもこの手紙を届けることをお引き受けくださったばかりでなく、ミセス・ブランブルに真実を打ち明ける仕事をも引き受けてくださいました。ミセス・ブランブルには極めて深い尊敬と崇拝の念を抱いておりますが、別の人に向けられた私の愛は、いかんともしがたいのです。

敬具　ラルフ・バートン

この手紙を一読して、私はもはや夫人が引き受けてくれた友人としての務めを邪魔する気などないことを告げました。そして私とジェリーはすぐに別室に退きました。そこにいるとすぐに二人の女たちの間で会話がひどく激してくるのが聞こえてきました。そしてついに明白な喧嘩言葉がはっきりと聞こえてくるので、われわれはいかに上品ぶっても、その仲裁をすぐにやらざるをえませんでした。争いの場に入ってみたら、リディアがすでに口論に加わっていて、あたかも二人の女たちがただの言葉よりは身体的な何らかの手段に訴えるのを恐れているかのように、震えながら二人の間に立っているのを見ました——グリスキン夫人の顔は嵐の中の満月のように輝き、燃え、かつ不吉な形相だったし、かたやタビーの方は身の毛が立つほどぞっとさせるような不満顔で、不快と落胆を総身から吐き出していました——われわれの出現で彼女たちののしりあいは収まりました。

しかしグリスキン夫人は私に向かって「わが従兄よ（と彼女は言いました）この婦人から、私が彼女のご一家のために尽くした労に対して、ひどく恩知らずな仕返しを受けたことを申し上げなくてはなりません――」「わが家は奥様にとてもお世話になっております。（タビーが異常に興奮しながらも笑顔で叫んだ）でも私たちこんなにもご立派な仲立ち人に配慮していただくわけにはまいりません」「でもそんな事をおっしゃっても、タビサ・ブランブルさん（と相手がまた言いました）私は美徳そのものが報酬と思うだけで満足です。万一あなたが道化役を演じ続けても、私を責めることはできませんよ――ご自分でも少なからぬ関心をお持ちのブランブル様はきっと、姪とバートンさんとの縁組を進めるために全力を尽くされるでしょう。この縁組は名誉でもありますし、都合がいいことでもあるのですから。そして私はっきり申しますが、ミス・リディアはその生活を幸福にするためによく考えたやり方に、よもや反対なさることはないでしょう――」「奥様のお許しをいただきたいのですが（とリディアはとても興奮して叫びました）私にはこのようなやり方からは不幸せしか期待できませんわ。それに私の保護者たちはとても同情しているのです。私の心の平和を、損得とか財産などと引き換えにすることはないと思います――」「これは驚きました、ミス・リディア（彼女は言った）あなたは叔母様のなさったことでうまいことやったのよ――私はあなたの考えはわかりますから、チャンスがあったらよく説明してあげます――この場はこれでおいとましますが――奥様、これからも何なりとお言いつけください」と彼女は言い、私の妹に歩み寄って、まるで床にしゃがみ込むかと思うほど低く腰をかがめました――この挨拶に、タビーも同じくらいのしかつめらしさで挨拶を返しました。その姿勢を取っている二人の顔の表情は、もし絵画が不振と退廃に陥っている現代において、かの比類なきホガース〔画家、版画家（一六九七―一七六四）〕のごとき画家が再び出現すれば、その筆にとっては格好の画材となるでしょう。

ジェリーはグリスキン夫人に付き添って家まで行きました。手箱をバートンに返し、妹にはきわめて不愉快な彼の求婚を断念するよう彼に忠告するためにそうしたのですが、しかしながら帰宅した時にはジェリーは妹にひどく腹を立てていました――それはグリスキン夫人がリディアにはすでに意中の人がいると彼にはっきり言ったからです。その言葉でウィルソンのことがすぐに想い出されて、彼の名家の誇りもあやうくなったのです――彼はかの冒険家に復讐することを宣言し、妹には厳しくしたいと申しました。しかし内々に私が彼女と話し合うまでは、憤りをおさえるようにジェリーに頼んでおいたのです。

かわいそうにこの子はこの点で熱心に問い詰めると、以下のようなことを涙にくれながら告白したのです。即ちウィルソンが実際にブリストルのホットウェルにやって来てユダヤ人の行商人としてわれわれの宿まで現れたこと、しかし彼女の心を乱したくないならすぐに立ち去って欲しいと頼み込み、二人の間にはそれ以上何もなかったこと。その頼み通りに彼は立ち去ったが、その時、妹の女中にリディアに一通の手紙を渡してほしいと説得したことなど。ただし女中はそれを受け取らなかったがその男の伝言、つまり彼は良家出の紳士であり、近い将来、紳士としての資格で恋心を公言するつもりであるとの言葉をリディアに伝えることには異存がなかった、などです――リディアはこの最後の点について彼は約束を果たしていないとはいえ、彼が彼女の愛に全く冷淡になったわけではないのだと告白しました。しかしそれと同時に、彼女の兄と私の同意と承認なしには決して彼とも、その他の言い寄る人間とも文通などしないと約束しました。

この発言で彼女は兄のジェリーと仲直りしました。しかしかっとしやすいこの青年はそれまでにもましてウィルソンに激怒し、今やこの男を一家の名誉をだいなしにする悪だくみを抱く詐欺師だとみなしているのです――バートンについて言えば、彼は贈り物を突っ返され求愛をそっけなくあしらわれたので、少なからず屈辱を感じているようです。しかし彼はこのくらいの挫折で深刻に悩むような男ではありません。日ごとにタビーの復讐と陰謀にさらされる危険を冒してまでその求愛を成就させるよりは、むしろリディアに捨てられることを喜んでいるのかもしれません。なにしろタビーは軽んじられてその仕返しをしないですませるような女ではないのですから――私はこれらの出来事をくわしく述べる十分な時間がなくなりました。というのも家に、警官とその部下がバザード判事の捜査令状をたずさえ、わが従僕のハンフリー・クリンカーの荷箱を捜索するためにやって来たのです。クリンカーは追いはぎとしてたった今逮捕されたそうです――この事件は一家全体を混乱に陥れました。わが妹は紳士の宿舎に事前の許可なしで、かかる用件であえて押し入るとは何事だと警官を叱りつけ、彼女の女中はおびえて発作を起こし、リディアはクリンカーに同情して涙を流すありさまでした。ところがクリンカーの箱には強盗の容疑を立証するようなものは何も見出すことができなかったのです。

私自身はこの男が誰か他の者と間違えられたと信じて疑わず、彼を釈放させるためにすぐに判事のところに行きました。しかるに事態は予想していたものよりはるかに深刻でした――哀れなクリンカーは刑事たちに取り囲まれ、震えながら法廷に立っていました。少し離れて、告発者の太ってずんぐりした馬車の騎手がいました。この男が街路でクリンカーを捕まえたのですが、このクリンカーこそ去る三月十五日、ブラックヒース〔追いはぎで有名だったロンドン近郊の土地〕で、この男の御する駅伝馬車に乗っていた紳士を確かに強奪したと言ったのです——この証言だけでクリンカーの犯行を証明するのに十分だとされました。そこで彼はクラーケンウェル監獄〔ロンドン郊外のクラーケンウェルにあったニューゲート監獄〕に送られたのですが、ジェリーはそこまで馬車で同行し、彼に対して監獄の許すかぎりの便宜を惜しまないようにと牢役人に頼んだのです。

この追いはぎを見ようと集まった人びとは愚鈍そのもののような（彼らに許しを求める）クリンカーの態度に何か悪党めいたものを嗅ぎつけたようです。また判事自身もその陳述の幾つかについて彼には不利な解釈をしていました。判事の言うところでは、その陳述には常習犯特有のあいまいさと言い抜けらしきものがあると言うのです。しかしながら私の見方ではそのような陳述は、かかる状況の貧弱な田舎の若者が陥るような動揺のためだとするのが、より公正でより人間味のある見方だと思うのです。私は依然として彼の無実を信じており、この信念において彼に濡れ衣が着せられないように最善の努力をせずにはいられないのです——明日には甥を強盗に出会った紳士の許《もと》に行かせて、その人に人道心を発揮して囚人を訪れて実見してくれるように強く頼ませるつもりです。これは紳士がクリンカーを追いはぎとは全くの別人とわかったら、彼に有利な証言をしてもらうためです。クリンカーがどんなになろうと、このいまいましき事件は私には耐えがたい無念の思いになるでしょう——私は判事の面会室の雑踏の中で汗だくになっていたのですが、そこから戸外に飛び出したら、ひどい風邪をひいてしまったのです。本当は痛風のために寝ていなくてはならなかったのですがそれもできないので、この哀れな奴がロチェスターでの裁判に出席するまで数週間はロンドンに居なければなりません。というわけで十中八九、北部の旅はできなくなりそうです。もしかかる苦悩と不安のさ中にいる私を慰めていただくために先生の哲学の造詣の中に何か適当なものがありましたならお知らせください。

不幸なる友　マット・ブランブル

六月十二日　ロンドン

准男爵サー・ワトキン・フィリップスへ（オックスフォード大学ジーザス・カレッジ）

親愛なるワット

茶番劇が終わり、今はもっと深刻なジャンルの他の芝居が舞台で演じられています――叔母はバートンに必死に攻撃したので、この男は彼女に陣地をゆずって退き、リディアへの求愛を明言することだけがわが身を救えるのだと思っていたが、今度はリディアに拒絶されてしまったのだ――グリスキン夫人はこの件で彼の弁護士としてまた代理人としてタビサ叔母と反目するほど熱心に活躍したが、信心深いお二人の間に激論が交わされるという見せ場まであり、もし伯父が止めなければば、二人はあわや手を出しかねないところだった。しかしここにわが家全体を混乱と不安に巻き込んだ事件が起こったので二人は和解した。というのは哀れな説教師のハンフリー・クリンカーは今、クラーケンウェル監獄の悪党どもの中で聖職を遂行しているところなのだ――ある騎手が彼が強盗をやったと証言したので保釈の手続きも許されず、伯父が彼のために八方手を尽くして陳情や運動をしたのにもかかわらず彼は獄に投じられたのだ。

あらゆる点から見てこの哀れな男に罪があるなどということはありえないのだが、この奴が縛り首になるほどの危険に身をさらしているのだとぼくは信じている――取り調べに当たって彼の供述はいかにもしどろもどろで隠し事でもあるようなので、その場に居た人たちは彼が本当にならず者だと思い込み、判事の言葉がまた人々の思いを裏付けするようなことになってしまった。伯父とぼく以外にはこの容疑者の肩を持とうという気持ちになっているような人は一人しかいなかった――その人は立派な服装をした若い男だったが、ぼくらは彼が証拠についての反対尋問をしたやり方から見て、彼は当然司法修習生だろうと思った――彼は判事が容疑者の不利になるような無慈悲な尋問をする際には遠慮なくそれをやめさせて、法律上の疑問点について判事たちと討論さえあえてしたのです。

伯父は、まるで墓穴を掘りそうなクリンカーのしどろもどろな言い方に憤ってこう叫んだのです――「神の御名においてもしお前が無実なら、その旨申し述べよ」「いいえ（と彼は叫んだ）良心が罪の重荷を負っていますのに、私は己を無実であるなどと申すことはどうしてもできません」「しからばお前は実際にこの強盗をやったのか」と主人は再び尋ねた。「とんでもないことです（と彼は言った）私はそのような罪を犯してはおりません」

この時に判事が口をはさみ、この男は共犯者に不利な証言をして事実解明をしたいと思っているようだと述べ、書記に彼の告白を記録するように命じた。これに対してハンフリーは自分が思うに、自白などというのはバビロニアの淫売女〈ローマ・カトリック教会のこと〉によって考え出されたカトリック教のペテンにすぎないと言明したのだ。するとかの法学生はこの哀れな男は〝心神喪失〟であると主張し、判事に彼を精神異常者として釈放するように説得した――「あなたは（と彼は付け加えた）問題の強盗がこの囚人によって行われたのではないことをよくご存じです」

判事たちは顔を見合わせてニヤリとした。バザード判事はひどく興奮して答えた。「マーチン君、あなたは自分のことだけをやってくれればいいと思うよ。私が自分の職分を心得ていることは、そのうちにわからせてあげます」。手短にいうとクリンカーのための救済策はなかった。囚人投獄令状が発行され、かわいそうにクリンカーは警察官の護衛のもとに貸馬車で獄に送られた。ぼくもそれに付き添った。ところでぼくは判事の部下のこの警官が囚人に、君はあと数週間で出獄できるのは明白なのだからがっかりするなと励ますのを聞いた時には、少なからず驚いたものだ――彼は、判事殿はクリンカーがこの件については無罪であるのは十分承知している、あの馬車を襲って強盗をした追いはぎは実は、あんなに熱心に正直なハンフリーのために弁護してくれたマーチン氏その人にほかならないのだと言った。

この知らせに動揺してぼくは尋ねた。「じゃあなぜマーチン氏は自由に行動できるんですか、この哀れな無実の男が犯人扱いされているのに」「マーチンさんがやっていることはすっかりわかっているのです（と彼は言った）でもこれまでのところは有罪判決に十分な証拠はないのです。それにこちらの若者については馬車の騎手がはっきりと確認したことを誓っている以上、判事としては拘束せざるをえないのです」「それならもしかのならず者の騎手が本当だと誓った嘘いつわりを撤回しなければ（とぼくは言った）この無実の若者は絞首台送りになるかもしれないというわけだね」すると警官は、クリンカーには裁判の準備期間が十分にあるのでアリバイを証明できるだろう、そうでなければマーチンが別件逮捕されて有罪を宣告されるかもしれない。そうしたらマーチンはこの事件を自らやったと認めるか、あるいは結局こうはいかず証拠がハンフリーに不利のまま残っている場合でも、陪審員は彼の若さを考慮し、とりわけこれは初犯であることがわかれば、彼の釈放を勧告するだろうと言った。

ハンフリーのそれまでの供述によると、彼はその強盗事件が起こった当日に自分がどこに居たのか思い出す気にもなれず、まして六か月もさかのぼってみると、彼はそのころおこりにかかっていたが、外出できないわけではなかった、などを覚えているくらいで、今度の事件の詳細を証明することなどできそうにもないとのことだ――彼は供述してから天を仰いでこう叫んだそうだ「主のお望みのままに。もしも苦しむことが運命なら、つまらぬ者ですが私は信仰している教旨に恥じないように振る舞いたくございます」

クリンカーを告訴した男が眼の前に立っている実行犯をまったく知らないふりをし、強盗とは似ても似つかぬクリンカーに濡れ衣を着せようとしているのには驚くばかりだと言うと、その警官（この男は盗賊を捕まえたが）はぼくに、マーチン氏は知るかぎりでは〝街道の紳士〟（追いはぎの別名）

のうちでもそのやり方が一番スマートなこと、相棒や手先を連れずにいつも独立独歩の士として行動し、冷静でしらふの時以外は決して仕事に取りかからないこと、しかも決して勇気と沈着を失ったこともないこと、言葉は丁寧で、仕草には残酷さや傲慢さが全くないこと、懐中時計や装身具はもちろん銀行券にも目をくれず、常に現金しかも王国で流通している貨幣だけを求めること、かつ自分の身や持ち馬を巧みに変装させる術を心得ているので、犯行後は人も馬も見分けることが誰もできないことなどを説明してくれた――「この大物は（と彼は言った）ロンドンから五十マイル以内のどんな街道にも十五か月以上君臨してきました。しかもその間にこの街道の悪者すべてがやるより多くの仕事をしているのです。というのも彼の手にかかった人たちはとても丁寧に扱われるので彼を不利な立場に追い込もうとは全く思わないのです。しかしそうしたことにかかわらず彼の命運は尽きようとしています――ロウソクの周りを飛び回るガのように、今は刑事の周りをひらひらと飛んでいるのです――行く手にはもうすっかりわなが仕掛けられていて、私は大枚百ポンドを賭けてもいいが、クリスマス前にはぶらんこ往生でしょうな」

ぼくは君に告白するが、二人の悪漢についてのこんな説明を聞くと、ぼくが彼の振る舞いについて観察したこともあわせて、気の毒なマーチンの運命についてぼくはとても興味をひかれた。彼は今生活のために奮闘しなければならないこの社会の有用な名誉ある一員になることが当然と思えるのに。耳にしたところでは彼はしばらく材木商の番頭として暮らしていたことがあったが、その材木商の娘と密通したので、解雇され、彼の妻も家を追い出された。まもなく彼女の方から結婚生活を捨ててしまった。それでマーチンは持参金ねらい〔金めあてに嫁を探す人〕になったが、追いはぎ以外に生活できず、このやり方でこれまでなみなみならぬ成功を収めてきた次第だ――彼はこの首都の刑事部長のバザード判事のもとに敬意を表しによくやって来て、一緒に楽しくパイプをくゆらせたりするのだ。そんな時にはたいてい二人の会話は証拠というものについて語りあうのだ――刑事は彼に身体を大事にするようにといんぎんに警告し、一方彼はその忠告をありがたく受け入れている――これまでのところ彼はバザードとそのスパイたちのあらゆる警戒や巧妙な手練や捜索を、シーザーやテュレンヌ〔三十年戦争当時のフランスの将軍〕の天才にも劣らぬ神業で出し抜いてきた。しかし彼には一つ弱点がある。つまり彼と同じ英雄たちのすべてに致命的なもの、すなわち女性に対するのぼせあがりがそれだ。そしてどんな点から見ても彼はこの無防備な側面をねらわれることになると思われる。

それはともかくぼくは、気の毒なクリンカーの身柄がクラーケンウェル監獄の看守に引き渡されるところまで見送ってやり、看守にこの男をできるだけ寛大に扱ってくれるように丁寧に頼み込んだ。それで看守はとても優しく彼を迎えたが、規則に従って彼に一組の鉄具をはめなければならず、それをはめられたクリンカーはひどく悲しげだった。ところでこの可哀そうな男は自らの不運を嘆くばかりでなく、ぼくの伯父の親切をうれしく思ったらしい。ぼくはできるだけ手を尽くして彼が赦免されるように努力するし、ここにいる間は居心地をよくしてやることを保証すると、彼はひざまずき、ぼくの手にはらはらと涙をこぼしながら接吻して「おお旦那様（とむせび泣きながら叫んだ）何と申し上げたらいいのでしょうか――私は――いえ、私は何も申せません――私の哀れな胸はあなたとあのお優しい、お優しい、親切な、高貴な恩人に対する感謝の気持ちで張り裂けそうでございます」

まったくのところその場が哀れを誘うものになってきたので、ぼくはやむなくそこを立ち去り、伯父のもとに帰ってきた。伯父はぼくに、かのブラックヒースで強盗にあった当人のミード氏という人のところに礼を尽くして訪問するように命じたのです。彼は家に居なかったので伝言を置いてきたが、それを見て彼は今朝ぼくらの宿に来てくれて親切にも囚人を訪問することを承知してくれた。この時までにはグリスキン夫人がミセス・タビサのもとにこの家族の災難に正式に見舞いを述べるために訪れてきていたが、こちらの賢明な処女は今や怒りもおさまって夫人を丁寧に迎えなくてはならないと思っていたから、即座に和解したわけだ。この二人の婦人は哀れな囚人を親しく見舞おうと決めたので、ミード氏とぼくがクラーケンウェルまでついていった。伯父は腹具合が少し悪かったので外出できなかった。

ぼくらをクラーケンウェルで迎えた看守はとても不機嫌に見えた。ぼくらがクリンカーのことを尋ねると、「悪魔があの男に取り付いても私は知りませんよ（と彼は言った）あの男がここに入ってからというもの、この監獄はどこでも信心の言葉とお祈り以外はもう何もないという有様です――あの野郎、酒場がつぶれてしまう――奴がきれいごとを並べ立ててからというもの、一樽のビールも一ダースのワインも売れなくなってしまった――ここの紳士方はあんた方のいまいましい宗教以外では酔っ払わんようですわい――私の考えを申せば、あのあなたの下男は悪魔と付き合っているのだと思いますよ――ハウンズロー・ヒース〔盗賊がよく出没した荒野〕を稼ぎ場にしていた一番凶悪な奴らが二、三人一晩中おいおいと泣いていましたぞ。もしあの男が身柄提出令状か何かでここから身柄を移されなければ、こんちくしょう、この監獄には一かけらの気概さえなくなってしまいますよ――ここを名高いものにする奴とか、生粋のイングランド人らしくこの世におさらばしていく奴は一人もいなくなるでしょうね――何てこった、しくしく泣くほかないのか――わしらは皆聖歌を歌う織り手たちのように穏やかに死んでいくのでしょう」

手短に言うとわれわれはちょうどその時、ハンフリーが礼拝室で罪人たちに熱弁をふるっており、しかもその聴衆の中には看守の妻と叔母の女中のウィン・ジェンキンズ、また宿の女中もいることがわかった。われわれもすぐにそこに加わった。鎖の音をガチャガチャさせながら集まっているこの囚人たちの集会、その真ん中に演説家クリンカーが立ち、宗教心から恍惚とした顔で、地獄の責め苦について長々と論じ、殺人者や強盗、盗人や娼婦あさりなどを交えた悪人どもを、聖書の句を引用して糾弾している有様は、それまでに見たこともない名画のような場面だった。ぼろ服の浮浪者たちが浮かべる様々な熱中の表情はラファエル〔イタリア、ルネサンスの有名な画家〕の絵筆にかかっても恥ずかしくないものだった。一人の男は讃嘆、次の男は疑問、第三の男は軽蔑、第四の男は侮蔑、第五の男は恐怖、第六の男は嘲笑、第七の男は憤怒の表情をしていた――ミセス・ウィニフレッド・ジェンキンズに至っては、涙にくれ悲しみに打ちひしがれていた。もっともそれは彼女自身の罪の意識のためなのか、それともクリンカーの不運のためなのか、ぼくには断定はできない。他の女たちは驚異と信心の交錯した顔付きで聞き入っているように思えた。看守の妻はクリンカーは災難に見舞われた聖者だと断言し、イングランドのどの監獄にも彼のような善人がいたらどんなにいいかしれないと言った。

ミード氏は説教者をつくづく観察してから、その人相はブラックヒースで自分に強盗をした男の人相とは全然違うから、彼はその時の男ではないことを明白に宣誓できると言明した。しかしハンフリー自身はこの時までに、絞首刑の心配からほとんど免れていたのだ。というのも彼は前夜すでに仲間の囚人たちによって厳密に裁かれて無罪とされていたからだ。そしてその囚人たちの幾人かはもう彼によってメソジスト教に改宗させられていたのだ。彼は今、われわれの訪問に礼儀正しく感謝し、許されて婦人たちの手に接吻したが、彼女たちは自分たちの友情と保護をあてにしてもいいと彼に保証した。グリスキン夫人はきわめて熱心に、彼の仲間の囚人たちに、彼らの中のこんな「とらわれの身の聖人」がおられるという貴重な機会を逃さずに、彼らの哀れな魂が幸せになるように人生の新しいページをめくるように説きすすめた。そして彼女の訓戒をさらに効果的なものにするために、彼女は贈り物をして言葉の裏付けをした。

彼女とミセス・タビーが二人の女中と一緒に馬車で帰宅したが、ぼくはミード氏に付き添いバザード判事の家を訪ねた。判事はミード氏の供述を聞いて彼の誓いは今ここで役立つというわけにはいかないが、あの囚人の裁判の時には、有利で重大な証言になるだろうと言ってくれた。そういうわけで哀れなクリンカーにとっては、それまでは忍耐する以外に救済策はないように思うのだ。そしてまたこの忍耐心(薬とも呼べる)は全員、特に北方への旅をしようと決心した郷士にも必要だろう。

ぼくらがクラーケンウェル監獄に正直なクリンカーを訪問している間に、伯父は宿で、それどころではない特異な訪問を受けた。先にぼくがほめたたえたかのマーチン氏が伯父に敬意を表したいと望み、それがかなえられたのだ。マーチン氏は、伯父がバザード氏の部屋で彼の下男の身に振りかかった椿事のために ひどく心を痛めているのを見かけたから、クリンカーの生命については何ら懸念するにはおよばないことを保証するためにやって来たと説明した。そのわけは万一陪審員があのような証言でクリンカーを有罪とするようなことがあれば、彼マーチン自身が法廷にある人物を立たせて、その人物の宣誓証言があたかも白昼の太陽のようにクリンカーを潔癖の身にするだろう——まったくのところあのハンフリーは強盗犯罪を自分でやるほどのロマン主義者ではなさそうだと言うのだ。彼はまたかのクリンカーを密告した騎手は、追いはぎ稼業ではしろうとの下劣なやつで、オールドベイリー〔ロンドンの中央刑事裁判所〕で仲間に罪をなすりつけて己の死罪を免れたことがあること、今や極貧の身なので、懸賞金めあてに無実の人間の生命にかかわる誓言をするようなこの自暴自棄な手段を取ったものであること、しかしながら、刑事とその部下たちは裁判の仕事にはどんな者も介入させないように固く決心しているので、かの男はひどく失望するしかないこと、なおマーチン氏は判事らが次の巡回裁判までに証人自身を沈黙させるのに十分な物証を用意できることをまったく疑っていないことをぼくらに告げた。こうした事情をすべて判事はわかっていても、なおクリンカーに厳しく臨んでいるのは、その主人に対し、判事の公平さと人情への感謝のしるしとしてひそかに判事に贈り物をするよう示唆しているのに他ならないのだと彼は断言した。

しかしこの示唆はブランブル氏にとってまったく受け入れられないものなので、司法官の腐敗を助長する手段でこの地を明日出発するより、軽蔑するロンドンでも一生ここに閉じこもっているほうがましだと明言した。しかしながらぼくからミード氏の報告が囚人にとても有利だったことを聞くと、彼は囚人の即時釈放のためなら、どんな勧告をも受け入れることを決心した。一両日中にこの面倒な仕事の相談がまとまるのは確実のようだ。その見込みでぼくらは旅立ちの準備をしているところだ。ぼくらの努力が失敗しなければ、君への次の手紙は旅先からになるだろう。

敬具

六月十一日　ロンドン

J・メルフォード

ルイス先生へ

ありがたい、親愛なるルイスよ。暗雲は晴れました。私は現在夏の旅行に晴れ晴れとした望みを抱いており、明日旅立つことになると思います。クリンカーのことで人の勧告に従いましたが、たまたま彼のために好都合な事件が起こりました。彼を告発した男が逆にその身を自分の矢で攻撃されたのです――二日前にこの男は公道で追いはぎを働いたかどで逮捕され、共犯者の証言により投獄されたのです。クリンカーは先に身柄提出状を申請していたので、首席裁判官の法廷に呼び出されましたが、裁判官はクリンカーは自分を公道で止めた当人ではないとのあの盗難被害にあった紳士の宣誓供述書を認め、かつ、告発した騎手の性格と現在の状況を勘案して、私の従者の釈放出獄を喜んで命じてくれました。かくして彼は釈放されましたが、わが一家が満足したことは筆舌に尽くしがたいものがあります。彼はわが一家の喜びに対してうやうやしく振る舞ったばかりでなく、天分ともいえる説教と祈りと聖歌の歌唱という異常なまでの献身ぶりを示して応えてくれました。しかもそのやり方はタビーでさえ彼を神に選ばれた者として敬うほど堂に入ったものでした。もしこのあらわな宗教心に何らかの虚飾や偽善らしきものがあれば、私は彼を雇っておけないのですが、この男の性格はまったく単純そのもので、それが一種の情熱で燃えて、恩人たちへの感謝と愛着の思いを抱かせるのです。

彼は乗馬の達人だし、さらに獣医学の心得があるので、彼が乗るために一頭の丈夫な去勢馬を買い与えました。旅行中は私らに付き従い、御者が仕事を怠けたときに、馬車馬をよく監視させるようにするためです。甥は自分の馬に乗ることにしていますが、海外から雇い主と一緒に帰ったばかりの一人の従者を雇ってみることにしたのです。その主人のサー・ウィリアム・ストロップがこの男の誠実さを保証しています。ダットンという名のこの男はなかなかのしゃれ者のように思われます——フランス語を生かじりしており、会釈をしたり、にやにやと笑ったり、肩をすぼめたり、フランス風に嗅ぎタバコを吸うのですが、調髪がうまいと自己満足しています——もし私の外見上の判断がそれほど間違っていなければ、彼はあらゆる点でハンフリーとはまさに対照的な人間です。

妹はグリスキン夫人とよりを戻しました。もっとも白状すると、二人の仲が完全に決裂しても私は残念には思わなかったでしょう。しかしタビーはバートンを許す気にはなっていません。聞くところによれば彼は避暑のためにバークシャーの別荘に行っているそうです。このほどかの二人の女たちの間で結ばれた和平協定で、グリスキン夫人が、結婚の計画に絶望しきったかに見えるわが妹タビサに良縁を用意すべく全力を尽くすということが取り決められたに違いないと思わずにはいられないのです。おそらくこの月下氷人が、愛情故か打算ずくかミセス・ブランブルと本気で一緒になろうという男を見つけることができれば、仲介料としてかなりの報酬を受け取ることになるでしょう。確かにそれだけの値打ちがあるのですから。

私はわが心と体が互いに影響しあうことを発見しました——すなわちわが心を乱すものは何であれそれに対応する身体の不調を生み出すのです。そして身体の苦痛は精神的な苦悩の雲を払いのけるきっかけがあれば、それによってかなり軽くなります——クリンカーが投獄された事件は前便でお知らせした体の不調をもたらしたのですが、今や彼が釈放されたのでそんな症候は消えました——先生の処方に従って調剤した薬用ニンジンのチンキを服用しました。これが胃には卓効があったことは認めますが、心の悩みがまったくなくなるまではしきりに痛みと吐き気に悩まされました。でも今や完全に回復しました。この十日間というもの晴天が続くのでロンドンを驚かせています。人びとはこれを不吉な兆候だと思っています。もしウェールズにおいてもこんな好天が続くなら、もうバーンズは干し草をつくって、ちゃんとその束を積み上げてくれていることと思っています。われわれは今後数週間は移動中ですから、これまでのように先生からのお便りをいただくことはできないと思います。しかし何か先生から連絡していただきたい時には、われわれの旅の行程を承知していただけるように、これからも途中で止まるところから必ず先生に手紙を差し上げます。

確かなる友　マット・ブランブル

六月十四日　ロンドン

ミセス・メアリー・ジョーンズへ（ブランブル館）

親愛なるメアリー

アバーガヴェニーに住んでいる従兄のジェンキンズがそちらに行きますので、お印までに彼に託してあなたに鼈甲の櫛一つ、緑のリボン二ヤード、それに礼拝堂で話された善行のむなしさについてのお説教の本を送ります。それとソールが字の勉強ができるようにソールあての角本〔学習用にアルファベットなどを書いた紙を板に張り、透明な角の薄片でおおったもの〕も届くでしょう。だってあの子の可哀そうな心が心配ですから――それにこの世の楽しみの追求などあの不滅なものの大切さに比べたら一体なんでしょうか――人生は苦悩のベールにしかすぎません。おおメアリー、一家全員でとても心配しました――クリンカーさんが苦労しましたが地獄の門もあの人に勝つことはできませんでした――あの人の美徳は火中で七度も精錬された純金のようです。彼は強盗の疑いで捕まり、バシャード〔バザードのウィンことば〕判事の前にしょっぴかれました。判事は投獄令状をつくりました。そして気の毒なこの若者は懸賞金目当てにこの人の命を奪おうとした悪者の偽りの証言で監獄送りになったのです。

旦那様はできるだけのことをなさいましたが、あの人が鎖につながれ品のない職人たちと共に監禁されるのを防ぐことはできませんでした。でも獄中では彼はオオカミや虎の中の無辜《むこ》の羊のようでした。もし旦那様がエピアス・コーカスに頼まなかったら、この信心深い若者の身の上に何が起こったかわかりません。このエピアスという人は年寄りの執行吏と一緒に住み、みんなの話では五百歳にもなり（大変なことね）それに魔法使いだそうです。しかしそうだとしてもこの人が悪魔と関係ないことは確かです。そうでなければ石の壁や鉄のかんぬきや二重の錠前をあんなふうに思いのままに開けてクリンカーさんを探し出すことはできなかったでしょう。というのも悪魔にとって主人のブドウ園でせっせと働いているクリンカーさんほど手ごわい敵などどこにもないのですから。私は慈悲深い神様のお召しを受けたうちの奥様の言葉を借りて言っているだけですが、私自身もつまらない身ながら恩寵を受けられるのではないかと信じています――リディアお嬢様は心の痛みに悩んでいます。でもちょっと気が弱すぎるのです。しかしお嬢様にも私たちみんなにも、クリンカーさんの骨折りのおかげで、再生と悔い改めというよき果実ができることは間違いありません――旦那様と若旦那様については、あの方たちはまだ新しい光明を仰ぎ見られるようにはなっていません――あの方たちの心は俗世の知恵で鈍くなっていると思いますが、聖書にもあるように、そんな知恵は神様の目から見れば愚かなものにすぎません。

おおメアリー・ジョーンズ、あなたもこの不思議な伝道者のわざを受け入れられるように、いつもお祈りをして神様の恵みを願ってください。そのわざはこの冬、ブランブル館であなたにも他の人にも与えられると思います――明日私たちは四頭立ての馬車でヨークシャーに向けて出発する予定です。そしてあちらの方角に遠く、遠く、口で言えないくらい遠くまで旅することになるでしょう。でもどんなに遠くに行っても親友を忘れはしません。そしてメアリー・ジョーンズを友達としていつまでも心にとどめておくでしょう。

敬具

ウィン・ジェンキンズ

六月十四日　ロンドン

ミセス・グウィリムへ（ブランブル館の家政婦）

グウィリムさん

私は数週間前にあなたあてのバースからの手紙で酸っぱくなったビールのことや牡のガチョウのこと、女中たちにバターを無駄使いさせないことなどを書きましたが、それに返事がないのはどういうわけかと思っています――私たちは今、北部に長い旅に出かけようとしています。それにつけても留守中に家の中がうまくいくように、あなたが細心の注意を今までの倍もしてくださるようにお願いします。それというのもあなたは地上の主人ばかりでなく、天上の主にも勘定書を提出しなければならないからです。もしあなたが忠実な召し使いであることがわかれば、天国で報いられるごほうびは大きなものになるでしょう。私が帰るまでに市場に出せるチーズが二十ストーン〔チーズ一ストーンは十六ポンド〕はできていると思います。また二つ折りの毛布が半ダースできるだけの羊毛も紡がれているでしょうね。それとバターミルクをためておけば聖マーティン祭〔十一月十一日〕までにはかなりのお金になるでしょう。二頭の豚はブナの実やどんぐりで太らせればいいのですから。

私はルイス先生にも同じ用件で手紙を出しましたが、あの人は失礼にもそれに全く注意してくれません。ですからあの人がひざまずいて頼んでも二度と手紙はあげません。作男のウィリアムズにはよく目を光らせておいてください。あいつはルイス先生の手先で、心の中はいかがわしい男のように思うのです。私がキリスト教徒としての慈愛を欠くことは決してありません。でも慈愛は家庭から始まるものです。そして確かに、一家からあんな害虫を取り除くことほど慈愛にかなった行為はないのです。まだらの牝牛は牧師さんのところの牡牛にかけられたでしょうね。また母豚のモルはもう一腹の子どもを産んだでしょうね。ディックもうまいネズミ捕りになっていると思います。どうか万事きちんとして、倹約し、女中たちを怠けさせないようにお願いします――もし都合のいいつてがあれば、女中たちに卑俗なはやり歌の代わりに歌う讃美歌を少し送りたいところですが、それもできないので、あなたと女中たちには私の祈りを送ることで我慢してもらいます。

確かな友　T・ブランブル

六月十四日　ロンドン

この前君に手紙を書いたその翌日、クリンカーは釈放された――マーチンの予言の通り、告訴人自身が明白な証拠で追いはぎの罪で投獄されたのだ。この男はかねて警察からわなをかけられていた。警察は犯人告発の独占権を侵害しようとしたこの男の鉄面皮に腹を立て、正式の証人と認められた共犯者の宣誓証言を得て、この男をしょっぴいてニューゲート監獄に拘禁したのだ。この騎手は前科者でもあったので、首席判事はミード氏の宣誓供述書を一読するや、ためらうことなくクリンカーの保釈を認めた。その供述書にはもちろん当のクリンカーはブラックヒースでミード氏を襲った男ではない旨が記されていた。こうして正直者のクリンカーは釈放された――彼が戻ってきた時、彼はご主人への敬意を表そうと精一杯《せいいっぱい》の努力をした。しかしこの時には持ち前の雄弁さは影をひそめて、かえってその沈黙ぶりが印象的だった。彼は主人の足元にひれ伏し、主人のひざを抱いてさめざめと涙を流した。伯父も感激せずには見られない光景だった――ちょっとあわてて嗅ぎタバコを吸った。それからポケットに手を突っ込み、言葉よりもっと現実的な祝福を彼に与えた――「クリンカー（と彼は言った）、わしはな、お前の正直さと勇気のどちらもよくわかったから、お前を街道でわしの護衛とすることにした」

それで、彼はピストル一組と肩がけのカービン銃一丁をあてがわれた。それに他の用意もすべて整ったので去る木曜日の午前七時に出発した。伯父は三人の女性たちと一緒に馬車に乗り込んだ。ぼくはハンフリーは自分用に買ってもらった黒い去勢馬にしっかりとまたがった。ぼくは新たに雇い入れた従者のダットンを従えて馬に乗ったが、この男は外国旅行から帰ったばかりの並々ならぬ伊達男なので、試しに雇ってみたのだ――幅広のネクタイをしめ、化粧をし、すっかりフランスの侯爵気取りのしかめつらで、嗅ぎタバコを吸う奴だ。しかしこの時は乗馬服、長靴、革の半ズボン、金で縁取りされた緋《ひ》色のベスト、モール付きの帽子、短剣も帯び、手にはフランス式の乗馬用のムチ、頭髪は編みおさげというういでたちだった。

ぼくらが九マイルも行かないうちに馬の蹄鉄が一つ落ちた。それで別のを求めるためにバーネットの町で止まらねばならなかった。その間馬車はゆっくりと公有地を進んでいった。ハットフィールドの手前およそ一マイルのところで騎手たちが馬車を止めて、クリンカーに、わき道の突き当りのところで馬に乗っている怪しげな二人の男がいるが、馬車を襲おうと待ちかまえているらしいと告げた。ハンフリーはすぐさま伯父に伝えて、自分は最後の血の一滴まで伯父を守る決心だと断言してカービン銃を肩からはずして身構えた。郷士は馬車の物入れにピストルを入れていたのですぐにそれを使おうと決心した。しかし彼は同行の女たちに妨害されてそれはできなかった。彼女たちは彼の首にしがみつき、一斉に悲鳴をあげた――ちょうどこの時ゆるやかなギャロップで駆けつけたのが、誰あろう、かの街道荒らしのマーチンだった。彼は馬車に近づき婦人たちにしばらくじっとしているように頼んだ。そしてクリンカーに一緒に攻撃に加わるように求め、懐中からピストルを取り出した。それから彼らは二人とも馬に乗って悪漢どもに戦いをいどんで駆け出したが、そいつらははるか彼方から発砲して公有地を横切って逃げ去った。ぼくが馬車の中からの悲鳴に驚いてその場に駆けつけた時、二人は逃亡者の追跡に移っていたが、車内では怒り狂った伯父がかつらを振り落とし、タビーとその他の女たちから身を振りほどこうとしてもがき、大声でのろいの言葉を放っていた。ぼくが仲裁に入る間もないうちにマーチンとクリンカーが追跡から戻ってきた。マーチンはとても丁寧に挨拶し、悪党どもは逃げ去ったこと、彼が思うに彼らはロンドンから来た新米の二人組であることを説明した。彼はクリンカーの勇気をたたえた。そしてもしわれわれが許してくれるなら、所用で行こうとしているスティーヴニッジまでわれわれと同行したいと申し出た。

郷士は気持ちを切りかえて姿勢を整えたが、自分のぶざまな格好にまず笑い出してしまった。しかしタビーの腕を彼の首から振りほどくのは容易ではなかった。ぼくは伯父に警官から聞いた通りマーチンの人柄を知らせてあったが、その時伯父は彼の変わり者ぶりにひどく驚いていた——彼はぼくらの一行がこれだけの多人数でしかも十分に武装しているから、この男がぼくらをねらうとは思えなかったのだろう。それで、今この男がやってくれた仕事に礼をして喜んで彼の同行を受け入れた。そしてハットフィールドでわれわれと食事をしてくれるように招待した。この招待はもし婦人たちが客の本当の職業を知っていたら、彼らにとっては愉快なものではなかっただろうが、しかし伯父とぼく以外は誰もその秘密を知らなかった——しかしミセス・タビサは弾を込めたピストル一組を持って馬車の旅を続けるのは嫌だと言い張った。それでピストルからただちに弾が取り出され、彼女と他の女たちをほっとさせた。

叔母はこれですっかり満足してすごく機嫌が良かった。そして正餐の席ではマーチン氏にとても愛想よく振る舞った。彼の丁寧な物腰と快活な会話に彼女はすっかり心ひかれた様子だった。食事が済むと宿の主人がぼくに話しかけ、意味ありげな面持ちで、栗毛の馬に乗っていた紳士はぼくらの仲間なのかと尋ねた——ぼくはその深い意味がわかったが、〝いや、違う〟彼は公有地でぼくらと行き会い、追いはぎらしい二人の男を追い払うのを助けてくれたのだと答えた——主人はすべてわかっているとでも言わんばかりにはっきりと三回うなずいた。それから彼は、二人組の一人は鹿毛の雌馬、もう一人は額に白いすじのある栗毛の去勢馬に乗っていなかったか尋ねた。その通りだと答えると、彼らはまさにこの日の朝に三台の駅伝馬車を襲った奴らだと彼はぼくに保証した——今度はぼくがマーチン氏は彼の知り合いなのかと尋ねると、彼はまた三回うなずき、あの紳士を見かけたことがあると答えた。

　ぼくらがハットフィールドを出発しないうちに伯父はマーチンを見るからに意味ありげな表情で見つめ、お前はあの道をよく旅しているのかと尋ねた。すると彼は質問の主旨はわかっているという顔付きで、あのあたりではめったに仕事をしないのだと答えた。手短に言うとこの山師はスティーヴニッジあたりまでわれわれに付き添ってくれてから、とても礼儀正しい挨拶をして馬車とぼくから別れて、辻のところで左側の村に通じる道に去って行った——夕食の時にミセス・タビーは口をきわめてマーチン氏の良識と教養をほめ、彼の愛情を試す機会がもうないことを残念がっている感じだった。翌朝に伯父は次のような短い手紙を給仕から受け取り、少なからず驚いた——

拝啓
私は光栄にもあなたとハットフィールドで会話をかわした時に、お顔付きから、私という人間のことがわかっていることが容易にわかりました。あえて申しあげますが、私が現在の生活方法を改めて、たとえいかに卑しい職業であっても、不足なきパンをもたらし安穏に眠れるならば、他の誠実なる職業に進んで移りたいと望んでいることにあなたは異を唱えないことと存じます――おそらく召し使いのために払われたあなたの惜しみなきお心遣いを私が目撃した瞬間からあなたの御人柄に対して特別な尊敬と崇拝の念を抱いたということを申しましてもお世辞と思われるでしょうが、これは真実でございます。もし私があなたに保護されお仕えすることを許されるなら幸甚と存じます。家令であれ秘書であれ執事であれ土地管理人であれ、十分に仕事をやりこなせると信じております。また感謝の念と忠誠の念にも欠けないことを確言いたします――同時にまたあなたが私の誓ったことを試しに取り上げてくださることですら常識的な処世訓からは遠く逸脱しなくてはならないことも熟知しております。しかしあなたが世俗的な考えにとらわれているとは思っていません。また複雑な私の立場から、この挨拶を慈善と憐憫《れんびん》に満ちた温かきお心にお送りすることも許されて然るべきかと存じます――あなたがずっと北方までご旅行されるとうかがいましたので、スコットランドの国境にお着きになる前に何とかして再びあなたの進路にお邪魔したいと存じます。その時までに私の窮している状況をどうかご考慮ください。

敬具

卑しき忠実な召し使い　エドワード・マーチン

郷士はこの手紙を一読してから一言も発せずにぼくに手渡した。ぼくがそれを読んでからみんなは無言で顔を見合わせた。彼の眼に光るものを見て、言葉では表せない哀れなマーチンに対する好意が彼の心にあふれていることを悟った。この気持ちはまさにぼくと同じだったが、彼は自分と同じようなぼくの表情からそれをはっきり見分けたのだ――「この哀れな罪人を絞首台から救い、わが国家の有用な一員とするには（と彼は言った）わしらはどうすればいいのだろう。また一方ではこんな諺《ことわざ》がある。『盗賊を絞首台から救ってやっても、彼はお前の喉首をかっ切るだろう』ってな」ぼくは伯父にマーチンは絶対にその諺が正しくないことを証明することができる男だと言って、さらに、彼の心からの頼みをかなえてやるために伯父が取るいかなる手段にも、ぼくは心から同意すると述べた。ぼくらはお互いにこの問題をよく考えてみることにして、ともかくも旅は続けた。道路は春の大雨でひどくて、とてもでこぼこしていたので、かなりゆっくりと進んだのにもかかわらず、馬車の動揺で伯父が苦しみだし、ウェザービーとバラブリッジとの間で駅馬車街道から八マイルほど入り込んだ当地に着いた時には彼はすっかり不機嫌になっていた。

ここのハリゲート鉱泉〔Harrigate が原語だがおそらくハロゲート Harrogate のことであろう〕は壊血病やその他の病気に卓効があることで有名で、荒れた公有地の谷間の豊かな源泉から引かれている。その源泉の周囲に、鉱泉を飲む者たちの便宜のためにかなり多くの家が建てられている。もっとも人が住み着いている家はほとんどない。療養者の多くは公有地のあちこちに点在している五軒の宿に泊まっていて、彼らは毎朝、宿から泉まで自分の馬車で通っている。彼らはそれぞれの宿屋でグループをつくっていて、食事も共にする。広い共同部屋があり彼らはそこに八時から十一時までの好きな時刻にやって来て、気ままな服で幾つかのテーブルに分かれて朝食を食べる――彼らはまたここで午後にはお茶を飲んで、晩にはトランプやダンスをやる。しかしここでは妙なある慣行が流行している。ぼくはそれを無作法だと思っている——婦人たちが代わる代わるお茶の接待をするのだ。十六歳の少女でさえこの恥ずべき負担からまぬがれられない——またある家では毎晩会員制の公開の舞踏会が催される。この会には他の家の客も切符を買えば参加できる。実際にハリゲートは娯楽や気散じなどではバースに次ぐところだ——しかもこちらの方がバースよりつきあいが良く親しみやすいという違いがある。一軒の宿屋などすでに五十人を下らぬ宿泊客とそれと同数の召し使いで屋根裏部屋まで満杯になっている。ぼくらの宿の客は三十六人を越えない。この宿の設備はあまり人が増えては間に合わなくなるので、これ以上客が来なければいいと思っている。

今のところわが宿の客は、赤の他人同士の寄せ集めの集団とは思われないほど気持ちよくつきあっている——みんな仲良くして、健康上の理由でここに来る人に親切にしようと思っているらしい。中にはバースで別れた何人かの顔が見えるが、大多数はイングランド北部諸州の人たちだ。それに多くの人びとが鉱泉療養のためにスコットランドからやって来ている——こんなに多彩なので変な奴も相当いるに違いないが、そんな連中に交じってもミセス・タビサ・ブランブルはやはり目立たないわけにはいかない——このような男女交際ができるところなら、彼女のような考えと気質の人間にとって不愉快なはずはないのだ——彼女は食卓で、ノーサンバーランドから来た足が不自由な牧師と、新生の問題および道徳の無意味さということで熱心に論争していた。すると彼女の議論に、付け髪をしたスコットランド人の老弁護士が加勢した。彼は歯が抜け手足も不自由だったが、それでもたいへんな能弁だった。彼は彼女の信仰心と学識をべたぼめしたので、どうやら彼女の心をとらえたようだ。彼女の方でも彼に野心を抱いているかと思えるほど丁重に彼に対応している。しかしどこから見てもこの男は、彼女が彼の心をとらえようとしてしかけるわなにはまり込むには、狡猾《こうかつ》すぎるキツネのようだ。

ぼくらはハリゲートに長く滞在するつもりなどないが、今のところは、ここを根城にして、何回か遠出してこの州に住んでいる二、三の裕福な親戚を訪問する予定だ――どうかジーザス・カレッジのすべての友人によろしく伝えてくれたまえ。

さようなら

六月二十三日　ハリゲート　　J・メルフォード

ルイス医師へ

親愛なる先生

有料道路のためにわれわれが払う税金を考えると、この州の道路はまったく耐えがたい不平をつのらせるものです。ニューアークとウェザービー間の道路でこれまでに感じたことがないほどの揺れと振動に苦しみました。馬車の車内はきわめてゆったりしていて車輪との取り付け具合もよく、しかも騎手たちも注意深く馬車を駆ったのにこの始末です。今は〝新旅館〟に無事落ち着いております。私がここに来たのは健康増進のためというより好奇心を満たすためです。しかし実際は当地のあらゆる場所柄とかさまざまな状況を考えると、ここに人がやって来るのは、わが国民の特徴であると思われる酔狂のためと言うしかありません。

ハリゲートには樹木も灌木《かんぼく》もなく、耕作されず、ひどく荒涼とした公有地です。鉱泉を飲みに来る人たちで粗末な宿屋は賑わっていますが、まずまずの部屋は数少なく、しかもそれも宿の友人とか常連で占められ、他の客は皆、狭くて風通しが悪くて不便な穴倉みたいな汚い部屋で辛抱しなければなりません。私の部屋はおよそ十フィート四方で、折り畳みベッドを広げると、ベッドと暖炉の間はやっと歩けるくらいのスペースしかないのです。そりゃあ夏至〔聖ヨハネの祝日で六月二十四日〕だから暖炉の必要などないと思うかもしれませんが、当地では季節の歩みが遅くて、宿の主人が私の部屋の窓先に植えたトネリコがようやく芽吹き始めたばかりです。ですから毎晩ベッドを暖かくしなければなりません。

驚異的な治療効果を宣伝されているこの鉱泉を一度飲んでみましたが、最初の一口で、この薬品をくり返し飲みたいという気持ちはなくなりました――この鉱泉は腐った卵の臭いがすると言う者もいれば汚れた鉄砲の磨きかすの臭いだと言うのもいます――硫黄分が強いと一般に思われています。ショー博士〔Dr. Peter Shaw（一六九四―一七六三）王家の侍医〕は鉱泉に関するその著書で、ここの源泉の中に硫黄粒が浮いているのを見たと述べています――〝この人には失礼ながら〟私に関しては、源泉にもその周囲にも硫黄らしきものなど全く見ませんでしたし、また硫黄が鉱泉から抽出されたという話も知りません。かの臭気は私の感覚で判断するのを許されるなら、まさに船底の水垢の臭いです。またそのしょっぱい味はそれが大地の内部で腐敗した塩水に他ならないものであることを表しているように思えるのです。片手でグラスを口にもっていく間、他方の手で鼻をつまんでいなければなりませんでした。そしてどうにかこうにかそれを飲んだ後、胃に飲み込んだままにしておくことはほとんどできなかったのです——それを書くだけでも吐き気がするのです——世間というものは見せかけの奇抜さのために妙な誤解をするのです。当地の鉱泉の評判はそのひどく嫌な味と臭いのせいだと思わざるをえないのです——あるドイツの医師がドクニンジンとかその他の毒物を特効薬として〝薬物〟に混入したのもこれと同じことです——ハリゲートの鉱泉によるすべての治療法など、海水の内用、外用で同様な効き目をあげることができ、しかもずっと気分よくあげられると信じています。確言しますが、海水のほうが当地の鉱泉より味と臭いで吐き気が起こることはずっと少なく、下剤としての作用もずっと穏やかだし、また医学的な効能の範囲がずっと広いのです。

二日前にわれわれは田園を横断して、郷士のバードックを訪問しました。彼は私の父の従妹と結婚したのですが、彼女は相続人なので、彼に年千ポンドの実入りのある土地を持参したのです。この紳士は議会では、はっきりと政府に反対の立場です。しかも豊かな財産があり田園に住むことを誇りとし、かの〝昔のイングランド人の歓待の心〟を保っています——ちなみにこの言葉は会話でも文章でもイングランド人がよく使う文句です。しかしこの島を除いて、これは皮肉とひやかしのために使われています。われわれの祖先の親切心がいかなるものであったかは、それを理論と推量から説明しているように思われる現代イングランド人の談論や著作などで探るより、わが国を訪れてかかる親切心を十分体験してこれを公平に判断した外国人の回想録の記録を見るほうがいいと思います。われわれが一般に、外国人に親切心という美徳を全く欠如した国民と見なされているのは確かであり、私が海外旅行をする時、英国で不親切にされたとこぼす要人連中に会わなかったことはありません。

フランスかイタリア、またはドイツの紳士で自国の私邸にイギリス人をもてなし宿泊させたことがある者が、後日ロンドンに来てその客人に出会い、「サラセン亭」「トルコ亭」「イノシシの頭亭」「大熊亭」〔ロンドンのパブや宿場〕などに招かれれば、バター付きの生の牛肉を食べてまずいワインを飲んで割り勘にされるのが落ちなのです。

しかし私の感情がわが国の名誉を重んじるあまり、仕方なく記さざるをえなかった余談はさておき――わがヨークシャーの従弟は〝天の下にならびなき〟キツネ狩りの名人でした。しかし今では太り過ぎて身動きしにくいので、溝とか五本の横木の木戸を飛び越えることはできなくなりました。しかしながら今でもよく訓練した猟犬の群れを飼っています。そして彼の猟犬係は毎晩その日の狩猟の冒険談をして彼を楽しませるのですが、この男はさらにその話をひどく好奇心をそそるような意味深い語りと言葉で物語るのです。ところでいつぞや彼はある馬丁に、背中をかかせたことがあります――この馬丁は馬小屋の動物以外のものに毛すきぐしなど使わなかっと見えて、一かきごとに出血させるほどひどく力を入れて彼の爪を立てたのです――彼はこうすることでこんな嫌な役目をご免にしてもらいたかったのですが、結果は期待と逆になったのです――主人は彼が家中で一番うまいかき手だと断言し、今では他のどの召し使いにも体をかかせないのです。

郷士夫人はひどく偉ぶって振る舞っていますが、頑固だとかとっつきにくいわけではありません——彼女は財力で自分に劣る人たちでさえ尊大な丁重さで迎え入れるのです。しかしその場合に彼女はその人たちに言いたい放題の無作法なおしゃべりを言ってもいいのだと勘違いしているので、彼女が私財を鼻にかけているなと彼らにわかってしまうのです——つまり彼女は他人を決してほめず、この世にただ一人の友人もいないのです。夫はこうした彼女をひどく嫌っています。しかし彼は思い通りにやろうといくら思っても、だいたい彼は彼女の支配に屈し、あたかも学童のように彼女のべらんめえ調を恐れています。彼女の方でも彼をあまり挑発して彼が彼女というくびきを振りほどこうと必死の努力をするのを心配しているのです——だから彼女は、彼が日頃食卓で客をもてなす時、荒々しい気質を満足させるかまたは体が楽になるようなことを何でも言ったり行うことのできる英国のフリーホールダー〔自由所有権保持者〕たる特権にしがみついている事実を黙認しているのです。邸宅は広大ですが優雅でもなく快適でもありません——ちょうど大きな旅館のようなつくりで旅行者で賑わって、彼らは主人の食堂で食事しますが、ご馳走と飲み物が大盤振る舞いされます。しかしわが親分がそこにいるのはなにか窮屈なのです。私は大食いどもと一緒に鹿肉を食べるより、隠者とともにハシバミの実を食したいのです。この家の従者たちは、もし彼らがもっと熱心に仕事をし、あんなにがつがつしなければ、居酒屋の給仕と比べられるでしょう。彼らはだいたい無礼、不愛想かつ貪欲ですから、ヨークシャーのわが従弟の館で食事をするより、ロンドンのペルメル街のガーター・アンド・スター亭〔ワインで有名な高級人気店〕で食事をするほうがおいしいし安いと思います。郷士は妻だけでなく一人息子にも恵まれています。この子は二十二歳くらいの若者でイタリアから帰国したばかりのぐうたら者かつディレッタントでもあります。そして彼は機会あるたびに父親なんかろくでもないと言うのです。

われわれが当家に到着した時に、家にはスパ〔ベルギーの有名な鉱泉保養地のスパ、温泉の語源の地〕で知り合ったこの通人を訪ねてきた外国人の一家族がいました。彼らはメルヴィル伯爵とその夫人〔スモレットの前著『フェルディナンド・カウント・ファゾム』の主要人物〕でスコットランドへの旅の途中でした。ご主人のバードック氏が災難にあったと聞かされましたので、伯爵と私はともに辞去しようとしましたが、若紳士とその母親がぜひ食事にとどまるようにすすめたり、かつ彼らは事故にあわてているようにも思えなかったので、われわれはその誘いに応じたのです。郷士は前の晩に駅馬車で家に運び込まれていたのですが、頭をひどく打ち昏睡状態にあるらしく、ずっと一言も口をきけないでいたのです。その救助のために隣村に住むグリーヴという田舎の薬剤師〔一八世紀あたりでは一般に薬剤師も医師と同様の医業をしていた〕が呼ばれて郷士の放血を行い、頭部に湿布しました。郷士には熱がなく、ひょっとしたら言語障害を起こしたかもしれないがそれ以外には何ら心配する病状はないと彼は断言しました。しかし若い郷士はこの医者はやぶ医者で、病人は頭蓋骨が割れているからすぐに開頭手術の必要があると強く言ったのです。母親はこの意見を尊重して、手術のためにヨークに急ぎの使者を送り外科医を迎えにやっていたのです。それで外科医が助手を連れて器具を持ってやってきたところでした。彼は病人の頭を調べて外科の処置の準備を始めました。しかしグリーヴは骨折などないという自分の最初の意見に固執し、郷士は呼吸困難もけいれんもなく、夜もよく眠れたからと、自分の見立てに確信を深めていました。ヨークの外科医は骨折があるかないかは頭皮をはがしてみないとわからないが、ともかく手術は脳硬膜の外側か内側にたまっているかもしれない血を出すのに役に立つだろうと言ったのです。夫人と息子はこの手術には反対しませんでした。そしてグリーヴは無視されてお役御免になったのですが、多分これはその風采の上がらないことにもよるものでしょう。彼は中年の年頃で、頭部には黒髪だけで何の飾りもなく、またその服装からクエーカー教徒と思われたでしょう。もっとも彼にはかの宗派の堅苦しさはまったくなく、その反対にとてもおとなしく丁寧で無口な男なのです。

われわれは婦人たちだけを一部屋に残して病室に移りました。そこでは包帯、手術器具などが真鍮《しんちゅう》の皿に整然と並んでいました。手術者は上着とかつらを脇に置いて、ナイトキャップと前掛けと袖カバーという姿になり、助手と従者は郷士の頭を持ち適当な向きにしようとしました――すると何が起きたと思います――病人はベッドからすっくと起きて、その助手たちの襟首をヘラクレスさながらの怪力でつかみ、吠えるような大声で怒鳴ったのです――「おれがこれまでヨークシャーで生きてきたのは、貴様らみたいな虫けらに頭に穴をあけられるためではないぞ」。そして床に飛び降りて、落ち着いて半ズボンをはいたのです。われわれみんなの驚きといったらどうでしょう。外科医は脳に傷があるのはこれで明らかだと断言し、なおも手術に固執し、再び彼をベッドに寝かせるように命じました。しかし誰もあえてその命令に従おうとする者はなく、くちばしをはさむ者もいませんでした。すると郷士はこの外科医とその助手たちを室外に追い出して手術用具を窓から投げ捨ててしまいました。このようにして彼が自分の特権を主張し、従僕の手伝いで服を着てから、その息子が、伯爵とわが甥と私を彼に紹介したのです。彼は地方名士としてのいつものやり方でわれわれを受け入れました。それから皮肉に笑って、マカロニ君〔イタリアかぶれ〕に向かい、「お前に言っておくがディック（と彼は言いました）人の頭は怪我をするたびに穴をあけられてはたまらないのだ。お前とお前の母親にしかと言っておくがな、わしはウェスト・ライディング〔ヨークシャーの西部〕のどの古キツネにも負けないほどのごまかしをたくさん心得ているのだ」

後でわかったところによると、彼は酒場で物品税収税吏と喧嘩して、棒の殴り合いをいどみ、打ち負かされて照れ隠しのために口が利けないふりをしたのです。妻の方はどうかといえば、彼の災難を聞いても何ら関心も示さなかったのですが、今度も彼の回復を聞いても顔色も全然変わらなかったのです――彼女は私の妹と姪にちょっと注意してくれましたが、これはわが一家への尊敬の念からではなくむしろ自己顕示欲のためのようです――リディアは見られない姿格好だと言ったり、下女に正餐までには彼女の髪を直すように命じました。しかしタビーにはおせっかいをしようとしませんでした。タビーの気性ならそれを逆なでするようなことを言うと無事にはすまないことを早くも悟ったのでしょう。食卓に着いた時に彼女はわが父親のことを聞いたことがある、と言うくらいには私の存在を認めたのですが、彼がウェールズでとんでもない結婚相手を選んだために、彼女の一家は迷惑したことをほのめかしたのです。彼女は嫌になるくらい馴れ馴れしくわが一家の事情を根掘り葉掘りし、私に甥を法律家にする気はないかと聞いたのです。私は彼女に甥は独り立ちできる財産があるので特に働かなくても地方の紳士としてやっていけること、また彼に議会の議席を占めさせる望みがないわけではないことを告げました――「ねえわが従兄よ（と彼女は言いました）彼の財産はどのくらいになるのでしょう」。私が贈与できるものを加えると彼の年収は二千ポンド以上になると答えると、彼女は軽蔑するように頭をぐいと反らせて、そんなわずかな収入では独り立ちすることなどできないだろうと言ったのです。

この尊大な発言には私も少なからず腹を立て、自分は彼女の父親と一緒に議席を占める光栄を有したが、その時彼には先ほどの金額の半分ほどの収入しかなかったこと、それでも、下院では彼ほど中立を保ち清廉を保った議員は他になかったと信ずる旨を彼女に述べたのです。「そうですか、でも時代は変わりました（と郷士は叫んだ）――今日の田舎紳士は昔とは別の暮らしをしていますから――私の食卓でも四半期に優に千ポンドかかります。家畜を自ら飼い、自家用の酒類を輸入し、何でも人手を介さずに手に入れていますがね――そりゃあまあ、わがイングランドの名誉のために家を開放し、訪問客をすべて受け入れてはいますが」「もしそうなら（と私は言いました）あなたがそんなわずかな費用でやっていけるなんて驚くべきことです。しかし私人としての紳士が全員、世のために大旅館を経営してくれることなど期待できません。実際にもし誰もがあなたと同じような生活をすれば、あなたはかくも多くの客を食卓に迎えることもないでしょう。だからあなたの親切なおもてなしもウェスト・ライディングの栄光として現在のように光輝くこともないでしょう」

若郷士はこの皮肉な言葉に満足して叫びました。「まあ御冗談を」彼の母親は無言で傲慢に私をにらみました。宴席に主人は十月仕込みのビール〔このビールは一番うまいとされた〕を一杯ぐいと飲んで「従兄のブランブルさん、あなたのために乾杯しよう（と彼は言いました）私はいつもウェールズの山の空気はどこか鋭く人を刺すものがあると聞いていました」

私はメルヴィル伯の人柄がとても気に入りました。彼は思慮深く、ゆったりとしていて、かつ礼儀正しい人です。また伯爵夫人はこれまでに会ったこともないくらい気立てのいい婦人です。午後に彼らは接待者たちにいとまを告げました。若紳士が馬に乗って荘園内を、彼らの馬車を案内してくれました。また彼らの召し使いの一人が、街道筋の宿に残してきた他の召し使いに知らせるために馬で駆けていきました。彼らが去った瞬間、わがヨークシャーの女主人とわが妹タビサは口うるさい批評魔と化しました――伯爵夫人は人がいいが、いいしつけというものをわきまえず、そのため挨拶もできないと前者が述べました。すると郷士が、しつけなど子馬以外には欲しいと思わないが、あの女はもう少し肉付きがいいと、とても美人なんだがと言ったのです。「美人ですって（とタビーが叫んだ）そりゃ、あの人はあまり魅力もない黒い目が二つあります。でもその顔にすぐれた容色は一つもありません」「わしはウェールズでは何をすぐれた容色というのか知らんが（とわが主人は答えた）あの人の容色はヨークシャーでは通用しますぞ」。ついで彼はリディアに向かい「あんたはどう言うかな、かわいいリンゴ娘さん――伯爵夫人をどう思いますかな」「私は（リディアはひどく高ぶって叫んだ）あの方は天使だと思います」。タビーは彼女に勝手に話仲間に入ったことを叱りました。すると女主人はさげすむような口調で、お嬢様はどこか田舎の寄宿学校で教育を受けたのでしょうねと言いました。

会話は、馬車が多数の追いはぎに襲われたと叫びながら、あわてふためいて庭に馬で駆け込んできた若紳士（バードックの息子）によって突然さえぎられた。甥と私はすぐに飛び出ました。甥の馬と彼の召し使いの馬が鞍を付けて馬小屋におり、ピストルも鞍袋に入っていました――われわれはすぐさま馬にまたがり、クリンカーとダットンに大急ぎでついてくるように命じました。しかしできる限り急いだにもかかわらず、活劇はわれわれがその場に着く前に終わっていました。そして伯爵は夫人と、グリーヴの家で安全に休んでいました。グリーヴはこの出来事で、きわめて驚くべき振る舞いをしたのです。伯爵の召し使いたちが滞在していた村に通じる小路の曲がり角に、馬に乗った二人の追いはぎが突然ピストルを構えて現れたのです。一人は馬車の馭者を脅し、他の奴が伯爵の金を要求したのです。一方で若郷士は振り返らずに全力で逃げ去ったのです。伯爵は盗賊に、夫人がひどくおびえているからピストルをおさめてくれと頼み、何ら抵抗することなく財布を手渡したのです。しかしその悪漢はかなりの額になるこの獲物に満足しないで、どうしても夫人の耳輪とネックレスを強奪しようとしたので、伯爵夫人は恐怖で悲鳴をあげたのです。夫は夫人をおびやかすこのような乱暴に激怒して男の手からピストルをもぎ取り、それを男に向け、顔めがけて引き金を引いたのです。しかし追いはぎはそれに弾丸が込めていないのを知っていたので、胸から別のピストルを取り出したのです。もしこの時に不思議な邪魔者が入らなかったならきっとその場で追いはぎは伯爵を殺していたでしょう。薬剤師のグリーヴがその瞬間にそこを通りかかって馬車に駆け寄り、持っていた唯一の武器であるリンゴ材の杖で一撃しその男を地上にたたき伏せたのです。そして男のピストルを奪って彼の相棒に突きつけたのです。相手はでたらめに自分のピストルを発射し、それ以上抵抗せず逃げ去りました。残った男は伯爵と馭者の助力で捕まえられました。グリーヴはその男の両足をそいつの馬の腹の下で縛り合わせて村に連行しました。伯爵の馬車も村に入りました。伯爵夫人が気絶しないようにするのはなかなか大変でしたが、夫人はやっと無事に薬剤師の家に連れてこられました。薬剤師は彼女の薬を調合するため店に入り、その間に彼の妻と娘が別室で夫人を介抱しました。

　私が着いた時に伯爵は台所に教区の牧師と一緒に立っていて、彼と夫人に申し分なく尽くしてくれた保護者に会い、それまで暇がなくて言えなかった謝辞を言いたくてうずうずしていたのです――ちょうどここに薬剤師の娘がグラス一杯の水を手にして通りかかりましたが、メルヴィル伯は驚くほど魅力的なその姿にくぎ付けになったのです――「ええ（と教区の牧師は言ったのです）あの娘は教区で一番美人で優秀なのです。もし私の息子に年千ポンドの実入りのある土地を与えられれば、それを彼女に捧げさせるのですが。もしグリーヴさんが信心深いキリスト教徒としての務めを今やっているのと同じくらい、金儲けにも熱心だったらこうも長く大変な思いはしなかったでしょう」「彼女の名は何ていうんですか」と私は言いました。「十六年前（と牧師は答えた）私がセラフィナ・メルヴィリアと名づけました」「何ですって、どうして（と伯爵が熱心に叫んだ）確かセラフィナ・メルヴィリアと言われましたね」「そう申しました（と彼は言いました）グリーヴさんが、その名前は命よりも大切にしている外国の二人の貴族の名前だと言いましたよ」

　伯爵はそれ以上一言も言わず、客間に飛び込んで叫びました。「これがおまえの名づけ娘（キリスト教の洗礼で名付け親の立ち会いを受けた子）だよ」。すると、グリーヴの妻が伯爵夫人の手を取って驚愕して叫びました。「まあ奥様――まあ旦那様、私はあの哀れなエリナでございます――これが私のセラフィナ・メルヴィリアでございます――おおわが子よ、この人たちがメルヴィル伯爵ご夫妻だよ――昔不幸せなおまえの両親の、お心が広く尊い恩人様だよ」

　伯爵夫人は椅子から立ち上がって可愛らしいセラフィナの首を両腕で抱いて、限りない優しさで彼女を胸に押しつけたのです。一方、夫人自身も泣きぬれた母親に抱かれていたのです。この胸をうつ情景はグリーヴその人の登場で一枚の絵になりました。彼は伯爵の前にひざまずき「ごらんください（と彼は言いました）ついに逃げ隠れせずに保護者にお会いできましたこの悔悟者を」「ああフェルディナンド（と伯爵は両腕で彼を抱き起こして叫びました）私の幼な友達――わが若き日の友、ではわしの命が救われたのはおまえのおかげだったのだな」「天が祈りを聞き届けてくださいました（と相手は答えました）。そして私があなた様の慈悲と保護に値しないわけではなかったことを証明する機会を与えてくださったのです」。彼はそれから伯爵夫人の手に接吻しました。一方、メルヴィル伯はグリーヴの妻と美しい娘に挨拶し、その場のわれわれ全員もこの感動的な遭遇劇に感動したのです。

簡単に言うとグリーヴはその冒険談がずっと以前に出版されたかのファゾムの伯爵フェルディナンドその人でした〔『ファゾム伯フェルディナンド』はスモレット自身の作品、一七五三年出版〕彼は真面目に美徳の道に立ち返ってからその名前を変えていたのです。それはメルヴィル伯から気前のいい援助を受けず、自らの勤勉と節制だけを頼みの綱にしようと決心して伯爵からの横やりを避けようとしたためでもあるのです。それで彼はこの村に外科と内科の開業医として落ち着きました。そして数年間はあらゆる窮乏と戦ったのですが、彼と妻は最も模範的に耐え忍びました。ついに彼はおのれのやるべき仕事を根気よくやり、しかも情け深く失敗せずにやったので、農民や庶民にかなり受けが良くなり、それで上品な暮らしができるようになったのです。笑い顔などちっとも見せず心の底から敬虔でした。仕事の暇ができれば、そっくりそれを娘の教育と自分を高めるための研究に向けたのです――一言で言うと、冒険者ファゾムはグリーヴという名前で広くこの地の庶民に学識と人徳がある天才として尊敬されてきたのです。これらの詳細は彼らが互いに腹蔵なく気持ちを伝えられるように、われわれが部屋の外に出た時に牧師から聞き知ったことです。グリーヴが仕事をやめて再び伯爵一家と一緒になるように説得されるのは必至だと思います。また伯爵夫人は彼の娘がとても気に入ったようですから、セラフィナをスコットランドに連れていきたいと強く言うことでしょう。

われわれはこの貴族たちに別れの挨拶をして郷士の家に引き返しました。その晩は雨模様で冷えとしていたので、そこに泊まるように言われると思っていました。しかるに郷士バードックの親切心もヨークシャーの名誉になるほど深いものではないと見受けられたので、われわれは夕方には出発し旅館に泊まりました。この宿で風邪をひきました。

この風邪が体にしっかり取り付かないうちに追い払ってしまおうと思い、前の晩に泊まったところから十二マイルほどに住んでいる別の親戚、ピンパネル氏を訪問しようと決めました。ピンパネルは四人息子の中の末っ子で、ファーニヴァル法学院で事務弁護士になるための教育を受けました。しかし兄たちが皆亡くなったので、彼は家門の名誉のために法廷弁護士の免許を取りました。そしてこの昇進の後すぐにかなり実入りのある父の土地を相続しました。彼はひどい詭弁を弄するいんちき弁護士として、荷馬車屋から二十ポンドで買った妻を連れて、家に戻りました。そしてまもなく代理治安判事の権限を得る手づるを見つけました。彼はその気質があさましい守銭奴であるばかりでなく、その貪欲さはまさに悪魔的な独りよがりと一体化しているのです――彼は野蛮な夫で、子どもを愛さない親であり、過酷な主人であり、暴虐な地主だし、訴訟好きな隣人、不公平な治安判事なのです——友達など全然いないし、親切と教養という点では、わが従弟のバードックでさえこの不埒《ふらち》な悪漢に比べれば君子と言うべきで、この男の家はさながら監獄そのものです。われわれを迎える彼の手口はこんな彼の性格にふさわしいものでした。もし彼の妻がわれわれを歓迎するつもりだったら、われわれは手厚くもてなされていたことでしょう——彼女は低い出自にもかかわらず、真に良き女で、このあたりでとても尊敬されています。しかし彼女は自宅でビール一杯飲むこともできず、ましてや子どもの教育など全くできず、彼らは子馬みたいに、自然のままの姿で走り回っているのです——まったくとんでもない野郎です。あいつはこんなにもひどい男なので、私はこの話をする忍耐心などありません。

われわれがハリゲートに着くまでに、私にリューマチの確かな兆候が出始めていました。スコットランド人の弁護士、ミックルフウィンメン氏がここの鉱泉の温浴をとても熱心にすすめたので、ついにそれをやってみる気になったのです——彼はすでに何回もこれを飲み、効果があったそうですが、ハリゲート鉱泉を温浴用にわかして、浴槽に満たし、いつもそこに一時間つかっているのだそうです。もし私がコップ一杯だけの冷たい鉱泉の臭いにほとんど耐えられなければ、先生は同じ液体の熱い浴槽から立ち昇る蒸気で私の鼻がどんなひどい目にあうのかご想像がつくというものです。夜間に私は一階の暗い穴倉に連れていかれました。片隅の浴槽から蒸気が立ち込め、アケロン〔古典の黄泉《よみ》の国の二つの大河の一つで悲哀の川、ここでは黄泉の国のこと〕の壺みたいな悪臭を放ち、別の片隅には厚手の毛布をかけた汚いベッドがあったのです。温浴が済んだらこの毛布をかけて発汗することになっていました。この陰気な浴室に入ると心臓が体内で鼓動を止めてしまうと思ったし、頭部も耐えられないような臭気に襲われたのです。ミックルフウィンメン氏が、私の臓器がトウィード川〔この川はスコットランドとイングランドの境界になっている。マットはここでは自分のデリケートな嗅覚はスコットランド人ではないからだと述べている〕のこちら側でつくられたものであるのを考慮しないのを呪いました。しかし序の口で尻込みするのも恥ずかしいので、定められた順序に従いました。

浴槽で十五分以上ほとんど窒息状態に耐えた後でベッドに移され毛布を巻かれました。その状態でたっぷり一時間、耐えがたい熱さにあえぎながら横たわっていました。しかし皮膚は全然しっとりすることもなく、私は自分の部屋に運ばれましたが、その夜をまんじりともせずに過ごし、その間は気も動転し己を世にもみじめな不幸者だと感じたのです。もしかの地獄の温浴による希薄な血液が血管を破り激しい出血を起こさなかったら、私は確実におかしくなっていたでしょう。この出血でとても驚きましたが、恐ろしい不安はなくなりました——このために二ポンドまたはそれ以上の血を失いました。今もって体力、気力がありません。しかしちょっと体を動かすほうが回復が早いと信じていますから、明日ヨークに出発することにしました。そこからさらにスカーバラに行き、そこで海水浴をして気を引き締めるつもりです。これは先生お気に入りの特別な治療法になるはずです。しかしながらここには先生もまだその特効薬を発見していない一つの病気があります。すなわち老齢という病気で、この退屈でとりとめのない手紙がそのまごうこともない兆候です——それゆえ、先生も私も〝なおせないものはがまんしなければならぬ〟〔おそらくラングランドの『農夫ピアズの夢』からの引用〕のでしょう。

敬具

六月二十六日　ハリゲート

マット・ブランブル

准男爵　サー・ワトキン・フィリップスへ（オックスフォード大学ジーザス・カレッジ）

拝啓

ハリゲートでの生活はぼくの気質にはとても愉快だったので、この土地を離れるのはいささか心残りだった——わが叔母のタビーも、もしある突発事が彼女とスコットランド人弁護士、ミックルフウィンメン氏とを反目させることがなかったら、おそらくわれわれがこんなに早くかの地を出発することに反対しただろう。というのはわれわれがかの地に到着した二日目から、この男をものにしようとしていたのだから——この変わり者は一見しても手足が不自由だったが、うまく機転を利かしていた——つまりうめいたり、哀れな声をあげたりしてとてもうまく同宿の人たちに同情させたので、家の中で一番いい部屋を使っていた老婦人が、彼の休息と便宜のためにそれを彼に譲ったほどなのだ。その下男が彼を集会室に案内すると婦人たちはみな、たちまち大騒ぎしたものだ——

一人は肘掛椅子を用意し、次の一人はクッションを整え、三番目は足置き台を運び、四番目は足にあてがうための枕を持ってきた――二人の婦人（その一人はいつもタビーだ）が彼を支えて食堂に連れて行き、具合よく食卓に着かせた。そして彼の味覚は彼女たちの美しい手でえり抜かれて次々と供されるご馳走で満足した。すべてこうした思いやりに彼は沢山の賛辞と祝福で報いたが、その礼の言葉はスコットランド方言なので、かえって心地よく聞こえた。ミセス・タビサについては、彼の謝辞はとりわけ彼女に向けられていて、それを述べる時、必ず惜しみなき恩寵についての宗教的な話を入れた。これは彼女のメソジスト教への傾倒がわかっているからで、彼自身もカルバン派の方法でメソジスト教の信仰を公言していた。

ぼくから言うと、どうもこの弁護士が猫かぶりの病弱者としか思えなかった。彼が一日に三回、満腹するまで食べるのを見たし、彼の持っている瓶に〝胃薬〟と書いてあるにもかかわらず、彼はよくそれを口にし、飲み方も特別に珍重している感じなので、この薬はどうも薬剤師の仕事場や化学者の研究室で調合されたものではなさそうだと疑い始めた。ある日彼がミセス・タビサと夢中で話をしていてまた彼の召し使いが何かの用事で部屋を出た時に、ぼくは手際よく瓶のラベルを貼り替えてしまい、彼とぼくの瓶を置き換えた。そして彼の薬を味わうと、そいつは素晴らしい赤ワインだったので、すぐにそれを周りの人たちに回した。するとミックルフウィンメン氏は次の一杯もできず瓶はすっかり空になった。ついに彼は瓶の方に向き直り、彼の瓶ではなくぼくの瓶を手にしてそれを大きなグラスに満たし、ミセス・タビサの健康を祝して乾杯したのだ――グラスを口につけると自分の瓶がすり替えられていることに気づいて、最初は顔色を失った――さんざん頭をひねっていたが半分間すると、結論が出たらしい。彼はぼくらに挨拶して「その紳士の悪知恵に賛辞を呈しますよ（と彼は言った）これは巧妙な猿芝居ですな。しかししばしば〝こんな冗談は重大な結果をもたらす〟〔ホラティウスの『詩学』の誤用〕といいますね――私はそのお方のために望むのですが、酒をすっかり飲んでいなければいいのですが。あれにはボルドーワインに濃いヤラッパ〔下剤用の薬草〕の煎じ汁を入れたもので、あれだけ飲めば、ひどい腹具合になるはずです」

瓶の中身を他の人よりずっと多くせしめたのはリーズから来た若い毛織物業者だった。この男はハリゲートで虚勢を張るためにやってきたので、それなりになかなかの伊達者だった。瓶が彼のところに回った時、それをすっかり飲み干してしまったのは、あの弁護士にぎゃふんと言わせるのと、同席の客たちを出し抜いて笑い者にしてやろうと思ったからで、その通りに大いに笑っていたのだ。しかしいまやその楽しみは心配に変わった――つばを吐き、顔をしかめ、身もだえ始めた――「ろくでもない飲み物め（と彼は叫んだ）どうもひどい匂いだと思ったんだ――ちぇっ、スコットランド人を出し抜くには、早起きして悪魔を味方にしなければならないなんて――」「全くのところ、あんたが何と言っても（と弁護士が答えた）あんたの悪知恵があんたを汚い泥の中に投げ込んだんだよ――わしは悲しむべきあんたの症状がとても心配なんだ――こんな窮地のあんたへの最上のアドバイスは、すぐに急使をリポンに送ってウォフ先生を呼ぶことですな。そしてそれまでにあんたの胃腸をヤラッパの微粒子の激しい症状から守るために、家中の油とバターを飲み込むことです。なにしろヤラッパというのは少し服用しても劇的に効くものですから」

哀れな毛織物商の苦しみはすでに始まっていた。苦痛にうめいて自分の部屋に閉じこもった。油を飲まされ、医者が呼ばれた。しかし到着しないうちにこの哀れな病人は病毒を何も残らないほど上と下から出してしまったのだ。しかもこの二重の排出は、想像力から起きたものだ。というのも彼が飲んだのは弁護士が自家用にスコットランドから持って来た本物のボルドーワインだったのだ。毛織物商は冗談がひどく高いものにつき、不快な結果を招いたので翌朝、勝利をミックルフウィンメンの手に渡してこの家を立ち去った。弁護士は内心勝利を喜んでも、うわべはそれを見せなかった――その反対に若者の苦しみにさも同情するように見せかけたので、その控えめな態度からますます信用されたのだ。

この冒険談があった晩の真夜中に、炊事場の煙突がつまって、煤《すす》が燃え、警報がけたたましく鳴った――全員が裸でベッドからはね起き、家全体が叫び声と混乱の巷《ちまた》になった。

家には階段が二か所あった。われわれは当然それに駆けつけた。しかしどちらも押し合いへし合いしている人びとで込み合い、女たちを突き倒したり、踏んづけたりしなければ、とても階段を通れそうになかった。この混乱のさ中にミックルフウィンメン氏は革の旅行カバンを背負い、牡鹿のように身軽に廊下をかけてきた。すると下着だけのタビーが彼に助けてもらって逃げるため、腕にしがみついたら、彼は彼女を押し倒さんばかりにこう叫んだ「いやいやだめだ。慈愛はわが家から始まるものだよ」。彼は女の友人の悲鳴や頼みを一顧だにせず、逆らうものをことごとくなぎ倒して群衆の真ん中を突っ切った。そして実際に階段の下にたどり着いた――この時までにクリンカーは梯子《はしご》を一つ見つけてきて、それをよじのぼって伯父の部屋に窓から入った。この部屋に家族が集まっていたので、彼はわれわれに次々とこの道具で外に出るように促した。郷士はまず妹に降りるように勧めた。しかし彼女が降りようとすると、女中のミセス・ウィニフレッド・ジェンキンズが恐怖のあまりわれを失い、窓から身を乗り出して、梯子にしがみついた。その一方、ハンフリーは降りてくる彼女を抱きとめられるように地面に飛び降りた——この娘はベッドからはね起きたままの姿、月はとても明るく、戸外ではそよ風が吹いていたので、ミセス・ジェンキンズの美しい肢体は余すところなく幸運なクリンカーの視線を浴びて、彼の心は数多い魅力の集合体にあらがうことはできなかったはずだ。少なくとも彼がこの瞬間から彼女の従順な召し使いになったと言わないと、大きな過ちをすることになるだろう——彼は彼女を両腕で受け止めて、戸外の冷気を防ぐために自分の服を与えてから、再び軽やかに梯子を昇ってきた。

その瞬間に宿の主人がはっきりと聞こえる声で、火事は消えたからご婦人方はもう怖がることはないと告げた。これは聞く者にはうれしい知らせだったのでたちまち効果を現した。悲鳴は止み、その後に励ましの声も聞こえた。ぼくはミセス・タビサと妹を彼らの部屋に連れていった。するとそこでリディアは気絶したが、間もなく回復した。それからぼくは救出を必要と思われる他の女性たちを助けに行った。彼女たちは全員、廊下を通ってそれぞれの部屋に急ぐところだった。長廊下は二つのランプで照明されていたので、ぼくは彼女たちが通る姿をよく見ることができた。しかし彼女たちはたいていシュミーズだけの裸の姿で、頭には大きなナイトキャップをかぶっていたので、幾つかの声は聴き分けられたが、顔を見分けることはできなかった——声といってもその多くは単純なもので、泣き声か、叱り声か、祈りであった——ぼくは一人の老婦人を助け起こしてやった。この人は可哀そうにも押し倒され多くの人の足に踏まれ大怪我をしていた。ノーサンバーランドからやって来た足が不自由な牧師も同様で、ミックルフウィンメンが逃走する時にこの人を突き倒したのだ。もっともこの不具者は倒れる時にミックルフウィンメンの頭を、持っていた松葉杖でしたたか殴ったので、ミックルフウィンメンも頭から血を流すという災難にあったということだ。

この弁護士の方は、てんやわんやの騒動が納まるまで階下で待っていたが、その後でこっそりと自分の部屋に戻って翌朝十一時まではそこから全く外に出なかった。それから召し使いともう一人のお手伝いが付き添って、大広間に現れた時には彼は頭を血だらけのハンカチで巻き、悲しげにうめいていた。しかし事態は一変していた――あの階段での身勝手で乱暴な行動がみんなの心を閉ざしてしまって、彼の手管や言葉を誰も受けつけなかった――誰一人として彼のために椅子やクッションや足置き台をあてがってやろうとする者はいないので、固い木の腰掛に座らねばならなかった――その席で彼は悲しげな顔であたりを見回し、深々と頭を下げて哀れっぽく言った「うやうやしく申し上げます、淑女の皆様――火事はとんだ災難でした――」「火事は黄金を精製し、友情を試すものです」とミセス・タビサがつんとして叫んだ。「そうですとも奥様（とミックルフウィンメンは答えた）それに思慮分別も試します――」「もし思慮分別というものが窮地の友人を見捨てるということでしたら、あなたはその美徳を人並すぐれてお持ちですわ」とわが叔母はやり返した――「いえ、奥様（と弁護士は答えた）私の避難方法がほめられるものでないことは承知しています――奥様方、どうか考えてください、私どもの行動原理には二つの異なる原則があります――一つは本能なのですが動物と同じものです。もう一つは理性です――いやある緊急事態では、理性が抑えられて本能が主導権を握ります。そしてこの本能が支配する時、これは理性とは全く関係ないので、理性的なものは無視されてしまうのです。それはただ個人の生き残りのために作用します。しかももっとも迅速にかつ効果的な手段によってです。ですから皆様、お許しいただきたいのですが、私はこの抵抗しがたい力に影響されてやってしまったことについては〝良心の裁き〟からは何の責任も問われないのです」

ここで伯父が口をはさみ「私は知りたいのですが（と彼は言った）あなたの所持品のすべてを持って逃げ出すようにさせたのは、あれは本能なのですか。確かあなたは旅行カバンを肩にかついでいたはずですが――」。弁護士はためらわずに答えた「もし私が他人の思惑など無視して率直に考えを言わせてもらえば、あんな手段を取るようにさせたのは、理性とか本能以上のあるものだったと信じています。そしてこれは二つの理由によるものでした。一つはあの旅行カバンにはある身分の高い貴族の土地についての書類が入れてあり、万一それが焼失してしまうと、弁償できない損失になるところでした。もう一つは守護神が、私の身を守るために旅行カバンを肩に背負わせてくれたと思われることです。さる聖職者の松葉杖によってひどく殴られても、これで耐えることができたのです。もっともこの盾があったのにもかかわらず、その聖職者は私の頭蓋骨をひどく傷つけたのですが」「あなたご自身の説によりますと（とたまたまそこに居わせた牧師が叫んだ）私はあの殴打の責任などありませんよ。あれは本能がしたことですから」「失礼ながら牧師様（と相手が言った）本能は個人の生存のためだけに発揮されるものです。しかしあなたの生存ということはあの場合にはあてはまりません――あなたはあの前にすでに損害を被っていたのです。ですからあの殴打は復讐のためと言うほかありません――復讐はいかなるキリスト教徒にもふさわしくなく、ましてや、新教の聖職者にはあるまじき罪深い熱情です。それに尊い牧師様、あえて申しますが、もし私が訴訟を起こそうとすれば、法はその訴えを妥当なものとして受け入れてくれるでしょう」「何ですって、損失はどちらも同じです（と牧師が叫んだ）あなたは頭が割られた。私の松葉杖は真ん中から折れた――さあもしあなたが杖を弁償するなら、私は頭の治療費を持ちます」

この警告でみんなはミックルフウィンメンをあざ笑ったので、この男はむっつりとしてしまった。この時に伯父が話題を変えようと彼に、本能は別の点ではあなたに有利になったのではないか、あなたは逃げる時にそれまで不自由だった手足を自由自在に動かしたが、あれは本能が手足の機能を回復させてくれたからでしょうと言った――すると彼は神経を刺激するのは恐怖の力なのですと答え、その衝動で人間の底知れない力がなしとげた幾つかの驚くべき偉業を述べ立てた。しかし彼については、原因がなくなったので結果もなくなったとこぼしたのです――郷士は自分の責任で一杯のお茶をかけてもいいが、あなたは一歩もステップを間違えないで、スコットランド舞踊ができるはずだと言った。すると弁護士はにやりとして笛吹人を望んだ――バイオリン弾きが近くにいたので、この変わり者は血のついたハンカチを黒髪の結びかつらに巻いたままの姿で、みんなの喝采を博するほど見事に踊った。しかし彼は本能の理論がわからないミセス・タビーとよりを戻すことはできそうにもないので、さらにそれ以上の演技を続けるのは無駄だと思ったらしく、すぐに止めてしまった。

ハリゲートを離れ、ぼくらはヨーク経由でここにやって来た。伯父もタビサ叔母もここで鉱泉の効果を試したいので、数日間は滞在することになりそうだ。ここスカーバラはつまらない町だが、海にそそり立つ断崖沿いにある立地からして、ロマンチックなところだ。くの字の形の小さな半島が天然の防波堤となって町の真向かいの海に突き出て、その内側に港があり、その半島にかなりの規模の城郭が高々とそびえている。鉄砲火薬の発明以前には難攻不落とうたわれたものだ。スカーバラの町のこの城とは反対側の突き当りに、鉱泉を飲んだり海水浴をするために夏にここに来る人たちのための二つの公共の集会所があって、さまざまな娯楽施設もバースと同じくらい整っている。

鉱泉はこちら側の町から少し離れていて、断崖の下にあり、海岸からもほんの数歩の近さだ。鉱泉を飲む人は毎朝そこに普段着で出かけるが、そこへ降りる道は長い石段なので、病弱者にはかなり大変だ。鉱泉場と港の間の浜辺には移動更衣室〔海水浴客を乗せて水辺に引き出し、海水浴客はその中で着替える一八、一九世紀に使われた移動車〕がその付属用品と付添人付きでずらりと並んでいる——君もこんなのは見たこともないだろう——車輪のある台に小さくて快適な木造の部屋を据え付けたものと思ったらいい。前端、後端にドアが、両脇には小さな高窓があって、室内にはベンチがある——海水浴客は木のステップを昇ってこの部屋に入り、ドアを閉めて衣服を脱ぐ。一方で付添人は移動更衣室の海側の端に馬をつなぎ、この台を海に引っ張らせる。海面が更衣室の床ひたひたになる所まで進むと、彼は馬を解いて反対の端につなぐ——室内の人は衣服を脱いで海側のドアを開けるとガイドが待機している。そこで彼は頭から海に飛び込む——海水浴が終わると、その間にちゃんと移動させたステップを昇って再び室内に入る。そしてゆっくりと衣服を着る。その間に移動更衣室は再び陸揚げされているのだ。だから客はその後、ドアを開けて入った時と同じ戸口から外に出さえすればいいのだ——客が虚弱だったり病気だったりして衣服の着替えに召し使いの手が必要でも、この部屋には六人は十分に入れるだけの広さがある。海中で婦人たちに付き添うガイドは彼女たちと同性で、皆海水浴のための毛織の水着を着ている。いやそれどころか彼女たちは体面を損なわないように他の便宜も与えられている。つまりかなり多くの移動更衣室の海側の端の方に目隠しの日よけが付けられて、浴客の姿は他人の目からさえぎられている——ここの浜辺はこうした移動更衣室の使用にはきわめて好都合なのだ。海への傾斜がゆるくて遠浅になっており、砂はビロードのように柔らかい。しかしながら移動更衣室はある一定の潮時にしか使えず、しかも潮は毎日変わるので、浴客は朝に、かなりの早起きを強いられることもある——ぼく自身のことを言えば、ぼくは水泳が運動としては大好きで、どんな潮時にも儀式ばった仕掛けなどに頼らないで、思いのままに水泳を楽しんでいるよ——君とぼくはよくアイシス川に飛び込んだね。しかし海は健康のためにも楽しみのためにも、あの川よりはるかに広々とした水浴場だ。海がどんなにのびのびした気分を与えてくれるか、また人間の身体のあらゆる筋肉をどんなに引き締めてくれるか、ちょっと想像がつかないだろう。もしぼくが日々の海水浴で治癒する病気の半数を数え上げたら、君はぼくから手紙の代わりに、論文を受け取ったとでも言いかねないだろう。

親友かつ下僕のＪ・メルフォード

七月一日　スカーバラ

ルイス先生へ

　私はスカーバラに来て八日目になりますが、思ったような効果は必ずしもあがっていません——われわれはハリゲートからヨーク経由でここに来ました。ヨークには一日だけ滞在して城と大聖堂と公会堂を訪れました。城はかつて要塞でしたが現在は監獄になっていて、私がこれまでに国内、国外で見た中でもあらゆる点で最良の監獄です——高台にそそり立っていて、とても風通しがよくて、重禁固が必要な者は除いて、すべての囚人の健康と便宜のために構内は広くゆったりとしています——重禁固者たちもできる限りの慰安を与えられています。またこの城の構内では特にそのために建てられた一連の建物の中で巡回裁判が行われます。

　大聖堂について言うと、この建物はその規模と尖塔の高さを除くと、普通ゴシック建築の記念物とされているわが王国の他の地方の古い教会とどう区別していいのかわかりません。この様式はゴシックというよりサラセンだというのが現在の定説だそうです。案ずるところこの様式はムーア人がスペインの大部分を支配していた頃、スペインからイングランドに最初に取り入れられたものでしょう。これを取り入れたイギリスの建築家たちはその採用についてあまり関心がなかったようです。アフリカとスペインの双方でムーア人とかサラセン人が支配していた地域の気候はひどく暑くて乾燥していたので、大衆の礼拝の場をつくった人びとはその伽藍《がらん》を涼しくすることに工夫をしたのです。この目的のためには、これらの建築ほど適しているものは他にありません。大きくて細長く暗くて天井が高く、太陽の光も暑くてたまらない外気も入らないので、盛夏の地下室とか巨大な山の奥深い所の天然の洞窟のように、常に心地いい涼しさが感じられるのです。しかし気候が寒く空気が常に水蒸気で満たされているイングランドのような国で、このような建築様式を模倣することほど不合理なことはないでしょう。この国では建築家は当然、家屋を乾燥した暖かいものにすることに意を注ぐべきです――私自身はバースの修道院の礼拝堂にはたった一回しか入りませんでしたが、その時は入り口をまたいだ瞬間、骨の髄まで寒気を感じたものでした――一般にわが教会において、われわれは地下納骨所や墓や遺体安置所から立ち昇る湿気で満たされ、まとわりつくような澱《よど》んだ空気を呼吸するのを思えば、わが教会はさながら医科大学の便宜のためにつくられたカタル性分泌物の貯蔵庫であると申してもいいのではないでしょうか。だから教会に通うことで、そこで救われる魂より多くの肉体が、とりわけ一年の八か月を占める冬季に損われると断言してもいいのではないでしょうか。もしもこの神の住まいが虚弱者の健康にとってより快適に、またはより安全になったからといって、それがか弱い良心にも、ちっともマイナスにはならないと思います。もし礼拝の場所がきちんと床張りされ換気もよく、あたり一帯から死者の汚れがなくなったら、そのために多くの命を救うのに役立つでしょうし信仰を深める一助にもなると思うのです。死者を教会に埋葬する習慣はもし死者が聖なる土地に埋められれば、悪魔は死者に何の悪さもできないと主張する不埒な牧師たちに影響された無知な迷信の所産であります。そして実にこのことが今日においてさえすべての墓地を聖別するための唯一の理由なのです。

古い大聖堂の外観は、洗練されたバランス感覚を持つ者の目には心地よく見えないのです。たとえその人が建築学にまったく疎《うと》いとしてもです。そしてあの細長い尖塔は肩に鋭い杖が突き刺さった犯罪人を思わせるのです――これらの塔つまり尖塔もやはり回教徒から取り入れた形式です。彼らには鐘というものがなかったので、人びとを祈りに誘うためにこうしたミナレット――尖塔を用いたのです――これらの塔は、それ以外に、監視をしたり合図を送るためにも使われたのでしょう。しかしこれらの塔はただ建築物をより野蛮なつまりサラセン的なものにするのに役立っているだけなので、教会の身廊とは別々にするほうがいいと思います。

公会堂にはこの種のアラブ建築の影響はまったくありません。私見ではこの建物はパラディオ〔Andrea Palladio（一五〇八―一五八〇）の設計したカントリー・ハウスは一八世紀イングランドで大きな影響力があった〕の設計で建てられたものらしく、優美な礼拝所に作り替えてもいいようなたたずまいです。しかし今は、ここで行われているたぐいの偶像崇拝のために無造作に使われています。その会堂があまりにも大きいので、内部に飾られている色塗りされたさまざまな聖像は小人みたいに見え、夜会舞踏会の参加者はギリシャ神殿の円柱の間で月光を浴びてさんざめく幻想的な妖精と見まがわれるでしょう。

スカーバラは世間の評判が落ちているようです――すべてこの種の保養地は（バースは別にして）それぞれに流行時期があるものですが、次第に世間の好みは変わるものです――イギリスにはまだ有名ではないがスカーバラの鉱泉と同じく効き目のある素晴らしい鉱泉が五十はあると信じています。しかしおそらくこれらの鉱泉を称賛する医学者が世間にその効能を教えないと世に埋もれたままになってしまうでしょう――それはともかく海水浴の習慣が行われる限り、この地が求められるでしょう。また浜辺は虚弱者がもっと手軽に利用できるようにするといいでしょう。

私はここで古い知人のH〔Colonel William Hewett（一六九三—一七六六）有名な変人の旅行家〕に会いました。これは地上で一番の奇人としてよく先生にお話しした人物です——最初はヴェニスで知り合いましたが、後にイタリアのさまざまなところで出会いました。かの国で彼はヨハネの黙示録の「死」〔六章に出てくる青白い馬の乗り手のこと〕のように常に青白い馬に乗っている姿から〝白馬〟（カバルロ・ビアンコ）というあだ名で広く知られていました。コンスタンティノープルで彼がキリスト教の擁護のために、二人のトルコ人と奇妙な論争をした話を先生にお話ししたことがありますが、それを覚えておられるでしょう。その論争から彼は〝論証者〟という呼び名を手にしたのです——じつを言うとHは自然についての宗教以外には何らの宗教も持っていません。しかしこの場合彼は祖国の名誉のためにその才能を発揮することになったのです——数年前に彼はローマのカンピドリオ〔カピトリヌスの丘の頂上の広場〕を訪ねた時にジュピターの胸像の前に進み、頭を垂れて、一礼してイタリア語で叫んだのです「もしあなたが再び水面に頭を出せば、あなたの逆境の際にも私が示した敬意を忘れないでください」。この警句はカメルレンゴ枢機卿に報告され、さらに彼から法王ベネディクト十四世に伝達されました。法王はこのでたらめな挨拶に笑いを禁じえず枢機卿にこう言ったそうです「彼らイングランド人の異端者どもは自己流に破滅する権利があるとでも思っているのだな」

まったくHこそは、知る限りでは、外国人の真ったただ中で自己流の生活を押し通そうと決心したただ一人のイングランド人でありました。というのも服装でも食事でも習慣でも会話でも、彼は身に付いたやり方からいささかもそれることはなかったのですから。およそ十二年前に彼はジャイロ

〔イタリア語で回転の意味〕すなわち回遊旅行を始めましたが、そのやり方はこうです――ナポリを根拠地にしてそこからマルセーユに船出しました。マルセーユから貸馬車でアンティーブまで行きました――ここからジェノヴァとレリチに進み、レリチからカンブラティーナを経てピサとフィレンツェに行きました――しばらくこの首都〔当時フィレンツェは公国の首都〕に滞在してから四輪馬車でローマに出発しました。この地で数週間休息してさらに次の船出を待つために、ナポリへの旅路を取ったのです――この周回コースを十二回描いてから彼は最近、急転してイタリアを立ち去り、イングランドの自宅の田園邸宅にある樹木を訪れたのです。この木は二十年ほど前に、彼がローマの聖ペテロ広場の二列の並木を真似して植樹したものです――彼はここスカーバラに、友人かつ昔の教え子でもあるG公爵〔グランビー侯ジョン・マナーズ中将〕に敬意を表するためにやって来ました。そしてわが身が今や七十歳を越えたことも忘れて、思うままに、バッカスに献身したために、翌日に卒中を起こして、記憶力が多少悪くなったのです。しかし彼はその奇人の特質は完全に保っていてジェノバ経由でイタリアに戻ろうとしています。というのはその途中で友人のヴォルテールと、キリスト教の迷信に最終的な打撃を加える方法について相談するためです――彼はここからオランダあるいはハンブルク行きの船便を使おうとしています。というのは最初に上陸するのが大陸のいずれの地であるかについてはまったくの無関心ですから。

前回外国に出かけた時に彼はリヴォルノ行きの船に乗ることにして、荷物は実際にそこあてに積み出されたのです。川を下る時に、手違いのため、まさに出帆しようとしていた別の船に乗せられてしまったのです。確認するとその船はペテルスブルク行きだとわかりました――「ペテルスブルク――(と彼は言いました)お前と一緒に行ってもかまわないさ」彼は直ちに船長と取引しました。航海士のシャツを二着ほど買い求め、無事にロシアの宮廷の地まで運ばれました。それからさらに陸地の旅を続けリヴォルノで荷物を受け取ったという次第です。彼は今もますますこんなたぐいの気まぐれを起こしかねないのです。どんな賭けをしてもかまいませんが、彼は自然の摂理に従えば、もうそう長く生き永らえるとは思われないので、その生き様が突飛なものだったようにこの世からの退場もすこぶる風変わりなものになることを請け合います。

さてある奇人から別の奇人に話を変えましょう。ご推察のように私は鉄鉱泉からも海からも利便を受けました。もしもきわめて滑稽な冒険が私を町中のうわさの種にし、私がここを立たねばならなかったなどということがなければ、もっと長い間海と鉱泉を利用できたでしょう。自らが大衆の笑い者になるという思いには耐えられないのです――昨日、朝の六時だというのに、私はクリンカーを連れて海水浴場に行きました。彼はいつもの通り浜辺で待ちました――北風で、もやが深く、水がとても冷たいので、最初の飛込みから立ち上がったら、寒くて悲鳴とうめき声をあげずにはいられませんでした。クリンカーはその叫び声を聞いたし、私が付添人なしでかなり沖合を泳いでいるのがぼんやりと見えたので、溺れたなと思い着衣のまま海に飛び込んで、主人を救おうとあせって付添人を押し倒したのです。私はすでに数ストローク沖に泳ぎ出ていましたが、物音を聞いて振り返ると、すでに首まで海につかったクリンカーが必死の形相でこちらに向かってくるのです――彼の背が立たなくなるといけないので、急いで彼に近づこうとしました。すると突然彼は私の片方の耳をつかみ、その痛さでうめく私を引きずって砂浜に引き揚げました。その場の男も女も子どももみんなあっけにとられました。
　私は耳の痛さとそんな恰好の恥さらしに耐えられず、激怒のあまり夢中で彼を殴り倒しました。それから海中にまた飛び込み、衣服を置いていた移動更衣室に逃げ込みました。やがてわれに返るとこの哀れな男に申しわけないと思いました。彼は愚直なあまり、忠実さといとしい思いからあのような行動に及んだのです――すぐに陸揚げされた移動更衣室のドアを開けると、彼は車輪の傍に立ち、水道のように水をしたたらせ、半ば主人を怒らせた怖れと、半ば寒さからぶるぶると震えていました――私は殴ったことを詫び、怒っていないことを保証し、すぐに家に帰って着替えるようにすすめました。ところが彼は私をカモにしてさらに群衆を楽しませようと決心したようで、なかなかこの命令に従おうとはしなかったのです。クリンカーの意図は疑いもなく賞賛すべきものですが、それにもかかわらず、私はその愚直さの被害者です――あんなに手荒く耳をつかまれてから、耳が熱くて、奇妙な耳鳴りもします。しかも通りを歩くと必ず、裸で砂浜に引きずり揚げられた化け物だと指差されてしまうのです――そうあえて言いますが、愚鈍はしばしば邪悪よりも腹立たしく、かつより有害です。そして召し使いには愚直な男より小利口な悪漢を選ぶほうがいいのだとつくづく思います。

敬具

七月四日　スカーバラ　　　　マット・ブランブル

准男爵サー・ワトキン・フィリップスへ（オックスフォード大学ジーザス・カレッジ）

親愛なるワット

われわれはスカーバラから大急ぎで退却した。これはわが郷士があまりに敏感なので〝通行人の笑い者〟（ホラティウスの『カルミナ』からの引用）にされてしまったという思いに耐えられないためだ。

ある朝、彼が海水浴をしていた時、従者のクリンカーは主人が溺れそうになっていると思い込んで海中に飛び込み、裸のまま砂浜に引っ張り上げたが、この時に片方の耳をちぎれんばかりに引っ張った。この活躍が性急で短気なので、こと自分の生活については上品さと端正さを何ものにもかえがたいとするブランブル氏がどう思ったかは君もわかるだろう。最初彼は怒りを爆発させて、こぶしでクリンカーを殴り倒した。しかしその後で彼はその乱暴の償いをした。またこの事件で彼がうわさの種になり、これ以上は注目の的にならないように次の日にスカーバラを去る決心をしたのだ。

こういうわけでわれわれはホイットビー経由で荒地の旅に出かけた。そしてその夜にストックトンに着きたいと思い、早立ちした。しかしこの望みはかなわなかった――午後に激しい流れで出来た深い溝を越える時に、四輪馬車もひどく流され、その車台を連結している鉄棒の一本が折れてその鉄棒と同じ側の革ベルトも真ん中で切れてしまった――この衝撃があまりに激しかったので、妹のリディアはミセス・タビサの鼻に頭を激しくぶつけ、叔母は鼻血を出した。しかもウィン・ジェンキンズもそのはずみで、馬のすぐ後ろの馬車の小窓から頭を出して、ブランブル氏に救ってもらうまで、さらし台に立った遊女屋の女将よろしくという風情だった。代わりの貸馬車を手に入れる場所は八マイルも離れていて、ぼくらの四輪馬車はこわれたところを修理しないととても乗っていけるしろものではなかった――こんな窮地にいたが、事故現場から半マイルくらい離れた小さな公有地の外れに一軒の鍛冶屋の仕事場が見つかった。騎手たちがどうにかこうにかゆっくりと馬車をそこまで引いていき、その一方で旅の一行は歩いていった。しかし行ってみると鍛冶屋は数日前に死んだばかりだということがわかった。そして残された妻は最近出産したばかりだが、正気を失っていて、教区から派遣された看護人の世話になっていた。ぼくらはこの事態に落胆したが、それがハンフリー・クリンカーのおかげで切り抜けられたのです。彼は天才と愚鈍の驚くべき合の子なのです。彼は故人の使っていた道具と鍛冶場のわずかな石炭を見つけると、損傷した鉄棒をたちまち車台から引き抜き、火も起こして、器用にまた手早に折れた鉄棒の両端をつなぎ合わせた――彼がこの仕事をしている時、お産の床にあった哀れな女はハンマーと鉄床の聞き慣れた音に驚いて起き上がり、看護人の制止を振り切り、鍛冶場に走り込んだ。そしてクリンカーの首に両腕を投げかけて「まあジェイコブ（と彼女は叫んだ）どうしてあんたは私をこんな目にあわせるの」

この事件は失笑するにはあまりにも哀れすぎた――そこに居る全員の目に涙を誘った。哀れな寡婦はベッドに戻された。そしてぼくらが村を立つ時に彼女のために何かせずにはいられなかった――タビサ叔母でさえこの時には慈悲心が目覚めた。心優しいハンフリー・クリンカーにいたっては、鉄を打ち、涙も流していた――しかしその器用さは獣医と蹄鉄工という得意な分野にだけ限られていたのではない――切れた革のベルトをつなぐことが必要だったが、彼は折れた突錐《つきぎり》を研いで先端を尖らせ、麻を撚《よ》りひもにして、さらにわざわざ数個の鋲《びょう》も作り、これらを使ってベルトつなぎの仕事も同じようにうまくやった――大体、一時間くらいでぼくらは旅を続けられるようになった。しかしこの遅れでぼくらはその晩はジズバラ〔Gisborough が原語だがおそらくギーズバラGuisborough のことであろう〕で過ごさねばならなかった――翌日はストックトンでティーズ川を渡った。ここはきれいな気持ちのいい町なのでここで食事をすることにした。泊まるのはダラムに行ってからなのだが。

ところでぼくらが馬車を降りた時に宿の庭で一体誰に会ったと思う。他ならぬ冒険者のマーチンだった。彼は女たちに手を貸して降ろし、部屋に案内してから、ミセス・タビーにいつもの挨拶をしたが、それから伯父と別室で話をしたいと許しを求めた。そして別室に入るとちょっと狼狽しながら、スティーヴニッジで伯父に手紙を残した非礼を詫びた。ブランブル氏が自分の不幸な境遇をいくらか考慮してくれたのではないかとの思いを口にし、さらに伯父に仕えさせて欲しいと何度も彼は願った。

伯父はぼくを部屋に呼び入れてから、ぼくらはどちらも彼を危険で不名誉な生活から救ってあげたいこと、伯父は、もし彼を雇ってその能力と境遇にふさわしい仕事をさせれば、彼の感謝の念とその忠実さは完全に信用できそうなこと、しかしながら、彼が手紙で述べていた仕事の数々は、すべて伯父には非難の余地のない人々にすでに占められているので、彼らからそのパンの道を奪うとどうしても公正を欠くことになってしまうと述べた――そういう次第だが伯父は自分の財布でも信用でも実行できることがあれば何なりと力を貸したいと彼に言明した。

マーチンはこの言明にひどく心を動かされたように見えた——涙が眼にあふれてどもりながら言った——「ご立派なお方——お心の寛大さに圧倒される思いです——金銭上のご援助をいただこうとはさらさら思っていません——私は運よく撞球とか、バクストン、ハリゲート、スカーバラ、ニューカッスルなどさまざまな土地の競馬の賭けで儲《もう》けたので、現金の持ち合わせは三百ポンドに達しています。これを正直な生活計画を達成するためにまず使おうと思います。でもわが友、バザード判事が様々なわなをしかけて、命がねらわれていますから、ただちに不便な土地におもむいて寛大な保護を受けるか、またはこの王国から撤退することが必要です——私があなた様のご忠告をいただきたいのはそのどちらを取ればいいかということです——あなた様にスティーヴニッジでお会いした光栄を有した時から、あなた様の旅路はすっかりわかっていました。それでおそらくスカーバラからこちらにおいでになると思って、敬意を表したくて昨夜ダーリントンから当地に参ったのです」

「あんたに田舎での隠れ家をあてがうのはそう大変なことではないだろう（と伯父は答えた）しかし無為と隠遁《いんとん》の生活はあんたみたいな活発かつ進取な気性には合わないだろう——だからわしはあんたにひとつ東インドで運試しをするように勧めたい——わしはロンドンの友人あての手紙をあんたにあげよう。この人はあんたを東インド会社の軍の将校にしてくれるように会社の首脳部に推薦してくれるだろう。もしそうならなくてもあんたは少なくとも志願兵として迎えられるだろう——そしてあんたは旅費は出さねばならないが、そのうちに将校になれるように、わしは信用証明書をあんたのために用意してあげよう」

マーチンはこの申し入れに飛びついた。それでこの計画をすぐに実行するため馬を売り、海路ロンドンに向かうことになった――とりあえずダラムまでぼくらと同行した。ここでわれわれはその晩泊まった――ここで彼は伯父から手紙を幾つか書いてもらい、感謝感激してぼくらと別れ、サンダーランドに行くことになった。そこからテムズ川に向かう最初の石炭船に乗るためだ。彼が立ち去って半時間も経たないうちに、ぼくらに何かとてつもないことをやりかねそうなまた別の変わり者がやってきた――乗馬した姿はまるでロシナンテにまたがったドン・キホーテのような背の高いやせた人物が黄昏《たそがれ》の中を、宿の入り口に現れたのだ。叔母とリディアがちょうど食堂の窓のところに立っていた――彼が着ている上着は緋色がすっかりあせて、縁取りの金モールの金も全部なくなっていた。ピストルの革袋と馬飾りも同じように古ぼけていた。彼は頭上の窓に女たちがいるのがわかったので、できるだけ優雅に馬から降りようとした。しかし右足をあぶみから抜き、左足に全体重をかけた時に宿の馬丁が右のあぶみを押さえなかったので、運悪く腹帯がずれ、鞍もすべって騎士は地上にどすんと落ちた。帽子とかつらが頭からずり落ち、いろんな色でみじめにつぎはぎしている地肌が見えた――すぐ上の窓から見ていた女たちはこの見知らぬ男が落ちたときに、どこかにひどい怪我をしたのではないかと驚きの悲鳴をあげた。しかし彼がこうむった被害は不名誉な落馬のショックだけだった。しかしながらおのれの頭蓋の実態の恥さらしというみじめさはあった。どちらにしろ不面目なことなので、大笑いしたのだ。

彼はすぐに憮然《ぶぜん》として跳ね起き、ピストルを抜いて宿の馬丁を打つぞと脅した。するとまたも女たちが金切り声をあげたので、彼の憤怒も抑えられた。それから窓に向かって一礼しピストルの台尻に接吻してこれを収めた。あわててかつらをかぶり直し、馬も馬屋に連れていった――この時までにぼくはドアのところに来ていたが、目の前のこの奇妙な人物を凝視せざるをえなかった――まっすぐに立てば背は六フィートを越えていそうだった。でもひどい猫背だった。肩幅はとても狭く、黒いゲートルのふくらはぎはぽっこりとふくらんでいた――太ももはバッタの脚のように長く細かった。顔の長さは少なくとも半ヤードあり、褐色に焼け、しわだらけだった。頬骨が突き出て、緑がかった灰色の小さい眼、大きなかぎ鼻、しゃくれ顔、耳から耳までありそうなひどい大口、歯並びも乱杭で、高くて狭い額には深いしわを刻んでいた。彼の乗る馬もその騎手そっくりの骸骨みたいな奴だったが、この馬を彼は（後でわかったが）これまでにもらった唯一の贈り物としてとても大切にしていた。

この愛馬が無事に馬小屋に入れられたのを見届けてから、自分が宿の庭で災難にみまわれた時に彼女たちが関心を示してくれたので、自らそれに感謝したいとの挨拶をした――郷士が礼儀としてその訪問を断るべきでないと言ったので、彼は階上に招かれて、まじめくさってスコットランド方言で敬意を表した――「ご婦人方よ（と彼は言った）おそらくあなたがたは拙者の頭が思いがけなく丸見えになってしまった時、そんな有様ってないなと思われたことでしょう。しかし拙者ははっきり申しますが、あなたがたがご覧になったみっともないな姿は病気や大酒のせいではないのです。わが祖国への奉仕のための誠実な傷跡なのです」。それからぼくらに彼がアメリカでタイコンデローガ〔ニューヨーク州東部にある一七五九年の戦跡〕の戦いで負傷した時にインディアンたちが彼から所持品を奪い、頭皮をはぎ、斧で頭蓋骨を割り、彼を死んだと思って戦場に置き去りにしたこと、しかしながら、後になって、まだ命が残っているのを発見されてフランス側の病院で治療してもらったが、頭皮の損失はどうにも回復しなかったこと、それで頭蓋は数か所むきだしになり、そこに当て布をしていることを説明した。同情の思いほどイングランド人の心に強く訴えるものはない――ぼくらはすぐにこの老練な軍人にとても興味を覚えた――タビーの胸さえ憐みの情で優しくなった。しかし彼が二つの血なまぐさい戦争で負傷して身体の自由を失い不具になり捕らえられ捕虜にされても、中尉より上の地位を得ていないことを知った時に、ぼくらの憐憫の情は憤慨の思いにひどくかき立てられた――伯父は目をキラキラ光らせ、下唇を震わせて叫んだ「誓って言いますがあなたの処遇は軍にとっては恥辱ですぞ――あなたになされた不公正は極悪非道のものです――」「どうかご容赦願いたいのですが（と相手は彼をさえぎって叫んだ）拙者は不公正の不満を言っているのではありません――拙者は三十年前に少尉の地位を買い取りました。軍務を続けているうちに着順で中尉に昇進しました――」「でもそんなに長くかかっている間に（と郷士は再び言い始めた）あなたはかなり多くの若い将校に追い抜かれていくのを見たはずです――」「いやしかし（と彼は言った）拙者はぶつくさ言う理由はありません――あいつらは昇進を金で買ったのです――拙者は買い取る金がなかった――不運だったのです。しかし誰も責めるわけにはいかないのです――」「何ですって、それくらいの金を立て替えてくれる友人もいないのですか」（とブランブル氏が言った）「おそらく大尉の地位を買収する金を借りることはできたでしょう（と相手は答えた）しかしその借金は返さねばなりません。それで拙者は一日十シリングの収入の中から支払わなくてはならない千ポンドの借金のわずらわしさを避けたのです」「それであなたの生涯の大部分を（とブランブル氏は叫んだ）、青春を、血潮を、身体を、一日三、四シリング返済しなくてはならないという理由で、戦争の危険と困難と恐怖と辛苦のうちに浪費してしまったというわけですね――そんな理由なんか――」「郷士殿（とスコットランド人は激して答えた）あなたが拙者をかかるささいな理由のために動かされたと思ったり言ったりすれば、あなたこそ拙者を不公正扱いする人物です――拙者は紳士です。軍務に就いたのは他の紳士方と同じく名誉ある大望がもたらす希望と熱狂を期待したからです――たとえ拙者が人生の富くじでつきに恵まれていなくても、不幸とは考えません――拙者は誰からも一ファージングも借りていません。清潔なシャツ一枚や羊の肉の一切れとかわらの一束くらい、いつでも手に入ります。しかも死ぬ時には埋葬の費用をまかなうだけの身の回りの品ぐらいは残しておくつもりです」

伯父は自分のことばで相手の気を少しでも悪くするつもりは毛頭もなかったこと、逆に相手のためを思う友情から出たものであることを確信させた――中尉は伯父にかしこまって感謝の言葉を述べた。この態度が伯父をいらいらさせた。伯父は彼の腰の低さは全くの偽善であることを見抜いていた。というのも彼が何と言い放とうと、どう見てもその様子は不平たらたらだったのだ――手短に言えばぼくはあえて彼の軍功は判断できないが、このスコットランド人は不器用で粗野で議論好きでうぬぼれが強い空論家だと断定してもいいと思う――彼は学校教育を受けており、かなり多くの書物を読んでいるようだ。記憶力もしっかりしていて数か国語を話せるとのことだ。しかし彼はとても論争好きで、もっとも明白な真理についてもあら探しをやり、自分の弁論を鼻にかけて、矛盾したことでも言いくるめようとする——その弁舌と性格が真にわが叔母ミセス・タビサの好みにかなったものか、それともかの不退転の処女がいかなる獲物でも射止めようと決心したのか、いずれにせよ、彼女がぼくらと食事してくれたこの中尉の胸をねらったのは確かなのだ。

この軍人についてはまだまだ言うことが多いがそれについては次の一、二の便でお知らせしよう。それまではこの退屈な便りからしばし離れてせいせいしてくれることが望ましい。

七月十日　ニューカッスル・アポン・タイン

J・メルフォード

准男爵　サー・ワトキン・フィリップスへ（オックスフォード大学ジーザス・カレッジ）

親愛なるフィリップス

前便でスコットランド人の中尉というあくの強い料理で君をもてなしたが、さらに彼を君の賞味に供しよう。ぼくらはこの三日間のほとんどを彼のためにめぐりあわせになってしまったが、ぼくらが北部の旅行を終えるまでに、また彼がぼくらの道中に立ち現れるのは確実です。ダラムで彼に出会った日の翌日はひどい嵐だったので、旅を続けられなかった。それで伯父は天気が回復するまで滞在するように彼を説得し、同時にいつでもわれわれの食事に加わるよう招待した。この男は確かに鋭くて多彩な観察眼がある。しかしその態度があまりに無作法なので、もし彼の発言が例の人を虜にするとんでもない偏屈ぶりがなければ、きわめて不快なものになるだろう——彼とブランブル氏は戦争とか政治とか文芸とか法律とか形而上学などの様々な問題を語り合い、時には論争することもあった。しかしブランブル氏はこの将校が客人なので、それだけに気をつかい、癇癪《かんしゃく》を起さないように注意していた。そしてそのような努力にもかかわらず激してくると、相手方は反対に思慮深く平静になってくるのだった。

ミセス・タビサがたまたま兄にマットという愛称で呼びかけた時、「郷士殿（と中尉は言った）お名前はマシアスですか」。君に言っておきたいのは、伯父はかねがねマッシューという名前を清教徒じみていると言って恥じていて、これが一つの弱みなのだ。でこの質問は彼をひどく悔しがらせて「いやとんでもない」と不快そうにまたぶっきらぼうに答えた——スコットランド人は答えに立腹し憤然として「もしも私が（と彼は言った）あなたがお名前を名乗るのが嫌だということがわかっていたらこんな質問はしなかったでしょう——こちらのご婦人はあなたをマットと呼びました。それで私は当然それはマシアスだと思ったのです——きっとそれではミシューゼラかメトロドーロスかメテラスかマチュリナスかマルシナスかマタモラスか、それとも——」「いや（と伯父は笑いながら叫んだ）みんな違いますぞ、あなた様——わしの名はマッシュー・ブランブルですからどうぞそのおつもりで——じつはわしはマッシューという名は大嫌いなのです。と申すのはこの名はクロムウェルの時代に、その子どもたちにすべて聖書由来の洗礼名をつけたあのもったいぶった偽善者どもの臭いがしますので」——「まったく馬鹿馬鹿しい敵意ですわ（とミセス・タビーが叫んだ）罪深いといってもいいくらいです。聖書から取られたからといって自分の名前と仲違いするなんて――兄さんに知っていただきたいわ、あなたの名前はモンゴメリー州ランウィスシン〔Llanwysthin スモレットの造語と思われる〕の郷士で特定治安判事、かつ州の首席治安判事でもあった大叔父マッシュー・アブ・マドック・アブ・メレディスの名から取ったものです。このお方は徳が高く財産家の紳士で、母方からはウェールズ公ルエリン様の直系の子孫です」

この家系についての秘話はスコットランド人にいくらか印象深いと見えて、彼は子孫に深々とお辞儀をして、彼自身も聖書由来の名前の光栄を有していると言った。この淑女が彼の名を聞きたがったので、彼は名前は中尉・オバダイア・リスマヘイゴウであると説明し、彼女の記憶に残るためにこの三語を刷った紙片を彼女に差し出した。彼女はとても熱心にこれを読み、この名はこれまでに聞いたものでは最も高貴で響きがいいものだと断言した。彼はオバダイアというのはスコットランドの盟約派の一人の彼の曽祖父の名にあやかった借り名なのだが、リスマヘイゴウはスコットランドの同名の地名から出た家族名であることを説明した〔リスマヘイゴウはグラスゴーの南東二十マイルくらいにある村〕。またその家系の古さについてもちょっとほのめかし、謙遜の笑いを浮かべてこう言い添えた〝されど家系と祖先の功績とはわれらがなしたものにあらず。余はこれらを我が物とは呼び難し〟〔古代ローマ詩人オウィディウスの『メタモルフォセス』の句をもじったもの〕

そしてこの引用句を彼は女たちのために普通の言葉で説明した。するとミセス・タビサはすかさず、祖先の栄誉をあまり振りかざさない彼の奥ゆかしさをたたえ、彼自身これだけの立派な人徳があるので祖先の栄誉など彼にはあまり必要ないと言い添えた。彼女は次にきわめて下手なお世辞で気を引こうとした——スコットランド国民の古い伝統ともろもろの美徳、つまりその勇気、誠実さ、学殖また礼儀正しさなどを延々と説いた——彼自身の弁舌と勇気、良識と学識まで取り上げてほめたたえた——彼女は兄に中尉は自分たちの従兄のグリフィス閣下にそっくりではないかと言った——彼女は彼の生涯の詳細をとても知りたいと思いその戦争の功績について数多くの質問をした。これに対してリスマヘイゴウ氏は嘘っぽく遠慮がちに答え、自分の手柄のことで彼女の気を引こうとするなんてとてもできないと言いたげだった。

しかしながら彼女の質問のおかげでぼくらは次のことがわかった。彼とマーフィー少尉はモントリオールのフランス病院から逃げ出し、どこかイギリスの植民地に行き着こうとして森に入り込んだ。しかし道を間違えて一団のマイアミ族〔現在のイリノイに住んでいた当時のインディアンの部族〕に遭遇し、彼らに捕虜として連行された。このインディアンたちの意図は二人のうちの一人を、息子を戦争で失った彼らの酋長《しゅうちょう》に養子の贈り物にして、他の一人を彼らの習慣に従っていけにえにすることだった。マーフィーは二人のうちでは若くてハンサムだったので、酋長の息子としてだけではなく、彼の先任と婚約していた美女の配偶者としても死者たちの後継者になった。しかしマイアミ族の幾つかの天幕の小屋とか村々を通過する時に哀れにもマーフィーは女たちや子どもたちによってめった切りにされた。この部族のしきたりとして、女子どもは通りすぎる捕虜を拷問する特権があるのだ。だから彼らが酋長の住まいの場所に着いた時には、彼は結婚の目的には全然かなわない状態にされてしまっていた。そこで戦士たちの集会が開かれ、マーフィー少尉がいけにえにされること、美女はリスマヘイゴウ中尉に与えられることが決められた。中尉も去勢されることはなかったが、道中同じようにさまざまな責め苦をなめていた――一本の指の関節が切られた、というより錆びた小刀でのこ挽きされた。片方の足の親指は二つの石の間でぐしゃりとつぶされた。歯も何本か抜かれた、というより曲がった釘で掘り出された。裂いたアシが鼻孔とその他の柔らかいところに突き刺された。そして両方のふくらはぎは斧の鋭い刃先で穴を掘られ、そこに埋めた火薬でふくらはぎの肉も吹き飛ばされていた。

さすがのインディアンたちもマーフィーの死に際に、その儀式に参加したリスマヘイゴウ氏とともに、ドリメンドゥー〔ゲーリック語で背中の白い黒い牡牛の意味〕の歌〔この歌はリスマヘイゴウがジャコバイト派であることを暗示する〕を死の歌として歌いながら英雄として死ぬことを許した。まず戦士たちと女首領たちは犠牲者から肉を切り取り、たらふく食べ、さらにさまざまな責め苦を彼に加えたが、彼は臆することもなくこれに耐えた。その後一人の老女が鋭いナイフで彼の片目をえぐり出してそのくぼみに燃える石炭を差し込んだ。このやり方で激痛が走ったので、彼もうめき声をあげずにはいられず、それを見て野次馬は歓呼の叫びをあげた。そして一人の戦士が彼の背後に忍び寄って手斧で〝なさけの一撃〟を加えた。

リスマヘイゴウの花嫁の美女、スクウィンキナクースタはこの場で水際立った振る舞いを見せた――彼女は責め苦の数々を自ら考え出し、それを自らの手で実行することですぐれた天才ぶりを発揮した。彼女はいけにえの肉を食べることでは最もたくましい戦士にも劣らなかった。そして他の女たちが皆酒宴で酔いつぶれた後でも彼女はさほど酩酊《めいてい》もせず、呪術師の酋長と飲み比べをすることができたし、その後で自身の結婚の儀式もちゃんと済ませてその晩の床入りを終えた。中尉はこの才色兼備の美女と一緒に二年間幸福に暮らし、その間に彼女は彼の息子を産んだ。この息子が今では母親の部族の首領になっている。しかしとうとう彼女が、部族の者たちが狩りで射止めた熊の生肉を食べすぎたために熱病にかかって死んだので、彼は悲嘆の淵に沈んだ。

この時までにリスマヘイゴウ氏は酋長に選ばれ、バジャー族第一の戦士として認められオッカナスタオガロナという呼び名で畏敬されていた。これは〝イタチのように敏捷な〟という意味だ。しかし戦争が終わるとこれらすべての利点や名誉も、彼はイギリス軍と同盟していたインディアンに捕虜になっていた部族きっての雄弁家と交代させられたので、その男に譲らねばならなかった。平和回復後に彼は軍職を売って退役し、退職給だけ受ける身になって帰郷した。祖国で少ない収入でどうにか人並にやっていけそうな隠居の場所を見つけて余生を過ごそうと望んだ。こんなところがリスマヘイゴウ氏がおおよそ物語るところで、それをタビサ叔母は熱心に耳を傾けていた――まったく彼女は〝その踏み越えてきた危険のゆえに〟ムーア人〔『オセロ』の主人公、将軍オセロ〕を愛したデズデモーナの心をとらえたあの魅力に取り付かれたようだ。

哀れなマーフィーの苦難についての説明は妹のリディアを気絶させたが、ミセス・タビーの胸からも何度もため息がもれた。彼が結婚不能にされたという意味がわかった時にペッと唾を吐いて絶叫した「まあ、なんて残酷な野蛮人でしょう」。そして女の結婚式の食事の話には顔をしかめた。しかし女の結婚衣装の詳細を熱心に知りたがった。彼女が胸のふくらんだコルセットを着けていたか、またはボディスを着ていたか、衣装は絹だったのかビロードだったのか、メクリンレースかそれとも薄物のレースだったのか――彼らがフランス軍と同盟していたから、彼女は口紅をしてパリ風の髪型をしていたとタビーは想像していた。中尉はすべてこれらの詳細についてははっきりとしたことは言わないで、漠然とインディアンは彼ら独自の習慣を固執してどんな国の様式も取り入れないと言った。彼らの生活様式の素朴さからしても、彼らの国の取引の範囲からしても、彼らにはとてもヨーロッパで珍重されるぜいたく品など揃えられないことや、しかも道徳的で道理をわきまえているので、自分たちを腐敗させめめしくするような流行を進んで取り入れたりはしないと言った。

このような説明はただ彼女の質問した事柄をもっと詳しく知りたいという気持ちをかき立てるだけだった。それで彼は必死に言い抜けしようとしたにもかかわらず、とうとう次のような事情を明かさずにはいられなかった――彼の王妃は靴も靴下も肌着も下着の類も着けていなかった――彼女の花嫁衣裳は赤い柔らかな羊生地のスカートと縁飾りのあるケットだけで、そのケットが彼女の双肩にかかり、銅のフックで止められていた。しかし身のまわりの装飾品はごてごてしていた――頭髪は奇妙に編まれていて人骨のボビンで織り合わされていた――片目のまぶたは緑色に、他方は黄色に塗られ、両頬は青く、唇は白く、歯は赤く染められ、額の真ん中から鼻先まで黒い筋が入っていた――色鮮やかなオウムの二本の羽毛が鼻中隔を貫いて突き通されていた――あごには青い石がはめ込まれていた――耳輪は大きさも形も太鼓のばちの形のヒッコリーの木片だった――両腕と両脚は貝殻玉をつないだ輪で飾られていた――胸は何本ものビーズ玉のひもで輝いていた――彼女はいろいろな色を塗った草で編んだ奇妙な袋を身に付けていた――首には死んだ愛人がつい先ほどの戦闘で殺したモホーク族の勇士の新しい頭蓋骨がぶら下がっていた――そして最後に彼女は頭から足まで熊の膏《あぶら》を塗っていてそれが芳香を放っていた。

このような装飾品が今どきの美しい女性に賛美されるとは誰も思わないだろう。ところがミセス・タビサは中尉の身に関連するものならすべてをほめようと決心したので――なるほど彼女はこの美女が下着類をもっと着けていたらよかったと残念には思った。しかし女の装飾品にはいいセンスと奇抜さもあることを認めた。だから彼女はマダム・スクウィンキナクースタがいい趣味と稀な身だしなみを兼ねた若い女性であり心底ではよきキリスト教徒であったと決めつけた。そこで彼女は、彼の配偶者が高教会派だったか長老教会派だったかそれとも福音書の新しい光明のひらめきに浴していたのかどうかを尋ねた。彼が彼女も彼女の全部族もキリスト教にはまったく無縁だったことを告白すると、彼女はあきれた顔で彼を見つめた。そしてたまたま同室していたハンフリー・クリンカーは低いうめき声をあげた。

ちょっとしてから「一体全体、リスマヘイゴウ中尉殿（と彼女は叫んだ）その人たちはどんな宗教を信じているのですか」「宗教といえばマダム（と中尉は答えた）それは彼らインディアンにはきわめて単純な問題なのです――彼らは〝教会と国家の協調〟などというのは全然聞いたこともありません――彼らは一般に、競い合う二つの原理を崇拝しています。一つはすべての善の源泉であり、他はすべての悪の根源です。――そこでも庶民は他の国と同様に馬鹿馬鹿しい迷信を信じています。しかし道理をわきまえた者たちは宇宙を創造し支えている至高の存在を尊敬しています」「まあ、なんてお気の毒でしょう（と信心深いタビーは叫んだ）聖者が啓示を受けて、この哀れな異教徒たちを改宗させるためにそこに行かないなんて」

中尉が彼女に話したところによると、彼が彼らと一緒に住んでいた時に、二人のフランス人宣教師が彼らをカトリックに改宗させるためにやって来た。しかしこの宣教師たちが神秘や啓示について語ってその説明も証明もできず、単に伝聞に基づいて信じているだけの奇跡の証拠をあげたり、天地の至高の創造者が力と栄光ではおのれと同じ一人息子を人間の女の胎内に入れ、人間に生まれさせ、侮辱されムチを打たれ悪人として処刑されるがままにしていたことを教えたり、また宣教師たちが勝手に神を作り替え、神はわずかな小麦粉と水の助けで、飲み消化し復活し〝無限に〟大きくなるものだと主張したりした時、インディアンたちは彼らの主張の不遜さにショックを受けた――宣教師たちは酋長たちの集会で取り調べられ、彼らの伝道の神聖さを何らかの奇蹟で証明せよと命じられた――彼らはそれはとてもできないと答えた――「もしあなた方が本当に天によってわれわれの改宗のために遣わされたのなら（と一人の酋長が言った）、きっと何か超自然的な能力があるはずだ。少なくともあなた方は、入り込んだ多くの国民に教義を説くために様々な言葉がわかるはずだ。ところがあなた方はわれわれの言葉もわからず、きわめて些細なことについても何も言えないではないか」

要するに群衆は彼らを詐欺師だと信じ込み、スパイであるとさえ疑った――彼らは宣教師の一人一人にトウモロコシ一袋を収穫してくるように命じた。そして辺境に連れていくための案内人を任命した。しかし宣教師たちは思慮より熱意が強く、ブドウの園を去る〔布教を止めること〕ことを拒絶した――彼らはミサをささげること、説教をすること、洗礼を施すことを固辞し、部族の僧侶である呪術師たちと口論し、ついには村全体が混乱した——そこで集会は全能者である宣教師たちをつまらない弱い気まぐれな存在だと宣告し、あえて意のままに作ったり、消したり、再生させたりする敬虔でもないペテン師として裁判に付した。こうして彼らは神への冒瀆と反乱のかどで有罪となり、火刑の宣告を受けた。彼らは刑場で、このようにして得られた殉教の栄光のために恍惚としてマリア賛歌を歌いつつ死んでいった。

この会話の間リスマヘイゴウ中尉は自身無神論者であると思われるようなことを少しほのめかした。叔母は彼が聖アタナシウスの信条に対して投げかけたある種の皮肉に驚愕したようだった——彼は〝理性〟とか〝哲学〟とか〝名辞の矛盾〟などの言葉について詳述した——彼は永遠の地獄の劫火《ごうか》も否定し、魂の不滅についてもあえて風刺を弄し、ミセス・タビサの信用をいささか落とした。というのは彼女はこの時までにリスマヘイゴウを学者で英知すぐれた天才だと思い込み始めていたのだ——要するに彼はもはや、彼女が彼を射止めようとする攻撃に無頓着なわけにはいかなかった。それで彼の思いにはこれに反発する気持ちも少しはあったが、それを抑えて、彼女の優しさに応えるようになっていた——たぶん彼は恩給暮らしの退役中尉としては、どう見てもその余生を気楽で快適にしてくれるのに十分な財産があるはずに違いないオールドミスと結び付くのは悪くないやり方だと思ったのだろう——この一組の愛すべき奇人同士に互いに憎からず思う交際がすぐに始まったわけだ——彼は自分の談話に付き物のもともとの酸味をお世辞と賛辞の糖蜜で甘く和らげ始めた——時々大量に持っている嗅ぎタバコを彼女にすすめたりイグサで編んだ袋も贈った。これはあの優しいスクウィンキナクースタの手で編まれたもので、彼女が狩猟に出かける時に火薬入れとして使っていたものだ。

ドンカスターから北に進むと、どの宿屋のどの窓にもスコットランド民族の悪口を書いた狂詩が落書きされていた〔ダイヤモンドで窓に詩を彫りつけるやり方が広まっていた〕。しかもとても驚いたことに、それへの反論は一行も見られなかった――この問題にリスマヘイゴウが何と言うか疑問に思ったので、ぼくらが立ち寄った部屋の窓に書かれていた彼の同胞へのとても口汚い風刺詩を彼に指し示した――彼はとてもまじめくさって冷静にそれを読んだ。そしてぼくがその詩に対する意見を求めると――「とても簡潔でとても痛烈ですな（と彼は言った）しかし濡れたふきんの力を借りれば〔窓ガラスをきれいに拭けば〕もっと明快、明白になるでしょうね――私はなぜ誰か現代の才能豊かな人がこのようなエッセイを集めて『スコットランド人ソーニーに対するガラス屋の勝利』という題名で出版しなかったのかとても不思議だ――それはロンドンやウェストミンスターの愛国者たちへのとても楽しい贈り物になると確信しますよ」。この地方を旅するスコットランド生まれの人びとが、道路沿いの窓をなぜ全部割らなかったのだろうとぼくが驚いていると、「うやうやしく申し上げますが（と中尉は答えた）そんなことは浅薄なやり方そのものです――単に風刺をさらに切れ味がよくて辛辣なものにするだけでしょう。私はそんなものは窓に書かれたままにしておくほうが、勘定書に付けて出されるよりずっとましだと思います」

伯父は怒りであごを震わせ始めた――こんな恥ずべきたわごとの作者どもは彼らの国をこんな悪意と愚劣の記念碑ではずかしめたとして、馬車の後ろにくくり付けてムチで打つことにしようと彼は言った――「この害虫ども（と伯父は言った）こいつらは同胞の悪口を言って、その同胞に対して、かえって自己満足の材料を絶えず与え、しかもこういった低劣下品な攻撃に対する文句のつけようもない復讐の手段を提供してしまうということがわからないのだ。私はこれら卑劣な中傷者の無礼を軽蔑するが、その一方でスコットランド人の冷静な忍耐を賛美するのだ。まったくこんな中傷者の無礼さといったら、おのれの排泄場所でしかときをつくらない農家の雄鶏の傲慢さと同じなのだ」。中尉は興奮することもなく、低劣な精神の持ち主はどの国土にも生まれるものだが、郷士がそれもイングランド人一般にもあてはまると思えば、祖国スコットランドを彼はほめ過ぎていることになる。なぜならこの国はかくも繁栄し強大なイングランドの人びとからねたまれるほど立派な国ではないからだ、と言った。

ミセス・タビーはまたしても彼の穏健さを賛美してとうとうとしゃべり始め、スコットランドはこの世ですべての美徳が生まれた国土だと断言した——その夜にリスマヘイゴウが退去した時、彼女は兄に、中尉はあなたがこれまでに出会った中で一番立派な紳士だと思わないか、彼の態度にはどこか素晴らしく魅力的なところがあるのではなかろうかと尋ねた——ブランブル氏は無言で彼女をしばらく見つめていたが「妹よ（と彼は言った）まずわしの見る限りではあの中尉は誠実だし立派な将校のようだな——彼はかなりの物知りで、これまでに経験してきたよりもっと幸せに暮らすことができる。しかし彼がこれまでに出会った最高の紳士であると心底から断言はできない。それにあの顔には人を惹きつける魅力を探し出すことはできない。あの顔は誓って言うが、逆に人相が悪くてとっつきにくいというほかないな」

ぼくは本当に珍しいこのスコットランド人の気を引こうとした。しかし彼が英語はロンドンよりエディンバラで使われているものの方が正当派だと主張したのを、ぼくが笑い飛ばした時から彼はぼくと話したくない様子だった。この時に彼はひどい不快さをありありと見せて、ぼくを見つめながら「もし笑いの感覚が合理的な人間の明白な特徴だとする古来の定義が真実なら（と彼は言った）イングランド人はこれまでに知る限り、もっとも合理的な国民ですね」。ぼくはなるほどイングランド人は滑稽さというものには簡単に魅了されてしまうので、すぐに笑い出すことは認める。しかし隣人より笑いがちだからといって必ずしも彼らが隣人より合理的ということにはならないと述べた。ぼくはまたそんな推論はスコットランド人には失礼な見方になるだろう、なぜなら彼らは一般にユーモア感覚が鈍いとされているが、決して合理的でないとはいえないと言った。

中尉はスコットランド人についてのそんな推測は彼らの会話や著作から得られたものだろうが、イングランド人は、スコットランド人が日常会話やユーモア作品に使う方言がわからないので、彼らの会話や著作を正確に判断することはとてもできないだろうと答えた。ぼくがそのユーモア作品にはどんなものがあるのか知りたいと言うと、彼は相当数の作品を挙げ、それらはユーモアについては、死語あるいは現用語のいかなる国語で書かれたいかなる現存作品にも劣らないものであると強調した――特にアラン・ラムゼーの『常緑樹』という二巻の詩集とその他の作品を推薦した。ぼくはこれをエディンバラで手に入れるつもりだ――彼はまたスコットランド人はイングランド人がわからない方言とか言い回しで話すので、彼らはイングランド人の席では不利な立場に立つのだと言った――だからスコットランド人はそんな時には遠慮がちになって、機知とか雅味などが伝えられない――このようなエスプリは心が完全にくつろぎ、ある作家の言うように〝精神が自由に動ける余地〟のある時でないと、光彩が発揮しない。

さらに彼はロンドンよりエディンバラで話されている英語の方がはるかに本物なのだということを言い張った――その言うところは、われわれがスコットランド方言と呼んでいるものは、実際は真実で純正な古英語であり、それに、長期間のフランスとスコットランド間の交流で取り入れられた若干のフランス語の語彙と慣用句が交じったものである。現代のイングランド人は虚飾と誤った改善から喉頭音を無くし、発音と音量も変え、重要な単語や表現を取り除いて自らの言語を弱め堕落させた。こうした改革でわれわれの最高の詩人、チョーサーやスペンサー、さらにシェイクスピアの作品でさえ、多くの点で、南ブリトン人には難解なものになってしまった。しかるに古代語を保持しているスコットランド人は辞書なしにそれらを理解できる。たとえば（と彼は言った）あなたがたの注釈者たちは『テンペスト』の中の表現――He's gentle and not fearful（あの方は優しくても腰抜けではありません）にどれだけ手を焼いてきたことでしょう。まるで〝彼は gentle であるからもちろん、courageous（勇気がある）であるはずだ〟ということが推論の誤りだといわんばかりの苦しい解釈をしていますね。しかし実のところ、この gentle という語のもとの意味はただそれだけではないにしても、noble（気高い）とか high-minded（高潔な）ということだったのです。また今日でもスコットランドの女性は『テンペスト』の若き淑女の立場になれば、ほぼ同じ言い方で表現するでしょう――〝あの方を怒らせないでください、というのもあの方は gentle つまり high-spirited（意気盛ん）ですから、めめしく侮辱に耐えようとは思いません〟という言い方をします。スペンサーはその『フェアリー・クィーン』の冒頭の第一節でこう書いています。

'A gentle knight was pricking on the plain'（優しい騎士が平原を馬で駆けていた）この騎士はおとなしくて臆病どころかとても勇敢だったので 'Nothing did he dread, but ever was ydrad.'（彼は何も恐れず、常に怖れられていた）ほどだったのです。

われわれが誤って改良したためにわが国語が力強さを失ったことを証明するために彼はwright, write, right, riteという意味は全く違うが発音が同じ語群を挙げた。これらはスコットランド人の間では、意味とスペルが異なると同様に、発音も異なる。そしてこれは他の多くの単語にもあてはまるものとして、彼はその他の例も挙げた――さらにわれわれが（いかなる理由か彼はどうしてもわからないが）母音の発音をヨーロッパのすべての国が使っている発音とは違うものにしてしまったことも指摘した。この変更は英語を外国人にとても難解なものにし、スペルと発音についても規則通りにはいかないものにした。かつ母音はイングランド人の発音ではもう単音ではなくなってしまい、彼らはiもuも二重母音として発音している。最後に彼は、われわれは唇と歯でもぐもぐと発音して、幾つかの単語をポーズなし区切りなしに一緒に言うので、かなり英語がわかる外人でも、イングランド人が母語で話した内容は、スコットランド人に説明してもらわなければならないこともよくあるのだと断言した。

この発言の正当さはブランブル氏の体験によっても確認された。しかし彼はこれを別の理論で説明した――その言うところは、同様なことがどの国語にも通用する。つまりスイス人の話すフランス語は、完全にそれをマスターしていない外国人にとっては、パリ人のフランス語より聞きやすい。なぜならすべての国語は独自の叙述方があり、単語と言葉の抑揚の二つを学ぶことは、単語だけを学ぶことより、必ず多くの労力と注意力を要するからだ。しかも単語と抑揚の二つのうちどちらだけを学んでも他がないと完全なものにはならない。スコットランド人やスイス人は抑揚は習得できないので、抑揚なしに単語だけしゃべることになり、そのために初心者のものは理解されやすくなる、とブランブル氏は自分の考えを述べた。君はこの反発がスコットランド人をやっつけたはずだと思うだろうね。ところがそれは彼の論争心をあおるだけだった――彼は言った。もしすべての国民に独自の叙述法や抑揚があるなら、スコットランド人にもそんなものはある。そして英語の抑揚をまだ身に付けていないスコットランド人なら、当然母国語を話す時にはもともとの抑揚で話すことになる。だからもし彼の方がイングランド人よりわかりやすいなら、彼の抑揚は英語の抑揚よりもわかりやすいということになるのではないか。結局のところスコットランド人の方言はその同胞のイングランド人の方言より優れているのだ。そしてこれこそ現代のイングランド人が発音では自らの国語を堕落させているという別の強力な推定をもたらすのだ。

中尉はこの時までにかなり議論調になっていて、口を開くたびに逆説も飛び出し、それをまたきわめて熱のこもった論争ぶりで主張した。しかし彼の説く逆説はすべて自国を強く擁護する偏狭なものだった。貧困は国民には恩恵になるとか、オートミールは小麦粉よりも好ましいとか、聖堂が性や階級の区別がなく雑然と信者の入場を認め、堂内でヴィーナスの洗礼を行うなどというのは、優雅さと礼節の観念をことごとく踏みにじる偶像礼拝の醜悪な一例であるなどと論証した。ぼくはこんな理論を彼が提唱したことにも驚いたが、それよりむしろそんな理論を支持するために彼が展開したとっぴでもあれば巧妙でもある論証にもっと驚いた。

要するにリスマヘイゴウ中尉という奇人をぼくはまだよくわかってないのだ。だからぼくらが彼と別れる時には悲しいだろう。とはいっても全くのところ、その振る舞いとか性向には愛すべきものはあまりないのだが――彼はまっすぐスコットランドの南西部に行き、ぼくらはベリックへの道を行くので明日フェルトンブリッジというところで別れることになる。ぼくの見るところでは、ミセス・タビサにとって、もし彼女が彼から必ず再会するとのうれしい確約を得ていなければ、この別離はひどく悲しいものになるところだった。こうしたつまらない出来事で君を楽しませようとしたぼくの目的が達せられないとしても、少なくとも君の忍耐力を鍛えるのには役立つと信じる。

敬具

J・メルフォード

七月十三日　モーペス

ルイス医師へ

親愛なる先生

私は今やイングランドの北端に到着しました。そして部屋の窓のすぐ近くに、トウィード川がこの田舎町とベリックの町に架かる橋のアーチの下を悠々と流れているのが見えます。〔ベリックは対岸のスコットランドの町〉――ヨークシャーについて先生はすでに実際にご覧になっているので、この豊かな州については何も言うことはありません。ダラムの町は石と煉瓦の寄せ集めみたいで、あたかもそれらが一つの山になってしまったようです。この山裾を一周して一筋の川がざあざあと流れています。その街路は大体狭くて暗く、いやな感じで、多くは急坂なので通行困難なのです。聖堂は巨大で陰気で堂々とした建物です。しかし聖職者たちの住居は暮らしやすいのです――主教は豪華な暮らしをしています――多額の聖職禄でぜいたくな食事を楽しんでいます――またここには楽しい社交的な集まりもあるということです。しかしニューカッスルまで延びているゲイツヘッド高原の上から見たこのあたりの田園はこれまでに目にしたこともない見事な耕作風景を見せてくれます。ニューカッスルの町そのものは、大部分がタイン川の両岸沿いの低地にあるのでダラムよりもっと暮らしにくそうです。しかしこの町は工業と商業で人口が増え裕福になったのです。町より上流の川の両岸の田園は農耕と造林の素晴らしい眺めです。モーペスとアニックは清潔できれいな町です。後者は長い間ノーサンバーランド州の伯爵の名門ピアシー家のものであった城郭で有名です――この城は確かに多くの部屋がある大きな建物で難攻不落の立地なのですが、その威力は地形とか堅固なつくりにあるというよりその防御に当たった者たちの勇気にあったようです。

スカーバラを出てから遭遇したわれわれの冒険はほとんどお知らせする価値がないものです。それでもわが妹タビサがバースとロンドンでの失意の後で、夫探しでなしとげた成果について先生にお知らせしなくてはなりません。彼女はかつてある冒険家を狙い始めていたのですが、これは実際は追いはぎを仕事にしていた男で彼女がしかけるわなよりはるかに危険なわなに慣れているので、巧みに逃げてしまったのです――その後彼女はリスマヘイゴウという幾多の風雪に耐えた老練なスコットランド人の中尉に攻撃を開始しました。この男はダラムでわれわれと同行するようになったのですが、彼はこれまでに出会ったうちでも一番の奇人の一人だと思っています――その振る舞いは顔付きと同じく粗野なのです。しかし彼の特異な考え方、珍奇なものの寄せ集めの膨大な知識は、彼の知ったかぶりと不躾《ぶしつけ》な話し方にもかかわらず、その会話を好ましいものにしています――私は生け垣で野生のリンゴをたまたま何度か見つけて、その酸味には閉口しながらも香りがいいので食べたいと思うこともよくありました。リスマヘイゴウは生来反抗心がとても強いので、評価が定まっている金言に反論し、かつそれによって議論好きの気持ちが高まって、細心の注意で物事を詮索し、読書し、研究してきたものと信じています――その自負心はとても厳しくて、彼個人、または祖国一般についてのうわべだけのお世辞も決して見過ごさないのです。

彼がかくも多方面の問題について語れるのは、よほどの読書家なのだろうと申したところ、彼はほとんどいや全く読んでいないと断言し、生涯の大部分をアメリカの森林で過ごしたのに、そんなところでどうして書物を見つけられるのかと問い返すのです。甥がスコットランド人は一般にその学識で有名であると言いますと、彼はその言いがかりを否定し、スコットランド人の作品でそれを証明して欲しいといどんできました――「スコットランド人は（と彼は言いました）文字について少しばかり素養があり、自分たちより無学な人びとの間ではそれを誇示するのです。でも彼らは学問の表面を漂っているばかりで、有用な学芸ではごくわずかしか向上していないのです」「少なくとも（とタビーが叫んだ）世界中がスコットランド人はアメリカの未開人との戦いとその征服においては、名誉ある振る舞いをしたことを認めていますわ」「わしは確信しますが、奥様、あなたは誤解しています（と中尉は答えた）かの大陸でスコットランド人は義務以上のことは何もしておりません。陛下への奉公でも他の部隊よりすぐれた働きをした部隊は一つもありませんでした――スコットランド人が武勲を立てたなどと嘘をついてほめる人は、スコットランド人の友ではありませんな」

彼自身は同国人について勝手なことを言うのですが、他人がちょっとでも同国人へのあてこすりを言うのは決して許さないのです。たまたま一行の一人がB卿の結んだ不名誉な講和〔一七六三年にビュート卿が結んだパリ条約〕のことを述べた時、中尉はすぐに卿を弁護するために立ち上がって、その条約が英国の君主制が出来てから締結した最も名誉ある有利な講和条約であることを証明するために熱心に論じました――いや先生との間だけの話ですが、彼はこれについて色々な理由を挙げましたが、私は説得されるどころか、ひどく困惑したのです――スコットランド人がその人口の割合以上に大英帝国の陸海軍に多数服務していることも、またイングランド人が、その同胞は軍隊で特別に昇進していることを告白しなければならないということも、彼は認めようとはしないのです――「南ブリトン人と北ブリトン人〔スコットランド人〕が（と彼は言いました）イングランド人の大臣とか将軍の意のままになる官職や将校の地位を争う場合、多くの点で競争相手より有利なイングランド出身者に優先権が与えられるべきでないなどと考えるのは見当違いでしょう――第一にこれは最も大切な点ですが、南ブリトン人はアディソン氏〔スペクテイター紙三八三号でイギリスの偉大な点を数え上げた〕が指摘するように、イングランド人の心情に固く結びついて離れることのないあの賞賛に値する偏愛というもので有利になっているのです。第二に彼は相手に比べて、強力な手づるを持ち、より大きく議会の利害に関与しています。地位争奪の勝負は議会の利害に左右されやすいのです。最後に彼は成功への道をつくるための金銭をより多く手にしています。私自身については（と彼は言いました）スコットランド人将校で金銭によるかまたは欠員補充によって昇進を手に入れた者以外に、陸軍で大尉以上に昇進した例は知りません。反対に金銭や利害関係の不足のために中尉の階級のまま年老いていったこの国出身の紳士は数多く知っています。しかるにこのような不運な例は南ブリトン出身者の間ではきわめてわずかです。だからといって、私の同国人がちょっとでも不満をもらしてもいいなどと言っているわけではありませんよ——軍隊の昇進は商取引のすべてでの成功と同じように、功績と能力がどちらも同じなら、当然、現金と信用を一番持つ者に有利になるでしょう」

　しかしこの奇人の見解の中でも一番大胆なものは次のようなものです——商業はいかに栄えても結局どの国も滅ぼしてしまう——議会は英国という体制内の腐敗した部分なのだ——出版の自由は国家の害悪である——イングランドで採用されている自慢の陪審制度は恥ずべき偽証と極端な不公正の温床なのだ。また商取引は魂の自由な熱情の敵であり、金銭欲に基づいたものであり、同胞の困窮につけこもうとするあくどいやり方だと申しました——さらに商業はその性質から定着したり永続することもできず、満潮のようにある高さにまで達したらすぐに引き始め、潮の流れがほとんど干上がってしまうまで引き続けるものだ。しかも同一国家ではその引き潮がまたかなり高く満ちることは二度とはない。その一方、交易によっていきなりもたらされた富が、ぜいたくの水門を全開させ、国土をありとあらゆる浪費と腐敗であふれさせ、結果、行儀作法が徹底的に堕落し、ついには破産と破滅をもたらすのだと断言しました。議会というものはその選挙区の買収や投票の勧誘という慣行などで、すでに原則とか完全とか信頼とか良き秩序というものの廃墟に確立された公然たる金権制度になってしまったので、その結果、被選挙人も選挙人も、一言で言うと、人民全体が広く等しく汚染され腐敗したのだと彼は言ったのです。さらに断言しました。こうして構成される議会で王権はそれが与えられている数多くの部署や地位や年金などのおかげで常に大きな影響力を持ち、自己の意のままになる過半数を確保する。王が議員たちを長く議席につかせることが自身の利益になると思いさえすれば、このような議会はいつでも（すでにもう実施したように）その任期と権力を延長することになるだろう。というのは疑いもなく、議員たちはすでに任期を三年から七年に延長する権限を有したように、彼らの権力を無限に延長する権限を持っているからだ――ですから、議会が国王に頼ってその王権に献身し、しかもえり抜かれて編成された常備軍に守られれば、どんなイングランド国王（またおそらく野心的な君主たち）でも、憲法という砦でさえ完璧に無視するだろう。意気盛んな王なら立法府の同意によってあらゆる反対を足元に踏みにじる力があるだろうから、民衆のわがまま勝手な横暴による非難や侮辱のため、その政策を妨げられることに甘じて屈するなどとは考えられない。彼はまた出版の自由が、それが最も邪悪で卑劣な男に最も輝かしい功績の栄光を汚すことを可能にし、最も恥ずべき扇動者に平和を乱し社会の良き秩序を崩壊させる手段を与える限り、常に国家的害悪と見なすのだと言ったのです。彼はしかし現在はイングランドにはこれを適切な管理下に置く十分な法律はないと断言しました。

陪審員について彼は以下の意見を表明しました――彼らは一般に無学な庶民で構成され間違いばかりして、だまされやすく、悪影響に左右される。というのは裁かれる当事者のいずれか一方が十二人の陪審員の中の一人を味方にできれば、評決を有利なものにできる。こうして味方にされた陪審員は被告にどんな証拠や罪状があっても、たいてい同僚の陪審員たちが疲れ困惑し飢えてへとへとになって同意するまで自己の言い分に固執する。この場合評決は不公正なものになり、陪審員はみな偽証することになる。しかし陪審員たちの間で実際に意見が分かれ、どちら側も頑として互いにゆずらないこともよくある。しかし全員の意見が一致しなければ正式の評決は下されない。しかも陪審員はみな、良心にを大切にし宣誓までしたのだからおのれの信条に従って判断し意思表明をしなければならない――それでは結果はどうなるか――彼らは全員腹ぺこになって疲れ切るか、それとも良心が痛む人が少しはいても、評決に同意しなければならないこともある。このような愚かさはスウェーデンにはない。この国では過半数だけで十分なのだ。そしてスコットランドでは陪審員の三分の二が評決に同意することが求められているだけである。

彼の行うこうした演繹《えんえき》をすべて私が反論しなかったなどと思わないでください。とんでもない、実のところ彼が隣人よりはるかに賢明だと誇示するので、私はひどく自尊心を傷つけられていたのです――彼の主張のすべてに質問して、延々と反対意見を述べ、じっと我慢して論争すると、討論がとても激しくなって激論になったのです――しばしば私は彼を窮地に追い込み、一、二回は完全に言い負かしたと思います。しかし彼はこのような敗北からアンタイオス〔ギリシャ神話の巨人〕のように倍増した勇気を奮って再び立ち上がり、ついに私は疲れきって、どう議論すべきかまったくわからなくなったのです。その時幸いにも、ふとほのめかした言葉から、彼は法律の教育を受けたことを明らかにしたのです。この告白は私がこんな討論から名誉ある撤退をすることを可能にしてくれました。私みたいに何の教養もない者が、その道の達人に太刀打ちできるなんて考えられないことですから。しかしながらさしあたってこの奇人が並べ立てた多くの見識についてはよく考えることにします。

わが妹タビーが実際彼の話に感動したのか、それとも男の形をした物には何でも、結婚の絆を固めるまでは攻め立てようと決心しているのかどちらかはわかりませんが、彼女がリスマヘイゴウの愛情を得ようと必死の歩みを始めたのは確実なのです。男の方では彼女の甘言に全然気づいていないとは思われませんが、彼女に近寄ったとはいえません――彼女は何度かわれわれが予定しているスコットランド旅行の間、彼が同行してくれたらとてもうれしいとそれとなく言いましたが、とうとう彼ははっきりと自分の旅のルートはわれわれのルートとはまったく違っていると告げたのです。それに彼の方でもとても若い時にここを出たので土地勘も全く無いし、われわれに求められても、道案内も身分のある家族に紹介もできないので、同行しても旅行にはほとんど役に立たないだろうと言うのです。彼は〝父祖の炉辺〟すなわち〝故郷の家〟を再訪したいという抑えがたい衝動に駆られているのだと言いました。もっとも彼の知る限り当主の彼の甥は家門の名誉を守る能力がないので、行ってみても満足は期待できないということです――しかし彼はわれわれが帰路に西部のルートを取れば、その動きに注意し、ダムフリースで訪ねるように努力すると確約しました――そこで彼はモーペスとアニックとの中間あたりでわれわれと別れて、乗り手とそっくりの背が高いやせこけて骨もあらわなよろよろ歩きの歯の無い灰色の去勢馬にまたがり、威風堂々と去って行きました。まったくこの二者の姿は絵そのもので、それをカンバスにそっくり描いてくれる者がいたら二十ギニーくらいは払ってもいいと思いました。

ノーサンバーランドは美しい州で気持ちのいい田園を流れるトウィード川まで広がっています。しかしその川のイングランド側は向こう側〔つまりスコットランド側〕ほどには耕作されず、人口も少ないと言ったら先生は驚かれるでしょう――農場はまばらで、農地は囲い込みもしていないし、トウィード川から数マイルの土地には紳士の邸宅はほとんど見られません。しかるにあちら側のスコットランド人は群れをなして進出していて数マイルの範囲に三十以上もの立派な邸宅が数えられます。これらを所有している地主たちの先祖がかつては同じところに城を築いて防御を固めていたのです。こんな事情は、かつてはスコットランド人がイングランドの北部諸州にとっていかに危険な隣人であったかを教えるのです。わが家の生活はこれまでと同じです――わが妹タビーはあいかわらずメソジスト教に執心し、ニューカッスルではウェズリー〔ジョン・ウェズリー、メソジスト教会の創始者〕の講演会で説教を聞くという恩恵に浴しました。しかし信じるところでは、彼女においても、その女中ミセス・ジェンキンズにおいても恋わずらいがかなり宗教心を冷ましたようなのです。ジェンキンズに取り入ろうとする甥の従者ダットン氏とわが従者のハンフリー・クリンカーとの間で熱い戦いが演じられています――甥のジェリーは二人を平和裡《り》に保つために、その権限を使って干渉せざるを得なかったのです。わが家に不和の炎を燃え上がらせそうであった重大な事件の解決をジェリーの手にゆだねたのです。

七月十五日　トウィードマス

敬具

マット・ブランブル

准男爵サー・フィリップス・ワトキンへ（オックスフォード大学）

親愛なるワット

前便の二通でリスマヘイゴウのことを書きすぎたので、彼がしばらく舞台から退場しているのを君は喜んでいると思う――ここいらで家の出来事に触れなければならない――恋の神はどうもわが家の女たちすべてを支配しようと決心しているらしい――哀れなリディアの心につけ込み、次いでわが叔母タビサをさんざんもてあそんで、叔母の女中ミセス・ウィニフレッド・ジェンキンズの恋心をあおり始めた。この女についてはこれまでに何度もぼくらの通信に書いてきたのだが。造化の神はジェンキンズの性格をその女主人とはかなり違うものにしたが、慣行や習慣によって二人の間にかなり似たものが生まれた。確かにウィンの方がずっと若いし気立てもいい。彼女の女主人には見られない優しい心と慈悲深さもある。それだけに小心者だし持病のヒステリーの発作も起こしやすい。そのかわり彼女はミセス・タビーの古着と身のこなしを身につけたようだ――彼女は女主人と同じような服を着て見分けがつかないようにする。もっとも彼女自身の容貌の方がずっと魅力的なのだが――彼女はミセス・タビーの暮らしを助けその話し方を学んだり、言葉をくり返したり、目下の召し使いを叱る時には彼女のやり方を真似し、最後には彼女が宗教に入れ込むのを大目に見てあげるのだ――また信心ということでは、それが他ならぬクリンカーの導きで教え込まれ深められたところが大きかったということで、それだけ彼女の意にかなったのだ。しかもどうやらたまたま彼女があのマールバラで裸のクリンカーを見てから、その人柄に魅せられたらしい。

ハンフリーはこのように彼女の心に二重のかんぬきかけていて、彼の手にした成果を手放すものかとがんばっていたが、それにもかかわらず、見栄にかけてはとてもそれまでの成果を維持していくことができなくなった。なにしろ哀れなウィンの方がこの国のどんな女よりも見栄っ張りなのだから。簡単に言うとぼくの従者のろくでなしのダットンが彼女を賛美すると告白し、異国仕込みの伊達者ぶりでライバルのクリンカーを彼女の胸から追い落としたのだ。たとえて言うとハンフリーは上等の小麦粉と脂でつくったイングランドのプディングみたいだが、ダットンは味はいいが悪質なミルク酒かアイスクリームみたいなものだ。この裏切り者はきれいな古着で彼女の目をくらましたばかりかお世辞を使い、へつらってご機嫌取りをした――彼女に嗅ぎタバコの吸い方を教え、紙粘土細工のタバコ箱も贈った――また歯みがき粉も与えた――顔を化粧してあげ、パリ風の髪型にしてあげた――彼女の整髪師となるばかりかフランス語教師とダンス教師にもなり、いつのまにか彼女に気に入られるようになった。クリンカーはこれに気が付きひそかに嘆いていた――彼女に忠告して目を覚まさせようとしたが、何の甲斐もなかったので、ひたすら神に祈った。ニューカッスルで彼がミセス・タビーのお供をしてメソジスト教の集会に行っている間に、彼のライバルはミセス・ジェンキンズを芝居に連れ出した。この男はかつて主人がパリであつらえた絹の上着の古着を着て、色あせた金糸の縫い取りがある安ピカのチョッキを着ていた。一方淑女の方は色あせた服と洗いざらしの薄物と三度も洗ったリボンをひらひらさせていた。しかし一番人目を引いたのは髪型で、ピラミッドみたいに頭から七インチも高く突き出ていた。しかも顔はあごから眼までごてごてと塗りたくっていた。それどころかこの伊達男自身も自分の顔をごまかすために紅や白粉を惜しげもなく刷り込んでいた。このような盛装をして彼らは大通りを劇場まで一緒に歩いていった。彼らは演劇の装いをした役者だと思われて何の妨害もされずに劇場に着いた。しかし帰る時には外はまだ明るく、その時までに、人びとは二人の本当の素性と事情をうわさで聞いていたので、彼らはずっとからかわれたりやじられたりした。そしてミセス・ジェンキンズは全身泥はねを浴びせられたばかりか〝厚化粧のジゼベル〟という恥ずかしい名前も付けられたので、おびえるやら悔しいやらで、家に着いたらヒステリーの発作を起こした。

クリンカーはダットンが彼女の恥さらしの原因だとしてひどく立腹し、哀れな女の頭をおかしくしたとして彼をひどく責めた。相手はクリンカーを鼻であしらうように、彼の忍耐を勇気がないのだと勘違いして、馬のムチでこらしめるぞと脅かした。ハンフリーはそれからぼくのところに来て、ぼくの召し使いの傲慢さをこらしめることを許して欲しいと丁寧に頼んだのです――「あいつは剣で戦うように挑戦してきたのです（と彼は言った）。しかし私としては馬の蹄鉄や鉄の鋤を作ることで、あいつに挑戦するほうがましです。彼がこの方面のことを知らないのと同じように私は剣のことは存じませんから――それに仲違いでそんな武器を手にしたり殺し合いをする紳士の特権を主張することは召し使いにふさわしいことではございません。またたとえ彼の死によって私の得る利益や満足を千倍にしたものを手にしても、良心を血染めにはしたくないのです。しかしもし旦那様がお怒りにならなければあいつをしたたかに殴ってみたいのです。もしかしたらそれはあいつには薬になるかもしれません。傷だらけにならないようには気をつけます」。もしダットンが彼に殴打されたとして告訴すれば、攻撃をしかけた者と見なされないようにうまく切り抜けられる見込みがあるなら、その申し入れに異存はないとぼくは言ってやった。

こうして許されて彼は退出した。その夕べ彼はまんまとライバルを挑発して相手から手を出させた。これに対して彼はしたたかなおまけをつけてやり返したので、相手はとうとう命乞いをする羽目になったのだが、その時に相手はわれわれ一行が国境を越えて刺し殺しても罰せられる心配がない時がきたら、すぐさま手ひどい血の復讐をするぞと言明した——この場面はリスマヘイゴウ中尉の面前で演じられたが、彼はクリンカーに相手と剣の突き合いをしろとけしかけた。「剣などを（とても恐れませんから防ぐには手ごろな棍棒があれば結構です。棍棒ならいつでも相手します」。他ハンフリーは叫んだ）私は人命を損なうために使うことは決してありません。しかし彼の剣をちっ方この争いの原因の美女ミセス・ウィニフレッド・ジェンキンズは苦痛で放心しているように見受けられたが、クリンカー氏はあえて彼女を責めずにひどくよそよそしくしていた。

二人のライバルたちの争いはまもなく思いがけない結末になった。ベリックでぼくらと同じ宿に泊まった客の中にロンドンから来た二人連れがいたが、彼らは結婚のためにエディンバラに行く途中だった。女の方は死去した質屋の娘で遺産相続人だが、保護者たちの眼をくらまして逃げ、背が高いアイルランド人の男に保護してもらっていた。男はイングランドの法律で規定されている様々な手続きなしに結婚してしまおうと、こんなに遠くまで女を連れてきて牧師を探していたのだ。男が道中でどんなへまをして恋人の機嫌を損なったのかはわからない。しかしどうやら見るところ、ダットンは女の方にどこか冷たさがあるのがわかって、それに力を得て彼女に、あのアイルランド人は洋服の仕立屋に違いないが仕立屋あがりにあなたが愛情を寄せるとはお気の毒だとささやいたらしい。この横やりで彼女はその男を毛嫌いするようになった。ぼくの従者はそれにつけ込み、彼女の心をおのれに向けようとした。口がうまいこの悪者は彼女の心に忍び込むのに何の困難も感じなかった。女の心から昔の男は消え去ってしまっていたのだから——彼らの決心はすぐに実行された。夜明け前に哀れなティーグ〔アイルランド人の蔑称〕がいびきをかいて寝ている間に、彼の執念深いライバルは駅馬車を命じ、女を連れてトウィード川の上流の数マイルのところのコールドストリームめざして出発した。そこにはこの種の仕事をする牧師がいて、彼らはアイルランド人が夢にも思わぬうちに結婚の絆で結ばれたのだ。しかしアイルランド人は六時に起きて手中の小鳥が飛び去ったのを知るや、家中を起こすような騒ぎを始めた。彼が最初に出会った人はコールドストリームから帰った馬車の騎手だった。かの地でこの男は結婚の立会人をやり、十分な心付け以外に花嫁のリボンももらったので、それを帽子に着けていた——捨てられた愛人は二人が本当に結婚してロンドンに向かったこと、またダットンが女に彼（アイルランド人）は仕立屋上がりだと暴露したことを知った時まるで気が狂ったようになった。彼はその男の帽子のリボンを引きちぎり、リボンで自分の両耳をたたいた。彼はかの男を地獄の入り口まで追いかけることを誓い、四頭立ての駅馬車をできるだけ早く用意するように命令した。しかし彼は金欠病なのでこんな旅などできないと思ったので、この注文は取り消さなくてはならなかった。

ぼくには何事が起きたのかまったくわからなかったが、そのうちに例の騎手がダットンからの預り物だといってぼくのトランクと旅行カバンの鍵を届けてくれた。ダットンはぼくに挨拶して彼のはしたない出発は一世一代のことなので、どうか許して欲しいと願った——伯父にこの事件を知らせる間もないうちにアイルランド人が紹介もなしに部屋に飛び込んできて、こう叫んだ——「誓って申しますがあなたの召し使いに五千ポンド奪われました。明日縛り首になろうとも仕返しをします——」。ぼくが彼にいったいお前は何者なのだと言うと「名前は（と彼は言った）マスター・マクロクリンです——しかしリーリン・オニールが本当なのです。というのは私はティルオウエン大公の子孫ですから。〔アイルランドのアルスターでは最初にオニール家の分家マクロクリン家が支配していたが、後にティルオウエンのオニール家に支配された〕ですから私はアイルランドでは誰にも負けない立派な紳士です。それをあなたの召し使いのあの悪者は私を仕立屋だと言ったのです。これは私を法王と呼ぶのと同じ大嘘です——私は財産のある身でしたが、すっかり使いはたしました。差し押さえされたところを、シアフィーク街〔サフォーク街の誤り〕の洋服屋コシュグレーヴ氏が救ってくれて、専属の秘書にしてくれたのです。ついでに言うと私は彼が保釈して救ってくれた最後の人間です。というのは彼の友人たちは彼が十ポンド以上の保釈金を出さないようにしたからです。というのも彼は頼み事は何でも断ることはできないので、そのうちにはすっかりぴんになり、そんなことで、じきに破産して死ぬに違いなかったのです——それで私はミス・スキナーに愛を求めました。この人は五千ポンドの財産がある婦人で末永く連れ添うと言ってくれました。そして今日というこの日、もしも、あなたの召し使いのあの悪者がいなかったら、彼女を確実にものにできるところでした。あいつは泥棒みたいにやって来て私の持ち物を盗み、彼女に私が仕立屋だと思い込ませ、彼女は一人前の男の九分の一の弱い男〔ことわざで〝仕立屋九人で一人の男〟というのがある〕と結婚しようとしているのだと信じ込ませました。でも私はあいつをタロゴベグリの山中でひっ捕えて、私があいつより九倍立派な人間であるか、それともあいつの国のナンキンムシであるかを見せずにはおきませんぞ」

彼が最初の警鐘を打ち鳴らした時に彼に、そんなふうに出し抜かれたのは気の毒だが、それはぼくには関係なく、また彼から花嫁を奪った奴は、同じようにぼくからも召し使いを奪ったのだと言ってやった――「だからあなたに（と彼は叫んだ）〝悪漢〟という呼び名こそあいつの本当の名前だと申しあげたでしょう――ああ剣であいつを一突きすることが出来さえしたら、奴がこれから一生ほらを吹いてもかまわないのですが」。伯父が騒ぎを聞きつけて入ってきた。そしてこの冒険を知らされると女に駆け落ちされたオニール氏を慰め始めた。そして彼女が結婚の後で逃げるよりその前に逃げたのはむしろ彼には幸運な厄払いではないかと言った――アイルランド人は全く違う意見だった。彼は言った「もし結婚さえ済ましていたら彼女はいつ逃げてもかまわないのです。彼女に財産を持ち逃げされないように気をつけたことでしょう――ああ（と彼は言った）あいつはイスカリオテのユダです。キスで裏切られたのです。しかもユダのように財布を持ち逃げして私がロンドンに帰るだけの金も残さなかったのです。それで私をこんなにみじめにした原因のあの悪魔はあなたから召し使いを奪ったので、彼の代わりに私を使うのがよろしいでしょう。確かにそれこそあなたができる最善のことです――」。ティルオウェン大公の子孫を従者にするくらいなら、どんな不便も忍べるとぼくは彼に言明して勘弁してもらった。

彼に友人のコシュグレーヴ氏のところに戻ることを勧め、それにはニューカッスルから海路を取るのがいいと教えた。しかもそのためにわずかな贈り物をした。彼は自分を運が悪いと諦めて退出した。ぼくはアーチー・マカルピンというスコットランド人を仮に雇ってみた。彼は老兵で、前の主人の大佐がこのほどベリックで亡くなったのだ。年老いたしなびた男だが、ミセス・ハンフリースが誠実さを見込んでぼくに推薦したのだ。ミセス・ハンフリースというのはトウィードマスで宿屋を営んでいるしっかりした婦人で、この街道の旅行者にとても尊敬されている。

疑いなくクリンカーは危険なライバルがいなくなったので上機嫌だが、根は善良なクリスチャンなので、ダットンの成功をぶつぶつ言うようなことはない。ミセス・ジェンキンズもこの事件を冷静に振り返ればその身を祝ってしかるべきだろう。というのは彼女自身の見栄から生まれた心の隙によってしばらく動揺していたが、ハンフリーは結局は彼女の愛情の針が指し示す北極星に違いないからだ。現在のところ彼女のその虚栄心も新しい賛美者が彼女から別の色女に心を移したことを知ってひどく悔しがっている。彼女はこの知らせを聞いて突然大笑いしたがやがてわっと泣き出した。こんな様子なのでそれまでまったく予想外にこらえていた彼女の女主人の堪忍袋の緒が切れた。彼女は女中の軽率と無分別を責めるばかりか、信仰という点でも彼女は背信して永遠の責め苦にあうのだと冷たく断言した。そしてついには彼女を辺土のここで即座に解雇すると脅した。一家全員で哀れなウィニフレッドのためにとりなしてやった。女に軽んじられた恋人、クリンカー氏も例外ではなく、ひざまずいて女主人の許しを嘆願したので、許されることになった。

しかしミセス・タビサにはその他にも多少の心配があった。ニューカッスルで召し使いたちはあるおどけ者からスコットランドにはオートミールと羊の頭しか食べ物がないと聞かされていた。そう質問されて答えたリスマヘイゴウ中尉のことばはこの噂を打ち消すよりむしろ確認するのに役立った。叔母はこの事情がわかると、ひどく真剣に、兄に旅行食としてハムやビスケット、その他を用意しこれを駄馬に積むように忠告した。ブランブル氏もまたこの申し入れをよくよく考えると答えた。けれどもこうした準備が全くされないので、彼女は何度も催促し、ベリックにはちょっとした市場があり、そこで品物が揃うこと、またぼくの従者の馬が荷物運びとして役立つことを述べた――郷士は肩をすくめていいようのない軽蔑顔で彼女を横目で見つめた。そしてちょっとしてから「妹よ（と彼は言った）わしはお前が本気でそんなことを言っているとはとても思えないがね」彼女はわが島国の帝国の地理はほとんどわからなかったので、ぼくらは海路でないとスコットランドには行けないと思い込んでいた。それでぼくらがベリックの町を通り過ぎて、われわれはスコットランドの国土に居るのだと彼女に言ったら、この知らせを彼女はほとんど信じられなかった――じつは本当のところ南ブリトン人はだいたいこれについては情けないほど無知なのだ。好奇心の欠如とか怨念に基づく昔からの嫌悪感やらでこの島のあちら側〔南ブリトン〕の人びとはスコットランドを知らないこと、あたかも日本を知らないのと同じだ。

もしぼくがウェールズに居たことがなかったら、トウィード川の両岸の農民や庶民の見かけがこ

う も明らかに違っていることにもっと驚いたことだろう。ノーサンバーランド州〔イングランド最北部〕の農民は元気で顔色も生き生きとして、清潔で服もまあまあだった。でもスコットランドの農民は一般にほっそりとやせて、顔立ちがきつく黄ばんでいて汚く、服装もすり切れ、つぶれかけた青い縁なし帽などはいかにも物欲しげな感じだ。牛も飼い主と同じようにやせて、発育が悪くその耕具も貧弱だ。これについて伯父に尋ねるとこう言った「そりゃスコットランド人の農民は南ブリトンの富裕な州の農民とは比べられないが、フランスやイタリア、サヴォイなどの農民とは十分に競えるさ——ウェールズの山人とかアイルランドのアカアシども〔脚部がむき出しなのでこう軽蔑される〕は申すに及ばずだ」

ぼくらは十六マイルものひどい荒地をたどってスコットランドに入った。こんな荒地ではこの王国の内部が立派だなんてとても思えなかった。しかし進むにつれてそんな予想は裏切られた。ぼくらは海辺のきれいな小さな町ダンバーを通過し田舎の宿に泊まった。この宿のもてなしはぼくらの期待以上のものだった。しかしその主人はイングランド出身なので、これだけでスコットランド人を信用するわけにはいかない。昨日ぼくらは、かつてはかなりの町だったが今はさびれているハディントンで正餐をした。そして夕方にこの首都〔エディンバラ〕に着いたが、この都市についてはあまり述べることもない。この町は丘陵地にあり、その頂上には防備を固めた城塞、麓には王宮があって、地勢からしてとてもロマンチックだ。まず最初に外来者の鼻を襲うものについては何も言うまい。〔エディンバラの悪名高い臭いについては後出のウィンの手紙参照〕それでもまず目を驚かせるものは家々の異常な高さだ。たいてい五階、六階、七階、それに八階もあり、いやあるところでは（確かに聞いたのだが）十二階もある。こんな建築方法はやりにくさこの上ないが、もともとは土地不足のせいに違いない。確かに町中は人であふれているようだ。しかし彼らの容貌や言語、風習などはわれわれとは大違いなので、大英帝国に居るとは信じられない。

ぼくらが泊まった宿（もしもそう呼べれば）はどこも汚くて不潔なので、伯父はいらだち、痛風も再発しかかった――しかし弁護士のミッチェルソン氏あての紹介状をもらっていたことを思いだしたので、それを召し使いに届けさせ、挨拶の言葉として、翌日に親しく伺いたいと伝えさせた。しかしその紳士はすぐにぼくらを訪ねてくれ、彼の家に来るようにすすめた。そのうちいい宿を世話するというのだ。とても喜んでこの招待を受けて訪問した。そこでぼくらは優雅かつ丁重にもてなされたが、これは偏見を少しずつなくしてきたとはいえ、まだすっかりはなくしきれない叔母には大迷惑だった。今日ぼくらは親しくなったこの人の援助でハイ・ストリートの便利な宿の五階に落ち着いた。この町では五階のほうが二階よりは上等とされているのだ。どう考えてもそっちの方が空気はいい。しかし地面からこんなに高いところで呼吸するには丈夫な肺が必要だよ――ここより高くても低くてもぼくが地上にいて呼吸している限りぼくは君の変わらざる友だ。

J・メルフォード

七月十八日

ルイス医師へ

親愛なるルイス
ベリックの隣のスコットランドのこのあたりを自然は、敵対する二つの国の国境にするつもりだったようです。それはかなり大きな茶色い砂漠でヒースとシダ以外は何も育ちません。そしてわれわれが通り過ぎる時、それをさらに荒涼とさせたのは、馬車から二十ヤード以上先を見えなくしている濃霧でした——妹は顔をしかめて瓶から嗅ぎ薬を飲み始めました。リディアはぼんやりとした顔付きだし、ミセス・ジェンキンズは滅入っていました。でも二、三時間でこの霧は晴れました。海が右手に見え、左手にはちょっと遠くに山々が見え、それらと海岸の間には気分のいい平原がありました。でもわれわれ全員が驚いたことに、この平原に数マイルにわたり、私が南ブリトンの最も肥沃な地域で見たのと同じ素晴らしい小麦が広がっていたのです——この豊かな作物は囲い込みされていない、またこの海岸に豊富な海藻以外の肥料を施していない開放耕作地で栽培されています。この事情は地味も気候も良好だが、この国の農業はいまだイングランドで達成された完成度には達していないことを示しています。囲い込みは耕地を温かく保ち、畑を区分けするばかりでなく、わが島嶼《とうしょ》のこの地方に頻発する暴風から作物を守ってくれるのです。
ダンバーは貿易には好都合な立地で、珍しい内湾があり、少量の積み荷の船舶なら安全に停泊できます。しかしこの土地には商業が行われている様子はほとんどありません——ここからエディンバラまでは貴族や紳士が所有する立派なお屋敷がずっと立ち並んでいます。どの屋敷もそれぞれの荘園や農場に囲まれているので、それがないとだだっ広い田舎の風景にしかすぎないのですが、そこにアクセントが付くのです。ダンバーにはロクスバラ公爵が所有する広大な荘園があり、その中に城館があります。ここはオリヴァー・クロムウェルが司令部を設置したところです。当時、スコットランド軍の大将のレズリーは周囲の山々に立てこもって、クロムウェルをさんざん悩ませたので、もしスコットランド軍が興奮のあまり、彼らの司令官の指揮で手にした有利な立場を自ら放棄するようなことがなかったら、クロムウェルは船に乗り海路逃げ去らねばならないところでした——スコットランド軍の牧師たちは勧告やら祈禱やら保証やら予言などで、山を下りて異端者たちをギルガルで殺戮《さつりく》するように軍勢にけしかけたのです。それに従って軍勢は持ち場を離れたのです——その士気を抑えようとするレズリーは死に物狂いでしたが——オリヴァーは彼らが動きだしたのを見て叫びました「神は讃《たた》えられるべきかな、神はその使徒の手に敵を渡したもうぞ」そして彼の軍隊に感謝の讃美歌を歌うように命じました。彼らは整然と平原に出て行きました。スコットランド人はここで大虐殺されて敗北したのです。

ハディントンの近郊にある紳士の邸宅があります。その建築や周囲をきれいにするためにその紳士は四万ポンドをかけたということですが、その建築とか地形などがとても気に入っているとは申せません。屋敷の前には牧歌的な小川が流れ、両岸もとても気分がいいのですが。私はずっと以前にロンドンで光栄にもお目にかかれたオリバンク卿のお宅に敬意を表しようと思いました。彼はこのロージアン地方に住んでいるのです。しかし彼は北部の訪問の旅に出かけて不在でした——私はこの貴族のことを先生にたびたびお話ししましたが、この人のあくの強さから生まれる魅力に加えて、その人間味と博識については長年尊敬していました――しかしながらマッセルバラでは幸運にも旧知のカードネル氏とお茶を飲むことができました。そして彼の家で教区牧師のC博士に会いました。この人物の知性と知識と会話のために私はこの人物をもっと知りたいと思いました――このようなスコットランド人たちが地球のいたるところで地歩を占めるのはごく当然のことでしょう。

ここはエディンバラからわずかに四マイルしか離れてなく、ここからエディンバラへわれわれは海沿いに干潮の後の滑らかで固い砂地を通って行きました――この道から見たエディンバラの眺めはそれほどのものではありません――お城と町の高いところが部分的に見えるだけで、しかもそれがわれわれのたどる道の屈曲で絶えず変化し、なんだか廃墟の中の大きな建物のあちこちの尖塔とか小塔みたいな感じでした。キャノン門を入ると左手にホリールード家の宮殿があります――街路はここからネザボウという門まで通じています。もっともこの門は今は撤去されてなくなっています。それで丘の麓から頂上まで一マイルも何もさえぎるものもなく道が通じ、丘の頂上にはお城がじつに堂々とそびえています――この街路は立派な舗装といい、広い道幅といい、両側の高い家々といい、まぎれもなくヨーロッパでも最も見事な街路の一つでしょう。ただそれもラッケン・ブースと呼ばれる粗末でごてごてした建物群が、どうしたことかまるでホルボーン〔ロンドン中央部の自治区〕のミドル・ロウの家並みのように、道に突き出てさえいなければの話ですが。エディンバラ市は二つの丘の間の低地にあり、多少の難点はあるものの、かなりの大きさで、恥ずかしくない堂々とした姿です――街は人であふれ、いつも贅沢とか商用のための乗用馬車とかその他の車の行き交う音が響いています。私が知るかぎり当地には食料不足はありません――牛肉とラム肉はウェールズのものと同様においしいのです。海はうまい魚を十分に供給してくれます。パンもとても上等です。水質は極上ですが清潔さと便利さという点で、すべての目的に応えるにはその量が十分ではないかもしれません。この二つの点については当地のわが同胞に多少責任があることは認めざるをえないでしょう――水は近郊の山から鉛管で城山の貯水場に引かれており、そこから市内各地の公共の水道に分水されます――そこから樽詰めされ男女のかつぎ屋にかつがれて階段を三階、四階、五階、六階、七階、八階、はては九階までも個々の家庭が使うのに運ばれます――それぞれの階が一戸の住宅で、単独世帯が住んでいます。階段はすべての家庭が共用し、たいてい、とても汚いのです。靴を汚さず無事に家に入るためには階段を使うのに細心の注意をしなくてはなりません――ドアの外側と内側は比べる物がないほど、格段の差があります。というのはこの大都市の主婦たちはまるで汚名を個人でなく民衆のせいにしようとするかのように、屋内の装飾や居心地にはたいそう熱心です。彼らがスペインやポルトガルなどの国々、それにフランスやイタリアのある地方の習慣と同じく、汚物を夜のある時刻に窓から投げ捨てるのは先生もご承知ですね――こんなのは絶対に容認できません。というのは道路の掃除人が毎日、夜明けにこの厄介なものを取り除こうといかに注意しても、こんな習慣に不慣れな敏感な人にとってはどうしても眼やその他の器官にも不快なものが残ってしまうからです。

住民たちはこんなことには無感覚なようです。そしてわれわれが口にする嫌悪感をまるであてつけだと思うようです。しかし彼らはこの種の忍耐に不慣れな外来者には同情すべきでしょう。そして彼らはこの点で隣国人から非難されるいわれなどないことを証明するために、何らかの努力をすることはやり甲斐のあることだと考えるべきです。しかし私は恐怖なしにこれを見ることができないことがあります。というのは下の階の火事で共同の階段が通行不可能になった時に、上にいる家族たちが陥る恐るべき事態でありますーーかかる非常時につきものの重大な結果を予防するためにすべての階のどの家も通り抜けるためのドアを開放しておけば、人々はこんな恐ろしい災害から逃れられるでしょう。世界のどこでも慣習が便利さとか賢明さ以上に力強いことがわかっていますーーエディンバラの商業にたずさわるすべての人たちもまた紳士階級の人でも、毎日午後一時から二時まで、広い街路のかつて市場十字〔中世の市場にあった十字架のまたはアーチ型の建物〕があった場所で、群れて立っているのを見かけます。（ついでながら）この市場十字はゴシック建築の珍しい作品でした。現在でも近くのサマーヴィル卿の庭園で見られますーーまったくのところ数ヤード歩けば片側ではがらんとした取引所に入れるし、その反対側では、チャールズ二世王の立派な騎馬像が装飾している大きな広場がある議事堂内に入れるのに。ただ習慣的に開けた街路上に立っているのです〔市場十字がこの場所から撤去されたのは一七五八年、この作品に描かれている時期のおよそ十年前のこと〕ーーこうして集まった人びとはすぐ近くの尖塔の一組の鐘が演奏する様々な曲を楽しんでいるのですーーこれらの鐘はよく調音され、またキーをたたいて鐘の音楽をかなでる、市お抱えの音楽家がなかなかの腕前で、このもてなしは外来者の耳にはまことに楽しく印象深いのです。

エディンバラの大衆的な宿はロンドンのそれよりひどいものです。しかしある立派な紳士が紹介状をくれたので、われわれはロックハートという名の寡婦の居心地のいい宿に泊まることができました。この首都の内外のすべての名物を見終わるまでこの宿に滞在するつもりです。現在運動の素晴らしい効果が出始めています――農夫みたいに大食で、夜半から朝の八時までぐっすりと眠り、過不足のない精神の干満を楽しんでいます。しかしこの身体がいかなる潮の満ち干きを経験しようと、親愛なるルイスよ、私は情け深い僕《しもべ》であることを宣言します。

七月十八日　エディンバラ

マット・ブランブル

ミセス・メアリー・ジョーンズへ（ブランブル館）

親愛なるメアリー

旦那様はご親切にも私の愚かさをご自分の毛布でかばってくださいました――おお、メアリー・ジョーンズ、メアリー・ジョーンズ、私は試練と恐怖を経験しました。神よお助けを。

私は最近ずっと女狐でありグリフィン〔鷲《わし》の頭の怪獣〕だったのです――悪魔がディットン〔前出のダットン〕という人の姿で私を魔法で誘惑しようとしたのです。でも神様のお恵みのおかげで彼は勝つことができなかったのです――私はニューカッスルで髪型をパリ風に仕立てて芝居を見に行くのは何も不都合ではないと思いました。そしてお化粧の細かい点で彼は顔には紅をさした方がいいと申しましたので、彼に小さなスペインラシャ〔顔紅として使われた赤い染料をしみこませた羊毛地〕でそれを塗ってもらったのです。でも下品な坑夫どもやごたまぜの野次馬連が仲間内のみだらな言葉で、大通りを歩く私たちをののしり、私を淫売女とか塗りたくったイサベルだとか呼び、服を泥だらけにし、ちっとも着古していない三重ひだの絹のレースの一揃いを台無しにしたのです――これはロンドンでグリスキンの奥様の侍女に七シリングも出して売ってもらったものです。

私がイサベルと呼ばれたのはどんな意味かクリンカーさんに尋ねたら、聖書を手に渡してくれました。そして私は厚化粧の淫売女のイサベル〔実はイスラエルの王、アハブの妻イゼベルのこと〕のことを読みました。この女は窓から投げ捨てられ、犬がやってきて彼女の血をなめたそうです――でも私は淫売女ではありません。そして神のお恵みにより、犬に血をなめられるようなことはさせません。いえそんなことがあるものですか。アーメン、ディットンがどうしたかといえば、あんなに言い寄って、お世辞たらたらだったのに、アイルランド人のお嫁さんを盗み取り、フランス人のように無断で私と彼のご主人から去っていきました。でも私は彼がやったことなど何とも思わないの。でもあの男は憎らしいわ――奥様はむちゃくちゃにお叱りになったの。家中で私の味方をしてくれたのはうれしかったけれど。クリンカーさんまでひざまずいて私のために嘆願してくれたの。あの人は神様だけがご存じの理由で一番文句をつけても当然なのに。でも彼はキリスト教徒の優しさがあふれたいい人だわ。いつかいい目を見るでしょう。

今はね、親愛なるメアリー、私たちハディンバラ〔エディンバラのこと〕に着いています。スコットランド人の町で、みんな親切なので、気に入っています。もっとも私はこの土地の言葉は話せないのですが――でもこの人たちに外国人をごまかすことはしてもらいたくないの。だってここの人たちの家の貼り札には色々な貸し便所ありと書いてあるから。〔便所の原語は easement これはスコットランド語で「部屋」の意味。貸し部屋を貸し便所と間違えたわけである〕それなのに国中に哀れな召し使い用の便所はないのです。ただ二本の皮紐を十文字にかけた桶があるだけです。そして国中の腰かけ便器が一日に一回この桶に空けられます。夜の十時頃には桶一杯の荷が通りや小路に面している裏窓から投げ捨てられます。女中は通行人に「ガーディ・ロー gardy loo〔そりゃ水だ〕と叫びますが、これは「あなたにお慈悲を」という意味です。これはハディンバラではどの家でも毎晩行われます。だから、メアリー・ジョーンズ、あなたは沢山の香り高い入れ物からどんなにいい臭いが出てくるのかわかるでしょう。しかし人びとはこれは健康にいいのだと言いますし、私も実際にそう信じます。というのも立ち昇る蒸気の中でイサベルやクリンカーさんのことを思うと、ヒステリーの発作を起こしそうになりましたが、その時にこの臭いが、こんなことを言ってご免なさい、鼻をとても刺激したので、三回くしゃみしたの。するとせいせいしました。確かにこれがハディンバラには発作というものがない理由です。

私はまたオートミールと羊の頭しか食べるものがないと思っていました。でも私が馬鹿でなかったら、胴がない頭などあるはずがないと思いついていたでしょうに――今日ちょうど私はウェールズのおいしい羊の脚肉とカリフラワーを食べました。オートミールは靴も靴下もほとんどはかないであくせく働いているこの地の召し使いに残してやります――クリンカーさんは当地には大いなる福音の偉大な呼びかけがあると言っています。けれど私たち一家の誰かが正しい道を踏み外さないように望んでいます――おお、もし私が内緒ごとを話す気になるなら、打ち明けなくてはならない特別の秘密があるのよ――奥様とミスケーゴ〔リスマヘイゴウの誤り〕という名前の年寄りのスコットランド人将校はしばしば抱き合ったり会話を交わしていました。この人はうちのお百姓の雀除けの案山子《かかし》にそっくりです。二人の間がどうなるのかは神様だけがご存じです。でもどうなろうと、この一件で私が書いたことは秘密にしてください――ソルと猫によろしく――角本は届いて、みんなで使っていますね、いつもそう願っています。

親愛なるモリー

親友のウィン・ジェンキンズ

七月十八日　アディンバラ

准男爵サー・ワトキン・フィリップスへ（オックスフォード大学ジーザス・カレッジ）

親愛なるフィリップス

もしエディンバラにもっと長く滞在するなら、ぼくは正真正銘のカレドニア人〔カレドニアはスコットランドの古い名前〕になってしまうだろう――伯父はすでにぼくがちょっとこの国のアクセントを身に付けたと言っている。この地の人びとは外来者への礼儀がとても厚いし、丁寧なので、いつのまにか彼らの流儀や習慣が身に付いてしまった。実際にそれらは君が思う以上にぼくらのものとは違っているが——その違いに最初に来た時にはとても驚いたが、今ではほとんど気にならない。また耳も完全にスコットランドのアクセントに慣れた。そのアクセントは美しい女性から発せられると心地よくさえ思われる——これは一種の田舎なまりで人びとの人懐こい単純さをしのばせるのだ——ぼくらが〝よきエディンバラの町〟でどれほど歓迎され、もてなされているか君には想像もつくまい。ぼくらは市当局の特別の計らいで、この町のフリーデニゾン（自由居住者）およびギルド兄弟という資格をもらった。

ぼくはバースでこの首都の一市民への変わった委任を受けた——クインがぼくらがエディンバラに行くつもりなのを知って、一ギニーを差し出し、ぼくに、彼の特別な友人で飲み友達の当市の弁護士、R・C氏とともに居酒屋で飲むように望んだのだ——ぼくはこの委任を引き受け、ギニー貨を受け取り「ごらんなさい（とぼくは言った）あなたのおごりをポケットに入れましたよ」「そう（とクインは笑いながら答えた）それにおまけとして頭痛もですよ、もしあなたが大酒を飲むならばですが」。ぼくはこのC氏への紹介を利用した。C氏は両腕を広げてぼくを迎えてくれ、飲み代が入ったのでぼくにつきあってくれた。彼は愉快な連中を集めてくれ、そこでぼくはとても楽しかった。そしてこちらもC氏とクインにできるだけのことをしてあげた。でも残念なことにぼくは古狸の中では初心者にすぎなかった。彼らはぼくの若さに同情して、どんなふうにしてだかわからないが、朝、家に運ばれていた——クインはしかし頭痛については間違っていた。クラレットの赤ワインは非常に質が良くてぼくをそんなひどい目にあわせなかったから。

ブランブル氏は当地の主な文人たちと会合し、わが家の女たちはスコットランド人の婦人たちの訪問を受けている。この婦人たちは地上で一番善良で親切な人たちだ。一方ぼくはエディンバラの洒落者たちの間で時間を過ごしている。彼らはとても威勢がいいが、隣国の青春の歓喜の最中にある人びとにはなかなか見られないある厳しさと自制も身についている——同席している人から侮辱と受け取られるような言葉はスコットランド人の口からは絶対に出ない。そして民族的偏見のことばも出ない——これについては、ぼくらはスコットランド人に対して不公正だし恩知らずだと認めなければならない。というのは、判断できる限り、彼らは南ブリトン出身者を心から尊敬し、ぼくらの国については必ず敬意のこもった表現をする——といっても彼らは決してぼくらの流儀や下品な流行の卑屈な模倣者ではない。彼らの公私の生活や仕事や娯楽などの習慣や規則は彼ら独自のやり方なのだ。これは彼らの外観、衣服、身のこなし、音楽、はては料理などについて極めて顕著なのだ。わが家の郷士はこんなに個性豊かな国民は地上に類を見ないと言明している——さて料理については、彼らの料理のあるものは風味があり、美味でさえあることを認めなくてはならない。しかしぼくはまだ完全にはスコットランド人になりきっていないので、ある日ミッチェルソン氏の家で正餐のもてなしを受けた時に、ぼくらの求めで出された羊の頭の丸焼きとハギス〔胃袋の臓物の煮物〕を賞味することはできなかった——前者は黒人の首が市場で公然と売られている話が書かれているコンゴの歴史書を思い出させた。また後者は細かく刻んだ肺臓や肝臓、脂肪やオートミール、玉ねぎやコショウを羊の胃袋に詰めてごった煮にしたもので、ぼくの胃は突然おかしくなった。神経質なミセス・タビーに至っては顔色も変わった。するとご主人の目くばせでぼくらの不快感の原因はすぐに持ち去られた。スコットランド人は一般にこの詰め物料理に一種の民族的な好みがあるのだ。これはオートミールのパンについても同じで、食事毎にガードル（焼き板）と称する鉄板で焼かれ、三角形にスライスされて食卓に出る。そしてこのパンを土地の人の多くは、高い身分の人でさえ、小麦のパンよりも好んでいる。小麦のパンだって立派にできるのに――これを覚えているだろう、ぼくらはよくベリオール・カレッジのあの可哀そうなマレーに、スコットランドにはカブラ以外には本当に何も果物はないのかと聞いては困らせていたね――確かにカブラはよく見かける。しかしデザートとしてではなく、オードブル、つまりアペタイザーとして、フランスやイタリアでもっとまともな料理にダイコンが出されるように、出されるのだ。しかしこの国のカブラはイングランドのそれと比べると、ちょうどマスク・メロンが普通のキャベツの類よりずっとおいしいように、甘さも味も香りも断然優れていることは言っておかねばならない。このカブラは小型で円錐形で黄色味がかっていて皮もとても薄い。しかも味がいいのに加えて、壊血病を防ぐので価値があるのだ――サクランボ、グースベリー、スグリなど今出盛りの果物で、エディンバラで手に入らないものはない。そして近郊の紳士たちの果樹園ではアンズやモモ、ネクタリンまたブドウまで鈴《すず》生《な》りである。それどころかこの首都から数マイル以内でパイナップルが見事に実っているのを見かけた。〔パイナップルは中南米が原産で、一七世紀に早くもヨーロッパに輸入され栽培されていた〕実際当地とロンドンの気候があまり違わないことを思うとこのような事情は驚くべきことではない。市街の名所をぐるりと十マイルくらい訪れたが、ぼくらはとても満足した。城には王が時々住んでいた王家の部屋が幾つかある。そこにはかなりの価値があるとされる王冠や王笏とか、宝石の飾りのある王剣など王国の宝物が大切に保存されている——これら君主のシンボルを人びとは心から大事にしている——かつて連合議会の会期中にこれらの宝物がロンドンに移されるという噂が立つと大騒ぎになり、行政長官が宝物を人民に見せて彼らを満足させなかったら、彼は八つ裂きになるところだった。

ホリールード家の宮殿は優美な建築物だが、人目につかないし、また不健康なと言いたいような低地にある。この建物はわざと人目を忍ぶような場所に建てられたのだと思われてしまう。部屋の天井が高いが家具はない。そしてファーガス一世王からウィリアム王に至るスコットランド国王の肖像画についていえば、その多くは同一の描き手による下手な塗り絵で、想像しながら、あるいは座らせた玄関番をモデルにして描いたものだ。ロンドンの娯楽は小規模でもすべてエディンバラでも楽しめる。当地にはよく訓練された合奏団があり、数人の紳士がそれぞれ違った楽器で演奏する——スコットランド人はみな音楽家なのだ——誰でもフルートやヴァイオリン、チェロなどを演奏する。その作曲が世に認められ称賛されている貴族がいる——俳優の一座もなかなかのものだ。新しい劇場を建てるための寄付の受け付けが今行われている。彼らの集まりは他のどんな公共の催しよりもぼくにはうれしいのだ。

ぼくらは狩猟会主催の舞踏会に行ったが、そこでとても多くの美しい婦人たちを見てとても驚いた——トウィード川を渡ったことのないイングランド人は、スコットランドの婦人にはたいした魅力はないという誤った想像をしている。しかしぼくは良心にかけて断言するがあの舞踏会に集まったほど多数の美しい女性が一堂に会したのを見たことはない。リース〔エディンバラの近郊の町〕の競馬の際には遠くの各州から最上級の人たちが当地にやって来る。だからいわば国中の美女が一つの焦点に集められたわけで、まったくその熱さといったら、ぼくの心臓も耐えられないくらいだった――君とぼくの間だけの話だが、ぼくの心臓は舞踏会で光栄にも一緒に踊れたR嬢の美しい目に少なからぬ衝撃を受けた――メルヴィル伯爵夫人はすべての人の目を引きつけ参加者全員が讃えた――彼女は感じのいいグリーブ嬢を同伴していたが、この人もまた多くの人を魅了した。わが妹リディアも人目を引いた――彼女はエディンバラでは〝美しいウェールズ人〟という名で乾杯の的になっていて、すでに沢山のワインが彼女のために飲み干された。しかしこの哀れな少女は舞踏会でとんでもない目にあって、ぼくらをひどく狼狽させた。

一人の若い紳士、あの悪漢、ウィルソンにそっくりの男が一緒にメヌエットを踊ってもらおうと彼女に歩み寄った。彼の突然の出現で彼女はびっくりして気絶した――ぼくはウィルソンを悪漢と呼びたい。なぜならもし彼が恥ずべきことをしない真の紳士なら、これまでに身分を明かして名乗り出ていただろうから――白状するとあいつの図々しさを思うと怒りで血が煮え返るくらいだ。これが怒らずにはいられるものか――でも泣きごとを並べるほど女々しくはないがね――多分、時がチャンスを与えてくれるだろう――ありがたいことにリディアの病気の原因は誰にも知られずにすんだ。舞踏会の女性司会者は彼女は会場の熱気にあてられたと思い、別室に運ばせた。彼女はまもなく回復し会場に戻って郷土舞踊に加わったが、その踊りではスコットランドの少女たちは陽気に、はつらつと振る舞い、パートナーたちをとても元気づけたものだ――わが叔母ミセス・タビサはこの集会に来ていた優男《やさおとこ》たちに何とか近づこうと思っていたのに違いない――この機会に備えて、数日前から帽子屋とか仕立屋と相談していたが、この日は盛装したダマスク織りの姿で現れた。厚手の重い服なので、この季節にそれを見るだけでも、普通の想像力の男なら汗がだらだらと流れるくらいだった――彼女はわが家の友人ミッチェルソン氏とメヌエットを一曲踊った。この人は彼女にとても親切にしたが、それは礼儀と丁重さから出たものだった。二番目にはバリマーホープルの若い地主に相手を頼まれた。この人は偶然にここに居合わせてもなかなか他の相手を見つけられなかったのだ。しかし最初の相手は既婚者だったし、二番目の相手は他の人たちと同様に気づかなかった彼女の魅力など取るに足らないと思ったので、彼女はすっかり不満顔になり、人のあら探しを始めた――夕食の際に、スコットランド人の紳士は旅行をしてちょっと身だしなみをよくすればとても男前になるのに、外国旅行の利益を必ずしもみんなが受けるわけではないのはお気の毒さまと彼女は言った――さらに婦人たちが不格好で男みたいだとか、舞踏の際にまるで子馬みたいに脚をあげるとか、優美な動作をしようと思わず、服もひどい着こなしなどと、並べたてた。でも実際には会場全体でタビー自身も一番ひどい着こなしで一番滑稽な姿だった――男性から無視されて彼女は不満、不機嫌になった。今やエディンバラのあらゆるもののあら探しをし、兄にこの地を去るように強く求めた。でもそんな時に突然ある宗教的な動機からこの地と和解することになった――当地には長老教会派と名乗って既成の教会から分離した狂信者の一派がある――彼らは教会の地上のリーダーを認めず、俗人の保護も拒絶し、新しい生誕、新しい光明、恩寵の効験、業《わざ》の不足、霊の働きなどを唱えるメソジストの教義を保持している。ミセス・タビサはハンフリー・クリンカーのお供をして、この会派の秘密集会に案内された。その場で二人とも大いに教導された。しかも幸運にも彼女はモファト氏という敬虔なキリスト教徒と知り合いになった。この人は祈禱について詳しく、しばしば彼女の個人的な祈禱の折に助力してあげている。

ぼくはリースの競馬場に集まったほど多くの紳士階級の群れを、イングランドのどの競馬場でも見たことはない——競馬場のすぐ隣のリンクスと呼ばれる野原で、エディンバラの市民がゴルフという競技を楽しんでいる。

この競技の参加者は先端に角《つの》が付いた奇妙な棒と、テニスのボールよりちょっと小さくてもっと固い羽毛を詰めたよくはずむなめし革のボールを使う——このボールを彼らはとても力強く巧みに穴から穴にたたき飛ばすので、ボールは信じられないくらい遠くまで飛んでいく。この娯楽をスコットランド人は大好きで、天気の許す限り、高等裁判所の判事から最下級の商人に至るまで、あらゆる階級の大衆がシャツ姿で入り交じり、この上ない熱心さでボールを追っているのが見られる——多くのゴルファーの組の中で、一番若い人でも八十歳以上という特別な一組をぼくは紹介された——この人たちはみな生活に十分な資産がある紳士で、一世紀の大部分を病気や不愉快事には全く無縁で、この娯楽を楽しむ。そして寝る前には必ず極上のクラレットを一ガロンほども腹に納めるのだ。このような不断の運動がすがすがしい海風とあいまって、食欲を旺盛にし、身体をありふれた病気をほとんど寄せつけない強固なものにするのは間違いない。

リース競馬のおかげでぼくらは別のとても変わった楽しみにめぐりあえた——エディンバラにはカウディー〔キャディの語源のスコットランド語〕と呼ばれる使い走りの男たちの組織の組合があ

る。彼らは夜間に提灯《ちょうちん》を下げて街路を往来し、手紙を運んでくれる便利屋だ――この男たちは外見はみすぼらしくて言葉も無作法なほど馴れ馴れしいが、とても機転が利き、誠実さも折り紙付きで頼まれごとをしなかったことなど一度もない――情報通で土地の誰とでも知り合いで、どんな外来者でもエディンバラに来て二十四時間もたたないうちに知ってしまう。しかもどんな取引でも、たとえそれが個人的なものでも、彼らの眼を逃れることはできない――彼らはとりわけマーキュリーの神の働きの一つ〔マーキュリーは神々の使いで、雄弁、商人、盗賊の守護神。ここでは恋の取り次ぎのこと〕を巧みに遂行することで有名だ。もっともぼく自身この方面の仕事で彼らを雇ったことはないが――もしぼくがこの種の奉仕を必要なら、ぼくの従者のアーチー・マカルピンはエディンバラのどんなカウディーにも劣らない能力がある。彼はこれまで彼らの同業者だったのではないかと勘違いしたくらいだ。それはともかく彼らはリースで正餐と舞踏会を開くことを決め、そこに競馬に集まってきたすべての若い貴族と紳士を正式に招待した。この招待状には名の知れた浮かれ女たちが全員出席して、宴席に花を添えることを保証する旨が書き添えてあった――ぼくは招待状を受け取り六人の知人たちと共に出かけた――大きなホールにはテーブルが長く一列に寄せ集められ、そこに白い布が掛けられ、およそ八十人の貴族や地主、浮かれ女やカウディーが古代ローマのサターンの祭りの時の奴隷たちと主人たちのように入り交じって席に着いた――上方の端に座った宴会の司会者はフレイザーというカウディーで練達の取り持ち役であり、ユーモアと聡明さで有名な人で職業柄、この席に集まった男女のすべての客と知り合いで、とても尊敬されていた――彼は前もって正餐とワインを注文していた。仲間が皆卑しからぬ服と清潔な麻のシャツで出席するようにとも気配りしていた。彼自身もこの祝宴のために三つの垂れ髪のあるかつらをかぶっていた――まったくこの宴会は優美でもあれば豪勢でもあり、ウィットに富む無数の言葉のやりとりが花を添え、このためにみんなは楽しくて機嫌がよくなった――デザートの後でフレイザー氏が次のような言葉で何回も乾杯の音頭取りをしたが、それについての説明はぼくはあえてやらない――「キリスト教の世界で最上なるもの」――「ギブズの盟約」〔友情のための乾杯の言葉。ギブズはジェームズ五世の宮廷道化のギブズ〕――「乞食の祝福」〔あなたがいつまでもお金持ちでありますようにの意〕――「国王と教会」――「大英帝国とアイルランド」――それから杯を満たしてぼくに向かって「メスター　マルフォード（と彼は言った）ジョン・ブルとその妹モギーの間の不仲が終わらんことを」――次に彼が選び出した人は長く海外にいた貴族だった――「閣下（とフレイザーは叫んだ）徳が高く地代を自国で使い果たす貴族がたのための乾杯でございます」。この後で彼はある国会議員にこう挨拶した――「メスター――あなたは、自分の良心と投票を売るあらゆるスコットランド人のために恥と悲しみあれと私が乾杯するのに反対なさらないでしょうね」――彼は第三のあてこすりをとてもきれいな服を着た男に向けて放った。その男は低い身分から出世し、博打《ばくち》で莫大な富をもうけた――杯を満たし、その男の名前を呼びながら「ごきげんよろしゅう（と彼は言った）腰に空の袋を下げて遠征し、袋いっぱいの銀貨を持って故郷に帰ってこられた海千山千の遊び人の方に」――これらすべての乾杯の言葉がどっと喝采されて受け入れられた後で、フレイザー氏はパイント入りの大グラスを用意させ、自分の大グラスになみなみと酒を満たした。彼が立ち上がると仲間たちも皆彼にならった「閣下ならびに紳士諸公（と彼は叫んだ）ここに本日あなたがたが卑しき走り使いどもにお与えくださった過分の大きな名誉への感謝のしるしの杯がございます」――こう言いながら彼と仲間たちはまたたくまにグラスを飲み干し、席を立って、それぞれ賓客の背後に位置を占めた――そしてこう叫んだ「今私どもはふたたび閣下たちのカウディーでございます」

フレイザー氏の皮肉の最初の洗礼を受けたかの貴族はフレイザー氏が主人の座を放棄したことに異議をとなえた。彼は一座の人たちはカウディーの招待で集まったのだから、彼らの費用でおごってもらえるつもりだったと言った。「どういたしまして、閣下（とフレイザーは叫んだ）めったにそのような大それた失礼を犯そうとは思いません――私は生まれてこのかた紳士様方を侮辱したことはございません。もちろんこの年齢になってかくも高貴な集会に無礼しようなどとは思いません」「うむ（と閣下が言った）君は少しばかりウィットを飛ばしたのだから、お金の方は節約する権利があるわけだ。君はわしにいい忠告をしてくれた。それを善意に取るよ。君が自発的に座を退いたのだから、わしは皆さんの許しを得て君の代わりになりたい。〝宴会の父〟として受け入れてもらえればうれしいのだが」。彼はすぐさま座長に選ばれ、その新しい資格で乾杯の挨拶をした。

クラレットが切れ目なく注がれてついには沢山のグラスがまるで卓上で踊るようにさえ見えた。おそらくこの光景が婦人たちに音楽を注文することを思いつかせたのだろう――夜の八時に別室で舞踏会が始まった。真夜中に夜食を食べた。しかしぼくが宿に帰るころにはもう日が高くなっていた。そしてきっと、あの閣下はものすごい勘定を支払う羽目になったはずだ。

要するにぼくは数週間もたいそうなご乱行を続けたので、伯父はぼくの身体を心配して、ひどく真面目くさって、彼自身の衰弱も、元々は若い時の女遊びが原因だと言っている――ミセス・タビサはもし、ぼくが放蕩の場所に出入りしないで、モファト氏や彼女と一緒にマコーキンデール師の説教を聞きに行けば、ぼくの心身に大きな益があると言うのだ――クリンカーは何度もうなるような声で、体を大事にしたほうがいいとぼくに忠告する。それにアーチー・マカルピンまでも、たまたま酒で機嫌がいい時など（我慢できないくらい何度も）ぼくに長々と節制と禁酒について講義する。こいつはとても利口でもっともらしいことを言うので、たとえ彼が教授職を得たとしても、もう彼の訓戒も奉仕も二つとも、ぼくはご免こうむりたいと思うくらいだ。母校で教師嫌いになってしまったのだ。

ぼくはしかしながら、エディンバラの歓楽だけに耽《ふけ》っていたわけではない。家族と共に過ごす時間もちゃんと取っているのだ――ぼくらはこの首都の周辺の十マイル以内の邸宅や村を全部見たばかりでなく、ファース〔入り江の意味だが、ここでは特にエディンバラの北の大きな入り江、フォース湾のこと〕の横断旅行もやった。このファースは幅が七マイルの入り江で、こちらのロージアン三州を向こう側のファイフ州、つまりスコットランド人の称するファイフ王国から分けているのだ。リースの向こう岸の都市のキングホーンに渡る航路には屋根がない大型フェリーが沢山通っている。妹以外の家族全員が三日前にこのフェリーに乗り込んだ。妹だけ海が怖くてたまらないというので、ミッチェルソン夫人に預けておいた。ファイフへの航海は平穏で船足も速かった。ファイフでぼくらは海辺の二、三の見すぼらしい町を訪れたがその中には由緒ある都市のなごりがあるセント・アンドルーズもあった。ぼくらはしかしそれよりもスコットランドのそのあたりに沢山残っている広壮で優雅な貴族の別邸や館などを幾つか見てとても楽しめた。昨日ぼくらはまたフェリーに乗ってリースへの帰路についた。順風で快適な天気だった。でも航路の半分にも達しないうちに、空がにわかにかき曇り、風向きも変わってまともな向かい風になった。それでぼくらは引き返すか、さもなければ航路の残りを向かい風に間切って進むしかなかった。要するに微風は雨風の嵐に変わり、しかも濃霧も立ち込めて、目的地のリースの町を認めることもできなければ、あんな高い場所のエディンバラの城を見ることもできなくなったのだ。この時確かにぼくらは全員とても驚いた。同時に乗客たちはたいてい船酔いして、ひどい吐き気を催した。叔母は彼女の兄に、キングホーンに引き返すように船頭たちに命じて欲しいと頼んだので、彼はそうしてくれと船頭に言った。でも船頭たちは危険がないことを彼に保証した。ミセス・タビサは彼らが頑固だとわかると、ののしり始め、伯父に治安判事としての職権を行使してくれるように頼んだ。伯父は気分が悪くて不機嫌だったが、この賢い提案を笑わずにはいられなかった。そして彼女に、自分の職権はそこまで及ばないし、たとえ及んだとしても、この人びとの自由に任せるだろうと言った。船頭たちがその仕事をしている時に、そんな指図をするなんてとんだ出しゃばりになると彼は思っていたのだ。ミセス・ウィニフレッド・ジェンキンズはハンフリー・クリンカーの助けですっかり吐きもどしたし、クリンカーも祈りと嘔吐と二つながら彼女と共にやった——彼はぼくらがもはやこの世に長く生きられないのは当然だと思ったらしく、ミセス・タビサに何か霊的な慰めの言葉を言ったが、それを彼女はじつに不快げに拒絶し、お説教など、そんな馬鹿な話を聞くことができる暇人に取っておくのがいいと言った——伯父は黙って考え込んで座っていた。ぼくの従者のアーチーはブランデーの瓶に救いを求めていたが、あんまりぐいぐいと気前よく飲むものだから、彼は海水以外のものなら何でもいいから飲んで死のうと神に誓ったのではないかと思うほどだった。でもそのブランデーも酩酊という点では海水を飲むのと同様に彼には全然効き目がなかった――ぼく自身は胃のあたりがひどく気持ち悪くなったので、他のことなど何も考えられなかった――そのうちに海は山のように高くふくれ上がり、船はまるで粉々になってしまうのではないかと思うほど激しく縦揺れした。索具類が音を立て、風がうなった。稲妻が光り、雷鳴がとどろき、雨もざっと降った――船の向きが変えられるたびにずぶぬれになるくらい波をかぶった――方向転換のために突堤の先端を回ったと思ったら、ぼくらの船は風下に押しやられたので、船頭たち自身もぼくらの船がうまく風下に入れる前に干潮になるのではないかと心配し始めた。でもその後ちょっと進むとうまく潮に乗れて、無事に桟橋に上陸できた。それは午後一時頃だった――「本当に（タビーはその身が〝堅き大地〟に立っているとわかった時に叫んだ）私たち神様の特別のお助けがなければ、みんな死んでいたはずだわ」――うん（と伯父が答えた）しかしわしにはお前のそんな気持ちよりも、話に聞いている正直なハイランド人〔スコットランド高地人〕の気持ちの方がぴったりするぞ――今日のような旅の後でその男の友人が君は神様に大きな借りができたなと言ったものだ――「そのとおりだとドナルド〔スコットランド人のありふれた名前〕が言った。しかし君ね、ぼくは誓って言うが、スターリングの橋がある限り、二度と神様に迷惑はかけたくないよ」――説明すればこのスターリングの橋というのは当地がその出口になっているフォース川をおよそ二十マイル遡《さかのぼ》ったところに架かっている橋だ――わが郷士様はこの冒険で健康を害した様子は全くない。でも哀れなリディアはなんだかやつれ果てている――ぼくはこの不運な少女が心を乱しているのではないかと心配だ。そのために悩んでいる。だって彼女はとても可愛いのだから。
ぼくらは明日か明後日にスターリングとグラスゴーに出発する予定だ。そしてちょっとハイランド地方に入り、それから進路を南に向けようと思っている——それはともかく、オックスフォードの町のカーフォクスあたりを歩いているぼくたちの友人全員によろしく伝えてくれ。

八月八日　エディンバラ

恒心の友　J・メルフォード

第二巻の終わり

第三巻

ルイス医師へ

親愛なるルイスよ、ここ数週間で、これまでの全生涯に他のどんな国で受けたもの以上に親切に丁寧に、まともに私を厚遇してくれたこの地の人びとを、好意的に考えたり語る気になれないなら、私は真実、忘恩の徒とでもいうべきでしょう――おそらくその恩恵がもたらした感謝の念は私の発言の公平さを妨げるかもしれません。と言いますのも、人は私的な嫌悪感で偏見を抱くのと同様に、特別な好意によっても、先入観を抱きがちですから。もし私が不公平だとしても、少なくとも、おのれの体質にしみ込んでいた狭い偏見がなくなったことは、何がしかの価値がありましょう。

イングランド人がこの国にやって来て受ける最初の感じだけでは、その偏見をなくすことはできないでしょう。というのも彼は目にするものすべてを、彼自身の国のそれらと比較してしまうからです。そしてこのような比較は、耕作地としての田園の地面、多くの人の外観、日常会話の用語、などの表面的な特徴についてスコットランドに不利なのです――私はリスマヘイゴウ氏の議論にそれほど納得していたわけではありません。むしろスコットランド人はイングランドの慣用語や発音を取り入れるほうが、彼ら自身にもプラスだろうと思います。とりわけ南ブリテン〔イングランドとウェールズ〕で成功しようと思う者にとっては――経験からよくわかっていますが、イングランド人は耳から聞く音声には敏感なので、自国語が外国語風に、または地方語のように話されるのを聞くと、思わず笑ってしまうのです――とても生き生きとしかも適確な話をする下院議員を知っていますが、その発言はスコットランド方言で語られ（リスマヘイゴウ氏よ怒るなかれ）きわめて厳粛で真面目で、まるで道化じみてしまうので、聴衆も興味を持てないのです――この国〔スコットランド〕の最も賢い幾人かに、この点についての私の意見を言明し、同時に、もし彼らが本物のイングランド語の発音を教えてくれるイングランド人を何人か雇えば、二十年後には、エディンバラとロンドンの若者は方言を話さなくなるだろうと言ってやりました。

この王国ならびに首都の市民法規は連合〔一七〇七年のイングランドとスコットランドとの連合〕の必然的な結果である幾つかの特殊な制度を除いては、イングランドとはきわめて異なる基準で定められたものです――彼らの高等裁判所はとても尊厳な法廷で、気骨と能力のある判事が取り仕切っています――幾つかの訴訟事がこの神聖な法廷で裁かれるのを傍聴しました。そして立論にも弁舌にも非の打ち所のない弁護士たちの弁論にとても満足しました。スコットランドの立法は民法にその多くの基礎があります。従ってその訴訟手続きはイングランドの法廷のそれとは違うのです。でも私見では、彼らは証人を一人一人審問する方法、陪審員の構成などではわれわれより優れていて、それらの方法によって、私が先の手紙でリスマヘイゴウの話題で述べているような欠陥を避けています。

エディンバラ大学はすべての学問の領域で卓抜な教授陣を揃えています。そしてとりわけ医学部はヨーロッパ中で有名です――この学術を学ぶ者はこれをそのあらゆる分野で奥義をきわめる最高の機会に恵まれています。数学や実験哲学以外に医学理論、医学実習、解剖学、化学、植物学、また薬物学など種々の学科もあるのですから。しかもこれらすべては優れた才能のあるスタッフが担当しています。これらの科目の教育をさらに完璧にしているのは、私の知る限り最もよく組織されている慈善団体の病院で実習できる特典です。慈善施設といえば、当地には幾つかの病院があり、潤沢に財源を寄贈され、立派な規定によって運営されています。これらは当市にとって、有用であるばかりか名誉にもなっています。これらの施設の中では大きな貧民院だけを取り上げますが、ここには他に何もあてにできない貧しい人々全員がそれぞれの能力に応じて雇用されしかもそれが適切に判断され効率的に行われるので、彼らはほぼ他人に頼ることなく生活できるので、この首都の周辺には一人の乞食も見られません。およそ三十年前にグラスゴーではこのような模範的な施設を初めてつくりました――長い間狂信と偽善を非難されていたスコットランドの教会にも、現在は学識豊かで穏健さのゆえに尊敬される牧師が何人もいます――私は彼らの説教を夢中になって聞きました――エディンバラの信心深い人たちは、もはや塵埃《じんあい》やクモの巣が神の家に必ずあるものだとは思っていません――彼らの教会の幾つかは一世紀ちょっと前には、イングランドにおいてすら、暴動の原因となったかもしれない礼拝用品を容認してきました。当地の讃美歌はダラムの大聖堂から派遣されたプロ歌手によって歌われて教えられています――数年たてばその讃美歌をオルガン伴奏で聞いても驚くことはないでしょう。

エディンバラは天才の温床なのです——私は幸運にも多くの第一級の文人たちと知りあうことができました。二人のヒューム〔デーヴィッド・ヒューム David Hume（一七一一—七六）哲学者、歴史家と、ジョン・ヒューム John Home 発音は Hume と同じ（一七二二—一八〇八）『ダグラス』〕、ウィリアム・ロバートソン〔William Robertson（一七二一—九三）『スコットランド史』〕、アダム・スミス〔Adam Smith（一七二三—九〇）『国富論』〕、ロバート・ウォレス〔Robert Wallace（一六九七—一七七一）牧師、作家〕、ヒュー・ブレア〔Hugh Blair（一七一八—一八〇〇）牧師、批評家〕、アダム・ファーガソン〔Adam Ferguson（一七二三—一八一六）哲学者〕、ウィリアム・ウィルキー〔William Wilkie（一七二一—七二）『エピゴニアド』〕などです。また彼らの著作が啓発的なものであり面白いのと同様に、その会話でもどの人も、とても快活であることがわかりました。私が彼らと知り合ったのはカーライル博士〔アレグサンダー・カーライル　一七二二—一八〇五〕のおかげです。彼には何一つとして欠けるものはありませんが、他の作家たちと伍して有名になろうとする気持ちだけはないのです。エディンバラ市当局の行政官は毎年選挙で交替しますが、威儀と権威を十分に兼ね備えているようです——市長（ロード・プロヴォスト　スコットランドの大都市の市長）はその威厳についてもロンドンの市長（ロード・メイヤー）に匹敵します。四人の市参事会員（ベイリー）はロンドンの市参事会員（オールダマン）と同格です。ギルドの長老がいて商業事務の承認を司ります。収入役、市役所書記もいます。市評議会は各種の職業組合長で構成され、その全員が各種熟練工または手工業者の団体の代表として、毎年順番に選ばれるのです。当市はその立地からしてとても便利だとかきれいだとというわけにはいきませんが、それにもかかわらず尊敬すべき堂々とした威風です――城はその外観でも建築技術でも最高の威容を備えたものの一例です――その防備施設は完全なもので、そこには一年交代の正規の守備隊が常駐しています。しかしこの守備隊では現代の軍事作戦に基づいて遂行される包囲攻撃には耐えられないでしょう。城山まで町の表門から大通りが続いていますが、この山は市民のための公共の公園として使用されていて、そこからは入り江の向こうのファイフ州とかこちら側の海岸沿いのかなりの商取引をしていると思われる一連の町々を一望できます。広々とした楽しい眺めです。しかし実を言うと、これらの町々は連合以後は、衰微しているのです。というのも連合によってスコットランド人はフランスとの貿易を大量に奪われたのですから――ホリールード家の御殿は建築の宝石とも言えるものです。でも窪地に入り込んでいてその姿は見えません。きっとこの場所は御殿を建てた独創的な建築家が選んだものではなく、やむなく使った修道院旧館の跡地なのでしょう。エディンバラの町は城山の南側に開けていて、そこにはイングランドをしのばせる様々な優美な小さな広場があります。市民は北側を少し改善しようと計画しています。この計画が実行されればこの首都はとても美しく便利になるでしょう。

海港はリースという繁栄している町で市街から一マイルほど離れています。港内には百隻以上の船が停泊しているのが見られました。ところで私は物好きにも入り江をフェリーで渡りファイフに二日滞在しました。ファイフでは小麦が豊作です。しかも優美なつくりで豪華な調度がある華麗な邸宅が驚くほど数多く見られます。これまでに見たスコットランドの各地には信じられないほどの数の貴族の邸宅があります――ダルキース、ピンキー、イェスター、それにホプトン卿などの邸宅すべてがエディンバラから四、五マイル以内の壮麗な御殿で、どれを取ってみても、君主はくつろいで住むことができるでしょう——スコットランド人はこれら壮大な記念の建造物を愛惜《あいせき》していると思います——もし私が敬愛する民族に非難の言葉を使って発言することを許されるのなら、彼らの弱点は虚栄という点にあると思われると言わなくてはなりません——彼らの礼儀作法さえ虚飾なのではないかと思います——彼らがわんさと貯め込んでいる見事な麻布類、また家具類、金や銀の食器類など、また家事の切り回し、さらにこれは認めなくてはなりませんが、浪費とは言わないまでも各種のワインを大盤振る舞いするために、彼らはかなりの無理をしている感じもします——エディンバラの市民はその十倍もの資産を持っているロンドンの市民と競い合うだけでは満足できず、客のもてなしではその費用でも優雅さでも相手以上のことをするのです。

スコットランドの貴族や紳士の屋敷はだいたい壮麗で威風もありますが、その庭園や荘園はイングランドのそれらとは比較にならないように思います。この事情はかつてあの独創的な造園家、フィリップ・ミラー氏〔チェルシーの王立植物園長（一六九一—一七七一）〕から、南ブリテンのほとんどの造園業者はスコットランド人だと教えられていただけに、なおさら目につきます。この国の緑の草木はイングランドのそれには及びません——遊園地はあれほど〝土地の気風〟に合うようには巧みに設計されていないし、芝生も遊歩道も生け垣もあれほど精巧な秩序を保っていません——樹木はあまりに整然と植えられているので、それが雑然とした群れに分かれ、その間に小さな空き地があるというような心地いい自然な趣きがないのです。そして彼らがたいてい自宅の周りに植えるモミの木は夏には黒ずむので晴れ晴れとしないのです——もちろんモミの木が良材で強い北風への堅固な壁になることや、とてもやせた土壌でもよく育ち、たえずテレピン油の芳香を発散して、大気を病弱者の肺には卓効のあるものにしてくれることは私も認めなくてはなりません。

タビーと私は一緒にファイフの海岸から帰る海上でひどい目にあいました――彼女は溺死するのではないかと怖がり、私も海水でぐっしょりと濡れたので風邪をひくのではないかと心配しました。しかし二人の心配も幸いなことに杞憂でした――彼女は今健康そのものです。リディアもそうだといいのですが――あの哀れな少女はどこか具合が悪いのです。顔色が悪く食欲もなく気力がないのです――ふさぎ込んで憂鬱でしばしば涙ぐんでいます――その兄は彼女の心の動揺をウィルソンのせいにしてこの冒険家への報復を宣言しています――どうも彼女は舞踏会でかのウィルソンそっくりのゴードン氏なる人物の突然の出現に大きなショックを受けたようです。しかし私はむしろ彼女が舞踏会に夢中だったので風邪をひいたのではないかと思うのです――私は高名な医師で親切なグレゴリー博士に彼女の容態を相談しましたが、彼はハイランドの空気とヤギの乳のホエーを勧めてくれました。確かにこれらがウェールズの山地で生まれ育った病人に悪いはずはないのです――またそんな治療薬はわれわれの旅の目的地にしようと私が提案しているまさにあの場所――つまりアーガイル州の辺境で得られたそうですから、博士の意見はますます有難いのです。

現在在任中の大審院の判事の一人のスモレット氏〔作者のいとこジェームズ・スモレットのこと〕はじつに親切にも、われわれに、グラスゴーの先およそ十四マイル、ローモンド湖畔の彼の別邸に泊まるように勧めてくれました。このグラスゴーに二日後に出発します。途中でスターリングに寄ります。エディンバラの友人たちと別れねばならないのは、はっきり言って、とても残念ですが、彼らはわれわれのために訪問先の人びとあての紹介状を沢山書いてくれました。私はこの国に住むことには何の困難もないので、もし都会生活を送らねばならないなら、きっとエディンバラが私の本拠地になるでしょう。

八月八日　エディンバラ

恒心の友　マット・ブランブル

准男爵サー・ワトキン・フィリップスへ〔オックスフォード大学ジーザス・カレッジ〕

親愛なるナイト爵様

ぼくは今〝世界の最果ての地〟のすぐ近くにいる。もしこの言い方がオークニー諸島かヘブリディーズ諸島に当てはめられればだが。ヘブリディーズ諸島はデューカレドニア〔カレドニア〔スコットランド〕とギリシャ神話の王デウカリオンとの語呂合わせ〕海のあちこちに散在し、その数が数百にも及ぶ島々で、今ぼくの眼下にあり、かつて見たこともない絵のようでロマンチックな景観です――この手紙をぼくはインベラリの町の近郊のある紳士の邸宅で書いています。この町はウェスト・ハイランズ〔西部高地地方〕の首都と見なしていいのですが、故アーガイル公によって莫大な費用でつくられ屋根をかけるところまでいった堂々たる城で有名です――もっともこの城が将来、完工するかどうかは疑わしいのですが。
しかし順番に話すと――ぼくらは十日前にエディンバラを立った。そして北へ北へと進むにつれてミセス・タビサはますます扱いにくくなってきた。その性質は天然の磁石の性質とは違って北極を指向していないのだ。結局エディンバラを去るのを彼女が嫌がったのは、その言うところを信じれば、彼女はモファト氏との間で、地獄の責め苦の永遠性についての論争を完結しないままにしてしまったからだ。この紳士は年取るにつれて、この問題には懐疑的になり、ついに〝永遠〟という言葉の一般的な通念に公然たる戦いを宣言した。現在彼はこう思い込んでいるのだ。つまり〝永遠〟という語は不確かな年数を意味するにすぎない。最も罪深い罪人でも九百九十万九百九十年の地獄の劫火にかけられれば、それで赦免される。そしてこの刑期の長さは、彼はうまく表現したが、いわば永遠という大海のほんの一滴にすぎない――彼はこの刑期を短くするために戦う。それこそ至高の存在の属性ともいえる善と慈悲の観念にふさわしい仕組みなのだから――叔母はこの説を悪人に都合がいいものとして進んで受け入れようとしているようだった。しかしモファト氏は、どんな人間でも未来の国で完全に罰をまぬがれるほど正当ではないし、地上で最も敬虔なキリスト教徒が、劫火と硫黄の中での七千年または八千年の断食だけで放免されるなら、自身をじつに幸せだと思っていいのだとほのめかした。ミセス・タビサはこの教義に反旗をひるがえした。この説は彼女の心を恐怖と怒りで満たしたからだ――彼女はハンフリー・クリンカーの意見を求めた。彼は遠慮会釈なくそれは煉獄についての法王の教義であると断言して、聖書を引用し〝悪魔とその使者のために用意された永遠の劫火〟の真実さを弁護した――同じ宗派のマコーキンデール師の他に神学者や聖者たちの意見が求められたが、その中にはこの問題〔モファット氏の主張〕について疑問を持つ人びともいた。こうした疑惑や疑念が叔母の心にわき始めたときにぼくらはエディンバラを離れた。

ぼくらはグラスゴーを通過した。この町には優美な王宮があったが、今では町そのものもこの王宮も廃墟になっていた――これはスターリングの町でもほぼ同じだ。もっともこちらではスコットランドの王たちが未成年の時によく住んでいた立派な古城を今でも誇ってはいるが――しかしグラスゴーはスコットランドの誇りであり、実際にキリスト教世界のどこに出しても優美で繁栄する都市として立派に通用するのだ。この都市でぼくらは幸運にも著名な外科医のムーア氏〔ジョン・ムーア（一七二〇―一八〇二）〕の邸宅に迎え入れられた。ぼくらはこの人にエディンバラの友人たちから紹介されていたのだ。彼はまったくこれ以上はないと思われるほど心のこもったもてなしをしてくれた――ムーア氏は陽気なおどけ者で、ものわかりもよく、そつもなく、ユーモアもかなりある。その妻は教養があって親切、世話好きで感じのいい婦人だ――親切というのは善良さと人間らしさの本質だとぼくは思っているが、この親切こそ、スコットランドの婦人たちが祖国で発揮する一番の特徴なのだ――ぼくらの家のご主人はあらゆるものを見せてくれて、ぼくらをグラスゴーの社交界全体に紹介してくれた。その紹介のおかげでぼくらはこの都会で自由にどこでも出入りできる特権が与えられた。この地の商業の繁栄ぶりと豊かさから考えれば、賑やかさや娯楽がたっぷりあっても不思議ではない――ここにはその気力でも金使いでも首都〔エディンバラのこと〕の青年たちに劣らない多くの若者がいる。そしてスコットランドの美女たちはエディンバラの狩猟者舞踏会だけに集まったのではないことがすぐにわかった――グラスゴーの町は商業と学問で同じように繁栄している――ここには一つの大学があって学問のすべての分野の教授たちがいる。彼らは寛大に処遇されているが、慎重に選ばれた人たちだ――ぼくが立ち寄った時は休暇期間だったので、好奇心を完全に満たすことはできなかった。しかし彼らの教育法はある点では確かにぼくらのそれより好ましい――学生は個人指導教師の私的な教育に頼らずに、公開の学部やクラスで、学科ごとに特定の教授や指導教師によって教えられている。

伯父はグラスゴーに夢中になっている――彼はこの地のあらゆる工場を訪問しただけでなく、ハミルトン、ペーズリー、レンフルー――その他ここから十二マイル以内の人工的または自然で目立つもののあらゆる場所に遠出した。こうした遠足で体を使ったことが妹のリディアには効果があり、食欲と精気がよみがえってきた――ミセス・タビサは例によってその魅力を発揮し、マクレラン氏という富裕なリンネル糸の製造業者をわなにかけたと実際に信じていた。しかし事態がはっきりすると、彼の彼女への愛着というものは、たまたまこの地に福音伝道の途中で立ち寄ったジョン・ウェズリー氏を迎えての集会で信仰心の交換で得られたまったく精神的なものであることが判明した――とうとうぼくらはローモンド湖畔に向けて旅立った。その途中でダンバートン、または（伯父の言い方では）ダンブリットンという小さな市を通過したが、ここにはそれまでに見たこともないような変わった城がある――この城はかの審美眼のあるブキャナンによって〝難攻不落の城〟として特別な言い方で讃えられているが、実際に昔の城攻めでは難攻不落だったのだろう。この城があるのはとても広大な岩盤で二つの山頂がそびえ立ち、クライド川とレヴン川という二つの河川の合流する地点にある。どの側面も垂直で近づき難く、一か所だけ入り口があるがここが堅固に守られている。付近にはこの城を砲撃して損傷するような高地は全くないのだ。

ダンバートンから眺めるとウェスト・ハイランズは巨大な黒い山が幾重にも重なったようだ。しかしこの眺めはグラモーガン〔ウェールズ南東部の州、ブランブル家の故郷〕生まれの者にとってはまったく驚くほどのものではない――ぼくらはキャメロンの大審院判事のスモレット氏のとてもきれいな別邸を本拠地とした。ここには望めるだけの設備がすべてあった――この邸宅はローモンド湖畔の柏《かしわ》の森の中にあり、まるでドルイド教の寺院のようだ。ローモンド湖は澄明な水をたたえた驚くべき湖で底知れないほど深いところが何か所もあって幅六、七マイル、長さ二十四マイルで湖上には二十以上の緑の森の島々があちこちにある。幾つかの島では小麦が栽培されているが、多くはアカシカの牧場になっている――これらの島々の湖畔沿いのあちこちに紳士方の邸宅があって、考えられる限りロマンチックで楽しい。伯父とぼくは婦人たちをキャメロンに残してきた。というのはミセス・タビサがどうしても二度と水上を渡ろうとはしないのだ。ここに来るには屋根なしのフェリーで小さな海の入り江を渡らねばならないのだ――この国は奥に行けば行くほど野性的で未開の姿を見せる。そして奥地の人は顔付きも服装も言語もちょうどブレックノックシャー〔ウェールズの州〕の山人がヘレフォードシャー〔イングランドの州〕の住民と異なるように、スコットランド低地民とはかけ離れている。

スコットランド低地人（ローランダー）たちは元気づけの一杯を飲みたい時は小さな宿屋〔原語チェンジハウス　馬の交換駅〕という居酒屋に行く。そして半パイント二ペンスのコップ酒を注文する。この酒はモルトが原料の軽い酵母菌飲料でイングランドの軽いビールよりも弱い――これが九柱戯のピンの形のシロメの器に入れられてテーブルに運ばれクワフにつがれる。クワフというのはツゲと黒檀《こくたん》というような異なる種類の木材の側板を交互につなぎ合わせて細いたがで締めつけた奇妙なコップで二つの耳、つまり二つの取っ手がある――一ジル〔四分の一パイント、だいたい〇・一四リットル〕くらい入り、口の周りに銀のたがが巻かれているのもあり、底には亭主の名前の組み合わせ文字が彫られた銀のコースターが敷かれている――スコットランド高地人（ハイランダー）は逆にこの飲み物を馬鹿にしてウイスキーをたしなむ。ウイスキーはオランダのジンのように強いモルト酒で、彼らは大量にこれを飲むが、酩酊するそぶりはまったくない。彼らは揺りかごからこの酒に慣れて、この地方の山地のきわめて厳しいはずの冬の寒気対策のための良薬として愛飲している――聞いたところではこの酒は天然痘の子どもが、発疹が化膿して重症になった時に強壮剤として与えられると卓効があるそうだ――高地の人たちは低地の隣人たちより、ずっと沢山の獣肉を食べる――彼らは狩猟を楽しむ。鹿などの鳥獣が数多いし、またとても多くの羊、ヤギ、肉牛が放牧されている。人びとはこれらの獣をあまりその所有者を確認もせず、ためらわずに殺し食肉にする。

インベラリはスコットランドのこのあたりの有力な領主のアーガイル公の直接の保護下にはあるが、貧弱な町にすぎない。農民たちはみじめな小屋に住みとても貧しそうだ。しかし紳士たちにはまあまあの家があり、外来者にはとても親切で、厚遇しようと命懸けになるのもいるようだ。気の毒に高地人たちは現在不利な立場にあると言わざるをえない――彼らは法律によって武装を解除されたばかりか優美で便利な古来の服装をも奪われた。しかもさらに過酷にも半ズボンをはかなくてはならないのだ。これは彼らが絶対に我慢できない弾圧だ。なるほど大多数の者は半ズボンをはいているが、あるべき場所ではなく、肩に背負った柱や長い棒にはかせている――彼らはあの独特のタータン・チェックを使うことも禁じられている。これはヨーロッパやアジアのあらゆるビロード、綿、薄布などにもまして彼らが珍重しているものだ。現在彼らは品もないしわずらわしいあずき色の粗い手織りのゆるいだぶだぶの上着を着てぶらぶら歩いて、はっきりと落胆した様子だ――政府が彼らの民族としての誇りをくじくのにこれ以上有効な手段を取ることができなかったのは確実だろう。

ぼくらはここの山岳で豪勢な牡鹿狩りをした――ここはフィンガル〔三世紀頃の詩人、オシアンの作品の英雄の名前〕とその仲間の英雄たちが同じ狩りを楽しんだ寂しいモルヴェンの山だ。ぼくはオシアンがいつも踏み入っていた褐色のヒースを見渡す時、そしてうちなびく草原をヒューと吹き抜ける風を聞くと大きな喜びを感じる――ぼくらを招いてくれた主人の広間に入ると、かの気高い詩人が肩にかけて弾いたハープを探し求め、そのえもいわれぬ精神の天上の響きを聞こうとして耳を澄ませる――オシアンの詩は皆口にする――マクファーレンの領主はこの国の有名な古物収集家で、数日前にぼくらを正餐に招いてくれたが、この人はオシアンの詩をすべて原語のゲール語で記憶している。ゲール語は一般的な発音だけでなく、大多数の基本語でもウェールズ語にとてもよく似ている。ぼくはどちらの祖語も同じだと信じて疑わない。ぼくはある日、一人の高地人にどこで狩猟をしたらいいか知っているかと質問したら、彼が「hu niel Sassenagh」つまりイングランドの言葉は使わないでくれと答えたのにはとても驚いた。ウェールズ人からもほぼ同じ言葉で同じ答えが返ってきたことだろう。高地人たちは低地人についてはサセナック（Sassenagh）とかサクソンなどと呼んでいる。これは低地スコットランド人とイングランド人は同じ人種に違いないと推定しているからだ――ここの山岳の農夫はその容貌も生活形態も住居もウェールズの農夫とそっくりである。ぼくが見聞して感じるもののすべてはウェールズ風だと思う――山水も大気も気候も牛肉も羊肉も狩りの獲物もすべてがウェールズ風だ――しかしながらこの人びとは幾つかの点ではぼくらよりも恵まれていることを認めざるをえない――彼らの海には驚くほど沢山の魚がいる。彼らはとてもおいしい赤ワインを格安で買う方法を知っている。

ぼくらの邸の主人はこのあたりの要人だ。アーガイル公のある城の末息子で、アーガイル公のある城の世襲の城主だ――彼の名前は普通の英語ではドゥーガル・キャンベルになる。しかし同名の人が沢山いるので、彼らは（ウェールズ人のように）父祖の姓で区別される。ぼくは古い家系のブリトン人でマドック・アプ・モーガン・アプ・ジェンキンズ・アプ・ジョーンズ〔アプはアイルランド語で息子の意〕という人を知っているが、それと同じように、このハイランドの城主は自分の名をドゥーガル・マカミシュ・マクール・イチアン〔いずれもマク Mac が頭に付いているがスコットランド、アイルランドで息子の意〕と称している。これはジョンの息子のドゥーガルの息子のジェームズの息子のドゥーガルという意味だ――彼は学生時代に旅をして自分の家庭生活にある種の改革を加えようと思った。ところが一家の古いしきたりを廃止するのはまず不可能だとわかった。しきたりの中にはひどく滑稽なものがあった――たとえば彼の家のバグパイプ奏者は親代々の家付きの雇われ者という身分なのだが、その特権のたった一つも手放そうとはしない――彼は古くからのハイランドの正装のキルト〔立て襞のスカート〕を着用して小袋とピストルと短剣を持つ権利がある——バグパイプの指管に付いた幅広のリボンは彼が吟遊楽人として活躍している間は、肩越しに後ろに垂らされ地面に引きずられる。そしてこれは想像だがかつて戦場でどの騎士もかざした槍旗の類《たぐい》らしい——彼は日曜日には領主を先導して教会に行く道すがらバグパイプを吹く。そして教会に着くとその周囲を三周して、一族の敵すべてに挑戦するという意味の当家の行進曲を吹き鳴らす。また毎朝、大広間で時計の針で一時間たっぷりと、必ずいかめしく前進したり後退しながら演奏する。この時には領主の親戚たちがその場に立ち会うが、彼らはとても楽しく音楽を聴いているようだ——この演奏では彼はさまざまな熱情を込めた多くのピーブロック曲〔スコットランド高地人がバグパイプで奏する勇壮な曲〕や歌曲で聴衆を楽しませ、情熱をあおったりしずめたりする。

キャンベル氏自身もバイオリンがとてもうまいが、きわめて耳ざわりな鼻声で歌うハイランド・バグパイプの音にはどうにも耐えられない反感がある。確かにあの音はアーチ型の天井の大広間で反響すると、普通の感性の耳には耐えがたいのだ——それで彼はバグパイプ奏者が何とか彼に同情して、朝のこの行事をやめてくれないかと頼んだ——それで一族の会議が開かれたが、領主の要請を受け入れると家族の習慣の重大な侵害になると、満場一致の結論が出された——パイプ奏者は、先祖からの特権を片時も放棄はできないと宣言したが、領主の親戚たちも何よりも珍重している楽しみをどうしてもあきらめようとはしなかった——どうしようもなかった。黙従せざるをえなかったキャンベル氏は仕方なく耳に綿を詰め、頭を三重、四重のナイト・キャップで武装し、この毎日の責め苦から逃げるために、住まいの奥に閉じこもることになった。音楽が終わると彼は中庭に臨む窓を開けて姿を見せる。この時までに中庭は彼の家臣や従者で込み合い、彼らは彼が姿を見せると、帽子を脱ぎ、恭しくひれ伏して頭を地面につけるばかりになる。この連中はみな、提案とか苦情とか陳情などで領主に何かお願いする者ばかりで、領主が現れるのを我慢強く待ち、その散歩につきまとうと、めいめいがちょっと謁見を許される。二日前に彼は隣の紳士の家にぼくらと一緒に歩いていく時に、百人以上の様々な陳情者の訴えを処理した。ぼくらはその隣の紳士宅に招かれて食事をしたが、この主人の接待は荒っぽいがしかし手厚いもので、古い時代の素朴さが十分にあった。大広間には平たい石が敷き詰められ、縦が四十五フィート、横が二十二フィートという広さで、食堂としてばかりでなく、部下の紳士や一家の居候の寝室にもなっている。夜には臨時の六台のベッドがそれぞれ両側の壁際に置かれる。このベッドというのは根こそぎにした新しいヒースで出来ていて、とても気分のいい寝床になるようにヒースを巧みに編み合わせたものだ。そこに寝ると掛けるものはスコットランド独特のチェックの肩掛けだけだ――伯父とぼくは別々の部屋と低いベッドをあてがわれたが、ぼくらはお願いしてそれをヒースの寝床と交換してもらった。まったくこの時ほどぐっすりと眠れたことはない。ヒースの寝床は柔らかくて弾力があるばかりでなく、この木がちょうど花盛りだったので、素晴らしい芳香がして、心身が回復し、気分爽快になった。

昨日ぼくらはこの近くのある紳士の祖母にあたる老婦人の葬儀に招かれた。すると五十人くらい居て、大盤振る舞いされ、バグパイプ奏者十二人の音楽伴奏まで付いていた。つまりこの法要は大きな祭典みたいだった。そして客たちはこの歓待に大きな敬意を示したので、彼らは立つこともできなかった。ぼくらは集まりの目的に気づいた。それからすぐに一行は馬に乗って館から二マイルもある埋葬地、つまり教会まで乱れた騎馬の行進を続けた。しかし到着した時、死者の亡骸を置き忘れてくるという、ちょっとしたミスをしたことにぼくらは気がついた。それで引き返さなくてはならなかったが、途中で、近しい身寄りたちに棺をかつがれたその老女に出会った。葬列は弔《とむら》い歌（コロナッハ）を歌う多くの老女たちのグループが付いた。彼女らは髪の毛をかきむしり、胸をたたき、大声をあげて泣きわめいていた。墓場ではシャヌーキーと呼ばれる追悼の演説者が故人の徳をたたえ、その一区切りごとに、弔い歌のグループが叫び声でこれを確認した。遺体は土に帰し、バグパイプの奏者たちはその間ずっとピーブロック曲を奏でていた。参列者は誰も帽子を脱いで立っていた。式はピストルの発射で終わった。それからぼくらは館に帰ってまた飲み始めた。夜中までには女性以外は素面《しらふ》の者は一人もいなかった。郷士とぼくはやっとのことで、夕方領主と一緒に辞去することを許された。しかしぼくらの接待者はこの退席をちょっと残念がった。そして後でわかったことだが、このような厳粛な機会に百ガロン以上のウイスキーを飲み干さなかったのは一家の恥だと思っているようだった。今朝ぼくらはノロ鹿狩りのために四時に起きた。それから半時間後には広間に朝食の用意ができていた。狩猟者はゲストとしてサー・ジョージ・コフーンとぼく（伯父は加わらなかった）領主自身、その弟と息子、領主の妹の息子、領主の父の弟の息子、それに家族に加えられている彼らの乳兄弟《ちきょうだい》全員が参加していた。しかしぼくらは数えきれないくらいのゲール人、すなわち靴も靴下もはかないぼろ着の高地人らに付き添われていた。

以下の品々がぼくらの朝食のメニューだ。まずボールいっぱいのゆで卵、次のボールにはバターがいっぱい。三番目はクリームがいっぱい、次はヤギの乳のチーズ一個、大きな陶器の壺いっぱいのハチミツ、大きなハムのかたまり、鹿肉入りの冷たいパイ、一ブッシェルものオートミールからつくった、外来者のためちぎった小麦パンを中に詰めた薄いケーキとパノック〔どちらもスコットランドのパン、パノックは丸くて平たい菓子パン〕ウイスキーの大きなストーンボトル。同じくブランデーの大瓶、またエールの中樽。クリームのボールにはひしゃくが鎖で結ばれていて、添えてある珍しい木製のコップにこれでクリームを注ぐようになっている。酒類は銀のクワフで飲み、エールは角の杯で飲むのだ。この食事は客全員によって十分賞味された。特にある客は一人で二ダース以上のゆで卵をたいらげてそれにふさわしい量のパンとバターとハチミツを食べた。食卓には一滴の酒も残らなかった。最後にデザートとして葉巻タバコが出されて、各人が朝の冷気の害を予防するために、このタバコを一服した。ぼくらは一頭のノロ鹿を追って山中で素晴らしい狩りをした。そしてしとめた。ぼくはキャンベル夫人や伯父とお茶を飲む時間に間に合うように帰宅した。明日ぼくらは出発してキャメロンへの帰途につく予定だ。その途中でクライド湾を渡り、グリーノックとポート・グラスゴーに立ち寄るつもりだ。この回遊が終わったら、南へ進み、北風がこの北方の山地ほどにはまだ厳しいものになっていないイングランドの残りの秋を楽しむために、太陽を追って速度を早めるだろう。しかしぼくらの旅行のいきさつは、この切れ切れの日誌でこれからも詳しくお知らせしよう。

恒心の友　J・メルフォード

九月三日　アーガイルシャー

ルイス医師へ

親愛なるディック

スコットランドの首都を離れてからもう二週間も過ぎました。われわれは首都からスターリングに向かって、そこに滞在しました――ここの城はエディンバラのものとそっくりで、そこから曲がりくねったフォース川の驚くべき眺めが望めます。その屈曲はじつに異常なもので、ここからアローアまで陸路では四マイルですが、水路だと二十四マイルもあります。アローアはグラスゴーの商業に大きく依存した賑やかで美しい町です。グラスゴーの商人たちはここへタバコその他の品々を送り、フォース湾から輸出するためにここで倉庫に貯蔵しているのです。ここに来る途中で、繁栄している鉄工場を訪れましたが、そこでは薪を燃やす代わりに石炭を使っています。ここには放置しておけば鉄をもろくし加工しにくくさせる硫黄分を石炭から除く技術があります。高品質の石炭がスコットランドのどこでも見つけられます。

このあたりの土壌ではエンバクと大麦以外の穀物はあまり育ちません。おそらく耕作方が良くないのかあるいはほとんど囲い込みをしていないせいでしょう。わずかにある囲い込みは畑から集めた石をゆるく詰めた貧弱な垣で囲ったものです。ところが畑というのも、まるでわざと石をばらまいたみたいに一面に石ころがころがっているのです。なぜ農夫たちが所有地から石を取り除かないのかと驚いていると、農業についての理論も実践にも詳しいある紳士が私に、石ころは農作物に害になるどころか、かえって有用なのだと保証しました。この学者は彼自身の一つの畑から石を取り除いて肥料を施し、大麦の種子をまかせたことがありますが、収穫は前より落ちたのです。彼は石を元のように戻したのです。すると翌年、収穫は以前のように十分にあったのです。また石を取り除くと収穫が落ちたのです。また石を入れると土地は肥沃さを回復しました。同様な実験がスコットランドのあちこちで試みられましたが、同じような結果でした——私はこの話に驚き、彼がこの奇妙な現象をどう解釈するのか知りたいと思いました。すると彼は石ころの効用は三つ考えられると言いました。石ころはおそらく土壌の過度の発汗を抑制するのだろう。土壌の汗とは、それによって人間の体力を奪い消耗させるあの消耗性の疾患の汗のようなものだ。石ころはまた、麦のかよわい葉を突き刺すような春の風から守るため、塀とまったく同じような役目をするのだろう。さらに石ころは日光の反射光を強めてその温度が上がって、土壌と風土の天然の寒気を緩和するのであろうと言うのです——しかしこの過度の発汗なるものは、きっと、様々な肥料、例えば灰、石灰、白亜、あるいは泥灰土などで、もっと効果的に防げそうです。とりわけ泥灰土などはこの王国にいくらでも採掘場がありそうです。保温については囲い込みでも同じように大丈夫です。現在石ころだらけの土地はその半分が活用されることになり、耕作の労力も少なくてすむはずです。鋤もまぐわも馬も、現在それらが受けている損害の半分も受けないでしょう。

ここ北西部のどこでも小麦の栽培については決して肥沃ではありません。土地はもともと不毛な荒地なのです。農夫たちの住まいも貧弱だし、細い顔立ちで、服装もみすぼらしく、とても不潔です。この最後の難点については彼らがかくも豊かに自然から恵まれている水清き湖や大小の河川などでたやすく洗い清めることができるでしょう。農業というものは耕地が少なく、借地契約期間が短く、農夫が改良の目的に資するための貯えもなく、法外な地代で耕作しなくてはならない場所では盛んになりそうもありません。スコットランドの穀倉はトウィード川の両岸、東および中ロージアン州、ガウリー湿地（パース州の低湿地帯）などで、これらの土地はイングランドのどこにも劣らずに肥沃なのです。穀倉地帯としてはまたアバディーンとマレーの幾つかの地域があります。そこはイングランドのノーサンバーランド州に比べて、緯度が二度以上も北になりますが、収穫の時期はかえって早いそうです。私はフォース入り江とテイ川の対岸の諸都市、例えばパース、ダンディー、モントローズ、またアバディーンなど優美で栄えている町々をどうしても訪れたいのです。でもこんな追加の旅を最初の計画に加えるには、すでに季節が深まりすぎています。

私はグラスゴーを見ることができてとても幸運だと思っています。この都市は私の回想と判断のおよぶ限り、ヨーロッパで最も美しい都市の一つで、疑いなく、大英帝国でも一番繁栄している都市の一つです。つまりそれは産業という点では完璧なミツバチの巣のようなものです。その一部はゆるい傾斜地にありますが、大部分は平地にあり、クライド川から給水されます。街路は真っすぐで開放的、風通しもよく、十分に舗装されています。家々は高く、粗削りの石材のしっかりしたつくりです。町の一番高いところにはヨーク大聖堂またはウェストミンスターに匹敵する由緒ある聖堂もあります。そしてこの聖堂から大きな広場にかけての下り坂の中間に大学があります。堂々とした建築群で優美な図書館や天文の観測機器を十分に備えた天文台もあり、教授と学生のためのあらゆる施設もあります。当市の住民数は三万人に達するとされ、豊かな感じと独立の気風がこの商業都市のどこでも感じられます。しかしながらこのための不便さと欠陥も少しあります。住民の公共のポンプの水は一般に硬水で塩分もあるのですが、この欠陥は町の低地ではクライド川が家々の真正面を流れているだけに、ちょっと言い訳ができないことです。それに寺院よりも高いところに小川や泉が沢山あり、大きな貯水場を最上質の水で満たすのに十分で、それを市街のどこにでも供水できるのですから。彼らの市街を新しい街路や広場や教会で飾り立てるよりも、水について住民の健康を考慮するほうが大切でしょう。こんなことより解決が大変なのは川底が浅いことで、このためにこの町から十マイルや十二マイル以内にはどんな積載量の船舶も入れないのです。それで商人たちは船の積み下ろしを、ここより十四マイルもクライド湾の入り口に近いグリーノックとポート・グラスゴーでやらなくてはなりません。そこまで行くと幅が二マイルもあるのです。

グラスゴーの人たちは勇壮な気性です——私がエディンバラからの紹介状をもらってきた外科医のムーア氏は、この土地の主要な商人たち全員に引き合わせてくれました。ここでコクラン氏と知り合いましたが、この人はこの王国の賢人の一人と言うべきでしょう。彼は先の反乱〔一七四五〜四六年〕の時のグラスゴー市長でした。彼が下院で審問された時に私は下院の議席を占めていたのですが、その審問でP氏は下院裁判所でこの人の証言のような理路整然たる証言を聞いたことはないと言ったものです。またジョン・ゴードン博士〔スモレットが一七三〇年代に弟子入りしていた〕にも紹介されました。この人は真のローマ精神の愛国者で当地のリンネルの創業者であり、市立の貧民院、病院その他の公益施設の偉大な後援者でもあったのです。もし彼が古代ローマに生きていたら公費でその彫像を贈呈されたことでしょう。さらにG氏〔タバコ王のグラスフォード〕という人物と会話しましたが、彼はヨーロッパの大商人の一人だと思います。先の戦いでは彼は積み荷のある二十五隻の船をすべて自分の持ち船にして、年間五十万スターリング以上の貿易をしたと言われています。先の戦いはグラスゴーの商業には好機になったのです――商人たちはアメリカ行きの彼らの船がアイルランドの北を通る航路を取ればすぐに大西洋に出るので、その航路は海賊の出没がきわめて少ないことを考慮し、互いに保険をかけ合うことを決めたのです。そして彼らの船が襲われることはほとんどなかったので、この取り決めで大金を貯えられたのです――先生にはお知らせしたのですが、私はスコットランドのこのあたりに一種の民族的な愛着があるのです――聖モンガーに捧げられた大教会、クライド川、その他わがウェールズの言語と風習をしのばせるもろもろが、このあたりの人びとはかつてこの国を占有していたブリトン人の子孫であるとどうしても思わせるのです。ここはカンブリア王国であったことは疑いありません。その首都はクライド川とリーベン川の合流点にあり、グラスゴーの下流十マイルにあるダンバートン（ダンブリットンのなまり）であります。この町は今でも王室の自治都市です。この近辺がアイルランドの使徒、聖パトリックを生んだ土地で、そこには今でもその名前を冠した教会と村落があります。当地のすぐ近くにかの有名なローマ城壁の遺跡があります。これはアントニウス王の治世にクライド川からフォース湾にかけて築かれ、ウェスト・ハイランズに住んでいたスコットランド人、つまりカレドニア人の襲撃を防ぐために城壁のあちこちで城郭によって防備を固めていたものです。この城壁と平行して、グラスゴーの商人は二つの湾〔東のフォース湾と西のクライド湾〕の間に船が航行できる運河をつくることを決めました。この運河はブリテン島を横断する商品を輸送するので彼らの通商に信じられないほどの利益をもたらすでしょう。

グラスゴーからわれわれはクライド川沿いに旅しました。この川は両岸を町や村で彩られた気持ちのいい流れです。森や牧場もあり、麦畑も点在しています。しかしグラスゴーのこちら側ではエンバクと大麦以外の穀物はほとんど育ちません。イングランドの同種のものに比べても、前者はずっと品質が良く、後者はかなり劣ります。ほぼどこでも良く育つライムギがとても少ないのは不思議です。さらに驚くのはジャガイモの栽培がハイランズではほとんど無視されていることです。ここでは冬の間はずっと、パンにするだけの十分な量の麦粉が不足しているというのに。川の対岸にはペーズリーとレンフルーの町があります。前者は一寒村にすぎなかったのですが、亜麻布、キャンブリック、花模様ローン〔どちらも亜麻糸で織った薄地の平織物〕および絹織物によって富み、王国でも最も繁栄した町の一つになったものです。ここはかつてはクリュニー〔ベネディクト会修道院のあったフランスの町。ここでは同会のこと〕の修道士たちの富裕な修道院で知られていたところです。彼ら修道士たちはペーズリーの黒表紙本と呼ばれる有名なスコットランド年代記を書きました。〔実際の最初のスコットランド史は John of Fordun(?—一三八四)によって書かれた〕この古い修道院の建物は今でも残っていてダンドナルド伯爵が所有する邸宅になっています。レンフルーはクライド川の両岸の美しい町で、州の首都であり、以前はスチュアート家の世襲の財産で、王様の長男の男爵の称号にその名を冠したものです。現在もウェールズ公によってその習慣〔称号に土地の名を冠する習慣〕が受け継がれています。

ダンブリットンでわれわれはクライド川を左に見てちょっと川から離れました。クライド川はダンブリットンでリーベン川と合流するので広くなり、河口のクライド湾に注ぎます。ここには昔、アルクライドと呼ばれた城があり、この城は周囲を二本の川で洗われています。ただ一か所だけ細い砂州がありますが、大潮ごとにこれも水没します。全体の感じがその岩質と形と地勢からしてとても珍しいのです――われわれはここでリーベン川を渡りました。この川はとてもクライド川ほどの重要さはありませんが、クライド川よりはるかに澄んでいて、牧歌的で楽しいのです。この魅力的な流れはローモンド湖から流れ出るのですが、四マイルの流域を通して曲がりくねっていて、川床の小石にせせらぎの音を立てて流れ、ついにはダンブリットンでクライド湾に注ぐのです。この川の水源のすぐ先に湖を臨むキャメロン邸があります。これはスモレット氏が所有していて柏《かしわ》の森に深く抱かれていますので、玄関の五十ヤード以内に近づかないと、屋敷が見えないのです。私はガルダ湖、アルバノ湖、デ・ヴィーコ湖、ボルセナ湖、またジュネーブ湖などを見たことがあります。しかしそれらのすべてよりもローモンド湖を好ましいと誓えます。これは確かに、あたかも湖面に浮かぶように見える緑陰の濃い島々のためなのです。これがだだっ広い景色にうっとりと安らぎを与えるものになっています。その湖岸もどこもここも美しくて崇高ささえ感じさせます。こちら側の湖岸には森や麦畑や牧場が心地よく点在し、あちこちに、感じのいい別荘がまるで湖から生まれたように立ち現れます。それらの景観の一番奥まったところに、ヒースに彩られた大きな山脈があり、ちょうど今はその花盛りなので、山全体が美しい紫でおおわれています。この地のどんなものも想像を絶してロマンチックです。この地方がスコットランドのアルカディア〔古代ギリシャの理想郷〕と呼ばれるのももっともなことです。この地が気候以外ではあらゆる点でアルカディアに匹敵することを疑いません――この地は緑と森と水についてはアルカディア以上だと確信します――その長さはおよそ三十マイルで、幅が七マイルのところもあり、あちこちで百尋《ひろ》以上の深さがあるし、人が住める二十四の島々があり、そのすべてが森に包まれていて、鹿を飼っているところもある。またサケ、カマス、マス、スズキ、ヒラメ、ウナギ、ポーラン〔アイルランドの湖に生息するコクチマスの一種の淡水魚〕などのおいしい魚類も驚くほど沢山いる――この最後の魚は湖特産のおいしい淡水魚のニシンです――そして最後にリーベン川の流れは陸と離れて海とつながります。そしてその河口から上記の魚全部（ポーランを除く）が時々出入りします。この清らかな水の天然のため池を先生はどう思われるでしょうか。

この手紙の中に、この川に寄せる小さい一編のオードの写しを同封します。この詩は私が今、手紙を書いているところから、二マイルたらずのこの川の岸辺で生まれたスモレット博士がつくられたものです――この詩は他の美点はなくても、少なくとも絵画的だし、写実的であるともいえましょう――自然が与える美しい風景には真実の理念があり、それが最も豊かな空想が生む最も派手な空想話よりもはるかに喜ばしいのです

じつは他にも申し述べたいこともあります。しかしもう紙面がありませんので次の機会にしましょう。私の近づくのを待ちながら、現在雲間の巨大な幻影のように見えているハイランズの奥深くに少なくとも四十マイルは突き進んでみようと決心していることだけをさしあたって申しあげます。

八月二十八日　キャメロン

恒心の友　マット・ブランブル

リーベンの流れに寄せるオード

リーベンの岸をさまよいて
めでたき田園の笛を奏《かな》でれば
アルカディアの野に分け入りし
男《お》の子の幸《さち》も羨《うらや》まず

清き流れよ　わが若き体の
水浴の思い出、
急流といえども水は澄み
岩間に小さな波紋を残す、

その流れは川底をおおうさざれ石の上で
甘き調べをかなでる、
また無数の魚たちが軽やかに
水晶の流れを切り開く、
まだら模様の躍《おど》るマス、
湖の王者を誇るサケ、

戦い好きな無情のカワカマス、
銀色のウナギ、まだら模様のサケの幼魚

母なる湖《うみ》を流れ出て
楽しき迷路をおまえはたどる
カバの木陰と松林、
花咲くノバラの垣根を過ぎ行きて、

緑明るき汝《な》が岸に
いや増せ獣と鳥の群れ
泉に歌うおとめごを、
谷間に笛吹く羊飼いを、
偽り知らぬ古来の信仰を、
苦労にこりぬ生業《なりわい》を、
堅き心を、強き手を、
いみじき幸《さち》よ、守れかし

〔これはスモレット自作の彼の出生地の詩である。そのいとこが建てた碑が現在、リーベン河岸にある。その大意を訳出した〕

ルイス医師へ

親愛なる先生

もし私があら探しばかりやっているなら、このキャメロン邸は湖水に近すぎると言うでしょう。この家の側面の窓際から七ヤードもない所に湖があるのですから。家はもっと高い場所に建てることができたでしょうし、そうしたらもっと眺めもよく、空気ももっと乾いていたでしょう。でもこの欠点は現在の所有者の責任ではありません。というのも彼はボンヒルの親代々の家の修理が面倒なので、この家を手入れしないで購入したのですから。ボンヒルの家というのはここから二マイルくらいのところにあり、リーベン川を望み、周囲がすっかり植林されているので、一般にはウタツグミの巣という名前で知られています。家の上の方にロマンチックな峡谷、山の断崖があり、その崖の一面に木々が垂れ下がっていて、谷底にきれいな流れがあり、リーベン川まで流れ下って合流するまでに沢山の滝があります。だからその景色はとても魅力的なのです。かのアンソン氏と一緒に地球を一周したある軍艦の艦長はこの峡谷に案内されたら「おやおや、フェルナンデス」と叫んだものです。〔スペインの探検家の名前を呼んだわけだが、ここではきわめて新奇ものへの驚きの表現〕

このあたりはウェールズと同じように高い山脈の麓にあり、また大西洋の水蒸気にさらされる西寄りの位置にあるため、雨がちの気候になっていますが、この気候の点以外は、全く完璧な楽園というべきでしょう。しかしながらこの大気は、その湿潤さにもかかわらず、きわめて健康的で、土地の人びとは天然痘とかこの王国の庶民のよく知られた屈辱的な日常の不潔さ故のある種の皮膚病以外には、ほとんど病気になることはありません。ここにはきわめて多数の長寿の生きた見本がおります。その中でもある人物を私は畏敬に値する賢哲として特に尊敬していましたが、彼は自らが造林した柏の森の中で、九十年近くも身体の痛みも疾病も知らずに過ごしてきました――彼はかつてこれらの土地の所有者でした。しかし彼が張り切っても、幾つかの事業に失敗したあげく、所有地を手放さなければならなくなりました。それから地主は二度、三度と変わりましたが、彼の後の所有者も、老齢の彼の生活を安楽にまた快適にするためにあらゆる努力をしました。彼は生活に必要な十分なお金があり、彼と妻は、彼が自ら耕す小さな農園付きの便利な小さな農家に住んでいます。この老夫妻はとても健康的に安らぎと調和のある暮らしをして、不自由を知らず、完全に満足しています。スモレット氏は彼を提督と呼んでいます。彼が湖上で手持ちの遊覧船を操縦したがるからです。また彼は森を逍遥《しょうよう》するのに多くの時間を充て、森がいまだに自身の持ち物のように、それを大いに楽しんでいるのだとはっきり言うのです――私は先日彼に病気になったことはないのですかと尋ねました。すると彼は確かに連合〔イングランドとスコットランドが合同してグレート・ブリテンになったこと〕の前年に微熱が出たことがあると答えました。もし彼の耳が遠くなければ、彼との対話が大いに楽しめるのですが。なにしろ彼はとても聡明で記憶力も抜群なのです――これらは節制と運動と良い人柄などがもたらしたものです――しかしながら、彼自身は全く関係なかったのですが、わが従者のクリンカーを大いに動揺させてしまいました。もっともクリンカーもここに来てから、魔女や妖精や亡霊や悪鬼の話を沢山聞いて、生来の迷信深さをいやが上にも募らせていたからです——われわれが当地に着いた日の夕方にハンフリーは森の中を瞑想しながらさまよっていました。すると茂った柏の木の陰で、彼の目の前に突然提督が現れたのです。クリンカーは超自然的と思われない出来事では全く臆病ではないのですが、この妖怪の姿を見て思わず、頭髪が逆立ち、眼を見開いて、物も言えない有様で台所に飛び込んできました。ミセス・ジェンキンズはこの有様を見て悲鳴をあげたのです。「神様、お慈悲を。この人は何か見てしまったのです」。ミセス・タビサも驚き、家中が大騒ぎになったのです。彼に気付けの酒を一杯飲ませてから私はこの狼狽ぶりはどうしたのだと説明するように求めました。すると彼はしどろもどろに幽霊を見たと告白しました。それは白いあごひげの黒い帽子と綿入れの夜着の格好の老人だったと言うのです。そこに提督がやって来て、生きた血と肉がある生き物の姿を見たので、クリンカーも悪夢から覚めたというわけです。

われわれがどんなふうにこのスコットランドの楽園で過ごしているのかお知らせします。われわれはこの家の主人の素晴らしい羊肉や貯えの十分な養鶏場や畑、搾乳場、酒蔵を気ままに使っています。美味なサケやカマスやスズキ、サケの幼魚などが家先で自由に獲れるのです。丘の向こうのクライド湾は赤色と灰色のボラ、タラ、サバ、コダラなどの多くの海の魚を供給してくれます。その中にはこれまでに味わった中で最上の新鮮なニシンもあります。美味でジューシーな牛肉、なかなかの子牛肉、またダンブリットンの小さな町から来るおいしいパンがあります。シャコ、ライチョウ、クロライチョウその他の獲物も多量に提供されます。
われわれは近隣のすべての紳士諸公の来訪を受けました。彼らはわれわれを自宅でもてなしてくれました。それはただ形ばかりでなく、長年の不在の後で、近しい親類から受けたいと思うような心からの愛情のこもったものでした。

私がハイランズへの遠出を計画していたことは先の便でお知らせしましたが、その計画は今、サー・ジョージ・コフーンの協力でつつがなくやりとげました。この人はオランダの軍務に服していた大佐で、この機会にわれわれのガイドを申し出てくれました。わが家の女たちをコフーン夫人に世話、監督してもらってキャメロンに残し、われわれはアーガイルの州都、インベラリへ馬に乗って出発しました。この途中でマクファーレンの領主宅で食事をしましたが、この人はどんな国にも見当たらない最高の系図学者で、スコットランドのどんな古代文化にも通暁していました。

アーガイル公はインベラリに古い館があり、スコットランド滞在中はここに住み込みます。このすぐ近くに先代公が建てた優美なゴシック様式の宮殿の骨組みがあります。その完成の暁にはハイランズのこの地方に光彩を添えることでしょう。インベラリの町自体はほとんど取るに足りません。

この地方は驚くほど未開地です。とりわけ累々と重なり合う山岳地帯に進むにつれてそうなのです。ほとんど耕作されず、人跡まれで、途方もない未開の有様です。すべてが荘厳で沈黙でありわびしいのです。人は峡谷や川沿いの低地に身を寄せて住んでいます。そんなところで厳冬と嵐から身を守っています。しかし平坦な土地が海沿いに細長くあるので、ここには住民が多く農作業で土地も改良されています。この地はブリテン島でも一番暮らしやすいところだと思います。海はこの地を温暖にし、魚を供給するばかりでなく、全世界でも最も魅力的な景観の一つを見せるのです。ここで言っているのはヘブリディーズ諸島、またはスコットランド西方の列島の景観のことで、島の数は三百に達し、目路の限り、気分よくあちこちに点在しているのです。ハイランズの土壌と気候が穀物の栽培には不向きなので、人びとは主として肉牛の繁殖と飼育に従事していますが、これがとてもうまくいっています。この動物は冬の間、身を寄せる小屋もなく、ヒースの間にわずかに見つけられるもの以外に食糧もなく、野放しにされています。雪が深くて堅くて、草の根を見つけられない時には、本能的に昼間は干潮の海辺まで行って、海藻類やその他海浜の植物を食べます。

おそらくほとんど人手や労力を要しないこんな農業のやり方がこれら山地の住民をこの地方でも他とは際立つあの怠惰さや勤勉の欠如の、主な原因の一つなのでしょう——彼らが世の中に出れば、地上のいかなる民族にも劣らず勤勉で機敏になるのです。彼らは疑いなくローランドの同胞とは全く異なる種族であり、ローランド人には昔ながらの敵意を抱いています。この違いは家柄のいい、または教育のある人びとの中にも看取できます。ローランド人は一般に冷静で慎重ですがハイランド人は燃えやすく激しやすいのです。しかしこの激情の発散はむしろ外来の客への彼らの献身の熱意を燃え立たせるに役立つので、そのもてなしはとても強烈です。

われわれはインベラリから二十マイルも先に進み、ガイドの友人のある紳士の家を訪問しました。ここに数日間滞在してごちそう攻めにされたので、これは体に良くないのではないかと心配しました。

この山岳地帯はどこもわびしいのですが、ハイランズに人が居ないわけではありません。信頼すべき話によるとアーガイル公は、血縁関係の氏族でキャンベルという同じ姓の五千人もの武装した部下を集められるそうです。彼らと同じ姓の部族は他にもあり、その頭目はブレドールマン伯爵です。マグドナルドという姓も同様に多数あってきわめて武勇の響きがあります。キャメロン氏、マクラウド氏、フレイザー氏、グラント氏、マッケンジー氏、マッケイ氏、マクファーソン氏、マッキントッシュ氏なども有力な氏族です。ですからもし西方諸島住民を含むすべてのハイランド人が結集すれば、彼らは最も危険な仕事を遂行できる四万の戦士の軍隊を戦場に送ることもできるでしょう。われわれは彼らの四万の兵力が訓練もしないで、グレートブリテンの全王国を混乱させるのを見てきました。彼らは軍務に精通した正規軍の二つの兵団を襲撃して撃破したのです。彼らはイングランドの中央部にまで突き進みました。そしてその後、彼らの退路を断つためのあらゆる警戒手段が取られている敵国を通って、別の二つの兵団とも相対しながら、ゆうゆうと退却しました。もしも彼らの首領が戦いで先頭に立つなら、武器にさわったことがなくても、刀剣を手にした正規軍を襲撃するような民族が、ヨーロッパにおいて他にあるのを知りません。訓練されれば彼らは必ず優秀な兵士になるでしょう。彼らは人が普通に歩くようには歩かず、まるでばね仕掛けで動くように駆け足をして、鹿のように跳ねます。彼らは機敏さが必要などんな行動でも、ローランド人を圧倒します。信じられないくらい質素で飢えと疲労を耐え忍ぶのです。どんな天候にも不死身で、旅をする時には、大地が雪でおおわれていても、家や避難場所など求めないで、あの独特のチェック地の肩掛けにくるまって天空の下で眠るのです。このような人びとは兵士としては天下無敵と言わざるをえないのです。とりわけその仕事が困難な敵国で速やかに進軍して不意打ちで敵軍を奇襲し騎兵を悩ませ、正規の弾薬や軍用行李《こうり》や馬の餌や大砲もないというような遠征をする場合には。ハイランド人たちの族長は政府の眼と手が正確にはっきりと事件を見定めて活動するとは思えないブリテン島の辺境の地では特に危険な影響を与えます。氏族の結集力を打破するために、政府は常に〝分断して統治せよ〟という政治的格言を実行してきました。立法府はこれらの山岳民たちの武装を解除させたばかりでなく、その戦闘心を大いにかきたててきた彼らの伝統的な衣服もやめさせたのです。また彼らが奴隷を所有することも議会の立法で完全に禁止したのです。だから今では奴隷たちは法律の範囲内で自由を享受でき、彼らの首領から独立しています。しかしくされ縁は今でも残っていて、それは〝封建制度〟以前の何ものかが原因なのです。封建制度については現代の作家たちは、まるでそれがコペルニクスの体系〔当時の中世趣味への言及〕の新発見でもあるように大騒ぎをしています。政治形態、慣習、また気質でさえも、無理やりこれが原因とされているのです。封建制度というものは、ヨーロッパのどんな国でも異なる形態を取るものだといわんばかりです。私の意見はトランクホーズ〔一六、一七世紀に英国で流行したふくらみ襞のある半ズボン〕やホップ抜きのビールの飲用まで〝封建制度〟の影響があると思うのです。この地方の氏族とその族長との関係は父長制によることは明らかです。それは世代を経た尊敬と愛情に由来しますが長い間大切にされてきたのです。氏族は族長を父と仰いで、その姓を名乗り、彼ら自身族長の家系だと信じ、子としての強い愛と尊敬をもって、主人たる族長の命令に従うのです。他方族長も父としての権威を行使して、彼らを実の子どもとして命令し、罰し、ほめ、保護し、扶養するのです。もしも立法府がこの結びつきを根絶しようとすれば、ハイランド人に強制して居住地と名前を変えさせなくてはなりません。かつてこうした実験が試みられましたが成功しなかったのです――ジェームズ六世の治世に、当地からわずか数マイル以内で、マグレガー氏とコフーン氏とが戦って後者が敗れました。マグレガー氏の領主が勝ちに乗じて蛮行をしたので、彼は法律により地位と法益を奪われました。その領地はモントローズ家に与えられ、彼の氏族は名前を変えなくてはなりませんでした。彼らは一応この仕置きに従い、それぞれアーガイル家、モントローズ家、パース家の姓のキャンベルとかグレアム、ドラモンドなどを名乗り、それらの家系の保護を受けられるようにしたのです。でも彼らは依然として新しい呼び名にマグレガーという名を添えたのです。そして彼らの族長が土地を奪われたので、彼らは彼の生活を助けるために強盗、強奪をしたのです――ロヒールのキャメロン氏は自らの氏族の長なのです。その父君は先の反乱にかかわったことで私権を奪われ、布告と法律の命じるところにより、フランスから帰国し、先の戦争の初期に没したのですが、彼も自国に戻り灰燼に帰した父君の邸宅の近郊に農場を借りたのです。氏族の人たちは壊滅して散りぢりになっていましたが、彼の到着を聞くやいなや、四方八方から彼のもとに群れ集い、その帰国を歓迎しました。また数日すると彼らが自らの陣営の総崩れの際にも手放さずに貯えておいた七百頭の肉牛を彼の農場に入れたのです。しかし前途有望な青年の彼らが愛する族長は彼らの忠節と敬愛の成果を見ることなしに世を去ったのです。

このような影響力を弱めかつ最終的に根絶させる一番効果的だと信じられる方法は、庶民に富と独立心を経験させるために雇い入れてやることです――政府は彼らに没収地を貸す場合、彼らがその土地改良をするための資金がなければ、有利な貸し付けをしていますが、これは無駄なことです

――海は尽きない富を貯えています。しかし漁業は船や樽や塩、釣り糸、漁網などの道具なしには操業できません。私は当地である知識人と話をしたのですが、彼は真の愛郷心から、まず沿岸漁業から開始し、次に貧しいハイランド人たちを雇うために、粗製麻布の製造を始めました。ここはタラが豊漁なので、彼の話では、一回の釣りで一本の釣り縄に七百匹もかかるのを見たそうです――もっともこの釣り縄はとても長く、ムラサキガイの餌のある二千本もの釣り糸を付けていたことは言うべきでしょう。しかしここのタラはニューファンドランドの海岸で獲れるものよりずっと味がいいので、リスボンの彼の取引先は魚の荷が着いた時は、ちょうど四旬節が終わって、さぞや人びとはこんな食べ物に飽き飽きしているだろうと思える時だったのに、この荷を自分の言い値ですぐに売りさばくことができたのです――彼の麻布製造の仕事も同じように繁栄していましたが、先の戦争が始まったので、彼の熟練工たちも兵隊に駆り出されたのです。

このあたりの紳士たちがその家臣たちを独立させるために商業の仕事をやるなどというのはとても期待できないし、またそんな仕事は彼らの生活形態や気質にも合わないのです。しかし商人なら経営がうまくいけば、スコットランドのこの地方に確立された漁業を大いに活用できるでしょう――われわれ自身の島の開墾されていない地域により良い条件で人びとを移住させることもできるのに、イングランド人がアメリカ植民に熱を入れているのは奇妙です。われわれはアーガイルの山々や峡谷を逍遥してから、その近くの島々、すなわちイラ、ジュラ、マル、イコルムキルを訪れました。まず初めに、かつての領主、つまり島々の王であったマグドナルドが居住していた湖上の城館の跡地を見ました。ジュラ島はマクレインという人物の出生地として有名ですが、この人物は同じ家で百八十年の生涯を暮らしてチャールズ二世の治世に死去しました。マル島には安全な投錨地のある幾つかの湾があります。その中の一つでかつて、スペイン艦隊の一隻のフロリダ号がスモレット氏の祖先の一人に撃沈されたのです――今からおよそ四十年前、アーガイル公、ジョンがスペインの艦船登録簿を調べたそうですが、それによってこの船は軍用物資を積んでいたことが判明しました――彼は熟練の潜水夫たちを雇いこの沈没船を調査しました。潜水夫たちは船体が完全な形で残っているのを発見しましたが砂で厚くおおわれていたので甲板を歩くことはできなかったのです。しかし彼らは湾の底に散在していた数個の銀の食器と二門の立派な真鍮製の大砲を引き揚げました。

イコルムキル島またの名アイオナ島は聖コルンバ〔六世紀のアイルランドの宣教師、スコットランドで伝道した〕が住居として選んだ小さい島です――ここはその聖所と学校つまり聖職者学院で知られたところです――教会の一部が現存し、ここに葬られたスコットランド、アイルランドまたデンマークの何人かの君主の墓もあります――これらの島々の住民はとても大胆、機敏な船乗りなので漁業により向いているのです。彼らの日常の振る舞いは本土の同胞に比べて猛々しくなく激しくもないし、彼らはエルス語すなわちゲール語〔スコットランドの古語、ケルト語〕をきわめて純粋に話します。われわれは馬を陸路で回送してから、沼地のところで乗船して、グリーノックに向かいました。グリーノックはクライド湾の向こう岸の美しい小都市で、海中に長く突き出た三つの突堤から成る珍しい港です――ニューポート・グラスゴーはそこから二マイルくらい河口の上流のよく似た港です――両港とも活気があり物品豊富で、グラスゴー市からの積み出しだけに頼っています。両港に六十隻の大型の船を数えました――われわれはニューポートで再び乗船し一時間ほどで対岸に上陸しました。そこはわれわれの根城からわずか二マイルほどで、ここに戻ったわれわれは残しておいたわが家の女たちがとても健康的に気分よく暮らしているのを発見しました――スモレット氏と夫人が二日前に彼らに合流していてくれましたが、このご夫妻にわれわれはとんでもない迷惑をかけたので、私は先生に対してさえ顔を赤らめることなしに真相を語ることができないほどなのです。

明日われわれはスコットランドのアルカディアに別れを告げて進路を南に取ります。ラナークとニススデールを経てイングランドの西の辺境に進む予定です。今回の旅行はとてもためになり満足したので、私の体調が冬に激変しなければ、ケースネス〔スコットランド北東部の州〕の最北端までもう一旅行してみたくなると思います。今かかとを悩ましているこの障害に妨害されなければ。

敬具

九月六日　キャメロン

マット・ブランブル

ミス・レティシア・ウィリスへ（グロスター市）

最愛なるレティ

私の心配をあなたの友人思いの胸に打ち明ける機会を切望していたほどには、どんな哀れな囚人もその釈放を切望したことはないでしょう。今やってきたこの機会は奇跡としかいえないものです――旅好きのスコットランド人のソーンダーズ・マコーリーさんは毎年ウェールズに行くのですが、今はグラスゴーで商品を買い集めていて、私たち一家に敬意を表しに訪ねてきました。そしてこの手紙をあなたの手元に届けることを引き受けてくれました――私たちは六週間、スコットランドに滞在し、この王国の主要な町々でとても親切にしていただきました――みなとても礼儀正しく、国土の景観はとてもロマンチックで私の気質や好みによく合うのです――陽気な人たちであふれている、大きくて高々としているエディンバラの町で何人かと友情を交わしました。とりわけミス・Rという人と親しい交際を始めました。この方は私と同い年のかわいらしい淑女で、その魅力は兄のジェリーの頑《かたく》なな心を和らげるばかりか虜にするようにさえ思えました。でも兄はこの地を離れるとすぐにもとの鈍感な心に戻ってしまったのです――けれどこの兄の冷淡さは私の家系に特有なものとは思えないのです――恋について私はたった一つの思いしか残っていません。その思いが心にあまりに深く根を下ろしているので、それはあらゆる世間の眼と冷たい無視とに対して、どちらにも同じように強く反発する愛の証拠になっているのです。

親愛なるレティ、私、エディンバラの狩猟者の舞踏会でどきりとするような目にあったの――私が片隅に座ってお友達と話をしていたら突然、ウィルソンそっくりの人が面前に立ったの。服装もエイムウェル〔ジョージ・ファーカーの喜劇『伊達男の策略』の主人公〕の役に彼が扮した時のままなのです。その人はそれまでに会ったことがないゴードンさんという人でした――いきなり現れた幻影にぞっとして、私は気を失って、集会全体を騒がせてしまいました――でもそんな取り乱しの原因は兄以外にはわからなかったのです。兄もあまりよく似ているので私同様に驚き、帰宅してからののしりの言葉を吐きました――ジェリーの愛情が私にはよく感じられるのです。彼が一家の名誉ということだけではなく、私の利益と幸福をも同様に心がけて言ってくれていることもわかるのです。でも私の傷を容赦なく探られるのは耐えられないのです――兄が私の無分別を責めた非難よりも、彼がウィルソンの行為に抱く思いのほうが耐えがたかったのです――兄は言ったのです。もしウィルソンが自称するような真の紳士なら、そして、天に恥じぬ意図以外を心に抱くことがないなら、彼はその言い分を白日の下で述べることもできたはずだと――この言葉はショックでした――私はさまざまな思いを隠そうとしました。するとそんな努力が私の体と気力には良くなかったのです。そこで私はハイランドに行きヤギのホエーを飲むことが必要だということになったのです。

そんなわけなので私たちは世界で最も魅力的な場所の一つのローモンド湖に行きました。そして私がそこの山地から毎朝手に入るこの治療薬や澄んだ大気、陽気な仲間たちのおかげで体力も食欲も回復しました。それでも心の底にはわだかまりがあって、大気や運動や仲間や薬では取り除くことができません――こうしたさまざまな事件なども、もしこんな悩みに共感して適切な忠告で慰めてくれる賢明な心の友がいたら、こんなにひどく苦しまなかったでしょう――こんな人は今はウィン・ジェンキンズしかいないのです。彼女はまあとてもいい人ですが、そんな役目には全く向かないのです——この人は可哀そうに理解力も神経も鈍いのです。そうでなかったら、あの不運な青年の本当の名前と身分を知ることもできたでしょうに——でもなぜ彼を〝不運な〟と呼ぶのでしょう。おそらくこの形容はあの方の偽名を聞いた私にもっと似つかわしいでしょうに——でも待ってね、確かに私には何であれ、あの人の不名誉になるようなことを信じる権利も気持ちもありません——こう思ってまだまだ忍耐しましょう——ミセス・ジェンキンズについて言えば、彼女こそ深く同情しなければならない相手です——見栄とメソジスト教と恋愛で彼女の頭は大混乱しているのです。でも、もし彼女が想う人にもっと貞節だったら、もっと彼女を尊敬していたでしょうに。それなのに本当のところ彼女は、伯父の従僕でじつに良く尽くしてくれる若者ハンフリー・クリンカーと、兄の従者で道楽者のダットンという男を両天秤にかけて、たわむれておりましたの。ダットンのほうから、ベリックの町でウィンを見捨てて他の男の花嫁と駆け落ちしたの。

親愛なるウィリス、私は自分が女であることを深く恥じています——男性が私たちの若さや経験不足や感じやすさなどにつけこむのが不満です。でも私は平凡な女性が男性をわなにかけることを仕事にしていると信じるほど沢山の事例を見てきました。しかもこのためには決してまともとはいえない手練手管を使うことも——節操ということでは、女性は男性側を非難する権利は全然ありません——私の気の毒な叔母はその年齢や欠点も考えずに、少しでもその身柄を売り込めると思える場所には、どこでも、その魅力を見せに出かけたのです。しかもいまだに身をもてあましているのです——叔母は宗教さえもわなにしたと思います。もっとも叔母の思うようにはいかなかったようです——彼女はこの国に多いメソジスト教の信者と交わり、祈り、説教し、教義問答も重ねました。そしてあの狂信で凝り固まっている哀れなクリンカーでさえ信じかねるような神のお力を見たしまたお告げも聞いたと言い張るのです。ジェンキンズについて彼女はまた胸の高鳴りやインスピレーションなども経験しているそうです。私の考えが容赦ないものなら神よお許しください。でもこんなことはすべて明白な偽善と欺瞞《ぎまん》に思えるのです——きっとこの哀れな女は自分自身をも欺《あざむ》いているのです——彼女はいつも興奮するし、またすぐにふさぎ込むのです——私たちがスコットランドに来てから、彼女はよく幻影を見たし、また予言もできると言うのです——もしも私がすべてこのような超自然的な現れを信じられるなら、私は神の恩寵から見放されたと思うことでしょう。だってこんな類のことは自分では見たことも聞いたことも感じたこともありませんから。この身にあるだけの誠実さと熱心さと献身で、宗教的な諸義務を果たそうとしているのにもかかわらず。

恒心のリディア・メルフォード

親愛なるレティ

九月七日　グラスゴー

私たちはとても遠いブランブル館に戻るところです。その途中でグロスターに寄れればうれしいと思っています。そうすれば私のかわいいウィリスを抱ける言葉に尽くせない喜びを味わえるでしょう——どうか尊敬する寮母様によろしくお伝えください。

ミセス・メアリー・ジョーンズへ（ブランブル館）

親愛なるメアリー

サンダース・マカリー〔前出のソーンダーズ・マコーリーを誤ったもの〕というスコットランド人がまっすぐウェールズに行きますが、この手紙をあなたの手元に届けてくれると約束してくれました。それであなたに私がまだこの世に存命していることを知らせるこの機会を逃したくないと思いました。だってこの前の手紙を送った後であの世の入り口にまで行ったのですから――私たちは海路でファイフという別の国まで行きました。そしてその帰路で嵐のためにあやうく死にかけました――仰天するやら船酔いやらで心臓が止まるのではないかと心配しました。クリンカーさんでさえ岸に着いてから四十八時間もいつもの冷静さを失っていました――私たちが溺れて死ななかったのはある人たちには望ましいことでした。じつは奥様は思いがけない出来事を待ち望んでいたので、全く動揺せずにそれに冷静に対処できたのです。〔タビサはこの頃、〝永遠の劫火〟のことを聞いて死後が恐ろしいとは感じなかった。九月三日のジェリーの手紙参照〕ところが有難いことに奥様は牧師のマクロコダイルさん〔前出のマコーキンデールの誤り〕のひそかな励ましで、すぐに気分が良くなっていたのです――私たちはこの後で二つの美しい町、スターリングとグラスコー〔グラスゴーのこと〕に旅立ちました。それからローミング湖〔ローモンド湖の誤り〕近くのある紳士のお屋敷に行きました。この湖は素晴らしい淡水の海で、その中に多くの島々がありますーーみなこの湖は底なしで、魔法使いが造ったと言うのです。それは本当だと信じています。だって自然のままの姿ではないから――この湖には〝風がないのに波が立ち、ひれのない魚がおり、浮いて漂う一つの島〟〔ローモンド湖の伝説の一節〕があるのです。また島の一つは死者が埋葬されている墓場になっています。人が死にそうになると必ず鐘が鳴り出してそれを告げるのです。

おおメアリー、ここは魔法の国です――私たちが居る時に鐘が鳴っていました――光も見ました悲しみの言葉も聞いたのです――私たちを招待してくれた紳士は別の家をお持ちですが、そこからさっさと出てしまいました。人をベッドで眠らせない悪霊がいるのです――妖精たちがすぐ近くのケアマンの洞窟に住んでいます。そして彼らはもしもドアに蹄鉄が釘で打ち付けてなければ〔厳重に戸締りしてなければ〕お産の床に着いている女房たちをさらっていくのです。私は赤いスカートをはき、眼もかすみ、向こうずねに白い剛毛の生えたエルスパス・リンガヴァーという年老いた魔女のもとに連れていかれました――彼女に私に危害を加えないように、その手に銀貨で十字を書き、運命占いを頼みました。するといろいろ教えてくれました――クリンカーさんのことを寸分たがわずにぴたりと言い当てました。これは他言しないでね――私が発作で困っていたので彼女は聖なる水をたたえた湖で水浴することを勧めました。それで朝に家の女中たちと人目のない場所に行ったのです。私たちはこの国のやり方に従って、生まれたままの姿で水浴しました。するとどうでしょう。湖でばちゃばちゃやっていたら、サー・ジョージ・クーン〔前出のサー・ジョージ・コフーンのこと〕が鉄砲を手にして現れたのです。でも私たちは顔を手で隠して彼の横を通りすぎて下着を置いた場所に行きました――礼儀正しい紳士なら顔を別の方に向けていてくれたでしょうに

――せめてもの慰めはこの紳士が私たちをはっきりとは見分けられなかったことです。諺にもありますね〝暗闇の猫はみんな灰色だ〟というのを――私たちがローミング湖に滞在している間に、その人とうちの二人の旦那様は三、四日間、山地の未開の人たちと一緒に旅行に出て行きました。岩山の洞窟に住む未開人たちは幼子を食べ、ウェールズ語を話しますが、単語は違うのです。うちの女たちはクリンカーさんを行かせなかったのです。だってあの人はとても強くて信心深いので、人なり悪魔なりがいきなり出現して脅されでもしないと、あの人は怖がらないのですから――そりゃあ、あの人だって、一度は幽霊を見て、びっくりして悲鳴をあげそうになったこともあります――あの人はそれを年老いた提督だったと私たちに信じ込ませました。でも年老いた提督でも、あの人の髪の毛を逆立てさせたり、歯をがちがち鳴らさせることなどできっこないのです。あの人は女たちが怖がらないように、よくよく考えてそう言ったのです。リディアお嬢様の心がお気の毒にも弱すぎると思います――でもお嬢さんはヤギのホエーを飲んだので体がまた回復してきました――ヤギの乳はウェールズの女には母乳ですから。奥様の方は有難いことに、どこも悪いところはありません――胃は快調だし、ますます気高くなり信仰心も深められています。それでも奥様は人並みの多情さはあるようなので、サー・ジョージが奥様に質問する好機だと思う時には必ず〝奥方様〟と呼ばれるのをまんざらでもないと思っているようです――でも私としては見たり聞いたりすることをちっとも口外できないのです。

親愛なるモリーへ

九月七日　グラスコー　　　　　　　　　　　　　　　　　　親友のウィン・ジェンキンズ

いつものようにソールによろしくお伝えください――私たちもう帰途につきます。一番の近道ではないのですが――帰ったら子猫はすっかり大きくなっていると思います。

准男爵サー・ワトキン・フィリップスへ（オックスフォード大学）

親愛なるナイト爵様

ぼくは今再びイングランドの土を踏んでいる。この国への愛はぼくがカレドニア〔スコットランドの古名〕の森や山で六週間逍遥してきたがためにいささかも減じるものではない。といっても〝わらにパノックが実る国〟〔パノックはエンバクのせんべいのようなもの〕に何か悪意があるわけではないが。伯父はこれまでに見たことがないくらい健康で元気です。リディアは全快しました。そしてミセス・タビサも不満の種がない。といってもぼくが信じるところ、昨日まで彼女はスコットランド国民全体をわからずやの人でなしどもと見なして、悪魔にくれてやりたいと思っていたようだ。というのもその連中には彼女の手管も効き目がなかったのだ――ぼくらが滞在したどこでも、彼女は舞台に立って、さびついたあの武器を振りかざしたが、一度も征服することができなかった。

彼女の最後の試みの一つはサー・ジョージ・コフーンの心をねらったもので、この人に彼女は二度以上もあらゆる武器を駆使した――ふさぎ込んだり、陽気になったりした――説法もしたし、メソジスト教の教えも説いた――笑ったり、跳ね回ったり、踊ったり、歌ったり、ため息をついたり、色目を使ったり、舌足らずの言葉で甘えたり、震えたり、媚びたりした――しかしすべては砂漠に説教するようなものだった――准男爵は育ちがいい人なので、彼女の期待するだけの親切はやってくれた。いや口さがない噂によると、それ以上に深入りさえしたものだ。しかし彼女が彼に取り入ろうとして仕掛ける待ち伏せにまんまと引っかかるには、彼は戦争と同様に恋の道にかけてもしたたかすぎた――ぼくらがハイランドに行きこちらを留守にしている間に彼女はまたラドリッシュモアの領主にも手管を使い、ドラムスケイル湖の森で落ち合うことまでした。しかしこの領主は世間の評判をかなり気にしていたので、その場に教区の牧師と一緒にやって来た。それで精神的な交際以上のことは何も起こらなかった――こうしたへまばかりしていたがわが叔母は突然リスマヘイゴウ中尉を思いだした。叔母は彼のことを、ぼくらがエディンバラに初めて着いた時以来、すっかり忘れていたらしい。しかし彼女は今、中尉の約束でダムフリースで彼に会えるという希望を表明している。

ぼくらはグラスゴーを出発しクライズデールの州都、ラナークに立ち寄った。この町の近くでクライド川は川幅いっぱいに岩の断崖を流れ落ちて途方もなく大きい堂々たる瀑布《ばくふ》となっている。するとその町でぼくらはブランブル氏の優しい心をいたく感動させたある出来事に出会った――ぼくらが監獄の向かいの宿屋の窓辺に居ると一人の男が馬に乗って来た。この人は青色のフロックを着て、質素だが紳士然としていて、髪の毛は地毛を短くして、金モールの帽子をかぶっていた——馬から降りて、乗馬を宿の亭主にあずけてから、彼はその街路の敷石の仕事をしている一人の老人に歩み寄って、こう話しかけた「この仕事はあなたのようなお年寄りには辛いでしょうね」——彼はそう言って、老人の手から道具を取って敷石をならし始めた——数回敷石をたたいてから、「あなたには（と彼は言った）この仕事をやってくれる息子さんはいないのですか」「はい旦那様（と老人は答えた）頼もしい若者が三人おります。でも今はみんなここには居りません」「私を旦那様などと呼んではいけません（とその外来者は叫んだ）あなたの白髪頭に敬意を表すのが当然です——あなたのおっしゃる息子さんたちはどこに居るのですか」。すると老いた敷石工は、長男は大尉で東インドに居て、末子は兄のように偉くなりたいと思って、最近新兵の募集に応じたところだと言った。紳士が二番めの息子はどうなったのか知ろうとすると、老人は目をぬぐい、その息子は老いた父の借金を自ら引き受け、そのために、今は隣の監獄に入っているのだと打ち明けた。

旅行者は急ぎ足で三歩、監獄の方に歩み寄ったが、突然振り返り「教えてくだされ（と彼は言った）その人でなしの大尉はあなたの窮状を救うために何か送ってくれないのですか」「あれを人でなしなどと呼ばないでください（と相手は答えた）、あれに神様のお恵みを、あれはわしに多額のお金を送ってくれました。でもその使い方が間違っていました。地主の旦那の保証人になってそれを失ったばかりかその他の持ち物もすっかり奪われてしまったのです」。この瞬間に監獄の横木の隙間から頭と首を出した若い男が叫んだ「お父さん、お父さん、もしウィリアム兄さんが生きていればその人こそ兄さんです」「そうです、ぼくです（と外来者は叫び、老人を両腕に抱いて涙を流した）

――確かにあなたの息子のウィリーです」。呆然とした父親がこの優しい言葉に何の返答もできないうちに品のいい老婦人が粗末な住まいのドアから飛び出て叫んだ「私の坊やはどこなの。かわいいウィリーはどこなの」。大尉は彼女を認めるとすぐに、父親を離れて彼女に抱かれるままになった。

伯父はこの一部始終を見聞きしてこの哀切な再会の当事者の誰にも負けないくらい感動したことをぼくは確証できます――彼はすすり泣き号泣し手をたたいて呆然とし、ついには街路に走り出た。この時までに大尉は両親と一緒に家の中に入り、ここの住民もみなその戸口に集まっていた――ブランブル氏はこれをものともせず、群衆を押し分け、家の中に入った「大尉殿（と彼は言った）あなたのお近づきにしてくれないか――わしはこのような感動的な場面に出会えるなら数百マイルの旅も喜んでしますよ。もしあなたとご両親が宿屋でわしと食事をしてくれたらとてもうれしいのですが」大尉はその親切な招待に礼を述べ、喜んでお受けしたいのですが、可哀そうな弟が苦境にある今、食べたり飲んだりするのは考えられないと言った――彼がすぐに借金の同額を治安判事に手渡すと、判事はさらなる手続きなしに、自ら彼の弟を釈放した。そこで家族全員と伯父が宿に入った。群衆が集まってこの郷土出身者と握手したが、彼の方ではまったくおごりも気取りもなく、彼らの抱擁に応じた。

その名をブラウンというこの誠実な運命の寵児は、伯父に子どもの頃、職工として仕込まれたが、のらくらして遊び好きなので、約十八年前に兵隊に応募して東インド会社の軍務に就いたこと、勤務していると幸運にもクライヴ卿の眼鏡にかなってかわいがられ、卿が次々と昇進させたので、ついには大尉の階級、連隊の主計官にも任じられ、その職分で、正当な金一万二千ポンド余りを貯え、今度の平和到来とともに〔インドで英仏の抗争が終わったこと〕退官したことを述べた——彼はすでにこれまで父親に送金を何回かしていた。父の方ではその一回目の百ポンドだけを受け取っていた。二回目はある破産者の手に落ちていた。三回目はスコットランドのさる紳士に送られたが、この人は送金が届く前に亡くなっていた。だからこれは彼の遺言執行者に一任された。彼は先に弟の釈放のために百ポンドの銀行紙幣を供託したのだが、その他、今年は老いた父親の当座金の五十ポンドも差し出した——彼はまた正規の証書も持参していたが、その証書で両親に八十ポンドの終身年金を贈ること、その死後は彼以外の二人の息子がそれを相続することを定めていた——その末弟に将校の地位を買い与えること、上の弟を自分が創設しようとしている製造業の仕事のパートナーとして採用すること、その仕事では勤勉な作業者に職とパンを与えること、また恵まれない境遇の農夫と結婚している妹には寡婦産として五百ポンド与えることも約束した——最後に彼は故郷の貧しい人たちに五十ポンドを与えた。そして住民に一人残らず大盤振る舞いしてあげた。

伯父はブラウン大尉の人柄に魅了されたあまり、正餐の時に三度も立て続きに彼の健康に乾杯した——自分のこの新しい知り合いを誇りに思うと言い、大尉は自分の国〔スコットランド〕の名誉であり、人間の本性を高慢とか利己心とか忘恩などとする恥辱から少なくとも救い出してくれたと述べた——ぼくとしてもこの誠実な軍人の謙虚さと親思いに等しく感じ入った。彼はぼくらの問いかけには筋が通った簡明な答えをしてくれたが、自分の成功については何ら自慢せず、その業績についてもあまり語らなかった。ミセス・タビサは、かつて彼が出稼ぎの職工として働いていた時の恋人であった身分の低い女にプロポーズしようとしていることを知るまでは、彼にとても礼儀正しく振る舞っていた——叔母は彼のその意図がわかるとすぐにひどくよそよそしく身構えてしまった。そして食事会が終わった時に彼女は鼻をつんと反らせて、ブラウンの低い出自を思えば、なるほど確かに下品ではないが、運命の女神は彼の境遇を改善できたとしても、低くて下賤なその考え方を高めることはできないのねと言った。

この冒険の翌日、ぼくらは予定の道筋を数マイルそれてドラムランリグを見に行った。これはクイーンズベリー公の別邸で荒野のど真ん中にあり、まるで魔法によってつくった壮大な宮殿のような感じなのだ——それにふさわしい荘園や農場もあるじつに堂々としたお屋敷で、スコットランド中でも最も野生むきだしの地域のその周辺の荒涼さによってますます驚くべきものになっている——しかしこのわびしさはハイランドのそれとは違っている。というのはここの山岳にはヒースではなく見事な緑の芝が生えていて、無数の羊の群れの放牧場になっているのだ。しかしニススデールというこのあたりの羊毛はソールズベリー平原〔イングランド南部〕のものに匹敵するというギャロウェイ〔スコットランド南西端の地方〕のそれとは比べものにならない。ぼくらはこの上なく親切な公爵その人から招待され、ドラムランリグの城でその晩を過ごしてからダムフリースへ旅した。ここはイングランドの国境に近いとても優雅な商都で、上等な食べ物や極上のワインも豊富、かつそれらが手頃な値段で売られ、すべての生活条件が南ブリテンのどこにも劣らないのです——もしぼくが一生スコットランドで暮らすなら、居住地としてはダムフリースを選ぶでしょう。この地でぼくらはリスマヘイゴウ中尉の消息を尋ねたが、何の手がかりも得られなかったので、ソルウェイ湾を経由してカーライルまで行った。これはご存じないでしょうが——ソルウェイ湾の砂浜は旅人が干潮の時に渡るのだが、とても危険な場所だ。というのは波が寄せてくると場所によっては砂が移動して激流が流れ込むので、旅人はしばしば波にさらわれて命を失うのだ。

ぼくらはこの危険な流砂を案内人付きで渡っている時に、馬が一頭溺死しているのを見つけた。ハンフリー・クリンカーはこれをよく調べてから、これこそまぎれもなくリスマヘイゴウ氏がノーサンバーランド州のフェルトンブリッジでぼくらと別れた時に乗っていた馬だと断言した。ぼくらの友であるかの中尉が持ち馬と運命を共にしたことを暗示するこの知らせは、ぼくら全員、とりわけタビサ叔母を悲しませた。彼女は悲嘆の涙にくれ、クリンカーに命じて、死んだ馬の尻尾から毛を数本抜かせて、その馬の主人の追憶のためにその毛を編んで指輪をつくらせた。しかし彼女の悲しみもぼくらの悲しみも長くはなかった。というのもカーライルでぼくらが最初に出会った人たちの一人が中尉その人だったのだ。彼はぼくらが着いた宿の中庭で、博労から別の馬を買おうと掛け合っていた――ミセス・ブランブルが最初に彼に気づいた。そしてまるで幽霊でも見たかのように大声をあげた。実際に時も所もぴたりと合っていたので、彼があの世の住人として通用するのもまったく無理からぬところだった。というのも彼は以前よりもずっとやせこけ、もっと不気味に見えた――ぼくらはてっきり溺れたと思っていただけに、ますます温かく彼を迎えたものだ。彼もこの出会いに満足の意を表すのにやぶさかではなかった――彼がダムフリースでぼくらのことを尋ねたところ、グラスゴーから来た行商人からぼくらがコールドストリームを通って帰ろうとしていることを聞いたと言った――あの砂浜を案内人なしに渡っている時に彼の馬は疲れ切り、彼自身も、もし神意によって、帰る途中の駅伝馬車に救われなかったら、命を落とすところだったと言った――彼はさらに自分の故郷で暮らすという思惑が駄目になったので、北アメリカ行きの船に乗ろうとしてロンドンへの道中ここまで来たこと、北アメリカでは旧知のマイアミ族の中で余生を送り、愛するスクウィンキナクースタに産ませた息子の教育を仕上げるのを楽しみしているとぼくらに打ち明けたのです。

この計画は心優しきわが叔母にとっては決して心地いいものではなく、彼女はそんな長い海路の旅とその後の陸路の長ったらしい旅にありがちな疲労や危険を長々と述べ立てた——とりわけ彼女はまだ救いの福音を耳にしたことのない未開人たちの中で貴い魂の伝道に関して彼がこうむりそうな危険をこまごまと述べた。また彼がグレートブリトンを見捨てれば、おそらく彼がその生涯を幸福にできそうなある人の心に致命的な影響を与えるかもしれないとほのめかした。心の寛大さについてはドン・キホーテそのもののぼくの伯父は、リスマヘイゴウのスコットランド退去の真の理由がみじめな将校の退職給ではとてもまともには暮らしていけないことにあることがわかったので、同情して強い関心を寄せた——彼は、立派に祖国に仕えてきた紳士が老後の生活の必要にせまられ、あんな世界の遠隔の地の人間のくずの中に追いやられるのはいかにも過酷なことだと思った——伯父はこの問題についてぼくと相談した。そしてもし中尉がその偏屈とひねくれのため、我慢できない同居者になるかもしれないという心配さえなければ、喜んで彼にブランブル館での住処《すみか》を提供しよう、彼の話は有益で楽しいものもあるのだ、と言った。しかし中尉のミセス・タビサへの親切さには何か特別なものがあるようだから、伯父とぼくは彼らの交際を周囲で盛り上げ、できたら結婚という結びつきにまで持っていくことで一致したのです。その暁には快適な家財が与えられ、もしブランブル氏が望まなければ、同居はしなくても、二人は水入らずの生活ができるわけだ。
この筋書きに従えば、リスマヘイゴウはそのアメリカ行きの計画を春にやるのに十分な時間の余裕があるからということで、冬はブランブル館で過ごすように勧められた――彼はこの申し出を考えるのに時間が欲しいと言った。それまではブリストルまでの道中、彼はぼくらに同伴することになった。ブリストルで彼はアメリカ行きの船に乗れるかもしれないと思っているのだ。彼が航海を先延ばし、求婚から幸福な終末までうまくやれることを疑わない。そして実際にこれが実を結べば、その果実は独特の香りを放つに違いない。天気がずっといいので旅の途中でダービーシャーとバクストンの鉱泉に寄ると思う――とにかくぼくらの最初の滞在地からまたお便りします。

九月十二日　カーライル

恒心の友　J・メルフォード

ルイス医師へ

親愛なる先生
スコットランドの農民は確かに王国のどこでも貧しい暮らしをしています。それでも彼らはブルゴーニュやフランス、イタリアまたその他の多くの地方の同じ階級の者より血色がいいし着るものも上品です。いやそれどころか、彼らにはこれらの外国の自慢のワインはないのですが、もっといい食生活をしているとあえて言いたいのです。北ブリテン〔スコットランド〕の田舎の人はだいたいオートミール、ミルク、チーズ、バターまた野菜などを常食し、珍味として塩漬けのニシンを食べる時もあります。しかし肉料理はほとんど、または全然食べません。たまの祭りに二ペンスビールを飲む以外は強い酒は全然飲みません――その朝食はオートミールや粗びきのエンドウ豆でつくった一種の即製のプディングでこれをミルクと共に食べます。昼食には普通はポタージュを食べますが、これはアブラナ、ニラネギ、大麦、それにバターでつくったものです。このポタージュにパンとスキムミルクからつくったチーズを添えます――夜はソウアンスというオートミールの粥を食べます――エンバクが乏しい時は大麦や粗びきのエンドウ豆になりますがほどほどの栄養があり、味もいいのです。ジャガイモも食べられます。どんな農夫の畑にもパースニップ〔野菜の一種で根を食用にする〕が見られます――彼らは手織りのあずき色の粗織りのラシャを着ていますが、これは品がいいし温かいのです――彼らはモルタルを塗っていない石と泥炭を雑に組み合わせた貧弱な小屋に住んでいます。その中央にはたいてい古いひき割り用の石臼の炉があって屋根には煙出し用の穴があります。

しかしながらこの人びとは暮らしに満足していて驚くほど聡明です――彼らの全員が聖書を読み自らの信条について討論することさえできます。彼らの信仰は私が見た地域ではすべて長老教会主義です。アバディーンシャーの住民はここよりももっと賢いようです。私はかつてロンドンでスコットランド人の紳士と知りあいましたが、その人はこの地方の同胞に戦いを宣言し、この地域のスコットランド人の厚顔と不正は民族全体の恥さらしだと言明していました。

クライド川はグラスゴーの上流域では全く牧歌的です。そしてその両岸はずらりと瀟洒《しょうしゃ》な邸宅で彩られています。河口からこの川の水源に至るまでに、われわれは第一級の家系の別邸の多くを数えあげることができます。例えばローズニースのアーガイル公邸、同名の島のビュート伯邸、フィンレイストンのグレンケアン伯邸、カーマイケルのハインドフォード伯邸などです。ハミルトン公邸は格調高い調度がある堂々とした御殿です。そのすぐそばに同名の村がありますが、これは私があちこちで見たそれの中でも最も美しい小市街の一つです。かつてのダグラス城は失火して焼失したので、故ダグラス公爵はスコットランドの第一の家系の長として、王国第一の大邸宅を建てようと決心しこの目的のための設計を命じました。しかし彼が死去した時、わずかにその一翼が完成しただけでした。今彼の巨額の財産を所有しているその甥が先達の計画を完成させることが望まれている次第です――クライズデールは概して人口が多く富裕な財産家の多くの紳士が住んでいます。しかし産物については小麦より畜牛のほうが多いのです――この事情はその一部をわれわれが旅行してきたトウィデールとか起伏がちで未開で山岳地帯のニズデールについても同じです――これらの丘陵地には羊が沢山います。小柄で美味な食用の羊ですが、ロンドンの市場の羊の肉よりずっといいものです。飼育の費用はあまりかからないのでこれらの羊たちはその肉や体液、香気などが熟成する五歳までは屠殺《とさつ》されないのです。しかしその羊毛は冬に肝臓病を防ぐために塗られるタールでかなり損なわれるのです。冬季には昼夜放牧されるので数千頭も厚い積雪で失ってしまうのです

――厳しい気候の悪条件から、とりわけ単なる極寒よりももっとたちの悪い長雨から、この有益な動物を守る何らかの方法を農民たちが考案できないのは気の毒なことです。

ニドの小さな流れの畔《ほとり》にあるのがドラムランリグ城ですが、クイーンズベリー公が所有しグレートブリテンでも最も優雅な邸宅の一つです。この公爵はその心根の優しさが人間性の誇りになるような数少ない貴族の一人です――この宮殿の描写はしませんが、これは全く、その規模でも立地でも壮大なものの典型で、荒野のど真ん中に幻のように現れるのはパルミラ〔ソロモンが建設したと伝えられるシリアの古都〕の美しい町をしのばせるものがあります。公爵閣下は邸宅を開放していて、とても華やかな暮らしをしています――彼はとても丁重にわれわれを迎えてくれ、他の二十人以上の客たちとその多くの召し使いや馬ともども、引き留めました――公爵夫人も同様に親切な人で、わが一行の女たちを自ら守ってくれました。私は年とともに、教育のもたらす多くの偏見は、それらが誤っていて馬鹿げているとわかっていても、決して完全には除去されないことをますます信じるようになりました。もろもろの大きな情熱をかき立てるようなさまざまな考え方が人の心に強くこびりついているので、理性の力がしばらくはそれらを抑制しても、それが働かなくなると、そのような考え方は以前よりもっとしつこく、ますます心に働きかけるのです。

私は公爵の夕食の後で起きた出来事でこのような思いにとらわれたのです。会話は北ブリテンの一般大衆に流行している心霊とか前兆などの迷信話がその話題になっていました。そして出席者全員がそんな迷信ほど滑稽なものはないということで一致しました。しかしながらある紳士が話の糸口として、自らの異常な体験を話しました――「ノース〔イングランドの北部〕で仲間と狩りをしていた時、二十年間会っていない旧友を訪ねようと決心しました――この期間に彼は隠遁してどの知人からも離れていました。それで落ち込んで暗く憂鬱に暮らしていたのです。それは彼が一方ならぬ愛していた妻の死によるものでした。彼が辺鄙《へんぴ》な土地に住んでおり、しかもわれわれは従僕を一人ずつかかえた紳士連だったので、彼にはわれわれの接待の準備はできないと思って隣の市場町から少しばかりの食料を持って行ったのです。道がひどかったので彼の家に着いた時は午後二時になっていました。ところが台所にはとても豪華な正餐の準備がしてあり、テーブルクロスには六人前の食器が並べられていたので、われわれは驚いて楽しくなったのです。友人は晴れ着姿でわざわざ門まで来て、二時間も前から待っていたと言いながら、もろ手を広げて迎えてくれたのです――この言葉に驚いた私は、果たして誰がわれわれが着くことを知らせたのかと尋ねたのです。彼は笑って答えませんでした――でも後で、あんなに仲良しだったから教えてくれてもいいじゃないかと言ったのです。すると彼は真顔で千里眼で私の幻を見たのだと言いました――それどころか彼は証人として執事を呼びましたが、執事は厳粛に主人が前日に私が他の四人の客と一緒に来ることを教え、その支度をするように彼に命じたこと、その通告があったからこそ彼は今われわれが食べている正餐を用意して予告された数だけの食器を揃えたことをはっきり言いました。われわれは全員この出来事が尋常でないのを認めました。しかし私はこれを自然な成り行きということで説明しようとしました。私はその紳士が夢見がちなところがあるところからふと浮かんだ考え、つまり旧友についての記憶がそうした場面を彼の頭の中に描かせ、今回は偶然にも正夢になってしまった。きっと彼はこれまでにも同じ類の幻を沢山見たのだろうが、それらが実現したことはなかったはずだと言いました。一行の中で誰も私の意見にあからさまに反対する者はいませんでした。しかし言いにくそうな反対意見から、大部分の人がこの出来事にはもっと特異なものがあるはずだと思っているのを容易に感じました。

一行の中の別の紳士が私に呼びかけて「いささかの疑いもなく（と彼は言った）病的な想像は幻となりがちです。しかし私たちは近所でこの八日以内に起きたこの種のある出来事を説明するには何か別の原因を考え出さねばなりません――どんな意味でも空想的とは思えない高い家柄の紳士が薄暮れ時に邸の門の傍で、亡くなって十五年になる祖父の訪れを受けたのです――亡霊はどうやら生前いつも乗っていた馬に乗っていたようで、すさまじい憤怒の形相で何か言ったのですが、孫はあまり恐ろしくて理解できませんでした。しかもそれだけではなかったのです――彼は太い馬のムチを振り上げて孫の背中と肩を思い切り打ったのです。私はこの目でそのムチの跡を見ました。その後幽霊が自らの亡骸が埋葬されている墓の周りをさまよっているのを教区の墓掘りにも観察されました。しかもその墓掘りが数人の村人にそれを教えたのは、彼が紳士の身に起きた事件を知る前のことだったのです――それどころか実際彼は、治安判事の私に事の顚末を証言するためにやって来たのです。しかし私はかかわりたくなかったのです。故人の孫についていうと、この人は真面目で分別のある世俗的な男で、損得勘定ばかりやっていて、とても幻想にふけるような人ではないのです。彼はできればこの事件を秘密にしておきたかったのですが、恐怖の最初の発作で叫び声をあげ、家の中に駆け込み、背中と頭を家中の者の眼にさらしたのです。ですからその後になっても隠し通すことができなかったのです。今、この老人の霊の出現と振る舞いはその家族の何か大きな災厄の先駆けだろうということで土地の話題になっていますし、奥様は心痛のあまり実際に床についてしまったのです」

私はこの不可思議についてはあえて説明をしようとはしなかったのですが、この事件はいつの日にか、まやかしであったことが判明すると思う。どこから見ても攻撃された当人がやったことに間違いなさそうだ、と申したのです。しかしそれでも紳士は先にあげた証拠の明白さと、二人の信頼すべき証人がお互いに何の連絡もしないのに、双方が熟知している同一人物の出現を確認したと一致して証言していることを主張したのです——われわれはドラムランリグを出発し、ニドを経てダムフリースに寄りました。この町は河口から七マイル上流にあり、私が見た中ではグラスゴーの次に美しいのです——実際に住民は町の美化とか治安の取り締まりだけではなく、商業、工業の発展についても、グラスゴーを模範にしているようです。

われわれはカーライルでまたイングランドに入りましたが、偶然にもここでダムフリースやその他の場所で問い合わせても消息がつかめなかったわれらが友人のリスマヘイゴウに出会えました——どうやら中尉は古代の予言者のごとく、自国ではほとんど受け入れられず、今や祖国を永久に放棄したようなのです——彼は郷土を訪れた時の次のような一部始終を語りました——彼は生まれた土地に向かう時に、その甥が織物業を営んでいる商人の娘と結婚して義父の共同経営者になっているのを耳にしたのです。この情報に無念の思いを抱いて、彼がたそがれ時に門に着いたところ、大広間からは織機の踏み板の音が聞こえてきたのです。これで逆上して、われを失いかけたのです。こんな憤怒のためにかっとしていると、たまたま甥が表に現れたのです。その瞬間彼はもはや怒りを抑えかねて叫びました「この堕落者め、貴様はわが父上の家を盗賊の巣窟にしたな」そして声と同時に彼は甥を馬のムチで打って懲らしめたのです。そしてその村中を馬で乗り回し、月明かりを頼りに先祖の墓地を訪れたのです。そして先祖の霊にお参りしてから、夜通し別の土地に旅を続けたのです――家族の頭首がこのような恥ずべき状態にあり、友人はすべて死んだかまたは旧居から離れてしまっていて、生活費は彼が故郷を去った時の倍にもなっているのを知って、彼は故郷に永遠の別れを告げたのです。そしてアメリカの森の中に隠遁しようと決心したのです。

私はここに至ってドラムランリグで聞かされた亡霊についての説明がはっきりとつきました。中尉にその話を伝えましたら、彼の怒りがねらった以上の大きな効果をあげたことにとても満足しました。そしてあの時刻にあの姿だったから、彼がうり二つと言われている父の亡霊と間違えられても当然だと言い張りました――先生とだけの話ですが、リスマヘイゴウはマイアミ族の皮張りの小屋まで行かなくても引退の場所を見つけるものと私は想像します。わが妹、タビーが愛の激情から彼をいつも攻撃しているのです。それで二人の様子からすると、中尉はチャンスを絶対にものにしようとしています。私の意見としてはこの交際を励まして、彼らが結ばれればうれしいと思っています――そうなれば彼らを快適にわが家の敷地内に落ち着かせる方法を見つけます。私と召し使いたちは、きわめて厄介で身勝手な女主人から解放されますし、それほど長く彼と一緒に居なくても、彼との会話から益をこうむることもできます。寄せ鍋は香り高い料理ですが、生涯毎日これを食べることはできないのです。

私はマンチェスターの町を見て大満足です。この町はグレートブリテンの中でも最も快適かつ最も繁栄している都市の一つです。またこの都市がグラスゴー市を活気づけ、かの町の主要な工業の原動力になっていることに気づきました。われわれはチャッツワース、ピーク〔ダービーシャー〕にあるデヴォンシア公爵の館と高原地帯〕およびバクストン〔当地の温泉地〕を訪れます。バクストンの町の後は、ゆっくりしながら、まっすぐに故郷に向かう予定です。もしも気候がウェールズでもノースと同じように順調なら、その頃には先生の収穫も首尾よく終わっているでしょう。そしてもはやわれわれの飲むオクトーバービール〔これは十月に仕込み一番うまいとされるもの〕以外は何も思いわずらうことはないのです。これについてはバーンズにしっかりと用意させてください。われわれが別れた頃より私の体調がずっと良くなっているのが先生にはわかるでしょう。そしてこの短い別離のために私がずっと抱いているし将来もそうであろう友情がさらに深まることを。

敬具

九月十五日　マンチェスター

マット・ブランブル

ミセス・グウィリムへ（ブランブル館家政婦）

拝啓
神様の御意にかなって私たちは無事にイングランドに戻り、陸や海の多くの名所、とりわけデヴィルズ・ハース・ア・パイク〔ピーク地方のキャスルトン近くの洞窟〕や底なしの洞窟ホイデンズ・ホールに立ち寄ることができました。だんだんと家に近づいたので、ブランブル館をスコットランド諸島への長旅を終えた私たちを迎えることができるようにしておいてくださいとあなたにお知らせするのにほどよい頃だと思います。来月の初日までには兄の部屋と私の部屋の暖炉に火を入れて、絶やさないようにしてください。それから黄色いダマスク織りのカーテンをかけた部屋では毎日薪を一束燃やしてください。あの部屋のベッドの天蓋やカーテンの埃をよく払い、羽毛布団やマットレスはよく風を通してください。天の御恵みで多分、それらを使うことになりそうですから。古い大樽をビールの仕込みのために全部よく洗って乾かしてください。マットは酒蔵を樽でいっぱいにしようとしていますから。
もし邸が私のものなら、新しい一ページをめくることになります――ウェールズの召し使いたちはなぜ、スコットランドの召し使いのようにきれいな生水を飲まないのか、また四半期に何度か肉屋をわずらわせずに、薄焼きのパンや大麦のスープを食べないのか、わけがわからないのです――あなたはバターミルクについてのロジャーの作業を記録していることと思います。私が家に戻ったらあんな男においしい汁は吸わせず、きっと自分の正当な取り分を取ろうと思っています――食用以外の卵も沢山あったでしょうから、また七面鳥や鶏やガチョウの雛が家には沢山いるし、出荷するばかりのチーズの大きな荷もあると思います。それに女中たちが家で紡ぐ以外の羊毛はクリックホーウェルに送られたでしょうね。

どうか家も家具もすべて、ウェールズの名誉のために上から下まで徹底的に洗ってください。それからロジャーに女中たちの秘密の隠し場所のマットレスの裂け目をよく調べさせ、それをすっかりふさがせてください。女中たちは怠惰と不潔を何とも思っていないのですから。先の手紙で勧めたように、あなたが女中たちを改心させて、田舎者と飲み食いしたりわいわい騒ぐより、もっと高尚なことに心を向けるようにしてくれていると思います。

ウィン・ジェンキンズのことですが、彼女は新しい従僕のハンフリー・クリンカーへの攻勢で完全に変身して別人になりました。この男は信心深い若者で彼女に悔い改めの実を結ばせるように尽力したのです。彼があの生意気でお転婆女のメアリー・ジョーンズやあなたたちみんなについても同じように努力してくれるのは確かです。それに彼はあなたたちの心の底まで入り込み、その善意を浸透させる力があることを熱心に祈っています。

心の友　タブ・ブランブル

九月十八日

ルイス医師へ

親愛なるルイス

リスマヘイゴウはますます詭弁を弄するようになりました――最近彼が吸った故郷の大気がその論争力に新たな生気を吹き込んだようです。先日彼の祖国の現在の繁栄した状態について祝辞を呈し、スコットランド人は今や順調に貧困という国民的汚名から抜け出そうとしていると述べ、彼らの農業や工業、日常作法の改善に顕著な連合〔イングランドとスコットランドの連合、一七〇七年〕の喜ぶべき効果に満足していると言ったのです――中尉は異議と嫌悪の表情で顔をこわばらせ、私の発言について、次のような意味のコメントをしました――「貧困が国民の浪費または悪徳の原因でない場合、その国の貧困を非難する人は返答を受けるに値しません。ラケダイモン人〔スパルタ人〕はギリシャのあらゆる自由国家の中で主導的な立場を取ってその勇気と美徳でどの国にもまして尊敬された時、彼らはスコットランド人よりも貧困でした。ファブリチウスやキンキナトゥスやレグルスのような最も尊敬すべき古代ローマの英雄たちはスコットランドの最も貧乏なフリーホールダーより貧乏でした。そして今日、北ブリテンにはローマ共和国全体がその公衆の美徳が無類の輝きを放っていた時代に集めることができた金銀の量よりも多くをたった一人で所有している個人が幾人もいるのです。しかしローマ時代に貧困は非難されるどころか、ローマの名声にさらに新たな栄光を加えたのです。というのもそれは富裕に対して高貴な軽蔑を示していたものであり、その軽蔑こそあらゆる腐敗の温床を破壊するものだったからです――たとえ貧困が非難されるにしても、富は尊敬され崇拝されます――もしそうならアムステルダムやロンドンには高利貸しや手練手管の詐欺や強奪で富裕になったユダヤ人がいますが、彼らは社会の一番徳が高い傑出した人間よりもっと尊敬すべきです。正気の者なら誰もこのような馬鹿げたことを主張したりしないでしょう――富が功績を証明するものでないのは確かです。いやそれどころか富はしばしば（きわめてありふれてとまでは言わないまでも）不純な精神とか低能な人間によっても獲得されます。また富は所有者に何らかの良い価値をもたらすものではなく、逆にその考え方をおかしくして、人徳を堕落させがちです。しかし貧困は真に非難すべきことだという見解を仮に認めても、それはスコットランドにはあてはまりません。住民に生活必需品を供給し、輸出品さえある国は決して貧困ではありません。スコットランドには自然の恩恵という特典が沢山あるのです。どんな食材も豊富に産するのです。おびただしい牛と羊の群れ、多数の馬、莫大な量の羊毛と亜麻、多くの雑木林、また木材を得るための大きな森林もあちこちにあります。土地は地面よりも地下の方がはるかに富んでいます。無尽蔵の石炭、石灰岩、大理石、鉛、鉄、銅、銀また金もいくらか採掘できます。おいしい魚が海には沢山いるし、それを輸出用の塩漬けにするための塩も得られます。王国のどこでも小運河や港があり、航行の便宜と安全に役立っています。全国に人口の多い市町村、荘園が驚くほどあり、技術や工業や行政、治安でも欠けるところはありません。このような王国はいかなる意味でも決して貧困とは呼べないのです。なるほど世の中にはもっと富裕な他の国が沢山あるにはあります。しかし、あのような利点をうまく活用しているスコットランド人の現在の繁栄を、お見受けするところ、先生は二つの王国の連合から生じたと思われていますね」

私は国全体の様子がずっと良くなったこと、つまり連合以後はそれ以前より暮らし向きが良くなったこと、貿易がより盛んになったこと、通貨量が増えたのは彼も否定できないだろうと言ってやりました。「そのような事実は私も認めるのにやぶさかではありませんが（と中尉は答えました）あなたの推論を認めるわけではありません。あなたの挙げられた相違点は、私なら進歩の当然の結果だとします――あの連合の時期以降、他国民、例えばスウェーデン人、デンマーク人、とりわけフランス人は何らあのような原因はなかったのに商業では大躍進しました。連合以前にはスコットランド人向けの四十万ポンドを下らぬ金額のものを輸出したダリエン社〔一六九五年に東インド諸島との貿易のためにパナマ地峡に入植したスコットランドの国有会社〕の場合に見られたような、またフランスとの貿易で富裕になったファイフ州や東海岸の繁栄に見られたような優れた貿易精神がありました。その精神は連合の結果、失われたのです。あんなやり方で得られた唯一の確かな商業上の利点はイングランド所有の海外の農園との貿易の特権だけです。しかもグラスゴーとダムフリース以外にその貿易をやっているスコットランドの他の町は知りません。その他についてスコットランド人は連合による敗北者だと思います――彼らは国民精神の一番の支えであった国家の独立を失って議会も失いました。彼らの法廷はイングランドの法廷によって修正され支配されるようになったのです」

「お静かに中尉殿（と私は叫びました）あなた方はグレートブリテンの議会に代表を出しているから自分たちの議会を失ったなんて言えないですね」「なるほど（と彼は皮肉に笑って言いました）民族の利益を論じあう討論でスコットランドの十六人の上院議員と四十五人の下院議員は全英立法

府ではさぞかし大変な割合の数字を占めることでしょうな」「確かにそうかもしれないが（と私は言いました）わしが下院に議席を占める光栄を有していた時分、スコットランドの議員はいつも多数派を味方につけていました」「その通りです（と彼は言いました）彼らはたいてい多数派になびくのです。選挙民にはそれがますますいけないのです。しかしこの悪すらも彼らが連合して損したものの最悪のものではないのです。彼らの貿易は過酷な重税をかけられ、生活必需品も厳しい税をかけられていますが、それはスコットランド人が何の利害も関心もない事業や必要事をやっていくためにイングランド人がこしらえた膨大な負債の利息を支払うためだからです」。私は彼が少なくとも、連合によってスコットランド人がイングランド臣民のすべての特権や特典を許され、この措置のために多くのスコットランド人がイングランド臣民のすべての特権や免税の特典を与えられ、このため多数のスコットランド人が陸軍と海軍で給与を受けたり、イングランド各地や海外領土で一財産つくったりしていることを認めるように言いました。「そういう連中はみんな（と彼は言いました）思惑があってイングランド臣民になっているやからで、彼らの母国からは失われたのも同然なのです。放浪と冒険の精神は常にスコットランド生まれの者には付き物でした。もし彼らがイングランドで二枚舌のおだてに乗らなければ、彼らは以前のようにロシア、スウェーデン、デンマーク、ポーランド、ドイツ、フランスとかピエモンテのイタリアのような、そこに彼らの子孫が今日まで繁栄している外国に行って軍隊に入り定住したでしょう」

この時までに私は我慢できなくなり、大声をあげてしまいました。「じゃああんたの言うようにスコットランド人にそれほどの災厄を招いたこの連合でイングランドは一体何を得たのでしょうか」「イングランドが連合から引き出した利益は莫大かつ多岐なものです（とリスマヘイゴウは真顔で答えた）。まず何にもまして新教の王位継承権が固定したことです。これはイングランド政府が熱心に推進した点で、彼らは少数の指導的な連中を丸め込んで買収し、そのような策略を極度に嫌っていたスコットランド国民の喉に連合という食べ物を飲み込ませるために打たない手はなかったくらいです。彼らは連合によって相当な領土を追加しブリテン島の周囲の海すべてにその支配権を拡大し、それで敵国のどんなたくらみもつぶしたのです。彼らは水夫や兵隊や労働者や職人などの永続的な養成所を構成している百万人以上の有用な臣民を獲得したのです。これは外国との戦争にさらされて地球上のどこでも多数の植民地を維持しなければならない貿易にとってきわめて価値のある獲得物です。先の戦争の七年間〔一七五六〜六三の七年戦争〕にスコットランドはイングランドの陸軍と海軍に七万人の兵士を従軍させせました。イングランドの植民地に移民した者やイングランド国内の市民生活でイングランド人の中に入り込んだ者の他にですよ。このことは人口が何年も減少し、その農地と工場が実際に人手不足で苦しんでいる国にとってはきわめて重要かつ時宜にかなった補給でした。そのような境遇の国民にとって勤勉な人びとの補給は富の補給であるというあの陳腐な金言をあなたに思い出してもらう必要もないでしょうし、また南ブリテンに定住したスコットランド人はとても真面目で規律正しくかつ勤勉だという、イングランド人の間でさえ永遠の真実と認められている言葉をくり返す必要もないでしょう」

私はこの発言が真実だと認めます。イングランドとその植民地のスコットランド人の多くは、その勤勉と倹約と思慮深さで大きな財産をつくり、それを持って帰国するが、その分だけ南ブリテンは失ってしまうと付け加えました――「失礼な言い方ですが（と彼は言いました）あなたの挙げられたことは間違っていますし、推論も誤りです――スコットランドの土地を離れた者は、二百人に一人も自国に落ち着こうとして帰ってきません。実際に帰国するきわめてわずかな者も南ブリテンの富の貯えを減らすほどのものを自国に持ち込むことはありません。彼らの財産は何一つスコットランドには残留しないのです――まるで人間の身体の中の血液のように富というものは常に循環しているのです。イングランドは心臓に相当し、それから分流するすべての流れは再びそこに回収され返還されます。実際にわが国とイングランドの結合が生み出したとは言えなくても、ひどくあおられた例の浪費癖のために、わが国土の産物や、貿易が生むすべての利益は南ブリテン人に収奪されています。なぜなら二つの王国間の貿易額が常にスコットランドの損失になっていること、またスコットランドは自国の流通に必要なだけの金も銀も保有していないことがあなたもおわかりになるでしょうから――スコットランド人は必要十分なはずの自国の製品や産物に満足せず、みな競ってイングランドから余計なものを買い入れているようです。例えば黒ラシャ、ビロード、毛織物、絹織物、レース、毛皮、宝石、各種の家具、砂糖、ラム酒、茶、チョコレート、コーヒーなどです。要するにきわめて豪華な様々なぜいたく品ばかりでなく、自国で質は劣らないしまたはるかに安く買える多くの日用品さえもそうなのです。こうした品々でイングランドは年におよそ百万スターリングを手にすることができると私は想像します――この計算が正確だとはいえません。これより少ないかもしれないしずっと多いかもしれません。スコットランドの全部の私有地からの年間の収入は少なくとも百万スターリングになります。そしてスコットランドの貿易はその倍になると想像します——麻織り業だけでも、国内の消費以外に五十万スターリングくらいの利益が出るのを知っています——だからもし北ブリテンがイングランドに年間百万の差額を支払っているなら、私は強調しますが、この国はこれまでに数えあげた他の利点の他に、イングランドのいかなる植民地よりもイングランドにとって商業上の大きな価値があります。ですから連合王国の北部を軽視しがちな人びとはイングランドにとっても真実にとっても友人ではないのです」

白状しますと私はかくも沢山のことを教えられたので、初めはちょっといらだたしかったのです——彼の主張をことごとく福音的なものとして受け入れたわけではないのですが、私の方で彼の主張に反論する準備ができていなかったのです。ですから今は彼の言葉を甘受してトウィード川のこちら側であまねく見られるスコットランドへの蔑視は偏見と誤謬《ごびゅう》に基づいているとさえ思わないわけにはいかないのです——しばらく考えあぐねてから「わかりました中尉殿（と私は言いました）。あなたは祖国の重要性を力説された。わしのことを言えばわしだって北ブリテンのわが同胞をとても尊敬していますので、あんたの国の農民がそのエンバクをすべて彼らの牛や豚や鶏に与えられるくらいの余力ができ、あのようなまずくて口に合わない炎症を起こすような食べ物ではなく上等な小麦のパンを腹いっぱい食べる日がくればうれしいです」この時に私はまたこの論争好きなカレドニア人に対して窮地に立ちました。彼は言いました——庶民が自然の力と万物の成り行きによって定められたその身分から抜け出ることなど見たくもない。彼らのパンにノルウェーのパンと同様におが屑とか魚の骨が混じっていれば、彼らがそのパンについてこぼすのはまあ無理はないが、実はかのオートミールはおそらく、小麦粉に劣らない栄養と薬効があり、どのスコットランド人もこれを少なくとも、小麦と同じように風味あるものと思っているのだ――彼はこうも言い切りました――ハツカネズミというものは自己保存のためには絶対確実な本能で行動すると思っていいが、経験からすると、いつも小麦よりエンバクを選ぼうとする。ある場所に両方の包みがあれば、この動物はエンバクを食べ尽くすまでは決して小麦を食べ始めない。またエンバクの栄養価について彼はエンバクを主食とする人間の体格が強健でたくましいことを例に挙げました。また彼はエンバクは炎症を起こすどころか体を冷やす弱酸性であり、鎮痛作用があってしかもねばねばするので、どんな炎症性の疾患にもオートミールの水粥か普通の粥を用いるべきだと言い張ったのです。

「少なくとも彼らに商業を思うようにやらせてあげたいと望んでもいいでしょうな」と私は言いました。「とんでもない(とこの哲学者が叫びました)衆愚のやりほうだいなどという国民に災いあれ、商業はそれが適当に規制されていれば、恩恵となるのは疑いありません。しかし極端な富は極端な害悪を引き起こします。悪趣味、大食、貪欲、乱費、金次第《しだい》、不道徳の気風を生み出す秩序の無視、傲慢《ごうまん》、また社会を絶えず混乱させついには市民社会のあらゆるけじめを無くしてしまう徒党の結成などをもたらしてしまうのです。かくしてその後では無政府状態になり騒動が頻発しました。いったい分別のある誰が、これだけの悪条件があっても、富裕という国家的利益を追求すべきだと主張するでしょうか」「もちろんそんなことはありません。しかし適当に規制すれば商業はそのような付随する諸悪をもたらすことなく、国のためになる利益をことごとく生み出すと考える者のわしは一人です」

わが友リスマヘイゴウがモンマスシャー〔ウェールズ東部の州、ブランブルの故郷〕にその休息の地を定めることを確信するので、私はそれだけ詳細に描写しましたが彼の独善的な議論はこのくらいにしましょう。昨日私が彼と二人だけになった時、彼はちょっとそわそわして私に、紳士でしかも軍人のある一人の男が、幸運にも私の妹の愛を得たなら、その男の上首尾について私が反対の意見を持つかどうか尋ねました。ためらいなく妹は一人で何でも判断できる十分な年齢であり、彼女がその紳士に有利になるいかなる決心をしても、私にはこれを否とする意思はさらさらないと答えました——彼の両眼はこの言明を聞いて輝きました。私の家族と結ばれれば、地上で一番幸福な男だと思うこと、かつ感謝と愛慕の思いを私に示すことを決して嫌がらないことを彼は明言しました。タビーと彼はすでに合意していると思います。その場合われわれはブランブル館で結婚式をすることになるでしょうし、先生には花嫁の引き渡し役をやっていただきます。それは先生がかつてあの哀れな恋わずらいの少女に与えた残酷な行為の償いとしてなしうるせめてものことでしょう。もっともかつての少女は私にはずっとイバラのようなものでしたが。

敬具

九月二十日

マット・ブランブル

われわれはバクストンに行ってきました。でも集まっている人びとも設備も気に入らなかったし、鉱泉を飲む必要もなかったので、そこでは二晩だけ過ごしました。

准男爵サー・ワトキン・フィリップスへ（オックスフォード大学）

親愛なるワット

われわれが南に行くに従って冒険の数も多くなってきました――リスマヘイゴウは今やわが叔母を崇拝すると公言し、彼女の兄の承認のもとに、口説き文句を寄せ続けている。だからわが家ではきっとクリスマスまでに結婚式を挙げることになるだろう。君が式に出て、靴下投げの時にぼくを手伝ってくれ〔床入りする新郎、新婦の靴下が投げられる習慣〕。式でよくやる他の行事をやってくれるとうれしい――きっといい気晴らしになると思うよ。しかも全く、あの二人の奇人がレースのナイトキャップをかぶってベッドを共にするところなんか、君がそのためにはるばると田舎にやって来て見るだけの価値があるというものだ。彼は上機嫌の典型、彼女は愛想の良さそのものになるというわけだ。ところがこうした楽しい予想も、未来の義兄弟の間に最近起きた誤解のために暗雲がかかってあやうくすっかり消えそうになったのだ。しかしそんな誤解もめでたく取り除かれた。

数日前に伯父とぼくがある親戚を訪問した際に、その親戚の家でオクスミントン卿に出会ったら、翌日に彼の家で食事をするように誘われた。ぼくらは招待を受けた――ぼくらはその前の晩、その住居から一マイルくらい離れた小さな町に泊まっていたが、そういう次第で、女たちをその宿でリスマヘイゴウ中尉に保護してもらい、ぼくらは指定の時刻に出かけた。そして十二人ばかりの客たちに供された見掛け倒しだが上品な料理を食べた。客はぼくらの知らない人たちばかりだった――

その閣下はおもてなしとか聡明さよりもずっとその高慢さと酔狂で知られた人物なのだ。実際に彼は客たちをただ彼自身の輝く偉大さを反映させるために照らしてやるべき物体と見なしているようだった——その席は堂々としたものだったが、親密な感じはなかった。くつろいだ会話もなくお世辞ばかりだった——デザートが下げられないうちに主人の貴族は三回ほどみんなに乾杯した。それからワインを一杯注文し、周囲に会釈をして、皆様よい午後をお過ごしくださいと言った。これがお開きの合図だった。それで客を追い払うこのやり方に唖然としたわが郷士を除いて全員がすぐにその合図に従った——彼は血相を変え無言で唇をかんだ。しかし席を立とうとはしなかった。貴族は仕方なく、ぼくらにいつかまたお会いできたらうれしいがと、もう一度別れをほのめかした。「今ほどの素敵な時間はありません」(とブランブル氏は叫んだ)「閣下はまだキリスト教国の最善なるものへの乾杯〔乾杯の対象としてよく使われる言葉〕をなさっていません」「今日はもう乾杯はたくさんです(と貴族は答えた)あんたが飲み過ぎるのを見るのは残念です——この紳士の馬車を門に呼びなさい」——こう言って彼は立ち上がってさっさと退去してしまった。わが郷士も同時に立ち上がり、剣を手にかけとても険しい顔つきで彼をにらんだ。主人がこのようにして立ち去ってから伯父は一人の召し使いに、いくら払ったらいいのか調べてくれと命じた。するとその男が答えた「当家は宿屋ではございません」「何だともう一度言ってみろ(と相手方は叫んだ)宿でないことくらいわかっている。宿屋なら亭主はもっと礼儀をわきまえているはずだ——しかしここに一ギニーあるからもらっておけ。そしてお前の主人に俺は彼の礼儀ともてなしに自ら感謝する機会があるまではこの土地から離れないと、と伝えておけ」。それからぼくらは二列に並んで従僕たちの間を通り抜けて階段を降りて軽馬車に乗って家に向かった。郷士がとても怒っているのを見て、ぼくはあえて彼の憤慨ぶりに反対し、オクスミントン卿は愚鈍で有名な男だから、思慮深い者なら彼のひどい非礼さを怒るよりも笑い飛ばすほうがいいのだと言った——ブランブル氏はぼくがこのことで彼よりも物知り顔にでしゃばったので不愉快そうに見えた。それで彼はこれまでどんな事も自分だけの考えでやってきたから、これからも同じ特権を行使するつもりだとぼくに言った。ぼくもいさぎよくそれを了承した。

宿に帰ると彼はリスマヘイゴウと密談した。彼は自分の恨みを説明してからこの紳士に彼の名代として行って、オクスミントン卿に決闘を申し込んで欲しいと頼んだ——中尉はこの頼みごとを引き受け、すぐに馬に乗って貴族の邸宅に向かった。彼の頼みで軍務に慣れているぼくの従者のアーチー・マカルピンがお供をした。まったくもしも、マカルピンがロバにうちまたがっていたら、この一組はラマンチャの騎士〔ドン・キホーテのこと〕と従者のパンサとして通用しただろう。少なからぬ嫌がらせをされて、やっと彼は個人面会を許されたが、彼はここで、ブランブル氏の名で正式に貴族と一対一の決闘をいどみ、貴族の方で時刻と場所を指定するように望んだ。オクスミントン卿はこの予期せぬ伝言に仰天してしばらくは返事することもできず、ありありと困惑した様子で中尉を見つめて立ちつくしていた。ついに彼は力のかぎりベルを鳴らして叫んだ。「何だと、平民の分際で上院に列する貴族に挑戦するとは——それが特権だというのか、特権だと——この男がわしの食卓で食事をしたウェールズ人の挑戦を持ってきたぞ——恥知らずめ——俺のワインがあいつの頭からまだ抜け切れていないようだ」

家中がたちまち騒然とした――マカルピンは二頭の馬と共に堂々と退却した。しかし中尉は従者たちにいきなり囲まれて武装を解除された。フランス人の侍者がここで従僕たちを指揮した。中尉の剣は屋内用便器に、その身柄は馬の洗い池に放り込まれた――このような散々な目にあって彼は宿に帰ってきたが、受けた恥辱で半狂乱だった――憤怒の念があまりに激しかったので、彼は怒りの矛先を取り違えた――ブランブル氏と争おうとした。彼はブランブル氏のおかげで恥辱をこうむったから、氏から賠償を求めたいと言った――伯父ははっとなり、きっと身構えた。そしてその理由を言ってもらいたいと望んだ――「オクスミントン卿に拙者との決闘をせまるか（と彼は叫んだ）あるいはあんた自らが拙者との決闘に応じるかです」「二つのうちの後者ならいともたやすく迅速にできるぞ（と郷士が叫んで立ち上がった）もし君が外に出ていく気があれば、わしはいつでも一緒に行くぞ」

この時彼らは出来事の一部始終を立ち聞きしていたミセス・タビーに妨害された――すぐに彼女は部屋に飛び込んで二人の間に割って入り、いきりたって「これが私への敬意なの（と彼女は中尉に言った）兄の命をねらうことよ」。リスマヘイゴウは伯父の方が熱するにつれて冷静になるように見えたが、彼女に自分はブランブル氏をとても尊敬しているけれども、おのれの名誉をそれ以上に重んじるし、その名誉に泥を塗られたからこうなった。しかしそれが雪《そそ》がれるなら不満の種はなくなるだろうと言い切った――郷士は中尉の名誉を守るのはわが役目だと思いたいが、しかし今度の事件は中尉自身がやったことだから、その本人がそれを納得して始末するのが当然だと言った――手短に言えばミセス・タビサの仲裁とか、やりすぎたことを認める中尉の反省とか、この危機に立ち会ったぼくのいさめなどで、この二人の変人は完全に和解した。その後ぼくらは二人があの不埒な貴族から受けた侮辱への復讐の手段をいろいろ考えた。というのはその目的が果たされるまでブランブル氏はここでクリスマスを迎えても、今ぼくらが泊まっている宿を決して出ないということを大変な熱意で誓ったからだ。

話し合って翌日の午前中に、ぼくらはまとまって閣下の邸に向かった。御者まで含めた召し使いたちを引き連れ、馬にまたがり、弾と火薬を詰めたピストルも手にして――こんな戦闘準備をしてぼくらは閣下の邸の門前を悠々と厳粛に進んだ。こんなふうにして三回門の前を通ったのでぼくらは見つかってしまい、彼はぼくらの出現した理由を不審に思わずにはいられなかった――昼食後にぼくらはまたそこに戻って同様な騎馬行列をやり、これを翌朝もくり返した。しかしそれ以上はこの演習をやる必要がなくなった――昼頃に、初めてオクスミントン卿に出会った屋敷の主人である紳士の来訪を、ぼくらは受けた――この訪問は閣下の代わりに陳謝するためだった。閣下は昔からの家のやり方を実行しただけで、伯父を何ら侮辱するつもりはなかった。またかの士官への無礼については、それは閣下と関係なくその侍者の扇動でなされたと彼は言明した――「もしそれが事実なら（と伯父は厳しく言った）わしはオクスミントン卿自身があやまればそれで満足する。わしの友人も卿があの無礼なならず者を追い出せばそれで満足すると思う」――「郷士殿（とリスマヘイゴウは叫んだ）私が受けた体の傷のお返しを絶対やるつもりだ」。しばらく話し合ってから事件は次のように決着した。閣下はぼくらの友人の家でぼくらと会い、今度の事件について遺憾の意を表明し不愉快にさせるつもりなど毛頭なかったことを言明した――従者はひざまずいて中尉に許しを求めたが、その時にリスマヘイゴウは、そこに居合わせた者を驚かせるほど激しく彼の顔面を蹴りあげて仰向けに転倒させて、激怒した声で叫んだ「よし許してやるわい、この愚か者め」

これがぼくらの一家に大きな苦悩になりそうだった危険な冒険の幸運な結末だった。というのは郷士はほんのちょっとのしみとか汚れでも、おのれの名誉と名声を傷つけると思えば、それを放置するより、生命も財産も犠牲にするという人間の一人なのだ。閣下はとても不器用に詫びるや、取り乱した様子で立ち去った。ぼくは断言するが、彼は二度とウェールズ人を食卓に招待することはないだろう。

ぼくらは旅を続けるためにすぐにこの勝ちいくさの戦場を離れた。しかしお決まりの旅路ではない——ぼくらはちょっと道からはずれて、あちこちの個性的な町や別荘、珍しい風物を見ていくことになる。だからぼくらはモンマスシャー州の境に向かってのんびりと進むわけだ。しかしこのような変則的な行動の最中でも親愛なるワット、君への愛情はいささかの逸脱も偏向もないのです。

恒心の友　J・メルフォード

九月二十八日

ルイス医師へ

親愛なるディック

人はその生涯のいかなる時期に達したら、くだらない世間のどうでもいい些事のためにおのれの安息を犠牲にしなくてもいいようになるのでしょうか。ここのところ私は馬鹿馬鹿しい冒険をやっていましたが、それについてはお目にかかって詳しくお話しします。その機会もそう遠くはありません。われわれはほぼすべての訪問をすませ家に帰る途中です。われわれを引き留めるに値すると思うものは全部見てしまったからです――数日前ふとしたことから旧友のベイナードがこのあたりに居ることがわかりました。長くわれわれの通信は途絶えていましたが、彼の住まいのすぐ近くまで来ていたので、そこを訪れないわけにはいかなかったのです。

かつて彼と一緒に楽しい日々を過ごした場所に近づいていくと、われわれの昔のつきあいを懐かしく思い出しました。でも彼の家に着いたら、あれほどはっきりと覚えていた多くのことを何一つも認めることができなかったのです――並木道に影を落としていた高木の柏の並木は伐採され、その道の終わりにあった鉄の門は、庭の周囲の高い石塀と一緒になくなっていました。当時はかつてシトー会の修道院であった屋敷そのものが高雅なたたずまいを見せていました。建物の正面は果樹園に臨み、その正面に沿う石畳の回廊があったので、私は瞑想的な気分に浸りたい時はよくこの歩道を歩いたのです。現在はかつての正面は今風に改造されています。ですから家は外部から見るとすべてがギリシャ風、内部はすべてゴシック風なのです――果樹園に至っては、かつてはイングランドで出来る最高の果物で満たされていたのが、今では樹木、石垣、生け垣などの痕跡さえ残っていません——もうただむきだしの崩れやすい砂の広場になっていて、池は干上がり、その中に鉛のトリトン〔半人半魚の海神〕があるだけです。

じつはベイナードはその父が亡くなった時に年収五百ポンドが上がる立派な地所を相続したのです。そしてその他の点についても国で名士として通る十分な資格もあったのです。しかし若気のいたりとか、激しい選挙の費用などで、数年で一万ポンドの負債を抱えたのです。その負債を打算的な結婚で返済しようと彼は思いました——そこで彼の負債の倍の資産があるトムソン嬢と結婚したのです——彼女は貿易で失敗した商人の娘でした。しかし彼女は東インドで亡くなった叔父から遺産を譲り受けたのです——彼女は両親の死後、未婚の叔母と暮らし、その叔母が彼女の教育を監督しました。あらゆる点から結婚生活の通常の目的には十分な境遇でした——しかしながら彼女の多くの美徳は肯定的というより否定的な土台で築かれていました——彼女は高慢とか尊大、気まぐれなどではなく、噂好きでもなく、賭け事にふけらず、色恋にも無縁でした——読むこと、書くこと、踊ること、歌うこと、ハープシコードも弾けるし、フランス語もかじり、トランプのホイストやオンバー〔二人でやる一七、一八世紀に流行したトランプ遊び〕の仲間にもなれたのです。しかしこんなたしなみごとでも中途半端でした——並以上のことはできなかったのです。会話はとりとめがなく、話し方も平凡、表現は不器用——要するに無個性なのです。姿格好は悪くはありませんでした。でも物腰に優美なところがなく、その振る舞いも魅力的でないのです。家名を高めるようなところもなかったので、彼女が食卓の上座に座る時、客はいつもどこか他の席にこの家の主婦を探し求めるという具合でした。

ベイナードはこんな人間でも自分の好みに仕立てるのは困難ではないだろうし、また彼女ももっぱら家庭の幸福を追求している彼のどんな意見にも賛成してくれるだろうと虫のいいことを考えていました。彼は熱愛するとでもいえる田園に住み着くことを考えていました。またもっと改良する余地のある彼の土地を耕作すること、田園のさまざまな気晴らしを楽しむこと、近隣に住んでいる幾人かの友人と親しい交わりを続けること、収入内でどうやらやりくりして快適な邸宅を維持すること、自分の家のさまざまな仕事に妻が楽しく役割を果たすようにしてやることなども考えていたのです――しかしながらこれは夢物語になってしまい、それらを実現することはとてもできませんでした。その妻は家の切り回しについては何でも、まるで生まれたての赤子のように無知だし、もともと田園生活をする気も全くなかったのです――彼女の頭は思慮分別という基本を理解する域に達していなかったのです。いや彼女の能力がそれよりましだったとしても、彼女はもともと怠惰だったので、なじんだお決まりの生活から抜け出すことができなかったのでしょう。彼女は控えめな楽しみを味わえるだけの教養もなかったのです。彼女の虚栄心はとても強かったのですが、それも自分には人並み以上の教養があるのだというプライドではなく、個性を生かそうなんて思わないこれみよがしな見栄だけにかきたてられた下劣で愚かなものでした。うるさくてくだらない結婚式の例の転調の多い音楽が盛んに鳴り響いた後で、ベイナード氏は今こそ彼がもくろんだ計画の詳細を彼女に教える好機だと思いました――彼は彼女に、自分の財産は人生の多くの楽しみをまかなうには十分だが、わけがわからなくて我慢できない過剰な虚飾と華美をほしいままにするほどには潤沢でないと告げたのです――それで彼は春には夫婦でロンドンを離れてそれを機に、二人の結婚のために雇い入れた奉公人を何人か解雇するつもりだが、その計画に彼女が反対しないように望んだのです――彼女はその言葉を黙って聞いていましたが、しばらくしてから「それでは（と彼女は言ったのです）私は田舎に骨を埋めることになるのね」。彼はこの答えにすっかり面くらい、数分間は口が利けなかったのです。とうとう彼は自分の目論見が彼女の意に反していたのはまことに残念だと彼女に言ったのです――「ぼくは本当にささやかな手持ちの財産が許す範囲で楽しく暮らしていく計画を立てることだけを考えていたのは本当です」「あなた（と彼女は言いました）そりゃあなたこそご自分の問題をお決めになる最適な判事ですわ――私の財産が二万ポンドを越えないことぐらいよくわかっています――でもそんなささやかなお金ですが、私のためにロンドンでの家の一軒くらいに出し惜しみしない夫があってもいいと思うわ」――「どうか、お前（哀れなベイナードは仰天して叫んだ）ぼくをそんなにけちだと思わないでくれ――ぼくは思ったことをちょっとほのめかしただけだよ――でも何も押しつけようなんて――」「ええあなた（と彼女はまた続けた）命令なさるのがあなたの特権、従うのが私の義務ね――」

こう言いながら彼女はわっと泣き出して自分の部屋に退きました。彼女の叔母もそうしました――彼は気力を奮い起こしてここは強い精神力で行動しようとしました。しかし彼の資質の最大の弱点である生まれつきの優しさに裏切られたのです。叔母が涙にくれ、姪が発作を起こしているのを彼は見ました。彼女の発作は八時間近くも続きましたが、それが治まると彼女は脈絡もなく、〝死〟だとか〝いとしい夫〟などと口走ったのです。その夫はこの時ずっと彼女の傍らに座っていましたが、今は犯した罪への悲嘆と悔悟にかきくれて彼女の手を自分の唇に押し当てたのです――この時から彼は田園を話題にするのを注意深く避けました。そして彼ら夫妻は浪費と散財の渦に徐々に深く巻き込まれていき、いわゆる都会の上流生活なるものを送ったのです――しかしながら七月の末にベイナード夫人は、伴侶としての従順のあかしを立てるため、彼の田舎の屋敷を訪れることを自ら望んだのです。これはもうその頃はロンドンに友人が残っていなかったせいです。この遊山の旅は彼の考えていた節約には合わなかったので、できることならやりたくなかったのです。しかし彼女は強く言って、彼の反対する気持ちを引っ込めさせて、ついに彼らは国中を驚かせるくらいの堂々と盛装した馬車を整えて出かけたのです――残りのシーズンのすべてが近隣の人たちの訪問を受けたり返すことに使われました。こうしているうちにサー・ジョン・チックウェルがベイナード氏の従者の数より家令を一人、お仕着せの従僕を一人多く抱えていることがわかりました。この報告は食卓で叔母がやったのですが、夫はこれを認め、サー・ジョン・チックウェルがその半分の財産しかない男の一家より数の多い召し使いを抱えるのは当たり前だと言ったのです。ベイナード夫人はその日の夕食を食べなかったのです。しかも激しい発作を起こしたのです。この発作が配偶者への彼女の勝利を決定的にしました。定員外の二人の召し使いが加えられました――家紋入りの銀の食器が古道具として売られ、新品の揃いが買い入れられました。流行の家具も調達され、家中が大騒動になったのです。

初冬にロンドンに戻る頃、彼は気も重く、これらのいきさつを私に知らせてきました。彼は結婚前に私を特別な友人として彼女に紹介していました。そこですぐにそんな友人として、もしも彼女が家の利益を守ることや、夫の好みを満足させることに特別の関心があれば、生活を変える必要があることを彼女に伝えようかと彼に申し出たのです――ところがベイナードは私の申し出を断ったのです。彼の妻の神経はいさめの言葉に耐えるには繊細すぎること、またそのような言葉は彼女をすっかり苦悩で打ちのめすだけだし、その苦悩はまた彼自身をさえみじめにさせるだろうと思っているのです。

ベイナードは気骨のある男です。ですからもしも彼女ががみがみ女であっても、彼はその扱いに苦労しなかったでしょう。しかし偶然かあるいは本能のためかわからないのですが、彼女は彼の心の弱いところがわかったので、それをしっかりつかんでしまったのです。それで彼はずっと支配されるままになっていたのです――私はその後、彼にフランスかイタリアのような外国に連れていけば、イングランドで必要な経費の半分で彼女の虚栄心も満足するだろうと忠告しました。彼はその通りにやったのです――彼女はあちこちの外国やその流行を見聞すれば、そこの君主に拝謁したり、貴族たちとも親しく交際もできると思ってうれしくなったのです。彼女は私が故意に匂わせた言葉にすぐさま飛びつき、ベイナード氏に出発を急ぐようにけしかけるほどでした。それで数週間後に彼らは海を渡りフランスに行きました。従者の人数は控えめでしたが、やはり叔母もいました。彼女は夫人の心の相談相手であり、夫人が夫の意思など全く無視するようにけしかけるほどでした――その時から私はわれわれのかつての交わりを新たにする機会を殆どあるいは全くと言っていいほど持てなかったのです――彼のその後の身の振り方について知りえたことといえば、二年間の不在の後で彼らは帰国したが、生活はほとんど改善できず、新たな浪費の大海に乗り出したあげく、彼はついにその地所を抵当に入れなくてはならなかったことくらいだったのです。

ベイナードといえば彼自身の十分な分別も、貧困への不安も、子どもたちへの配慮も、彼がとらわれていると思える恥ずべき呪縛をすぐに断ち切ろうと決心させるには十分ではありませんでした——最高に洗練された楽しみをも享受できるセンスがあり、友情と人間性で燃えたぎるような心があり、田園の隠遁生活というもっとまともな喜びにはっきりと向いた心情があるにもかかわらず、彼は大騒ぎだとか安ぴか物やこけおどしの安物などを喜ぶ衆愚の真っただ中で、絶え間のない騒動に引き回されていたのです。こんな衆愚連ときたら分別も個性もなく、一番鋭敏な哲学者ですらいかなる賢明な神のおぼしめしで彼らが創造されたのかを見極めるのは至難のわざであると思うほどです——友情は見出されません。また彼の希求するさまざまな楽しみごとは、彼が運命づけられている無尽蔵の愚劣さの中には得ることができないのです。彼はもうずっと以前から、好きな農畜産業をうまくやっていくという想像するだけでも楽しいおぼろげな希望も全くあきらめています。このように希望を全く打ち砕かれ、彼は憂鬱と口惜しさの念に打ち負かされるばかりでした。それが彼の心身をすっかりむしばんだので今は結核に脅かされています。

これが先日訪問した男のあらましです——門のところには髪粉を付けた沢山の従僕がいましたが、彼らは何の礼節もありませんでした——われわれは長い間、馬車に座ったままでいたら、ベイナード氏が乗馬で外出していること、夫人が着替えをしていることを告げられました。しかしわれわれは客間に入れてもらいました。その部屋はとても美しく精緻な仕上げで、どう見ても、人の住まいとしてではなく見映えのためだけに設計されたものでした。椅子と長椅子は彫刻され、金箔され、厚いダマスク織りも張られて、とても滑らかでつやつやしていて、まるでそこに人が座ったことがないように見えました。床には敷物がなく、床板が磨かれこってりと蠟が塗られていたので、われわれは歩くことができず、その上を滑って行かなければなりませんでした。ストーブさえもあまりぴかぴかに磨かれていて、とても石炭とか粗末な燃料の煙で汚すことはできそうにもありませんでした——われわれが半時間以上も〝冷ややかなもてなしの神殿〟で無愛想な神々のいけにえにされていた時、わが友ベイナードが帰ってきました。そしてわれわれが家に来ているのを知って部屋に来たのですが、やせて、顔色は黄ばみ、打ちしおれていたので、もし他の場所で彼に会っても実のところ彼とはわからなかったでしょう——彼は夢中で私に駆け寄り固く抱擁しましたが、感動のあまり、数分間は口も利けなかったのです——われわれ全員に挨拶してから彼はわれわれの居心地の悪い様子に気がつき、暖炉に火を入れてある別の部屋に案内し、ホットチョコレートを持ってくるように命じました——それから部屋を出て行きましたが、妻の挨拶の言葉を添えて帰ってきました。それでとりあえず、息子のハリーを紹介しましたが、これはちゃんと歩けない、ただれ目の少年で軽騎兵の服装でした。とても粗野でませていて生意気でした——父親は彼を寄宿舎学校に送りたかったのですが、母親と叔母〔実際は大叔母〕は少年が自宅以外に泊まるのを許さないのです。だから家に家庭教師の牧師を雇い入れていました。

十二時を過ぎたばかりで、家中が公式の宴会の準備に追われていたので、私は食事までにはまだまだと思いベイナード氏と雑談するために散歩をしようと誘ったのです。ぶらぶら歩きながら彼の早すぎるイタリアからの帰国にはちょっと驚いたと言うと、彼はその外遊が自分がイングランドを離れた目的に全く合わなかったことを説明しました。なるほど両国の同一階級の生活を見れば、生活費はイタリアではイングランドほどはかかりませんが、交際した伯爵や公爵、騎士たちと同じようにやっていくとすれば、彼のそれまでのやり方より上の生活をしなければならないとわかったのです――多数の召し使いを雇ったり、さまざまな美しい服装を模倣したり、さらにはその国の社交界のならず者らのための贅沢な食卓も用意せざるをえなかったのです。その連中はもしこんなふうに特別にやらないと、家系や財産が見栄えがしても、称号なしの外国人には振り向きもしなかったでしょう――さらにベイナード夫人はいつも語学教師とか音楽家、画家、案内人などという一連の金のかかる暇人どもに取り巻かれていたのです。そして事実、目利きどころではない彼女自らの判断で、絵画や骨董品《こっとうひん》などを買い込むという悪弊に陥ったのです――とうとう彼女は馬鹿にされて、そのためイタリアが嫌いになり、急遽イングランドに追い返されたのです。ベッドフォード公爵夫人がローマに滞在していた時、ベイナード夫人は公爵夫人のサロンに出入りして、この都会のさまざまな上流人士と知り合って、彼らのさまざまな集まりに遠慮なく加わることを認められていました――このように厚遇されていたので彼女は音楽の心尽くしをするための楽師たちをそろえて、すべての名士に招待状を送りました。しかしローマの女性はただ一人として彼女の集まりには姿を見せなかったのです――その晩彼女は激しい発作を起こし三日間ずっと寝ていました。それが過ぎると彼女は、イタリアの空気のために身が破滅するだろうとはっきり言いました。こんな悲劇的な結末にならないように彼女はあわててジュネーヴに行き、そこからリヨンとパリ経由で夫妻はイングランドに帰国したのです。彼らがカレーに到着した時には、彼女はありあまる絹織物、毛織物、レース類を買い込んでいたので、それを密輸入するための船を一隻、雇わなくてはなりませんでした。この船は税関の監視船に拿捕《だほ》されました。それで彼らは八百ポンド以上もかけて買い込んだ積み荷をすべて失ったのです。

どうも彼女の旅行は、彼女をそれまでよりもっと浪費するようにさせ、夢ばかり追うようにさせたという以外は何の効果ももたらさなかったようです——彼女は女性の服装のことばかりでなく、趣味や美術鑑定などのあらゆることで、流行の先端を行くのだといわんばかりでした。彼女は田園の家の新しい正面を設計しました。彼女はベイナード氏の先祖たちが吹き込まないように工夫してきた東風を家の中に入れるために、住まいからおよそ一マイルの周囲の二百エーカーの広さの農場を取得し、これを遊歩道とか灌木の植え込みに区分けし、その中央に大きな池をつくり、ここに水車を二台回し、このあたりでも最上のマスを産する小川の水をすっかり注ぎ込むようにしたのです。しかしながら池の底がしっかりしてなかったので、水はたまらずに土の中に浸透してしまい、農場全体を沼地にしたのです。つまりは、以前は彼に年に百五十ポンドの収益をもたらしていた土地が今や、どうにかそれを使えるようにしておくために、年間二百ポンドもかけなくてはなりませんでした。樹木や灌木や砂利などの初期費用は別にしてです。邸宅の周囲には果樹園のための一インチの土地も、実が生った一本の木もないのです。彼は馬に食べさせる一束の干し草も一ブッシェルのエンバクも栽培しておらず、お茶に必要な牛乳を供給する牝牛の一頭も持っていないのです。自家用のヤギ、豚、家禽を飼うことなど思いもよりません。家庭を営むためのあらゆる品物は、どんなにつまらないものでも五マイル離れた隣の市場町から買い入れます。朝食用の出来立てのロール・

パンを運んでくるのに毎日使い走りを出すのです。手短にいうと、ベイナードは率直に収入の倍額を生活費にあてていること、また数年後には債権者に支払うために手持ちの土地を売らなくてはならないことを告白したのです。彼は妻はあまりにもか弱くて気力もなさすぎるので、どんなに優しい忠告にも耐えられず、必要だとわかっていても地味に暮らすことができないのだと言ったのです。それでこんな状況を変えることもできないので、少なくとも、子どもには結婚契約で保証されている母親の財産の相続権だけはあるということを肝に銘じて、自分自身は破産に甘んじようと我慢してきたのです。

彼のあかしてくれた身の上話で私は悲しくなり腸《はらわた》も煮えくり返りましたが、彼の妻の無分別を激しく非難し、また彼女のやりたい放題のままになっている彼の意気地の無さをとがめました。私は彼に心を強くして、屈辱的で致命的なその隷従から断固として抜け出す努力をするように説得しました。私はできるだけの援助をすると彼に申し出ました。もしも彼が自己保身のために立てる計画を実行する権限を私に与えてくれさえすれば、彼の問題は片付けてあげるし、彼の家庭を改革することをやってもいいと請け合いました。私はこの問題にあまりに心を痛めたので、忠告しながら涙が流れ、ベイナードの方も友情のこんな姿を見て感動のあまり、言うべき言葉を全く失ったほどでした。あまりに感激して私をひしと胸に抱き無言で泣きました。とうとう叫びました。「友情は実際、人生の一番大切な慰めだ、親しきブランブルよ、君の言葉はぼくが長い間、沈められてきた絶望の淵からすっかり呼び戻してくれた――名誉にかけて今とは全く違うぼくの生活状態をお目にかけるよ。力の限り君の指図するやり方に従うよ。しかしぼくの性格からするとちょっと大変なんだ――

じつは独り者にはわからない機微なつながりというものがあるのだ――ぼくの心の弱さを白状しようか。ぼくはあの女を不安にするという思いには耐えられないのだ――」「それでも（と私は叫びました）彼女は長い間、君が不幸なのを見てきたんだ――君の苦しみを軽くするつもりはさらさらなく、自分の間違った行動で君を不幸にしておきながら――」「それでも（と彼は言った）ぼくは彼女がこれ以上ない熱情でぼくを愛していると思っているんだ。でもこんなことは人間の心の奥にある矛盾だから、説明がつかないんだが」

私は彼の興奮した様子にショックを受けました。そしてこれからは互いに密接に連絡しあうことにして、話題を変えたのです――それから彼は近所に住む二人の紳士も、彼と同じように、彼らの妻のために破産と破滅への大道をまっしぐらに追いやられていることを打ち明けました。三人の夫は皆気質が違いますが、その妻たちがまたそれに応じて彼らを思いのままに従わせてしまうような配偶者でした。この女たちの思いは全く同じでした。彼女らは華美、つまり見栄を張ることで四倍もの資産家のサー・チャールズ・チックウェル〔前出のサー・ジョン・チックウェルの誤り〕の妻と張り合ったのです。またベイナードの妻は収入が三倍もある隣の家の貴婦人に負けまいとあせって見栄を張ったのです。こうしてカエルと牛の寓話〔イソップ物語〕が一つの州に住む四人の女たちという形で実現したのです。つまり一人の大変な財産家と三人のまずまずの土地持ちがいて、その三人は女の見栄で、破裂しかねんばかりです。三つのケースで、それぞれ異なる女の専制がなされました。ベイナード氏はその優しい性格につけこまれて征服されました。ミルクサン氏は小心者だったので傲慢ながみがみ女に屈従させられていました。サワビー氏は発作にも動じないし、脅しにも負けない気性でしたが、皮肉と風刺という武器で彼を攻撃する連れ合いを配されるという幸運に恵まれました。彼の妻は見えすいたお世辞ばかり言ったり、時には彼の趣味や度量不足への非難をほのめかして、皮肉たっぷりの比喩も持ち出し、彼女のその時々の見栄の必要が要求するままに、次々と彼の気持ちを浪費に駆り立てたのです。

この三人の女連は現在、同数の馬、同数の馬車、同数のそろい服とそれ以外の服の召し使い、同じような衣服、同量の銀の食器と陶磁器、同じような装飾家具を持っています。そして客扱いでは、彼女らは料理の種類とか味付け、経費などで互いに競っています。よく調べればはっきりすると思いますが、贅沢で身を滅ぼした者の二十人のうちの十九人は、愚かな女たちの馬鹿馬鹿しいうぬぼれと虚勢の犠牲になったものであり、しかもそんな女連の手腕といっても、彼女らが収奪し隷従させている当の男たちからも見下げられているのです。いやまったくだがディックよ、人間の天性のすべての愚かさと弱さの中でもあの結婚という愚に私が陥らなかったのは本当に有難いのです。

ベイナードと私はこのようなことをゆっくりと話し合った後で家の方に帰りかけました。するとジェリーがわが家の二人の女と一緒に出てくるのに出会いました。彼女らはこの邸宅の女将が姿を見せないので、散歩に出たのです。つまりベイナード夫人は食事が食卓にならぶ十五分ほど前までには姿を見せなかったのです。その頃になって彼女の夫が彼女を客間に連れてきました。叔母も息子も一緒でした。そして彼女はわれわれを歓待という言葉の魂まで凍らせるほど冷ややかに馬鹿丁寧に迎えました。彼女は私が彼女の夫の親友だったことを知っているので私はとても親しく彼女に挨拶したのですが、旧知のしるしも好意のそぶりも見せませんでした。ロンドンでよく私と彼女は会っていたのですが。

彼女は「あなたにお会いできてうれしく思いますわ」だとか「以前お会いした時からずっとお元気でしたか」とか、その他しかるべきありふれた挨拶さえしなかったのです。また私の妹と姪に対して歓迎の言葉を全く言わず、無神経な様子で彫像みたいに無言で座っていました。彼女の叔母は彼女の原型の人間ですが、全然味もそっけもない頑固一徹そのものでした。息子もとても生意気でずうずうしくて、口だけは達者でした。

正餐の間、夫人はこんなに不愛想で冷淡そのもので、叔母と時々、小声で話をする以外は何も話しませんでした。食事の中身はどうかというと、フランス人のコックがつくったさまざまな、げて物ばかりで、イングランド人の食欲を満たす食べ応えのある料理は一皿もありませんでした。ポタージュは皿洗いした水にパンを浸したものみたいで冷めたものでした。ラグーはまるで人が食べてちょっと消化されたものみたいでした。フリカッセ〔ラグーもフリカッセもスパイスとかソースを使った肉料理〕は汚い黄色の湿布薬みたいなものの中に浮いていました。焼肉は焦げて嫌な臭いがしました。デザートはしなびた果物とアイスクリームでこの女主人の性格におあつらえ向きのものでした。食卓ビールは酸っぱく、水もまずく、ワインは気が抜けていました。しかし次々と銀や陶磁の食器が出されて、髪粉を付けた従僕がどの椅子の後ろにも立っていました。それでもこの家の主人と主婦は別格で、彼らの椅子には紳士然とした小姓が二人かしずいていました。われわれはゴシック風の古い大きな客間で食べたのですが、この部屋はもとは玄関の広間でした。それに大理石を敷き詰めて客間にしたものですから一時間ほど火を燃やして暖めていましたが、私は部屋に入ったら歯がガチガチと鳴るくらい寒かったのです――要するに温かい愛情と人間性がよくうかがえるわが友ベイナードの顔の表情以外は何もかも冷たくて不愉快で、嫌悪感ばかりつのりました。

食後われわれは別室に引っ込みましたが、その部屋でかの少年がわが姪のリディアにいたずらをしたのです。彼はいかにも遊び仲間が欲しかったのでしょう。もしリディアが誘ったら彼女とふざけ回ったことでしょう――彼はずうずうしくもキスを盗もうとしました。これには彼女も顔色を変え、不安げでした。それで彼の父親が彼のそんな無作法をとがめましたが、彼は無礼にも彼女の胸に手を突っ込もうとしました。彼女はこの世で最もおとなしい人間ですが、この侮辱には女々しく屈しませんでした。目を怒りにきらきらとさせて立ち上がり、彼の横っ面をひっぱたいたので、彼はよろめいて部屋の向こう側まで飛ばされました。

「メルフォードお嬢さん（と彼の父親は叫びました）あんたはあいつをこの上ないやり方でやっつけた。わしの子どもの生意気さはあんたに勇気をふるわせたのは申し訳ないが、あんたの勇気をほめずにはいられません」。彼の妻はこの率直な彼の謝罪を受け入れるどころか、テーブルから立ち上がり、息子の手を取って「おいで坊や（と彼女は言いました）お父さんはお前に我慢できないのだよ」。こう言いながら彼女はこの頼もしい少年を連れて退出し、彼女の監督者〔叔母のこと〕もそれに続きました。しかしこの連中を気に掛ける者は誰もいなかったのです。

ベイナードはひどく当惑していました。しかし私は彼の動揺には憤慨の気持ちが混じっていることに気づいたので、この様子からうまくいくだろうと思いました。私は馬車に馬を付けるように命じました。彼はわれわれを一晩引き留めようとしましたが、私はすぐにこの家を辞去したいと強く言いました。しかし別れる前に、再び二人だけで話す機会が持てたのです。私はあんな恥ずかしいやっかい者を払いのけようとする彼の努力を励ますために思いつくかぎりを言いました。何の遠慮もせずに、彼女の欠点について彼が示してきたあのような思いやりには値しない女だということ、彼女は夫婦愛の真情など全くわからず、自分の名誉や利益をわきまえることもできず、常識や思慮も全くない女だということを私は断言しました。彼には父親の残した邸や自身の名声が、また盲目的に自己破滅に突き進んでいるこの無思慮な女などが居ても自分の家庭がとても有難いものだということを忘れないでくれと懇願しました。私は彼につつましく暮らしていくこと、妻の叔母にこのような改革が必要なことを納得させ、姪に徐々にそうするように仕向けてもらうといいのではないかと忠告しました。そしてもし叔母がその提案を嫌がるようなら、この不快な頑固者を彼の邸から追い出すように説得しました。

この時彼はため息交じりに私をさえぎり、そんなやり方は間違いなくベイナード夫人には致命的だと言ったのです――「ぼくは我慢できないね（と私は叫んだ）君がそんな弱音を吐くのを聞いていると。ベイナード夫人は発作が起きても体はしっかりしているんだ。ぼくは固く信じているがあの発作はすべて演技だよ。彼女はきっと君が病気になってもちっとも気にしないだろうし、君が死んでも、何食わぬ顔をしているよ」ついに彼は私の忠告したようにやってみるよと誓ってくれた。生活の計画を練ってみるが、もし私の手助けなしにそれができないと思う時には冬にバースに行くつもりだと約束したのです――このようにお互いに約束をしてわれわれは別れたのです。もし私の尽力で尊敬また愛すべき善良な人物が不幸と恥辱と絶望から救われるなら、どんなにうれしいでしょう。

このあたりで訪問する友人はあと一人だけです。しかし彼はベイナードとは全くタイプが違うのです。私がイタリアで知り合っていたサー・トマス・ブルフォードについて話したのを先生は聞きましたね。彼はいま郷士になっています。しかし痛風のために戸外で楽しめなくなり、家の中に閉じこもって訪問者に家を開放し、彼らの変わった面白い芸とか馬鹿話を気晴らしにしています。でも食卓では彼自身が大抵、一番の変人ぶりを発揮しています。彼はとても機嫌よくしゃべりまくって、大笑いばかりしています。聞くところでは現在彼が頭をしぼっていることは客に滑稽な思いをさせて馬鹿笑いさせることだそうです。われわれ一家がどれだけこの類の楽しみを彼に与えられるかわかりませんが、一つは騎士自身と共に笑うため、もう一つは彼の夫人に敬意を表するために彼の居場所を不意打ちすることにしました。彼の夫人は気立てのいい聡明な女性で彼の土地の相続人を彼にもたらす幸運には恵まれませんでしたが、彼とはとても仲睦まじく暮らしています。

さて親愛なるディックよ、先生にお詫びしなくてはなりませんが、私がこんなくどくどしい書簡をあえて送る地上でのたった一人です。テーマが心底からあふれ出るので、この長い手紙を短くすることができなかったのです。私の厚顔ぶりには長く慣れておられる通信相手にはこれ以上のお詫びは申しあげません。

九月三十日

マット・ブランブル

准男爵サー・ワトキン・フィリップスへ（オックスフォード大学）

親愛なるナイト爵様

ぼくは自分の気質の中に穏やかでないものがあると信じている。というのはありもしない脅威で苦しんでいるあるタイプの性格の人びとを見ることほど面白いものは他にないからだ——ぼくらは昨夜、サー・トマス・ブルフォードのお宅に泊まった。この人は伯父の旧友なのだが小利口で陽気な人物だ。痛風で足が不自由になったが、一生楽しく暮らそうと決心している。そして彼は客たちがいかに気難しくても、その客たちを浮かれ騒ぎさせる得意技を心得ている——家にはぼくたち一行の他にフログモアという間抜けな治安判事と、われらが亭主の一番の友でもあり腹心でもあるらしい外科の開業医がいた——ぼくらが訪問した時、騎士は寝椅子に座り、松葉杖を傍らに置き、両足をクッションにのせていた。しかし彼はぼくらを大歓迎して受け入れ、ぼくらの到着がうれしくてたまらないようだった——お茶の後でブルフォード夫人が、ハープシコード伴奏の一曲を聞かせてくれたが、その歌と演奏は見事だった。サー・トマスはどうやらちょっと音痴らしかったがそれでもうっとりと聞きほれているふりをして、妻に彼女自作のアリエッタをぼくらに聞かせるように頼んだ——しかしながらこのアリエッタを彼女が歌い始めるとたちまち彼と治安判事は眠ってしまった。彼女の演奏が終わった途端に騎士は鼻を鳴らしながら目が覚め、こう叫んだ「ああお前、さあ諸君いかがでしたか。これでもまだパルゴレン〔イタリアの作曲家のペルゴレージのこと〕とかコレッツリ〔イタリアのヴァイオリニスト・作曲家〕を賞賛するのですか」——同時に彼は片方の頬を舌でふくらませ、左に座っていた医師とぼくの方に片目で流し目をし——彼はそのパントマイムを大笑いでしめくくったが、そんな大笑いを彼はいつでも即座にすることができるのだ——夕食の時に悔い改めの言葉も言えないくらい、彼は体調不良だったが、乾杯の掛け声が次々とかかると、グラスを乾すのを拒まず、むしろ口先だけでなく、実際に乾杯の順を早くするようにとせき立てた。

ぼくはすぐに准男爵には医師が必要不可欠な人物だとわかった——彼は准男爵のウィットの砥石であり、彼の風刺の的でもあり、時折客に試みる冗談の実験の実演者だった——フログモア判事はこの種の哲学にとってはうってつけの実験台だった。服装は気取っているが、身体は太め、しかつめらしいが内容は浅薄、バーン〔法律の参考書の著者〕を夢中で勉強したが、何にもまして勉強したのはよく生きるすべ（つまり食べること）だった——この太っちょのしゃれ者はしばしば亭主のいたずら心はまずリスマヘイゴウの見かけと物腰と談話などでかきたてられ、彼はこの男の正体を格好の獲物にされていたが、この晩も何度もまずまずの手際で駆り出されていた。しかし准男爵の何としてもあばこうとした。しかし彼はかつて見た若い猟犬とハリネズミとの戦いを思い出させた——犬はハリネズミを何度もひっくり返し、飛びかかり、吠え、うなったものだが、かみつこうとするとあごを針で刺されたので、ひどくあわててひるんだ——中尉は放任すると必ずその滑稽な姿をみんなにさらすのだが、もし誰かが彼をそうなるように追いつめると、ラバみたいに頑固になり、不敗の象みたいに手に負えなくなる男だ。

夕食を大食いしてせっせとかっ込んでいる判事にはからかいの言葉が矢のようにあびせられたが、彼が料理の中でも焼いたマッシュルームの大皿全部を食べ終わったら、医師が大真面目にそれはきのこの類のものだから、ある体質には毒になるかもしれないと言った。フログモア氏はこの言葉にぎょっとして、とまどいながら、なぜその注意を早く言ってくれる親切さがないのかと詰問した――医師はあなたがあんなにおいしそうに食べているのを見ると、当然食べ慣れているいるものと思ったと答えた。しかし判事が不安げにしているので、医師は解毒剤をコップ一杯分処方してあげた。判事はすぐにそれを飲み干して恐怖と不安の表情で、休むために退出した。

夜半になってぼくらは別々に案内された。半時間もするとぼくはぐっすり眠り込んだ。しかし早朝の三時頃〝火事だ〟という絶叫で目を覚ました。そして飛び起きて下着だけで窓にかけ寄った――闇夜で強い風が吹いていた。沢山の人が服もろくに着ないで、たいまつや提灯を手にし、見るからにあわてふためき、恐れおののいて中庭を右往左往していた――ぼくはまたたくまに着替えて階段をかけおりた。調べてみると火事といっても、リスマヘイゴウの寝ている離れに通じる裏手の階段だけが燃えていることがわかった――この時までに二階の中尉は窓に呼びかける叫び声で起こされていたが、暗闇で衣服を見つけられず、さらに部屋のドアは外側から鍵がかけられていた――召し使いたちは彼にこう呼びかけた――家が盗賊に襲われました。悪漢どもが衣服を盗み出してドアに鍵をかけて、放火したのに違いありません。だから階段が燃えているのです――進退きわまった気の毒な中尉は檻の中のリスみたいに裸で部屋中を駆け回り、窓から時々首を突き出して、助けを懇願した――とうとう騎士自身が椅子に乗せられて連れられてきた。ぼくの伯父も家族もみんな彼に付き添っていて、そこにタビサ叔母もいたが、彼女はまるで錯乱したように金切り声で叫び、頭髪をかきむしっていた――サー・トマスはすでに部下たちに長い梯子を持ってくるように命令していたので、それがすぐに中尉の部屋の窓にかけられた。そこで彼は中尉にそれを伝わって降りるように熱心に勧めた――リスマヘイゴウを説得するにはたいした面倒な言葉はいらなかった。彼はすぐさま窓から逃げ出した。降りる間は、下にいる人々にしっかり梯子を持っていてくれとずっとわめきながら。

事件の重大さにもかかわらず、この情景を吹き出さずに見守ることなど不可能だった。キルトのナイトキャップをあごの下に結び下着姿の中尉の哀れな顔付き、また風に吹きざらしになったその長い四肢と尻は、彼が降りてくる間、照らしてやるために召し使いたちが掲げているたいまつに照らし出されると、じつに一幅の絵になっていた――家中の者が梯子の周りに立っていた。騎士だけは別で、椅子に座ったまま時々叫んだ「主よ、哀れみたまえ――かの紳士の命を救いたまえ――中尉さん、足元に気をつけて――そうっと――しっかり立って――梯子を両手でつかんで――そこだ、うまくやったぞ、きみ、ブラヴォー、老兵万歳、さあ毛布を持って――彼の冷えた体を包むあったかい毛布を持ってこい――休憩室のベッドを暖めておけ――手をお出しなさい、中尉さん――わしは御身が無事安全なのを見て心からうれしいのじゃ」。リスマヘイゴウは梯子の下で恋人に迎えられたが、彼女は女中の一人から毛布をひったくって彼の体をくるんだ。二人の下男が彼を抱きかかえ、一人の女中が休憩室に案内したが、ミセス・タビサはずっと付き添い、彼がちゃんとベッドに寝かされるまで見とどけた――こうされる間、彼はおし黙り、ひどく深刻な顔付きで、時々野次馬をあちらこちらと眺めるだけだった。彼が居なくなると野次馬たちはぞろぞろと客間に入って食事をしたが全員が驚いたり心配したりしてお互いしげしげと探りあった。

騎士は安楽椅子に座るとぼくの伯父の手をつかみ長い大笑いを始めた。「マット（と彼は叫んだ）ぼくに柏だろうがツタだろうが月桂樹だろうがパセリだろうが、または君の好きな何でもいいから栄光の冠をかけてくれたまえ。そしてこれが滑稽ということでは〝神業《わざ》〟であることを認めてくれたまえ――ワッハッハ、何たる夜の珍事、何たるひやりもの、何たる悪ふざけ――ああ何てことだ。おお何という見もの――おお何という漫画――おおローザかレンブラントかシャルケンはいないものか〔最初はイタリアの、他はオランダの画家〕――いやはやあの光景を描いてくれたらぼくは百ギニーだって払うよ。何という素晴らしい十字架からの降臨、いやそれとも絞首台への登段、何という明暗――下の連中の何という有様――上の人の何という表情――何という顔付き――君はあの顔付きを覚えているかね――ワッハッハ――それにあの手足、あの筋肉――足指のどれもが恐怖を表していたぞ――ワッハッハ、それにあの毛布――おお何という衣装、聖アンドルー――聖ラザルス、聖バラバス、――ワッハッハ」「じゃあ結局は（とブランブル氏はとても厳しく叫んだ）これは偽の警報にすぎなかったね――われわれはベッドからたたき起こされ、すんでのことで正気を失うところだった。しかも冗談のためにだ」「そうさ、素晴らしい冗談だ（と亭主は叫んだ）素晴らしい茶番、素晴らしい結末、素晴らしい大団円だ」

「ちょっとは我慢してくれ（とわが郷士は答えた）われわれはまだ大団円には達していないよ。どうか悲劇に終わらずに茶番に終わって欲しいものだが――中尉は例の気むずかしい人物でユーモアを解さないのだ――自分で笑うこともないし、他人が彼をダシにして笑うことにも耐えられない――さらにたとえ人物の選択が間違っていなくてもあの冗談はまったくひどすぎたよ」「くそ（と騎士は叫んだ）彼がぼくの実の父親でも少しも手控えることはできなかっただろう。それに人物について言うと、あれだけの人物は半世紀に一人も出ないものだ」ここでミセス・タビサが口をはさみぷんぷんしながら、私にはリスマヘイゴウさんのほうが騎士ご自身よりからかいやすいなんて思えませんし、あなたは相手を見くびっていたことを、じきに悟ることになりはしないかと心配ですと断言した――准男爵はこれを聞いてかなりショックを受けて、もし彼がこのような結構な機知に富んだ企みの精神を解さないようならゴート人か野蛮人に違いないと言った――そうはいうもののブランブル氏とその妹が中尉にわけを納得させてくれるように彼は頼み込んだ。この頼みにブルフォード夫人も口添えしたが、その際に彼女はすかさず准男爵に無分別を慎むように説教するのを忘れなかった。そのお説教を彼は片方の頬でうやうやしく聞きながら、もう一方の頬では意地悪い目付きをしていた。

ぼくらはそれから再び眠った。ぼくが起きないうちに伯父はリスマヘイゴウを休憩室に訪ね、彼とよく話し合っていたので、ぼくらが客間で会った時には彼はすっかり落ち着いていた――彼は騎士の謝罪を快く受け入れ、みんなを楽しませることができて満足だとさえ明言した――サー・トマスは彼と握手し高らかに笑った。そして完全な和解のしるしに嗅ぎタバコを一つまみもらえないかと望んだ――中尉はチョッキのポケットに手を入れて取り出したが、それは彼が持っているスコットランド風のタバコ入れではなく、見事な金のタバコ箱だった。彼はそれがわかると言った「これはちょっとした間違いだ」「間違いではありませんぞ（と准男爵が叫んだ）。正当な交換は盗みではありません――中尉殿、どうかわしにあんたのタバコ入れを記念品としていただけないだろうか」

「騎士殿（と中尉は言った）私のタバコ入れがお役に立つなら差し上げます。この容器は私が預かっているわけにはいきません――紳士道における重罪の類を示談で解決するようなものですから――さらにこの譲渡にはまた別の冗談が含まれているかもしれないし、私は二度と舞台に引き出されたくないのです――厚かましくもあなたのポケットに手を突っ込もうとは思いません。どうかご自身の手でしまっていただきたいのです」――こう言いながら彼はとても厳粛な面持ちでタバコ箱を騎士に差し出した。騎士はそれをちょっととまどって受け取った。そして自分の方でも交換するという条件がないと、中尉のタバコ入れを持っているわけにはいかない、と言い張り、そのタバコ入れを返した。

このようなやりとりで二人の会話の雲行きが怪しくなりかけたら、フログモア判事殿があの夜中の警報の際にもこの場の集まりにも姿が見えないことに伯父は気がついた。准男爵はフログモアの名が出たのを聞きつけて「おっと（と彼は叫んだ）わしは判事を忘れていた――どうか先生、行って彼を小屋から連れてきてください」――それから腹がよじれるほど笑ってから、中尉に、あなただけがみんなの楽しみのために演じられたドラマのただ一人の登場人物ではないことをお見せしたいと言った。さきほどの夜の場面については、騒ぎが聞こえないようにわざと邸宅の片隅に泊まらされ、おまけに一服のアヘンで眠らされた判事はそれに気がつくはずはなかったのだ。数分後に判事殿はナイトキャップとゆるい朝着という姿で客間に連れてこられたが、絶えず頭をぐるぐる回して悲しげにうめいていた――「何と、わが隣人フログモアよ（と准男爵は叫んだ）どうされたかな――あなたはまるでこの世の人間ではないように見えますよ――彼をそっと長椅子に寝かせろ――

気の毒な紳士だ、神よ我らを憐みたまえ。何で彼はこんなに青ざめたり黄色になったりふくれあがったのだろう」「おおサー・トマス（と判事が叫んだ）ぼくはすべて片付いたと思います――あなたの食卓で食べたあのマッシュルームでぼくはおかしくなったのです――ああ、おお、おおい」「断じてそんなことはない（と相手が言った）――何だ、君元気を出して――胃の具合はどうかね――ええ」

この質問に彼は返事をせず、寝間着を脱ぎ捨て、胴着が腹部で少なくとも五インチも合わなくなっているのを見せた。「天よわれらすべてを守りたまえ（とサー・トマスが叫んだ）――何という悲しい光景だろう。わしは人間がこんなにふくれてしまったのを見たことはない。死んだばかりか死にかけている人間以外は――先生あなたはこの気の毒な人に何もしてあげられないのかね」「ぼくはこの症状が絶望的だとは思えませんよ（と外科医は言った）しかしフログモアさんには至急に身辺を整理するようにお勧めしたいのです。教区の牧師を呼んで祈ってもらったらいいでしょう。その間にぼくは浣腸液と嘔吐薬を調剤しますから」。判事は生気のない眼をぎょろぎょろさせて大仰に叫んだ「神よわれらを憐みたまえ。キリストよ、われらを憐みたまえ」――それから彼は外科医に応急処置をしてくれるように哀願した――「世事については（と彼は言った）抵当が一件残っているだけであとはすべて片付いている。その抵当はぼくの相続人に任せればいい――しかしぼくの哀れな魂、この哀れな魂、この哀れな魂はいったいどうなるのだ――ぼくは不幸な罪びとなんだ」「そんなことはない、どうか君、落ち着きたまえ（とまた騎士が言葉を続けた）。神の慈悲は無限なことを思いなさい。君には心に深く食い込んだ罪などあるわけないよ。心の中に悪魔がいるかもしれないがね」「悪魔などと言わないでください（とぎょっとしたフログモアが叫んだ）ぼくは世間の人が考えているよりずっと多くの申し開きをしなければならない罪があります――ああ、友よ、ぼくは悪人です――途方もない悪人なのです――すぐに牧師様を呼んでください。そしてぼくをベッドに寝かせてください。ぼくは来世に向かって急いでいるのですから」――そこで彼は寝椅子から起こされ二人の召し使いに支えられ彼の部屋に連れ戻された。しかし彼は客間を出る前に親しい仲間たちに、お祈りして彼を助けてくれるように嘆願した――彼はこう付け加えた――「野の花のようにその盛りに突然摘み取られるぼくのようにならないように、あなた方はくれぐれもご用心ください。そしてサー・トマスよ、あなたが食卓であんな毒のある屑みたいなものを食べさせたことを神がお許しあらんことを」

彼が声の届かないところまで運ばれると、准男爵は発作的に大笑いを始めた。そしてその大笑いに客たちの大部分も加わった。しかしぼくらは心優しいこの家の夫人が病人に真相を明かしに出ていかないようにさせることはできなかった。夫人は彼が眠っている間に彼のチョッキが外科医のしわざで、きつくなってしまったこと、また彼の胃腸の不具合は前の晩に解毒剤として飲んだアンチモン入りのワインのためだということを彼に教えてやろうとした――彼女は彼が心配のあまり死んでしまうかもしれないとおびえていた。騎士はそんなひよっこなどではなく、長生きして隣人たちを困らせるしたたかな悪者だと誓った――調べてみると彼の人柄はさほど同情とか尊敬に値するものではないこともわかったので、ぼくらは亭主のユーモアの成り行きまかせにした――浣腸はサー・トマスの乳母だったこの家の老婦人の手で実際になされた。そして病人は酢と蜂蜜とタマネギでつくった緩下剤を飲んだ。これは昨夜のアヘン剤が邪魔したアンチモン入りのワインの効果を引き出すためだった。それから彼は牧師の訪問を受けた。牧師は祈りの言葉を唱えて彼の魂の告白を聞き始めた。まさにこうすると彼の飲んだ多くの薬が効いてきた。それで牧師は口で慰めてやりながらも手で自分の鼻をつままねばならなかった。この時に医師と一緒に部屋に入った騎士もぼくも牧師と同じことをしなければならなかったが、見るとフログモアは屋内便器に座り二重の排出という憂き目にあっているところだった。一ゆすりごとの短い合間に彼は慈悲を求めて叫ぶか、罪を告白するか、あるいはわが身についての牧師の意見を求めるかした。牧師は厳粛な鼻にかかった声で答えたので、よりひどい茶番劇になった。嘔吐剤が完全に効くと、医師は口を出して病人をベッドに戻すように命じた。医師は排泄物を調べて脈を取ってから病毒はほとんど排出されたと宣言した。そして鎮静剤を与え、彼には回復の見込みが十分にあると保証した——このうれしい言葉を彼は両眼に涙を浮かべて受け入れ、もし回復できれば、彼の命は医師の偉大な腕前と親切心で救われたことは決して忘れないと明言した。そして医師の手をとても感謝しながら握りしめた。こうして彼は休息の眠りについた。

ぼくらは正餐まで残って彼の回復を実際に見届けて欲しいと強く言われた。しかし伯父はこの町に暗くならないうちに着きたかったので、正午前には出発したいと強く言った——そうこうするうちにブルフォード夫人がぼくらに出来たばかりの養魚池を見せようと庭に案内してくれた。ブランブル氏はこの池が客間に近すぎることを良く言わなかったが、その客間には折しも騎士一人が肘掛け椅子に座っていて、あの朝の騒ぎの疲れでまどろんでいた。この時に客間のドアが勢いよく開けられリスマヘイゴウ中尉が恐怖でおびえた顔で室内に飛び込んできて叫んだ――「狂犬だ、狂犬だ」――そして窓枠を押し上げて庭に飛び出した――サー・トマスはこの途方もない叫びで目を覚まし、飛び起きた。そして痛風も忘れて反射的に中尉のやり方に従った――彼は弓から放たれた矢のように窓から飛び出したばかりか、あっと思う間もなく、池の深さがその背丈《せたけ》の半分くらいのところに走り込んでしまった。すると中尉が高らかに叫び始めた――「神よ我らを憐みたまえ――どうかあの紳士を見守ってください――後生ですから足元に気をつけてください、君――暖かい毛布を用意して――あの冷たい体を包め――休憩室のベッドを暖めておけ」

ブルフォード夫人はこの出来事で雷に打たれたように肝をつぶした。他の連中は驚いて物も言えずに見守っていた。一方で召し使いたちは主人を救いに駆けつけて、主人はなされるままに客間に運び入れられたが、一言も発しなかった――彼はすぐさま乾いた下着と服を着せられ、気付け薬で元気になり、もとのように座らされた。それから女中の一人が彼の両足をさするように命じられた。こんな風にして、彼は正気になり機嫌よくなったようだ――ぼくらが彼について部屋に入っていくと、彼の方でもニヤニヤしながら一人一人をじっと見つめたが、特にリスマヘイゴウには目を据えたままだった。するとこちらは一つまみの嗅ぎタバコを差し出した。彼が無言で受け取ると「サー・トマス・ブルフォード（とリスマヘイゴウは言った）、私はあなたのご厚意にいたく感謝しております。ですからそのご厚意の幾分かを、そっくりお返ししようと思いました」「手をお出しくださ い(と准男爵は叫んだ)。あなたは完済してくれました。しかもわしの手に残高まで残してくださったが、これはあなたがたの前ではっきり言うが、わしのものなのです」――こう言いながら彼は大笑いし、彼自身の費用でもたらされたこの返礼を楽しんでいるようにさえ見えた。しかしブルフォード夫人はとても深刻な表情だった。きっと彼女の夫が病身であることを考慮に入れて、中尉の仕返しはひどすぎると思ったのに違いない――しかし諺によると「球技を楽しもうとすれば冒険を覚悟しなければいけない」のだ。

ぼくは飼いならされた熊を見たことがある。これは扱いがうまいと結構楽しい見ものだが、見物人を楽しませるためにからかわれると、とても危険な野獣になってしまう――リスマヘイゴウはどうかというと、恐怖と冷水浴が病身にはとてもいいと思っていたようだ。しかし医師はあのような突然のショックで痛風の病因となるものが手足から押し出され、どこか人体の仕組みのもっと重要な部位に運ばれるかもしれないと多少不安そうに見えた――ぼくはそのような兆候がわがおどけ者の亭主の身で実証されたら、とても気の毒だと思う。彼は別れに際し、ミセス・タビサに、自分は中尉の才能と勇気を試すためにあれほど骨を折ったから、彼女が花嫁のリボンを分ける〔式に花嫁側の客として招待する〕時には、彼のことを忘れないで欲しいと望んだ――結局ぼくは准男爵の機智の一番の被害者はどうやらわが郷士殿ではないかと思う。というのは彼の体質はとても真夜中の警報に耐えられないからだ――彼は一日中あくびをしたり、ぶるぶる震えたりしていたが夕食も食べずに寝た。それでぼくらは今いい宿に居るので、明日もここに居ることになりそうだ。そうなれば君は少なくとも一日はぼくの手紙の迫害から逃れられるでしょう。

十月三日　　J・メルフォード

ミセス・メアリー・ジョーンズへ（ブランブル館）

親愛なるメアリー・ジョーンズ

リディアお嬢さんはご親切にも私の手紙をグロスターまで同封で送ってくださいます。それから先は配達人があなたの手元にまで届けてくれるはずです――神様が私たち全員をモンマスシャーまで無事に送り届けてくださいますように。私はあちこち歩き回るのにはもうすっかり疲れきってしまいました――〝長生きして学べ〟という諺は本当です――ねえあんた、何という定めなき世を目にしたことでしょう――本当にこの世には確実なものは何一つありませんよ――誰が思ったことでしょうね、奥様がご自分の有難い魂のためにあれほど苦労をなさったあげくに、憐れにもその身を投げ捨てようとなさっているとは。それもラシュミヘイゴウ〔リスマヘイゴウのなまり〕みたいなハシボソガラスに色目をつかうなんて、マシュースリン〔聖マチューリンのことか〕のように年寄りで、燻製ニシンみたいに干からびて、飢えたイタチのようにみすぼらしい男ですよ――おお、モリー、彼が裸体を隠すのにも足りないぼろシャツを着て梯子を降りてくるのをあんたにも見せたかったわ、若旦那様は彼をダンクィックセット〔ドン・キホーテの英語読みドンクィックソートのなまり〕と呼んでらっしゃるわ。でも彼はどこから見てもやかんを盗んだのでアバーガヴェニーで牢屋に入っていた年寄りの鋳掛屋クラドック・アプ・モーガンといったところよ――それに彼は罰当たりの口悪よ、クリンカーさんが言うように不信心者でいつも聖書や新生をおもちゃのようにしているの――彼は猿公《えてこう》みたいに礼儀作法を知らないと思うの。丁寧にしゃべることもできず、ましてや、私に好意のしるしに手袋一丁も贈ってくれはしないの。それなのにでしゃばって何でもしたいみたいなの――ああ、分別をわきまえた淑女が年甲斐もなくこんな罰当たり男のために、髪の毛をかきむしり、泣き、自分を貶めるとは。歌にもあるわね――

女は鳥というものを飼いたいの
フクロウに高値をつける
〔The Roxburghe Ballads（一八八三）IV, 72から取ったものであろう〕

でも確かに彼が奥様をこうまでさせたのはスコットランドの魔法使いとやりとりしたのに違いないわ――私について言うと、神様を信じきっていますの。そして下着の襞《ひだ》にハルニレの木片を一本縫い込んでいますの。そして恩寵の新しい光明のおかげで、悪魔とそのわざを退けられるとクリンカーさんが保証してくれます――でも私は自分のやることがちゃんとわかっていますよ――もし奥様がラシュミヘイゴウと一緒になるようなことがあれば、私にとってはいいことではありません――有難いことに働く場所がないなんてことはありません。そしてもしあることがなければ私はいわ――でも何でもないわ――マダム・ベイナーのところの女中さんは一年に二十ポンドものお給料と心付けももらえます。しかも上流階級のような服装なのです――私はその人とかズボンをはいた金色の上着を着た従僕たちと一緒に食事しました。でもこの人たちは外国流にやっているので、おいしい食べ物は何もなくて、冷たい肉入りまんじゅうが一つとブラモンジュ〔甘い白プリン〕がちょっとあっただけです。私はニンニクで気分が悪くなりましたが、奥様が手箱に瓶入りの香水を持っていたので助かりました。

でもさっきの話ですがこの縁組はきっと進むだろうと思います。もはや事態は行くところまで行っていますし、それに私この目で見たわ、あのいちゃつきよう――でも一家の秘密をばらすのは嫌なの。もし結婚ということになればどんな騒ぎになるでしょう――リディアお嬢さんも、もしその恋人が姿を見せても嫌な気はしないだろうと思います。それにモリー、あんたきっとびっくりするわよ、もしあんたの卑しき僕《しもべ》から花嫁のリボンをもらうとしたら――でもあんたこれはほんの仮定の話よ。それに私、クリンカーさんに固く約束したの――誰かが私に優しい恋の言葉をかけてくれたことなんて男にも女にも子どもにも絶対に教えないって――私はまだこの月が終わらないうちにブランブル館であなたの健康を祝して十月ビールの角杯〔角の杯に入ったもの〕をあげられると思います――どうか乾いた季候には、私の寝床を日に一回は裏返ししてください。そして窓も開けておいてください。それから屋根裏の下男部屋にあるそだを添えて薪を燃やしてみなさんのマットレスをすっかり乾かしておいてください。うちの旦那様方はお二人ともサー・トゥマス・ボルフォード〔トマス・ブルフォード〕のお宅で湿ったシーツに寝て、ひどい風邪をひいていますから。もう書くことはありません。ソールや他の仲間の召し使いたちによろしく。

十月四日　親しいメアリー・ジョーンズへ

恒心の友　ウィン・ジェンキンズ

ミス・レティシア・ウィリスへ（グロスター）

親愛なるレティ

こうして折々にあなたにお便りを差し上げることが、ご返事がもらえる見込みはなくても、不安だらけの私にはいくらかの安らぎと満足を与えてくれることは確かです。それだけである程度は私の苦悩の重荷を軽くしてくれるからです。でもこれで打ち明けや相談のお返しがもらえるわけではないので、せいぜい不満足な友情の慰めにしかなりません――あなたがたった一日でも一緒にいてくれるようなことがあれば、それを全世界と引き換えてもいいくらいです――私はこうした放浪生活にはうんざりしています――色々なことが次々と起こるのでめまいがするほどです――しかもこんな長旅をしているとどうしても沢山の不便や危険や不愉快な出来事が起こるのです。そしてそれらは私みたいな神経質で哀れな人間にはとても辛いことで、好奇心を満足させるために高額な代価を支払うことになります。

自然は私を多忙な世間向きにはしてくれませんでした――私は休息と孤独に憧れます。その境地でだけ私は、群衆の中では見いだせない私心のない友情を享受し、上流社会の多忙と混乱を遠ざけるあの楽しい幻想を満足させることができるのです――世間との交渉に私は慣れてはいませんが、それをやっている大多数に嫌悪を感じるほどには数多く見てきました――自称友人同士や親しい仲間同士の間にさえ、高潔な心を恐怖で震えあがらせる悪意や偽善があります。そして邪悪の女神がちょっと退場すると、愚行の女神がすぐに登場します。これがまたひどすぎることもよくあるので、どうしても情けなく思ってしまうのです——多分私は気の毒な叔母の短所については黙っているべきでしょう。でも親しいウィリス、あなたに秘密にはしておけないわ。それにまったく叔母の欠点は隠しておけるようなものではないのです。私たちがバースに着いた瞬間から彼女はいつも異性を獲得しようとして網を広げていました。そしてとうとう彼女は老齢の退職した中尉をつかまえました。もうこの人は彼女の苗字を変えさせる見込みが十分にあります——伯父と兄は、たっぷり世間話と笑い話の種になるはずのこの異常な縁組に何も異議がないようです。私はというと自分の弱点がよくわかっていますから、他人の弱点で気晴らしなどできません——今は私の全身の注意力を向けなければならないあることを胸に抱いているので、それで精神は極度の怖れと不安にとらわれています。

昨日の午前中、泊まっている宿屋で私が兄と一緒に窓辺で立っていたら、ある人物が馬に乗って通り過ぎました。その人が（まあ何ということでしょう）ウィルソンであることにすぐに気がつきました。彼は白い乗馬服を着てあごまでボタンをかけたケープを羽織っていました。真っ青な顔色、活発な速足で私たちに気がつかない様子で立ち去っていきました——じつは私たちを見ることはできませんでした。窓にはブラインドがかかっていて私たちを隠していたのです。この幻影でどんなに心が乱されたかはおわかりでしょう——私の眼からは輝きが消えました。そして立っていられないくらいの動悸《どうき》と震えに襲われました。長椅子に座って兄に動揺を気づかれないように心を静めようとしました。でもその探るような眼から逃げることはできなかったのです——兄もあの驚くべきものを見たので確かに一目で彼だとわかったはずです――彼はこの時に私を怒り顔で見つめて、そして不運な馬の乗り手がどの道に行ったのかを見るために街路に飛び出して行きました――彼はこの後、さらに消息を探るために従者を派遣しました。そして何か乱暴なことをしきりに考えているようでした。伯父は体調不良なので私たちはもう一晩その宿屋に泊まりました。するとジェリーは日がな一日、私の行動に対する根気のいいスパイの役を演じたのです――まるで私の胸の奥底まで見透かしているようにじっと私の表情を監視しました――これは彼の自尊心からのものでなければ、私の名誉を尊重するためでしょう。でもひどく激しやすく乱暴だし見のがすことができない性格なのでそんな姿を見るだけではらはらするのです。そしてこんなふうに私をしつこく責めるのなら、実際に兄に妹としての愛情をささげることなどできなくなってしまうでしょう。私は彼が何か復讐しようしているのではないかと心配です。そんなことをすれば私は全くみじめになってしまいます。彼はこのウィルソンの出現の裏には何か示し合わせがあるのではないかと疑っているかもしれません――それにしても、あの人は実際に姿を見せたのでしょうか、それともあれはただの幻、私にあの人の死を知らせる青白い幽霊だったのでしょうか。

おおレティ、私どうしたらいいの――忠告と慰めを求めるためにはどちらを向いたらいいの――いつも親切で同情してくれる伯父の保護を願えばいいのかしら――伯父の保護は私の最後の頼みの綱として取っておかねばなりません――伯父に心配させてはいけないと思っています。一家に波風を立てて生きるくらいなら千回も死んだほうがましです――私にはウィルソンがここにやって来た真意がわかりません――たぶん本当の名前と身分を明かすために私たちを探しているのでしょう

——でもいったいどうして全然問いかけもしないで行ってしまったのでしょう——親しいウィリス、私あれやこれやと憶測ばかりしているの——彼を見かけた時から眠れないのです——一晩中あれやこれやと考えるばかりです——考えは全くまとまりません——たっぷりと祈り嘆息し泣きました——もしこの恐ろしい不安がこれからもずっと長く続けば私はまたもや病気の発作に襲われ、そうして家中の騒動になるでしょう——もしそうすることが神のみ旨にかなうならば、墓に入りたいくらいです——でも耐え忍ぶことが私の義務なのです——親しいレティ、私の弱さを許してください——こんなに染《し》みをつけてご免なさい——涙がとめどなくあふれて紙がぬれてしまうのです——それでもまだ絶望することはないと思わなければいけないわね——でも私こんなに気の弱い臆病な人間なんです。

おかげで伯父は昨日よりずっと具合が良くなりました——彼はまっすぐにウェールズまで旅を続けようと決心しています——私たちは途中でグロスターに立ち寄ることになると思います——その希望がこの哀れな胸を元気付けてくれます——私はもう一度最も愛するウィリスを抱擁して悲しみをそっくりその優しい胸に注ぎたいと思っています——おお神よ、そんな幸福が私に残されていると考えてもよろしいでしょうか。

心沈み寄る辺なき　リディア・メルフォード

十月四日

准男爵　サー・ワトキン・フィリップスへ（オックスフォード大学ジーザス・カレッジ）

親愛なるワトキン

昨日ぼくは君もきっと驚くようなある事件に出会った。泊まっていた宿屋の窓にぼくと妹が立っていたら誰あろう、乗馬姿のウィルソンが通りかかったのだ。人違いをするはずはない。彼がやって来る時、すっかり見ていたのだから。妹のあわてぶりから彼女もこの時に彼を見分けたことがはっきりわかった。ぼくは彼の出現に驚き腹も立てた。人を馬鹿にするのもこれ以上はないと思うくらいだった。ぼくは門口から走り出た。すると彼が街角を曲がるのが見えたので、召し使いを外に出して彼の行動を監視させた。でもこの男の行くのが遅すぎて満足なことはできなかった。しかし彼は場末に赤獅子亭（レッドライオン）という宿屋があり、馬に乗った男はそこで馬を降りたらしいこと、でもそれ以上はぼくの指示もないので、尋ねてみようとはしなかったと言った。すぐにぼくは彼を戻らせ、その宿にどんな客がいるかを調べさせた。すると彼はウィルソンという客が着いたばかりだという報告を持って帰ってきた。この知らせを聞いたので、ぼくはその紳士あてに、前回の果し合いで決着のつかなかった黒白を決めるために、半時間後に、ピストル一式を持って、町外れの畑で会って欲しいと手紙を書き、男に届けさせた。しかしぼくはこの手紙に署名するのはよくないと思った。ぼくの従者はその手紙を先方の紳士その人の手に渡したこと、すると彼はそれを読んでから、指定された時刻と場所で相手の紳士に会おうと言明したことをぼくに確言した。

マカルピンは老兵だが幸いにもその時はしらふだったので、彼に秘密を打ち明けた。ぼくは彼に呼び声の届く範囲にいるように命じた。そして万一の場合に伯父に渡すように一通の手紙を彼に与えて約束の場所に急いだ。そこは本街道からちょっと外れた囲い込みされた畑だった。相手は濃い色の乗馬用の外套を着込み、ひもの付いた帽子を目深にかぶってすでに足場を固めていた。しかし驚いたことにその外套を脱ぐと、彼はぼくがこれまで見たこともない人間だった。彼はピストル一丁を革のベルトに納め、もう一丁を手に構えて、数歩前進して、用意はできているかとぼくに呼びかけた——ぼくは「いいえ」と答えて談判をしたいと望んだ。これを聞いて彼はピストルの銃口を地面に向け、それからそれを革のベルトに納めて中程まで迎えにきた——彼に、あなたはぼくが会おうとしていた人物ではないと確言すると、彼は〝そうかもしれないな〟と言った。また彼はここに来て欲しいと書かれたウィルソン氏あての手紙を受け取ったこと、宿屋にはその名前の者は他にいないので、当然その手紙は自分にしかも自分だけに出されたものだと断定したことを述べた——そこでぼくがその名をなのる男に名誉を傷つけられたこと、その男を一時間以内に馬に乗って街道を通り過ぎるのを確かに見たこと、赤獅子亭にウィルソンという人がいると聞いて、もちろんその男だと思い、そのつもりで手紙を書いたことを彼に説明した。そしてぼくにもぼくの事件にも無関係な彼が、事前の説明を求めず、ぼくとの会合に応じるとは驚きあきれるばかりだと伝えた——この州のどこにも自分と同じ名前の者は他にいないこと、自分が着いた時刻の九時以降には他の乗馬者は赤獅子亭に降りていないこと——自分は国王陛下に仕える名誉を有する者として、どの方面からのものであろうとこの種の招待を拒絶するほど作法知らずではないこと、さらにもしも説明が必要だとしても、それを要求するのは自分の仕事ではなく、畑に呼びつけた紳士の仕事であると彼は答えた――ぼくはこの冒険に困り果てたが、この将校の冷静さを賞賛せずにはいられなかった。その邪気のない顔が好意を感じさせた――彼は四十歳を過ぎているように見えた。生まれつきの頭髪は黒くて短く、耳のあたりが自然の巻き毛で服装もとても地味だった――ぼくが迷惑をかけてすまないと言うと、彼はきわめて快く謝罪を受け入れてくれた――自分の住まいは十マイルほど先の小さな農家で、もしぼくがそこを訪ねて数週間一緒に狩猟を楽しみたいなら、まず不足のない宿になるだろうし、またそうすれば多分、ぼくを侮辱した男を見つけ出せるだろうとも言ってくれた――ぼくはその親切な申し出にとても感謝したが、今は家族旅行の最中なので、差し当たり、その招待を受けられないと言った。こうしてぼくらは互いに好意と敬意を見せて別れた。

さてぼくに教えてくれ、親愛なる騎士よ、この不可解な冒険をどう考えたらいいのだろうか――ぼくが見た馬に乗った奴は実際に血肉のある実在だったと思うべきか、それとも空中に消え失せる泡沫《ほうまつ》だったと思うべきか――またリディアはこの件についてはその外見から判断できるものより、多くのことを知っているのだろうか――もし彼女があんな男と秘密の通信をあえて続けていることがわかれば、ぼくはすぐに血も涙も捨てて、彼女とぼくの血の絆も忘れ去るのだ――しかしあのように単細胞で世間知らずの少女が、実際にそうなのだが、多くの眼が監視し、あらゆるチャンスを奪われ、毎日居場所を変えていながら、そんな通信を続けることがどうしてできるのだろうか――さらに彼女は厳粛に誓った――いや――ぼくにはこの少女がそれほど品性が下劣とは思えない――家族の名誉にそれほど鈍感であるとも――ぼくが一番悩んでいるのは、この出来事が彼女の心に深い傷を負わせたらしいことだ――今回の出来事でわかったのは、あの悪者がいまだに彼女の恋心をとらえていると結論できることだ——確かにぼくには彼を悪者と呼び、その企みは破廉恥だと断定する権利がある——しかし彼にいつの日にかその厚顔を悔い改めさせられないなら、それは自分の過失なのだ——白状するとぼくはこの問題については、平静心や忍耐心を失わずに考えることも、ましてや書くこともできない。だからぼくらは今月の末までにはウェールズに着きたいと思っていることを知らせることをこの手紙の末尾にしよう。しかしそうなる前に君はおそらく親愛なるぼくからの手紙をまた受け取るだろう。

十月四日

J・メルフォード

准男爵　サー・ワトキン・フィリップスへ（オックスフォード大学）

親愛なるフィリップス

前便で君に手紙を出した時、こんなに早く、また君を手紙でわずらわしい思いをさせるとは思わなかった。しかしぼくは今こうして座っていても、胸いっぱいでどうしようにもありません。もしかもひどく動揺しているので、この記述は支離滅裂なのを覚悟してもらいたい——ぼくらは今日、このいまいましい事故のためにあやうく善良なるマッシュー・ブランブル氏を失うところだった。この事故を詳しく説明しよう——田園を横断して駅馬車街道に入る途中で川を渡渉《としょう》しなければならなかった。馬に乗って進んだぼくらは何の危険もなくそこを渡った。ところが昨夜から今朝にかけてひどい大雨だったので、水溜め場〔水車を回すための貯水場〕の水がかなり増水していて、馬車がその下を通過するまさにその時、それが崩れてしまい激しい流れになって、まず馬車が浮き上がり、さらに流れの真っただ中で完全に転覆してしまった——リスマヘイゴウとぼく、また二人の召し使いはすぐに馬を降りて、できるだけの救助をしようと水の中に走り込んだ——わが叔母のミセス・タビサは運よく馬車の中の一番高い所にいたので、早くも窓から脱出しかけていたが、そこに彼女の恋人が駆けつけてきて、身体をそっくり外に出してやった。しかし彼の足がすべったのかそれとも荷が重すぎたのか、二人は抱き合ったまま頭から水中に倒れ込んだ。彼は何度も立ち上がろうとし、彼女の抱擁から身を振りほどこうとさえしたが、彼女の方はまるで石臼みたいに彼の首っ玉にしがみついていた（結婚の象徴としては悪くはないが）。もしぼくが強力な助っ人でなかったら、この二人の愛人同士はどうしたって、手を取り合って冥界行きになっていただろう。ぼくも忙しすぎて、彼らの難儀に気がつくどころではなかった——ぼくは妹の髪の毛をつかんで引っ張り出した。彼女を岸まで引きずっていったら伯父の姿が見えないのに気がついた——再び流れに突っ込むと、髪の毛が耳のあたりにからまって人魚みたいになったミセス・ジェンキンズを岸辺に引っ張っていくクリンカーが見えた。それでも彼に主人は大丈夫かと尋ねると、彼は彼女を放してしまった。もしも水車屋の番人が折よく彼女を救いに来なかったら、死んでいたことだろう——ハンフリーはといえば、稲妻みたいに馬車に駆けつけ、この時までに水びたしになった馬車に潜り込み、哀れな郷士を引っ張り出したが、郷士はどう見ても、もはや虫の息になっているようだった――この悲しい光景をぼくがどう思ったかなんてとても書けない――全く筆舌に尽くしがたい苦悩だった。忠実きわまりないクリンカーは彼をまるで生後六か月の赤子みたいに両腕に抱き上げ、世にも悲しげに号泣しながら岸辺に運んだ。そしてぼくは驚き悲しみ、ぼうぜんとして彼の後に続いた――彼が草むらに寝かせられて体を揺さぶられると、おびただしい水を口から吐き出した。それから両眼を開けて深いため息をついた――クリンカーはこの生命の兆候を認めるとすぐに靴下留めで片腕を縛り、馬の放血針を取り出し、馬医者みたいに彼の血を出した――最初は傷口から数滴出ただけだったが、腕をさすって温めるとまもなく出血が続いた。するとクリンカーは何かわけのわからないことを言ったが、およそこれほどうれしそうな言葉はそれまでに聞いたことがなかった。すぐ近くに田舎宿があって、そこの亭主がこの時までに、使用人を連れて手助けにきてくれた――伯父はその宿に運ばれて衣服を脱がされ、暖かい毛布を巻かれてベッドに寝かされた。しかし動かすのがちょっと早すぎたので、気を失ってしまった。そしてまたもクリンカーと亭主が額にハンガリー水〔ワインスピリッツにローズマリーの花を浸出させた気つけ薬〕をかけたり、鼻にも気付け瓶をかがせるなどあらゆる努力をしても、意識が戻らず、身動きもせずに横たわっていた。こんな時には塩が特効薬だと聞いていたので、家中の塩を彼の頭と胴体の下に敷き詰めるように命じた。この手当てが思いがけなく効いたのかどうかわからないが、十五分も経たないうちに呼吸も落ち着き、まもなく意識も戻った。その場の全員が言いようのない喜びに包まれた。クリンカーもまたどうやら頭がおかしくなったようだ――すっかり取り乱し、笑い、泣き、跳ね回ったので、亭主がひどく心配して、屋外に彼を連れ出した。伯父はぼくが水浸しになっているのを見て、すべてがわかった。そして皆無事かと尋ねた――その通りだという答えを聞くと、ぼくに乾いた服を着るようにと強く言った。そして温かいワインをちょっと飲んでから一人で休みたいと望んだ。ぼくは着替える前に他の家族たちの様子を調べた――ミセス・タビサはまだ恐怖覚めやらぬ錯乱状態で飲み込んだ水をどっと吐いていた。彼女は中尉に身体を支えてもらっていたが、やせこけてびしょ濡れになった中尉が、巻き毛の伸びてしまったかつらからしずくを垂らしている有様は、頭のスゲのリースをなくしたテムズ男神が彼の壺に滝のような水を吐いているイシスの女神を抱擁しているのにそっくりだった。〔ともに神話の神。イシス川はテムズ川の上流〕ミセス・ジェンキンズもナイトキャップもネッカチーフも着けずにゆるいパジャマ姿でそこにいた。しかし彼女も女主人同様に〝正気で〟ないようで、その看護の最中にわけのわからないことばかりやっているので、リスマヘイゴウは自らの哲学にもかかわらず、二人の女の面倒をみなくてはならなかった。リディアはといえばぼくはこの哀れな少女は実際正気を失ったと思った。宿の女将は彼女の下着を着替えさせてベッドに寝かしてやった。しかし彼女は伯父が死んでしまったと思い込んでうめき声をあげた。ぼくが伯父は絶対に無事だと保証しても、彼女はその言葉を全然聞き入れようとはしなかった。ブランブル氏がこの騒ぎを聞きつけ、彼女が不安だとわかると、彼女を部屋に入れるように望んだ。すると彼女はこの知らせを聞くとすぐに半裸体のまま、思いつめた必死の形相で伯父の部屋に飛び込んだ――郷士がベッドの上に起き上がっているのを見て、彼女は飛びつきその両腕を彼の首に回して世にも切ない声で叫んだ「ああ、あなた様――あなたは本当に伯父さんですね――愛しい伯父さん、この上ない友、お父様

――本当に生きているのね。それとも哀れなこの頭から生まれた幻なの」。誠実なマッシューは感動のあまり涙を抑えることができず、彼女の額に接吻して言った「おおリディア、わしは長生きしてお前の愛情をどれだけ有難く思っているか見せたいものだ――しかしお前の心は乱れているぞ、わが子よ――お前には休息が必要なんだ――眠って落ち着くがいい――」「ええそうします（と彼女は答えた）――でもまだこれが正夢とは思えないわ――馬車は水浸しになっていたもの――伯父さんはみんなの下にいたし――まあどうしましょう――あなたは水の下でしたね――どうやって外に出たのですか――それを教えていただけません。でないとこれは夢にしか思えないの――」「どうやってわしが外に出してもらったか、お前同様にわしもわからないのだ（と郷士は言った）だから実際、そのいきさつこそわしも教えてもらいたいと思っているのじゃ」。ぼくは彼に冒険を全部伝えたかったが、ぼくが着替えるまでは耳を傾けようとはしなかった。それでやっと僅かな時間を盗んで、彼の命が助かったのはクリンカーの勇気と忠誠のおかげだと言った。そしてそれを伝えてから妹を彼女の部屋に連れていった。

この事件は午後三時頃に起きたのだが、暴風は一時間くらいですっかり収まった。しかし馬車はひどく壊れたので、かなり修理しないと先に進めないのがわかったので、すぐに鍛冶屋と車大工が隣の市場町まで呼びにやられた。ぼくらは駅馬車道から遠かったが、こんなとても居心地のいい宿に入れたことを喜び合った。女たちがかなり落ち着き、男たちも皆動けるようになったので、伯父は従者を呼びにやった。そしてリスマへイゴウとぼくのいる前で彼にこう呼びかけた――「やあクリンカー、お前がわしをどうしても水死させまいと必死になったのがわかったぞ――お前は身の危険を顧みずにわしを水底から釣り上げてくれたのだから、少なくともわしのポケットに入っていた金を全部もらってもいいのじゃ、これがその金だ――」。こう言って彼は三十ギニー入りの財布とそれと大体同じ値打ちの指輪を彼に差し出した――「とんでもないことです（とクリンカーは叫んだ）閣下のお許しを願います――私は貧しい者ですが真心があります――ああ、閣下様に私がどんなに喜んでいるかをわかっていただけたら――私を卑しき者にしてくれた神の御名に栄光あれ――でも利欲などというものについては放棄いたします――私は義務を果たしただけなのです――私の仲間の一番つまらない連中のためだって同じことをしたことでしょう――リスマヘイゴウ中尉にだって、アーチー・マカルピンにだって、地上のどんな罪びとにも同じことをしたことでしょう――ですけれども閣下のためなら私は水にも火にも飛び込みます――」「わしはその言葉を信じるぞハンフリー（と郷士が言った）しかしお前が身の危険を顧みずにわしの命を救うことを義務と心得ているのと同じように、わしもお前の非凡な誠実さと愛慕に対するわしの思いを見せることが義務だと考えているのだ――わしはお前がこのささやかな感謝の気持ちをぜひ受け取ってくれと言いたいが、でもわしがこれだけをお前がやってくれた奉公への十分な返礼と思っているなどと考えないでくれ――わしはお前に三十ポンドの生涯年金を贈ろうと決心した。それでここの紳士方にこの決心の証人になることをお願いする。この方々についてわしは手帳にメモしておくぞ」「神様、そのようなお慈悲への感謝の念で私を満たしてくださらんことを（とクリンカーは涙にむせびながら叫んだ）私はもともと貧しい文無しでした――閣下が見出してくださいましたが――私が裸で――病気で寄る辺ない時に――閣下のお顔でわかります――ご機嫌を損ずるつもりなどありません――

しかし胸いっぱいです——閣下がおしゃべりをさせたくないとしても——私は恩人のために神様にお祈りせずにはいられません」。彼が部屋を去った時、リスマヘイゴウは、もしあの男があれほど途方もなく哀れなことを言ったり信心家ぶったりしなければ、あいつの誠実さをもっと高く買うんだが、これまでの経験では、あんなに泣いたり祈ったりする男たちの心底は偽善者なのだ、と言った。ブランブル氏はこの皮肉な発言には返事しなかった。それというのもこれはクリンカーが他意なく、中尉をマカルピンや地上の罪びとと同列にしたことに対する憤慨の気持ちからのものだったからだ——寝床に文句をつけたいので宿の亭主に来てもらったら、彼は郷士に、自分の家はいくらでもお役に立ちたいが、彼が郷士とその連れをお泊めする名誉を持ちえないのは明らかだと言った。亭主はこのすぐ近くに住んでいる彼の主人その人がぼくらを迎える宿泊設備があるのに、ぼくらが大衆宿に泊まることなどとても許しそうにもないこと、またこの日近郊の戸外で食事をしていなければ、きっと彼はぼくらがここに着いた時に早速駆けつけて手伝ってくれていただろうと説明した。また彼はかつて執事として仕えていたその紳士をとてもほめて、親切と寛大さの大いなる奇跡だと表現した。亭主が言うには彼は大変な学識があり、このあたりでも最高の農業家とされているのだ。彼には相思相愛の夫人と前途有望な青年紳士の一人息子もいる。この子は危険な熱病から回復したばかりだが、万が一にも亡くなっていたら、きっと両親もその死後は生き残ることはできそうにもないので、その病気は一家全体にはすんでのことで致命的になるところだった、などなど——彼がデニソン氏への賛辞をまだ言い終わらないうちに、紳士本人が軽馬車に乗って到着した。そしてその風采は彼をほめた言葉が偽りではないことを証明するように思われた。彼はかなりの年配で壮健でがっしりしていて、血色もよく、正直そうな顔付きに良識と人情をたたえていた。彼はぼくらの遭遇した事故を慰めてくれ、ぼくらをその住まいに案内するために来たのだと言った。そこに行けばこのようなみすぼらしい宿屋より居心地もましだろうというわけだ。そしてそこは四分の一マイルしかないので、婦人方は彼の馬車で行ったらいいだろうと言った。叔父はこの親切な申し出にしかるべき礼を述べてから、彼をまじまじと見つめた。それからもしやあなたはオックスフォード大学でクイーンズ・カレッジに自費学生として在学したことはないかと尋ねた。デニソン氏がちょっと驚いて「そのとおりです」と答えると――「じゃあわしをよく見てくれ（とわが郷士は言った）君がこの四十年間会っていない旧友の顔を覚えているかどうか試してみよう」――紳士は伯父の手を取って熱心に彼を見つめながら――「はっきり言うぞ（と彼は叫んだ）ジーザス・カレッジの学生だったグラモーガン州のマッシュー・ロイドを思い出したが、どうかね」「よくぞ思い出してくれたね、わが友チャールズ・デニソン君（と伯父は彼を抱擁しながら叫んだ）、ぼくはまさにそのグラモーガンのマッシュー・ロイドだよ」。ちょうどこの時に暖炉の石炭を持ちながら部屋に入ってきたクリンカーが、この言葉を聞くやいなや、石炭入れをリスマヘイゴウの足の指に放り出して、まるで気が狂ったように跳ね回ってこう叫んだ――「グラモーガンのマッシュー・ロイド――おお神様――グラモーガンのマッシュー・ロイド」――それから伯父の膝に抱きついてこんなふうにずっと叫んだ――「閣下様、お許しを、グラモーガンのマッシュー・ロイド――おお閣下様、旦那様、とてもじっとしていられません、気が狂いそうです――」「いやお前はすでに狂っているのだ、そうとしか思えないぞ（と郷士は不機嫌そうに言った）なあクリンカー静かにしてくれ

――一体どうしたのだ」――ハンフリーはその胸を手探りして古ぼけた木の嗅ぎタバコ入れを取り出し、ぶるぶる震えながらそれを主人に差し出した。主人がすぐにそれを開けてみると、小さい赤めのうの印鑑一個と二枚の紙片が入っていた――これらを見ると彼はぎょっとして顔色を変えた。そして文字を見ながら――「おや――どうして、何だと――どこに（と彼は叫んだ）この名前の者はいるのだ」クリンカーはその胸をたたきながら、やっとのことでこう言った――「ここに――ここに――ここにマッシュー・ロイドがおりますよ、その証明書通りの――ハンフリー・クリンカーとはじつは私を弟子にしてくれた馬医者の名前なのです」――「では誰がこの証拠品をお前にくれたのだ」――伯父は息せき切って言った――「今際《いまわ》の際にあった手前の母親でございます」――相手が答えた――「じゃあお前の母とは」「ドロシー・トワイフォードです、閣下、それまでチッペナムのエンジェル亭という居酒屋（エンジェルホテルはチッペナムの著名なランドマーク、居酒屋も兼ねる）をやっていました」――「じゃあこの証拠品をなぜ今まで出さなかったのだ」「母が申しますには、手前が生まれたのでグラモーガンシャーに手紙を出しても返事がなかったとのことです。またその後で問い合わせてもそこにはそんな人はいなかったそうです」「するとちょうどあの頃わしが名前を変えて外国に行ったために、お前の気の毒な母親とお前は窮乏と悲惨にさらされたというわけだな――わしはこの身の愚行の結末に仰天しているのだ」――それから彼はクリンカーの頭に手を置いてこう付け加えた「立ち上がれ、マッシュー・ロイド――さあ紳士方、わが若き日の罪がこのように立ち現れてわしを裁いておるのだ――ここに自分の手で書いたわしの指示と、女の求めで残しておいた印鑑があります。そしてこれが教区の牧師補が署名した子どもの洗礼の証明書です」。一座の者はこの秘密の露見に仰天するばかりだったが、デニソン氏は父と息子の双方を気軽に祝福した。ぼくはどうしたかというと新しく見つかった従弟の手をぎゅっと握りしめてあげた。リスマヘイゴウは目に涙を浮かべて彼に祝いの言葉を述べた。というのは石炭入れが足の上に落ちた時の痛みにうめきながら、彼はひどいスコットランドなまりで悪口を言いながら部屋の中を飛び回っていたからだ。彼はあの気違い野郎の身体から魂を追い出してやるとまで誓っていた。しかし事態の意外な成り行きを見て彼は男の幸運を祝福し、この露見劇であやうく自分は足の親指を失うところだったから、喜びもひとしおなのだと言った――今度はデニソン氏が、伯父がオックスフォード時代の名前を変えた理由を知りたいと言った。するとわが郷士は次のように答えて納得させた――「わしはグラモーガンシャーの母の土地の相続人として、母方の姓のロイドを名乗っていた。しかし成年に達した時、父の土地を請け戻すために、母譲りの土地を売り払って、本来の姓に戻った。ですから今は、ごらんのように、モンマスシャーのブランブル館のマッシュー・ブランブルなのだ。そしてこちらがわが甥、グラモーガンシャーのベルフィールドのジェレミー・メルフォードだ」。この時に婦人たちが屋内に入ってきたので、彼はミセス・タビサを妹、リディアを姪として紹介した。老紳士は感動しながら満足と驚きの表情で、しげしげと彼女を見定めずにはいられないという様子だった――「妹よ（と伯父は言った）。あんたの好意にあやかりたいと望んでいる気の毒な親類がここに一人いるぞ――もとのハンフリー・クリンカーがマッシュー・ロイドに変身したのだ。そしてあんたの血筋を引いている名誉を主張している――簡単に言うとこの浮浪者はわしが熱い血と抑えがたい放埓《ほうらつ》の日々に、自ら植えた野生のリンゴであるのが判明したのだ」。クリンカーはこの時までにミセス・タビサの横で片膝をついて頭を垂れていたが、彼女は彼を斜めに見やり心の動揺をはっきり見せ、扇を振りながら、ああでもないこうでもないと考えてから、この場にふさわしいと思ったのか、彼に口づけさせるために片手を差し出した。そしてつんとすましながら言った「兄さんは大変な悪者だったのね。でももっと長生きして、御自身の生き方の愚かさがわかるといいのよ――言ってすみませんが、あなたが今日認知したこの青年は、世俗的な学問をし、二度も相続の機会に恵まれたあなたよりも、神様のお慈悲により多くのお恵みと信仰心を身に付けておりますす――この人の目付きと鼻先の形は確かに私の叔父のフルイドウェリンのロイド叔父さんのものですわ。また長いあごは私たちのお父様に生き写しです――兄さん、この人の名前を変えたのですから服も変えてあげなさいよ。このお仕着せは私たちと同じ血筋の人にはふさわしくありません」――リディアはこの人物を一家に迎えたことをとても喜んでいるように見えた――彼女は彼の手を取って、彼女の伯父に対する感謝と愛慕の証拠をあんなにも数多く示してくれた道義正しい若者と血縁関係を持つことをずっと誇りにするだろうと言明した――ミセス・ウィニフレッド・ジェンキンズはこの発覚劇への驚きとか、恋人を失うかもしれない心配とかでひどく動揺し途切れがちな声で叫んだ――「お喜び申したいの、クリンカーさん――フロイドさん――私は言いますが、ねえねえ――あなたは威張って、見すぼらしい召し使い仲間など見ようともしなくなるのでしょう、ああ、ああ、ああ」。正直者のクリンカーはその身にふさわしくないほどの至福に大喜びしていることは認めた――「だけど何だってぼくが威張るんだろう（と彼は言った）、罪の中に宿されて、闇の中に産み落とされ、教区の貧民院で育てられ、鍛冶屋の仕事場で仕込まれた哀れな男が――ぼくが威張っているように見えたらいつでも、ジェンキンズさんよ、初めてチッペナムとマールバラの間であんたに会った時に、ぼくがどんな格好だったか思い出させて欲しいもんだ」

この重大な事件がその関係者全員が納得のいくまで話し合われた時に雨も止んだので、婦人たちは馬車で行くのを辞退した。そこでぼくらは連れだってデニソン氏の家まで歩いていった。この家ではデニソン夫人がお茶の用意をしてくれていた。夫人は愛想のいい主婦でぼくらを優しい心尽くしで迎えてくれた――家は古い造りで建物の配置はまとまっていないが、住みやすく便利に出来ている。前方の南に百歩くらいの所に川があり、北側には見事に植林された丘もある。緑地と歩道とがとても整然と配置され、すべてが田園風でロマンチックだ。ぼくはこの家の若紳士にはまだ会っていない。近くの友人の訪問に出かけていて明日までは友人の家から戻らないそうだ。

それはともかく郵便を出しに隣の市場町まで行く男がいるので、この機会を使って君に冒険だらけだった今日の物語を送る次第だ。君もぼくが思い出すままに、形式張らずありのままに冒険の数々をドリーの宿〔ロンドンのドリーの宿はその料理人の名前から由来している。彼女の肖像をゲーンズバラが描いている〕のビフテキのように出来立ての熱々で君に提供したことを認めてくれると思う。

J・メルフォード

ルイス医師へ

親愛なるルイス

前便以来、私はさまざまな事件に遭遇しました。その幾つかの変わったものは話の種として取っておきますが、中には再会まで胸に納めておけない面白いものもあります。

先生は今頃、この手紙を読まれる代わりに、私の遺言状を執行しているかもしれない可能性が大いにあったということをご承知ください。二日前にわれわれの馬車が急流の真っただ中で転覆しました。その時、私の命はわが召し使いハンフリー・クリンカーの勇気と活躍と沈着さなどで大困難にもかかわらず救出されたのです――しかしこれが冒険の一番驚くべき状況ではありません――このハンフリー・クリンカーは、先生がご存じかもしれないグラモーガンのマッシュー・ロイドという男の落しだねであることが判明したのです――お分かりでしょうか、先生の抱いている哲学にもかかわらず、われわれウェールズ人がその大いなる活力を血統由来のものだとするには少し理由がありますーーしかしこのことについてはいつかまた論じ合いましょう。

これがわれわれの災難の結果として私が見出した唯一の発見というわけではありません――われわれはたまたま味方の岸辺で遭難したのです――荘園の領主は他ならぬわれわれのオックスフォードにおける悪友、チャールズ・デニソンです――今われわれは幸いにもこの紳士の家に滞在していますが、彼は私がこの二十年間心から望みしかも手に入れることができなかった至福の田園生活に実際に到達しているのです。彼は気質が優しく寛大で情深く、どう見ても彼自身の気質に最適の配偶者に恵まれています――彼女はさらに聡明さと忍耐と分別とに人一倍恵まれ、彼の伴侶としてふさわしい打ち明け相手、相談相手、補佐役などになることができます。この立派な人たちに十九歳くらいの一人息子がいて、彼は両親がその楽しみの入れ物を満たすために天から授けてもらいたいと望みうる限りの好青年です――一言でいうと、彼らはこの愛するものの生命と彼の関心事についての懸念と不安以外にはその幸せを妨げる邪魔者は何もないのです。

わが旧友は不運にも次男だったので弁護士になるための教育を受け、実際その資格を取りました。しかし彼はその方面で成功できるなんて思わず、その職業にはあまり熱心ではなかったのです――彼は父を無視し、財産にも無関心で、恋愛結婚をしました。それで数年間はほとんど、いやもっぱら彼の仕事だけを頼みの綱にして、かすかすの生活をしていました。また家族が増える見込みも不安と動揺の種になっていましたが、そうこうするうちに、父親が亡くなり、彼の兄がその相続人になりました。これがまたキツネ狩りばかりやっている飲んだくれで、家の仕事はほったらかし、召し使いを馬鹿にしたり、いじめたりするだけなので、数年で地所をほとんど台無しにしたのです。その頃折よく、彼は放蕩の直接の結果である熱病をわずらい世を去りました。チャールズは妻が賛成してくれたので、直ちに職業を捨てて田舎に引っ込む決心をしました。とはいえ彼のこの決心は、そのことで彼が相談したどの人にも激しくかつ熱心に反対されたのです。そんな実験をやった人たちは彼の地所から得られるものの最低二倍くらいの収入がないと、田舎で生きていくことなどとてもできないとか、紳士の体面を保つためには豪華な食卓を用意しておかねばならないとか、農業は揺りかごの時からそれをするように育てられた人にしか会得できない秘術で、その成功はただ技術や勤勉だけではなく、紳士たるもののとてもできそうにない細かな注意とか耐乏生活によるものだから、紳士方のやった試みはすべて失敗し、少なからぬ紳士が農業を実践したために破滅したのだ、などと彼に進言したのです――それどころか彼らは家畜用の干し草やエンバク、家禽や卵や葉物野菜や根菜、また雑多な家事用品などは市場で買う方がそれらを自分の土地でつくるより安上がりだろうと断言したのです。

このような数々の反対もデニソン氏をあきらめさせませんでした。というのもそれらの反対は、主として彼が田舎で贅沢三昧の生活を送るだろうという推定からのものだったからです。本当はそんな生活こそ彼とその連れ合いが等しく忌み嫌い軽蔑し、避けようとしていたものでした。彼が夢見たものは現実生活の欠乏がなく、貧窮への恐怖で乱されることのない健康的な肉体とか安心感とか家庭の憩いなどのささやかな幸せなどでした――彼は汚れのない空気、清い水、適度な運動、質素な食事、便利な居場所、それにさっぱりとした衣服以外は何も欲しがりませんでした。彼はよくよく考えたのです。教育がなく天賦の才にもさして恵まれない農民が地主に年間二、三百ポンドの借地料を払いながらも、農産物で大家族を養え、富裕になることさえあるというなら、自分でやれば、借地料を払わず、逆に年に三、四百ポンドを受け取れるのだから、勤勉にやりさえすればきっと、ちょっとした成功を見込めるのではないかと――彼はこう考えたのです。大地は惜しみの無い母親でどんな子どもにも分け隔てなくその美果を与えてくれるはずだと。彼は農業理論をまあまあ熱心、かつ喜んで研究していましたが、いざやってみると秘策があるとは思えず、念入りに熱心にやれば発見できそうなものばかりでした。家計費について彼はそれを精査し、それで友人たちの言うことが全く誤りであることを発見しました——彼はただ家賃ということでも年間六十ポンドも節約でき、小遣い銭と不時の出費ではその倍額を節約できること、肉屋の肉の値段でさえ田舎ではロンドンよりも二割も安いし、家禽やその他のほぼすべての家庭生活の必要品などについては都会の値段の半分以下で入手できそうなこと、さらに衣類については、無知と愚かさから生まれる馬鹿馬鹿しい流行の押しつけから解放されて、かなり節約できることなどがわかりました。

生活の華やかさと調度の豪華さで富裕な人たちと競い合うことの危うさなどに彼は少しも心を痛めることはなかったのです。すでに彼は四十歳を過ぎていて、その歳月の半分を都会で暮らしたのですから、人間学というものには精通していました。世の中で年間、五百ポンド収入のある者がその五倍もの収入の者とあえて出費を競う姿ほど軽蔑すべきものはないのです——その男のこれ見よがしな姿は、彼の窮乏の実態を隠すどころか、それを暴露し、その見栄をより醜くするだけなのです。というのはそれは非難の眼を集め、詮索心をかき立てるからです。州内に住む所帯、彼自身の家の召し使い、教区内の農民で、彼の土地が生み出すものを、一ファージング〔四分の一ペニーの銅貨〕の末まで知らぬ者は一人もなく、それらの人びとはすべて軽蔑と憐みの念で彼を見つめます。こんな考察がそのような不幸な矛盾に陥っている人たちの心に浮かんで好ましい効果を生まないことに驚きますが、じつは人間の性質に付きもののすべての熱情の中でも、虚栄こそ知力の働きを一番ひどく妨げるものです。それどころか虚栄にとらわれた人は時に、信じられないほど堕落し、そのあげく破廉恥なことをしたがり、指弾を浴びることに喜びを見出すようになるのです。今私は都落ちをしてこの地所を所有するようになったデニソン氏の人柄とその実情をお知らせしました。しかし手紙を隣町まで運ぶ使者がもう出発しようとしていますから、この主題についてまだまだ述べなくてはならないことを次の便まで保留します。その折にはしかとお知らせします。

十月八日

恒心の友　マット・ブランブル

ルイス医師へ

ここにまた先生、私はあなた様の興味を引くためにペンを取ります——われわれがここに到着した翌朝に、私はわが友デニソン氏と散歩に出かけましたが、その時に、見る者をまことにうっとりさせる美しい風景に、思わず最高の賛辞を口にせずにはいられませんでした。そしてとりわけ彼の邸宅の防風林、装飾物としての遠近の森の素晴らしい配置に私がとても感心したことをはっきりと言いました。

「ぼくがこの土地を所有するようになった時、それは二十二年ばかり昔のことだがね（と彼は言いました）家の周囲一マイル以内には樹木は一本もなかった。古い放置された果樹園の葉と苔《こけ》だけのある木々を別にしてね——ぼくがやってきたのは陰気な十一月の頃で家は〝荒廃の塔〟とでも呼ぶにふさわしい有様だった——中庭にはイラクサとスカンポがはびこり、庭園はそれまでに他で見たこともないほど雑草だらけだった——窓のよろい戸はばらばらになり、なくなっていた——窓ガラスも割れていた——またフクロウとコクマルガラスが煙突を占領していた——家の中はもっと荒れ果てていた——その全体が暗く、じめじめして、言葉にできないくらい汚れていた——屋根のところどころから雨漏りがした——部屋の幾つかは床さえ抜け落ちていた——壁紙は壁からはがれ、かびくさいその残骸が揺れていた——鏡も枠からはずれて落ちていた——何枚かの祖先の肖像画は埃《ほこり》まみれだった——椅子とテーブルは全部虫に食われてがたがたになっていた——ベッドは何でも家に二世紀もあったという、総金塗の天蓋に黄色いモヘアのふさ縁のカーテンが付いた古風な代物以外に、使えそうなものは家の中に一台もなかった——要するに台所道具以外に家具は何もなかった。そして酒蔵にあるのはわずかな空っぽの大小の酒樽だけで、臭いがひどく、中の悪い空気を和らげるためにかなりの量の火薬をたくまで、誰も中に入らせなかったほどだ。

「年寄りの作男とその妻が家で寝泊まりするために雇われていたが、彼らは理由をいろいろ持ち出し、とりわけ恐ろしい物音で眠れないとか、ぼくの気の毒な兄がその死後も確かに歩いていたなどと言い張り、そこそこに逃げ出していた——一言でいうと家はとても住めるとは思えなかった。納屋も馬屋も廃墟になっていて、垣根はすべて崩れ落ち畑も荒れ果てていた。

「家の鍵を保管していた農民はぼくがここに住むなどとは夢にも思っていなかった——彼は六十ポンドで農園を一つ借りていたがその賃借期限がちょうど切れようとしていた——彼はここの土地の管理人に任命してもらい屋敷とその隣の土地を自分名義にしてしまおうと企んでいた——彼のこん

な気持ちをぼくは初めてここに来た時に牧師補から聞かされた。だからぼくは田舎暮らしなどしないほうがいいという彼の言葉にはあまり注意しなかった。しかし借地料をかなり安くしてくれないと賃借期限が終了したら農場を離れる、と彼が通告してきた時にはぼくもちょっとびっくりしたものだ。

「この時期にぼくはふとしたことからある人物と知り合いになった。この人との友情こそぼくの幸運そのものがかかっていた。隣の市場町のある宿屋でたまたまウィルソン氏という人と食事をしたが、彼は最近このあたりに居ついたのだ——彼は軍艦の副官をやっていたが、何か嫌なことがあり、海を離れた。そしてこの教区に住み農業でかなり蓄財した農夫ブランドの一人娘と結婚した——ウィルソンはぼくがこれまでに知り合った人間の中では最も親切な男の一人だ。勇敢で率直で世話好きで、飾り気もない——彼はぼくとの会話を好んだし、ぼくは彼の人柄の寛大さに魅せられた。すぐに交際が始まりそれがさらにおおらかな友情になった——物質の原料になる同質の粒子みたいに世の中には、互いに引きつけられる性格があるものだ——彼はすぐにぼくをその義父の農夫ブランド氏に引き合わせてくれた。この人はぼくの土地を隅々までよく知っていたので、この時にとてもいい忠告をしてくれた——ぼくが田園生活に憧れ、農業という職業を楽しみたいとさえ思っているのを知って、ぼくの計画に賛成してくれた——彼はぼくに農園の賃貸料はすべて安すぎることや、地所は大きく改良できそうなこと、近くには多量の白亜があること、ぼくの土地には肥料用の上質の泥炭土があることなどを説明してくれた——ぼくが取り戻せそうな例の農園については、彼は喜んで現在の借地料で借り受けたいと言った。しかし同時に彼は、もしぼくが囲い込みに二百ポンド出せば、この農園はその金額の二倍以上の価値になることも認めたがね。

「このように励まされてぼくはすぐに計画を実行し始めた。手持ちの資金がなく、土地の収穫は年間三百ポンド以上にはならなかったが、思い切って資金をいくらでもつぎ込んだ――一週間もするとぼくの家は雨風が吹き込まなくなり、上から下まで完全に掃除された。その次には台所から屋根裏部屋にいたるまで、ドアと窓をすべて開け放ち、どの煙突にも薪を燃やして、家には十分に風を通させた――床は修理され窓枠には新しいガラスが入った。そしてあるだけの古い家具を使い、ぼくはどうにか一つの客間と三つの居間に質素でも上品な備え付けをすることができた――中庭の雑草とがらくたは片付けた。そしてわが友、ウィルソンが庭園の手入れをしてくれた。煉瓦積みの職人が納屋と馬屋で仕事に取りかかり、人夫も雇われ、農夫ブランドの指図で垣根を修理し、生け垣をつくったり、溝も掘り始めた。ぼくはブランドの紹介で仕事熱心な作男を住み込ませて、どの部屋にも火を絶やさないようにした。

「こんなふうにしてからぼくはロンドンに戻った。そしてすぐに家具を売り払い、最初の訪問から三週間後に、ここでクリスマスを迎えるために妻を連れてきた――陰鬱な季節、荒涼とした土地柄、物寂しいわが家の様子などを考え、都会生活からいきなりこんなもの悲しい田舎に移ると彼女の決心がくじけはしまいかと心配だった。しかしこの心配はうれしくも杞憂《きゆう》だった――彼女はぼくが描いた絵より現実の方が快適だと思ってくれた――実際にこの時までに外観だけはすっかり改善されていた――廃墟になった離れの家々はその跡地に新しく建て替えられていた。鳩小屋も再建され、ウィルソンが元通りに鳩を入れていた。彼はまたぼくの庭園をさっぱりさせ、鳩を沢山放ったので庭も愛らしい風情を見せた。そして屋敷のすべてが人間の住まいらしくなった――農夫のブランドは家族用の一頭の乳牛と、ぼくの召し使いが隣町の市場に行くための一頭の普通の乗用馬をくれた――ぼくは田舎出の若者を従僕として雇い、作男の娘を女中にした。妻はロンドンから料理女を連れてきた。

「これがぼくが余分な家具を売り払って手にした三百ポンドを資金にして、この場所で生活を始めた時の家の状態だった――ぼくは昼間の時間つぶしの仕事はあるだろうと思っていた。でも長い冬の夜はどうしたものかと不安だった。でもその助け舟も見つかった――牧師補は独身者だったがまもなく家族と懇意になり、大概この家で眠るようになった。そして彼との交際は楽しく有益だった――彼は控えめで学識もあり、ぼくが知りたがっていた田舎の問題についてよく教えてくれた――ウィルソン氏は妻を紹介するために連れてきた。すると彼女はうちのかみさんにとても好意を持ち、夫人との会話ほど楽しい時間はないと言った――その頃彼女は小太りできれいな田舎娘だったがとてもおとなしく、夫のジャック・ウィルソンと同様に親切だった。だからすぐに女同士の友情が生まれてそれが今日まで続いているのだ。

「ジャックについて言えば、彼はぼくの旧友であり相談相手であり代理人でもある――百ポンド以上賭けてもいいよ、君がこの家を去るまでにはきっと彼に会えるだろう――ジャックは万能の天才だ――その多才ぶりには全くあきれるくらいだ――彼は腕のいい大工であり、指物師《さしものし》でありろくろ師であり鉄と真鍮の巧妙な工芸家だ――彼はぼくの生活を監督してくれたばかりでなく、気晴らしについても指導してくれた――ビールの醸造やリンゴ酒、ナシ酒、ハチミツ酒、ウスケボー〔ブランデーや乾燥果実、スパイスなどでつくった飲み物〕、水薬のレシピも教えてくれた。幾つかの異国料理たとえばオラ〔スペイン風の土鍋のごった煮〕、ペパーポット〔西インド風の肉、魚、スパイスの煮込み〕、ピロー〔東洋風のスパイスの効いた肉飯〕、コリス〔東インド風のカレー料理〕、チャボブ〔肉、野菜の串焼き〕、ストゥファータ〔イタリア風のシチュー〕のレシピもだ――彼はチェスから穴一〔小銭をなるべく目標近くに投げる遊び〕に至るまでさまざまな遊戯を知っていて、歌もうまいし、ヴァイオリンをたしなむし、とても身軽にホーンパイプも踊る――彼とぼくとは天気の急変なんかものともしないで一緒に歩き、馬に乗り、狩りをし、釣りもした。そしてぼくはこんなイングランドのような冷え冷えとする湿潤な土地柄では生体を維持するために、不断の運動も食べ物と同様に必要なことがわかった。――二十二年間というものウィルソン家とぼくの一家との間の友情はただの一時間も中断したり減少することがなかった。しかも稀な幸運なのだが、その友情は互いの子どもたちにも続いている――彼の息子とぼくの息子は同じ年頃だし同じ気質なようだ。彼らは同じ学校と大学で共に教育を受け互いに大きな好意を抱いている。

「ウィルソンを通してぼくはまた、隣の市場町に住む分別盛りの医師と知り合った。その妹は感じがいい老嬢でわが家でクリスマスの休暇を過ごした――一方でぼくはかなり熱心に農業をやり始めた。そして引っ越したばかりの冬に、あんなに君のお気に入りの幾つかの林を植樹したのだ――近在の紳士階級の連中についていうと、ぼくが仕事を始めた頃には、その方面から何の迷惑も受けなかった。ぼくが田舎に落ち着く前に、彼らはみんな町に行っていたのだ。それで夏までにはぼくは彼らの攻撃から身を守る手段を講じておいた――豪華な美装馬車がぼくの家の門にやってくる時は居留守を使った。控えめな訪問者は受け入れた。そして彼らの性格や会話の観察によって、彼らの深入りを拒絶するか、または彼らの礼儀にお返しした――ぼくはだいたい上流の連中たちには生まれも育ちも良くない男として軽視された。それでも幾人かのかなりの資産家が快くぼくの生活様式を取り入れてくれた。その他の多くの人たちもその妻や娘の高慢や嫉妬や野望に妨げられなかったら、ぼくらの仲間になっていただろうに――贅沢と浪費の時代にあってはそのようなものが田舎の小さな土地という舟を難破させる岩礁なのだ。

「ぼくはライル〔Edward Lyle（一六七七―一七二二）『農事診断』*Observations in Husbandry*（一七三二）〕やタル〔Jethro Tull（一六七四―一七四一）『馬のくわ起こし』*Horse-hoing Hasbandry*（一七六四）〕、ハート〔Walter Harte（一七〇九―一七四）『農事随想』*Essay on Husbandry*（一七六四）〕、デュアメル〔Henri Louis Duhamel de Monceau（一七〇〇―八一）『農事細目』*The Elements of Agriculture*（一七六四）〕やその他の人が書いた農書に従って農業の実験をするために、屋敷に隣接する数エーカーの土地を手元に残しておいた。そしてぼくの農業の大先輩の農夫ブランドの実地の観察で彼らの理論を試してみた――要するに田園生活に魅せられたのだ。しかもぼくの成功は予想をはるかに上回った――ぼくは沼地を排水したりヒースを焼いたりハリエニシダやシダ類を掘り上げた。何も育たない土地を雑木林にしたり、柳を植えたりもした。段々とすべての農地を囲い込んで大改良したので、ぼくの地所は今は、優に年、千二百ポンドも生み出してくれる――この間ずっと妻とぼくは健康で意気盛んだった。ただ生活にどうしても伴う事故で落ち込んでしまう稀なケースを除いて――ぼくは二人の子どもを幼児のうちに天然痘で亡くした。それで今は一人息子がいるだけで、ぼくらの希望はすべて彼にかかっているのだ――昨日彼は友人を訪ねてその家に一晩泊まった。でも正餐時にはここに戻るだろう――今日君と家族に彼を紹介できるだろう。そして彼がぼくらの愛情にふさわしい子どもだということを君に知ってもらえるのが誇らしいのだ。

「実際にはぼくは盲目的な親馬鹿なのか、それともあの子が目に入れても痛くないほど可愛らしい少年なのか、どちらかだね。それにしてもあの子のやり方はずっと不安の種だった――白状するとぼくらは彼と、隣の州のある紳士の娘、これはどう見ても相当な財産を相続しそうだが、その娘との縁組を計画していたのだ。しかしどうも彼は自分の都合でその縁組を嫌っていたようだ――当時彼はケンブリッジにいたが色々口実を設けて時間かせぎをした。しかし母親とぼくから手紙ではっきりとした返事をしろとせっつかれたので、指導教師をうまく騙して、今から八か月くらい前に姿をくらましてしまった――こんな向こう見ずな手段を取る前に彼はぼくに手紙をくれ、この縁組への反対意見を説明し、彼を一生不幸にするに違いない婚約をあきらめたとわかるまで、雲隠れするのだと宣言してきた。そしてこの問題についてのぼくらの意見を彼が知ることができるようにある新聞紙上への広告の形式を指定してきた。

「君はこの失踪劇にぼくらがどんなに仰天し苦しんだか容易に察してくれるだろう。彼は同じ学寮にいる友人のチャールズ・ウィルソンに何の素振りも見せずに、そんなことをやったんだよ――ぼくらは彼が自分の意思で帰ってくるかもしれないと思って、これを無視するふりをして彼をこらしめようと決心した。しかし彼は自分の決心を貫き通したので、とうとう先方の若いご婦人は自分で結婚相手を選んだ。その時になって彼は姿を見せ、ウィルソンの仲介でぼくらと和解した――どうだろうね、ぼくがこれまでに会ったうちでも最も可愛らしい君の姪御さんと彼をめあわせて、ぼくらの両家を結び付けることにしたら――ぼくの妻はもう我が子みたいに彼女が気に入っているし、ぼくはせがれも彼女に一目惚れしそうな予感がする」「そんな縁組ができるなら(と私は言いました)ぼくの一家全体にとってこれほどうれしいことはない。でもねえ君、ありのままに言うと、リディアの心は誰かが奪ってしまったみたいなんだ――忌々しい障害なんだよ――」「君の言うのはあのグロスターの若い旅役者のことだね(と彼は言いました)――ぼくがそんな事情を知っているのには驚いたただろう。しかしあの旅役者こそ、せがれのジョージ・デニソンに他ならないと言えば、君はもっと驚くだろうね――あれはせがれがお忍びしていた時に扮していた役柄だったのだ」「これは驚いた。うれしいな(と私は叫びました)君の申し入れ通りになればこんなに喜ばしいことはない」

さらにその若紳士の失踪劇の後、また姿を見せモンマスシャーのブランブル氏の姪のミス・メルフォードへの思いを両親に打ち明けたいきさつを彼は語ってくれました。デニソン氏はこれが旧友のマッシュー・ロイドであるとは全くわからなかったのですが、それにもかかわらず息子にしかるべき信用証明書を与えました。それで息子はその身分を明かし気持ちを伝えるために、われわれを探し求めて、バース、ロンドンその他の多くの場所に行ったのです――探し求めてもうまくいかなかったので、彼は落胆して、帰宅後すぐに危険な熱病になったのです。両親は恐怖と苦悩で落ち込みました。でも彼は今でも、まだ弱々しく憂いに沈んでいますが、すっかり回復しています。甥がわれわれの散歩に加わりましたので、この一切を話すと、とても喜びました。

彼はこの縁組を全力で進めよう、若きデニソン氏を友人かつ弟として抱擁したいものだと言明したのです――他方父親の方では、妻の所に行き彼女からリディアに、事情が判明したいきさつを、彼女のか弱い神経が突然のショックでおかしくならないように、だんだんとわからせてやるように頼みました。また私は妹タビーに詳しい事情を教えました。彼女はちょっと驚いたのですが、それにはねたみの思いがこもっていなかったわけではありません。というのはこれほど名誉がある良縁に反対のはずがないのに、彼女は当事者の若さと未熟さを口実に、賛成するのをためらったのですから。それでもとうとう、リスマヘイゴウ中尉と相談してから、彼女は黙認した次第です。

デニソン氏は息子が門に着いた時にわざわざ迎えに出てあげました。そして彼に来客について質問する時間もきっかけも与えず、さっさと階上に連れてきて、ロイド氏とその家族に彼を紹介しました――部屋に入って彼が最初に見た人物はリディアでした。彼女は心構えをしていましたが、興奮しすぎて、ぶるぶる震えていました――この相手を見るやいなや、彼は床にくぎ付けになり、びっくり仰天して彼女を見つめ、叫んだのです「何ということだろう。これはどうしたことだ――おお、どういうわけなんだ――」。これ以上は何も言えず彼はじっと沈黙したまま目を見張りながら立ち尽くしていました――「ジョージや（と父親が言いました）こちらがわしの友人のロイドさんだよ」。これで我に返り、彼はこちらを向いて私の挨拶を受けたのです。この時に私は言ったのです「お若い紳士殿、もし君がかつて私たちが会った時にわしに秘密を打ち明けてくれていたなら、われわれはもっと親しくなってお別れしていたでしょうに」。彼が答えられないでいると、ジェリーがやって来て、両腕を広げて彼の前に立ちました――最初、彼はぎょっとして顔色を変えました。しかししばらくしてから彼はジェリーの腕の中に飛び込み、二人は幼い頃からの親友でもあったように、お互いに抱き合いました。それから彼はミセス・タビサに敬意を表しました。そしてリディアのところに歩み寄り「いったいこれは現実のことだろうか（と彼は叫びました）夢みたいで信じられないのです――ぼくは父の屋根の下でミス・リディアにお会いしているのでしょうか――あつかましくも彼女に話しかけてもいいのでしょうか――そしてご親戚の方々はぼくに賛成して守ってくださるのでしょうか」。リディアは真っ赤になってぶるぶる震え、ようやくこう言ったのです「本当ですとも、あなた様、仰天させるような事情ですわ――大きな――神様の思し召しの――何を申していいかわかりません――でもどうか私の思いのたけを申しあげていると思ってください」

デニソン夫人が横から口出しました「いい子だから冷静になってね――あなたがたお互いの幸せこそ私たちの一番気にしていることなのよ」。そして心優しい老婦人は代わる代わる二人を抱きしめました――恋人たちはあまりに感動したので、日がな一日あわてふためいていました。しかし場面はジャック・ウィルソンが到着してとても活気づきました。彼は例のように狩りの獲物を少し持参しました――その誠実な顔つきはそれだけで十分な紹介状でした――私は久しぶりに会った親友のように彼を受け入れました。しかし彼が旧知のようにジェリーと握手するのを見て、変だなと思いました――彼らは実際、ある愉快な事件、これについては再会する時に説明しますが、その結果、数日前から知り合っていたのです――その夜、恋人たちの問題について話し合われましたが、そこでこの縁組は正式に同意されて結婚のすべての詳細が誰も反対することもなく決定されました――甥と私はリディアの財産を五千ポンドにしてやることを約束しました。デニソン氏は直ちに息子に手持ちの土地の半分を譲渡すること、また義理の娘には四百ポンドの嫁資をあげると言明しました――タビーは、まだ若い二人だから、彼らの間に断ち難い絆が結ばれるまで、少なくとも一年間の試験期間を置くべきだと提案しました。しかし若紳士がとても待ちきれないほどあせっていて、しかも今度の計画では若夫婦は彼の両親の家で面倒を見てもらいながら暮らすことになっているので、われわれとしてはさらに延期するようなことはしないで二人を幸せにしてやろうと決心しました。

法律の定めるところによると、結婚の当事者同士は同じ教区に数週間は住んでいなければならないので、われわれは式が挙げられるまでは当地に滞在することになります――リスマヘイゴウ氏自身もそのチャンスを使いたいと思っています。ですから次の日曜日に四人同時の結婚が発表されます――私はブランブル館で先生と一緒にクリスマスを過ごせなくなると思います――実際に私はこの家で大歓迎されていますので住まいを変えたくないのです。そして別離の日がやってきたら双方ともにひどく悲しむと思います――ともあれわれわれは天の与えたもうた恵みをできるだけ活かさねばなりません――先生がお仕事で身動きが取れなくなっていること、さらに私がこれだけお宅から遠いことを思うと、先生においでくださいなどとは申せません。でもその距離は夏の一日の旅程を越えません。また先生によろしくとのチャールズ・デニソンも、昔の飲み仲間に会えば大喜びするでしょう。しかし現在私はどこにも行かないので、この手紙への先生のいつものご返事を期待しています。

恒心の友　マット・ブランブル

十月十一日

准男爵サー・ワトキン・フィリップスへ（オックスフォード大学）

親愛なるワット

今や毎日事件と発見が沢山あります――若きデニソン氏は、ぼくがあんなに長い間、ウィルソンという名で憎悪していた人物そのものであることが判明しました――気がすすまない縁組を避けるために彼はケンブリッジの学寮から姿をくらました。そしてどさまわりの旅役者を演じていた。そのうちとうとう問題の女性は自ら夫を選んだ。そこで彼は父親のもとに帰り、リディアへの思いを打ち明け、その恋心は両親の承認を得られた。もっとも父親はブランブル氏が旧友のマッシュー・ロイドだとは夢にも思わなかったが。若い紳士は伯父とぼくに晴れの結婚申し込みをする権限を与えられ、イングランド中をぼくらを探して歩いたが、無駄足になった。そしてぼくが妹と宿屋の窓辺に立っていた時、馬に乗って通り過ぎた男はまさに彼だったのだ。しかし彼はよもやぼくらが家の中に居るなんて夢にも思わなかった――ぼくが勘違いして決闘をいどんだあの実在したウィルソン氏は、実は老デニソン氏の隣人で親友でもある人だった。そんな関係で、息子デニソンに、身を隠している間、その名前を名乗ろうと思わせたのだ。

君は容易にわかるだろうが、一家の名誉が、ぼくが人並み以上に愛している妹の振る舞いで何ら損なわれる恐れなどないことや、妹は自分の感情とか意見を貶めてみじめな旅役者に打ち込んだのではなく、階級については自分と同じで、富については自分以上の紳士の心を実際に魅惑したこと、さらにその紳士の両親が彼の恋を承認したので、ぼくはまさに友情と尊敬に値する義弟を持とうとしていることなどを知り、ぼくがどんな喜びを感じたかを。ジョージ・デニソンは何らの疑念もなしに言えるが、イングランドでも最もたしなみのある青年の一人なのだ。その人柄は優雅でもあり男らしくもあり、その知性も高度に洗練されている。気位は高いが心根は親切なんだ。身のこなしはとても魅力的で、悪意と冷淡からさえ尊敬され愛される。ぼくと彼の人物を秤《はかり》にかけると自分が軽すぎるので恥ずかしいのだ。それでもこの比較が嫉妬心をかきたてることはない——彼を模倣すべきお手本として推奨する——ぼくは自分でも彼との友情にふさわしいようにした。それですぐに彼の友情に加えてもらったと思う。それにしてもぼくらがある対象を見る時に、偏見と激情というよこしまなもので、毎日いかに邪悪で不正なことをやっているか、またいかに愚かしい判断をしているかなどをぼくは残念にも反省せざるをえない。もし君が数日前に役者ウィルソンの画像をぼくに頼んできたとすれば、ぼくはジョージ・デニソンの真の人柄と性格には似ても似つかぬ肖像を描いたことだろう——旅をして人間をその真の姿で吟味することで得られる最大の利益は、疑いもなく、精神作用を抑制して率直さと正確さで判断するのを妨げるあの恥ずべき黒雲を吹き飛ばす働きなのだ。

現実のウィルソンはきわめて独創的で、こんなに気立てが良くて付き合いやすい人物は見たことがない——ぼくは彼がこれまでに怒ったり落胆したことはなかったと思う。彼は学問については自負したりなどしない。しかし他のことでは実用だろうと娯楽だろうと、何でも達人の域に達している。多くの才能の中でも、とりわけ彼はなかなかの狩猟家で、州内でも射撃の最高の名手とされている。彼とデニソン、それにリスマヘイゴウとぼくはクリンカーを連れて昨日狩りに出かけた。そしてヤマウズラの大猟をやってのけた——明日ぼくらはヤマシギやタシギをめあてに出陣する予定だ。晩にはぼくらは踊ったり歌ったり、あるいはコマース、ルー、カドリルなどのトランプ遊びをやる。

デニソン氏は気品ある詩人で、リディアへの恋心を主題にした短詩を幾つか書いた。若い女のうぬぼれをくすぐるはずだ——おそらく彼はこれまでに現れた最大の芝居の天才の一人だろう。彼は時折、わが国の最高の劇の中から、おはこのせりふをそらんじて楽しませてくれる。ぼくらは早速、大広間を劇場につくり変え、〝伊達男の策略〟〔*The Beaux' Stratagem* by Farquhar ジョージ・ファーカー作の喜劇〕を上演することにした——ぼくは〝スクラブ〟の役をまあまあ演じられるだろうし、リスマヘイゴウは〝大尉ジベット〟をうまくこなしそうだ——ウィルソンは〝道化のスケルトン〟〔即興劇〕で地元の人たちをうならせると言い、その役のために自分で色を塗った上着を用意している。

ぼくらの交友はまったく楽しいものだ。厳格なリスマヘイゴウもゆったりとくつろいでいるし、気むずかしいミセス・タビサも結婚式当日は彼女の方が姪よりも先に挙式することが決まってから、いらいらしなくなっている。というのはお知らせするがリディアの結婚の日取りが決まったのだ。そして二組の結婚予告はすでに教区の教会で一度公表された。〔結婚までに予告が三回必要とされる〕中尉は一回の手数でみんな済ませたい〔二組の式を一緒に挙げる〕と熱心に願い、タビサは不承不承の意地の悪い素振りを見せながらもこれに同意した。彼女の恋人は当地にはほんの少しか身の回りの品を持参していないので、荷物を送るようにロンドンに頼んでいたが、どう見ても結婚までには到着しそうにもない。でも万事ごく内輪にやるので、これは大したことではない——一方で結婚の契約を結ぶための方針が決められたが、契約は二人の女性にとってかなり有利なものになっている。リディアは多額の寡婦給与を設定してもらうし、その叔母は自分の財産をそのまま持ち続けて、利息の半分だけを夫の生存期間内は与えることにした。ぼくは、こんな連れ合いと一生くびきをかけられた男にとっては、これはとんでもなくけちくそなやり方だと思う。

結婚予定者たちがあまり幸せそうに見えるので、もしデニソン氏にかわいらしい娘がいれば、ぼくもここのカントリーダンスの三番目のカップルになるところだった。気分というものは伝染しやすいものだ。というのもクリンカー、別名ロイドが同じように、ミセス・ウィニフレッド・ジェンキンズと茶番劇をやりたがっているのだ。彼はこの問題でぼくの腹をさぐりに来た。でもぼくはその計画を進めるようなことはしなかった――ぼくは彼に、何の取り決めも約束もしていないのだから、彼はもっとうまくやれると思うし、また伯父が彼にどんな腹づもりなのかもわからないので、こんな類のことを、彼の方からあわてて願い出て、伯父にたてつくようなことはしないほうがいいと言ってやった――誠実なハンフリーは郷士の気を損ねるくらいなら死んだほうがましだと強弁した。しかし彼はあの若い女に愛情を抱き、また彼女も彼を好意的なまなざしで見ていると信じる理由があること、また彼はこのお互いの好意の表明を暗黙の約束と思っていて、それは誠実な男の良心にとっては守るべき義務と心得ていることを告白した。また彼は、郷士とぼくがこの問題をじっくり考えて、自分と同じ意見になって欲しいと望んだ――彼の言うことは正しいと思う。だからぼくらは近々に彼のことをよく考えてあげるつもりだ――だから少なくとも数週間はここから離れられない。それで君には長い中休みがあったのだから、君がその延滞金を直ちに返済してくれることを期待している。

親しき友　J・メルフォード

十月十四日

ミス・レティシア・ウィリスへ（グロスター）

親しい親しいレティ

私はこれまでに、今感じているほど胸騒ぎしながら手紙を書くために座ったことはありません——数日間私たちはとても異常で重大な幾つかの事件に巻き込まれたので、私の考えはすっかり混乱し途方にくれました——ここで述べようとしていることには筋道もまとまりも期待なさってはいけません——親しいウィリス、私のこの前の手紙の後、諸事情がすっかり変わりました——大変化です——でもあなたにはちゃんとした事情をお知らせしたいのです——八日くらい前に私たちの乗った馬車が川を渡る時に転覆し、何人かがやっと命拾いしたのです——伯父は死にかけたのです——おお神様、あの時の様子をぞっとせずには思い出すことができません——その召し使いハンフリー・クリンカーの決断と働きがなければ、私の最良の友であり父であり保護者である人を失ってしまうところでした。あの時のために、あの人を、本当に神様が伯父の傍らに付けてくださったようにしか思えません——私は迷信家などとは思われたくありません。でも彼が普通の忠義心よりもっと強いある衝動から行動したのは確実です——実の父を救えと彼に声高く命じたのは天の声ではなかったのでしょうか。だって、おお、レティ、ハンフリー・クリンカーは伯父の落とし子だったことがわかったのですから。

それとほぼ同時にあの場に駆けつけて私たちに救助の手を差し伸べて、その家に招待してくださった紳士が、ブランブル氏のずっと昔からの友人であることもわかりました——その名はデニソン氏といって、現存の人の中でも最も尊敬すべき人です。また夫人は地上の天使そのものです。お二人には一人息子がいます——あなたはこの一人息子が誰だと思います——おおレティ——おお恵み深き神よ、このデニソン氏の一人息子こそ、ウィルソンという名前で私の胸をあんなに苦しくさせたあの青年その人だったとお知らせしている今、この胸はどんなにどきどきしていることでしょう——ええそうなのよ、親しい友よ。ウィルソンと私は今、同じ家に泊まっていて自由に語り合っています——彼のお父さんも、私と結婚したいという彼の望みを許してくれましたし、お母さんも親として優しく私を愛してくれます。伯父と叔母と兄ももはや私の気持ちに反対してはいません——それどころか彼らは、すぐに私たちを幸せにしようと意見が一致しました。それで三週間かひと月もすると、予期しない事件が起きなければ、あなたの友のリディア・メルフォードは名前と境遇を変えてしまっているでしょう——私〝もし予期しない事が起きなければ〟と言いますわ、なぜって、こんなにいい事ばかり続くので、びくびくしているのですから——こんな突然な運命の和解の中に何かそれをぶち壊すようなものが隠されていないように願っています——私にはそんな値打ちが——このような至福の資格なんか——ないのですもの。目の前に広がる眺望を楽しむどころか、この心は希望と願望、疑念と心配などでずっとびくびくして不安なのです——食事も睡眠もできずに精神はいつも震えています——あなたの存在だけが満たしてくれるあの心の虚しさをいつも以上に感じるのです——不安を覚えるたびに心は友人の胸に安らぎを求めます。しかもこれはあなたの付き添いと相談なしには、どう耐え忍んだらいいのかわからない試練です——ですから親しいレティ、あなたの友情を試さねばなりません——あなたがここに来てくれて、友のリディア・メルフォードに、乙女同士の最後のお務めをしてくださいとお願いしなければならないのです。

この手紙にはデニソン夫人から私たちの尊敬する寮母先生あての手紙を同封してあります。それはあなたが私たちのために今度の式に出席してくださることを、あなたのお母様がお許しになりますよう、先生におとりなしをお願いしたものです。そして私たちの望みには何の大きな反対などないだろうと、心から信じています——ここからグロスターまでの距離は百マイル以上はないし、道も問題ありません——ロイドことクリンカーさんに、あなたの旅行にお供してもらうため、そちらまでお迎えに行ってもらいます——もしあなたが朝の七時に侍女のベティ・バーカーを連れて駅馬車にお乗りになれば、午後四時には途中の設備のいい旅の宿に着きます。そこで兄と私があなたをお迎えし、翌日当地までお連れします——親しいレティ、お断りは聞き入れませんよ——もしあなたに友情がおありなら——人情がおありなら——来ていただけますね——あなたのお母様にすぐにお願いが届きますように。そしてお母様のお許しが得られたらすぐに、あなたから私にお知らせくださいますように切望しています。

十月十四日　　　　　　　　　　　　　恒心の友　リディア・メルフォード

ミセス・ジャーミンへ（グロスターにお住まいの）

親愛なる先生

春に差し上げた手紙にご返事をいただけるほど幸運ではございませんでしたが、私は今でも先生が私の境遇に少しは関心がおありだと信じています。先生のご保護とご訓育のもとでたまわりましたご配慮とご厚誼《こうぎ》については、感謝と愛慕の一番熱いお返しをしなければならないと確信していますし、その気持ちを私が死にゆく日まで抱き続けようと存じています――以前に先生に不快な思いをさせたあの軽率さの幸福な結末についてお知らせすることが私の義務だと思います――ああ、先生、あんなに虚仮《こけ》にされたウィルソンは、お調べいただくとお分かりになりますが、イングランドでも、誰にも劣らない人格者である紳士の一人息子であり相続人でもあるジョージ・デニソンに変貌したのでございます。兄と私とその保護者たちは今彼のお屋敷におります。この二つの家族の直接の結合が、その若い紳士とこのふつつか者のリディア・メルフォードの結びつきという形で実現しようとしています――先生はこのようないきさつが私みたいに神経がか細く、心配性の若い未熟者にはどれほど困難なものか、またこの際、親友の打ち明け相手の存在がどれほど私を励まし支えてくれたかを容易に察していただけると存じます。ご存じのように、あらゆる若い女性の中で、ミス・ウィリスこそ一番信頼できるし愛することもできるのです。

ですから私はこの重大な時機に彼女に介添えをしてもらう幸せを持ちたいと切望するものです。

広く一般に愛され尊敬されているデニソン夫人が私の願いを聞き入れてくださいましたので、この問題について先生にお手紙を差し上げましたが、今私は夫人の懇請に重ねてお願いすることをお許しいただきたいと存じます――お慕わしいジャーミン先生、いつも尊敬すべき寮母先生、かつて先生の特別の愛子《まなご》、リディアにかけていただきましたあのご贔屓《ひいき》故にお願いするのです。受け持たれた寄宿舎の生徒全員を幸せにしようと心掛けていただいたあの慈愛に満ちたお心にかけて。このお願いにお耳をすませて切なる願いが容れられますよう、レティのお母様に先生のお力を振るっていただきたいのです。このことで私の望みがかなえられましたら、私は必ずレティを無事にお返しすること、さらにはグロスターまで彼女についていくことをお約束します。しかももし先生がお許しくださいますなら、グロスターの地で、これまでとは違う名前でお目にかかりたいと存じています。

親しい先生

十月十四日

もっとも愛慕深き

卑しき僕《しもべ》

悔い改めたる

リディア・メルフォード

ミセス・メアリー・ジョーンズへ（ブランブル館）

おおメアリー・ジョーンズ、メアリー・ジョーンズ

私はあまり沢山思いがけない、びっくりさせるような、怖ろしい出来事に出会いましたので、すっかりはらはらしてしまい、もう元の自分を取り戻せないだろうと思いますの。先週私は川の中から溺れた鼠《ねずみ》のように引っ張り出されました。そして半クラウンもした銀の留め金の付いた新品のナイトキャップと緑色のカラマンコラシャ〔フランドル産の光沢のあるチェック地の毛織物〕の古い靴の片方とをなくしました。しかも衣服はびしょびしょ、下着もずたずた、ふとももの後ろは切り株にぶつかってひどい怪我をしました――確かにクリンカーさんが私を馬車から引き出してくれました。でもあの人は私を水の中に仰向けに放っぽり出して、旦那様の所に行きましたの。それでもしも、水車屋の人が乾いた地面に運んでくれなかったら、私は水の墓場に入るところでした――でもまあ、何という取っ換え引っ換えでしょうか、あんた――リディアお嬢様を追いかけてきて、ブリストル・ウェルでひげ面で私をぎょっとさせたあの旅役者の男は今、郷士ドリソン〔デニソンの誤り〕の一人息子のハンサムな若紳士に変身してしまいました――私たち全員が同じ家に一緒におります。そしてみなさんがこの縁組に賛成で二週間したら式が挙げられることになっています。

でもこれだけが今度、挙げられるただ一つの結婚式ではありません――奥様も同じお祝い事をなさる決心をなさったのです。本当です。この前の日曜日、教区の教会で、牧師様がオパニア・ラシュメヘイゴウとスピンスターのタビサ・ブランブルとの間の結婚予告をしました。牧師様は奥様をス

ピンスターというよりリボン織り女と呼んだほうがよかったでしょう。だって奥様はこれまでに一かせの糸も紡いだことはないのですから〔スピンスターという語にはオールドミスという意味と糸紡ぎ女という意味がある。牧師は前者の意味で使ったが、ウィンが後者の意味に取った。またリボン織り女は結婚式に使うリボンにかけて、式が近いタビサをこう呼んだもの〕――若郷士のドリソンさんとリディアお嬢さんが二番目の組になります。しかも三番目の組も出来たかもしれないのに……でもクリンカーさんは運命が変わってしまったの――ああモリー、どう思いますか。クリンカーさんは私たちの旦那様の落とし子だったことがわかったの、そしてあの人の本当の名前はマッシュー・ロイドさんなの（といっても神様だけがそのわけをご存じのことですが）。そしてあの人はもうお仕着せの定服を脱いでひだのある服を着ています――でも私はあの人がひどい身なりでお尻を隠すぼろ布もなかった頃を知っています。だからあの人は頭をそり返らせることはないのですわ――そりゃあ、あの人は威張らず親切でずっと好意を持ってくれているのだと言い張っていますわ。でもあの人はもう自分で思うようにはできないし、旦那様の同意なしでは無理に結婚できませんー――あの人は辛抱強く待たねばとか神様にお任せしなければとか、その他くだらないことも言いますー――でももしあの人の好意が変わらないとしてもなぜぐずぐずしているのでしょう。なぜ鉄を熱いうちに打たないのでしょうか、なぜすぐに旦那様に話さないのでしょう――私たちが一緒になることに旦那様がどんな反対ができましょうか――私の父は紳士の階級ではなかったけれど、母親は正式な妻でした――私は私生児の生まれじゃないのよ、あんた――両親は人びとや天使たちの面前で神聖な母教会の定め通りに結婚したのです――そのことを忘れないでね、メアリー・ジョーンズ。

クリンカーさんは（ロイドさんと言うほうがいいでしょう）もっと自分の足元に気をつけるべきだわ――〝他に男がいないわけじゃないし〟という諺がありますね――もし私に若旦那様の従僕からの言い寄りや心尽くしがあるかもしれないとしたら、あの人は何と言うでしょう。マクハピーさん〔マカルピンの誤り〕は紳士の家柄で外国で戦争に行ってました――とても博識でフランス語、オランダ語、スコットランド語、その他のさまざまな外国語を話します。確かに少しずっこけていて、飲みすぎます。でももともと気のいい人で、考え深い女ならこの人を思い通りにできるでしょう――でも私はこの人など何とも思っていませんよ、ほんとにね――他に理由がないのにロイドさんを怒らせるようなことを何かしたり言ったり考えたりするのは恥ずかしいと思います――でも私とても落ち込んでいるのよ、モリー――私一人で座って泣いているのよ、そしてアサフェティダを飲み、焦げた羽毛やロウソクの燃えかすの臭いをかいでいるのよ〔前出、バースの嗅覚問答で、いずれも鎮静作用があるとされている〕。そしていつでもこの不幸な涙のヴェールを通して道を教えてくれる新しい光に少しでも当たるように、お恵みを祈っています――それでもどの方も親切で優しく、まるで天国の聖者みたいに思えるこの愛に満ちた家族にあって、何一つ不足はありません。親しいモリー、私のためにお祈りしてくださいね、そしてソールによろしく。

十月十四日　　　あなたを慕うわびしき友　ウィン・ジェンキンズ

ルイス医師へ

親愛なるディック

長い間お便りがなかった後で、先生の筆跡を拝見した時の私の喜びはご想像のつかないくらいです――ただし実を言うと、時には先生の筆跡を気の進まないままに拝見したこともございます――と申しますのは――薬用ラテン語の略語を拝見する場合ですが〔今は健康で薬は必要ないから〕――先生がリスマへイゴウ氏のために徴税官の椅子を運動されていることをお知らせいただいて感謝しております。彼はこの案をとても喜んで、先生にご挨拶申しあげ、その身上についてかくも親切なご配慮について深く感謝しております――この人物は深く知るにつれてだんだん向上するように思われます。彼の性格を見えにくくし不快な殻になっていたあのひどく黙りがちなところも、われわれの交際の間になくなってきました。――彼とタビーは王国内のいかなる二頭立ての引き馬にもまして幸福な一組になるだろうとかなり期待しています。そしてまた彼がささやかなわが家のつどいにとって、冬の炉辺の団らんの時など、価値ある逸品であることを疑いません。

私がこの季節を自宅からこんなに遠い場所で過ごすことへの先生のご反対は、もし私が現在の場所で気楽にやっていけないくらい、または痛風とリューマチを無視したくなるほど、健康状態が良くなっていなかったら、もっと身に染みたことでしょう――これまで私があまりに早くこの身を老齢退職者のリストに入れてしまったのではないか、また愚かしくも無為の隠退のうちに健康を求めてきたのではないかと思うようになりました――われわれはすべからく時には（人間の身体という）

機械の働きを増大させてやるべきなのです、〝生命の車輪を円滑ならしめるために〟〔スモレットの友人ジョン・アームストロングの詩からの引用または誤用〕。そして時折、身体に焼きを入れるために放縦の波浪の中に身を投じるべきです。健康優良の真髄であり規範でもある気分転換を大いにやるためには、交際仲間を変えることが、空気の入れ換えと同様に必要であることさえ発見するに至りました。

前の便りを差し上げた後、友人のための仕事を少しばかりやっていましたが、これにはかなり身体を使わなくてはならず、これが健康に役立ったと思っています――全くこれ以上はありえないような偶然でしたが、ベイナード氏の妻が胸膜炎の熱で危篤だったことを知ったので、デニソン氏の軽馬車を借り受け、馬に乗ったロイド（旧名クリンカー）一人を連れて、田園を横断して、ベイナード氏の家に駆けつけました――距離が三十マイル以上はなかったので、午後四時頃には到着しましたが、入り口で医者に出会い、病人がちょうど息を引き取ったばかりだと知らされました――その瞬間に私はひどく動揺しましたが、悲しくはなかったのです――一家は混乱していて、私が階上に駆け上がって室内に入ると、なるほど、家族全員がそこに集まっていました――叔母は悲嘆にくれてぼうぜん自失で、両手をもみながら立っていました。しかしわが友は苦しくてたまらないようでした――彼は遺体を両腕に抱えて、切ない嘆きの言葉を口にしていたので、見る人は、彼が地上に於ける最も愛しい連れ合いであり最も価値ある伴侶である人を失ったのかと思うほどでした。

愛情は確かに敬意とは関係ないものでしょう。それどころか同一の対象がある点では愛すべく、ある点では憎むべきものになるのです――精神というものはそれを使うことで、元来不愉快で時には有害な事物にも不思議に作用し、あろうことか愛着を覚えるという驚くべき働きがあるので、そのような事物から救い出されると、きっと拍子抜けがして後悔するものです。ベイナードは錯乱状態だったので、私が屋内に入った時には気がつかなかったのです。私は一人の女に叔母を彼女自身の部屋に連れていくように頼みました――こうした処置をした後で私はわが友の最初の激しい興奮が収まるまで待ちました。それからそっと彼を悲しい相手から引き離し、手を取って、別室に連れていきました。もっとも彼はひどくじたばたしたので、従僕に助けてもらいました――しかしながら数分後には彼は正気になって私を腕に抱いて「これは（と彼は叫びました）まことに友人らしい心配りだ。君がどうやってここに来てくれたのかはわからない。しかし天がぼくの気の狂うのを防ぐために君を送ってくれたんだと思う――おおマッシュー、ぼくは愛しいハリエットを失った――ぼくの哀れなしとやかな優しい人、ぼくをあんなにも熱く、純粋な愛情で愛してくれた――ぼくの二十年間の忠実な伴侶、あれは逝ってしまった――あれは永遠に逝った。天よ地よ、あれはどこにいるのだ――死が俺たちを引き裂こうとしてもそうはいかないぞ」

　こう言って彼は突然立ち上がり、われわれが立ち去ってきたあの場所に戻ろうとしたので、それを抑えるのはなかなかのことでした――先生は、私がこんなに興奮して話す男と言い争うのはまことに馬鹿げていると思われるでしょう――このような場合にはいつでも、最初の激情はだんだんと収まるのにまかせるべきです――私はさりげなく、何かちょっとしたことを言ったり、他の話題をほのめかして彼の気をまぎらわせようとしました。こんなやり方がとてもうまくいったので、私は思い切りやったのです――数時間すると彼は聞き分けできるまでに平静になり、彼を不名誉と破滅から救うために、神はこれ以上効果的に手を差し伸べてくれることはありえないだろうと認めました――しかしながら私は彼が一人ぼっちになってわびしく思わないように、その晩は彼の部屋で、わざわざそこに運ばれてきた小さなテント用のベッドで過ごしました。そしてよくぞこの用心をしてあげたことです。というのは彼は数回ベッドから飛び起きましたし、もし私がそこに居なかったら、おかしなことをしたでしょうから。

翌日には彼は仕事の話もできるくらいになりました。そして私に彼の家事についてもすべての権限を任せました。私は直ちにこの権限を行使しました。もっともその前に、私が彼のために立てた計画を彼に知らせ、それを承認していましたが――彼はこの屋敷をすぐに離れたいと思ったのです。でも私はそのような引退には反対しました――一時的な嫌気も体にしみついた嫌悪感になるかもしれないので、私はそのような気持ちに彼がならないように、もしできたら、彼をこれまでよりも強く家事の神々に奉仕させようと決心しました――葬儀を、格式を失わない限りで、できるだけ内輪なものにするように指図しました。ロンドンに手紙を書き送り、彼のその地での邸宅の家具と動産物件についての明細目録と見積りを作成するように依頼し、家主にベイナード氏はお告げの祝日に屋敷を出ることを通告しました。ある人物に命じて馬や馬車や馬具まで含め田舎の本宅にあるすべての物件の報告書を作らせました。若紳士は近くの、ある牧師が経営している寄宿舎学校に入れてやりました。彼はもはや家庭教師にわずらわされないことがわかると、喜んでその学校に旅立ちました。家庭教師はわれわれの手で解雇しました――叔母はずっと仏頂面で、ベイナード氏が毎日彼女の部屋を訪ねたのにもかかわらず、食卓には出てこなかったのです。彼女はまた自分の部屋でこの家の侍女たちや召し使いたちとずっと相談していたのです。しかし彼女の姪の埋葬が終わるとすぐに、軽馬車を用意させ、それに乗って家を離れました。しかしながらその際にベイナード氏に、姪の衣装簞笥は彼女の侍女に心付けとして与えるのだと言っておくのを忘れなかったのです。そういうわけであのつまらぬ自堕落女が、少なめに見積もっても五百ポンドの価値のある亡くなった女主人の衣服、レース類、下着などのすべてをもらったのです。

私が次に取った処置は余計な召し使いたちの大部隊を解体することでした。この連中は長い間わが友の生命の核心を食いものにしてきたやつらで、のらくら者の集まりで、耐えられないくらい生意気で、主人さえもひどく見下してきたのです。彼らは大抵は彼の妻の侍女の推薦で雇われたもので、この二人だけが彼らが最小の敬意を払う保護者だったのです。ですからこれらの害虫どもを家から駆除することに私はとても満足しました。故人の侍女、部屋付きの女中、従者、執事、フランス人のコック、庭師、下男二人、御者などを解雇し、それぞれに予告代わりの一月分の給料を払ってただちに家から追い出しました。私が追い出さなかった者はフランス人のコックの助手をしていた女料理人、女中、年老いた従僕、馬車の騎手、それに庭師の下働きなどです。このようにして莫大な支出と心労を同時に彼の肩から降ろしてやりましたが、彼はいきなりこんなに見事に救われると、自分の正気の沙汰をほとんど信じられないほどでした。しかしながらその胸は時折よみがえってくる弱気に打ち震えたのです。そのたびに彼はため息をついたり、涙を流したり、悲嘆といらいらの叫びをあげずにはいられなかったのです。しかしこのような発作も日毎に激しさと回数が減り、ついには彼の理性はその天性の弱さに完全に打ち勝ったのです。

彼の経済状態をつぶさに調べると、その負債が二万ポンドもあり、そのうち一万八千ポンドについて彼の土地が抵当になっていることがわかりました。しかも五パーセントの利息を払い、さらに彼の農園の幾つかは誰も耕作していませんから、土地からの収入そのものは年間二百ポンドもありません。妻の生前には彼女の財産に年間八百ポンドの利息がありましたが、これは別の話です。こんな重荷を軽減するために私は次のような便法を考えました――彼の妻の宝石にロンドンと田舎の両方の邸宅の余分の銀の食器と家具さらに彼の馬と自家用の馬車を加えると（それらはすでに競売されるように公示されていましたが）見積もると現金で二千五百ポンドにはなりそうです。それを返済にあてると負債は直ちに一万八千ポンドに減ります――私は一万ポンドだけ四パーセントで借りられるところを彼のために見つけることを引き受けました。この方法で彼は年間百ポンドの利息を節約できるのです。われわれはおそらく残りの八千ポンドも同じ条件で借りられるでしょう。彼自身の田園生活の設計によれば、年間三百ポンドで楽に暮らせると言っております。しかし息子の教育費に彼に五百ポンドの経費を認める予定です。そうすると抵当負債を返済するために元利合計で年間七百ポンドの上乗せをすることもできます。ですから二年もたつと一万六千ポンドの借金を清算するための金額が年間千ポンド以上になるでしょう。

われわれは直ちにロンドンから来た競売人の指図に従って、売却する品々を分類して取り除いておきました。そして家内の誰もなまけていないように、屋内屋外の改革に着手しました。ベイナードに承認してもらって、庭師に小川を元の流れに戻すように命じました。これは長い間、朽ちた木の根と枯れ葉と乾ききった小石の中にあって弱り果てた水の精を蘇らせるためです――灌木の茂みは根絶やしにするように宣告しました。そして遊園地は元の麦畑と牧場に戻すことにしました――邸宅の裏側の果樹園の石垣を再建すること、また今は東方からの強風に吹きさらしなっている土地の東の端にはブナや栗も交えてモミの林をつくることを命じました。このような作業がすべて開始され、また家のこと競売のことが名うての弁護士の配慮とやり方に任せてから、私は軽馬車でベイナードを連れて帰り、デニソンに紹介しました。デニソンの善意は彼の敬意と愛情を呼んだのです――彼はわれわれ全員にとても魅了され、真の快楽という理論がこれほど完全に行われているのをこれまで見たことがないと明言しています。実際にこんなに多くの個人が一つ屋根の下に集まり、われわれの現在の姿よりも幸福であることは簡単なことではないと信じています。

しかしながら先生だけにお知らせしますが、タビーが変節したのではないかと疑っています――私はこの変人にかなり長く接していますので、彼女のむら気がよくわかっていて、彼女の企みをその萌芽のうちに気づくことがよくあるのです――彼女がリスマヘイゴウにくっついたのは、もっと満足すべき相手を獲得することに絶望したからに他なりません――現在私の観察にさしたる誤りがなければ、彼女はやもめ男のベイナードを自分の利益になるようにしようとしています――彼の到着以来、彼女は中尉にはとても冷たくし、他方の男の胸に過度の愛想の良さというかぎ針をひっかけようとしてきたのです――これらの仕業《しわざ》は考え抜いた企みというよりむしろ、彼女の気質の本能的な働きであるに違いありません。というのは中尉との関係は、彼女がいささかでも良心や評判を大切にする気持ちがあれば、もはや撤回できないくらい進展してしまったのですから。さらに彼女が出会うものといえばベイナードの側の冷淡さか嫌悪だけなのです。ベイナードはどんな時でもこんな相手を本気にするには分別がありすぎますし、ましてや現在のような急場にあって、恋の駆け引きをするにはあまりにも繊細すぎる気持ちなのですから——それはともかく私はタビーに、ベイナードが抵当を払い終わることができるように、四千ポンドを四パーセントの利息で彼に貸すように説得しました。若いデニソンもリディアの財産が、同じ目的に同じ条件で使われることを同意してくれました——彼の父親は三千ポンドの株式を売り払って融資にあててくれることになりました——農夫ブランドはウィルソンの頼みに応えて二千ポンドを引き受けてくれました。それで私もわが友をペリシテ人〔がりがり亡者の金貸しということ〕の手から救い出すのに必要な残額を調達するためにひと踏ん張りしなくてはなりません。どこも花園のように手入れされたデニソン氏の地所の改良ぶりが気に入ったので、農業についてはデニソン氏に弟子入りしました。そして農業の実践に励もうと決心しました。

今やわれわれの二組の結婚の準備はことごとく整いました。両組の結婚条項が起草され実行されました。式は、当事者が、法により定められた期間を、この教区で居住し終えるのを待つだけです。若いデニソンはちょっと待ちきれない様子です。しかしリスマヘイゴウはこの必要な遅れを哲学者のように平然と耐えています——先生に知っていただきたいのですが、中尉はただ個人的美徳という土台にだけ立っているのではありません。この不屈のしまり屋は年額、四十二ポンドの退職給に加えて、八百ポンドを貯め込み、これを公債として確保しています。この金額の一部は彼がインディアンの中に居た時の給料の積み立てから、一部は現役時代の給料と現在の退職給との差額の補填として受け取ったものから、一部は彼がマイアミ族の酋長の時に手がけたささやかな生皮の交易の利益から生まれたものです。

リディアの不安と当惑は、寄宿舎学校の親友のミス・ウィリスという令嬢の介添えでかなりやわらげられました。彼女の両親はこんな特別の機会に友人としてのこの訪問を彼女に許してくれるように請い求められていました。それで二日前に彼女は母親と一緒に到着しました。母は適当な監督者を付けずに彼女を外出させたくなかったのです。令嬢はとても快活で美人、愛想がよく、母親もすこぶる感じがいい婦人です。ですから彼らの到着はわれわれの楽しみを大いに盛り上げました。しかし結婚の鎖に結ばれる第三組をも有することになったのです。クリンカー・ロイド氏が、彼とミセス・ウィニフレッド・ジェンキンズとの間の互いの真摯な恋愛感情を述べ、二人が生涯を共にすることについて私に同意してもらおうと、甥を通じて謙虚に陳情してきたのです。私はできることならクリンカー氏にはこんな苦しい立場に身を置いてもらいたくなかったのです。しかしながらかの乙女の幸福が失われようとし、さらに落胆のあまりすでに何度も発作を起こしましたので、私は悲劇的な破局を防ぐために、彼に先輩たちのように茶番を演じることを許可しました。思うに遅かれ早かれブランブル館で彼の子孫をそっくり持つようになるでしょう。男はたくましくて強くてとても真面目で誠実ですし、女も宗教と同様に恋についてもかなり熱心なようです。

私は教区が定員過剰にならないように、先生が彼を何か別の形でお使いくださるように望みます――ご存じのように彼は獣医として仕込まれたので、結局は医者の仲間なのです。また彼はとても従順なので、先生の優れたご指導を仰げば、すぐにウェールズの薬剤師として働けるでしょう。親切心から他人のためにやってあげたことがないタビーはとても不満げにこの縁組に同意しました。

多分彼女は今や、クリンカーを親戚と思っているので、この縁組はその誇りを傷つけたのでしょう。しかしこう信じているのですが彼女の反対意見はもっと利己的なものです。彼女はマッシュー・ロイドの妻を召し使いのままにはしておけないと言明していますし、それに、こんな場合には、その女はこれまでの奉仕に何らかの謝礼を期待するだろうと予想しているのです。クリンカーについていうと、他にいろいろあっても、誠実そのもので、勇敢で、愛情深く、機敏な人物です。それに私は彼に大きい個人的な負債があるので、彼は私が与えられるどんな恩恵よりもっと大きい恩恵に値するのです。

十月二十六日

マット・ブランブル

准男爵サー・ワトキン・フィリップスへ（オックスフォード大学）

親愛なるナイト爵様

運命の絆は今や結ばれた。喜劇は幕を降ろそうとしている。でもこの幕の後半の場面をぼくは順を追いながらかいつまんでみよう――二週間ほど前に伯父は田園を横断して遠出した。そして特別な友人のベイナード氏を当地に連れてきた。彼は妻を失ったばかりで、しばらくは悲しみに沈んでいた。もっともそれについてはどう見ても、彼は悲しみより喜びを感じていい理由がずっと多かったが——しかしその表情には暗さがなかった。また彼は一見すると、たぐいまれなたしなみのある人物のようだ——しかしぼくらはミス・ウィリスがグロスターから到着したことで、別のもっと楽しい援軍を仲間に迎えることができた。彼女は寄宿舎学校でのリディアの親友だ。妹の婚礼の時の介添えを強く望まれたので、その母親は親切にも妹の頼みを聞き入れて、わざわざ付き添ってきたのだ。リディアはジョージ・デニソンとぼくに付き添われ、彼らを途中まで出迎えた。そして翌日彼らを無事にここに案内してきた。ミス・ウィリスは魅力的な少女で気質については、ぼくのような考えの者から見れば、やや真面目すぎ感情的すぎる妹とははっきり対照的だ——こちらは陽気で率直で、ちょっと軽はずみでいつも快活というところだ。さらに彼女には紳士階級にふさわしい財産もあり、家柄も良くてとても美人だ——ああフィリップス、もしこうした特質が永久不変なものなら——もし彼女の気質がずっと同じで、その美しさが衰えないものなら、ぼくはどんな努力もするよ——でもこれはとりとめのない考えだよ——ぼくの運命はいつの日にか満たされるはずだ。

今のところぼくらはこれ以上ないというほど楽しく暮らしている——ぼくらは数編の茶番劇を上演したが、これが快演だったので、ぼくらの演技を見るため入場を許された田舎の人たちに言いようのない楽しみを与えた——二晩前のことだがジャック・ウィルソンは道化スケルトンの役で大喝采を博し、リスマヘイゴウはピエロの役でぼくらをみんな驚かせた——彼のやせた長い胴体ととても個性的な顔立ちは役柄にぴったりはまっていた。彼はおかしいほどじっと見つめていたが、その視線で表現不可能なものはなかった。恐怖や驚愕の思いがこもっていたので、観衆の多くは彼の表情を見て、同じ気持ちにさせられた。しかし骸骨が逃げる彼をつかまえると、彼は恐怖でいたたまれず、そのあげく人間業とは思えない敏捷さを発揮する場を演じたので、見物人はみんなぼうぜんとした。それは「死」が「衰弱」を追跡するさまを生き生きと表現したもので、一般客をひどく感動させ、なかには大声で悲鳴をあげる者もあれば、大いに驚いて広間から逃げ出す者もいた。

これだけが中尉が最近われわれの驚嘆の念をかき立てた唯一の事例ではない。失意と無念さでひねくれしぼんでいた彼の気質が今は丸くふくらみ、レーズン入りのお粥の中のレーズンのように滑らかになった。遠慮がちで堅苦しかったのが気楽で世話好きになった。とてもおどけて親しみやすく冗談を飛ばし、笑い、ふざけるようになった。要するにぼくらの楽しみごとや慰みごと何にでも加わるようになった――先日二つの大きいトランクと、ちょっと棺桶のような長い松の木の箱一つに入った彼の荷物がロンドンから荷馬車で届いた。トランクには彼の衣服が詰められていたが、彼はみんなの楽しみのために、それをならべて、それが主として戦闘で得られた〝最も価値ある戦利品〟〔ウェルギリウスからの引用〕から成っていることを平然と告白した。その中から彼が自分の結婚衣装として選んだのは、青いビロードの縁取りがあり銀糸の刺繍をした黄ばんだ白い服だった。しかし彼がもっとも自慢にしていたのは三十年以上も前に初めて弁護士として登場した時に着用したかつら（タイ・ペリウィッグ）だった。この道具はその時以来ずっと巻き毛のままにしてあったので、今度は式用に、家の召し使い全員でそれをときほぐしにかかったものだ。式は昨日、教区教会で行われた。ジョージ・デニソンとその花嫁は服装では特に変わったことはなかった。新郎の目は熱意と喜びでぎらぎらし、新婦ははにかみと動揺で震えていた。伯父が彼女を花婿に引き渡し、彼女の友のウィリスが式の間はずっと介添えをした。

しかしぼくの叔母とその愛人の方が先に式を挙げた。そしてまったくこの二人は全イングランドでもその比を見ない変わり者同士の好一対だったと信じている。彼女の衣装は一七三九年のスタイルだった。そして冷える日だったので、彼女は金モールの飾りのある緑色のビロードのマントを羽織っていた。しかし花婿がこれを取り払い、彼女の肩にアメリカ黒テンの毛皮の外套を着せてやった。これは八十ギニーもするもので、うれしいと同時に思いがけない贈り物だった。この服装で彼女は父親代わりのデニソン氏に伴われて祭壇に進んだ。リスマヘイゴウは腿の半ばまでしかないフランス風コートを着用し、何ともいいようのない奇妙な法廷用のかつら〔前出のかつらだが巻き毛を伸ばしたのでおかしな形になった〕をかぶり、ちょっと腹黒そうな皮肉っぽい顔にやるせない流し目をして、軍隊調の足取りで前進した。新婦の指にはめてやる指輪を彼はいざという時まで隠し持っていた。今彼はそれをいかにも得意そうに取り出した。それは幾つかのローズ型ダイヤモンド〔二十四面のもの〕をちりばめた精巧な古式ゆかしいものだった。彼の言うところによると、それは二百年以上の家伝もので、祖母から贈られたとのことだ。こうした心くばりはわが叔母タビサの自尊心をくすぐった。もっともその前から彼女は中尉の気前の良さに一方ならぬ謝意を感じていたのだがね。というのはその朝、彼は伯父には立派な熊の毛皮とスペイン製の鳥打ち銃を、ぼくには精巧な銀細工のあるピストル一式を贈ってくれていたから。それと共に彼はミセス・ジェンキンズにイトラン織りのインディアンのがま口、しかもクラウン銀貨を二十枚も入れたのをあげた。君に知らせたいのはこの若い女性はロイド氏の助けで、昨日婚姻の神ヒュメーンにその身をささげた三番目の夫婦になったことだ。この前の手紙で彼が仲介を頼んできたので、それをぼくが首尾よく伯父に承知させたことを知らせたね。しかしミセス・タビサは恋に焦がれたジェンキンズが二回もヒステリーの発作を起こすまでは許さなかった。そのあげくやっと彼女も折れて、この二羽の鳴き交わすキジバトは生涯をかけて一つの籠に入れられたというわけだ——叔母は気前よくして花嫁に自分の余分の衣服や下着類をあげたのでぼくの妹もそんなやり方に従った。ブランブル氏とぼくもこの機会に彼女を無視などしなかった。まったくこの日は謝恩祭の日〔贈りものをする日〕というところだった——デニソン氏はリディアに小遣いとして百ポンド紙幣を二枚受け取って欲しいと言い張り、デニソン夫人は彼女にその倍の値打ちのダイヤの首飾りを与えた。この他にもこうして幸福に結ばれた二家族間で贈り物が交換された。

ジョージ・デニソンとその妻は浮かれ騒ぎの相手としてはふさわしくないと思われたので、ジャック・ウィルソンはリスマヘイゴウの方に何かいたずらをしようと心に決めていた。それで夕食後に婦人たちが退出した後で彼にしきりに乾杯をすすめた。しかし中尉は相手の意図に気がつき、自分がやった今度の冒険はとても真面目なことだし、この冒険に有終の美を飾ろうとする努力を妨害するより、彼が健康であるように祈ることこそ良きキリスト教徒の役割ではないだろうかと言い張って平に容赦を願った——その願い通りに彼は赦免されて取り乱さないで婚礼のふしどに上ることを許された——彼とその連れ合いはそこにサトゥルヌス神〔農耕の神〕とキュベレ神〔大地の母神〕みたいに威儀を正して座り、参列者は祝福のミルク酒の杯をあげた。それからミセス・タビサ・リスマヘイゴウの頭上でケーキ〔薄焼きのパン〕が割られ、その小片が古代ブリトン人の習慣に従って参列者に配られた。それはこの神聖なるケーキを食べる者は誰でも、その夜、神が結婚相手と定めた男か女の幻を見るという言い伝えによるものだ。

ウィルソンの戯れの矛先は誠実なハンフリーとその配偶者に向けられることになった。この二人は恒例の靴下投げの行事を済ませると階上の一室でベッドに入った――ここまで無事に済んで会衆が退出した時、なんだか猫がニャーニャー鳴くのが聞こえた。するとジャックがそれを聞きつけて、策をめぐらし、うまく本物の猫の足にクルミの殻をはかせて連れてきた。そいつは板の間を駆け回って、すごい音を立てたものだから、愛人同士はまんまと驚かされた――ウィニフレッドは大声で悲鳴をあげ、寝具の中に身をすくませた――ロイド氏は悪魔〝そのもの〟がこらしめにやってきたと信じ込み、肉欲の思いをすべて捨て去り、声をあげて熱心に祈り始めた――とうとう二人のどちらよりももっと大きな恐怖にとらわれたその哀れな動物はベッドに飛び込み情けない叫び声で、ニャーニャー鳴いた――ロイドはやっと邪魔者の正体が分かり立ち上がってドアを開け放った。それでこのうるさい訪問者は大急ぎで退却した。その後彼は二重のかんぬきかけて第二の侵入から身を守り、その後は妨害されずにおのれの幸運を楽しむことができたというわけだ。

当事者の表情から成り行きを察していいものだとすれば、彼らはみんなその夜の次第に大いに満足している様子だ――ジョージ・デニソンとその妻は慎み深くて、お互いの満足をはっきりと現すような様子は何も見せないが、彼らの目が十分にそれを表現している――ミセス・タビサ・リスマヘイゴウは嫌味なくらい中尉の愛への満足を顔に出しているが、彼の振る舞いはまことに優男ぶりの極致だ――彼はこの可愛らしい相手にため息をつき、色目を使い、恋焦がれる様子を見せている。

彼女の手に接吻し、有頂天の叫びをつぶやき、優しい歌を歌う。そして疑いなく内心では、彼が心からそうやっているのだと信じている彼女の愚かさをあざ笑っている——前日の疲労で精力がいささかも衰えていないことを示すために、今朝彼は抜身の片刃の剣をふりかざして、ハイランド・サラバンド〔舞踏曲の一種〕を踊った。とても高く飛び上がったので、彼はサドラーズ・ウェルズ〔ロンドンの由緒ある劇場〕で跳躍芸人として立っても、恥ずかしくないと信じている——マッシュー・ロイド氏は、彼の掘り出し物の味わいはどうだったかと言われて、眼をきっとさせて、こう叫ぶ「私どもの授かりものについては主よ、我らの心を感謝で満たしたまえ、アーメン」——彼の連れ合いはくすくす笑って、眼を手で隠し、男と一緒にベッドに入ったことを恥ずかしがるふりをする——このようにこれらのたわけ者たちはみんなそれぞれの新しい境遇を楽しんでいるのだ。しかし彼らがおとりの正体をもっとよく知った暁には、彼らの態度も変わってくるだろう。

ウィリス夫人は滞在するように言われても承知する様子はないし、またリディアは夫人の娘とグロスターに一緒に帰る約束をしているので、これからはみんな散り散りになる。そしてわが一家の者たちはだいたいバースでクリスマス休暇を過ごすことになるのだろう。そうすればぼくはきっと君の本拠地を奇襲する機会を見つけるだろう——今頃、君は〝母校〟にあきあきして、去年一緒に打ち合わせたあの遍歴の計画を実行しようとさえしているのではないかと、想像している。

親しき友　J・メルフォード

十一月八日

ルイス医師へ

親愛なる先生

わが姪のリディアは今や幸福な生活に入りました。そしてリスマヘイゴウ中尉はタビーをこの手から取り上げました。ですから私には、わが友ベイナードを励ますことと、今度やはり晴れてミセス・ウィニフレッド・ジェンキンズと一緒になったわが子、ロイドの支度を整えてやること以外には、やることはもう何もありません——先生は思い付きの大天才です——その点ではアーバスノット博士〔Dr. John Arbuthnot（一六六七—一七三五）医師、文人で多くの作家に作品のヒントを与えた〕もルイス先生と同類にすぎないですね——先生のおっしゃる教区会書記の件は一考に値します——マッシュー・ロイドには十分にその職につく能力があるのを疑いません。しかし今のところは彼のために邸内での働き場所を見つけてやってください——あの何物にも曲げられぬ正直とうむことを知らぬ勤勉はわが農場の経営を監督するのに役立つでしょう。もっとも彼にはバーンズに干渉させません。バーンズには何も不満なところはないのですから。

私はベイナード家への二回目の旅から、ベイナードを連れ帰ってきたばかりです。彼の家では万事が彼の満足するまできちんとしていました——でも彼は部屋部屋を涙と悲しみなしには見ることができず、まだ一人ぼっちにはできません。ですから春までは彼と離れないようにします。彼は春になれば農作業にかかりっきりになろうと思っていますが、そうなればそれ以外は何もできないので、気晴らしにもなるでしょう——チャールズ・デニソンは彼に農事改良をうまくやらせるように、彼の家に行き二週間滞在することを約束していますし、ジャック・ウィルソンも時々彼に会うことになっています。さらに彼には田舎に友人が何人かいて、彼の新しい生活設計にはその人たちも時々彼の仲間に加わることになっています――一年も経たないうちに彼は心身ともにすっかりのびのびと安らぐことになると確信しています。というのはこれまで精神は肉体をひどく損なってきたのですから。そしてわが友が悲惨とさげすみから救い出されるのをわが目で見るというこの上もない満足を味わうことになるでしょう。

ウィリス夫人が令嬢を連れて数日後にグロスターに帰ろうと決心していますので、われわれの計画は多少変更されました――ジェリーは義弟に妻を連れてバースに行くように説得しました。そして義弟の両親も彼に同行してそこに行くことになると思います――私について言うと、その道筋を取るつもりはありません――私にバースやロンドンに再び行こうと思わせるには、何か余程、特別なことがなければなりません――わが妹とその夫、ベイナードと私はグロスターで彼らと別れて一路ブランブル館に急ぐことになります。その家で先生は、われわれのクリスマスの正餐に上等の肉付きの背骨と七面鳥を用意していてくださるようにお願いします――それからまたバースからの帰りにわが家を訪れることを約束しているわが仲間の他の連中を、私が万全な状態で迎えられるために、私を痛風の発作から守ってくださるように先生の医術を駆使せられんこともお願いします――私はとても健康体になったので、医業の点では私にあまり手こずらないだろうと思います。その代わりに身体の運動という点で先生を働かせるつもりです――私はリスマヘイゴウ氏から素晴らしい鳥打ち銃をもらいました。彼は熱心なハンターなので、われわれは天気など気にしないで、荒野を駆け回ることになるでしょう――こんな行動予定がもっと効果的になるように座って楽しむ娯楽はすべて、なかんずく長い手紙を書く楽しみなどは捨てようと思っています。こんな決心をもっと早くしていれば、最近の私の退屈な手紙を読まされるあのわずらわしさから先生を救い出してくれるでしょう。

十一月二十日

マット・ブランブル

ミセス・グウィリムへ（ブランブル館）

親切なグウィリムさん

神様が有難くも、私の名前と運命を変えるようにお定めになりました。ですからもはや私を兄の家の世話係などと思われたくありません。でもあなたとウィリアムズに会って、すっかり片付けるまでは、私の管理の仕事を放棄するわけにはいきません。私たちはこれ以上遅れることなく、家に帰るところなので、あなた方の計算をいつ調べてもいいように、ちゃんとしておいてください――私の配偶者の中尉さんはリューマチで悩んでいるので、あの三階の青い部屋を、彼を迎えるために、よく注意して暖めておいてくださるようにお願いします――窓枠をしっかり取り付け、壁のひびの入ったところは埋め、カーペットを敷き、ベッドはよく手入れをしておいてくださいね――ロイド夫人となったかつてのジェンキンズは一家の親戚と結婚したので、召し使いの身分のままではいられません。ですから彼女の代わりに仕えてくれる信頼できる人をあなたが探してくれればと思います――もし糸を紡げて、針仕事も得意でしたら、ますます結構です――でも法外なお給金を欲しがったら駄目ですよ――私自身の家族が増えましたから、これまでよりも経済的にやっていかねばなりません。今日はこれだけで。休みますよ。

あなたの忠実な友　タブ・リスマへイゴウ
〔タビサ・ブランブルが結婚してこう変わった。タブはタビサの略〕

十一月二十日

ミセス・メアリー・ジョーンズへ（ブランブル館）

ミセス・ジョーンズ
神様は喜んで私たちの身の上に大きな変化をお与えになりました――私たちは昨日、三組が神のお恵みで聖なる結婚の絆に結ばれました。そして私は今、あなたに知っていただけるように、自分の名前をロイドと署名します――教区全体が若殿のダリソンさん〔デニソンの誤り〕とその花嫁さんは似合いの夫婦だと認めました――ラシュミヘイゴウ〔リスマヘイゴウの誤り〕の奥様については、あなたがあの変人ぶりを知っているとおりです――奥様のヘアスタイルはとても変わっていました――そしてその連れ合いは奥様に、未開人の国から持ってきた長い毛皮のコートを着せてあげました。そのコートはこの上なく高価なのですが――中尉さん自身は三つ房の大きなかつらをかぶり、銀糸で縁取りしたけばけばしい上着を着ていました――ある人が彼は大道薬売りだと言い、年配の執事さんはチチドル〔中世の聖史劇の悪魔チチヴィルの誤りか〕そっくりだと誓って言いました――私の方では何も言いませんよ。だって中尉さんは私にちゃんとやることをしてくれたのですから〔贈り物をしてくれたこと〕。――ロイドさんは薄い色のフロックと金の糸の飾り紐のあるジャケットを着ました。あの人は身分の高い偉い人たちとは比べられませんが、州内のどんな郷士さんにも劣らない良い血が血管に流れています。だからあの人の様子には下品なところは全然ありません――あなたの卑しき僕《しもべ》〔自分のこと〕は質素な黄緑の絹のゆるい上着を着てラネラ帽をかぶり〔この帽子はロンドンのラネラ公園を散策するにふさわしい当時流行した帽子〕髪をゆるい巻き毛にして側頭部でも巻きました――みなさんの話では私はリックマンストーン奥様に瓜二つで、ただ奥様ほど血色も悪くはないということでした――そりゃあそうでしょうね。奥様は私よりもたっぷり七歳もそれ以上も年上ですから――さてメアリーさん、私たちの仲間は分かれ分かれになります――ミルファートさん〔メルフォードのこと〕はダリソン夫妻〔デニソン夫妻のこと〕と一緒にバースに行き、私たち他の者はブランブル館でクリシュマーシュを過ごすために、ウェールズに急いで帰ります――私たちの部屋は三階の黄色い壁紙の部屋になりますから、私の荷物をそこに運んでおいてくださいね――グウィリムさんに私の挨拶を伝えてください。あの人と私もおだやかに上品に暮らしたいと願っています――神様のお恵みで私は上流の身分になりましたが、あなたは私が一家の身分の低い召し使いたちと親しくするのを許してくださるでしょうね。でもあなたはうまく振る舞い、適当な距離を取ってくれると信じていますから、いつでも私の好意と保護を当てにしてもかまいません。

あなたの友　W・ロイド

十一月二十日

〔ウィニフレッド・ジェンキンズがこう変わった〕

完

あとがき

『ハンフリー・クリンカー』は一八世紀の文学の中でも最良の作品の一つとして、しばしば言及されるが、スモレットの絶筆とされるものである。読者はイングランドとウェールズに住むさまざまな人物宛ての手紙を楽しむことができる。その多くは主治医宛てのものだが、痛風持ちの田舎郷士マッシュー・ブランブルによって書かれている。この他に、その妹で婿探しをしているタビサ、姪と甥のリディアとジェリーの手紙もある。また女中のウィニフレッド・ジェンキンズのものもある。それらの手紙は旅の経験を物語る。また道中で拾った個性豊かなハンフリー・クリンカー、またリスマヘイゴウというスコットランド生まれの変わり種も登場する。これらの旅人たちの手紙を読んでいくと一七五〇—七〇年代のイングランド、スコットランドを垣間見る思いがする。この時代は大きな変革期なので混乱した時代なのだ——商業、工業、宗教、哲学——その他など。本作品はバース、ロンドン、エディンバラ、スコットランドの高地などについての当時の社会的、経済的、政治状況などを詳細にしかもかなり正確に伝えている。おそらくスモレットは一七六六年から七〇年にかけて『ハンフリー・クリンカー』を書いたのであろう。病気がちのこの時期に彼はスコットランド、バース、ロンドンなどに旅する。またイタリア各地にも住み、本作品はレッグホーン近郊で書かれた。当時の有名人――芸術家、俳優、医者、政治家、作家など――たちも皮肉られたり、賞賛されたりしている。田園生活を好ましいものとし都会の生活を堕落したものともしている。スモレットの他の作品と比べてここにはピカレスク的な要素は少ない。またスウィフトをしのばせる鼻をつまませる、あくの強い描写もある。

この作品は評判になり版を重ねた。一時スモレットの評価は落ちたが、二〇世紀初頭にはまた見直されるようになった。これは長く日の当たらなかった作品『フランス・イタリア紀行』が再評価されるようになったからである。

ところで本作品ではスモレットの分身とみられるブランブルが中心人物になってプロットが組み立てられていくが、それも数々の脱線話でわかりにくくなっている。ここにはまた文学、芸術、科学技術、社会史、人物、訪問地などへの言及が多くなされている。これはスモレットの多くの旅と読書から来るものだろう。この作品は当時の社会の様子をしのばせるものである。読者は鋭い社会批評、人物批評なども読み取れる。トレヴェリアンも『イギリス社会史』でこれについてスモレットに何度も言及している。

女中のウィン・ジェンキンズとタビサのことばなどに見られるいわゆるマラプロピズムは作品にユーモアと笑いを与えているが、それらしい日本語にするのは至難である。せいぜいその大意しか伝えられなかった。

本書はこれまでにフランス語、ドイツ語、オランダ語、デンマーク語、スウェーデン語、チェコ語、ポーランド語、ロシア語などに翻訳されている。

二〇二三年はスモレット生誕三〇〇年にあたるので、それを記念するオンライン会議が開催された。さまざまなレポートが提出されたがその成果が下記にまとめられている。

Tobias Smollett After Three Hundred Years : Life, Writing, Reputation , ed. Richard J. Jones (Clemson UP 2023)

本書の底本として *Humphry Clinker,* Norton Critical Edition, 1983 Edited by J.Thorson を使用した。また長谷安生訳(昭和四七年　とうけん社)も参考にした。訳注はこの二冊から適宜取ったものである。英語の原文は凝った表現が多いので、そのまま忠実に訳すとわかりにくい日本語になるので、かなり意訳した。できるだけのことはしたが改善点はあると思う。

序文はポール州立大学のフランク・フェルゼンシュタイン名誉教授にお願いした。本作品は五人の書き手による書簡体の紀行小説で、脱線話も多く複雑な構成になっている。現代の日本の読者にも親しみやすいよう、あらすじも兼ねた解説文を序文とさせていただいた。なおコース・ヒーローのウェブサイト情報の一部を作品の説明のために使用した。

本書の刊行にあたり、お力添えいただいたボール州立大学のフランク・フェルゼンシュタイン先生と、鳥影社社長の百瀬精一氏、編集担当の宮下茉李南さんに深謝します。

根岸　彰

参考文献

Boggs, Arthur W., "Dialectical Ingenuity in *Humphry Clinker*", *Papers in Language and Literature*, 1 (1954), 327-37; and "A Win Jenkins Lexicon", *Bulletin of the New York Public Library*, 68 (1964), p.p.323-30

Boucé, Paul-Gabriel, *The Novels of Tobias Smollett* (New York: Longman, 1976)

Douglas, Aileen, *Uneasy Sensations: Smollett and the Body* (Chicago: Chicago UP, 1995)

Felsenstein, Frank, "With Smollett in Harrogate", *Philological Quarterly*, 88:4 (Fall 2009), p.p.438-446

Folkenflik, Robert, "Self and Society: Comic Union in *Humphry Clinker, Philological Quarterly*, 53 (1974), 195-204

Gottlieb, Evan, "Fools of Prejudice: Sympathy and National Identity in the Scottish Enlightenment and *Humphry Clinker*", *Eighteenth-Century Fiction*, 18:1 (Fall 2005), p.p. 81-106

Kelly, Lionel, ed., *Tobias Smollett: The Critical Heritage* (London: Routledge, 1987)

Sorensen, Janet, *The Grammar of Empire in Eighteenth-Century British Literature* (Cambridge: Cambridge UP, 2000)

Richard J. Jones, *Tobias Smollett in the Enlightenment*: Travels through France, Italy and Scotland (Bucknell

University Press, 2011)
Smollett, Tobias, *Travels through France and Italy*, ed. Frank Felsenstein (Peterborough, Ontario, Canada, Broadview Press, 2011)
スモレット、トバイアス『フランス・イタリア紀行』（根岸彰訳）鳥影社、二〇一六年

〈訳者紹介〉
根岸　彰（ねぎし　あきら）

1949 年生まれ
早稲田大学大学院文学研究科修了
茨城県立高等学校に 33 年間勤務する。

訳書：リチャード・ジェフリーズ著『森の中で』（鳥影社）
トバイアス・スモレット著『フランス・イタリア紀行』（鳥影社）

ハンフリー・クリンカー

2024年12月13日初版第1刷発行
著　者　トバイアス・スモレット
訳　者　根岸 彰
発行者　百瀬精一
発行所　鳥影社 (choeisha.com)
〒160-0023 東京都新宿区西新宿3-5-12トーカン新宿7F
電話 03-5948-6470, FAX 0120-586-771
〒392-0012 長野県諏訪市四賀229-1（本社・編集室）
電話 0266-53-2903, FAX 0266-58-6771
印刷・製本　モリモト印刷

ISBN978-4-86782-107-7　C0097